乔家大院

朱秀海——著

第一部

（上）

团结出版社

·北京·

© 团结出版社，2025 年

图书在版编目（ＣＩＰ）数据

乔家大院. 第一部 / 朱秀海著 . -- 北京：团结出
版社，2025.3
ISBN 978-7-5234-0438-6

Ⅰ.①乔… Ⅱ.①朱… Ⅲ.①长篇小说－中国－当代
Ⅳ.① I247.5

中国国家版本馆 CIP 数据核字 (2023) 第 180733 号

责任编辑：方　莉　孟丹婷
封面设计：阳洪燕

出　版：团结出版社
　　　　（北京市东城区东皇城根南街 84 号　邮编：100006）
电　话：（010）65228880　65244790（出版社）
　　　　（010）65238766　85113874　65133603（发行部）
　　　　（010）65133603（邮购）
网　址：http://www.tjpress.com
E-mail：zb65244790@vip.163.com
经　销：全国新华书店
印　装：三河市东方印刷有限公司

开　本：163mm×230mm　16 开
印　张：51.5　　　　　　　字　数：623 千字
版　次：2025 年 3 月 第 1 版　　印　次：2025 年 3 月 第 1 次印刷

书　号：978-7-5234-0438-6
定　价：148.00 元（全两册）
　　　　（版权所属，盗版必究）

上

册

目
录

调寄甘州

词曰：

笑村居不识眼前路，

杂花满篱树。

浅山春来早，

莺声啼遍，旧岁江渡。

细数晚来心事，

寂寞少藏处。

明日登楼去，买酒长伫。

休闻繁弦急管，

有金戈铁马，雪岭冰沍。

怎梦中一去，

天外听鼙鼓。

算今生，雕虫画羽，

又怎将，浩气径抛负。

羞言道，功名似土。

心裂难补。

第一章

1

1853年，杀虎口税关。

长长的商队，包括粮车队、盐车队、驼队都被堵在关口。车队和驼队上插各镖局的镖旗和各字号的号旗迎着风猎猎作响，和着牲口的嘶鸣，为这杀虎口平添了一份萧索之气。与之相伴的是一长队灾民，扶老携幼，被堵在另一个通道口。一个留着小胡须的中年税官向商队大声喊道："粮货二十文，盐货五十文，茶货五十文，排好队，别挤！别挤！"另一个年轻壮实的税官则向灾民声嘶力竭地吼道："别挤！别挤！男人一文，女人孩子两人一文！快交钱，交了钱就放你们过去！"

商队通道处一个掌柜模样的男人策着马往前挤了挤喊道："官爷，怎么又涨了，粮货前天还是五文，怎么这么快就变成二十文了？"税官朝他翻了翻白眼："没见识的主，而今南方长毛作乱，丝茶路断绝，光剩下你们这些粮货油货盐货的商贾和这堆到口外逃难的灾民，皇上要养兵打长毛，不找你们要找谁要去？"正说着，灾民队那边有个老太太，从垃圾布片似的衣裳里摸出珍藏的一枚制钱，正犹豫着，后面的灾民突然一哄而上，关口顿时乱作一团。那个税官虽壮实可也差点顶不住，赶紧扬起鞭子一气乱抽："不准顶！不准挤！都给我站好！否则谁也别想过去。"

关前野店内，一名老乞丐细眯着失神的眼睛怔怔地望着这一切，突然嘎嘎唱道："走西口啊，走西口……"旁边的老板娘被吓了一大跳，不过她没有喝骂老乞丐，反而怜悯地看了他一眼，接着也向关口望去。只见一个通四海信局的信使手举局旗，飞马而过，不但人马皆疲，且上下尽湿；更让人惊讶的是，那信使在拐向这边官道的时候，突然连人带马一头栽了下去。

众人"轰"的一声响，齐喊："怎么了？怎么了？"老乞丐也停了唱，伸头望去。两个手脚快的盐车把式冲了过去，把信使从马下拉出扶到了野店。老板娘也不犹豫，赶紧将一瓢水熟练地灌进了信使的嘴里。这个信使已年过三十，一副干练的样子，但发辫飞散，胡子拉碴，唇边一溜大泡，很是憔悴，一瓢水灌下后，他悠悠醒转，立刻惊喊道："这是哪里？我的信袋呢？"那位扶他过来的盐车把式将信袋拿了过来，瞄了一眼然后念道："信寄山西太原府祁县乔家堡乔东家致广老先生收启，十万火急，限三日到。信资两百文，快跑费白银五十两。"

"五十两白银？！"在野店围观的众人又"轰"的一声响，接着乱纷纷七嘴八舌议论起来。那盐车把式将信袋交给了信使，并且道："这位大哥，怎么急成这个样，瞧，你的马都累死了！"信使颤着手接过信，起身就想走，可身子哪里听使唤，一站起来就"哎呀"一声又摔了下去，"天呀，这可怎么办？"他紧紧将信抱在怀里，忍不住带着哭腔说道。旁边一个老者问道："信上写的乔家，莫非就是'先有复盛公，后有包头城'的那个乔家？他们在包头声名赫赫，有复字号十一处生意，是不是？"那信使迟疑了一下，抹了把眼泪点头道："就是，就是这个乔家，出大事了！"说着他仍挣扎着要起身："我要走，我就是爬，也要爬到祁县去！"可他刚勉强站起接着又跌跌了下去。老板娘赶紧将他扶起，众人七嘴八舌地说："你这个人，腿摔成这样，还要走？怎么走？"那个递信过来

4

的盐车把式沉吟起来,又问道:"哎,大哥,什么信呀这么急,用得着花五十两白银雇你跑这一趟?眼下这年头,二十两白银能买一个大姑娘呢!"信使只是抹泪,并不回答,继而喃喃地说:"什么事,要命的事啊,也说不得呀……"众人面面相觑,最后老板娘开了腔:"哎我说这位大哥,你光在这里抹眼泪也没用,你的腿坏了,一时间也走不了,不如请这位盐车大哥帮个忙,我租给他一匹快马,请他帮着把信送到山西祁县乔家堡。"盐车把式一愣神:"我?"信使一听这话,"扑通"一声跪了下去:"大哥,我求你了,我给你十两银子,不,给你二十两,只要你能在后天天黑前把信送到!"盐车把式动心起来,旁人见状又开始了七嘴八舌的议论。

一直缩坐在茶铺门口的那个老乞丐突然又嘎嘎唱了起来:"哥哥走西口,小妹也难留,止不住那伤心泪蛋蛋一道一道往下流……"他苍凉沙哑的歌声虽不怎么响,但似乎飘荡在繁乱却仍旧显得荒凉的杀虎口,落在每一个人的耳朵里,沉甸甸的,又好像带着点刺痛,渐渐地野店里的声音也低了下去,一种莫名的乡愁悄悄地笼罩了过来。

2

远在几百里外的乔家"在中堂"已至深夜,烛火依旧"突突"地燃着。乔家的大太太曹氏已经呆呆地坐了很久,一旁的丫鬟杏儿努力忍着瞌睡,她手捂着嘴打了几次哈欠后,终于开口劝道:"大太太,您,您别担心……曹掌柜说了,他每样东西都是半夜来拿,然后托极机密的人,远远地去当,一丝风都不会透出去的!"那曹氏只是缓缓地摇了摇头,仍旧没有作声。她看过去不过年届三十,容貌甚美,但由于总是颦蹙两道柳叶眉,眉心一道浅浅的皱纹已经刻下,且体态颇显柔弱。杏儿转了转圆溜溜的眼睛,迟疑了一下，又说："莫不是奶奶心疼那座玉石屏风，说起来那到底是奶奶的陪嫁啊……"这次曹氏手一摆，打断了她："这些日子要给大爷请大夫，吃药；明儿二爷又要去太原府乡试，万一得中，支撑个场面也得花银子。当了吧！当了吧！好歹也有个一万两。"她的声音里有一丝说不出的沉痛，杏儿不敢再开口说话。曹氏摆了摆手，示意她下去。杏儿迟疑了一会儿，敛礼道："大太太也早些歇息吧，明儿还要送二爷呢。"曹氏只是摆手，杏儿不敢再作声，悄悄退下了。

曹氏一手扶着头又独自坐了好一会儿，突然起身在祖宗牌位前跪下来，低声祷念道："乔家历代祖宗在上，乔门曹氏今日在此虔诚祷告祖宗在天之灵，保佑我乔家包头的生意安然无恙，保佑大爷平安度过这一厄，大爷这一条命，就靠这口气撑着呢！"她祷念完，略觉心安，可刚一站起，先前曹掌柜来取玉石屏风时的话又在她耳边响起："大太太，大爷真的觉得我们这回能赢？我们真的不会掉进达盛昌邱家的套里去？"曹氏腿一软，复又跪下，忍不住合掌道："不，不……想我乔家，从祖父贵发公开始经商，一百年来，从没做过一件伤天害理之事，就是这次与达盛昌邱家在包头争做高粱霸盘，大爷也是被逼无奈，我们凭什么该败？列祖列宗，乔家要是败了，那就再无天理……"虽然如此这般地祷念着，可这次跪下去，她许久都没有再起身。

夜虽暗沉沉地笼罩着乔家这所百年大院，但统楼二楼的库房旧家具中间，却同样明烛高烧。这里堆着不用的破家具和生意上用的旧柜台之类，几只旧算盘和两三本《商贾便览》《辨银谱》《客商一览醒迷》胡乱扔着，灰尘满落，平时罕有人至。

致庸正躺在这里一个旧木箱上睡大觉，一本翻开的《庄子》盖在他的肚皮上。他睡得很沉，嘴角不时颤动着。可突然，他大叫一声，猛然坐起，睁大眼自言自语道："啊！不对，不是学而优则商，是学而优则仕！"

致庸是个相貌平常的年轻人，中等身量，也许最多只能称得上白皙清秀，但奇怪的是，他一双不大的眸子却异常黑亮，这一点便使他这个相貌平常的人变得格外与众不同。他自语的时候，那双眼睛在暗夜中如同星星般闪亮着。不一会儿，他似乎完全醒了，挠了挠头自嘲地笑道："不对，我怎么又做了这个梦？什么学而优则商，孔夫子是怎么搞的？……不行不行，这个梦得从头做，是学而优则仕，不是学而优则商，孔老夫子又说错了！"

瞪着眼坐了一会儿，致庸又像方才那样轰然躺下，过一会儿却又轰然坐起，微笑着自语道："不对！我想做的根本就不是这个梦！我想做的是庄周化蝶之梦。"他细了细嗓子，开始用晋剧艺人的腔调念白道："说的是这一天春光日丽，清风和煦，庄周闲暇无事，步入后园，见百花盛开，彩蝶飞舞，不觉心中大喜，俄然睡去，就有一梦，梦中庄周化作蝴蝶，左顾右盼，五彩的翅膀，小巧玲珑的身躯，振翅而翔，栩栩然一蝴蝶也。只见这蝴蝶穿梭于花亭柳榭之间，徘徊于秋水长天之下，不觉大为快乐。俄尔醒来，蝴蝶发觉自己竟然又成了庄周，庄周这下就不快乐了，让他，不，让天下的庄周之徒纳闷的是，这到底是怎么一回事？我原本到底是庄周呢，还是自由自在翱翔于花丛中适适然自得其乐的蝴蝶，抑或自由自在的蝴蝶原本就是我庄周？……不能啊不能，我快快乐乐的一只蝴蝶，怎么可能成了这个叫庄周的家伙呢……"他胡乱地念着，年轻的面孔上满是无忧无虑的快活笑意，继而"噗"一声吹灭烛火，又倒下沉沉睡去。

这一觉睡去，那只命运的金蝴蝶终于悄悄光临了他的梦境，盘旋飞舞，熠熠生辉，继而百只，千只，千万只，旋裹了他整个梦中的世界。

3

当清晨的第一抹阳光照在乔家大院的时候，曹氏揉了揉一夜无眠的眼睛，走出房外。院内停着一辆蓝篷马车，一个四十来岁的男仆长顺，正恭恭敬敬地在一旁候着。清晨像露珠一样清新却沉甸甸坠在花瓣上，曹氏长长地吸了一口新鲜空气，开始指挥仆人往车上搬东西："该带上的都带上，吃的穿的，文房四宝，还有他常读的书。对了，给咱们家太原府大德兴分号曲大掌柜的信，前些天送走了吗？"长顺一边不歇气地往车上搬东西，一边回答说："大太太，送走了，曲大掌柜那边已经回了信，说二爷的吃住行都安排好了，让您和东家放心！"曹氏微微颔首，杏儿用眼觑了觑她，宽解道："大太太，二爷这回去了，说不定就高中了；二爷中了，咱们家也就出了个举人，不比二门里达庆四爷他们家差了！"曹氏微微一笑，又叹了口气说："就是中了，乔家三门也才出了一个举人，人家二门出过五个举人呢！"她突然觉得有什么不对，转头对杏儿说："杏儿，都这会儿了，二爷怎么还没出来，不会还没睡醒吧？谁跟着二爷呢？长栓，长栓——"杏儿捂着嘴笑了起来。曹氏颦了颦眉："你笑什么？"杏儿低头敛容："大太太，二爷平日里睡不醒，今儿要去考举人，事关一生的功名，他不会再像平时了吧！"曹氏哼一声，欲说还休："对了，长栓呢，怎么也不见个人影儿？天都这时辰了！杏儿，长顺，你们俩一个内宅，一个书房院，给我去找，快点！"

两人赶紧去了，这边张妈却匆匆跑出来，直喊道："大太太，您快进去吧，大爷嚷嚷着要起来送二爷呢！"曹氏大惊失色，转身跑进二门。

一间精致的内室里，病沉沉的乔致广正在榻上挣扎："来人，我要起来——"曹氏快步走过去，接过张妈手中的药碗："大爷，你躺着，先把药喝了。"致广一把推开："不，我不喝！"曹氏眼里一下涌出泪花，颤声道：

"大爷——"致广心里一软，便闭上眼睛，不再抗拒了。相对于弟弟致庸而言，两人虽然容貌酷似，但致广相貌堂堂得多，一举一动颇有大财商的威仪，不过眼下的这场大病已经完全使他的容貌气质走了形。

曹氏噙着眼泪给他喂药，但是只几口，致广便"噗"一声吐了出来，倒下去，闭上眼睛大口喘着气。曹氏大惊，连声唤杏儿叫大夫，却见致广撑起半个身子，艰难却果决地说："别，扶我……坐起来！"曹氏踌躇了一下，只得和杏儿扶他拥被半躺半坐。

致广闭眼歇了好一阵子，才睁开眼，半晌喘着气问："曹掌柜夜里来过了？"曹氏点点头，想说什么又咽了下去，同时做了一个手势让杏儿等离去。致广努力忍着，不让自己发问，但头却费力地扬起，做着一个询问的姿势。曹氏心中大为不忍，背过脸去低声道："大爷，包头那边还是没消息！你别急！"一听这话，致广的身体姿势丝毫没有放松，手却下意识地抓起身边一个鼻烟壶，烦躁地用力握着，不一会儿那鼻烟壶竟在不经意中被攥碎了。曹氏心下暗暗大惊，却故意不介意地一边收拾着，一边劝慰道："大爷，可别伤了手，你还是躺下吧，躺下舒服些。"致广摇摇头，开始努力说些轻松的事情："致庸今天就要去太原府乡试，事情都准备好了吗？"曹氏连忙点头："都准备好了，你放心。"但一时间她再也忍不住，猛地转身，不禁悲从中来。致广不觉，故作欣喜道："致庸今日一去，三场下来，一定能为我们乔家三门挣回一个举人。来年就有资格去京师再考取一个进士，这样我们乔家三门里终于也要出一个做官的人了！"曹氏话中有话，忍着泪问："大爷，你觉得……致庸这回真能考上？"致广深吸一口气，干脆地说："他能。我的兄弟我知道。甭看他平日里在八股文上不上心，可我这个兄弟打小就不是平常之辈。别人念书，那是不得不念，是为了做官，我这个兄弟念书，那是他真喜欢书。致庸是我乔家三门生就的第一个读书人，他要是还考不中举人、进士，天下就没有人配做这个举人、进士了！"

曹氏长久沉默着，突然说："大爷，二爷喜欢读书不假，可是你知道，他骨子里并不喜欢科举，更不喜欢做官。他常说一个好好的读书人，一门心思钻营科举，去做一个什么官，简直是作茧自缚，放着好好的日子不过，去找天下最大的不自在，还常常骂那些做官的人是天底下最大的傻子；就是这些日子，他也没有要去考举人的意思，天天还是我行我素……"致广一听，怫然不悦："你，你到底想说些啥？"曹氏牙一咬，一不做二不休地回答道："大爷，我想说，二爷生下来就是个大商家的公子，他过惯了自由自在的日子，根本不愿意去太原府乡试……大爷正病着，包头的事情又迟迟没有准信儿，我说这次太原府乡试……就甬让他去了！"致广一惊，大怒着喘息道："你……不行！就是天塌下来，二弟今天也要去太原府乡试！"曹氏急忙上前帮他揉胸脯捶背，后悔道："大爷，甬急，我不过就是提一提……"

致广一阵剧咳后抬起头，眼里闪出泪光："你……你忘了，当年爹娘怎么死的？就是因为我们家没人做官，被那些官商欺负，爹娘气不过，才一病不起，双双亡故……我明白了，你是怕这一回我们在包头输给了达盛昌邱家，怕我撑不过去，怕到了时候这个家里没有男人支撑局面！不……我和达盛昌邱家谁胜谁败，还不一定呢！致庸今天一定要去太原府乡试！"话音未落，致广一阵大喘，接着一口血咳了出来。曹氏"扑通"一声跪下，哭着喊道："大爷……"致广毫不为之所动，喘着说道："你起来！没想到你也不懂我的心！……可怜我这个兄弟，爹娘去世时才三岁，记得那时爹娘将二弟的手交到你我手中，特意嘱咐过，长兄如父，长嫂如母，看在他们的面上，对致庸该打的时候，就骂两句，该骂的时候，就说他两句，一定不要让他觉得自己是个没爹没娘的孩子！"

曹氏泣不成声："大爷，别说了……"致广不理，直着眼继续咳着说道：

"不，我要说……葬爹娘那一日，乔致广就记下了一句话，虽然致庸没了爹娘，可我是他的大哥，我一定要让致庸快快活活地长大，一辈子都让他快快活活的，不让他觉得自个儿没有爹娘！致庸从小不喜欢经商，我就不让他学生意……就是念书，也不是我逼他，我曾经下过决心，若是他不愿意读书，我也不会逼他读书！可我看他不是这样，我这个兄弟，天生就是个读书的料，我让他读书，让他走科举之路，不这么做，我怕会误了他的终身！这样我就对不起二弟，更对不起死去的爹娘！我……"

曹氏咬咬牙，赶紧拭着泪说："大爷，你的心思我懂了。是为妻错了……我现在担心的是二爷自个儿，他那种庄周一流人物的心性，万一根本就不想中举，上了考场故意不好好地考，大爷的这片心，就白费了！"

致广停住咳嗽，大喘了一口气，继而深思道："你说的也有道理，不过我有办法让他一心一意地好好考，而且一定考中！"曹氏有点半信半疑："大爷，你有办法？"致广又一阵大咳，挥手道："拿笔来——"曹氏转身去的时候，致广带着喘咳的声音又从背后传来："记住，家里的事，包头那边的事，半个字也不能透露给致庸，就是去赶考，也要让他快快活活的！"曹氏没有回头，眼泪像断了线的珍珠一样直淌下来。

4

清晨的阳光照在致庸沉睡的面孔上，他在梦里依旧笑嘻嘻的，喃喃地说着梦话："谁是乔致庸？乔致庸是谁？我不是乔致庸，我是庄周？不，我也不是庄周，我是蝴蝶，栩栩然蝴蝶也——"他高高瘦瘦的贴身男仆长栓，蹑手蹑脚地走到致庸身旁，叹一口气，使劲学了一声鸡叫。致庸猛一惊醒，揉着眼半晌没有回过神来。长栓又叹口气，附耳对致庸说了几句话，致庸"哎呀"一声，跳起来就跑。

致庸略略梳洗整理了一番，赶紧穿堂过室，一路小跑到中院。长栓招呼着陆续赶来的长顺和杏儿，赶紧跟着。致庸好容易喘着粗气，跑到在中堂，一抬眼便看见致广衣冠鲜明地端坐着，曹氏和张妈一边一个守着他。致庸又高兴又激动，也顾不上致广神情严肃，只一迭声地问："大哥，你能起来了？你的病算是好了吧？"也许是致庸带着孩子气的真情流露，致广当下就觉得眼窝一热，赶紧正了正神色，喝道："跪下！"致庸一愣神，立刻笑嘻嘻地跪下，嘴里还狡辩着："大哥，大嫂，你们看，今天这么要紧的日子，长栓竟然不叫醒我，你说他该不该打！"说着他扭头冲长栓挤挤眼睛，这边长栓听了直跺脚，却也不敢出声申辩。

致广不答理他，手摸索着撑住太师椅的雕花扶手，想要站起来，却还是不行。两边的曹氏和张妈赶紧架住他，将他慢慢扶起。致广站稳后，便推开她们的手，沉声命令道："鸣炮！动乐！"长顺朝门外一招手，一时鼓乐鞭炮齐鸣。

致庸一惊，迷惑地问道："大哥，今天什么日子呀，怎么这么大动静？"致广沉沉地反问道："二弟，你还不知道今天什么日子？"致庸搔搔头，想了一会儿，犯难地说："大哥，今天不就是八月十三吗？"致广微微颔首，回答道："二弟十年寒窗，今天终于到了出门应试的日子，再回来之日，就是举人、进士，离家的日子长，在家的日子短。临行之际，还不向爹娘和我乔家三门的祖宗辞行，让爹娘和祖宗保佑你一路平安，马到成功！"

众人都望着致庸。致庸想笑又不敢放肆，憋了会儿终于开口说："大哥，你是不是也太……二弟今天就是去应个乡试，能不能中举，还不知道呢！再说了，不就是去考举人，还犯得着大哥惊动祖宗，里里外外闹这么大动静？"致广勃然变色："住口！这是什么地方，容得你信口胡说！"致庸急忙敛容："是，大哥！"致广做了个手势，长顺应声，恭敬地点了

12

三炷香，递给了致庸。致庸不情愿，却也无奈，闭一闭眼睛，便前去上香，跪拜如仪，祷念道："爹娘祖宗在上，致庸今日奉大哥大嫂之命，去太原府乡试。这乡试又不是大事，致庸本不想惊动爹娘和祖宗，可大哥一定要致庸这么做，致庸只好听他的。致庸求爹娘祖宗保佑，盼此去太原府给大哥大嫂拿一个举人回来，且不费我吹灰之力！"说完他长吁一口气，扭头笑嘻嘻地冲致广说："大哥，这总行了吧？"

致广眼中忽然浸出泪来。致庸变色，急忙问："大哥——"致广努力忍住泪，微笑着对致庸招手说："兄弟，来，扶大哥一把！"曹氏想上来扶他，却被致广推开。致庸赶紧起来奔上两步，扶他一步步挪过去。致广上香，跪倒在地，祷念道："父母大人在上，十六年前，父母去世之际，将二弟托付给致广和儿媳曹氏；十六年过后，致广和曹氏已遵父母之命，将二弟养大成人，就要送他离家去赴太原府乡试。爹，娘，二弟这一去，一定不负你们的期望，为我乔家三门挣回一个举人。二老在天之灵，保佑他乡试高中，来年金榜题名，状元及第吧！致广给父母和祖宗磕头！"他说说喘喘，中间歇顿了好几次，那些歇顿的空白像刀锯似地撕割着他的胸腔，痛楚不堪。致广竭力撑着，好容易说完这段话，又艰难地磕下头去，但未及站起，身子忽然向边上猛然一歪。

众人皆大惊失色，长顺赶紧回头对门外喝道："快停乐！"这边致庸和曹氏急忙将致广扶起，搀坐回去，致广不觉闭目大喘。致庸担心地问："大哥，你没事儿吧？你要是觉得不好，我今天就不去了！"致广一听这话，猛然重睁双眼，厉声道："你给我住口！"致庸急忙躬身称是。致广又喘了一会儿，勉强笑了笑，努力振作着，和颜悦色道："二弟，你要走了，大哥有句话，要嘱咐你！"致庸见他似乎没有大碍，也略略放下心来，笑着说："大哥，不就是考个举人嘛，凭二弟这一肚子臭不可闻的八股文，蒙个把举人，又不是什么难事，你就别……"致广厉声喝止：

"你——"

致庸吓得再次躬身："大哥——"致广怒不可遏，训斥道："就凭你如此狂傲，这回去了太原府，也中不了举人，给我跪下！"致庸依言跪下，嘟哝道："大哥，你……你别生气呀，我不过就是这么说说而已。"门外，长栓偷偷捂着嘴乐，致庸回头看他，恨恨地挤一下眼睛。致广呼呼直喘："就你这样，到了太原府，我怎么能不担心！"曹氏赶紧上来圆场，同时对致庸使使眼色。致庸心领神会，不再嬉笑言语。

致广指着堂上高悬的"在中堂"三个字问："当初乔家祖宗为我们三门分家，专为我们这一门立了这个堂号。你说说这是为什么？"致庸作出恭敬的神色，认真回答道："孔子曰，'不偏不倚谓之中'。祖宗为我们三门立这个堂号，是要我们为人处世，不偏不倚，不急不躁，不疾不徐，行圣人之礼，遵中庸之道。"致广微微颔首，又问："还有呢？"致庸忍不住低低吁了口气说："哥，好像没什么了吧。"致广正色道："有。你的名字叫致庸，就是爹娘据这个堂号给你起的。所谓致庸，就是学而致用，不尚空谈，就是逢事不走极端，就是要讷于言而敏于行，做人要敦实。"他越说越苦口婆心："尤其为人不得轻狂，要规规矩矩，不能恃才傲物，觉得天下都不足取！你不过是一个小小生员，出门在外尤其要收敛，比如掌管着你仕途的那些考官，不管人家说啥，你都应该低声下气，不能一句话不顺耳就像在家一样强词争辩，甚至由着性子跟人家吵架……"致庸渐渐不耐烦起来，忍不住嘀咕道："天下本来就不足取也！至于那些考官，万一他们说出混账话来，我也要低声下气？"

他嘀咕的声音虽轻，致广还是听到了几句，立刻呵斥道："胡说！人家是朝廷命官，讲的是圣人之言，行的是周公之礼，怎么会说出混账话？倒是你，念了几篇老庄，就不知道天高地厚，把天下人都不放在眼里。"致庸笑着分辩道："哥，你是不是错怪我了，我不只念老庄，我更念孔孟，其实在我身上，出世之心和入世之心一样重！我……"曹氏向致庸连连摆手，频使眼色。致庸赶紧闭了嘴，这边致广又数落起来。致庸咧嘴吸了口凉气，然后容忍地微笑起来，等到致广喘息停顿的间歇，致庸逮住机会便拱手道："大哥，天不早了，你也教训得够了，让我起来吧？"说着他便自个儿站了起来。致广深深看他一眼。致庸只好重新跪下，嘟哝道："你看，还没完了！"

致广抬头问："谁跟二爷一块儿去？"长栓急忙进来，回禀道："大爷，我跟二爷一起去！"致广喘了一口气，叮嘱道："太原府不是乔家堡，车多人多马多，撞伤了不是玩的。等会儿出了门，你们路上不能拐弯，一路直奔太原府；到了太原府，那些好吃好看好玩的地方，一概不能去！到了就住到咱们家的铺子里，交代曲掌柜，二爷住进去以后，只准在里头读书，除了去贡院应考，再不准他出门！"长栓不由看致庸一眼，心里暗自嘀咕，说这爷哪里能管得住啊，但口中他仍赶紧向致广应承："是，是！"

致广示意曹氏和杏儿扶他站起，然后对致庸说："你，起来吧！"致庸一骨碌爬起来，高兴地说："谢大哥！大哥，大嫂，这回我可以走了吧？"致广没出声，示意杏儿拿出一封信来，然后说："二弟，你去太原府，带上大哥这封信。"致庸伸手来接，致广挡住，沉声叮嘱道："不要马上看，什么时候进考场，你什么时候看。"致庸一乐，笑着说："大哥，什么信呀，你甭闹得像诸葛亮似的，派赵云出征还送给个锦囊……"他到底没敢说完，看看致广的神色，赶紧换个话头应承道："是是是，我听大哥的，大哥不让我这会儿看，我就进考场时再看！"

他接过信，随手塞进口袋，对长栓眨眨眼，低声喝道："还不快走？！"长栓赶紧跟着他快步走出。致庸快走了没几步，突然又折回来，看着致广迟疑着。致广厉声道："又怎么了你？"致庸犹像了一下，突然像小时候一样上前抱住致广，摇晃了两下，嬉笑着说："哥，哥，你可答应我，我回来你的病就彻底好啦！"不待致广回答，他冲有点愕然的众人伸伸舌头，一溜烟地就跑远了，再没回头。

致广静静地看着他跑远，对弟弟最后那个孩子气的举动，他到底没忍住，两行清泪终于落了下来。他停了停，忽然扭头喊道："鼓乐呢？鼓乐怎么停了！景泰他娘，我走不动了，你快出去送二弟……去应试！"一句话没说完，致广再也坚持不住，猛地向后倒去，口中喷出血来。曹氏大惊，扑上去抱住他，一迭声喊道："大爷，大爷……快叫大夫啊！"致广勉强睁开眼，喘息着说道："别声张，让致庸安心走！"曹氏眼泪滂沱而下。堂外，鼓乐又热闹地响了起来。

5

果然不出长栓所料，他们的马车沿着汾河的官道没赶多远，致庸就吹着口哨把他的鞭子抢了过来，然后自个赶着马车拐到了另外一个便道。长栓知道他要去哪里，又气又急，但也无可奈何，只好由他了，但是不住地念叨着："我的爷啊，明儿应试是大事情，您可千万不能耽搁啊！"致庸最后被他念叨烦了，手一挥在长栓的头上甩了一个响鞭，笑着说："小子，别一本正经的了，难道你就不想去？"长栓脸一红，想说什么又忍住了。

致庸熟门熟路，不大一会儿工夫就进了祁县县城，在一家有点残破的后院门口停了下来。他跳下车，一边熟练地找了块垫脚的石头准备翻墙，一边嘀咕道："江家真是不争气，瞧这后墙，塌了这么久也不修，墙这么矮，多不安全啊，还好我不是坏人啊……"没费多大劲，致庸就翻过了墙头往下一跳，不料想墙下不知何时多了一个大坑，他一跳正好栽在了那个坑里，半天才"哎哟，哎哟"地爬起来。致庸随便拍拍身上的土，接着就开始学起了蛐蛐叫，两长一短，非常规则。

不大会儿，二楼厢房便奔出两个年轻的姑娘，前头的那个姑娘额头饱满，一双眼睛长而清媚，容貌极是秀雅，一身淡雪青色的家常衫子亦把她衬托得异常清丽脱俗。致庸看着她由远而近地奔过来，饶他一直嬉皮笑脸惯了，也不自禁地微微涨红了脸，但他仍装出一副满不在乎的样子，继续鼓着腮帮子学蛐蛐叫，还微微背转过身去。那姑娘奔到离致庸十步远的地方，便放慢了脚步，越走越慢。原先落在后面那个丫鬟打扮的姑娘赶了上来，一看他俩这个架势，忍不住掩嘴"扑哧"一笑，同时开始向院墙外张望。

"雪瑛——"致庸到底忍不住。他这一唤，雪瑛干脆停住不走了，头微微垂下，粉脸绯红。"翠儿，长栓在院子外面呢！"致庸笑呵呵地向外摆了摆头说。翠儿一听，脸也红了，当下颔首道："乔二少爷好，我，我去外面看看。"说着她便赶紧知趣地去了院门外，一是替他们望风，二来则是见见也算青梅竹马的长栓。他们四个人打小便一起长大，感情颇深。雪瑛眼见着翠儿不见了人影，才慢慢抬头，看着致庸说："你……你怎么来了？"致庸依旧笑嘻嘻的："人家想你了，就来了呗！"雪瑛脸涨得更红了："少胡说你！来了也不走大门，还像小时候那样爬墙头！马上就是举人老爷了，万一让我爹娘发现——"致庸一听，拉长了声调依旧笑嘻嘻地说："我是为你好才爬墙进来的。现如今雪瑛人大心大，男女授受不亲，我要是从前门进来，姑父姑母一定不会让我见你。那时你就是再急着要见我，只怕也见不着了！"雪瑛"呸"了一声，又好气又好笑道："别臭美了，你怎么知道人家要见你？"

致庸故意正色说："乔致庸要是连这点自信都没有，还会来爬江家的后墙？乔致庸要是不知道江雪瑛天天都在想我，念我，尤其这几日一直盼我来，那我还读什么书？考什么举人？我要是考不上举人，又怎么能托媒人来江家求亲——"雪瑛又惊又喜，一时也顾不上矜持了，急切问道："你说啥？你要托媒人来……求亲？"致庸故意逗她，装作没听懂："我说了吗？我怎么不记得了！""你——"雪瑛又羞又恼，作势上前打他，致庸一把抓住她的手。雪瑛大急，一边挣着手一边低声嚷道："快松开，你要死了，让别人看见，那还得了！"致庸一边使坏耍赖不松手，一边低声央求道："好妹妹，想不想知道我怎么跟大哥大嫂讲的？要是想知道，就跟我走！我带你去个好玩的地方，真的，真的，就一会儿，很快送你回来，今儿太阳多好啊。"雪瑛开始只是挣着手摇头，但禁不住对终身大事的关切和致庸带着点孩子气的央求，最后到底点头答应了。

　　两人快步出了后院门，一抬眼正看见长栓和翠儿在那边低着头轻声说话。致庸调皮地咳嗽了两声，闹了两人一个大红脸。雪瑛快步上前向翠儿耳语了几句，翠儿看上去多少有点担心，附耳向雪瑛叮嘱了好几句，才点点头，又红着脸看了长栓一眼，便赶紧回去了。

　　马车很快出了城，来到十字路口。长栓在篷车外问："二爷，往哪儿去？"致庸做了个鬼脸道："什么往哪儿去，该往哪儿去你还不知道？"篷车外长栓歪着头停了停，接着笑呵呵地甩了一个响鞭："明白喽！嘚，驾！"

　　雪瑛原本一直绞着手坐着，突然觉得有点不对，便朝外看去，立刻失色叫道："致庸，这是去哪儿呀？这不是去太原府的官道吗？"致庸装糊涂，也掀起帘子朝外看看说："怎么，这是去太原府的官道？长栓，你怎么把车赶上了去太原府的官道？"不等长栓回答，他便放下帘子回头对雪瑛说："算了，既然上了去太原府的官道，就跟我一块儿去太原府玩玩吧！"雪瑛沉下了脸，直盯着他，一言不发。致庸看着她的神色，突然也觉得自己有点发疯，于是挠挠头又嬉笑道："那，那，要不然……可是……"他到底没说出些什么，只好回望着雪瑛那双长而妩媚的眼睛，恨不能在她美丽的眼波里一直留下去。尽管他一直嬉皮笑脸的，可是他那双极黑极亮的眸子里含有太多的不舍和情意，雪瑛突然含羞带笑地低下了头，只轻声说："冤家，跟你去太原府也可以，但最晚明天天亮前，你得让长栓把我送回来。若到了明天天亮我爹娘见不着我，我可活不成了！"致庸大喜，说："行，明天天亮就明天天亮，长栓，把马赶快点啊！"

马车更快地跑了起来。雪瑛伸出一个手指头在致庸额头上轻轻点了一下："瞧这疯样儿，真拿你没办法。"致庸也笑了，拉过雪瑛的手说："真是奇怪，我一看见你就舍不得，原先只想绕道瞧瞧你，可见了你之后就想带你出来待一会儿；等你上了车之后，我又想带你去太原府，与你相伴的时间更长些，最好，最好，永远都不分开呢。"雪瑛大羞，又挣脱他的手。致庸紧紧握住，深情地看着她。两人四目相对，一时千言万语，雪瑛慢慢低下头去，任由他握住自己的手。

半晌，雪瑛长吁了一口气道："快说吧，人家都愁死了！"致庸一乐，拍着肚子说："愁什么？我知道了，你是怕我考不上？就我这一肚子八股文章，臭不可闻，骗他们个举人，还不是绰绰有余！真可惜这次不是殿试，考的也不是圣人之言；若是殿试，考圣人之言，我一篇锦绣文章做下来，当今圣上还不得给我点个状元！"雪瑛见他吹得起劲，不由得"扑哧"一笑，接着却又低头不语。致庸看出她有心事，连连追问。雪瑛禁不住他问，眼里溢出泪花，终于细声道："致庸，告诉你，我们家这几年的日子你是知道的，我爹做什么生意都赔，到如今穷得只剩下我这个闺女了！"致庸一惊："说什么呢你！我姑父他不会……"雪瑛点头，声音更低了："我爹说了，现在他做生意没本钱，一家人不能饿死，要把我嫁给一个有钱的人家，借点本钱开一家大烟铺！"致庸装作很紧张地问："真的？你呢，你答应了？"雪瑛生气地甩开他的手，致庸赶紧做念白状安慰道："罢罢罢，我说这位小姐，你也不要发愁。乔致庸今天去太原府乡试，一眨眼就是举人；好歹再熬熬，然后到京里应试，出门就是进士；中了进士，在下不但有资格做官，还有资格请大哥大嫂出面，到江家提亲。"

雪瑛惊喜地一把抓住他的手说："真的？"致庸握紧她的手认真地说："当然。只要姑父姑母不反对，这门亲事就是板上钉钉，谁也不能把我们分开。乔家虽不是什么大富之家，可借给姑父几千两银子做本钱，也不是难事。只是开大烟铺，我不赞成！"雪瑛大为高兴，眼泪不觉流出，只好背过脸去，用丝帕拭泪。致庸为了分散她的注意力，赶紧推推她说："雪瑛，你看，你看，外面多美啊！长栓，停车，让我们下去遛遛。"

太原郊外，一片片野花、野草自由自在地沐浴在阳光下，鸟声清脆可喜，几只金色的蝴蝶在大片的野生紫云英间亦飞亦停，翩然起舞。雪瑛开心得如同一个小女孩般雀跃："致庸，瞧这里景色多美，我觉得我今天来到了一个梦中曾经见过的地方！"致庸略带惊讶地说："说得不错。我也觉得，我在梦中到过这个地方！庄周梦蝶的地方，瞧这几只金色的蝴蝶，我前儿还在梦里见过呢！"

雪瑛笑他："你又来了！请问这位大爷，你是庄周，还是蝴蝶？"致庸嘻嘻笑着答道："庄周不知自身是蝴蝶，蝴蝶也不知自身是庄周。"雪瑛也乐了，如小时候般伸手在他头上敲了一下道："既然庄周都不知自身是蝴蝶，你这位庄周之徒，还是做山西祁县乔家堡的乔致庸吧！"致庸在她头上回敲了一下说："错了，难道庄周就不是乔致庸？乔致庸就不是庄周？天下有多少乔致庸，就有多少庄周；天下有多少庄周，就有多少蝴蝶之梦。"雪瑛笑着打断他："好了，别胡说了！快告诉我，这些日子，大表哥大表嫂把你圈在家里，你可把历科墨卷、天下的八股文都吃进肚子里了？"致庸嗤之以鼻："告诉你！我读的是'关关雎鸠，在河之洲。窈窕淑女，君子好逑'。"雪瑛脸红不语，跑向前去摘花。致庸追上她，又一本正经地说："好了好了，我读的是这种墨卷，你听好！'静女其姝，俟我于城隅。爱而不见，搔首踟蹰。'"他瞄瞄雪瑛入神的样子，放声大笑："哈哈，就是说一个像你一样美丽的女子，在城门洞里等我。她非常爱我，却不见我来，急得抓耳挠腮。"雪瑛"呸"了一声，恼道："胡闹，要考科举的人，不好好读五经四书，只顾看些闲书！"

致庸不管，握紧她的小手又开始背道："手如柔荑，肤如凝脂，领如蝤蛴，齿如瓠犀。螓首蛾眉，巧笑倩兮，美目盼兮……"说着他捧住雪瑛的脸，愈发深情款款："你看，她的手如同柔软的茅草一样白嫩，皮肤的颜色如同凝固的脂膏，脖子又长又白，如同雪白的蝤蛴虫儿，牙齿雪白如同瓠瓜的籽粒，她有知了一样方正的额头，蛾子一样的长眉，她那媚笑的酒窝呀，那美丽的眼波呀，真让我陶醉。妹妹，我背书的时候，千思万想的就是你啊！"雪瑛大为感动，轻轻偎依在他的怀里，忍不住又落下了眼泪，哽咽着说："致庸，不知为何我就是害怕！现在乡试，再往后是会试、殿试，你真要中了状元，京城有那么多的达官显贵、有财有势人家的小姐，你还能回到祁县娶我？"致庸轻拍着她的背劝慰道："好妹妹，贫贱之交不能忘，糟糠之妻不下堂，那时我何止要娶你。告诉你吧，就这会儿，我连咱俩的一生都设计好了。"雪瑛破涕为笑："又在胡说，谁是糟糠？还设计一生呢，你又在哄我！"

致庸神采飞扬地说："圣人云，凡事预则立，不预则废。人生在世，不过百年，我们既然不想虚度年华，自然事先要好好设计。"雪瑛抬起头来表情热切地看着他，于是致庸便很得意地开始长篇大论："首先，天下人读书，皆是为了做官，读书人做官，当然有人抱的是经国治世之志，更多的人却只是为了一份俸禄。我却跟他们不同。乔家虽不是大富之家，但只要生意不倒，我这一辈子，银子大概是不会缺的，因此我不会为了一份俸禄去读书做官。其次，我虽然生在商家，却不是长子，不用操心家中生计，大哥大嫂也从没想过让我接管家事。仔细想起来，我竟是天下第一等闲人。上天把我乔致庸生成这么一个人，我自然不能辜负它这一番美意喽。"雪瑛用一个手指头刮脸羞他："哎呀，那是谁呀，不多一会儿还说他要状元及第，出将入相，做国之栋梁，一眨眼又不想为官作宦了？"

致庸大笑道："雪瑛，怎么你也把我看成诚心正意修身齐家治国平天下一流人物了！呸呸！我这个上天恩赐的天下第一等闲人，怎么能堕入那一流人物中去！"雪瑛也笑："你又说胡话了，难道天底下还有比修身齐家治国平天下品格更高一等的人物？"致庸一拍大腿说："这话你问得好。岂不闻古人云，'帝王之功，圣人之馀事也'。一个人连治国平天下之类的大事都看不上，其心就不在尘世之间，而在云端之上。哎，我说你回去好好读读庄子就明白了。"

雪瑛嗤之以鼻："呸，我不信，你要真是庄周，就不会来太原府乡试。庄周会来考举人？别让我笑话你了！"致庸正色道："雪瑛，我是庄周，可现在又是一个俗人。既然做了俗人，就不能没有俗人之累，不做俗人之事。实话告诉你，这次我去太原府乡试，其实并不是为了中举，而是为了安慰大哥之心。大哥大嫂从三岁时把我养大，供我读书，又不指望我为乔家做生意赚钱，只指望我今年乡试高中，然后再去京师，骗一个进士，在乔家门前树一个牌坊，光宗耀祖。我要是连这个都做不到，不就太让大哥大嫂寒心了吗！既然做了进士，恐怕好歹还要去做一任县令。做完一任县令，我一生的俗事就完了。我脱掉乌纱，就不再是一个俗人了，我成了一个既有钱又有闲的人，一个大清国的庄周，一个庄周梦中的蝴蝶，和你这个状元娘子一车一马，离开山西……"

雪瑛脱口而出问道："真的吗？离开山西去哪儿？"致庸用手刮刮她秀挺的鼻子，笑道："轻车简从，行万里路，遍览中华大好山河。譬如看看孔老夫子登临过的泰山、秦始皇帝令蒙恬修的万里长城、苏东坡泛过舟的赤壁，看看徐霞客游记里的黄山，看看那从昆仑山直泻东海的黄河……"

雪瑛悠然神往地说："太好了，我做梦都想！"致庸揽过雪瑛，两人并肩对着远方的蓝天白云，致庸千古情怀悠悠念白道："还有那荆轲刺秦辞行时唱出慷慨悲歌的易水，秦将白起坑赵兵四十万的长平，楚霸王中了十面埋伏兵败自刎的垓下，谢家小儿郎大败前秦苻坚的淝水，隋炀帝开辟的南北大运河，唐明皇赐死杨贵妃的马嵬坡……"雪瑛热切地回应道："太好了，这都是我想去的地方！"致庸扳过雪瑛的肩，深情地面对她，继续说道："还有那四大名都，三大名楼，奇山秀水，名人旧迹……雪瑛，我们就这样一年年游遍大江南北，长城内外，名城大邦，然后回到祁县，在山中建一座别馆，两个人闭门读书，春天养花，冬日钓猎，年复一年，日复一日，如同一对神仙眷属，优哉游哉，不知老之将至。妹妹，你觉得我这个梦做得还是做不得，你愿意嫁给这个庄周吗？"

雪瑛突然把头埋在他的怀里，又抽泣起来，哽咽道："致庸，你把我们以后的日子说得那么好，像一场做不完的美梦，我都不敢相信了！致庸，世上有这样的好日子吗？我江雪瑛有这样的好命吗？我心里真是害怕。"致庸帮她拭泪，柔声道："别急别急，这样的日子，会来的，你只要等着就行！"

雪瑛痴痴地望着他道："致庸，致庸，你可不能骗我，从今天起，我可就等着了！"两人四目相对，一时间胜过千言万语。

半晌，雪瑛突然拉着致庸向不远处一座残破的小庙奔去，说定要与他起个誓。一进庙，雪瑛就在神像前虔诚地跪下。致庸定睛一看，又好气又好笑道："雪瑛，你要和我起誓吗？可这是一座财神庙，供的不是主管人间姻缘的月下老人！"雪瑛不理他，开始虔诚地祷念道："财神爷爷在上，民女江雪瑛今天在你面前发誓，一生一世，非乔致庸不嫁！有违此誓，令我这一辈子，虽生如死！"

说着她回头看致庸，致庸挠挠头，也只好走向前跪下，合掌戏谑地祷念道："财神爷爷在上，您老人家管的是天下的钱谷，本不该管这天下的姻缘，可今儿有人一定要我在您面前发誓，我也不便推辞，让您老人家受累了。"雪瑛嗔怪道："致庸，你少胡说，这是在神前！"致庸虽仍笑嘻嘻地凝视着她，但眼中的柔情大起，于是他扭转头对着神像拜了三拜，正色道："在下乔致庸，家住山西祁县乔家堡，今生今世，非江雪瑛不娶，若有半句虚言，令我求死不得，心痛如割！"雪瑛一听忙阻止他："你胡说些啥呀！"致庸一下跳起，又拉她起来嬉笑道："看你，刚才也不拦我，话都说出去了，你才心疼。"雪瑛痴痴地凝视了他半晌，忽又掩嘴笑了起来，接着含羞地忸怩了一下，递给致庸一个精致的香囊。致庸接过大喜，赞赏不已，隔了一会儿却又取笑道："这算是定情物了吧?！"雪瑛闻言大羞，伸手要抢回，致庸赶紧藏起，然后笑道："好好，不是定情物，这是妹妹怕我到了贡院，还像平日一样喜欢睡觉，一觉睡过去，误了这个举人，接着误了妹妹的终身大事。妹妹放心，今天我乔致庸戴上妹妹的香囊，到了考场，一打瞌睡，我就拿出它闻闻，立时三刻便会精神抖擞！哈哈！"

第二章

1

十九世纪中叶的太原府商街极为热闹，虽说这几年受南方太平天国战乱的影响，商业几受重创，但街上的人流仍旧熙熙攘攘，衣着光鲜的士绅与面带菜色的饥民一起在这百年商街上摩肩接踵，川流不息。

雪瑛很久没有出远门了，看什么都新鲜，又恨自己不是个男子，不能随意走动。致庸想了想，从自己的行囊里翻出一件青色暗纹提花斗篷递给她。雪瑛大喜过望，又摇头说："致庸哥，别淘气了，你赶紧去温课吧，别耽误了应试。"致庸没有吭气，若有所思起来。雪瑛有点担心地推推他，致庸哈哈大笑："我说雪瑛，你的心怎么就那么实？你想想看，万一我考不中举人，大哥大嫂能拿我怎么办？"

雪瑛一怔，随即明白了他的意思："你是说，你要是考不中，大表哥大表嫂就死了心，不再逼你走科举之路，我们俩的事就……""这就对了，大哥大嫂那么说，只有考中举人进士之后才派媒人去江家提亲，那是吓唬我呢；我要是考不中，他们就不让媒人去你们家提亲了？"雪瑛的脸一下子绯红起来，羞声道："哎呀，你是说，你要是考中了，我们的亲事还要拖下来，费许多曲折；要是你考不中，我们就——"致庸连连点头，嘻嘻笑道："对，你不是想过我说的那种日子吗？我要是考不中，那种日子马上就能来到；相反我要是考中了，你还得等呢！怎么样，还是考不中的好吧？！"雪瑛微一凝思，便立刻喜滋滋地开始穿戴斗篷，成了一个俊俏的小伙子。致庸和雪瑛相视大笑，笑毕，两人双手交握，心意相通，一时对这个新决定喜不自胜。

马车突然间停了下来，致庸在篷车里连问怎么了，外边长栓回禀道："二爷，前面有人在吵嘴，堵住啦！"致庸想带雪瑛去看她小时候最喜欢的皮影戏，挥挥手道："绕一下，我们去前街皮影馆！"长栓一听，道："二爷，那可不行，来时大爷可是交代过，到了太原府，要直奔咱们家的铺子——"致庸在车内做了一个鬼脸，喝道："少啰唆，将在外，君命有所不受！快点去吧，到了皮影馆你最好找个地方好好睡一觉，天亮之前，你还要送雪瑛小姐回祁县呢！"长栓哼一声，勉强应道："好吧，不过……大爷要是查出来，您可得替我兜着啊！"致庸闻言大笑，也不接口，在篷车里痴痴看着低头含笑的雪瑛，脸上满是幸福。

前方不远处，背着一袋花生的孙茂才正和一辆马车的车夫吵得厉害。风尘仆仆的茂才正气得跺脚："你一个赶车的，怎么敢这么跟我说话？是你先撞了我啊！"那赶车的敢情也是个横主，干脆跳下车吵道："我一个赶车的怎么了，你不就是一个卖花生的吗？你也不看看自己是怎么走的道！"两人各不相让，越吵越凶，四周围起了不少看热闹的人。就在这时，这辆马车上跳下一个年轻人，冲茂才一拱手，朗声道："这位兄台，我家下人不对，撞到了你——"那赶车的一听又急了："小……少爷，你看看这个人，硬说我们的车撞了他！明明没撞到嘛！就算撞了，撞你一个卖花生的，又怎么着？"茂才大怒，指着他鼻子道："你是狗眼看人低，老子是山西祁县的生员，老子是来太原府应乡试的秀才！妈的，就算是个卖花生的，你能白撞吗？叫你家主子评评理！"他一抬眼，看到眼前这"主子"异常俊美且含笑的面孔，倒愣了愣。这位叫陆玉菡的俊俏"主子"

听了他的话，对着茂才上下打量，见他一身布衣，长期失意抑郁的面孔此刻满含怒气，但眉宇间却有种挡不住的书卷气，合着时不时闪烁的自嘲自怜与睥睨傲然，使他跺脚骂人时也难掩一种复杂的文人气质。玉菡在车里看他时已有点惊讶，现在细一打量更是愣了愣，她又拱手道："这位仁兄，是我家下人不对，还请仁兄看小弟的薄面，多多海涵！"

茂才哼了一声道："你这话还差不多。好了好了，不要赔不是了，你就买点我的花生吧！"玉菡一怔，这边车夫又嚷道："你……你甭得寸进尺，你倒会做生意！还秀才呢，天底下真是无奇不有，还有背着花生来赶考的秀才——"茂才一听又急了，陆玉菡赶紧做了个手势，这车夫才住了嘴。玉菡取出一吊钱，笑道："好说，好说，仁兄，花生就不要了，这一吊钱，就当我买你的花生了！"茂才看着反倒有点迟疑了，玉菡从容地将一吊钱放在他手中，转身上车喝令车夫启程。

茂才愣过神来，追了两步便作罢了。他回手将一吊钱数出几个给身后的小贩道："先来几个大包子，从祁县到太原府，走了一整天，肚里还空着呢！"围观的众人慢慢散去，一些路过的灾民看着茂才手上的包子，忍不住喉头也搐动起来。

2

皮影戏馆内，一出《霸王别姬》演得正酣，光影流动，周围叫好声不绝于耳。雪瑛看得入神，也情不自禁地跟着鼓掌。一旁的致庸看得并不专心，只时不时地深情注视着雪瑛，瞧着她这副高兴的模样，他觉得异常满足。

陆陆续续，皮影戏馆内又进了不少人，山西总督哈芬陪着钦差大臣、内阁学士、督察山西学政胡沅浦等缓步进入，大约这几人一身官气，很快被引着坐在前排，恰在致庸和雪瑛前面。

《霸王别姬》正演到热闹之处，但胡沅浦和哈芬只看了几眼便开始说起话来。哈芬拱手道："胡大人，圣上此次让胡大人亲临山西，督察学政，下官大胆揣猜上意，一定想倚重大人在山西这个地方发掘一些经国致用之才。"胡沅浦拈须颔首道："大人所言不差。目今我大清内忧外患，正是存亡危难之秋，圣上食不甘味、睡不安枕。圣朝要中兴，第一件事就是要用人。虽不能说一人兴邦，但有了人才，国家的事情也不是不可收拾。"哈芬闻言没有接口，反倒冷笑了一声。胡沅浦不解地看他。哈芬叹道："大人不知，只可惜山西这地方民风不古。自从前明晋商兴起，山西人就养成了一种陋习，不敬重读书人，他们连做官也不稀罕，有两句顺口溜是这么说的，我跟大人念念——'一等秀才去经商，二等秀才考皇粮。有道是生意兴隆把钱赚，给个知府也不换。'这样的地方，能出什么人才？"

他们的声音越说越大，雪瑛明显被打扰了，忍不住看看致庸。致庸也不高兴了，上前拍拍胡沅浦，拱手道："哎，我说两位东家，有生意外头去说，你们这么说话影响别人看戏了！"哈芬欲怒，被胡沅浦轻轻按住手。胡沅浦回头道："对不起，这位爷，我们不说了。"致庸点点头，笑笑坐了回去。

戏到了换场的时候，致庸打算出去买雪瑛爱吃的花生，而前面的胡沅浦与哈芬等人也正起身向外走。这前前后后地还没走到门口，刚巧碰见陆玉菡与其父陆大可正朝里走，矮胖胖的陆大可眼尖，一眼认出了哈芬，便对玉菡低声道："玉儿，瞧，那便是山西总督哈芬哈大人！"他声音虽轻，可不少人都听见了，跟着低声嚷嚷起来。一位秀才模样的中年人叹道："这位是哈大人，哈大人身边那位，一定就是钦差大臣——当今皇上倚重的文武全才胡沅浦胡大人，他可是来山西督察学政的内阁大学士，说起来我们的命运可都把握在他们手里啊！"致庸闻言一惊，站住，目送着哈芬和胡沅浦走出。雪瑛也听见了，走过来低声嗔道："致庸，听见没有，刚才坐在我们前面的是钦差大臣和山西总督！"致庸仍旧抬步往外走，毫不介意地哈哈笑道："是吗？真没想到，我乔致庸刚刚和两位朝廷重臣打了交道！"

皮影戏馆外，孙茂才蹲着卖花生，一边吃花生，一边看书。旁边一个卖大饼的年轻伙计开玩笑道："哎，你这人，卖的还没有吃的多呢！"茂才头也不抬道："你知道什么？本秀才背了这一口袋花生来太原府乡试，卖掉了就做店钱和饭钱，卖不掉就是我的口粮，我怎么能不吃？我不吃它，你给我大饼吃？"那伙计一边摆手，一边继续玩笑道："哎，我也吃一点行不行？"茂才毫不介意道："吃吃吃！甭客气。"致庸看到这一幕，微微吃惊，眼前这位年近三十的落拓男子似乎有种很奇特的气质吸引着他。致庸不动声色，蹲下去也自顾自开始吃花生，并凑近问："仁兄，什么书呀，看得你三月不知肉味！"茂才一惊，把那本《船山文集》一扣，站起问道："哎，你是谁？干吗呢你？"致庸也站起笑道："没干吗，买花生呀！"陆玉菡刚巧也出来买零食，一眼瞅见茂才，便微微一笑站在旁边。

茂才打量了致庸几眼，便一边架起秤盘子起称，一边唱称道："瞧我这秤，给你高高的，二斤四两！五十个大钱一斤，三八二十四，四八三十二，你给二百四十个钱！便宜你了！"致庸盯着茂才看一眼，掏出钱来放下。茂才大大咧咧道："倒哪儿？我不能替你捧着吧？"致庸到处找不到纸，便从口袋里摸出临行前致广给他的那封信，不在意地抽出信纸说："来来，就倒这上头吧！"茂才一边倒花生，一边念叨："我这人不会做生意，让你占便宜了，我亏大了！好了，走吧走吧，别耽误我念书！"

玉菡突然走上来对致庸道："仁兄慢走，这位卖花生的骗了你！"话音未落，这边茂才便嚷嚷起来。玉菡不理他，继续说道："这花生五十个大钱一斤，二斤四两，二五一十，四五二十，总共只要一百二十个钱，可他却要了你二百四十个钱，整整多要了一倍！"致庸一抬头，对玉菡相貌之俊美和口算速度之迅捷显然吃了一惊，没等他回话，玉菡微微一笑。直接拿过茂才的秤，并从秤盘下抠出一块磁铁道："瞧瞧这是什么？这是块磁铁，至少有二两，秤盘下一斤花生他至少要少给你二两，二二得四，二四得八，你买二斤四两花生，他一共少给了四两八钱。二斤四两减去四两八钱，所以啊，你这一斤九两二钱花生，每斤合一百二十五个大钱！"

茂才发怒道："你这个人，你管什么闲事——"他开始胡搅蛮缠："对了，就是你，今儿在商街上，你的马车撞了我，你还没给我道歉呢！"玉菡一愣，微怒道："你这个人，不做实在生意，还蛮不讲理啊……"

致庸深深看了一眼玉菡，又看茂才，哈哈大笑。这两人倒被他笑得一怔。茂才悻悻然回头道："你笑什么？不就是少给你几两花生吗？好了好了，花生你拿去，我不要你的钱了！"他一把将钱抓起，放在致庸手中。致庸摇摇头，仍旧把钱放回茂才手中，接着冲玉菡一拱手："这位仁兄，真是难得一见的俊俏潇洒，幸会，幸会！"玉菡脸一红，赶紧拱拱手，连称"幸会"。只听致庸继续道："在下山西祁县乔家堡生员乔致庸，谢你了。你的账算得真细，真麻利，在下佩服。可生意不是这么做的，做生意不能做得这么精细，有时不妨糊涂一点。"说着他又一拱手，不待玉菡和茂才接口，便扬长而去了。

玉菡一惊，茂才也怔怔地望着致庸离去，一时间竟忘了和玉菡的冲突，开口问道："哎，他刚才说他是谁？"玉菡脸微微一红："山西祁县乔家堡，名字叫乔致庸……"

皮影戏馆内，雪瑛正等得心急。致庸与玉菡先后进来，玉菡很在意地往他们这桌看了看，刚好与雪瑛的目光碰了一个正着，两人都微微吃了一惊。致庸笑嘻嘻地落座，把花生递给雪瑛。雪瑛一时竟忘了责怪，过了一会儿才想起说："怎么去了那么久，我还以为你把我撇这儿，不回来了呢。"致庸把几个花生轮番上下抛掷，给雪瑛表演起了小杂耍，很快就把雪瑛逗得掩嘴轻笑起来。

两人吃着花生，雪瑛注意到了那张信纸，向致庸指指，致庸将花生倒在桌上，不在意地看了看信纸上的字，脸色猛地一变。雪瑛拿过信一看，也变色道："怎么，大表哥已病入膏肓？他在信上说，这次乡试，是你的最后一次机会，你要是考不中举人，他就让你回去接管家事……天哪，大表哥难道真要让你回去做生意？"致庸一把拉起雪瑛道："快走，回我们家的铺子，我要温习那些八股文，这个举人，我得考上！""为什么？"致庸也不答话。

一直注视致庸的玉菡见他们那么快走了，心里竟起了一种异样的感觉。陆大可呷了一口茶，忍不住问："哎，玉儿，你看谁呢？"玉菡脸微微一红，连忙将话岔开去。

3

夜，太原府的空气中涌动着一股奇怪的流，希望中的绝望与绝望中的希望在暗夜中同时流淌翻搅。一家店铺的大门在黑暗中"吱吱呀呀"地开启，一仆人打着灯笼，提着饭篮子，陪一考生走出。一时间家家大门都在打开，一盏盏灯笼走出，考生中既有面带稚气却踌躇满志的弱冠少年，又有佝偻驼背面容暗淡已年过七旬的老童生。脚步声由小变大，渐如闷雷一般滚动。灯笼和人流渐渐汇成一条条奇特的缓缓向前蠕动的河，无数条河渐渐汇聚，最终融成一条汹涌奔腾的大河。

乔家太原大德兴分号内，致庸满头大汗地背着一篇八股文："若夫……若夫……"长栓提着灯笼一头撞进来，喊道："二爷！二爷！该走了！"致庸生气地把书扔在地上，没好气道："等一会儿！我的脑子又让这些八股文弄糊涂了！""这爷，临阵磨枪，早干什么去了？"长栓嘟哝着，无奈地退了下去。

忽然，只听"啪"的一声，致庸将手中八股文摔在桌上，哈哈大笑道："想我乔致庸，竟被我大哥一封信吓住了！"雪瑛奇道："怎么，大表哥写这封信是要吓唬你？"致庸点点头得意道："天下人中，知乔致庸者，我大哥也。他自小就知道我不喜欢科考，怕我进了考场瞎对付一阵子就出来了，不给他好好考；他还知道我自幼听不得经商两字，一听说要我经商就头痛欲裂，于是他就写了这么一封信，说什么他已病入膏肓，这次我要是考不上举人，就得回去替他经管乔家的生意。哈哈哈，他知道我一害怕，就会好好考；而只要我好好考，就一定能高中，哈哈，我大哥……"雪瑛先是松了一口气，复又紧张道："万一，万……"致庸摇头笑道："不可能。我和大哥早就有约在先，他经管乔家的生意，我读我的书。再说了，他也不可能把乔家的生意交给我，那样他也不会放心呀，除非是天塌下来！可天是塌不下来的！长栓，备车……"

长栓应声跑进来，致庸一把将桌上堆积的八股文书推倒在地："咱们走，这里太臭了！再不走我要晕倒了！"说罢，他一手捏着鼻子就往外走。雪瑛见状又是好笑又是发急："你们都走了，我怎么办？"致庸回头道："你甭去，今天贡院外头人多车多，小心挤伤了你，你就在这里等着，我进了龙门，就打发长栓连夜送你回祁县！"雪瑛不依："不，我要去送你！"致庸只好应道："那……快走吧！"雪瑛甚喜，立刻跟了出来。

山西贡院外，一辆辆马车相继驶来，从马车上陆续下来一些长袍马褂、衣冠楚楚的士绅。众人互相作揖，寒暄。陆家马车也远远驶来，车中的玉菡已是一身女装，怀里抱着猫，端庄雅致。她微微掀起帘布看一眼，回头对陆大可道："爹，这就是山西贡院？"陆大可说："可不是，幸好你不是个小子；你要是个小子，我就得让你从小读书，到这里来受苦了！"玉菡吐吐舌头，一副娇憨可爱的样子。陆大可道："坐这儿等着，我去应付一下，谁让咱们家也是太原府登记在册的大商家呢！"玉菡笑着点头，又好奇地向外张望起来。

陆大可走向众商家，彼此招呼寒暄了一阵。平遥一位林姓商家笑道："陆老东家，我听说这些日子，你带着府上的小姐走州串府，一心想寻一门好亲事，今天到这里来，不会是想在乡试的秀才里挑个中意的女婿吧？"陆大可哈哈一笑："林东家，山西的聪明人都做了商人，到这里来赶考的秀才里头，哪里还会有我陆大可中意的女婿？"众商家闻言皆笑，点头称是。

车中，明珠看玉菡也笑，玉菡回头嗔视她一眼，目光忽然变得若有所思。明珠低声道："小姐，您不是想在这些秀才中找人吧？"玉菡道："住嘴！越来越没规矩了，我又不认识他们，我会找谁？"

这时，突见一队兵丁鱼贯跑步将贡院团团围住。一兵帅长声道："关——龙——门！"贡院大门吱吱呀呀关上，锁好，一群兵丁威风凛凛，带刀站立门前，气氛森严。兵帅再次长声道："插——棘——！"一队兵丁跑向围墙，放梯子，爬上去将一根根荆棘插上墙头。没过多久，远处一声炮响，一匹快马驰来，马上的人亦长声道："肃静，钦差大臣到——"众人纷纷收声，很快都规矩起来。

先是一队仪仗走过来，中间是胡沅浦和哈芬的大轿。那胡叔纯跑马而来，照例长声喊道："圣旨到——"众士绅齐齐跪下。胡沅浦和哈芬落轿后，胡沅浦稳步走来，将筒状的圣旨钦题高高供在贡院门外的龙架之上，上香跪拜。身后的士绅和生员们则在后面一起跟着叩拜如仪，接着鼓乐齐鸣。转眼时辰已到，胡沅浦平静地命令道："开龙门！"尔后胡叔纯长声大喊："开——龙——门——！"龙门口兵帅亦长声应声："开——龙——门——！"众兵丁用力将龙门推开。生员们鱼贯而行至龙门口，兵丁队开始对他们挨个脱衣搜查。

致庸的马车却还堵在一条挤满灾民的商街上。长栓急得头上直冒汗，一边拿鞭子打马，一边高喊："让开让开！"可毫无用处，这条街越来越堵。致庸见灾民众多，跳下车问："哎，请问诸位，你们都是哪里人？"一个拄着拐棍的瘸腿老者长吁道："不瞒你说，我们这些人，原先都是潞州的机户，每年靠咱们山西商人打湖州贩丝回来，织成潞绸，销往京津和口外，日子还过得下去。这几年南方打仗，丝路不通，湖丝不能入潞，我们这些人生计无着，眼看着一家老小就要饿死，不得已才流浪到这里。"致庸心下恻然，转向另一面带菜色的壮年男人又问道："你们呢？"男人将一只乞讨的脏手几乎要伸到致庸的脸上，凄惨道："我们是蒲州人，原来一直帮晋中祁县、太谷、平遥三县的大茶商运茶，走武夷山到恰克图的商路，虽然苦点儿，可是一家老小总还有饭吃。如今长毛作乱，茶路断绝，像祁县水家、元家那样的大茶商都没了生意，我们这些人也只好歇业，四下乞讨度日。大爷，可怜可怜，赏点银子吧！"

致庸掏出银包，灾民们立刻乱起来，将致庸围在中间，伸出一张张乞讨的手："大爷，行行好吧……"致庸接连被冲撞了好几下，忍不住叫起来，长栓急忙跳下车来保护他。灾民们却越来越多。一队巡街的官兵冲来，一边鞭打灾民，一边大叫："散开！散开！"致庸忍不住回头对巡街官兵大喊："别打他们！你们干吗打他们！还有没有王法！他们是灾民！"灾民们忍着痛散了。长栓冲着还在散银子的致庸喊："二爷快走，再晚真要误场了！"这时灾民们又围过来。官兵又将长鞭挥舞一气，长栓跳上车，与雪瑛合力将致庸拉上去，打马冲出重围。

拐进一个胡同口，致庸看了一下天色，果断地对长栓道："确实不能再耽搁了，你把车拴到前面这家客栈，我们找个背街，绕道走着去贡院！"长栓嘟哝道："都是这些臭叫花子……"致庸突然生气，怒道："谁说他们是叫花子，他们原本都是好老百姓！"长栓吐吐舌头，赶紧去拴车了。

背街街面上一片漆黑，只有一点灯火还在摇晃。茂才独自一人提着灯笼和饭篮子，走在前面。他刚才在前街人流中被挤掉了一只鞋，且破了灯笼，一时起了"灯笼不亮，前程不明"的迷信之心，特赶回店换了一盏灯笼。再上路时，灯笼是亮了，时间却晚了。他深一脚浅一脚地走着，因为走得急，不小心碰到了街边一个灾民伸出的长长的脚，只听那灾民"哎哟"一声，原来在黑暗中或坐或躺的灾民一下都醒了，看见茂才手里的饭篮子，不知谁发出一声："抢了！"便一拥而上。茂才吓得大叫一声，和他们争抢起来。

这一幕恰被后面赶来的致庸、雪瑛、长栓撞上。长栓赶过去大喝道："放手放手！反了你们呀！还敢抢东西！"几个灾民已将茂才的饭篮子抢到，一哄而散。"哎哎，你们这些天杀的，抢了我的饭，噎死你们啊！"茂才大喊着追了几步，却只能作罢。

长栓看看茂才道："你呀，真没用，连几个叫花子都斗不过！"茂才怒道："你是什么人？管我的闲事！"长栓回头看致庸，生气道："二爷瞧这人真怪了，我帮了他，他还不领情呢！"茂才对这话嗤之以鼻："打住，你说你刚才帮了我，你帮了我吗？我的饭呢？"长栓又好气又好笑道："你的饭不是让叫花子抢走了？瞧瞧你这人，糊涂到家了是不是？"茂才道："错！不是我糊涂到家，是你糊涂到家了。"长栓道："哎，我还想听你讲讲，你看上去也像个来赶考的秀才，怎么一句明白的话也听不懂呢？"茂才道：

"这话又错了。既然你看出我是个来赶考的秀才，当然自个儿也不相信我听不懂一句明白话，可你仍然这么说我，这是一错；你刚才说你帮了我，可我的饭还是被叫花子抢走了，你要是真帮了我，饭就该还在我这里，如何说得上帮了我？不是又一错吗？"

致庸对茂才发生了兴趣，撇下雪瑛走上前，定睛一看，终于认出了是茂才。茂才也看清了是他，却傲气地梗着脖子。长栓一边拉走致庸，一边气呼呼道："二爷，跟这样的人有理也讲不清，咱们走！"茂才一看他生气了，更是得意："你又错了！既然知道跟我有理也讲不清，为何还要讲？既然还要同我讲理，那就是不相信同我有理讲不清。这不是我错，而是你错！不是我糊涂，而是你糊涂！"致庸甩开长栓的手，又上前两步，拱手道："这位爷，我们见过的！"茂才不愿认他，反问："是吗？"致庸笑道："见到尊驾之时，就明白仁兄是位非常之人，想必此时也是去贡院应试，敢问尊姓大名？"茂才傲然道："萍水相逢，何劳动问！"致庸又笑："万一我想和阁下交个朋友呢？"

茂才故作不知道他是谁，看了一眼，哂笑道："看你的打扮，自然是一位富家少爷，生于锦衣玉食之中，长在深宅大院之内，与我辈寒门穷士，并无朋友之分，徒然做个姿态，又有何益，我们还是各自走路为妙！"说着他大步朝前走去。长栓生气道："二爷，这人不是疯子，也是个狂徒，别理他，咱们走！"致庸纳了一会儿闷，笑道："且慢！真是人外有人，天外有天。乔致庸一向自以为是天下第一狂人，没想到遇上这位爷，居然有小巫见大巫之叹。今天我还非交这个朋友不可了！"他上前赶了几步，朗声道："朋友留步！在下山西祁县乔家堡生员乔致庸，有心结识阁下，恳请前面这位爷一定说出尊姓大名！"茂才在致庸说话时略停了几步，等他一说完，却仍旧一言不发，大步离去。

长栓更生气了："二爷，看准了吧，这种人根本不是什么狂人，说不定是个疯子！闹不好还是个傻子呢！咱们走，可别误了场！"致庸丝毫无怵然，又笑笑，拉起雪瑛，抄了一条近路，跑了起来。

4

贡院前，哈芬陪胡沅浦站立，望着鱼贯而入的山西太原府生员。龙门口，致庸最后一个接受搜身，有点担心地朝外眯着眼看了看，他不知道刚才那位傲气的花生秀才是否也赶到了。兵丁检查完，推了他一把，喝道："进去吧！"致庸提起饭篮子，回头朝围观者中间望了一眼。雪瑛向致庸暗暗招了招手，致庸微微一笑。长栓开玩笑道："二爷这会儿不近视了嘛！"雪瑛忍不住道："你给我住嘴！"长栓乐了。这边马车里的玉菡早就看到了致庸，这会儿见他甜甜地笑着，自个儿这颗芳心不知怎的乱跳起来。

那边兵帅跑向哈芬跪下："启禀大人，生员们入场完毕，时辰已到。"哈芬看看胡沅浦，胡沅浦点头。于是兵帅站起，长声喊道："关——龙——门——！"众兵丁推动起吱吱呀呀的贡院大门。就在这时，忽见茂才气喘吁吁地从人群中挤过来，大喊道："等一等！等一等啊！"致庸回头，看见是茂才，站住了。

龙门口的兵帅拦住茂才，喝道："站住！你来晚了！"茂才打躬作揖道："各位爷，在下山西祁县生员孙茂才，因为路上不顺，稍有耽搁，各位就行一个方便，让我进去！"兵帅道："不行！来晚了就是来晚了，不能进去！走！走！"茂才怒道："哎我说你们这些人，是不是拿土地爷不当神仙呀！'天子重英豪，文章教尔曹。万般皆下品，唯有读书高。'连皇上都敬重读书人，你们这些人算什么？怎敢不让我进去！"龙门里面，致庸闻言大声道："仁兄，说得好！"

兵帅大为恼怒，一挥手道："一个小小生员，胆敢在山西贡院龙门口咆哮,给我抓起来！"几个兵丁上前去抓茂才，茂才又是挣扎又是叫喊，乱成一团。致庸冲出来护着茂才，亦喊道："不准抓人！"那兵帅没好气道："还打抱不平呢，来人，把这个人也给我抓起来！"

"这可怎么办？"还没走的雪瑛大急，长栓也跺脚埋怨："你看看，有他什么事，坏了吧！"他们身后，一干士绅也伸着脖子朝龙门口看。陆大可扭头对车里的女儿笑道："哈，这下有热闹瞧了。"玉菡顾不得接口，极为紧张地朝龙门口张望着，眼睛一眨不眨，禁不住为致庸着急起来。

"胡大人，您看，这就是山西的民风！"一直远远看着的哈芬皱着眉道。眼见兵丁将两人制住，哈芬对旁边的小校道："带回去审问！"不料也一直在观看的胡沅浦手一摆："慢，大人，咱们还是过去看看。"

胡沅浦和哈芬缓缓走向龙门口。众兵丁反扭着致庸和茂才，致庸不畏不惧，笑道："嗬，大官来了！"茂才回头望着胡沅浦和哈芬，亦面无惧色。胡沅浦走过来，温言道："放开他们。"众兵丁放开致庸和茂才。哈芬咳嗽一声道："这两个生员，知道站在你们面前的是谁吗？"致庸冷冷一笑道："知道。一位是山西总督哈芬哈大人，一位是钦差大臣、内阁学士、督察山西学政胡大人。"哈芬哼了一声道："既然知道，为何不拜？"致庸不卑不亢道："大人，若是在别处，生员见了两位大人，自然要拜；可在山西贡院龙门前，生员可以不拜。"

哈芬大为生气，对胡沅浦说道："胡大人，这就是我们山西的生员，书不一定读得很多，却一个个傲得可以！"回头对致庸喝道："你这个小小秀才，说话口气不小啊！今儿我还真想听听，为何到了贡院龙门前，就可不拜钦差大人和本官？"茂才挤上来道："大人，我来回答。这位生员说可以不拜，自然有他的道理。"哈芬心中更怒，问道："什么道理？"茂才道："大人，虽说现在站立在大人眼前的还只是两名秀才，但假若生员进了龙门，今年中举，来年或中进士，或中状元，三年五载，就是国之重臣，出将入相，与大人分庭抗礼，也未可定，果真如此，今日我们俩如何要拜？"致庸看了他一眼，喝了一声彩。围观众人本是看热闹的多，见状也紧跟着喊起好来。哈芬的脸上再也挂不住了，怒道："大胆！假若我今天一定要你们下拜呢？"茂才还未来得及回答，致庸微微一笑，上前接口道："大人不会。大人是大清宗室，国之重臣，自然能体味为国家敬重斯文的道理，不会在这天下秀才就要扬眉吐气的贡院门前做出强迫生员下拜之事。"哈芬有点狼狈，回头看胡沅浦，发现他微微含笑，口气不由得软下来："胡大人，您看，这就是我们山西的秀才！您若不相信下官方才的话，就请您来问吧。"

胡沅浦望着致庸和茂才，所有的目光也都转向他们。陆大可越来越有兴致地望着致庸，回头刚要说话，却见女儿探身出车一副大为悬心的模样，不禁心中一动。雪瑛眼见着这一幕，不禁又害怕起来，颤着声音低低问道："长栓，这，这可怎么办？"长栓急得抓耳挠腮，小声嘀咕道："坏了坏了，还是大爷有先见之明，来时专门嘱咐他，到了太原府不要轻狂，可他还是犯了老毛病！"

胡沅浦盯着致庸和茂才上下打量，眼中渐现不屑之色，对胡叔纯道："问问他是哪里人，姓甚名谁。"胡叔纯依言问道："这位秀才，还不快回钦差大人的话！"致庸不卑不亢道："启禀两位大人，生员姓乔名致庸，太原府祁县乔家堡人氏。"茂才亦从容且更简洁地回答道："姓孙名茂才。"哈芬对胡沅浦道："大人，这祁县乔家堡乔家，在晋中祁、太、平三县虽算不上首富，但仅在包头就有十几处生意，在太原、京津也有买卖，也算是大富之家了。"他转向致庸道："你既是祁县乔家堡人氏，可与当地乔姓大商家沾亲带故？"致庸不动声色："大人，生员和乔家既不沾亲，也不带故。生员出身寒门，此乔非彼乔也。"

哈芬冷笑一声道："我就知道，你若是乔家人，断然不会到此来应举。"回头对胡沅浦道："大人，太原府三年一次乡试，每次给祁县五个名额，别的县生员为争一位名额，都要使银子，走门子，挤破脑袋也要来；这祁县、太谷、平遥三县的知县不一样，他们还要下帖子去请这些人来应试，不然就凑不够数，此人说不定就是来凑数的。山西人历来贪财，商重官轻；就是这重商之风，把山西的民风败坏了，简直是万劫难复！"

致庸闻言大怒，欲上前辩理，却被茂才拦住。胡沅浦皱眉看着致庸道："这个生员，莫非你还有话要说？"致庸长吸一口气，克制道："没有。生员今日是来应乡试的，不是来说话的！"胡沅浦深深看着他们，转身下令道："让他们进去！"哈芬无奈地摆了摆手，跟随胡沅浦往回走，龙门外看热闹的人又大声喝起彩来。

兵帅对致庸喝道："钦差大人让你们进去，你还不快进去？"接着转向茂才："你，脱衣裳，让我们搜查！"茂才开始脱衣，致庸走进龙门，突然转身回望胡沅浦，忍不住大声道："大人——"胡沅浦一惊回头，听致庸沉声道："大人，如果生员有话要说，你们愿意听吗？"陆大可等一干士绅闻言忍不住回头看去，车中的玉菡原本放下了车帘，这时又"哗"一声拉开了。围观者中起了一阵骚动，雪瑛捂住眼睛，长栓更是急得连连跺脚："都叫他进去了，这又怎么了？"

"大胆！"哈芬对着致庸大声叱责，不料胡沅浦回身道："好啊！乔致庸，这儿是贡院，为国选士之地，你是秀才，有话自然可以讲，请讲，放开胆子讲！"致庸拱手道："胡大人，刚才哈大人称生员可能是知县找来凑数的，生员不便辩解。生员是不是来凑数的，要等三场乡试过后大人看了卷子才知道。生员忍不住想说的是，刚才哈大人说山西民风就是让重商之风给败坏了，万劫难复，生员愚钝，实在不敢苟同。"

"你——"哈芬大怒。胡沅浦道："说下去！"致庸道："其一，天下四行，士农工商，圣人有云，无农不稳，无商不富，圣人也没说过重商之风败坏民风，因此生员知哈大人之言并不是圣人之言。其二，我中国地大物博，南方北方，出产不同，商旅不行，货不能通南北，物不能尽其用，民不能得其利。民无利则不富，民不富则国无税，国无税则兵不强，兵不强则天下危。其三，立国之本，在于赋税，全国赋税，农占其七，商占其三，就全国商人言，山西一省商人又占三分之一。商人行商纳税，乃是强国固本的大事。照哈大人的意思，莫非山西商人全部歇业，不给国家纳税，才是好事？"

哈芬变色喝道："你……大胆！"众随从亦大喊："住口！"胡沅浦默默看致庸，沉静道："这位生员，你说完了吗？"致庸迟疑了一下，终于点点头。胡沅浦也不接口，挥手让他进去。

胡沅浦若有所思地看着致庸的背影，接着转向一边沉思一边匆匆穿衣的茂才："刚才我说过，这儿是山西贡院门前，朝廷为国选士之地，孙茂才，你有话也可以说！"茂才吃了一惊，但略略沉吟一下，便开口道："谢大人！大人若真要生员开口，生员也有话说！"胡沅浦扬手做了一个请的姿势。茂才一拱手道："刚才祁县生员乔致庸，并非有意要唐突两位大人。他只是觉得哈大人方才有关晋商的一篇高论，有失公允。"胡沅浦反问："有失公允？"茂才点点头，接着沉声道："哈大人抚晋多年，应当知道山西人多地狭，本地人不惜抛家舍业，万里经商，原是迫不得已。可是你看看今天，就连当年被乾隆爷视为天下第一富的山西，也闹得满大街都是灾民。请问大人，这么多灾民从何处因何而来？"胡沅浦回头看哈芬。哈芬只好咳嗽一声道："本官黯昧不明，还要请你说说了，他们从何处因何而来？"

茂才环顾了一下围观的人群，突然语含沉痛道："恕生员唐突。两位大人，生员知道这些灾民，他们中许多人都来自潞州和蒲州，来自潞州的是失业的机户，来自蒲州的是失业的茶民。不是山西人重商，才使得他们成了乞丐，而恰恰是这几年南北丝茶路不通，才使得他们断了活路。大人，山西今日民不聊生，不是山西人重商轻儒，而恰恰是商业不兴！若想解今日山西万民之困，地方官员就得……"哈芬突然爆发："够了！你……大胆！难不成你还想教训本官？"

胡沅浦道："哈大人，少安毋躁。"回头对茂才："讲下去，照你看来，怎么才能解今日山西万民之困？"茂才拱手道："大人，历朝历代，世人皆视经商如洪水猛兽，实在是大错特错。要解今日山西万民之困，要做的恰恰是重新疏通商路，让万民归业，不是抑商，而恰恰是兴商！"他话音未落，龙门内的致庸和围观的人群同时爆发出一阵叫好声。胡沅浦默然不语，突然转身摆手："让他也进去吧！"围观者不觉鼓掌，长栓长长地松了一口气，雪瑛亦合掌"阿弥陀佛"了好几声。陆大可回头望望车中的玉菡，玉菡不觉脸红，"啪"一下拉下车帘。

"关——龙——门！"兵帅长声喊着，龙门终于"吱吱呀呀"地关上了。

龙门内，致庸冲茂才拱手："茂才兄，佩服！"茂才定睛看了看他，冷哼一声，抬脚就走。致庸大声道："茂才兄，乔某真心想和你做个朋友！"茂才头也不回道："来时路上说过了，在下高攀不上！"致庸摇摇头，走向自己的号子。

贡院前，胡沅浦等均站立等候，看着一根正在燃烧的线香。线香燃尽，胡沅浦高声喊："请——圣——旨——！"胡叔纯接着大声传道："请——圣——旨——！"众人及众士绅、围观者一批批跪下。一匹马驶进贡院大门，在号子间"嘚嘚"奔跑起来，马上人长声喊："请——圣——旨——！"众生员，包括致庸和茂才分别在自己的号子里齐齐跪下，只听外面喊道："皇上有旨，今年太原府乡试试题是'治大国如烹小鲜'！"一时间，号子里的众生员嘴里都跟着念叨起来："治大国如烹小鲜……"

贡院外，众商家看着胡沅浦和哈芬上轿，鼓乐齐鸣地离去。陆大可上车，对女儿道："刚才敢在钦差大臣面前替山西商人讲话的那两位，你知道年纪轻的是谁？虽然他自个儿不承认，可听人说他就是祁县乔家堡乔家的二爷！"玉菡戏弄怀里的猫，娇声道："爹，您是不是又看中了一个女婿？咱们这一趟出来，您可看上不少女婿了！"陆大可瞪了女儿一眼道："我看上有什么用？着急的是我闺女一个都看不上！"玉菡撒娇："爹，人家说过了嘛，一辈子都不出嫁，一辈子都守着爹！"陆大可笑着摇头，马车驶出。玉菡的眼角一扫，望见了身旁人群中的雪瑛，雪瑛这一刻也瞥见了她。玉菡不知怎的，心中有了一种奇怪的不安之感，但一时间又想不出这种不安从何而来。正好陆大可又絮絮叨叨地说起话来，玉菡便把这种感觉抛开，陆家的马车渐驶渐远。

雪瑛在龙门口等了好一会儿，才见长栓匆匆把车赶过来道："雪瑛小姐，二爷好歹是进去了，他刚才说了，让我天亮前把你送回祁县，再回来接他，咱们走吧！"雪瑛仍然望着龙门，有些不舍，突然回头道："长栓，你觉得二爷能不能考中？"长栓甩了一个响鞭道："嘿，你问这个？我告诉你，他要是想考中，就一定能考中！他要是不想考中，就一定考不中！二爷的心思，谁摸得着呢！"雪瑛闻言，长长叹了口气，恋恋不舍地上了车。

第三章

1

　　静肃像口大锅般沉沉地扣在贡院上空。号子里，致庸拿出雪瑛送的香囊一边嗅着，一边自语："治大国如烹小鲜。哈哈，果然又是这种诚心正意修身齐家治国平天下的题目。这样的题目有何难哉？只要士农工商并举，政治清明，民知廉耻，上下相安，各得其所，国家有何难治？"他欲下笔，忽又停住，继续自语道："当今国家危难，圣主不安，要想救国，必须重商。什么君子不言利，什么农为本商为末，统统要不得，罢了，我就做一篇重商即救国的文章好了！"说着，他奋笔疾书，眉眼为之耸动。

　　致庸写完，抬头一看，天还没亮，于是将笔扔下，站起来活动活动腰骨，接着拍墙道："痛快！好文章！此等文章天下人谁能写出？非乔致庸莫属。茂才兄，茂才兄，你怎么样了？"隔壁茂才不理他，皱着眉头想自己的文章。致庸顿觉寂寞，仍拍着墙调侃："哎，哎，我说茂才兄，你怎么了？不就是一篇八股文吗，这种文章，还值得这么费事儿？"

　　一监考官闻声跑过来大声训斥，致庸吓了一跳，赶紧住手。隔壁的茂才将写好的文章团成一团，扔掉，又重新开头，心情很是恶劣。他多年应试，早已不敢笔走偏锋，但一篇文章中规中矩地写下来，连自己也觉得不知所云，既无新意，又无意义。

而墙的那边，却听致庸嘟哝道："文章写好了，也不让出去，还不让说话！那就睡觉吧！"他说到做到，倒头便睡，不多会儿竟然鼾声大作。

　　清晨的阳光不动声色，带着悲悯自云端高高俯照而下。号子里渐渐人声熙攘起来。监考官一边收着卷子一边喊道："收卷子！净号了！"致庸一惊醒来，抓过卷子看了看，突然有点怀疑自己是不是跑题了："人家可要的是圣人之言，我——"监考官赶到，一把将卷子扯去道："净号了，出去！早干啥去了你？这会儿急也没用了！"走到隔壁又收走了茂才的卷子，接着一路喊着远去。致庸恨恨跺一脚，自语道："你知道不知道，你拿走的虽说可能是跑题的文章，可它却是天下最好的文章！"隔壁，茂才疲倦地走出。致庸一眼瞅见他，赶紧奔出来道："哎，哎，茂才兄留步。"茂才听而不闻，继续走去。致庸见状道："这不是气我嘛！你不想跟我交朋友，我还非交你这个朋友不可了！"他转身回去收拾起东西，出号子时茂才早已经没了踪影。

　　致庸走出贡院。长栓看见他，赶紧迎上来，致庸皱眉道："雪瑛呢？"长栓笑道："送回去了！还好，到了祁县天还没亮呢！"致庸点点头："好，事办得不错，待会儿赏你酒喝！"长栓瞧了瞧致庸小心道："我说二爷，您干吗绷着个脸，是不是考得不怎么样啊？"致庸闻言道："胡说。我乔致庸要么是第一，要么什么也不是，否则我丢不起这个人！"说着他大步朝前走去，长栓跟在后面道："您……又来了！狂吧！哎，您这是准备去哪儿啊？"致庸道："跟我去找昨晚上在龙门口一起帮腔的孙茂才！我乔致庸想交的朋友，一定得交上！"长栓不屑道："就是那个背着一袋花生来赶考的秀才，昨晚上不是您，他都进不了考场，对不对？"致庸道："就是他！这人有点意思！快走！"长栓赶着车，有点不乐道："这么个穷酸，谁知道他住哪儿呀？"致庸想了想道："他又没有钱，能住哪儿？这会儿说不准又在卖花生了，咱们沿着大街找呗，顺便逛逛！"长栓只好依他。

　　不多一会儿到了商街，长栓在一处歇了马车，与致庸一路逛去。逛好一会儿，长栓终于嗫嚅道："二爷，明天就是第二场，您还带着我闲逛？来时大爷可是交代过了，进了太原府，不能由着您的性儿，您得回去温书！"致庸道："蠢材蠢材，我给你说过多少回，不要再提那些臭八股文章，一提起我这聪明的脑瓜就糊涂成一盆糨糊！我这哪是闲逛，我是出来换换脑子，不然今天夜里进了考场，我什么也想不起来，明天早上交白卷一张，你担待得起吗？"长栓被吓了一跳，赶紧道："二爷，这是真话吗？"致庸不回答，仍旧一路逛过去，突然自语道："这个孙茂才，跑哪儿去了？雪瑛也不在，我和你待在太原府，太没意思了。"长栓吐吐舌头，不敢再言语了。

2

　　太原府衙东边的街上，成群结队的灾民拥挤着，时不时看见有手伸向路人乞讨。突然，一辆车由惊马拉着飞奔过来，车中的陆玉菡面如土色，两手死死拽住窗框，失声大喊："救人哪！救人哪！"明珠和车夫在车后很远处跳着脚喊："惊马了，快来人哪，截住它啊！"但惊马的速度太快了，人们纷纷躲开。有人大喊道："不好，前面是条河！再往前就危险了！"说时迟那时快，灾民中突然扑出一条瘦削的大汉，飞身上前死死拉住车尾绳索。惊马的速度慢了，但仍在奋力向前。"好力气！"众人纷纷惊叹道，只见那大汉和马车相持了一会儿，他到底腹中饥饿，渐渐力气不支，于是又有几个大胆的路人上前拽马，最后只听"砰"的一声，那大汉手中绳索断掉，人则昏倒在地，惊马却也站住。众人嘘了一口气，随后赶到的明珠爬上车，抱着已经吓晕过去的玉菡："小姐！小姐！您醒醒！"玉菡悠悠缓过一口气，睁大眼睛道："明珠，咱们这是在哪儿？"明珠一边拍着玉菡后背压惊，一边道："小姐，方才你的马惊了，是一位好汉救了你，这会儿自个儿却昏倒了！"玉菡急道："是吗？快，带我去看看！"明珠扶她下车，围观的人让开一条路，两人跑向车后，却见那大汉死一样躺在地下。玉菡急问："他这是咋啦？"围观的人纷纷叹道："这年头，还能咋啦，当然是饿的！"玉菡赶紧回头吩咐明珠："快弄米汤灌！这是我的恩人，一定要把他救活！"

陆大可闻讯后吓了个半死，等他慌张赶到时，只见陆家车夫羞愧地扶着大汉，玉菡正一勺一勺将米汤喂进大汉口中。大汉张开眼睛，看见玉菡，一惊道："我这是在哪里？"围观的众人纷纷道："你这是在太原府商街上。这位是太谷陆家的陆大小姐，要不是她拿米汤灌你，你这回可就缓不过来了！"大汉定睛看玉菡，不觉被她的端庄美丽所震惊，挣扎着跪下磕头："小人谢陆大小姐救命之恩！"玉菡躲避他的目光，将汤碗交给闲人，还施一礼："亦谢壮士相救之恩！"

陆大可带着侯管家绕着玉菡长吁短叹，左问右问。玉菡嗔笑道："爹，您别紧张了，我没事儿。"她说着便带着明珠先随马车离去了。大汉坐在地上，一直痴痴地望着马车远去，半晌才回头。有人指点道："这位爷，你眼前这位就是太谷陆家的老东家！"大汉急忙挣扎着站起行礼道："给陆老东家请安。"陆大可这会也缓过神来打量大汉，拱手道："多谢多谢！请问你叫什么名字？哪里人氏啊？"大汉抱拳道："在下铁信石，雁门关人氏。"

陆大可捻须问道："也是家里过不下去逃出来的？"那铁信石点点头。"可是一个人？"铁信石闻言又点点头。陆大可沉吟一下道："哦，我是太谷商人陆大可，刚才听说你硬是拽住了惊马的车，救了我闺女，看样子有一膀子气力。我正想给我闺女换个人赶车，到我家做个车夫，愿不愿意？"铁信石想了想，却摇了摇头。陆大可一惊："怎么，你看不上我这个商人？"铁信石赶紧摆摆手，表示不是这个意思。围观的闲人劝他道："看你这个人，还犹豫什么，给陆东家赶车这样的好事儿，别人求都求不来，如今这年头，哪里找活计啊？还不赶快谢陆东家？"

铁信石低头想了想，抱拳道："谢过陆东家。不过在下想问一声，太谷县和祁县离得远吗？"陆大可道："怎么，你在祁县有亲？"铁信石摇摇头。陆大可更好奇了，又问："有故？"铁信石默然不语。陆大可瞧了瞧他劝道："祁县离太谷县不远，只二十里路。你在那里既无亲又无故，就跟着我好了。"铁信石略一沉思，又问："陆老东家，请问祁县是不是有个乔家堡，乔家堡是不是有个乔家？"陆大可点头道："是呀，怎么，你想去投奔乔家？"铁信石又摇头。陆大可有点不耐烦了："我是看中你有一膀子力气，才要留下你。你要是不愿意，想去投奔乔家，那就算了。怎么样，快拿主意，我的事儿还多着呢！"铁信石沉思半晌，突然对陆大可一拜："谢东家收留！"陆大可高兴道："这就对了！"他扭头对侯管家道："好了好了，带他去好好吃顿饭，洗个澡，换换衣裳，以后就给小姐做车夫。对了，马上把老刘给我辞了，整天喝得醉醺醺的，今天还把马弄惊了，差点要了我闺女的命！"

侯管家应声正欲离去，突然陆大可想到什么，又冲他问道："那位敢在贡院龙门口跟钦差大人理论的后生，真是祁县乔家堡乔家的二爷，你认真打听过了？"侯管家躬身道："东家，我都打听清楚了，他就是乔家的二爷，官号乔致庸，今年十九岁，尚未娶亲！"陆大可不动声色地点了点头。他们说话时，铁信石突然回头，很注意地听着。侯管家觉得有点奇怪，回头对铁信石招呼道："走吧。"铁信石想了想，慢慢转身，跟着侯管家去了。

3

两个时辰后，陆家玉器店内，玉菡和明珠正在看一只鸳鸯玉环，突见陆大可面带愠色走了进来。玉菡迎上前去不解地问："哎哟，爹，您回来了，怎么这副样子？"陆大可哼了一声，伙计捧上茶来。他呷了一口，瞧了瞧宝贝女儿，面带不悦道："怎么，又喜欢上我的什么东西？"玉菡吐吐舌头放下玉环，善解人意地劝慰道："爹，我要是没猜错，一定是昌茂源的账收得不怎么样吧？"陆大可生气地一拍桌子："可不是不怎么样。他们绕来绕去，把几家相与的账搅和起来算，把我的脑袋都弄糊涂了。你快帮爹算算，去掉我们欠大德玉的，大德玉欠昌茂源的，昌茂源总共还欠我们多少银子？这账收的，气死我了！"

一见他们要算账，明珠赶紧退了下去。玉菡从裙后取出一个袖珍小账簿和一个小算盘，口中念着，一手翻账簿，一手把小算盘打得"啪啪"响，很快道："爹，去掉我们欠大德玉的，大德玉欠昌茂源的，昌茂源总共还欠我们家十二万两银子！"陆大可笑道："好闺女，这么快就算出来了！我还担心今天惊马把你吓坏了呢！"玉菡将小账簿和小算盘重新系在裙后，摇头笑道："哪里会轻易把我吓坏呢，我可是爹的头号小账本啊。"

她和陆大可又说笑了一阵，见他不生气了，回头又拿起那只鸳鸯玉环玩起来，得意道："爹，我知道啦，这玉环只有一只！"陆大可呷了口茶皱眉道："只有一只？你怎么知道它只有一只？"玉菡一边玩，一边笑道："不但知道只有一只，我还知道它为何只有一只！"陆大可装作不相信道："瞧你能的！你还懂得这个？哎，说说我听，这件东西是哪个朝代的？"玉菡撇撇小嘴道："爹，您要考您闺女？……嗯，爹，这是晋代古墓中出土的吧？"陆大可瞧她一眼，故意道："错了错了，这件东西是今人制的，出土时做了古，你懂什么，不值钱不值钱，快放回去！"玉菡不依了，有点生气道："爹，露馅了吧？哎我问您，爹，您有几个闺女？"陆大可竖起一个手指头，叹着气又呷了一口茶。玉菡嘟着嘴道："爹只有一个闺女，又只有这么一只鸳鸯玉环，这只玉环，不给我，要给谁？"

陆大可打着哈哈道："说了半天，还是想要我的东西！不给！"玉菡跺着脚又撒起娇来，陆大可没奈何，疼爱地拍拍女儿的头道："玉儿，爹的好东西，你也不能见一件就要一件呀。好吧，往下说，你怎么知道它只有一只，说对了，就送给你！"玉菡笑道："爹，这些年您带我走州串府，鸳鸯玉环我也见过一些，一般的鸳鸯玉环总是一对，鸳鸯呢，是一边一只，取成双成对，合则团圆，离则两分的意思。可是您看这只玉环，一对鸳鸯全刻在一只玉环上面，它不就只有一只？爹，我还知道，这东西不是平常人家夫妻之间的用物。"陆大可笑着故意做了一个询问的表情，玉菡脸微微一红，忸怩道："爹，非要我说出来？"陆大可哈哈大笑道："我替我好闺女说出来，你猜得不错，这只玉环，只能做情人之间的信物，这样的玉环，多半是青年男子送给意中人的定情之物。"玉菡掩嘴笑，故意夸道："爹，您这么聪明，可把女儿给比下去了。"陆大可玩着玉环，忽然又问道："女儿，这一路咱们走过来，那些庚帖，你真的都看了？"

玉菡一下害羞起来道："爹，说什么呢？女儿不想出嫁……女儿想一辈子守在家里。您想想，我要是走了，谁来做爹的小账本呢？"陆大可疼爱地看了女儿一眼，摇头道："爹也不想让你出嫁，可是男大当婚，女大当嫁，这是人伦的大礼……要是能有个两全其美的办法就好了，你嫁了个好女婿，又没离开爹——"玉菡捂着耳朵，摇头跺脚道："爹，我不要听！"陆大可哈哈笑着站起道："好了好了，爹不说了。这只玉环，你真的喜欢？"玉菡连连点头。陆大可又心疼起来，叹道："光知道说喜欢。知道它值多少银子？二十两。眼下这年月，二十两银子能买两个大活人。"玉菡眼珠一转，故意道："爹，您不就是舍不得吗？您舍不得，我还偏要了！"说着，她把玉环戴在腕上，左看右看，臭美起来。

陆大可虽然舍不得，但看看女儿这副娇模样，咬牙道："其实也不算啥好东西，不过我闺女要是真喜欢，我就……我就给你，不就是二十两银子吗！"玉菡却将玉环褪下来道："爹，您真给我，我还不要了。"陆大可一愣，喜出望外道："哎，这又是为啥？"玉菡笑道："爹，第一，我知道您并不想给我，第二……"她忽然害臊起来道："爹，您知道为啥！"

陆大可猛然醒悟："噢，这样的东西，只能由别人送给我闺女，我真是老糊涂了。来人！"侯管家应声跑进，陆大可指那玉环道："小姐不稀罕这东西，你把它拿出去，摆在显眼的地方，看让哪个识货的年轻人买去，送给意中的小姐，成就一段美满的姻缘。我呢，也能得二十两银子，这年月，二十两也是一笔大钱！"侯管家答应一声，小心地将鸳鸯玉环捧了出去。

陆大可又坐下，也不看女儿，美美地呷一口茶道："哎呀好茶！眼下这么好的武夷山茶，市面上可是见不到了！"明珠进门伺候，见状，笑着小声对玉菡道："小姐，您瞧老爷，您不要他的东西，他高兴的那个样子！"玉菡撇撇嘴，也小声笑道："要不人家怎么说他是山西第一老抠呢！"

侯管家忽然跑进来道："东家，有人看上了那只鸳鸯玉环！"在旁抱着猫玩耍的玉菡笑着揶揄道："爹，您的银子来了！"陆大可正算着账，头也不抬道："是吗？告诉他，少了二十两不卖！"侯管家对陆大可附耳说了几句。陆大可一惊，站起对侯管家道："你出去，看他识不识货！"老头也不算账了，径直走去透过花窗朝外望。玉菡顺着陆大可的眼光看过去，眉眼不觉一动，一旁明珠也脱口而出："小姐，是他！"

前面店内，致庸正在观赏鸳鸯玉环，赞叹道："好东西。鸳鸯者，永厮守也；环者圈也，不分离也。而且，掌柜的，这是一只孤环，对吗？"

侯管家一惊,赞道:"这位少东家看出这是一只孤环,好眼力!"致庸笑了:"不仅是一只孤环,还是一个信物。有点意思,不,大有意思!"抬头问道:"掌柜的,多少银子?"侯管家按照陆大可的吩咐,很干脆地回答道:"二十两。"致庸吃了一惊:"二十两?"他一时有些发窘,放下玉环道:"对不起,打扰了,告辞。"这时陆大可突然从内堂踱出:"这位少爷,请留步!"致庸闻声回头,侯管家介绍道:"这是我们东家。"致庸赶紧一拱手道:"原来是老东家,失敬失敬。"陆大可眯着眼细细打量致庸一番道:"怎么了这位少爷?刚才我看见少爷是识货之人,怎么拿起又放下,嫌贵?价钱好商量。"致庸微微一笑:"贵倒是不贵,只是我今天身上没带这么多现银。""那你身上带了多少?"致庸微微发窘道:"我……"陆大可道:"一两银子总有吧?"致庸笑:"一两银子总还是有的。""我听你刚才说出这只玉环是一个信物,看得出你是一个识货的人,有道是货卖给识家。这样好了,一两银子,卖给你了!"致庸大奇:"老东家不是在开玩笑吧?"陆大可道:"君子一言,驷马难追!"他扭头对侯管家吩咐道:"来,帮这位少爷包起来!"

　　店内的空气一时有点凝固,侯管家看看致庸,又看看陆大可,不愿动手。陆大可瞪眼道:"哎我说老侯,叫你把东西给这位少爷包起来,你怎么不动手哇?"侯管家忽然明白了什么,赶紧道:"好好,我这就包起来!"长栓做梦一般小声问:"二爷,这位东家只要一两银子把这只玉环卖给你?"致庸如梦方醒,连连摆手:"不不,老东家,这使不得。"陆大可拉长声调道:"如何使不得,今儿就是要卖给你了!"致庸依旧摆手:"承蒙老东家抬爱,可在下仍然不能领受。在下不能平白无故受老东家的不明之赐。"陆大可捻须一笑道:"嗯,你想知道我为什么只要一两银子把它卖给你?那就告诉你,我喜欢你,因为你懂得这东西的用处,老朽今日卖给你这只玉环,来日里或者能帮你成就一段姻缘。你看,我话都说到这儿了，总行了吧。别人来买，二十两银子我还不卖呢！"

一听这话，致庸立时笑道："老东家把话说到这里，在下就不知说什么好了。在下今日真是交了好运。可虽然如此，我还是不能收下。"陆大可奇道："这就怪了。我的脾气够怪的了，你的脾气比我还怪。我只要你一两银子，差不多白白把好东西送给你，你为何不要？"致庸正色坦言道："不瞒老东家，在下家中也是买卖人，买卖人讲究的是公平。这桩买卖虽说对我有利，可对你不公平，不公平的买卖，在下是不做的。"陆大可想了想，突然哈哈大笑道："这位少爷，我要说你不懂玉器，你信吗？实话告诉你，这只玉环我是五钱银子进的，我要了你一两，还赚了呢！"致庸不觉一惊，眼光又落在那玉环上，细细摩挲一番，问道："真的？"陆大可故意道："可不是真的？南京到北京，买的没有卖的精，我一个商人，还会吃亏不成？"致庸沉吟了一下，干脆道："既是这样，那我就买下了。"

致庸掏出一两银子会账，侯管家则将包好的玉环捧给他，两相告辞。致庸总觉得有点不对，走了两步突然回头问陆大可："老东家，打扰了。敢问老东家尊姓大名？"陆大可捻须微笑道："怎么，日后想和我做亲戚呀？不必了。回见吧你。"致庸和长栓相视而笑，再次施礼道："既是这样，在下告辞！"说着向陆大可拱拱手。陆大可也不还礼，眯眼看着他走了出去。

内室中的玉菡默默看着外面这一幕，不觉脸上大热。明珠奇道："小姐，老爷是不是疯了，他刚才还说值二十两呢！"玉菡看一眼明珠，离开花窗，返身走回去。明珠吐吐舌头，欲言又止，犹豫着，正要说，却见陆大可笑呵呵地踱步转回内堂。玉菡抱猫端坐着，不动声色地问道："爹，一两银子就把那么好的东西卖出去，这会儿又不心疼了？"

陆大可道："谁说我不心疼？！闺女啊，为了你，爹眼看要倾家荡产了！"玉菡故作不领情道："爹，甭说得那么好听，这里边可没我啥事儿！"一听这话，老头故意急得一跺脚："真的？那我让人去把玉环追回来！"玉菡脸一红站起跑开，突然又回头道："爹，我可再说一遍，事情都是您办的，可没我什么事儿！"陆大可看着女儿害羞跑走，微笑自语道："八字还没一撇呢，就害臊了！真是个孩子！……下面的事，就是看看能不能弄他来给我做倒插门女婿了！"

明珠跟着玉菡跑进了内花园，开玩笑道："小姐，今儿怎么这样高兴？"玉菡赶紧正色道："我高兴了吗？我哪天都这么高兴！"明珠偷笑道："今儿不一样。哎，小姐，这会儿我明白老爷为啥要把那只玉环卖给乔致庸了！"玉菡明知故问："为啥？"明珠笑道："为了有一天能让他亲自给小姐戴，是不是啊？"玉菡害羞作势要打她，明珠咯咯笑着躲开，一时主仆两人闹成一片。

走在熙熙攘攘的商街上，致庸突然站住道："我糊涂！这鸳鸯玉环的价钱肯定不止一两银子，遗爱馆玉器店陆老东家是个怪老头，他为何一定要卖给我？"长栓的眼睛停在身后一家绸缎店里，不经意道："也许是他喜欢你，看着你顺眼；也许是这老头儿疯了，非要赔钱做买卖。人说十个商人九个怪。二爷啊，他赔他的银子，关咱们什么事？这样的便宜，不占白不占！哎，我说，二爷，如今绸缎的价为何这般高？"

致庸的脑筋还在玉环上，也没顾上回答长栓，走了两步，突然有点懊丧地说："错！天下事皆出不了因果两字。今日我得了这环，明日会不会由此牵出什么因果，我还不知道呢！"长栓好容易把眼光从绸缎店里收回来，笑道："二爷，行了，您脑子让八股文弄糊涂了，雪瑛小姐送给您一只香囊，您也想着在太原府给她买个礼物，我们一路瞎逛，没想到平白无故捡了个大便宜。走吧走吧，还是回去温书要紧！万一大爷那封信上的话真是他的意思呢？"

54

致庸的脸色阴沉下来。突然，身后一匹打着包头四海通信局信旗的快马飞驰而过，人马尽湿，街边人纷纷躲开。致庸也被惊了一下，皱眉望着信使远去。长栓望了望道："二爷，走吧，好像是包头四海通信局的信使，跟我们没干系！"他看了致庸一眼，发觉他神情异常严肃。致庸半晌没出声，一开口却道："天下事关系天下人，天下人理应关心天下事，你怎么知道这信使与我乔家、与我家包头复字号、与我乔致庸没有干系？"长栓愣了一下，拿眼觑觑他道："二爷，那，那咱们这会儿到底该往哪儿去啊？还是去找那个孙茂才？"致庸心情已变，扭头就走："不，回去！"

4

包头四海通信局的快马依旧一路狂奔，终于在日落时分赶到了祁县商街。那位盐车把式在乔家大德兴丝茶庄门前猛一勒马，刚要下来，那马突然轰地倒地。两个伙计闻声出来，将他搀扶进去。只半盅茶的工夫，大德兴曹大掌柜神色大变，冲出茶庄，飞身上马，向着乔家堡疾驰而去。

不多会儿，曹掌柜赶至乔家大院门外，他滚鞍下马，踉跄了一下，"啪啪啪"拍门大喊："开门！有人没有，快开门！"长顺赶来开门，大惊失色，刚要开口问，却见曹掌柜黄着一张脸，急奔入宅。

在中堂内，曹氏飞快地看完信，面色大变，身子摇晃起来。杏儿赶紧上前去扶曹氏，曹氏一把将她推开，直着眼，泪水堵在眼眶里，喉头一阵作响，却发不出声音。曹掌柜虽然已经四十来岁，但一见这个架势也忍不住惊慌道："太太，太太，这个时候，您可千万不能倒下呀！"杏儿在她背上又敲又拍，好一会儿曹氏终于说出话来："曹掌柜，大爷一直在等包头的消息……可，可这就是顾大掌柜给我们乔家的'好'消息？"

曹掌柜道："我也曾经劝过东家，不要听顾大掌柜的，孤注一掷地和达盛昌争做高粱霸盘，可是他不理，现在……"曹氏哭道："这个霸盘耗空了乔家的家底！顾大掌柜这会儿还要银子救复字号，大爷能从哪里弄到银子啊？"曹掌柜急得跺脚："大太太，现在不是发急的时候，要紧的是赶紧禀告东家，该怎么办？因为做这个霸盘，东家一次次从祁县拉到包头的银子都变成了高粱，堆在库里，包头的商家听信达盛昌的挑拨，正一伙伙地到复字号闹着清账。照规矩，复字号三个月内不能拿出一大笔银子清账，就要破产还债！"曹氏六神无主，泪流满面道："大爷病成这样子，怎么能禀告他，那还不要了他的命？"曹掌柜稳一稳神，缓言道："大太太，这话我本不该问，可事到如今，我也顾不得了。眼下要紧的是银子！乔家真的就到了山穷水尽之地，没有一点办法可想了吗？"

曹氏一听这话，几次晕过去，杏儿在曹氏胸口一阵猛揉，曹氏总算又缓过点劲，滴泪道："曹爷，这一向我们家的日子怎么过的，你都知道。除了上次我请你拿那座玉石屏风当回的一万两银子，家里一两银子也没有了。为了做这个高粱霸盘，太原、北京和天津分号的银子也都用光了，大爷和我，还能到哪里弄银子！"

曹掌柜一听也急了眼："天哪，要是真没银子，不只包头复字号十一处生意要破产还债，就连祁县的三处生意，太原、天津和北京的生意，也不一定能保得住！消息肯定会传回祁县，我们和水家、元家及大小商家都有大笔生意来往，也欠着他们的银子，要是他们一起去大德兴总号要清账，这些生意，还不一样要变成别人的产业……"曹氏头一晕，又昏了过去。杏儿叫一声，急忙上前掐她的人中。半晌，曹氏挣扎着睁眼道："曹掌柜，你在这里等着，我进去见大爷！乔家的天，这回真要塌下来了！"曹掌柜心觉不妥，但又实在别无他法，迟疑再三问道："大太太，东家病成这样，能挺得住吗？"曹氏猛撑一把，站起来道："谁让他是这一家的当家人呢？生意是经他手做成这个样子的，我们能瞒他一天，不能瞒两天，早晚他都是要知道的！这就是他的命，乔家的命，人是躲不过命的！"曹掌柜无奈地看着她拿着信摇晃地走进内宅。

不一会儿，杏儿面色如纸，飞奔出来哭道："曹掌柜，你快进去吧，大爷听说包头的事情，大口吐血，快不行了，要见你呢！"曹掌柜一个趔趄，差点摔倒，他扶了把桌子稳住神，赶紧飞奔而去。

内室中，致广大口大口地呕血，曹氏紧紧抱着他，泣不成声。曹掌柜看着致广，大恸："东家……"曹氏挥手示意其他人退下，悲声道："大爷，曹掌柜来了，你还有什么话，就对他说吧！"致广向曹掌柜颤抖着伸出手，曹掌柜膝行过去，拉住致广的手痛声道："东家，您可一定要保重……"致广喘了半天道："曹掌柜，景泰他娘，我不行了，我把包头的事情弄成这样……我愧对祖宗啊，我要死了，可是我还有一句话……"曹氏和曹掌柜流着泪连连点头，致广艰难道："我知道，我这一死，你们一定会要致庸回来，接管家事……我告诉你们，不……不能这样……我不允许……爹娘临终前，我曾答应过他们，一定要致庸按自个儿的心性过一辈子……我的兄弟是什么人我知道，他这次一定能考上举人，来年一定能考上进士，将来会有一番大作为……就是乔家一败涂地，也不能让他回来接管家事，你们那样做了，就是害了他，就是毁了我兄弟一辈子的前程！"曹氏和曹掌柜流着泪吃惊地互视一眼，致广头一歪，几近不支。曹氏惨声喊道："大爷——"致广闭上眼睛，气若游丝道："不管乔家将来是个什么样子……都是我一个人的错，乔家可以不做生意，但不能耽误致庸！……我死后，没脸见祖宗，你们把我暂厝，我不进乔家的老坟！"他头一扭，终于气绝而逝。

曹氏呼天喊地大哭起来。内宅里紧跟着爆发出一片哭声。仆人们乱成一团，跑进跑出。长顺边跑边抹眼泪，对仆人们号令道："快，快，先拿白纸，把大门糊上！再派人骑快马，去亲友家报丧！"曹掌柜心中一动，赶紧抹把眼泪大喝道："停！都给我停下来！"众仆人站住，不解地看着他。曹掌柜沉声道："传我的话，谁都不准哭！里里外外，什么都不要动！"长顺愣了愣，一时没回过神来。曹掌柜一跺脚，喝道："长顺，快去传我的话！再去一个人，守住大门，大事没有定下以前，谁也不能把消息走漏出去；一旦消息外泄，乔家就要大祸临头！"

曹掌柜接着吩咐置冰保护尸体，封锁消息等等事宜。里里外外忙了好一阵，才见到杏儿搀着曹氏走进在中堂。曹掌柜急忙迎上去道："大太太……"曹氏坐下，痛哭不止。曹掌柜"唉"了一声，又一跺脚，吩咐众人都出去。

众仆人依言陆续走出，只见曹掌柜"扑通"一声跪下，曹氏虽哭得泪眼模糊，见状仍大惊。曹掌柜含泪道："大太太，听曹某一句话，眼下乔家正在悬崖边上，一脚踏空就是万丈深渊，这会儿可不是哭的时候啊！"曹氏闻言猛然醒悟，抬头抹着眼泪道："曹爷快快请起！大爷殁了，眼下我一个女人家，方寸已乱。你快说，眼下该怎么办？"

曹掌柜擦着眼泪站起道："大太太，大爷不在了，可您还在，眼下您必须替乔家拿定一个大主意！""我？"曹掌柜沉重地点头。曹氏随即眼泪滂沱而下："曹爷，我一个女人家，此时还有什么主意？"曹掌柜沉吟片刻，抬头道："大太太，东家殁了，乔家还有人，他应当把乔家的天撑起来！"曹氏一惊，道："你是说——"曹掌柜点头，慎重道："大太太，我是说二爷！"曹氏眼泪如断线的珠子般滚落下来，泣不成声道："你是说致庸？不行……大爷方才咽气时说的话你我都听到了，他自己这一辈子毁在乔家的生意里，不想再耽误致庸，他想让致庸考取功名，走他自个儿想走的路！"曹掌柜镇定道："大太太，大爷刚才的话您还告诉过别人吗？"曹氏心中多少有点明白，强自克制哭泣，嘴唇哆嗦了半天，摇了摇头。曹掌柜暗自松了一口气,道:"没有就好! 大太太,什么话也甭说,立马派人去太原府,把二爷请回来,越快越好!"曹氏抹把眼泪,犹犹豫豫。曹掌柜有点发急了,一句话提醒了她:"大太太,乔家若能得救,二爷就还有机会读书科举;乔家若是一败涂地,一家人立马就会上无片瓦、下无立锥之地,他还怎么走他的科举之路?二爷现在是乔家唯一能撑起这片天的男人,只有靠他了!"

曹氏停住哭泣,也不看曹掌柜,眼睛只怔怔瞪着前方。曹掌柜急道:"大太太,为了乔家,大太太和我要把大爷方才的话永远埋在心里,永远也不要说出来!……不但不能说出来,我们以后还要对二爷说,是东家临终时留下遗言让他回来的!东家临终时把乔家托付给了他!他若不能让乔家起死回生,东家死不瞑目!"曹氏仍旧出了神,一言不发。曹掌柜到底有点担心起来:"大太太,您可不能想不开啊,您——"他跺跺脚,痛声道:"如今乔家的天已经塌下来了!乔家里里外外十几处生意,乔家这座老宅,几十口人的性命,大太太和景泰少爷的前途、二爷的前途,现在可都处在千钧一发之际啊!"

不知过了多久,柔弱的曹氏终于抬起头来,眼中闪出的那份沉静令曹掌柜吃惊。曹氏一字一句道:"曹爷,我明白了! 为了乔家,也为了致庸,我立刻让长顺去太原府接二爷回来!"

5

在祁县商街达盛昌总号内,刚刚从包头赶到的大掌柜崔鸣九,掏出东家的信递给二掌柜和三掌柜。两人看完了信,相互对视一眼,二掌柜拍着桌子道:"大掌柜,你和东家在包头干得好,真是千载难逢的机会,乔家这回完了。"

崔鸣九不过四十出头，长着一对颇为犀利的鹰眼，当下他拿回信锁起来，接着森然道："不对，现在乔家还没完，虽然乔家包头的生意眼看着就要改姓我们达盛昌，但乔家在祁县、太原和京津还有六处生意，东家这次让我亲自回来，就是要我们一鼓作气，把乔家连根灭掉！自此以后，不只在包头，就是祁县的商家里头，也再不会有乔氏这一门与我们达盛昌作对了！"

　　两个掌柜一惊，接着连连点头，忍不住摩拳擦掌起来。崔鸣九道："我和东家都商议好了，双管齐下。不但我们自己要下手，也要让别人帮我们。二掌柜，你把乔家破产的消息，托人去告诉水家和元家；三掌柜，你去把这个消息放给和大德兴有来往的大小商家，咱们要让他们一起去逼一逼乔家！"两位掌柜对视一眼，深知此招的利害，齐齐应了一声，领命分头走出。

　　没过半日，坏消息就像瘟疫一样迅速传开，大德兴总号挤满了要账的人。与此同时，当地两大商家水长清东家和元文彪少东家也在五凤楼见了面。寒暄过后，两人都品着茶谈起闲话来。

　　水长清跷起莲花小指，很随意道："少东家，听说你也喜欢听戏，近来没事，我把我们家的戏台重新修了修，过几天要请九岁红来唱几出，到时候一定请少东家来品评一二。"元家少东家微笑地呷了口茶道："水东家真是祁县第一雅士。我虽不太懂戏，可水东家盛情相邀，我一定会捧场。"两人风雅地扯了一通戏，水长清放下茶盅，轻描淡写道："乔家的事，都听说了？"元家少东家微微一笑道："听说了。家父前日还言及，一晃都有好几年了，大家都做不成生意，不知道哪家撑不过去，没想到头一个倒掉的居然是乔家！"水长清看了他一眼，突然直截了当道："乔家在包头复字号的生意已经完了，就剩下祁县的三处生意，外带太原和京津的三个铺子，他们欠府上的银子多吗？"元家少东家微一沉吟道：

"啊，不多，十万两的样子。水东家和乔家是至亲，生意上一定有更多来往吧？"

水长清依旧闲闲地道："那倒没有，他们欠我的也是十万两。这样吧，乔家没了包头的生意，就只剩下这六个铺子，你三个，我三个。"元家少东家会意一笑，随之站起道："好说，就这样吧。"水长清站起，一拱手道："家里还演着一台戏，不多聊了，暂且告辞。"元家少东家亦拱手，两人笑笑，很快各自离去。

祁县商街上，乔家的四爷达庆正哼唱着小曲儿摇扇走过，一个叫花子冲他伸出手，达庆被吓了一跳，厌恶地呵斥了好一阵，方才兴冲冲地走进一大烟馆。不料一进门便碰上了老板，老板一把拉住他："四爷，原来是你！我找你好几天了！我说你欠下的那些烟账，是不是该——"达庆要甩开他，老板抓着不放道："我说四爷，你也可怜可怜我们小本生意的难处。你是乔家的四爷，在大德兴有老股，你老人家拔一根汗毛，也比我们大腿粗，你就别难为我们了！"

达庆生气，喝道："好好好！你松开，我堂堂一个举人老爷，还会赖你几两银子不成？"老板闻言只得放开了手，道："那是那是，我可等着了啊！"达庆哼了一声，不好意思再赊账消遣，转身出了烟馆，朝大德兴走去。

还没转过前街，远远就看到大德兴店内人声鼎沸。没等他挤上去，一个小伙计模样的人将他拉到一边小声道："四爷，您老人家这会儿别进去！"达庆一听不乐意了，道："哎，你是谁？这是乔家的买卖，我是乔家二门的四爷，怎么就不能进去？"小伙计急道："我就是咱大德兴新来的伙计呀。四爷，这会儿您可甭提您是谁，咱们乔家在包头的生意垮了，眼看着在祁县、太原、北京和天津的生意也要垮，这些人都是来要债的！"

达庆惊道："你说什么？乔家的生意垮了？我怎么不知道！"小伙计瞧了

瞧他，轻声嘀咕道："四爷，您一定是又到哪个温柔乡里待着去了，这事全祁县都知道了，就您还蒙在鼓里呢！告诉您，乔家完了！"

达庆丢开他，大惊失色："乔家完了？不能呀！那可不行，里头还有我一万两股银啊，我们一家子，将来我进京赶考的花费，都在这上头！不行，我回乔家堡找致广去，他得还我的银子！"他转身就跑，一边跑，一边喊："租马车，谁租马车？我要去乔家堡！"小伙计摇头看他喊叫着一路远去。

大德兴对门的达盛昌总号内，崔鸣九一直隔街看着达庆，见他跑远，回头问二掌柜："哎，这人是谁？"二掌柜不屑一顾道："乔家二门'有名'的举人老爷乔达庆！"崔鸣九眼珠一转道："是他？十几年前中了一个举人，这些年每三年去京城考一回，次次名落孙山，还一条道走到黑，非要考中进士，出去做官的那个傻帽？"三掌柜笑着答道："可不是他！当初乔家三门分家时，分到乔达庆名下的老股股银还有十五万两，这些年连本带利，让他吃得只剩下一万两，他却仍旧处处摆举人老爷的谱，吃喝嫖赌，寻花问柳，无一不沾！"

崔鸣九半晌不语，突然击掌自语："好，这个人大有用处！"三掌柜道："大掌柜，你在想什么？"一个伙计匆匆跑进向崔鸣九禀告道："水家、元家的两位东家在五凤楼喝了茶，说好了乔家祁县、太原、京津四地剩下的六处生意一分为二，他们两家一家三处。"崔鸣九冷笑道："是吗？他们动作够快的！元家也就算了，水家和乔家世代姻亲，下手也这么狠！你们替我想一想，乔家眼下还剩下什么？"两人想了半晌，皆摇头。崔鸣九哼了一声，捻须道："不，乔家还有东西，乔家堡乔家大院可是座不错的老宅！"二掌柜吃一惊："大掌柜，你和东家难道连乔家的老宅也要——"崔鸣九冷笑道："不是我和东家要乔家的老宅，是乔家的生意一垮，乔致广自个儿就会把那座老宅顶出银子来还债。这面墙一定会倒，我们只不过伸一只手碰碰它，让它倒得更快点罢了！"

　　二掌柜、三掌柜虽然心惊，但还是频频点头。崔鸣九阴阴道："哪天你们替我把乔达庆请来坐坐。"二掌柜低声问："乔达庆？崔爷你真要用这个糊涂人？"崔鸣九白了他一眼道："老天生人，各有用途，这个乔达庆，就有这个用途！"二掌柜、三掌柜互相对看了一眼，赶紧点点头。

第四章

1

太原府学政衙门内，胡沅浦双脚泡在热水盆里，正在看致庸的卷子。胡叔纯有点好笑又有点担心地侍立于旁。

"胡说八道，胡说八道也！"胡沅浦又一次掷下卷子，可转眼间又捡起卷子，几次三番，直到洗完脚，坐在饭桌前。胡叔纯刚松了一口气，见胡沅浦正要举箸却又放下，再次拿起致庸的卷子，看了几眼，放下后站起，在屋内疾行不止。

胡叔纯笑问："哥，这是谁的卷子，让你如此坐立不安！"胡沅浦叹道："叔纯，就是那日大闹龙门口的秀才乔致庸。你也看看，这篇文章初看甚不入眼，再看却有些意思，待看到第三遍，居然大有意思！"

胡叔纯大为好奇："真的如此不一般？"胡沅浦点点头："立论其实极为偏颇，居然要翻几千年重农轻商的定案！但是仔细想来，此人胸中却真有经国济世之意！""真的？山西还有这样的人？"胡叔纯拿过卷子看起来。

正看着，却听胡沅浦又开始踱着步道："即使乔致庸的话不全对，但其中有一部分道理却定然不错。如果这几年没有长毛，南北商路畅通，至少天下半数商民不会因此失业，国库赋税也不会从每年七千万两骤降到如今的不足千万两。若是不缺这些银子，朝廷就能大力购置洋枪洋炮，那时还怕什么长毛，怕什么英吉利、法兰西！"

胡叔纯匆匆看完卷子，沉吟道："哥，这个乔致庸也太危言耸听了！古往今来，中国人一直以农为本，以商为末，他却说什么治国首在重商，还把重商和天下兴亡扯到了一块儿，科考重在发扬圣人之论，像他这样异想天开，信口开河，是不是有违圣上拔举英才之意？"胡沅浦摇头道："叔纯，你说得也不错，可是当今天朝，缺的不是圣人之论，而是济世之论，更缺求通求变之才。上天不枉生一棵草木，也不枉生一个人才，乔致庸此论，焉知不是普济天下之论；乔致庸之才，焉知不是皇天赐予我大清的旷世奇才？"

胡叔纯看他，叹道："哥，你也太求贤若渴了，赶紧吃饭吧，饭菜都热了好几次了。"胡沅浦依言举箸，然而食不知味，想了想道："下一场，你亲自带人盯住这个乔致庸，他的卷子一做完，马上拿来给我看！"胡叔纯心中纳罕，点头答应。

且不说学政衙门，再说太原府新龙门客栈前，已经闹成一片。茂才被店老板一把推出门跌倒在地。店老板骂道："你给我滚出去，永远别让我再看到你！""你你你……你这是狗眼看人低！"茂才一边骂，一边爬起来回嘴："我要是今年中了举——"店老板关了门又打开，对他的话嗤之以鼻："呸！中举中举，你也不撒泡尿照照，就你这个样儿，还中举？你中风吧你！每回都说中了举就还我银子，每回你都是名落孙山，你欠了我多少店钱、饭钱啊？"他"砰"一声把店门关上，茂才扑上去大力打门："我的行李！还我的行李！"围观的人议论起来，只见店老板又"啪"一声开门道："你还想要你的行李？你欠了我多少银子？你的行李我留下了，就当是顶了你的饭钱！"茂才着急道："你这人，你不给我行李，今晚上我怎么过夜呀，你就是让我睡在大街上，也得有个铺盖卷呀？"店老板冷言道："你在哪儿过夜我管不着！"说着又要关门。茂才大急，扑过去扭住老板不放，那老板挣了两下没挣开，高声道："小二，揍他！"两个小二应声蹿出，挥起拳头，茂才赶紧松手抱住头。

就在这时，恰好路过此地的致庸，分开人群朗声道："这位孙先生欠你多少银子？我替他还了！"那店老板双手叉腰，奇道："你？那敢情好！总共二两银子！拿吧！我等着呢！"致庸回头对长栓道："把你身上的银子掏出来！"长栓一愣神："我？"致庸点头道："对，你知道我身上没银子了。"长栓大为惊讶地反问道："您当爷的都没有，我哪有呀？""快拿出来吧，你一定有，出门前我大嫂给你预备着呢。""这点子事儿您也知道？"长栓嘀咕着，噘着嘴掏出二两银子。

店老板刚伸过手要拿，致庸喝道："慢着，先把他的行李拿出来！"店老板换了一副嘴脸："好好好，这年头，谁有银子谁就是爷，小二，把孙大爷的行李拿过来还他！"致庸身后，茂才拍拍身上的土站起，旁若无人地哼了一声。只见小二将一个铺盖卷从里面扔出来。茂才赶紧扑上去，翻检着道："哎，我的旱烟袋呢？"那小二斜着眼，面带不屑地将一支短柄小旱烟袋扔过来。茂才宝贝似地捡起念道："哎哟，你小心点呀。"他又吹又擦，还试着吸了两口。

致庸将二两银子重重砸在店老板手里道："够了吧？以后别这样看待读书人，他今天一介布衣，明天就可能出将入相！"店老板道："是是是。您老教训得是，不过他就是出将入相，住我的店也得付银子不是？"致庸不理，回身对众人道："散了吧，散了吧。"看热闹的众人连连称奇，陆续散去。茂才头也不抬，仍在侍弄着自己的旱烟杆。致庸笑笑，冲他一拱手道："茂才兄，咱们又见面了！"茂才也不说话，把旱烟袋往腰里一掖，背起铺盖卷就走。"二爷，看您花银子帮的人！"长栓忍不住气愤道。茂才闻声一回头道："哎，我让你们帮我了吗？"长栓大怒："你这个人，怎么不知好歹呀？就是要饭的到了门上，主人给只馒头，人家还要道一声谢呢；亏你还是个读书人，你那书都读到狗肚子里去了！"致庸急忙制止长栓道："你给我住嘴！"茂才回头平静道："你是个下人，我不跟下人理论。不过灯不拨不亮，话不说不明，理也是不辩不清。孙某今日缺了银子，受店老儿之欺，是应当应分，我自个儿都没有说什么，你们打的是哪门子抱不平？所谓施恩勿念，既然要打抱不平，又要让人家谢你们，可不是过分了吗？所以再见了您呢！"

说完他转身扬长而去。长栓简直要气晕过去，致庸却愈觉其人大奇，他冲远去的茂才喊道："茂才兄，你这个朋友我交定了。这会儿你不愿见我，那咱们等一会儿考场上见吧！"

是夜，太原府满大街的门又在开启，长街再次开始涌动起一条奇特的大河，与前夜相比，这次生员们也算熟门熟路了，所以秩序井然了许多。除了一位老年生员由于紧张，也许由于绝望，在进号前昏倒引起一阵小小的混乱外，生员们都顺利进入贡院号子里坐定。这一场的试题是"大学之道，在明明德，在亲民，在止于至善"。致庸念毕，失望地拍墙："茂才兄，怎么又是这一类臭题目啊？"隔壁茂才毫无声息。致庸也不介意，自语道："臭，好臭！"他下意识地掏出雪瑛送的香囊反复嗅着："雪瑛，雪瑛，为了你才做这等八股文章，可真是臭死我了！"

隔壁的茂才正对着题目发怔，不知怎的，他的心头忽然产生一种大势已去的绝望感。他细眯着眼睛，想起少年时挥斥方遒、指点江山的狂劲，那时可是落笔千言，几无顾忌啊。可年复一年，得不到赏识，名落孙山。到如今，他几乎不知道该如何真正地做这些文章了。

茂才一阵心悸，刚才那位在贡院前晕倒的老年生员，那副悲惨的样子又浮现在他的面前，难道，难道他这位自认为天降大材、报国济时的孙茂才也要这样潦倒一生，老死科场吗？有那么一瞬间，茂才几乎连死的心都有了。

2

当大德兴太原分号马大掌柜陪着长顺赶到贡院门外时，长栓和一帮陪考的下人正坐着打瞌睡。惊闻致广病死的噩耗，长栓也大哭起来，马掌柜毕竟岁数大，跺脚道："你甭哭呀，曹大掌柜可是嘱咐了，大爷去世的事眼下谁也不知道，就是对二爷，也不能说！"长栓拭泪道："好，我不哭，可是二爷进去了！怎么办？"长顺咬咬牙道："也顾不了这么多了，咱们闯进去，把二爷喊出来！"马掌柜急道："这能行吗？"他话音未落，长顺和长栓已经开始往龙门口跑了。

刚到龙门口，众兵丁就拦住了他们，喝道："干什么你们？知道这是什么地方吗？"长顺急得打躬作揖道："各位军爷，我给你们磕头了！我们家出大事了，急着要我们二爷回去！你让我们进去找找！我们不考了！"那兵丁大力推搡他们道："说什么呢，无知草民！这是山西贡院，是禁地，你们往里走一步都是死罪！"长栓"扑通"一声跪下，哭道："各位爷，我们不考了还不行？求求你们替我们喊二爷出来行不？"兵丁们毫不动容，喝道："你们说不考就不考？进去了就不能出来了！快走快走！就是我们也不敢进去！再不走，把你们抓起来，打烂了再说！"一阵拉扯，长栓等被远远地赶走。

三人面面相觑，长栓道："要不咱们喊吧。我听二爷说过，他的号子在最后一排，围着贡院的后墙喊，说不准二爷能听到！"马掌柜一跺脚道："就这么着，死马当活马医吧。"于是，三个人向贡院后墙跑去。

不一会儿，贡院后墙外传来的叫喊声惊动了贡院内的生员："这是谁呀，喊什么呢！"墙外的喊声越来越大了："乔家堡的乔致庸二爷，快出来，乔大爷不好了，咱们不考了！大太太让您快回乔家堡！乔家堡的乔致庸二爷——"兵丁很快赶到，抢起鞭子对着三人一阵乱抽，喝止道："大胆草民，不得喧哗！"三个人一边躲，一边继续喊着。兵丁很快将三人制服，捂起嘴。长栓力气大，竟被他挣脱开来，他跑前几步，拍着院墙用尽力气声嘶力竭地喊："乔致庸，乔致庸，您大哥不行了，快出来——"兵丁很快赶上来将他扭住。但就这么最后几声，致庸到底听见了，也听真切了，一时间如遭雷殛，手中的笔落在地上，"大哥——"他惨叫一声，便往外冲去。

监考官带了几个兵丁跑过来，抓住致庸喝道："干什么你，快回号子里去！"致庸挣扎着求道："不，我要回家！你们让我出去！"监考官毫不动容道："不行！考场有考场的规矩，不到放人的时候，谁也不能走！"致庸伤心欲绝，上前抓住他的衣襟道："我大哥快不行了，我得回去见他一面！"那监考官仍把致庸往号子里拖，致庸哪里肯，一阵挣扎。

正在巡视考场的胡沅浦带着哈芬、胡叔纯闻声赶了过来。监考官挣脱开致庸，急忙向胡沅浦等人施礼："诸位大人，这个生员家里出了事，吵着要出去！"胡沅浦走到近前看致庸，吃了一惊："是你啊，到底出了何事？"致庸哭倒在地："胡大人，哈大人，生员乔致庸，求你们开恩，我大哥他快死了，我得马上回去见他最后一面！"胡沅浦带着询问的神情转向监考官，监考官点头禀道："看样子是实情！"胡沅浦走近一步，温言道："乔致庸，只要你走出龙门半步，不但是乡试，接着来年的会试、殿试，都要误了，这些你都仔细想过没有？"致庸声嘶力竭道："大人，我大哥快不行了，我什么也不想，我就想马上回去再见我大哥一面，我不考了！"胡沅浦又苦心劝道："乔致庸，我也是读书人，知道读书人的辛苦，你十年寒窗，就是为了科举，此事关乎你一生的前程，你要三思啊！"致庸连连磕头，痛声道："大人有所不知，致庸一岁丧父，三岁丧母，是哥嫂将我养大，如今大哥就要去世，致庸心如刀绞，就是留下，也写不出文章来，大人，求您让他们开龙门，放我走吧！"胡沅浦默默地看他，一旁的哈芬则记恨致庸，开口道："大人，不能为他一个人坏了朝廷的规矩！"

胡沅浦沉思再三，终于把心里话说出来："乔致庸，如果本官告诉你，只要你留下来，把三篇文章做完，铁定了就能中举，你还会走吗？"在场的人闻言皆惊，致庸猛抬头望着胡沅浦，深吸一口气，斩钉截铁道："大人，乡试三年一届，今年我失去了一个举人，三年后还能再考；大哥我却只有一个，致庸想过了，还是愿走！"胡沅浦心中大为感动，半晌沉声道："好吧，念你一份至诚，我答应了。乔致庸，你可不要后悔！""生员决不后悔！"致庸一边说，一边连连磕头。胡沅浦点点头，随即一字一句对监考官吩咐道："今天本官做主，专为生员乔致庸一人打开龙门，放他走！门外家人一并开释，不予追究！"致庸再次磕头称谢，站起跟跄而去。

茂才这时忽然从隔壁号子里冲出，大声道："乔致庸，站住！"致庸闻声一愣，站住回过头，只听茂才道："乔致庸，你大哥已经病重，即使你现在回去，不过是见一面，并无法改变其他事情，你为何一定要回去？"致庸不语。茂才又说："你我本不是一样的人，你本可以不来考这个举人、进士，不必和我们这样的寒儒争这一碗饭。可你既然来了，还是要考完了再回去。你是个有才之人，不为自个儿可惜，可我真心为你可惜！"致庸定一定神，带点感动道："茂才兄，谢谢你，可是致庸此时方寸已乱，实在待不下去，只能由着性情和此刻的心意行事！"说着他拱手作别。茂才看看他，也不再相劝，只叹口气道："后会有期！"致庸转身离去。

哈芬盯着茂才道："又是你？这个乔致庸，究竟是个什么人？"茂才回头道："大人如果还不清楚，生员就告诉大人，此人就是山西祁县乔家堡乔家的二爷！"哈芬倒吃了一惊："怎么，他真是乔家的二爷？这可没想到！"茂才不再言语，自顾自走回号子里去。

哈芬略带不满，对胡沅浦道："大人，您今天可是为山西贡院开了一个先例，进了龙门的生员也可以中途出号！"胡沅浦也不介意，仍带着惋惜道："哈大人，朝廷以孝悌治天下，下官敬重的是此人的孝悌之心！"他走了两步又回头："哈大人，记住这个叫乔致庸的生员，三年之后，一定再让他来考！"哈芬心中不屑，口里却道："大人如此看重此人，下官领教，一定记在心中不忘！"

3

从下午开始，达庆就在乔家的大门外带着一帮人打门，一边领头嚷嚷道："是乔家的人都给我听着，咱们乔家在包头的生意垮了，全祁县的人都知道，致广就瞒着我们这些自家人，他眼里还有我们这些乔家老股东吗？乔家的生意我们也有一份！就是垮了，我乔达庆拼了老命也得要回自己的一万两股银啊……"一干乔家的股东亲戚皆嚷嚷附和道："对，我们全靠人在老股里的股银利息吃饭呢！如今生意垮了，我们也得要回自己的股银！"

正嚷嚷着，大门突然被打开，曹掌柜寒着脸走出来。众人一时后退，倒也鸦雀无声。曹掌柜则悲愤地望着他们，也不说话。达庆咳嗽了一声道："哎，老曹，怎么是你！致广呢？致广怎么不出来？我们要见他！"曹掌柜强忍着悲痛，克制着厌恶道："四爷，各位爷，东家一直病着，有什么话就跟我说好了！"达庆斜睨着他道："老曹，照理讲这话我们跟你说不着，可你既然出来了，跟你说说也行！诸位本家爷们儿，你们看如何？"

众人本来就是达庆领来闹的，原也没有什么主意，这会儿就只管附和道："行！他好歹也是乔家大德兴雇的大掌柜，如今生意做成这样，可得问问他是怎么做的！"达庆仗了势，更嚣张道："曹掌柜，我现在不问你别的，只问你一句话，乔家包头的生意是不是败了，我们的股银怎么办？"曹掌柜见达庆一副落井下石的架势，气得直瞪眼，一时竟说不出话来。达庆见状似乎更占理了，大声道："今儿你甭想随便拿几句话塞和人，我们既然都来了，就不能不了了之。你也知道，大家也都知道，没有了股银，我们这些本家拿什么过日子？像我这么个举人，日后是要拿着银子去京城赶考呢，没有了银子我怎么办？"一干讨账的人更是气势汹汹道："对，达庆说得对，没有了银子，想让我们喝西北风呀！"

曹掌柜克制着怒气道："诸位爷，都甭嚷嚷，听我一句话，大家的意思我已经明白了，待会儿我会进去给东家说的。眼下东家正病着，等他的病稍好一点，他一定会出面给大家一个答复。大家还是先回去吧……"达庆摇着扇子蛮横道："老曹，你甭给我们来这个！这个我们懂！你要是管不了这事儿，就别挡着道，让我们进去跟致广说，他不能把生意做坏了，这时候给我们来一个乌龟大缩头，我们不答应！"众人跟着起哄道："对，我们不答应，我们退股！"

一干人一边吵嚷着，一边朝大门里拥。曹掌柜赶紧带着几个仆人拼命挡住，喊："诸位诸位，听我说完，我是个外姓人，你们都是东家的本家，现在东家病成这样，你们一定要找他闹，这合适吗？"达庆边推搡边叫道："哎我说老曹，你这话就不好听了，你们把乔家生意做垮了，我们就不该来问问？我还奇怪了，你不让我们找致广说理，你给我们出个主意，我们该怎么办？"推搡的一干人道："达庆，甭听他废话，咱们一起进去找致广！就是乔家的生意垮了，我们也得要回我们的股银！"

曹掌柜见势不对，急往后闪道："快关大门！"两个仆人拽住他，直往后拖，好不容易才挤进来，同时拼命上前，将达庆等推出，赶紧插上门闩。曹掌柜一面抹着脑门上的汗，一面急着下令道："这不行，快拿大木头顶上。"几个仆人赶紧拖过几根圆木，顶在大门后。

门外仍然人声鼎沸，达庆等推不开门，大声嚷嚷道："大门里头的人听好了，你们将大门顶上也没用，不管你们把生意做成什么样子，你们就是连裤子都赔出去了，也得还！"

乔家银库已布置成了灵堂，曹氏身穿重孝，看着几个家人将一块块冰垒在致广棺材旁，悲痛难言。曹掌柜匆匆走进来，看她一眼，他不提门外的喧闹，曹氏也不问。过了好一会儿，曹掌柜还是沉不住气："大太太，二爷就要回来了，您有什么打算，想好了没有？"曹氏脸上泪痕未干，一听此言，接着又一行泪流下。曹掌柜叹了口气："大太太，老是秘不发丧也不是个长久之计，就是这每天运冰进来的工人，也可以把事情泄露出去，我们还得想下一步棋……"曹氏点点头，忽然道："我明白！致庸快回来了吧，致庸回来就好了！"曹掌柜按捺不住心头的纳罕，问道："大太太，您的意思……"曹氏抹了抹眼泪道："曹掌柜，事到如今，除非有贵人相助，乔家决脱不了此难！致庸眼下是我们乔家最大的指望，倒不是指望他回来做什么生意，毕竟远水不解近渴。可眼下还有一条路也许能走，他还没有成婚，也没有定亲！"曹掌柜闻言大悟："不错！我怎么就没有想到这个！……要是有一个和我们名望门第相近的大商家马上和二爷结了亲，拿出银子帮我们一把，乔家就能不垮！"曹氏长叹一口气，声音颤抖："今天这话，我只透给你一个人。我知道致庸什么心性，事情到底能不能成，他能不能为了这个家放得下心上人，我都不知道！"

曹掌柜心中一动，问道："怎么，二爷心里已经有了意中人？"曹氏重重点头道："这个你不要管。你只管记住我的话，马上找人去打听有没有合适的人家，记住，事情一定要悄悄地做！"曹掌柜叹息道："大太太，您的苦心我明白，您放心，就是二爷回来了，这件事您不说，我也不会让他知道！"曹氏头一点，咬牙道："乔家今天大难临头，我一个妇道人家做不了什么，我能做的就是尽人事，乔家到底能不能得救，那就看天意了！"曹掌柜连连点头，赶紧行礼退下，出门张罗去了。

4

致庸马不停蹄地赶到乔家堡，几欲脱虚，他踉跄着下马，几乎是爬到门前，一边喊着一边打起门来。守在门后的家人乍一听惊跳起道："坏了坏了，四爷他们又回来了！"在门外紧随致庸其后赶到的长栓、长顺等，听到里面的话，一边扶起致庸，一边喊道："什么四爷，是二爷回来了，快开门！"门内家人一听，也喊："长栓！是长栓！二爷回来了！快去报曹掌柜和大太太！"门应声而开，这边致庸只觉得手脚发软，爬都爬不起来，只得由长栓抱着往里拖。致庸抬头，心中一喜："还好，门还是红的，灯笼也是红的！"他也不知哪里来的力气，挣开长栓，起身就往里跑，一班守在门内的家人见状，皆辛酸地流下泪来。

长顺觉着不对，赶紧上前拦住他道："二爷，二爷，您听我说，大爷他已经过去了，我们去报信时就不中用了！"致庸摇晃了一下，突然指着门里门外的红灯笼道："不，不，你们骗我呢！我大哥他还活着！"长顺心一酸，上前抱住他含泪颤声道："二爷，您可要挺住呀！这个家都在等着您呢！"致庸大惊："你……你说什么？"长顺一边示意仆人赶紧把大门关上，一边抱紧致庸小声但急切道："二爷，您别嚷嚷，家里还出了其他大事呢。都是大太太和曹掌柜拿的主意，专等着您回来才发丧的！"致庸身子一晃瘫下去，长顺一把抱住，和他一起倒下去。致庸向院里爬去，悲声大放："大哥，大哥，致庸回来了，致庸回来晚了……"这边曹掌柜急急赶出，赶紧上前搀扶道："二爷，快起来！快起来！"致庸以头撞地，哭声更大。曹掌柜着急地对长顺和长栓道："你们两个，还不过来把二爷扶进去！"长栓和长顺抹泪架起致庸，半拖半抱地走向内宅，每走过一扇门，身后的人便急忙将门关上，尽量不让哭声传出去。

好容易到了银库灵堂内，致庸一见棺材牌位，立刻扑倒在地，失声痛哭道："大哥，大哥，我走的时候你还好好的，怎么不等等我呀……"致庸多年来皆由致广如父般地呵护，而此时致广遽然离世，他实在难以接受。回想起几日前的事，终于明白致广是强撑病体送他，苦口婆心，而他浑然不觉，依旧张狂不羁，由着性子满口胡言。悔痛如针刺般密密扎向心头，致庸以头撞地失声大哭起来。众人赶紧上前拉住，也跟着哭了起来。

内宅中曹氏和景泰正在乔家祖宗牌位前长跪。曹掌柜跑进道："大太太，二爷回来了！"曹氏眼泪涌出，但仍坚定道："是吗？太……太好了，老天可怜，就照咱们说好的那样办吧！"曹掌柜点头走出。曹氏长跪不起，双手合十，又闭目祷念起来。

曹掌柜走进灵堂内，努力搀扶起致庸："二爷，您定定神，去劝劝大太太吧，只怕不好。"致庸突然觉出一直没看见曹氏和景泰，忍不住哭道："曹爷，景泰呢？我大嫂呢？他们为什么不在这里守灵？他们在哪里？"曹掌柜扭过头去不语。致庸心中一吓，大声道："曹掌柜，你快说呀，我大嫂和景泰怎么了？"曹掌柜滴泪道："二爷，大太太说，东家临终时留下遗言，不让他们为自己守灵，要他们在内宅里给祖宗长跪！"致庸悲愤不解道："这又是为什么？"曹掌柜颤声道："乔家的生意败了，不只包头的，连太原、京津和祁县的生意都可能赔掉。东家临终前留下话，他自个儿对不起祖宗，就是死了，也要大太太和景泰少爷替他向祖宗赔罪！"致庸大惊，猛然抬起头来。曹掌柜看他，颤声道："二爷，自从大爷过世，大太太和景泰少爷在里头都跪了两天两夜了，大太太昏死过去好几回，谁都拉不起来！二爷，您是个男人，现如今家中这样，您可得担起这个天啊！"致庸悲痛大叫："可怜的大嫂！……曹爷，我大哥他临终前还说了什么？"曹掌柜抹泪道："大爷临终时还说，他有罪，他让乔家生意一败涂地，没脸进乔家的坟地。乔家人什么时候把祖宗的家业恢复如初，他才肯进乔家的坟地！"致庸身子一晃，几乎支持不住。曹掌柜咬咬牙道："大太太还说了，她要一直这么跪下去，东家去了，她和景泰也要跟着去！""你说什么？"致庸大惊失色，他突然不哭了，猛然站起，踉踉跄跄地朝内室走去。

内室中曹氏和景泰仍旧在祖宗牌位前长跪，双泪直流。杏儿跑进来道："大太太，二爷进来了！"曹氏不语，更多的眼泪涌出。想到即将发生的一切，她忍不住心如刀绞。致庸踉跄而入，看着曹氏和景泰，痛声大叫道："嫂子，致庸回来了！你这是怎么了？快起来呀！"说着他去拉曹氏和景泰，曹氏不理。景泰已经站起，看看曹氏，又跪了下去。致庸愈加悲痛，"扑通"一声跪下去，怆声道："嫂子，致庸已经回来了，就是天塌下来，我们也一起顶着！你为什么还要这样？"曹氏流泪，依然不语。致庸见状哽咽道："嫂子，你心里要是有话，就说好了，这样跪下去，万一有个好歹，这个家怎么办？！"

曹氏哭道："兄弟，你起来，你不该跪着！该在这里跪着的是我和景泰！乔家两代人辛辛苦苦创下的家业，被你大哥弄得一败涂地。他就是死了，也是个罪人！我是他的妻，景泰是他的儿，别说我们现在代他向祖宗请罪，就是和他一起去死，都是应当的！杏儿，你把二爷拉起来，这儿没二爷的事！"她越讲越伤心，忍不住痛哭起来。

杏儿低声道："杏儿请二爷起身。"致庸哪里肯，哭道："不，嫂子，你说的什么话！你不起，致庸也不起！"曹掌柜赶紧劝道："杏儿，二爷回来了，多少大事要商量，你先把大太太挽起来，再请二爷起身！"杏儿去挽扶曹氏，曹氏仍旧不起，本想作势令致庸入毂，没想却真的触动了心事，忍不住又放声大哭，哭得天昏地暗。曹掌柜见状发急道："大太太，东家去世之时，您急着派人去太原府把二爷接回来，不就是要传东家的遗言吗？我只是个外人，可我今天得劝您一句。这么大的事，您可不能心软，更不能哭得忘了大事呀！"曹氏闻言心头一惊，抹泪站了起来。这边小景泰看了看也要站起，却被曹氏一声厉喝："跪下！"景泰赶紧晃着身子重新跪好。致庸站起，心疼地叫道："嫂子，别难为孩子，景泰还小！"曹氏也不理会，又道："景泰，你跪过来，把你爹临终前留给二叔的话，说给二叔听！"

景泰闻言膝行过来，用稚嫩的童声道："二叔，我爹去世前，说……"小孩子讲到一半，突然大哭起来，再也不肯开口，曹氏做势要打，致庸赶紧将他抱开，颤声道："嫂子，别难为景泰，让他起来，有话你替他说好了，我听着呢！"曹氏点点头，抹把泪道："好，兄弟，我就替景泰说！二弟，你大哥临终前告诉景泰，让他传话给你，眼下乔家一败涂地，他就这样走了，死不瞑目！"致庸悲痛不已，潸然泪下。曹氏看看他，一狠心，咬牙道："你大哥又说，快把致庸叫回来，景泰还小，乔家可以没他，却不能没有致庸，他要亲手把这个家交给你，才能放心！""我？"致庸闻言色变。曹氏又道："你大哥还说，他愧对祖宗，死了也没脸进祖坟，他要你把他的灵柩暂厝在祖坟外的山冈上，啥时候看到二弟带乔家渡过难关，祖宗不再怪他，他才敢入祖坟！"致庸流泪抱着景泰，一时间说不出话来。

曹氏在祖宗牌位前拜了几拜，心中默念着，然后毅然站起，看着景泰严厉道："景泰，忘了你爹交代的话了？"景泰早被教了无数遍，这会儿赶紧从致庸怀里挣脱开，又跪下道："二叔，我爹说了，等你回来，让我替他跪着，二叔答应了我爹的话，侄儿才能起来！"致庸内心受到巨大震动，一时流泪无言。

众人都望着他。致庸万千念头转过，好容易才艰难地转向曹氏道："大嫂，致庸是哥嫂养大的，大哥临终前将家事托付给致庸，小弟本不应当推脱，可是致庸从没做过生意，怎么挑得起这副重担！大嫂，我和大哥当初有过约定，这辈子致庸只是读书，中举，为家门争光，从没想过接管家事。大哥不在了，还有你，还有曹掌柜，过些年景泰就会长大，我们乔家有人哪！"

曹氏心一凉，痛声道："二弟，大嫂是个女流，景泰还是个孩子，曹掌柜人家是个外人，我们乔家现在遭遇大难，成年的男人，可就只剩下你一个了！"致庸突然在曹氏面前跪下，坚持道："大嫂，不是二弟推辞，二弟自幼在你和大哥跟前长大，不喜欢经商，这你是知道的！就是我现在违心地答应了，恐怕日后也负担不了这份沉重。大嫂，不是致庸不愿，致庸是不能！"曹氏闻言变色，看着致庸恳求的目光，一时竟说不出话来。曹掌柜见状不对，大声道："二爷，都到了这个时候，您不该呀！"致庸颤声嗫嚅道："曹掌柜，大嫂，你们不要逼我，我既不想经商，也不想做官，我只想自由自在地过一辈子！我……"曹掌柜跺跺脚，失望地看着曹氏。曹氏突然上前，将致庸搀起，一时神情惨烈，大笑几声。致庸站起，大惊变色道："嫂子——"

曹氏一字一字痛声道："哥嫂无能，把乔家弄成这个地步！兄弟，哥嫂连累你了！罢了！反正乔家已败，大不了拿出全部家业破产还债，若还是不够，我和景泰母子就从这座老宅里净身出户，把宅子顶出去换银子还债！这样就是不能全部还清，可也能略表乔家不想负人之心了！兄弟你是一个冰清玉洁的人，我干吗一定要将你扯进这浑水里来！"她身子摇晃了一下，又撑住站直道："嫂子如今就要处理家事，其实，其实也没有什么好处理的了，银库里早就没了银子，家里的东西也典当一空，我能做的事就是请债主来清账！曹掌柜，我们去算一算，看看到底欠了人家多少银子！"曹掌柜答应一声，却回头望着致庸。致庸闻言震惊道："嫂子，我们家真的到了这种地步？"

曹氏闭眼缓声道："二弟，嫂子一个妇道人家，能为乔家做的事就是这些了。做完了，我就能带景泰去见你大哥！""不，嫂子！"致庸内心挣扎着，痛苦不已。曹氏闻声睁开眼，颤抖的声音如同风雨飘摇中沙沙作响的破窗户纸："兄弟，嫂子和你哥对不住你了！自此以后，你就是再想读书，恐怕也没有一片可以遮风避雨的屋顶了，三岁那年，公婆相继去世，把你托付给你哥和嫂子，指望能让二弟随着自个儿的心性过一辈子，可嫂子现在做不到了！兄弟，处理完这些家事，我也顾不上你了，你就饶恕你大哥和我吧！"说完，她再也忍不住放声大恸起来。

致庸"扑通"一声跪下，大叫道："嫂子，你不能啊……"曹氏闻言止住哭声，坚忍地站着，一眼也不看他，冷声道："杏儿，替我请二爷出去，我要去和曹掌柜算账了！"杏儿犹豫了一下，轻声道："二爷，您起来吧！"致庸心头大乱，一动不动。曹掌柜再也忍不住，老泪纵横道："二爷，难道您宁可眼睁睁地看着大太太和景泰净身出户，沿街乞讨，也不愿接管家事？您，您是一个男人啊！"

致庸猛地站起，转身要走。曹氏浑身一颤，差点倒下，杏儿急忙上前扶住。致庸回头，心痛如割道："嫂子，我——"曹氏心一横,咬牙道："兄弟，嫂子刚才的话错了，就是嫂子和景泰从这座老宅净身出户，也不会马上去死！我身后还不利索，无颜去见你大哥呀！这世间还活着乔家的两个男人，你和景泰还要吃饭，我怎么能撇下你们走！……也罢，等事情完了，嫂子就是出去讨饭，也要领着你们活下去！兄弟，你放心好了，日后但凡嫂子和景泰有一口吃的，就有你一口吃的！"

　　曹掌柜抹了一把眼泪，跺脚道："大爷生前如何对您？二爷，您可安心？"曹氏大声道："曹掌柜，啥也别说了，让二爷先走，我们去算账！"她又回看景泰一眼，厉声道："景泰，你起来！替你爹送送二叔！"景泰虽小，可这时也模模糊糊有点知道利害关系了，他跪地不起，小嘴一咧哭着叫道："二叔——"杏儿猛地给致庸跪下，痛声道："二爷——"旁边的一干家人见状也陆续跪下。

　　曹掌柜看了看曹氏，看了看众人，又看了看致庸，最后慢慢跪下道："二爷，您是读书人，懂得人生天地间，活的就是仁义礼智信五个大字。可您真要眼睁睁地看着乔家破家还债，什么事情也不做，就是不仁；大爷大太太自小将您养大，大爷留下遗言，将家事托付给您，您却不愿承担，就是不义；长嫂如母，大太太让景泰跪求您接下这份家事，您置之不理，是不礼；您现在宁死也不要管乔家的事，坐看祖宗产业落于他人之手，自己将来也不免冻饿街头，是不智；乔东家去世了，大太太和景泰就您这么个亲人，您对他们的死活毫不在乎，是您在死去的大哥面前失了信。一个男人仁义礼智信全无，读书又有何用？"话一说完，他也不再看致庸，慨然站起道："好了，到了这会儿，我一个外姓人也不想劝您了，大太太说得对，您还是走吧！我只是不知道，真到了大太太和景泰净身出户的一天，那时您将如何面对死去的先人！"

　　致庸突然泪如雨下。景泰走过来拉拉致庸衣袖，懂事道："二叔，就是将来出去讨饭，我讨来了也给您吃！"致庸猛地将他抱紧，站起三下两下拭干了眼泪，望着窗外良久，突然回头道："嫂子，曹掌柜，大哥临终前让我接管家事，你和曹掌柜都在场？"曹掌柜看一眼曹氏，曹氏平静道："对。你大哥那番话，是当着我和曹掌柜的面说的！"致庸望望曹掌柜，曹掌柜也点头道："二爷，东家临终时，让我进了内宅，说有要紧的话，只跟我和大太太两个人讲。东家便吩咐我打发人接二爷回来，说把这个家交给您！"

致庸睁大眼睛，惊讶地望着他们道："致庸离家去太原府赶考时，大哥给了我一封信，他在信中并没有说要让我接管家事！"曹掌柜吃惊地看曹氏，曹氏一时脸色苍白，颤声道："致庸，你大哥在那封信里都说了什么？"致庸沉思道："大哥要我好好考，一定要考上举人，来年再去京师考一个进士。大哥只是在信的末尾才说——"曹氏发急道："你大哥在信的末尾说了什么？"致庸看了看她，回道："大哥说，只有我考不上举人，才让我接管家事！"曹掌柜长出了一口气，赶紧道："这就对了，东家写这封信时，还不会料到包头复字号的高粱霸盘会一败涂地，他在信上那么说，是要鞭策二爷好好考！"曹氏想了想道："不，我现在明白了，大爷写这封信时，就已经知道包头的生意可能已经败了，他自己也一病不起，那时他就有了让二爷回来接管家事的心思！"

致庸心中觉出有什么不对，但一时想不出更说不出，只好仍旧怔怔地站着。曹氏看了他一眼道："若是没有这样的意思，大爷一定不会写这样的信！只有大爷知道，他已病入膏肓，也只有他心里明白，他要是有个三长两短，能够撑起乔家这块天的男人只有二弟！……二弟，你大哥临终时还说，若是二弟不能让乔家转危为安，他就……他就……"致庸听出话音不对，急道："他就怎么样？"曹氏牙又一咬，狠心道："他就永远不进乔家的坟地！"曹掌柜心头一痛，也附和道："大太太说得不错，东家就是这么说的！"

致庸极为震惊地望着他们，众人则担心地回望着他，只听他突然爆发道："大嫂，曹掌柜，如果大哥真说了那样的话，让致庸接管家事，致庸今日就别无选择了！致庸是大哥大嫂养大的！致庸的命是大哥大嫂给的，就算大哥让致庸死，想来致庸也不会拒绝的，更何况接管家事！""兄弟，你真的改主意了？"曹氏心头又痛又乱，颤声问道。

致庸心头一阵麻乱，但仍点头道："乔家若是真的要败，兄弟就是自己卖身还债，也不能让嫂嫂和景泰流落街头，这点嫂嫂放心！"曹氏心头一松，立刻内疚起来，哽咽道："兄弟——"致庸心里有一块东西正在坚硬起来，道："大哥大嫂让致庸接管家事，我答应，但是能不能让它起死回生，致庸却不知道！今天走进家门之前，我还不知道乔家已到了这步田地；不过既然到了这一步，致庸也就没什么顾虑了，若是致庸没能救得了乔家，大哥在天之灵，还有大嫂，也请不要怪罪！"

曹氏急忙接口道："兄弟，从大爷过世直到这会儿，嫂子和你那死去的大哥，等的就是这句话。你大哥说得对，你要么不做，只要你做，一准会做得比所有人都强！兄弟，谋事在人，成事在天。只要你大胆地去做了，就对得起祖宗，对得起你大哥和我了！乔家若还是败了，那就是乔家的命，我决不会怨你！可你要是不做，我和你在九泉之下的大哥，却要怨你！"

致庸呆了呆，突然又道："嫂子，假若我能让乔家渡过难关，嫂子不要逼致庸一辈子都做生意。眼下景泰小，致庸接管家事责无旁贷；景泰一旦长大，致庸还是要把家事交还给他，回头做我想做的人！嫂子千万要答应！这件事致庸现在就想和嫂嫂约好。"曹氏默默看他，点头道："兄弟，嫂子答应你，只要你能带乔家闯过这一关，等景泰长大，我还是让你去读书，做自己喜欢做的人！嫂子决不食言！""谢嫂子！"致庸单膝跪下行了一礼，不待曹氏搀扶，他已站起，神情开始显得镇静和强大，接着又道："嫂子，还有一件事。大哥和嫂子既然要致庸当家，从现在起，乔家所有的事致庸都要照自己的想法去办，嫂子一概不得干预！"

曹氏长舒了一口气："兄弟，这个你放心！你大哥和我既然把乔家托给了你，就是信得过你。"她扭头对曹掌柜吩咐："曹掌柜，出去传我的话，从现在起，乔家里里外外大小事情全由二爷做主，一概不用再来问我！"曹掌柜应声而去。

致庸看着曹掌柜离去，身子晃了晃，道："嫂子，致庸想一个人先去书房静一静"。曹氏不放心地看致庸一眼，吩咐道："长栓伺候二爷内书房歇息。"长栓赶紧过来扶住致庸，致庸也不推却，借着长栓肩上的力，脚步如灌铅般走向书房。

好容易到了书房，长栓退下，致庸也不坐，来回踱步，最后停在孔夫子画像前默立良久，半晌悲愤道："先师，先师，莫非你早就知道我乔致庸今日要弃儒为商，前两天才在梦中告诉我学而优则商？……莫非我乔致庸命中注定逃不过这一劫？"他嗟叹了好一阵，忽又痛声道："乔致庸今日由一个书生化作一个商人，仅仅是为了大哥大嫂……他们含辛茹苦将我养大，乔致庸不能让大嫂和侄子景泰流落街头。大哥，你为何让致庸走上经商这样一条路，以前你不是这样的呀……"但四周静寂，并无任何回答。致庸心头一阵烦乱，干脆躺了下去，不一会儿便又累又倦地沉沉睡去。

只一会儿，梦中的金蝶又翩然飞至，似乎在他身边盘旋飞舞不止，睡梦中的致庸略一翻身，金蝶便翩然离去。致庸猛然惊醒，慢慢下床，直着眼呆怔了一会儿，两行清泪潸然而下。有那么一瞬间，梦中的金蝶似乎清晰可辨，触手可及。致庸突然大悟，拭泪哈哈一笑道："罢了罢了！今夕何夕？乔致庸又是何人？庄周可以化作蝴蝶，我一个书生，又为何不可化作一个商人？庄周化蝶，不知道自己是不是在梦中，乔致庸化作商人，岂知就不是身在梦中？……既然是在梦中，我为什么一定要这么认真？哈哈，为什么就不能高高兴兴地把这个梦做下去？"

他脸上的悲情消失，变成了一种奇异的快乐，忍不住闭目念白道："妙哉妙哉！庄周化作蝴蝶，依然是庄周；乔致庸化作商人，还是乔致庸。乔致庸就是变成商人，也会是个好样的商人，哈哈哈……"

乔家一干人大多在门外守着，先是因他睡觉而皱眉，等到他纵声长笑，曹氏再也忍不住，喝令长栓闯进去。一进门，长栓被致庸的神情吓了一跳，急道："二爷，您您您怎么了？"致庸身子一晃，猛醒过来，自语道："啊，是的，我醒了！不过是梦是醒，谁又真能说得清？"说着他又大笑起来。曹氏再也克制不住内心的紧张与彷徨，也进了书房，致庸见她进来，突然一惊，接着呆呆地盯着她。曹氏心中大恸，暗道："完了，完了，家中刚去一个，接着又疯一个，这个家是彻底完了。"她望着如梦中般的致庸，厉声喝道："二弟，你怎么了？"致庸闻言又大声笑起来："嫂子，曹掌柜，你们知道我现在是什么人？"长栓打了一个哆嗦，道："二爷，您是二爷啊，您快醒醒！"致庸停住笑，"啪"的一掌拍在桌上，厉声道："不！我不只是二爷，我现在是商人，山西祁县乔家堡乔家的东家。"众人呆呆地望他，却见致庸一甩长襟下摆，坐下沉声道："看着我干什么？我要吃饭。"

曹氏回头看长栓。长栓急忙把早准备好的饭端过来，摆到桌上。致庸温言和气道："嫂子，你们去吧。我好了，都过去了。曹掌柜，等我吃过饭，你来见我，咱们一起通盘算一算乔家的账！"此时他的口吻已变，完全不是原来那个轻狂的少年书生，反倒像个颇为沉着冷静的东家。曹掌柜震惊而又意外地看曹氏一眼，赶紧答应了一声。

曹氏猛地转身离去，众人也跟着陆续离去。书房内致庸拿起筷子，狼吞虎咽地吃了起来。一进客堂，曹掌柜便欢欣鼓舞道："大太太，二爷是真醒过来了，连说话都像个东家了！恭喜大太太，我没有看错二爷，二爷是个大情大义之人，乔家有这么一个男人，就不会一败涂地！"曹氏闻言突然落泪，哽咽道："可我到底对致庸说了假话，我对不起死去的大爷啊！"曹掌柜嘘了一声道："大太太，您小点儿声。这件事，我们以后要埋在心里，让它烂掉，谁也不能说出来啊！"

曹氏拭泪道："曹爷，二爷接管了家事，只能说乔家的事刚刚有了转机。我说的那事，你要抓紧去办！能不能救乔家，都在这后一件事情上头呢！"一时两人相视无言，只觉得内心无比沉重。

第五章

1

　　乔家书房内，致庸一身孝服，面窗而立。曹掌柜站在他身后，不时看他一眼。半晌，致庸转身沉沉道："这就是说，哪怕卖掉这座老宅，我们欠的债也还不清？"曹掌柜点头。致庸又问："这个家里现在还有多少银子？"曹掌柜叹道："据我所知，银库里早没了银子，前几天进了一万两，那是大太太为您出门应试拿陪嫁玉器典当的，这几天致广东家过世，又花了一些。"曹掌柜看看他又道："东家，致广东家过世后，我们一直瞒着外头，不敢发丧，为的是维持局面，等您回来。现在您回来了，老这样下去不行，消息早晚会泄露出去，那时所有的相与都会一起找上门来要银子。因此到底该怎么办，只怕您今天就要定夺！"

　　致庸心中接连几个沉重的"咯噔"过后，总算彻底明白了家中此刻的险境，反而镇定下来，开始了冷静的思考。过了好一会儿，曹氏出现在门外，致庸迎上前去："嫂子，你不歇息一下，怎么又过来了？"曹氏心中一颤，眼含期待道："只怕兄弟今日就要定下些方略，我怎么能不来呢？"致庸沉思半晌，突然下决心道："我想好了，立即给大哥发丧！""立即发丧？"曹氏和曹掌柜互看一眼，吃惊地问道。曹掌柜道："东家，您想过没有，消息一旦传出去，乔家大门口，连同祁县大德兴总号里外，就不只是现在这些本家爷们儿和相与商家找上门要银子了！"

致庸镇定道："曹掌柜，大嫂，大哥已经去世，我不能总让他躺在冰冷的银库里。大哥去世你们秘不发丧，替我们乔家赢得了时间；现在我要立即发丧，也是要为我们乔家赢得时间。眼下对于我们来说，时间就是喘息之机！"曹掌柜立刻醒悟，道："东家，您是说，立即发丧，那些本家和相与就是想上门讨银子，也不好逼得太紧了。毕竟我们家里有了丧事，就是要还他们银子，也要等我们把丧事办完！"致庸道："对，就是丧事办完，我大哥的灵柩入了土，还要过个三七呢。三七二十一，我们有整整二十一天的时间想办法，让乔家渡过这个难关！"

曹氏激动地点头道："致庸这个主意好。大爷死后有知，也会高兴的！"曹掌柜有点担心道："东家，这样好是好，可那些本家和相与还是会来闹的，到时怎么跟他们讲？"致庸冷冷笑道："这件事你甭管，到时我自有话说。曹掌柜，现在听我的吩咐，眼下家中剩下的这不足一万两银子我全交给你，给大哥办丧事。记住，七天后出殡，务必花光，一定要把我大哥的丧事办得风光、体面，不要让过世的人再受委屈！"曹掌柜有点犹豫："可是东家……这些银子都花在这上头吗？"致庸带点忧伤又微微一笑道："曹掌柜，乔家如果要败，这些银子也救不了它。既然如此，为什么我们就不能把这最后一件事办得漂漂亮亮？大哥也辛苦了一辈子。"曹掌柜看了曹氏一眼，曹氏点头道："现在二爷是一家之主，二爷一定要这么办，就这么办吧！"曹掌柜不再多说，应声而去。

很快，在中堂一片雪白，曹氏带景泰及众丫鬟老妈子在灵前哭声动地。院里所有的红灯笼都糊了白，一条条孝布扯起了天棚。长顺忙着分派众仆人去各位亲戚家报丧。曹掌柜带着一群僧人走进堂内，做法事超度亡灵，唱经声如天乐般一波波旋裹着越过屋顶，飘上天空。

近中午时，大门外达庆果然又来打门，他自己一脑门子官司，没看见大门上刚刚被糊了白。致庸接报，想了想道："我正想请他呢，开大门让他进来！"长顺接到吩咐去开门。达庆一头撞进来，倒被眼前的景象吓了一跳。长顺哭腔道："还没来得及给您老报丧，我们家大爷，他去世了！"达庆大惊："什么，致广他死了？"

长顺哭着点头，达庆连声哎呀："我的天哪，这个节骨眼上他怎么能死呢！什么时候的事，我怎么不知道？"恰巧看见曹掌柜走出来，立刻发作道："老曹，致广啥时候死的，这事你们是不是一直都瞒着我们？"曹掌柜看了他一眼道："四爷，您甭害怕，您不就是担心您的股银吗？致广东家没了，可致庸东家回来了，现在是他当家！"达庆又一惊："噢，现在是致庸当家了，好哇好哇，致庸在哪里，我这会儿就要见他！"曹掌柜冷笑一声道："四爷，您去吧，致庸东家正等着您呢！"达庆到底有点不好意思，想了想道："不行，我和致广到底是兄弟，他死了，我怎么着也得先哭他两声！"曹掌柜哼了一声，将达庆引向灵堂，唱声道："二门的四爷吊孝来了，孝子侍候！"灵堂内的曹氏和景泰闻声跪拜相迎。"致广兄弟，你怎么说走就走了哇？丢下这一摊子可怎么办啊……"达庆在致广灵前拜了几拜，号了几嗓子，接着在灵前焚纸，总算也掉了两滴清泪。曹掌柜在一边又唱道："孝子谢孝，叩头！"景泰恭恭敬敬向达庆叩头。"罢了罢了。"达庆抹去泪滴，又恢复了本相，四下张望起来。曹掌柜皱皱眉，将他引向书房。一个老妈子在他身后嘀咕道："瞧他这孝吊的，一张纸都没带，还是举人老爷呢！"

"致庸，致庸在哪儿？"达庆大步走进书房，一路上嚷嚷着。书房内的致庸远远望着他，迎上来拱手道："四哥，请坐。"达庆也不客气，进门就一屁股坐下："致庸，真没想到，致广这么快就过世了……我听说现在是你管这个家了，这样也好，我明人不说暗话。今儿我来，是想找你要个准话，这两天我都跑了好几趟了，我那一万两银子的股银，你得什么时候给我？"致庸默默看他，沉思不语。曹掌柜生气道："四爷，东家刚打太原府回来，您就是要银子也得等等呀！"一听这话，达庆毫不客气地回顶过去："哎老曹，这是我们家自己的事儿，我在跟我自个儿的兄弟说话，关你什么事儿？"曹掌柜一愣，倒给闹了个大红脸。

致庸突然开口："四哥，你和大门外头闹腾的那些人，就只想要回银子？你我也算兄弟，你看着我家大门上糊了白，也没想着暂时体谅一二？"达庆一惊，但仍强词夺理道："兄弟归兄弟，银钱归银钱，可别掺和到一起，我不吃这一套！"致庸冷冷一笑，沉声道："四哥到底听了什么传言啊，这般苦苦相逼？你若是逼急了我，我可就只撂给你一句话——这会儿家里头没银子！！"

达庆闻言大吃一惊，当下口气不觉放缓："哎我说老二，你也别瞒我，包头复字号的十一处生意是乔家的根本，当年乔家先人就是靠包头的生意发起来的，没了它乔家就不再是乔家，要是有银子，乔家怎么也不会眼睁睁地看着包头的生意崩盘！包头的生意崩盘，那就是说乔家银库里的银子已经用尽了，所以乔家破产定不是传言！我知道你大哥去世了，包头的生意垮了，别处的生意也要垮，现在我立逼着你拿出这一大笔股银，是有点难为你。可是兄弟你也要体谅哥哥和那么多本家，这么些年，大伙都是靠着咱们家生意上的红利过活，要是一下子没有了，连本钱也拿不回来，大伙靠什么过日子呀？"

致庸背过身去，一言不发。达庆迟疑一下，突然道："哎老二，你要是真拿不出银子来，四哥我这里有个主意！"致庸转过身来，意外地看着他，缓缓道："四哥，果真你有主意，说出来听听？"达庆一不做二不休，放胆道："乔家的生意完了，我听人说，就连这座老宅恐怕也得顶出去。真是这样，四哥可以帮你找个买主，人家立马给现银！价钱上绝对公道，我保证不让你吃亏。这事办成了，你债也还了，你们家的日子也还有得过！……你觉得我这主意怎么样？"致庸虽不指望他真能说出什么好主意，但也没料到自家弟兄竟然赤裸裸说出这样一番话，当下心头一痛。曹掌柜在旁边未露声色，心里也不禁黯然。

致庸深吸一口气镇定道："四哥，告诉我，这主意是谁想出来的？想顶我们家这座老宅的人又是谁？"达庆到底有点难堪，支吾道："这个这个……我现在还不能告诉你。"曹掌柜渐怒："不是水家，也不是元家，元家一向有祖训，不顶相与商家用于破家还债的宅院；水家与我们有亲，自然也不能干出这种事，能干出这种事的一定是达盛昌邱家，对不对？"达庆有点慌乱："这个这个……老曹，你怎么这么说话？这是生意，你卖人家才买，又没谁逼着你，你管他是谁呢！"曹掌柜忍不住斥道："托您来做说项，到底给了您什么好处啊，同门相煎，四爷，别忘了您也姓乔啊！"达庆一时支支吾吾说不上话来。

致庸盯着达庆，突然朗声大笑。达庆见状有点目瞪口呆："老二，你怎么啦？你笑啥？"致庸还是大笑，直至笑出了泪花。"哎哎，事情都到了这份儿上了，你还笑！有什么可笑的？"达庆怒道。致庸一边努力止住笑，一边道："四哥，我真要谢谢你！不过这件事闹成这个样子，实在太可笑了！"达庆起疑道："怎么可笑？"致庸突然脸一沉："四哥，外头盛传乔家的生意完了，要破产还债，别人信这话也还罢了，没想到我们乔家的本家爷们儿也信了！"他勃然变色，猛拍一下桌子道："以为乔家这回真撑不住了，连你们的几两股银也还不起？你们这些人，也太小瞧我大哥了！"达庆变色，小声问道："怎么，难道家里还有银子？"致庸冷冷道："就说你四哥，不就是区区一万两银子吗？还有长门的达庚大哥，他们家在咱们家生意里，连两千两银子的股银也没有了，十万两的股银，让他一年年坐吃山空，这会儿也来要股银，我大哥生前还让他的银子待在生意里，那是可怜他！"达庆有些糊涂了，嗫嚅道："致庸，你等等，莫不是不像外头说的那样，乔家的生意还有救？"

致庸对他的问题理也不理，冷声道："四哥，正好今天你也来了，回去告诉这些要退股的本家，不是要银子吗？好！我大哥去世前，已经派人去东口拉银子了！现在我大哥过世了，我要办丧事，没有心思理会这事，等我大哥过了三七，东口的银车一到，我立马就还他们银子！"达庆一听赶紧道："哎哎，致庸你把话说明白了，你们家在东口还有生意？"

致庸瞪他一眼道："四哥，谁都知道我年轻，不会办事，我今天可是丑话说到前头，前两天你们这个也来闹，那个也来闹，我不在家，也就算了。现如今我大哥停丧在家，我把话撂在这里，三七之内，谁也不准再到我们家来闹；谁要敢再闹，我就翻脸不认人！"说着他"啪"地又一拍桌子，厉声道："我还要挑明一句话，过了三七，某些人不要银子都不行，我一个一个全给他们清账，以后谁再想把股银留到乔家的生意里，年年坐吃红利，没那个日子了！"曹掌柜吃了一惊，看看致庸，要说什么但又住了口。

达庆被镇住，缓声道："哎我说致庸，你这话真的假的？等致广过了三七，我们这些本家爷们儿真能拿到东口的银子？"致庸冷冷地扫了他一眼，爱理不理道："信不信由你！要银子的，三七以后再来。这些日子，除了给我大哥吊孝的，我一概不见！谁还想这时候来要银子，我拿大棍子赶出去。大家都姓乔，莫怪我翻脸不认人！"说完他猛一转身，毫不客气道："长栓，送客！"达庆尴尬地看了一眼曹掌柜，曹掌柜急做镇静状。达庆又看看致庸，有些情急道："行，老二，你话说到这地步了，我就等你给致广过了三七，三七以后我们再来！"见致庸根本不搭理他，达庆转身朝外走，出了门又回头："哎，我说老二，致广过了三七你要是还没银子，就别怪四哥和这些本家爷们儿了！"门外送他的长栓直轰他："四爷，走吧走吧。"

曹掌柜见达庆走远，马上关上书房的门，并气愤道："真不像话，东家，达盛昌他们竟要赶尽杀绝！"致庸一腔怒意，但并不说话。曹掌柜狐疑地望了一眼致庸道："东家，您刚才说致广东家在东口还开了生意，这件事是真的？"致庸仍旧不语。曹掌柜意识到了什么，跟上去道："东家，如果只是缓兵之计——"致庸突然大声道："曹掌柜，难道我大哥经商二十余年，在这么多相与的大商家里，就没有交上一个朋友？你今天告诉我，只要有区区二十万两银子，把包头的局面稳下来，其他地方的生意也就跟着稳下来了，达盛昌也就没有了把乔家赶尽杀绝的机会。我就不明白，我大哥和你当初为什么就没想过去别处借这笔银子？"曹掌柜为难道："东家，不是没有去试过，您想想，连年战乱，不管是谁家都没有生意，可又都要维持局面，年年坐吃山空，谁家的日子也不好过，这种时候，谁还敢一口气借给您二十万两银子？不管您出多大的利，到时候您还不起，光有一纸借据顶什么用，谁不怕这么一大笔银子打了水漂儿？"致庸呆怔了半天，绝望道："这么说，我就是为这个家争取到三七二十一天，也还是没救了？"曹掌柜心中一痛："这个……东家，您甭急！"

致庸想了一下又坚执地问道："曹掌柜，你和我大哥当初总没有借遍晋中全部商家吧？祁县不行，就去太谷、平遥，再不行就去榆次，我就不信，凭乔家几辈子的商誉，竟没有一个人愿意在危难时帮我们一把？！"曹掌柜一时无言，隔了一会儿道："是，过了头七，致广东家出了大殡，我就出去借银子！"致庸果断道："曹爷，此事关系到乔家的生死存亡，一天也不能耽搁，你把家里的事放下，明天就去，我也去！以后就是我经管乔家的生意了，这些大商家，总是要结识的！谁家有银子，你帮我安排一下！"曹掌柜看着他那双年轻有神的黑亮眼睛，当下也有点振奋，道："好，我听东家的。东家亲自上门借银子，说不定事情会有转机……"

他话未说完，却见致庸垂下眼帘，似乎心事重重，已经不在听他的话了，曹掌柜暗暗叹了口气，悄悄退了下去。

2

"曹爷，太太要见你。"院子里明珠已经等候他半天了。曹掌柜点点头，随她走去，不知怎么，第一次有丝绝望像虫子一样爬上他的心头。在中堂内，曹氏默默站立着，她连日哭灵，打击重重，声音已经嘶哑不堪，见他进来，勉强哑声道："曹爷，致庸和你商量出了什么办法？"曹掌柜一边摇头一边说："回太太，二爷让我明天就出去借银子，不等致广东家出大殡，他自个儿也要亲自出马，去借银子！"曹氏默然，半晌道："曹爷，你觉得你俩真能借到银子？""回太太，说实话，我心里一点儿底也没有。"曹氏叹口气道："那就只剩下咱们商量的那个办法了！"曹掌柜拿出一张纸小声道："太太您看看，这两日，我派出去的人都回来了，祁县、太谷、平遥三县有待嫁女儿的大商家都写在这上面呢。"曹氏接过细细看一遍，问道："平遥王家，榆次原家，太谷陆家……平遥王家的姑娘多大了？"曹掌柜竖起三个手指头，曹氏吓了一跳："三十？"曹掌柜点点头："听说有点残疾，高不成低不就。"曹氏摇头，又问道："榆次原家呢？"曹掌柜微微摇头道："这个小点，今年才十四。"曹氏叹道："太小了恐怕不成，说成了是要马上娶过来的，致庸给我们争取到的时间可只有二十一天，咱家现在是在唱空城计！"曹掌柜道："那就剩下太谷陆家了。陆家的小姐名叫玉菡，听说又漂亮又聪明，今年十八岁，不过……"曹氏抬眼看他，曹掌柜继续道："太太，陆大可这人是有名的山西第一抠，恐怕以前您也有所耳闻。陆小姐是他的掌上明珠，听说这两年他带着这位小姐走州串府，不少富商大贾家送上少爷的庚帖，他都没有中意。乔家眼下这种处境，明摆着做了亲就要借银子，恐怕……"

曹氏看着手中的名单接着问："这剩下的几家呢？"曹掌柜微微有点泄气道："剩下的几家年龄、门第倒都合适，只是没有太大的实力，这种年月，家家都做不成生意，和这些人家结了亲，我怕也不一定能借出银子！"曹氏盘算道："平遥王家的姑娘是个残疾，我怎么能让致庸……这个断断不可；榆次原家的小姐年纪太小，就是我们愿意，人家也不会答应马上把这么小的小姐嫁出来，这个也不行。"曹掌柜点点头道："这样算下来，年龄合适又有银子可借的，也就只剩下太谷陆家了。"曹氏沉思了一会儿，当机立断道："眼下乔家处在生死关头，就是死马也得当成活马来医。曹爷，你刚才说致庸要和你一起去借银子？"曹掌柜点头，曹氏果断道："明天亲戚们都来吊孝，致庸不能离开，后天……后天你就给致庸引路，去太谷陆家借银子！"曹掌柜吃惊地望着曹氏："太太，您是说让二爷直截了当地去陆家借银子？"曹氏带点感伤道："对，乔家到了山穷水尽的地步，瞒是瞒不了人的！不管我们去谁家提亲，人家都会明白这是变着法儿借银子呢。一开始我和你两个走的就是一步死棋，可是让致庸亲自去，这步棋说不定就能走活！"

曹掌柜击掌道："太太，我明白您的意思了！致庸东家无论人才、品貌、学问，都是不错的，以借银子为名，让陆老东家看看这个人，然后咱们再托人上门求亲，说不定就……"曹氏叹息道："不错。我们家缺的是银子，太谷陆老东家千挑万选，是要为他们家的小姐挑一个一等的好女婿。要把这步死棋走活，只有靠致庸自个儿了！"

曹掌柜激动起来："太太，我明白了，今儿我就打发人去太谷陆家预约，后天我和致庸东家一起去拜见陆东家！"曹氏顿了顿，又哑声道："曹爷，有件事我要再说一遍，致庸心上有个人，就是我们能把这件事说成，他自个儿愿不愿意还难说呢。我这么做不过是为了救乔家，尽人事听天命。事情没眉目以前，一定不能让致庸察觉到半点蛛丝马迹！"曹掌柜愣了一下，佩服地看着这个饱受命运打击，却依旧不屈不挠的柔弱女人，应声退下。

曹氏依旧一个人站着。过了一会儿，张妈悄然进来，有点担忧地看着曹氏，小心道："太太，您有事找我？"曹氏转身温言道："张妈，你坐下。"张妈赶紧道："太太有事就吩咐张妈，我不敢坐。"曹氏叹了口气道："张妈，你跟我多少年了，现在有件事我要托付给你去做，除了你我两个人，谁也不能知道。"张妈连连点头："太太，只要您吩咐……"曹氏从腕上取下一只玉镯道："明儿你当着众人给我告个假，就说娘家有人病了要回去看看，然后出去把它当了，能当十两银子，你去北面山里帮我寻一座草屋小院，不要好，能遮风避雨就行。"张妈大惊："太太，不是要给二爷娶亲了吗？据说东口还有银车要回来……我们家真到了那个地步？"曹氏竭力忍住泪道："你就先去办吧，有这个准备总比没这个准备要好。如果这个家一定要败，我也不能不给致庸和景泰留一个藏身的地方。记住，万一有人问起来，不要说买主姓乔。子孙不孝，辱没了祖宗，我们不配再姓乔！"张妈含泪接过玉镯道："太太，我记住了。"曹氏轻轻咳嗽了两声道："还有，要给致庸娶亲的事，你知道就是了，再不要透出半点风声！""太太，我懂！"张妈连声答应，接着匆匆将玉镯藏起退出。曹氏虽面容刚强，尽量不让眼里的泪水溢出，人却如虚脱般连连摇晃，只得赶紧坐下。

3

江家内宅中，一贯慈眉善目的江母，正对着由两个家人扶进的江父大发雷霆。瘦竹竿般的江父喝得酩酊大醉，瘫在躺椅上几乎动弹不得。

江母一边和李妈收拾他的呕吐物，一边怒道："看看你，生意也不正经做，家里都快揭不开锅了，大中午的你就跑出去喝成这样！"江父突然大睁着眼睛寻找，哈哈大笑道："雪瑛，雪瑛在哪里？"江母嘟哝道："雪瑛不是让你关在绣楼上了吗？你找她干吗！"江父醉醺醺道："我要给我的闺女道喜！男大当婚，女大当嫁，雪瑛也不小了，今儿我这个爹给她应下了一门好亲事！"江母大惊，赶紧让李妈退下，问道："老爷，你说什么呢！"江父大着舌头道："我说我今儿给雪瑛应下了一门好亲事！"江母闻之气急："你，你又在胡说什么？"江父灌下一口浓茶，哈哈笑道："你知道今儿我碰上了谁？我碰上了财神爷！我碰上了榆次的何老东家！何老东家你们知道吗？专做大烟生意，光一个山西太原府，用他家本钱开的烟铺就有二十多家！你说好笑不好笑，就这么个了不得的大财主，榆次的首富，今儿竟然专程来到祁县会我！"江母心中大为不安地问道："老爷，何老东家来见你干什么？"江父拍拍胸脯，得意道："天下姻缘一线牵！何家的老太爷看上了我们家雪瑛，说她有宜男之相，为了下一辈子孙繁盛，巴巴地跑来，为他的大少爷何继嗣求亲！何家，那可是花不了的银子！我女儿嫁到他家，一辈子享不完的荣华富贵！只怕我这个爹也能跟着沾光！"

江母上前抓住江父，摇晃着生气道："老头子，你说什么胡话？你不知道自小雪瑛和致庸就是一对。致庸说了，这次只要他考中了举人，乔家就上门来提亲！"江父将一杯茶一气喝下去，啐道："你才是说胡话呢！外面的事什么都不知道！告诉你，居中给我和何老东家牵线的谢掌柜已经说了，乔家败了！乔家包头的生意、祁县的生意，还有别处的生意，马上都是别人的了！就连乔家的老宅，也有人盯上了，要花八万两银子顶下来呢！别说乔家这会儿还没人来提亲，就是来了，我也不能再让我的闺女嫁过去！让我的闺女跟着乔致庸喝西北风？不成！"他越说声音越大，最后几句几乎是跺着脚恶狠狠地嚷出来。江母急捂他的嘴，低声道："老爷啊，你先小点儿声，让雪瑛听见就麻烦了……"

可没等她说完，门已经被推开了，雪瑛面色苍白地出现在门前，江父江母吃了一惊，一时间江父的酒也醒了不少。雪瑛颤声道："娘，爹的话我都听见了！爹，您的话不是真的！"江父先是退缩了一下，继而口气强硬道："你，你听见了也好，谁说不是真的？就是真的！你等着，过两天何家就要来下定了！""爹，不，我不愿意——"雪瑛哀恳起来。江父看看她，作势厉声道："自古以来，女儿在家从父，出嫁从夫，夫死从子，我是你爹，你嫁给谁，得听我的！"雪瑛大急，赶紧又争了几句，没料到江父借着酒劲，说话口气越来越硬，毫无任何回旋余地。雪瑛被逼到最后，干脆也不说话，只盯着他，接着身子一晃，昏倒过去。江母大呼"来人"，翠儿、李妈跑了进来，三人扶雪瑛躺下，乱成一团。翠儿赶紧端过一杯水灌进雪瑛口中，雪瑛悠悠醒来。"女儿，你可醒过来了——"江母拉着她的手哭了起来……

正忙乱着，忽见一老仆急急跑进来道："太太，不好了，出大事了！"江父的酒完全醒了，喝道："又出什么大事了？"老仆道："乔家堡来人报丧，说乔家致广东家过世了，三天后出大殡！""你说什么？你说我致广大侄子过世了？"江母闻言变色，跟着差点晕过去，李妈和翠儿又是一阵忙乱。

刚刚悠悠醒转的雪瑛突然道："娘，致广大表哥去世了，致庸他也一定回来了！我要去见致庸！我要去见致庸！"说着她猛然站起就要向外跑。江父跺脚急道："你们是死人呢？赶快给我拉住她！"翠儿和李妈上前死死抱住雪瑛。雪瑛挣扎着道："放开我，我要见致庸——"她一阵眩晕，又晕了过去。江父气急败坏道："快，抬到她自个儿楼上去，给我看好了她，要是她跑了，你们谁都甭想好过！"

好不容易在绣楼暂时安抚住女儿，江母回到内室，看见江父躺在床上，嘴里喷着酒气，已经呼噜声大起。江母大怒，上前摇晃他，大声道："老头子，你可向何家承诺过什么？快给我说出来！"江父蒙眬着眼睛道："我给你说啥？这会儿说啥都晚了！"江母气不打一处来道："你知道不，你若把雪瑛许给榆次东胡村何家大少爷何继嗣，就是把我闺女送到火坑里去！"江父没好气地嘟哝道："你瞎说啥？好好一门亲事……"江母道："你还在扯谎，我们家大闺女雪珏，婆家是不是也在榆次？上回她来跟我说过，她们家跟何家是远亲，何家大少爷是个大烟鬼，一年四季抱着个药罐子，都说他的病没法治了。你把雪瑛许给他，不是把孩子往火坑里推吗？"江父一听，打着哈欠道："噢，你说这个呀，我问过谢掌柜，谢掌柜说这都是妒忌何家有钱的人瞎嚷嚷的，何家大少爷身子骨是不大硬朗，但也不至于我的闺女嫁过去他立马就死。再说了，何家有的是银子，何大少爷又是单根独苗，啥样的药人家不能吃，啥样的好大夫人家不能请！只要有银子，这天底下还有治不好的病？""真的？"江母瞪大眼睛问，江父见她不信，急道："雪瑛也是我的闺女，我干吗要骗你？我骗你不是坑我自个儿？"江母想想也是，但一转念又犯起愁来："那她和致庸怎么办？雪瑛这会儿在绣楼上，死活非要去见致庸呢！"

　　江父一听急道："不能让她去！你们给我看好了她，一步也不能让她出这个家！连绣楼也不能给我下，吃的喝的全给她端上去！打这会儿起，她就是何家的人了！"江母一听这话，气得颤抖，道："你……"江父回瞪太太一眼，对她也不放心起来，跳下床道："不行，还有窗户呢，我得把窗户给钉死了。防止她半夜里跳窗户跑了，谁家的闺女谁知道！"说着他朝外面喊道："江福，拿锤子，拿钉子，要大个的，我要钉窗户！"江母拦了几下没拦住，跺跺脚，赶紧又去了女儿的绣楼。

　　不多久，雪瑛就听到外面"咚咚"钉窗户的声响，她气愤已极，大声道：

"爹，您钉死了窗户没有用，只要您钉不死我的心，我一定要去见致庸！"江父在外面跳脚喊道："什么？都这会儿了，你还想见他？闺女，你还甭拿死了活了的话吓唬你爹，你爹自小在这祁县商街上长大，活了几十年，我可不是被人吓大的！你想见乔致庸，除非你爹我先死了！"雪瑛一把拿起身边的剪刀，隔窗喊道："爹，您也听好了，您要是不放我出去见致庸，我立马就死给您看！"一听这话，江母、翠儿和李妈赶紧上前抓住她，"小姐""闺女"地喊着，乱成一片。江父不知情，依旧在外面喊道："好哇，你死吧，我看着你死！你这会儿死，你爹立马就给你赊口薄皮棺材！反正咱家和棺材铺离得近！"说着他又用力在钉子上砸了几锤子。绣楼内，翠儿终于从雪瑛手中夺走了剪刀。江母抚着自己的胸口，喘着气道："翠儿，赶快把它藏起来！"雪瑛滴泪道："娘，你们可以拿走剪刀，但我要想死，可是容易得很呢。"她后面的声音很大，摆明是说给外面的江父听的，可江父已经离去。

是夜，江家内宅中，江父在榻上躺着，一个劲地哼哼，大半天和女儿折腾下来，他多少有点招架不住了。这时江母气哼哼地走来坐下，看也不看他一眼。江父哼哼了半天，睁开一只眼道："她怎么样了，还在闹腾吗？"江母心疼道："你闺女打中午起就没有喝过一口水！她爹，你要是不让她去和致庸见一面，她可铁了心要绝食而死啊！"江父一听这话，哼哼道："好哇，她一定要这样，那就这样。我可不管，只当没生养她这个孽种。"江母气愤地站起道："江东阳，你这个老东西，你还是不是人，你还是不是孩子的爹？就是你铁了心要拿闺女换一个大烟铺，我劝你这会儿也改改主意，让你闺女和致庸见最后一面，不见到致庸，她是说啥也不会回心转意的！"

江父翻身坐起道："让她去见乔致庸？不行！她要是和你那个娘家堂侄子一起私奔了呢？我到哪儿找人去？不准去，明儿吊孝也都不准去，就说我们家里人都病了，一个个全在床上躺着呢。"江母大怒："江东阳，你说的是人话吗？我们家死了人，这么大的事，你连吊孝也不让我们去，以后你想把江家的大门朝天开是吧？"江父想想好像确实过分，再一转念，又摇起头来："不行，准保看不住她，我的女儿我知道。"江母啐道："呸！你以为我们乔家的男人都像你们江家呀。再说不是还有我，还有翠儿，还有李妈吗？不管你是怎么想的，明天我都要去乔家吊孝，哭我那死去的堂侄子一场。我一辈子没有当过家，这回就硬当一回家，让雪瑛跟我去一趟，让她再见一见致庸；我觉得，只有让她亲眼看见乔家已经一败涂地，她才会信你的话，回心转意嫁给何家！"

江父闻言一骨碌坐起，奇道："你怎么知道她见了乔致庸，就会回心转意？"江母道："别家的男人我不知道，可是乔家的男人我知道。乔家要是败了，像你说的那样连老宅都要顶出去还债，致庸绝对不会耽误雪瑛的终身，他自个儿就会劝雪瑛嫁到别家去！""这话当真？"江母哼了一声道："你不信我也没法儿。反正为了我闺女，明天我就是要她跟我一起去！"江父想了想道："那好，既是这样，我明儿也跟你们一起去！""你？"江父理直气壮道："对呀，你以为我真是去乔家吊孝哇，我是去看好我的闺女，我不能让何家这门好亲事找到了我门上，半道上又出了岔子！"江母"呸"了一声，不再和他理论，转身走出。

4

乔家院里丧棚高张，哀乐遍地。吊孝的人络绎不绝地进进出出。各种纸扎的祭物从院子里摆出来，摆满了大街。江家一家人走进来，长顺一边迎，一边喊道："里面的人侍候着，祁县东关江家姑太太来吊孝了——"江母一进门就哭着喊道："致广侄儿，致广侄儿。"雪瑛一边拭着泪，一边在进进出出的人中寻找致庸，江父则紧张地盯着女儿，又压低嗓子对跟着的两个男仆道："你们一个前门，一个后门，给我看紧了，看见二小姐出门，就给我拦下来。"两人赶紧去了。进了灵堂，曹掌柜照例在门口喊："里面的孝子侍候着，江家吊孝来了！"曹氏和景泰转身跪向江家人。江父、江母和雪瑛走进去祭拜如仪，江母扶灵大哭不已。江父干号道："致广侄子，你怎么就这么走了呀……"雪瑛也在含泪拜祭，但里里外外遍寻致庸不着，不免有点焦急。曹掌柜在门口喊道："孝子还礼！"小景泰连天守灵，早已累得不堪，这会儿还是摇摇晃晃向江家人磕下头去。

一时礼毕，曹掌柜道："江家姑老爷、姑太太、小姐请节哀，后堂奉茶！"江家人依言退出灵堂。雪瑛掐掐母亲的胳膊，江母会意，一把抓住江父，忽做昏倒状，四下立刻乱成一片，雪瑛乘机闪身离开，奔向乔家书房。

乔家书房内，致庸正在一一分派几个家人办事："出大殡那天，扛棚要最好的，仪仗也要最好的，还有施给沿途饿鬼的馒头，一定要大！"众人答应着陆续离去。

"致庸——"致庸闻声猛一抬头，却见雪瑛飞快地跑进来，她好容易等到房内仆人们都离开，再也忍不住，扑到致庸怀里，紧紧抱住他哭起来。致庸一时千言万语不知如何说起。半晌，雪瑛抬起脸，痴情地望着他："致庸，你还好吗？"致庸伤心起来，仍掩饰道："我没事儿。"雪瑛带点责怪道："乔家出了这么大的事儿，你为什么不打发人早点告诉我？我现在还是外人吗？"致庸将她轻轻推开道："雪瑛，我大哥去世了，家里家外，事情这么多……我不想这种时候让你替我操心！"雪瑛固执地冲上来，流泪抱住他道："不！自从太原府一别，我回到家里，天天都在等你回来，天天都跪在佛前烧香祷告，盼着你乡榜得中，请人去我们家提亲，可是——"致庸心中难过，含泪轻声道："雪瑛，今年我无法中举了，来年也不能再到京城参加会试和殿试，只怕我要让你失望了！"

雪瑛帮他拭去眼角的泪花，含泪带笑道："致庸别哭。男子汉这种时候不该流泪。你告诉我，事情真像人说的那样严重？"致庸看着她，半晌突然点头道："看样子你什么都知道了。既然你都知道了，我就不瞒你了。雪瑛，乔家转眼间就有可能一贫如洗，乔致庸说不定马上就会流落街头，无家可归！""致庸，要真是这样，你……你打算怎么办？"雪瑛大为焦急起来。致庸表情变得刚毅，从容道："人生天地之间，本是造物的玩偶，今天锦衣玉食，明天沿街乞讨，上天既然要玩这样的把戏，那也没有什么，我受得了！"雪瑛急道："不！你误会我的意思了，我是问你我们的事，你打算怎么办？你可是在财神面前对我发过誓的，这会儿不会全忘了吧？"致庸仰天长叹道："雪瑛，几天之间，乔家已经不是原先的乔家，乔致庸也不再是原先的乔致庸了。万一乔家过不了这一关，乔致庸去向何方，我自己都不知道，万一将来连一日三餐都没有着落，怎么还能连累你？我要是娶了你，不是要让你跟着我受风霜雪雨、饥寒交迫之苦吗？我不能害你！"

雪瑛一听这话，赶紧握住他的双手，连声热切道："不！致庸！我今天来见你，就是为了这个，你不要小看了我，不要小看了你的雪瑛妹妹！不管乔家是个什么样子，你还是你，我还是我，今生今世，我非你乔致庸不嫁；就是嫁过来要跟着你沿街乞讨，我也不悔！致庸，无论你落到哪一步，我都会陪着你，跟你走，一生一世！""雪瑛，别说了！你的心，我都明白了！"致庸大为感动,猛地将她抱起。雪瑛脸上现出笑容道："你明白了就好，我心里也踏实了，我可以回去了！"致庸心中大痛，抱紧她不松手。雪瑛略略推开他道："致庸，现在我要走了，爹娘都在外面等，你相信我，我回去以后，还是像以前一样，天天坐等着乔家请人去我们家提亲。这会儿乔家遭了难，我也不想再等你中举，中状元，当什么状元娘子了。你记住，只要提亲的人上门，只要你还是原先那个你，雪瑛立马就跟你走！"致庸又是感动，又是难过，捧住她的脸，深情地唤道："雪瑛，好妹妹……"

门外，长栓带着翠儿赶到。翠儿敲着门低声急道："小姐，老爷到处找您呢，快走吧！"雪瑛推开致庸，含泪微笑道："致庸，我不能久留，我走了，我等着你来娶我！"致庸看着她一步步向门外退去，突然喊住她，从书橱抽屉里取出鸳鸯玉环递了过去。雪瑛拭去眼泪，小心接过，一时惊喜交加。致庸柔声道："这是我在太原府商街专为你买的，你收下它，我要说的话，我的心，都在这上头呢！"雪瑛将玉环戴上，满面喜色："致庸，你甭说了，我什么都明白了，这只玉环，就是你送给雪瑛的聘礼了！我会一直戴着它，直到你娶了我！只要我不死，我都是你的人了！"

翠儿又在外头叫起来："小姐，快走吧，让老爷找到这里就不好了！"雪瑛搂住致庸，大着胆子亲了他一口，接着猛地推开他跑出去。致庸追了两步便站住了，看着雪瑛和翠儿一起匆匆跑远，神情一时又变得严肃和沉重起来。

院里吊孝的人仍络绎不绝，雪瑛从他们中间飞快地跑向大门。在中堂前，曹氏远远地看到了她，眉头一皱，问长栓："是不是雪瑛？"长栓犹豫着点了点头。曹氏道："刚才她见了二爷？"长栓赶紧搪塞了几句，曹氏也没再问，她一直望着雪瑛跑出大门，目光渐渐冷峻起来。

雪瑛在江父的训斥与唠叨声中到了家，一下车就"咚咚"地上了绣楼。江父追了两步没追上，扭头在楼下对江母喊道："哎，哎，怎么就这样上去了？想去乔家，我让她去了，她想见的人也见了，这回到底死心了吧，怎么不给个痛快话呀！"江母恨恨地看他一眼，也赶紧上了绣楼。一进门，只见女儿从大橱中取出一匹红缎，"哗"一声铺开在桌面上。江母心中七上八下："雪瑛，这是为你做嫁衣准备的，你……"雪瑛扭头道："翠儿，拿剪刀来！"江母一把将翠儿挡住，急道："雪瑛，你要做什么？你也去了乔家，见了致庸，你们是怎么说的？快告诉娘，让娘心里有个底！"

雪瑛脱下腕上的鸳鸯玉环，含泪微笑呈给江母："娘，致庸向我求婚了，这就是乔家的聘礼！"江母、翠儿皆一惊。江母打量着玉环道："什么？这就是乔家的聘礼？这是什么聘礼，不就是一只玉环吗？"雪瑛有点不乐意，拉长声调道："娘，别小看它，乔家到了今天这个地步，致庸还能拿出这样的东西做聘礼，女儿我已经满意了！"江父一直在楼梯上听，这时终于忍不住，"咚咚"地踏响楼板冲上来，一把从江母手中夺过玉环，怒道："这就是乔家给你的聘礼？这算啥聘礼？不行！你是我闺女，我是你爹，我不答应你嫁给乔致庸，你就不能嫁！"雪瑛冷冷道："爹，你可小心，别把它摔坏了，你摔坏了它，你就没有闺女了！"江父气得发抖道："你……你还想用死拿你爹一把是吧？这是啥聘礼，这是乔致庸用来勾你魂的东西！你看我敢不敢把它摔了？"

江母赶紧一把将玉环从他手中夺下来，好言劝道："他爹，你下去吧，有话不能好好跟闺女说？"江父一跺脚，怒道："我下去就下去，你好好跟她说，除非我死了，否则她横竖不能嫁给乔致庸，她只能嫁给榆次何家！"说完他"咚咚"地冲下楼去。雪瑛也不理，径直拿过刀尺，麻利地在红缎上剪起来。江母和翠儿对看一眼，江母担忧道："闺女，雪瑛，你这是干啥呀！"雪瑛望望母亲，柔声道："娘，我聘礼都受了，说不定哪一天，乔家就来娶人了，我要给自己做嫁衣！"江母心下大惊，只觉得此事难以善终，但又不知如何劝说，忍不住上前抱住女儿大哭起来。

雪瑛不为所动，回身帮她拭去泪水，柔声道："娘，您甭哭，今天是您女儿大喜的日子，我的终身已经定下来了，我受了致庸的这一只玉环，这辈子就不打算和他分开了，您该为女儿高兴才是！""雪瑛，可是你爹他这一关咋过呀？"雪瑛毫不介意："娘，等会儿您就下楼去告诉爹，从今日起，雪瑛的心已经成了铁石，没事我不会再下楼了，我也不会再去见致庸。我既受了乔家的聘礼，就是乔家的人了，所以我只需天天坐在这里，等乔家上门来迎娶！"江母和翠儿都没料到她竟然心志如此坚定，甚至透着些许疯狂，她们惊骇地望着她，一时都说不出话来。

第六章

1

陆大可正在家中侍弄着鸽子，玉菡抱着猫轻手轻脚走到他的身后，突然调皮地大声道："爹，您又在疼您的鸽子了？"陆大可被她吓了一大跳，拍着胸口道："你这鬼丫头，吓我一跳，快把你那猫抱走，别吓着我的宝贝儿！"玉菡吐吐舌头，将猫转给身后的明珠，笑道："哎爹，您的事办得怎么样了？"陆大可装糊涂道："我那么多的事，你说的是哪一件呀？"玉菡不乐意地扭扭身子，撒娇道："爹，您又装糊涂了！"陆大可装作恍然大悟："啊，我想起来了，不过我告诉你，上回在太原府卖那只鸳鸯玉环，我的亏可吃大了！"玉菡大羞，啐道："爹，谁问你这个了！"陆大可叹口气道："怎么？对那个乔致庸，你真是一点也不动心？……罢了罢了，还是告诉你吧，我一番心思算白费了，乔家完了，只怕连先人留下的老宅也要顶出去。你说，这样一个穷光蛋，我还能把闺女嫁给他？"玉菡闻言大惊，一时真情毕现："什么？乔家败了？"

陆大可看她一眼道："可不是败了？银子调转不开，又中了人家的圈套。遭逢乱世，这几年败的也不是一家两家，哎我说，你不是一点也不操心这事儿吗？……只可惜我那只上好的鸳鸯玉环，本来可以卖二十两，结果只卖了一两银子，我赔大了！"玉菡转过身去，掩饰道："爹，乔家就没想过向别的商家借银子,渡过这一关?"陆大可拉长声调道:"怎么没有? 他们也要到我这儿来借银子呢,今天就来,马上就到。""真的?"玉菡心中一喜,赶紧转身问。陆大可琢磨着女儿的表情道:"怎么? 你对他们家的事这么上心?"玉菡不动声色道:"爹,瞧您说的,我上啥心? 我说的是您,在太原府一眼就看上了乔致庸,二十两银子的东西一两银子就卖了。这会儿乔家不就是一道坎过不了吗? 您要是真喜欢他,就把我们家银库里的银子拿出几十万,救了乔家,乔家不就可以不败了?"陆大可转身把鸽子放飞,生气道:"你这个傻丫头,你以为我的银子是白捡来的? 我借给他们银子,他们还不了怎么办? 我到哪儿哭去!"

玉菡眼珠子一转,劝道:"爹,我们是商家,乔家也是商家,您借银子给他们,让乔家渡过难关,难道他们还会不还你银子?"陆大可一瞪眼,道:"就是他们能还我银子,我也不借。借了银子,我也招不来上门给我养老的女婿!"玉菡脸一红,嗔道:"爹,您说啥呢!"陆大可认真道:"傻丫头,告诉你,乔致庸的大哥前几日死了,眼下乔致庸已经在经管乔家的生意,所以他不可能给我当上门女婿!"玉菡闻言神色急变,一时无语。陆大可看着闺女复杂的神情,道:"到了这个份儿上,你不会还想让我请人去乔家给你提亲吧?"这话直白得把玉菡耳朵都羞红了,她跺着脚喊:"爹,您真是的……"

陆大可转过身来,拍拍身上的鸽毛,笑道:"好了,回你的绣楼去吧,我也该回去打扮打扮,等着乔致庸上门了!"玉菡又是一惊:"爹——"陆大可笑嘻嘻问道:"什么?""没啥,我走了。"玉菡一跺脚,接着便袅袅婷婷地走掉了。陆大可在后面看她,故意大声道:"你还甭说,自从在太原府见了这小子两面,这些天我还挺想他呢!"玉菡也不回头,继续走远。陆大可望着她的背影,哼哼道:"嘿,这闺女,她还真拿得住!"

不多一会儿,侯管家引着致庸和曹掌柜走了进来,恰碰到玉菡带明珠穿花拂柳，匆匆走过。明珠眼尖，指着致庸低声道："小姐，您看！"玉菡也瞅见了致庸，不觉站住，脸微微一红。致庸也看见了玉菡，微微一愣，只觉得颇眼熟。两人四目相视，玉菡低头转身走进一道月亮门。致庸突然想起那位在皮影戏馆前的俊俏公子，"难道……"他忍不住又看了一眼已经远去的玉菡。曹掌柜心中一喜，故意对侯管家说："老侯，这位就是陆小姐吧？"侯管家笑着点头。曹掌柜悄悄看一眼致庸，致庸这次则毫无反应。三人继续向前走，致庸忽然意识到身后有人窥视，猛一回头，却见不远处那道月亮门上的竹帘，"啪"一声落下。致庸不觉心中一动。

这边玉菡甩下门帘，满面通红，赶紧走回绣楼。明珠跟进来，含笑看她。玉菡嗔道："怎么这么看着我？快把我没绣完的牡丹花拿过来！"明珠依言去拿绣绷，走回来却发现玉菡走向窗前，正掀开窗帘一角，看着下面走向客厅的致庸。客厅前，致庸心有灵犀似的，回头朝绣楼上看了一眼。明珠忍不住"扑哧"一笑："小姐，这乔致庸是不是也在看您呢？"玉菡赶紧甩下窗帘，匆匆走回去坐下。明珠忍着笑，将手中的绣绷递了过去。

侯管家领着致庸、曹掌柜走进陆家客厅，却见陆大可身穿一件打补丁的袍子，头上贴着膏药，正哼哼唧唧地躺在椅子上装病。听到他们进来，陆大可闭着眼，哼哼的声音更大了。致庸心中一沉，朝曹掌柜看了一眼。侯管家禀道："东家，祁县乔家堡的乔东家和他们家的曹大掌柜来看您了！"陆大可微微睁开一只眼问："谁呀？"致庸上前施礼："陆老东家，晚辈乔致庸有礼了！"陆大可又睁开另一只眼，装作耳聋，颤巍巍道："你是谁？"致庸看了一眼侯管家。侯管家上前重复道："东家，这是祁县乔家堡乔家的东家乔致庸。"曹掌柜担心地看一眼致庸。陆大可欲起未起，装糊涂道："啊，你是乔致广，你还这么年轻呀？"侯管家忍住笑道："东家，不是致广东家，是致广的二弟致庸东家，眼下是他在乔家管事了！"
致庸眼一眯，这时他已经认出陆大可就是太原府卖玉环给他的那位东家。
瞧着陆东家今天唱的这出戏，他心中有点明白，但仍不动声色，继续道：
"陆老东家，家门不幸，我大哥不幸去世，致庸年纪轻，刚刚接管家事，
还望老东家看在两家多年做相与的分上，多多关照！"陆大可哼哼道："好
说好说……乔致庸，你今天上我家来，不是专门看望我这个快死的老头
子吧？"致庸微微一笑道："陆老东家，致庸今日前来，实在是有难言之
事，不过……"陆大可哼哼声更大了："有难言之事？你不会是来找我
借银子的吧？"致庸索性直言："陆老东家猜对了，致庸今日前来，正是
想请老东家周济一二！"他话音未落，就见陆大可一骨碌起身，接着一
手捂头，大声呻吟着对侯管家说："老侯，刚才来的那个要债的走了没有？
要是他还没走，我还得赶紧躲躲去。"说着他看也不看致庸和曹掌柜一眼，
便"哎呀"着朝内室走去，一边叮嘱道："老侯，我仍旧躲在后头马棚里，
你们都不要告诉他们去那儿找我啊！"致庸没料到陆大可竟然能唱这么
一出戏，又好气又好笑，和曹掌柜失望地互视一眼，起身告辞。看着他
们怏怏离去，陆大可又从内室走出，猛然将头上的膏药揭掉，哼一声道：
"什么年头，我还想找人借银子使呢！"

　　这边绣楼上的玉菡突然将自己的手指头扎了一下，"哎哟"叫了一声。
明珠看她，却不敢出声。玉菡将指头含在嘴里，半晌，放下手中的绣绷
走下绣楼。

　　客厅里，陆大可等侯管家送客回来后放松地问道："怎么，他们走
了？"侯管家叹息道："东家，我刚才听乔家曹掌柜说，这回要是借不到
银子，乔家就真完了，乔家包头的十一处生意要破产还债，乔家在祁县、
太原、京津两地的六处生意也要被水家、元家瓜分，就连他们家的老宅，
达盛昌邱家也打算花八万两银子顶走呢！"门外玉菡刚巧听到这席话，

一惊站住，脸色发白。陆大可也透着凉气直嘬牙花子："你是说，这乔家人马上就要流落街头？"

玉菡再也忍不住，推门走了进来。陆大可看看她，拉长声调道："玉儿，是你啊，有事吗？"玉菡看看侯管家，侯管家会意离去。"爹，刚才乔家真是来借银子的？"玉菡也不看父亲，一边在屋里走，一边问。陆大可心中好笑，表面正色道："不错，不过我没借给他们，一个小毛孩子……"玉菡急着打断他："爹，乔家在别处还能借到银子吗？"陆大可哼了一声道："据我看，他们借不到。""为什么？"玉菡又吃了一惊。陆大可咧咧嘴道："为什么，你爹是有名的山西第一抠，他们明知在我这儿借不到银子，还要来我这儿撞墙，那就是说他们别处都去试过了，没有人借给他们！"玉菡背过脸去，眼中不觉溢出泪花道："爹，我刚刚听侯管家说，乔家这回要是借不到银子，一家人就要流落街头，是吗？"陆大可故作吃惊道："这里头有你啥事儿，哎我说闺女，你不是……"玉菡不觉责怪道："爹，说啥呢。玉儿虽说生在商家，可自小也念过《女儿经》，知道女孩儿的终身大事要由父母做主……我是可怜乔家，他们是商家，我们也是商家，乔家有这样的一天，保不准我们陆家也会……""给我住嘴！小孩子家的，胡说什么，也不怕犯了忌讳！"陆大可勃然变色。

玉菡瞅瞅父亲，含泪道："爹，女儿虽然读书不多，可也知道兔死狐悲，物伤其类的道理。乔家眼下正在危难中，您伸手帮他们一把，他们就能挺过这一关，一家人就可以不因饥寒而死……爹，玉儿求求您为了我，做一件善事吧！"陆大可深深地看她，沉思不语。"爹，您就答应吧……"玉菡拭去泪花，现出笑容撒娇道。陆大可挠起头来，玉菡接着哄他道："爹，您要是做了这件善事，等到天冷我再给您织一双厚厚的毛袜子，行不行？"

陆大可望望女儿，感叹地说："真没想到，我陆大可一生心硬如铁，生出的闺女心肠竟这么软。……哎我说玉儿，你既是心疼乔家，爹干脆把你嫁到乔家，你愿不愿意？""爹——"玉菡大臊起来。陆大可呵呵笑着道："闺女，这可是你引的头。你非让爹借银子给乔家，可你要是不嫁过去，我怎么敢借银子给乔致庸，万一借出去收不回来呢？算了算了，刚才是爹给我闺女说笑话呢，你要是不愿就算了！"玉菡忸怩半晌，突然道："爹，您要是非这么想……那，我就听您的！"陆大可再次吃惊地望着她，突然扭过头去。"爹，您又咋啦？"玉菡见状心中一惊。陆大可慢慢回头，深深地看着女儿，甚至想看到女儿心里去，半晌正色道："闺女，爹早就知道你喜欢乔致庸，就是不好意思说出来罢了。可我丑话说在前头，你就是心甘情愿嫁给乔家，我也不会借给他们银子。我嫁闺女是嫁闺女，借银子是另一码事儿！"玉菡恨恨地看他一眼，转身就走。陆大可在她身后喊道："哎，玉儿，你咋跑了呢，我话还没说完呢！"玉菡不理他，径直气哼哼地跑远了。

陆大可突然收起笑容，认真盘算起来。过了半盅茶的工夫，他喊道："侯管家！"侯管家应声而入。陆大可对他附耳说了几句。侯管家有点吃惊地看着他，道："是，我马上去办！""这件事只有你知我知。"陆大可又补充道，侯管家点点头，赶紧去了。

2

在乔家内客厅里，曹掌柜犹自叹息："这陆大可不但装病，还装穷，除了山西第一抠，还应当称他是山西第一丑。"见曹氏看看他，他继续道："借不借银子，一句话不就得了。堂堂的一个大商家，非要像戏台上的小丑那样给我们演一场戏！"曹氏想了想道："难道他没见致庸？"曹掌柜一惊，想起什么来："不，陆东家见了致庸东家。"曹氏道："好，明天你就去替致庸向陆家小姐求亲！""明天？"曹氏用力点头："对，事不宜迟，要趁热打铁！"曹掌柜想了想，张张嘴要说什么又打住了。

　　陆家后堂，玉菡正在母亲牌位前跪拜，一棵鲜翠欲流的翡翠玉白菜在灵位上供着。明珠匆匆跑进来，上气不接下气地道："小姐——""怎么了慌慌张张的，马棚失火了吗？"玉菡头也没回，生气地说。明珠吐吐舌头，压低声音道："小姐，昨儿来过的那位乔家大掌柜今儿又来了！"玉菡仍旧不语，明珠看她，急道："小姐，他是来替他们东家向小姐求亲的！"玉菡一惊："胡说！"明珠跺脚道："真的，明珠干吗要骗你？""老爷……老爷怎么回的话？"玉菡咬着嘴唇轻声问。"老爷好像没答应，就打发人家走了。"一听这个回答，玉菡再也掩饰不住失望，猛地闭上眼睛。

　　明珠急了："小姐，这可是您的终身大事，您怎么一点儿也不……"玉菡道："明珠，我们女孩子，这样的事只能听父母之命，媒妁之言。这件事不要再说了，老爷不说，就当你我都不知道。"明珠刚要说话，门外陆大可咳嗽一声，慢慢踱了进来。他一进门就看见了供在妻子牌位前的翡翠玉白菜，上去抱住它，连声念叨："哎，玉儿，你怎么又把它抱出来了？"玉菡道："爹，这棵翡翠玉白菜，是娘留给我的，女儿想娘的时候，就想拿出来看一看，看到它，就当是看见娘了。女儿，女儿有什么心里话也可以和娘说……"

　　陆大可看着妻子牌位，心被触动，放下翡翠玉白菜道："玉儿，你对你娘的一片心，爹自然知道，其实爹也想你娘啊，可她偏生那么早就撇下我们去了……好了，看看就行了，赶紧收起来吧。"玉菡点头站起，明珠则乖巧地抱起翡翠玉白菜往外走。陆大可坐下了又站起，盯着明珠担心道："小心，慢些走，可别摔了！"

　　这边玉菡给陆大可端上茶来。陆大可呷了口茶道："哎，玉儿，有件大事爹要来告诉你。"玉菡佯装不知："爹，啥事儿？"陆大可缓声道：

"你瞧瞧这个乔家，昨天刚来我们家借银子没借到，今天又来向我们家求亲！"说着他回头看玉菡，不料玉菡却避开他的目光，低头不语。陆大可拿腔道："我可没答应他们。乔家人真是的，也不看他们到了什么地步！"玉菡仍是不语，眼圈却微微红了起来。陆大可有点急了："哎，我说玉儿，你还真想去乔家受苦？我还是过去那句话，我就你这一个闺女，你要是真看上什么人，我不会拦你。可这乔家不一样，我就是嫁闺女，也不打算借银子！"

看着玉菡仍是低头不说话，陆大可一拍大腿，急道："哎，我说玉儿，你怎么老不说话呀，真是急死我了！"玉菡忽然回头，眼中含泪，跪下道："爹——"老头一下心疼了："哎，我的好闺女，你这是怎么啦？"玉菡轻声道："爹，要是爹愿意让女儿嫁给乔家，女儿也愿意！"陆大可没料到她这么说，别扭道："哎我说玉儿，你就不怕——"玉菡点头，两颗豆大的清泪落了下来："爹，女儿不怕。"

陆大可叹口气，道："那，你可要想好了，我再说一遍，我是山西第一抠，嫁闺女可以，想借银子没门儿！"玉菡仍然跪着，又不说话了。陆大可看看她，终于跺足道："好了好了，你起来吧！你要是铁了心要嫁给乔致庸，那也是你的命。罢了，你要是等不及，过两天爹就自个儿去祁县，见今天来的乔家大掌柜，把你和乔致庸的亲事定下来！"玉菡克制住内心的喜悦慢慢站起，走过来抱住陆大可的脖子，撒娇道："谢谢爹，我也要去。"陆大可心中高兴，嘴上不乐意道："你去干什么？大闺女家的。"玉菡道："人家就是想去看看乔家什么样儿。""还没过门，就想看婆家了？"陆大可羞她。玉菡道："爹，今年冬天，您还想不想穿玉儿织的毛袜子？""好吧好吧，你娘没有了，这些年都是我把你给惯坏了。"陆大可叹道，玉菡眼角溢出泪花，娇羞地笑起来。

夜里，侯管家紧急来见，穿着睡衣的陆大可与他咬了好一阵耳朵后，侯管家匆匆离去，只剩陆大可一人走来走去不停念叨："五十万两！哼，五十万两！"忽然他朝外面喊道："侯管家，告诉铁信石，明天我去祁县！叫他早点套车！"侯管家在外应了一声，陆大可叹了口气，在口袋里摸到几个铜板，坐到床上认真地数起来。

第二天，陆大可一行赶到祁县大德兴总号，一群商人正在门前吵闹。陆大可下了车。玉菡吩咐铁信石将车赶往乔家堡。铁信石心中一惊，反问道："乔家堡？"玉菡奇怪地看看他："怎么，你去过乔家堡？"铁信石摇摇头，不再说什么，随即向路人打听起路来。

陆大可则粗鲁地推开要债的众商人，大摇大摆地走了进去。三掌柜上前来迎他道："哎我说这位相与，二掌柜不是说过了吗，今天乔家堡大出殡，大掌柜不在，你明儿来行不行？""通报一下，太谷城陆大可登门拜访！"陆大可一边说，一边继续往里闯。三掌柜大惊，赶紧往里迎，陆大可走进大掌柜室，大模大样坐下道："曹大掌柜呢，怎么，他不在？"那三掌柜回头朝外看了一眼，急忙关上门，沉住气道："他是不在，不过——"陆大可道："不管他有什么事，都快叫人去找他。我有事跟他说！"三掌柜赶紧点头，忙不迭地往外跑去。陆大可哼了一声，傲慢道："让人给我泡壶好茶！再给我的鸽子喂点食儿！"伙计一路传话，这边二掌柜赶紧亲自奉茶，又将鸽笼小心接了过去。

3

乔家堡街道上，大出殡的行列足有一里长，哀乐齐鸣，铁炮声山摇地动，各种仪仗浩浩荡荡，引来无数人驻足观看。致庸一身孝服，扶着景泰在前引灵。曹氏带女眷跟在棺后，哭声动天，遍地雪白。曹掌柜和两个伙计沿途撒着纸钱和喂鬼的大馒头，竟引来不少饥民争抢。围观的人纷纷议论，"都说乔家败了，看人家出殡的阵势，哪有一点要败的意思！""瘦死的骆驼也比马大！""这可说不好，没准是谣言呢！"……

行列中达庆边走边左顾右盼，也对身边一门的达庚道："哎，瞧这大殡出的，我记事以来都没怎么见过！老大，你说致广家银库里是不是还藏有银子，不然怎么能办成这样！"达庚也有点摸不着头脑："有银子没银子，一办事不就看出来了？老四，我这两天琢磨着，事情是不是还得留点余地。别看致庸年轻，可他办起事来有气魄，和致广不是一路，万一这回他没倒，咱们的老股还得入在他的生意上，到时候就不好说话了！"达庆有点生气道："老大，你怎么能这么说话，我挑个头帮大伙儿要银子，那也是为着大伙儿好。就是因为致庸办事跟致广的路数不同，我才不放心他咧！"他又想了想，自语道："不行，我都给他弄糊涂了，得找个高人讨教讨教！"

岔路口铁信石恰巧赶车过来，停在一边，车中陆玉菡和明珠看着大出殡的行列，都有点惊讶。明珠咂嘴道："小姐，瞧这丧事办的，好气派呀！"玉菡望着走过去的队伍，眼里渐渐溢出泪花，又悄悄拭去。

好容易等到出殡的行列全部通过，铁信石终于将车赶进了乔家堡。乔家大门紧闭，外面人影稀落，只有遍地的纸钱。铁信石盯着乔家大门，目光渐渐锋利起来。车中，明珠对玉菡开玩笑道："小姐，瞧，这就是大名鼎鼎的乔家！"玉菡默默望着，渐渐生情。明珠看出点什么来了，轻声笑道："小姐，趁着他们家人都去坟地里了，咱们进去看看怎么样？"玉菡脸红起来，啐道："说什么呢。铁信石，走吧！"铁信石在车外恨恨地应了一声，很快将车赶走。玉菡一直在频频回顾，车走出很远了，她仍恋恋不舍地回头张望。

曹掌柜被三掌柜从出殡队伍中喊住，快马加鞭赶回，陆大可正在乔家大德兴总号的大掌柜室里喂鸽子。曹掌柜急走进来，施礼道："陆东家，让您久等，曹敬斋来了！"两人一阵寒暄后，曹掌柜示意二掌柜和小伙计退去，再次拱手道："陆东家大驾光临，曹敬斋实在没有想到，怠慢您了。您老人家今天亲自来到小号，一定有所见教。这里没有外人，有什么话您老就请讲吧！"陆大可依旧一边摆弄着鸽子，一边漫不经心道："曹掌柜，陆大可无事不登三宝殿，今日所以来打搅，是为一件事麻烦曹掌柜！"曹掌柜听不出他话中的意思，只好虚与委蛇："陆东家这么远打太谷来到祁县，一定有要紧的事，只要用得着曹敬斋，您就说话。您老人家让我给您办事，是给我面子！"

陆大可道："曹掌柜，前两天你去太谷为你们东家提亲，陆大可当时没有马上答应你，是我没问过小女的意思——"曹掌柜大喜过望："怎么，陆老东家今天是专为这件事来的？"陆大可点点头。曹掌柜一时满面通红，惊喜交集道："哎哟，太好了！"陆大可赶紧道："曹掌柜，打住打住，我今天所以没有打发侯管家来，自个儿亲自上门，就是要当面跟你说清楚，你上次和你们东家去借银子，那件事已经了了。前天你又替你们东家上我们家提亲，这是另一回事。借银子是借银子，提亲是提亲，别掺和在一块儿。"曹掌柜一愣，为难道："可是陆老东家一定也听说了，乔家现在……"

陆大可摆出一副不乐意的架势道："哎我说老曹，你第二趟去我们家，可只是提亲，没再说借银子。我今天来，也就是回你个话，乔家要和我们家结亲，我们愿意，要是还想借银子，我可走了！"说着，他提起鸽笼就要朝外走。"哎陆东家，陆东家，您别走哇！有话好说！您坐下，咱们接着谈，接着谈！"曹掌柜急忙拦住他。陆大可坐下，依旧拿着架子道："接着谈可以，只说亲事，可不能提借银子。"曹掌柜信誓旦旦道："行，我保证不再提借银子的事，咱们只说府上大小姐和我们东家的亲事，谈完了我请您吃饭！"陆大可一摆手道："我不吃你的饭。别人的饭那么好吃？我怕你吃着吃着又提借银子。哎对了，见了你们东家，也要把丑话说到前头，我就是嫁了闺女，也不打算借银子！"曹掌柜看看他，热情已大为消退。陆大可微微一笑，起身告辞。

陆大可刚走，大德兴的二掌柜就赶过来悄声问曹掌柜："怎么，他说只嫁闺女，不借银子，这可能吗？"曹掌柜抑郁道："别以为他干不出来，别人干不出来的事，他说不准就能！"

祁县城外的官道上，马车走了好一段，陆大可才沉声问玉菡："怎么，还没过门儿，就去人家看过了？"玉菡顾左右而言他："爹，瞧这外头，景色多美！"陆大可哼了一声："我对乔家的大掌柜说了，只嫁闺女，不借银子！你就是嫁过去，也别打算过了门就回头来借银子！"玉菡瞅瞅他，不满道："爹，您能不能说点别的？"陆大可道："哎，说说，乔家怎么样啊？"玉菡不接腔，仍旧只看外面的景色。倒是一旁明珠笑笑接口道："老爷，乔家土得很，哪能跟咱家比。"陆大可看玉菡："玉儿，真的？"玉菡半晌不语，突然回头一笑，泪花涌出道："爹，我要是嫁过去了，可就没人帮您算账了，您怎么办呢？"陆大可心中陡然一疼，眼圈一红，不言语了。

"爹，不要紧的，就是闺女嫁到乔家，也是您的闺女，我会时常回来看您，帮您算账！"玉菡拭泪哄他。陆大可哼一声道："嫁出去的闺女，泼出去的水，还会跟她爹亲？十个闺女九个贼，爹这会儿就怕你回来算计我了！"他瞅瞅明珠，又故作生气道："明珠小丫头，我也是看着她长大的，只怕这次也要和你一起嫁过去，我又损失一个人呢。"玉菡和明珠闻言都笑起来，陆大可也笑。一时间三个人都在笑，可每个人眼里都有泪花。"爹，我跟她们可不一样，我就是那十个中的一个，啥时候都不算计爹！"玉菡一边笑，一边说，接着更多的眼泪涌了出来。

4

乔家在中堂内，曹氏惊讶地望着曹掌柜道："你说什么？陆东家只说嫁闺女，不答应借银子？"曹掌柜点头："这老头是个怪人，生意场上出名的吝啬，他说得出，只怕就做得出！"曹氏表情严峻起来。"太太，您觉得这事……"曹掌柜有点担忧地问道。曹氏想了一会儿，紧锁的眉头忽然一点点展开，颔首道："曹爷，其他都别说了，答应陆东家，他说什么，咱都答应！"曹掌柜有点犹豫地看她。曹氏道："我娘家没有败落以前，在太谷跟陆家也是相与，陆东家这个人我是知道一点的，他做的总是比说出来的要多。有时候他的话你得猜。这回他既然能亲自来祁县，答应致庸和他女儿的婚事，这就是说，他很想让这件事成功，并没有因为外人说我们乔家败了而有所犹豫。曹爷，你想想，他没说出来的话是什么？""那就是说，他不相信乔家会败！这件事他连想也不会去想！"曹掌柜恍然大悟。曹氏点点头："只要致庸和陆家小姐结了亲，致庸就是他的女婿，那时候就用不着我们去找他借银子了，他自己的女儿就会回头去找他借银子！"曹掌柜长舒一口气："太太说得没错，我赶紧为二爷操办这件事！"

曹氏继续道："眼下第一要瞒住致庸；第二，既然是婚嫁大事，咱就不能委屈陆家小姐，问名、纳吉、纳采、纳币、请期，一样都不能少！只是——""太太，我明白您的意思。二爷娶亲是大事，陆家小姐一过门，乔家就有救了，眼下要花的银子，我先替东家垫上。这些年靠着东家，三五千两银子的积蓄我还是有的！"曹掌柜道。

曹氏大为感动："曹爷，这可叫我怎么谢你！也罢，今天你就受曹氏一拜！赶明儿等乔家的生意缓过劲儿来，我要致庸加倍还你！"说罢她冲曹掌柜盈盈一拜。曹掌柜又不好拦，手足无措道："太太，太太，这可使不得！我，我办事去了……"他赶紧还个礼，匆匆离去。

祁县何家烟馆，达庆终于等来了崔鸣九。达庆迎上前埋怨道："哎哟，崔大掌柜，你可真是难请啊，我都等了一个时辰！"崔鸣九一拱手道："四爷，抱歉抱歉，铺子里有点俗事儿，让四爷久等了，今儿还是我请客，就算我给四爷赔罪了。""这话我爱听。请！"达庆笑了起来，两人嘻嘻哈哈地上烟榻躺好，享受小伙计送上来的烟泡。崔鸣九笑道："四爷这么急着找我，是不是上回咱俩说的那事儿有点眉目了？"达庆一摆手，道："老崔呀老崔，你上次告诉我的那些信儿不太准吧。你说乔家的生意要完了，可我这几天怎么听说致广这几年瞒着我们，在东口还开了生意，他死前已经让人去拉银子了，过些天就能到家！""有这样的事儿？"崔鸣九大为诧异。

达庆带点责怪道："要不是这事儿，我找你干啥！致庸前天亲口对我说的！十五天后银车就到。那时候就还我的一万两银子！就说今天吧，你看他给致广出的那殡，哪里是家里没银子的样子！""不，这不可能！"崔鸣九深思了一会儿道。达庆一愣神："不可能？俗话说狡兔三窟，致广他为啥就不能在东口瞒着我们另开几处生意？"崔鸣九突然哈哈大笑："四爷，你让乔致庸给骗了！"达庆一惊："我？我让致庸骗了？我是他四哥，他一个毛孩子，敢骗我？"崔鸣九道："四爷，据我所知，乔家在东口没有任何生意。你说他们家会从东口拉银子回来，我压根儿就不信！"

达庆不乐意了："你为什么不信，说出点道道来！"崔鸣九哼了一声道："因为它根本就不可信！"达庆犹豫了一下试探道："可是你也没证据，对不对？"崔鸣九看他一眼道："你这话对，我是没有证据，可我敢跟你打赌，乔致庸的话是假的。不管是十五天，还是三十天，还是一年，乔家从东口都拉不回来银子！"达庆瞪瞪眼道："哎我说老崔，你要是没有凭据，我怎么能信你呢？你说致庸骗我，你呢？我们以往可没有多少交情，我凭什么不信他，偏偏信你？"

崔鸣九想了想，放下烟具起身下榻，道："四爷，我眼下是没有凭据，可人都是长脑子的。我是凭各种迹象，认定乔家在东口没有生意。道理明摆在那儿，乔致广要是在东口有银子，他为啥不用它去救包头的生意？他家要是真在东口有生意，怎么连家里的玉石屏风都拿出去当了？那可是一件传家之宝！"他回头见达庆还愣在那里，倨傲地对小伙计道："告诉老谢，四爷的烟账记在我名下！"

小伙计应声而去。崔鸣九又回身道："四爷，你要是只为这事找我，咱就说到这里，我还有事，失陪了。对了，啥时候你和乔致庸商量好了，要顶乔家的老宅，再来找我！我上次的许诺依旧算数。"说着他转身离去。达庆一时又傻了眼，忽然醒悟过来，急忙道："哎哎，你别走呀，我的话还没说完呢！"但崔鸣九已经远去，只留下达庆一个人在生闷气。

崔鸣九回到达盛昌大掌柜室，"砰"一声关上门，怒容满面，自语道："乔致庸，一个小毛孩子，也想跟我斗心眼！你还嫩了点儿，大爷我吃过的盐比你吃过的饭都多，走过的桥比你走过的路都多！"他在地下转圈，突然站住，目光阴鸷道："压倒骆驼的总是最后一根稻草。……来人！"一伙计闻声跑进来。崔鸣九喝道："你，把陈三叫来！"

很快一个个头矮小的伙计跑进来："大掌柜，你叫我？"崔鸣九阴阴地笑道："陈三，听说你跟老鸦山的响马有勾连？"陈三吓得"扑通"一下跪倒在地："哎哟，大掌柜，你可别这么说。你这么说，我不是有杀头之罪吗？"崔鸣九和气道："起来！看把你吓的！我是要你……哎，把耳朵伸过来！"陈三爬起，把头凑了过去，崔鸣九冲他一阵耳语。陈三一愣："大掌柜，乔家现在银库里真的还有银子？""你知道什么，乔家也是大商家，骆驼瘦死了也比马大！"那陈三变了一副脸，露出强盗本相道："大掌柜，那我去了。""好！不能让任何人知道！""二掌柜、三掌柜也不让他们知道？""对，有谁知道了，我就杀你的头！"崔鸣九瞪眼道。陈三回头看他，眼中露出一丝凶光，应声而去。

此时乔家书房内，致庸正一个人面窗而立。连日来，他与曹掌柜四处走动，可一无所获，从某种程度上，致庸已经清楚地意识到，乔家确实到了山穷水尽的地步，也许今日出殡就是最后的辉煌气象。

"难道，难道真的就一点办法都没有了吗？"致庸一次次问着自己。这时长栓走进来禀道："二爷，水家和元家的两位大掌柜又来了，已经在外客厅里坐下。"致庸道："我不是说过，大哥不过三七，我谁也不见吗？曹掌柜呢，让他去见！"长栓看看他道："二爷，曹掌柜不在。"致庸突然觉出他话中有话，转过身来问道："怎么回事，这两日他去哪里了？我老也找不到他，是不是有什么事情瞒着我？"长栓看他一眼，明显地有话却没敢说。致庸心中起疑，连连追问。长栓迟疑了半晌，道："二爷，有件事，太太不让告诉您，我也……我也不敢说。可……"致庸不耐烦道："什么事，快说！"长栓嗫嚅了半天："太太责怪下来，您得替我兜着！"致庸又好气又好笑："你这个狗头，跟了我这么多年，这会儿还两条心了？快说！"

长栓又看看他，下了决心道："二爷要娶亲了，大家都知道，曹掌柜这两天没过来，是忙着给女家下聘呢！"致庸大惊："此话当真？"长栓点头，想说什么又忍住了。致庸大惑道："大嫂为什么这么急，大哥的三七还没有过，怎么就要把雪瑛表妹娶过来了？"长栓道："二爷，告诉您您甭生气，听说娶的不是江家的二小姐，是太谷城中陆家的小姐！"致庸猛然站起，大惊失色道："什么，竟有这事？……不，我得问问去！"他转身往外走。长栓害怕地喊："二爷，可别说我告诉您的！太太知道了决不会轻饶我，我的屁股可是不经打！"见致庸已经走远，他赶忙跑了。

第七章

1

在中堂内，曹掌柜站着，满脸喜色。曹氏走进来，高兴地望着他道："曹爷回来了？"曹掌柜："回来了回来了。"曹氏坐下，问："事情办得怎么样？"曹掌柜道："照太太的吩咐，娶亲的六礼，我一样不少，两天都办完了，只剩下迎娶了！恭喜太太！""辛苦你了，等新人过了门，我让他们两口子好好谢你这个大媒。来人！"曹氏说。杏儿跑过来。曹氏道："杏儿，去请二爷。"杏儿答应一声，出门。曹掌柜有点害怕地说："太太，我是不是就回避了吧。这事一直瞒着二爷，不知道他高不高兴呢！"曹氏道："你甭走，你是大媒，他该谢你，这里有我呢！"忽然杏儿急急地跑进来，道："太太，不好了，二爷闯进来了，看样子挺不高兴的！"曹氏一惊站起，致庸已经满面通红地闯进来。众人吃惊地看着他。

曹氏严厉地道："二弟，你——"致庸看一眼曹氏，没敢发作，转眼看见曹掌柜，怒起："曹爷，你你你……你做的好事！"曹氏对丫鬟们道："你们出去。"她回头对致庸道："二弟，无论你听到了什么，多么生气，都不要怪罪曹掌柜，事情都是我让他去办的！"致庸道："嫂子，你怎么能——"曹氏道："二弟，自从你接管了家事，我就再没问过你。可是今天嫂子忍不住要问问你。日子一天天地过去，你到底做了什么？你和曹掌柜去外县去借银子，不惜付出极高的利息，可你们跑了那么多商家，还是一两银子也没有借到！你对达庆和外头要债的说，你大哥过了三七，东口的银子就会拉回来，这一晃几天都过去了，你东口的银子在哪里？你大哥临死前将乔家交给你，不是让你带着我们坐以待毙！"致庸道："可是嫂子，当初我说过的——"曹氏激烈地打断了他："住口！我知道你想说什么，当初你是说过，就是救不了乔家，我和你大哥也不怪你！可那是没有办法时说的话！现在，我们有办法！"

致庸一惊："有办法？什么办法？"曹氏道："眼下要救乔家，只有一条路，除此之外全是死路！"致庸道："嫂子，什么路，你快说！曹氏道："给你娶亲！"致庸大惊："娶亲？"曹氏："对！祁县、太谷、平遥三县巨商大贾不少，太谷陆家虽不太张扬，但也不可小觑，只要你能委屈了自个儿，娶了陆家的小姐，他就没有眼看着自个儿的女婿破产还债的道理。陆家就是没有太多的现银，二十万两总还是有的，把这些银子借给我们，我们就能解包头复字号之困，乔家就逃过了这一劫！"致庸闻言，大声地喊了出来："不！不行！"曹氏反问："不行？为什么不行？难道你想看着祖宗创下的家业就这样败了？难道你就不是乔家的子孙？"致庸心痛如割，大喊："我说不行就是不行！嫂子，那样做我就辜负了一个人的心，也辜负了我自己的心！"曹氏盯着他的眼睛问："你是说雪瑛表妹？""嫂子，我已经违心地接管了乔家的家事，你还要我违心地做这件事，我办不到！你就是杀了我也不行！"致庸大叫着冲出去。

曹氏色变，大喊："致庸，你给我站住！"致庸站住了，疯了一般回头，一字一句道："不，我不要，除了雪瑛，我什么人也不要，什么人也不娶！"曹掌柜看着曹氏道："太太，您看这事怎么办？连婚期都跟陆家订好了！"曹氏大声地、痛楚地对致庸道："兄弟，我知道你和雪瑛表妹的情分！可是嫂子今天也有一句话要说！要是你舍不下她，我们乔家真的没救了！""不！不！"致庸仍然在大喊，大步冲了出去。

这边致庸刚刚走回书房，那边达庆已经一路嚷嚷着走进来："我说兄弟，东口到底有没有银子，你给我个实话；要是没有，你也甭骗我！"致庸盯着他，无语。达庆凑上来道："兄弟，要是有银子，咱就说有银子的事；要是没有，咱就说没银子的事。哎我说，我真能帮你把这座老宅顶出去，顶个好价钱。我是你哥，能骗你不成？但你一定得给我说实话。"致庸讽刺道："四哥，你就这么急着让我把老宅顶出去？"达庆有点张口结舌，继而急道："我……致庸，你怎么能这么跟我说话？我还是不是你四哥？你年纪不大，说话倒会呛别人的肺叶子！我这么跑前跑后的，到底是为了谁？"致庸道："我也正想这么问你呢，你这么急着要给这座老宅找买主，到底是为了谁？"

达庆愤怒道："你怎么这么说话，我是猪八戒照镜子，里外不是人了！我……我还不管这事了，不管你们家东口有没有生意，你哥过了三七，我就来要我的银子，别的也没啥好说的了！"说完他转身气冲冲地走了出去。

这边长栓一溜烟跑进来，急喊："二爷，不好了，太太她——""太太她怎么了？""就刚才您出来这会儿，太太死过去了，现在还没醒过来呢！"致庸愣了一下，拔腿跑出门去。

内宅中，杏儿等围着床上的曹氏大哭大喊，景泰的小脸上满是泪水，一声声叫着娘。曹氏牙关紧咬，人事不省。致庸急奔过来，大叫："嫂子，嫂子，你怎么啦？"曹掌柜也赶到了，致庸冲着他急道："曹爷，快去请大夫啊！"曹掌柜要走又回来，面有难色。致庸不解地看他，曹掌柜颤声道："银子——东家，请大夫也要银子呀。"致庸心中一震。这边杏儿赶紧揉曹氏的心口，好一阵忙活，曹氏总算悠悠醒来。致庸急冲上前，含泪道："嫂子……"曹氏慢慢睁开眼睛，看致庸一眼，将头扭到一边，不愿理他。

致庸心中一惊，拭泪站起。

致庸一路踉跄着走回书房，拜倒在书房的孔子画像前，痛声道："先师先师，我该怎么办？又能怎么办？您教我呀！您为什么不能教我？"画像无语。致庸一扭头，却又看见西窗上雪瑛剪的大红鸳鸯戏水剪纸，从两小无猜到如今情意眷眷，往日情形历历在目，致庸再也忍受不住，大叫一声，吐出一口血来。

这情形刚好被正欲敲门进来的杏儿看见，她赶紧扶住致庸，劝慰道："二爷，您别这样，您别这样，太太让我请您去，她说她不逼您了，只是有话跟您说。"致庸不相信地看看杏儿，还是跟她去了。

内宅中曹氏依旧半躺在床上，脸色煞白，她看见致庸进来，柔声招呼道："二弟，你来了？"致庸一见她这模样，话也说不出，只是哽咽着点头。曹氏轻声吩咐张妈把草屋小院的钥匙拿过来。张妈红着眼睛将一把长长的钥匙交到曹氏手里。曹氏拍拍致庸，如慈母般地抚慰道："兄弟，这是嫂子为了以防万一，前几日让张妈在北面山里买下的一座草屋小院，三间草屋可以住人，另外还有一间厨房。我还让她顺便在房子前后买下了两亩薄地，可以种些土豆。以后我、景泰和你三个人就搬到那里去住，没有人会认得我们。这把钥匙交给你，要是有空，你就去看看，有没有要修补的地方，找人修修补补，估计用不着多久，我们就要搬过去了！"这时，致庸的眼泪大颗大颗滴下来。曹氏叹息一声，继续柔声道："兄弟，别哭了，陆家的亲事咱不提了。怪嫂子不好，嫂子不该逼你，你心里也够苦的了。等过些日子，咱们家破产还债的事一完，我们就悄悄地离开乔家堡，搬到山里去……"致庸被动地接过钥匙，猛地转过脸去，不让别人看见他流泪。曹氏闭上眼睛，声音含混道："兄弟，你去吧。自打你哥去世，好多天我都没睡着过了，今晚上我一准能睡着。"致庸犹豫着走了两步，当他再回头看的时候，曹氏已经睡着了。

2

致庸骑着马,长顺赶着车载着张妈,一路向北来到山中。北山多石,越走越荒凉,差不多到了近中午才赶到张妈购置的草屋小院。致庸跳下马来,看看四周,心情异常沉重。张妈也下了车,指指那座残破的小院落,道:"二爷,就是这里。"致庸站在那里看,只见一座用石头片堆起来的草屋小院,在荒山上孤零零地坐落着。他掏出钥匙,将门打开,慢慢走了进去。院内到处是瓦砾和荒草,他叹口气打开草屋门,还没进屋,一抬头就看到房顶上露着一块天。致庸心头大乱,在院内随便找了一块石头坐了下来,呆呆地坐了很久。

突然间,张妈号啕大哭起来,致庸一抬头,张妈已经在院中跪下,痛哭道:"二爷,您瞧这样的房子,您和太太、景泰少爷怎么能住?就是您娶了江家小姐,又如何忍心让她以后吃这个苦呀?"致庸听着她的话,心如刀割一般,未等致庸接口,张妈继续哭道:"二爷,可怜你们还有这样的小屋栖身;可我呢,我这可怜的老太婆又到哪里去呢?"致庸悚然一惊,只听张妈号啕道:"我在乔家待了近四十年,如今无亲无故,我到哪里去呀?这把年纪了,恐怕只有死路一条啊……"张妈越说越伤心,涕泪在她那张年老而多皱纹的面孔上流淌着。致庸心中大为难过,过来扶起张妈。张妈死活不肯起,只磕头哭道:"二爷,二爷,您可得救救我们啊。"致庸想求助于旁边的长顺。没料到长顺也跪了下去,磕头含泪道:"二爷,乔家一向对下人不薄,仗着乔家庇护,那么多下人都还能过日子;如今如果乔家倒了,不独大院内这四五十口下人,恐怕连乔家店里的那些伙计、掌柜,很多人都没了活路啊,这年头兵荒马乱,灾害连连,没了乔家的庇护,不少人就真的只剩死路一条了……"致庸再也忍不住,眼泪滚滚而下。

过了很久，三个人才互相搀扶着上马车，循崎岖的山道回去。

到了乔家门口，致庸还没下马，忽见长栓急急跑来，低声道："二爷，不好！"致庸陡然大怒："又有什么不好？"长栓递过一支信镖，压低嗓子道："刚才在大门上发现的！"致庸从镖尖上取下信，飞快地拆开来读。看完后他默立良久，突然纵声大笑。长栓和已经下车的长顺、张妈害怕地看着他。曹掌柜匆匆走过来问道："二爷，到底是怎么回事？"致庸依旧笑，指指地上。曹掌柜皱眉捡信，一边看一边听致庸恨声道："信是老鸦山的山大王刘黑七写来的，他也听说乔家势败，要向我勒索三千两银子！我要是三日内不把银子送到老鸦山，乔家就有血光之灾！"曹掌柜大急："东家，刘黑七可是有名的土匪，杀人不眨眼，这几年在老鸦山上落草为寇，官军剿了几回，也没剿平他，我们什么时候惹了他？""我怎么知道？"曹掌柜看看他："东家，要不要马上去请镖局？""银子呢？请镖局要有银子，我们有吗？"致庸怒道。曹掌柜立刻默然不语。

长顺到底年岁大，摇头道："曹爷，二爷，就是有银子，也不一定能请得动镖局。镖局的人也怕刘黑七，官府都剿不平的，他们多半不会愿意蹚这个浑水！"致庸闻言道："照你这么说，那还治不住他了！"众人面面相觑，一时间都不知说什么好，却突然听致庸狂怒道："走！你们都走，我困了，要睡觉！"众人惊异地看着他，致庸继续大怒道："走哇！都给我走！"曹掌柜赶紧使了个眼色，示意众人退下。

致庸摇晃着走进书房，倒头就睡。长栓不放心地跟进来，看一眼，忍不住嘟哝道："我就不明白，到了这种时候，还能睡得着？"致庸怒道："你嘟哝什么？这时候不睡，我啥时候去睡？我劝你也快去睡，再睡几天，乔家这座老宅，说不定就要顶给别人了，睡一天少一天！"长栓愣了愣，也赌起气来："您以为我不去？您叫我去睡，我就去睡！"说着他就往外走。不料致庸一下跳下床，喊道："把这个家里的男人全给我喊过来，我有话说！”长栓一愣神，赶紧去了。

男丁们齐刷刷地站了一院子，致庸大致把镖信的内容说了说，男丁们发出一阵惊呼。致庸开始慷慨激昂道："有人劝我去请镖局，还有人说就连镖局的人也怕刘黑七，就是有银子也请不到！我们都是爷们，我想过了，与其束手待毙，不如自己抄家伙，跟他们拼个鱼死网破！""对！跟他们拼了！"男丁们群情激奋，纷纷挥拳呐喊。致庸大声道："你们中间，愿意辞工的，我决不强留；愿意留下的，就准备跟我一起守住这座宅子，跟刘黑七拼命！"

长栓首先激愤道："二爷，我愿意留下！"长顺也喊："二爷，我也不走！"紧接着众男丁们齐声道："二爷，我们都不走！"致庸大为感动："都是好样的！听我的号令，从今天起，大家编成队，白天练武，夜里看家护院！你们都跟我练过形意拳，我就不信，这么高的院墙，有我们这些人，他刘黑七就真能把乔家给灭了？大家抄家伙，练起来！"男人们一时情绪激昂，纷纷走出去寻找武器。

曹掌柜在旁边静静地看着这一幕，然后跟致庸来到书房，若有所思道："东家，我可就纳闷了，乔家都到这个地步了，刘黑七为何又来落井下石？"长栓在一旁插嘴说："他们是土匪，打家劫舍是本分，哪管你到了什么地步？""恐怕不会这么简单。"曹掌柜摇头道。致庸独立良久，突然转身，目光炯炯，冷笑道："曹爷，你提醒得好。不过今天人家既然出了招，我就不能不接这个招！"他回转身，纵笔如飞，也写下一封信，回头从墙上拔下那支信镖，将信穿上镖尖，道："长栓，跟我走！"曹掌柜看看架势不对，急忙阻拦，却听致庸慨然一笑道："曹爷，别担心，我还真想会会这个刘黑七呢！"说着他带着长栓大踏步离去。

乔家大院外，致庸一扬手，"砰"一声连镖带信钉在大门上，然后对着一群围过来的闲人大声道："有愿意通气的人听好了，这是我给刘黑七下的战书，他要自认为是个英雄，三天后就来乔家堡和我一会；要是不敢来，他就不是好汉！"说完他转身就走。达庚道："哎我说老二，人家把信镖插在你家大门上，你也把信镖插在这儿，那刘黑七他能收到吗？"致庸回头大笑："他能！"

转回院内，致庸开始检查男丁们找来的武器，他颇为满意，想了想回头对长顺等人道："把家里藏的打兔子枪都找出来，该擦的擦，把火药铁砂备好，我们等着刘黑七！"长顺答应着走了两步，扭头问："二爷，刘黑七真会来？"致庸沉声道："来与不来，在他刘黑七；准备不准备打，在我们！"众人闻言连连点头。致庸分派了武器，又叮嘱了巡夜的一些注意事项，男丁们摩拳擦掌纷纷离去。

深夜，曹氏带杏儿走进书房，致庸正坐着假寐，一听动静立马惊醒，握镖在手，见是她们，松了一口气道："嫂子，你病成这样子，咋也来了？"曹氏无力地坐下，温言道："我来看看你。我听说你要自己对付刘黑七？"致庸点头。曹氏深深地看他道："二爷，你以为你这么吓唬吓唬他，他就不敢来了？这刘黑七心狠手毒，从不打诳语，说一句就是一句，他要是真来了，你能对付得了他？""嫂子，乔家到了生死存亡的关头，靠外人已经不行了，只有致庸带人以命自保，以示强悍，或者可以吓退强盗，保乔家侥幸渡过这一关，不然别人皆会看我们软弱可欺，乔家人就是想活命，只怕也难呢……"致庸慷慨言道。曹氏望着他的目光失望而又严厉："二弟，你觉得你这样就能救乔家？"致庸不耐烦道："嫂子，接管家事的时候，你可是答应过，让我按自己的方式处理一切！嫂子请回吧，致庸要去查夜了！""杏儿，扶着我，咱们走。"曹氏慢慢站起，离去。致庸看着两人离去，心中翻滚了好一阵，走到院中，狠狠一镖打中院中古树，又拔下来，仰天长啸一声。那啸声如受伤的狼嚎般孤独激愤，划破夜色，久久地在乔家大院的上空回荡。

3

清晨,一仆人突然跑来书房内喊道:"不好了二爷,刘黑七来了!""在哪儿?"致庸一下跳起。仆人嗫嚅道:"在外面打门,我们没敢开大门,不知道有多少人!""糊涂!没有上房顶看一看?"仆人依旧摇头,致庸生气道:"抄家伙!"他跑到院中喊道:"刘黑七来了!你们大家,该上房顶的上房顶!该上墙的上墙!长栓,你们几个跟我去会会这个刘黑七!"很快男丁们陆续跑出,致庸抄起一把刀,带长栓等人奔向大门。仆人们到底有点害怕,战战兢兢地打开大门却愣住了。只见门外孤零零地站着一个三十开外的男子,牵着头小毛驴,青色长衫,瓜皮小帽,手中掌着一杆旱烟。致庸定睛看去,竟是孙茂才。茂才看着他们奇怪道:"怎么了这是?要打架吗?"

致庸把兵器交给长栓,哈哈大笑着上前,拱手道:"茂才兄,原来是你?"茂才道:"致庸兄,看样子你没想到我会来。既然如此,我这个不速之客,还是不来的好。走了!"说着他准备上驴走人。致庸上前一把拉住驴绳道:"茂才兄,我们在太原府虽只有两面之缘,可致庸那时就对兄长仰慕有加,只恨没机会深交。今日既蒙兄台屈驾枉顾草庐,为何又马上要走?"

茂才哈哈一笑,道:"致庸兄,不,我该叫你乔东家了!乔东家,我是听说贵府有难,你身陷重围。孙某乡试归来,名落孙山,在家闲着也无事,想起乔东家当初在太原府替我还了几年的店钱,我欠着你的情呢,此时不来,更待何时?来是来了,可没想到乔东家居然用这个阵势来欢迎我,算了算了,我看我还是走吧!"致庸眼睛一亮,一把抓住他:"不,茂才兄,既然来了,就走不了了!来,把孙先生请进去!"他朝长栓耳语了几句,长栓领着众人一拥而上,喊叫着将茂才抬起,径直抬往院内书房。"哎你们怎么能——"茂才大叫起来。致庸见状哈哈大笑:"茂才兄,这回让你知道知道,我们乔家,想来容易,想走就难了!"

到了书房,众人才放下茂才,致庸一边吩咐上茶,一边又上前施礼道:"茂才兄,请坐,我来帮你压压惊!"一听压惊,长栓领着众人又起哄般吼了一嗓子,声若雷鸣。茂才面色不改,稳稳坐了下来。长栓见状撇撇嘴,去外边倒了杯茶,略带不屑地捧过道:"哎,还认识我吗?"茂才哼一声:"怎么会不认识?"致庸喝道:"长栓,不得无礼。"长栓摇头出门,嘀咕道:"家里本来够乱的了,又来个半疯子添乱!"

致庸一躬到地:"茂才兄专程而来,想来必有好主意能救乔家渡过这一劫!"茂才坐着不动,哈哈大笑:"错了错了,乔东家,你这样糊里糊涂地让人把我弄进来,若以为我真是诸葛亮,能帮你们家解除大难,那可就错了。孙茂才自幼习儒,不懂经商。我刚才说过了,我只是觉得欠着你的银子,看今日乔家风雨飘摇,众叛亲离,乔东家身边连一个陪着说话、下棋的人也没有,为这我才来的。"致庸闻言一愣。茂才看出了致庸的失望,接着道:"怎么,乔东家失望了?要是失望了,我还是走好了,不过我可是来过,因此在太原府欠你的人情就算还了,咱俩日后谁也不欠谁的了!"致庸不觉好笑,想了想道:"茂才兄,既是这样,我还不让你走了!就让你陪我!说吧,你想怎么陪我?"茂才又是哈哈一笑:"乔东家,我的话可是还没说完,要留下我陪你也行,不过我话说到前头,你要我留下陪你,是要付银子的!"致庸越发觉得此人好笑了,索性坐下来问道:"茂才兄,此话又怎讲?"茂才美美地呷了一口茶道:"乔东家,想我孙茂才,今年乡试,又是名落孙山,家中老父,贫困无依,想来想去,只好痛下心,改弦易辙,走前辈落魄读书人之老路,到商家来帮闲,挣几两银子活命。不过祁县空有这么多大商家,我却谁都不认识,想来想去只和你在太原府有过几面之缘,哈哈哈哈,刚才我说要来陪你,还你的人情，那都是假的，你真要留下我，我就要银子了！乔东家，这会儿知道随便把人抬进来，不是好玩的事情了吧？"

致庸盯着他看了一会儿，突然叹一口气："茂才兄如此高看乔家，致庸感动莫名，只是兄台来得不是时候！"茂才微微一笑："乔东家，这话怎讲？"致庸道："若是过去，茂才兄肯放下身架，来乔家帮忙，致庸不知会有多么高兴；只是今日乔家正走背字，日落西山，气息奄奄，朝不保夕，茂才兄难道没有耳闻？"茂才哈哈大笑："乔东家有所不知，茂才活了半生，是天字第一号的背运之人。生于穷乡，学于村儒，这是第一背；年纪小小，就中了秀才，赢得神童之名，便自以为万事不足虑，天下不足为，时时轻蔑斯文，粪土王侯，被称为太原府秀才中第一狂人，这是又一背；既得了一个狂悖之名，就不该还去科举，既去科举，就不该或在试卷上乱发荒谬之论，或束手束脚一味刻板于八股，于是一而再、再而三名落孙山，这是第三背；慈母早亡，自幼失恃，爱妻难产，一尸两命，只撇下我与老父亲艰难度日，这更是背中之背……乔东家，以我这样一个背运之人，来投背运之主，不正所谓得其所哉吗？"

致庸闻言不禁微笑起来，道："蒙茂才兄不弃，致庸感激不尽，不知兄台自觉在乔家的生意里能做何事，能任何职，说出来也好让致庸斟酌。"茂才搭架子道："这个嘛，生意我没有做过，大掌柜我是不愿做的。刚才我说过了，我在这里，也就是每天陪乔东家说说话，下下棋罢了！"致庸一听便反问道："这也是个要紧的位子，就是不知道孙先生一年想要多少酬劳呢？"茂才毫不谦让道："想我孙茂才，自幼苦读诗书，无论圣贤经典，天文地理，医卜星相，琴棋书画，皆通一二，只因科举之路不通，才降价售于商家。啊，我也不是那太贪财的人，一年三千两足矣！"

致庸闻言大笑："孙先生，据我所知，今日读书人，就是中了进士，补上一任县令，一年的俸禄也不过百余两银子，加上皇上奖赏的所谓养廉银，也不过区区几百两，兄台要的这个数虽不是太多，但也顶得上好几个县令一年的俸禄了！"茂才一笑站起道："既然咱们谈不拢这个，在下可就告辞了！"致庸默默地看着他，越发起了逆反心理，上前拦住他，笑道："茂才兄，既然你说到这儿，我还真不能让你走！……好，咱们成交，只要乔家能过了眼前这一劫，重现生机，到了年底，我给你三千两银子！"茂才击掌笑道："哈哈，痛快，我就知道乔东家不会为了区区三千两银子，不留下我这个可以陪他说话、下棋的闲人。行，我留下了！"他重新坐下，捧起茶杯却又放下道："这茶也凉了，让人换过茶，咱们下棋如何？""下棋？""对呀，这会儿刘黑七又没来，乔东家让人把乔家大院守得铁桶一般，你我不下棋干什么？"致庸越发对此人胸怀暗暗称奇，当下道："好，长栓，进来，给孙先生换茶。再把象棋拿来，我和茂才兄杀一盘！"长栓进来，摔摔打打地去换茶，又将棋盘拿来，重重放在桌上。茂才微微一笑，调侃道："小兄弟，不习惯了吧，以后你要习惯这个，只要见我和东家在这里，就赶快上茶！"长栓气愤地看他一眼道："就你？哼！走着瞧吧……"致庸不悦道："长栓，茂才兄是我请来的先生，以后休得无礼！"长栓也不理，哼一声，摔门出去。

茂才丝毫不怃然，摆好棋局与致庸厮杀起来。致庸渐渐沉入棋局，两人笑语不断。外面长栓站着朝屋里看，连连撇嘴。长顺和曹掌柜闻声走过来。曹掌柜问："长栓，东家这会儿干啥呢？"长栓撇嘴道："和刚才来的那个疯子下棋呢。"曹掌柜叹道："这个时候，刘黑七随时都能打进来，东家还有心思下棋，乔家还有什么指望！"长栓、长顺对看一眼，也都摇头。

室内致庸一把将棋子划拉乱，哈哈大笑，站起道："不下了不下了，你这人性子太温，这样下着没劲！"茂才看看他，话中带话道："输了就是输了，人生就是一盘棋，只要人还在，输了的棋还可以重摆！"致庸一惊：

"茂才兄，乔家如今身陷死地，茂才兄专程赶来相帮，难道没有想过要为致庸出谋划策，以救当前之急？"茂才漫不经心道："东家，方才我们可是已经说好了，我留在乔家，只管陪你聊天、下棋，生意上的事，我是不管的。"致庸失望道："那……好吧，就聊天吧，咱们聊什么？"茂才点起旱烟道："一向听说乔东家熟读《庄子》，喜欢做庄周一流的人物，此话当真？"致庸有点惭愧道："啊，当初是有过这种荒唐的想法。不过眼下……"茂才打断他，开口朗声诵道："北冥有鱼，其名为鲲。鲲之大，不知其几千里也……"致庸不由技痒，接口背道："'化而为鸟，其名为鹏。鹏之背，不知其几千里也'……莫非茂才兄也喜爱《逍遥游》？"茂才微微一笑，直视着致庸道："北海的鲲有几千里大，化作大鹏，一飞数万里，负青天，绝云气，却受到斥鷃这种小鸟的嘲笑。斥鷃说我在草蓬里飞来飞去，不过几尺高，却也已经够了，你这大鹏鸟一飞九万里，又有什么用呢？"致庸心中突有所悟。茂才拍拍他的肩膀继续道："致庸兄，斥鷃这种小鸟不懂得大鹏鸟为何要一飞九万里，因为它看不到九万里的天地。人生有大格局，也有小格局，你这些日子，是不是太把自个儿限在小格局里，走不出来了？"致庸猛醒，变色道："茂才兄，快说，什么是大格局，什么是小格局？"茂才起身站直，昂头慨然道："大小之别，在于人的内心，在于你自己的眼光。人如果身在泥潭心也在泥潭，这个人就只能看到泥潭；但若是他身在泥潭心却如鲲如鹏，他看到的就不只是泥潭，而是双翼下九万里的天地。"

致庸呆呆地站着，茂才的话如醍醐灌顶，他一时激动无比，一揖到地道："茂才兄，我懂了！这些日子，我是自己把自己陷在泥潭里了，我把人做小了！茂才兄，你放心，就冲你这几句话，到了年底，我也要给你三千两银子！"茂才重新将棋子摆好，含笑道："来来来，接着下棋！"

4

吃过晚饭，致庸对集合在乔家大院的众仆人大声道："今天是我向刘黑七下战书的第三天，夜里都不要睡！就是打瞌睡，也要睁一只眼！"众男丁"轰"的一声齐道："知道了！"茂才站在致庸身后，看了一阵，转身离去。

茂才回到自己的屋中，脱衣铺床，准备睡觉。致庸走进来道："茂才兄，给你准备的这个住处，你看还可以吗？"茂才笑笑："我一介村儒，有这么好的地方住，已经很不错了！"致庸道："今夜是我和刘黑七约定的相会之日，茂才兄就别睡了，跟我再下下棋，一起等候刘黑七如何？"不料茂才摇头拒绝道："不，我累了，只想睡觉。""茂才兄真的能睡着？"茂才道："今夜又没我什么事，我干吗不睡？"致庸泄气道："好吧，夜里确也没茂才兄什么事，你就睡吧！"茂才打个哈欠躺下，翻身背对着他，拉上了被子。致庸默默看他，转身走出。跟在致庸身后的长栓见状，忍不住哼了一声。

深夜书房内，致庸正在假寐，突闻屋顶瓦响，他一惊醒来，一跃而起，出门照房顶声响处就是一镖。只听屋顶上有人"哎哟"一声，几片瓦被踏落下来。"有贼！"致庸大喊，长栓带着一帮人迅速冲过来，刚要上房顶追赶，致庸拦住他们，冲房顶上喊道："兄弟，我知道你不是刘黑七。今天我不追你，你回去请刘黑七自个儿来！他不是要银子吗？乔家有的是银子，可他得有胆量自个儿来拿！"屋顶上再没有任何声响。这时茂才从房中走出，望望房顶，转身又走回去。致庸看见他，连声道："茂才兄别走。"茂才讥讽道："我干吗不走？贼让你给打退了，就更没我什么事儿了！"致庸不理会，笑着把他拉进了书房。

进了书房，致庸按茂才坐下，回头道："来人，给孙先生泡好茶，也给我来一杯，我也好精神精神！"长栓很快端过茶来，转身退出。茂才尝了一口，道："这茶不好，水也不热。"致庸回头对着门外道："长栓，快给孙先生换好茶，滚烫的茶！"长栓气呼呼地走进来，瞪茂才一眼，将茂才的茶碗端走。茂才闭目端坐，一动不动，装作不见。

不一会儿，长栓将新茶端上来，放到茂才面前，一边吸溜着手指，一边讥讽道："滚烫的茶来了！喝吧，人不怎么样，可还挺难侍候！"茂才睁开眼看看他，仍旧微笑不理，端起茶呷了一口。长栓退下。致庸瞧着茂才的神色，笑着问："茂才兄白天的一席话，已让致庸顿开茅塞；对今晚的事有何见教，可以开尊口了吧？"茂才两眼往上看，拉长声调道："东家，你这样衣不解带地守着乔宅，打算守多久？"致庸勃然变色。茂才不理他，继续道："是打算守一年呢，还是守五年？"致庸明白了他的意思，面色沉重起来。茂才收回目光，直视致庸，正色道："古人有言，'君子生非异也，善假于物也'，就是说，天下做成大事的人，不是自己比别人多生了几只臂膀，而是善于借用他人的力量。"

致庸站起深施一礼："茂才兄，讲下去！"茂才道："今夜之事有三解：一、刘黑七接到了你的战书，并且决心迎战；二、今夜来的只是他的一个探子，也就是说，你想和他三天内决一死战，一战而胜，了结这段公案，再回头料理大事，可刘黑七是个强盗，他只愿照自己的路数出招，如此一来，你就和他纠缠起来，你没时间和他纠缠，他却有；三、一旦你和他结了仇，你就是能保住这座宅院，也保不住乔家在各处的生意、路上的货物和银车，刘黑七就是为了面子，也要和乔家为难下去！""茂才兄，你讲得句句都对。那我该怎么办，快教我！"致庸连连点头，叫道。茂才道："要解的燃眉之急，是如何保住乔家这座宅院。这个容易，请镖局就行！"致庸为难道："此事我也想过，可是第一请镖局要花一大笔银子，说实话眼下我没有；第二我怕就是上门去请，一听说我和刘黑七结下了仇，也没人敢来接镖！"茂才拿出旱烟，"托托"敲了两下，点燃深吸一口道："第二件事以后再说。先说这第一件事，我给你出个主意，你就能借到银子！""不瞒茂才兄，我眼下要是能在祁县、太谷、平遥三县借到银子，乔家哪会有今天？"茂才哼了一声道："白日你不是说已经有人看上了乔家的老宅，为什么你不拿它抵押回来一笔银子？"致庸闻言沉吟道："这事我也想过，今天祁县境内，能借出银子的只有三家，水家、元家、达盛昌邱家。水家、元家正在向乔家逼债，达盛昌与我家不共戴天，谁会借给我银子？""谁想要你的老宅，谁就可能借你银子！"致庸一惊，猛醒道："茂才兄，你是说……达盛昌？"

茂才点头道："眼下正是这个达盛昌，不但要吞掉乔家包头复字号的十一处买卖，还想把乔家的老宅一口吞掉，让乔家人自此无立足之地。作为商家，他们竟然这么贪心，已经犯下了大忌。东家为何就不利用他的这个'贪'字？"致庸深思半晌，击掌大笑道："妙！来人！"长栓应声跑进，致庸吩咐道："天明，替我请四爷，我有要紧的事和他商量！"长栓一愣，这边茂才已经站起，打着哈欠道："滚烫的茶也凉了，我要睡觉去了！""茂才兄慢走！"致庸亲自送他到门外，一直望着他走回房间，犹自久久激动不已。

5

第二日一大早，致庸和茂才在书房内一边下棋一边等候达庆。这达庆还没进门，老远就扯着嗓子喊道："老二，这么一大早的就叫我，有啥急事儿？"致庸站起，笑着将他迎了进来，同时把茂才作为新请的先生介绍给了他。茂才端坐不动，拱手打了个招呼。达庆打量了两眼，有点看不上茂才，随便冲他点了一个头，回头对致庸道："哎对了，我两日没来，怎么又听说你惹上了刘黑七？"致庸微微一笑，点了点头道："不错。"达庆见状更急："哎呀，我说老二，那你可得赶快去请镖局的人。万一到了日子头上，你不能从东口拉回银子，就只能指望拿这座老宅顶银子还债了，你可不能让刘黑七一把火把它烧了！"

一听他主动扯到老宅，致庸赶紧作焦急状："四哥，你上次告诉我，有人想出银子顶这座宅子是吗？"达庆面露喜色道："是呀。怎么，你想通了？"致庸点头道："你今天就去见你的朋友，说我眼下急需一笔银子用，请他借给我，利息照算，以这座老宅做抵押。一个月后，我要是能还清他的本息，一切作罢；要是不能，我就把这座宅子顶给他！"达庆高兴起来："那你打算借多少银子？"致庸故作沉吟道："反正是借一回，干脆借它三万两！""三万两？哎致庸，你干吗借这么少？要不你干脆多借点，我朋友答应出八万两银子顶这座老宅呢。"致庸闻言冷笑道："不，八万两我暂时用不着，三万两就够了。"达庆想了想："你这是借银子，不是顶宅子，我得去跟人家商量。哎，咱可一言为定，我帮你说好了，回头你可不能反悔！"致庸一笑道："四哥，你看我是个会反悔的人吗？"达庆挠头想了一会儿道："那好，我马上去。你今天别出门，就在家等着我的信儿！"说完他急急离去。望着达庆远去，茂才和致庸相视一笑。

再说达盛昌的崔鸣九，在大掌柜室听了达庆的来意，心中不觉一惊，撇下达庆独坐，退回内室和二掌柜、三掌柜密议起来。三掌柜略想了想便连连摆手："大掌柜，这银子不能借。万一借给了银子，让他过了这一关，东家和你不就白忙活这一场了吗？"崔鸣九不语。二掌柜则对三掌柜道："区区三万两银子，就是借给乔致庸，乔家也休想翻过身来，大掌柜不放心的肯定不是这个。"崔鸣九点头皱眉道："哎你们说，乔致庸要是真心把老宅顶给我们，干吗只借三万两银子？他那座老宅至少值十万两。"两个掌柜看看他。崔鸣九接着道："借三万两银子给乔致庸，等于提前押下了他的宅子，以后他再想顶给别人，也不能了，这么想，这笔银子倒也可以借。""那就借！"二掌柜赶紧一点头道。他话音未落，却见崔鸣九又摇起头来："万一我们小瞧了乔致庸，他用这笔银子让乔家死定了的棋又活了，我们不是被这个毛孩子大大地耍了一把？"三掌柜点头："对，我们不能贪小利铸大错！""那咱就不借！"二掌柜闻言赶紧风向一转道。

三掌柜捋着山羊胡子沉吟道："大掌柜，乔致庸在咱们这儿借不到银子，会不会到水家、元家去借？"崔鸣九一笑："不会！他要是能在水家、元家借到银子，就不会来找我们。谁都知道我们是乔家的死敌。"二掌柜察言观色道："大掌柜，你是不是说，只要我们不借，乔致庸就哪儿也借不到这笔银子，更别提他想用这笔银子做什么了？"

崔鸣九点点头，打定不借的主意，和两个掌柜走进大掌柜室，正见达庆坐下又站起，站起又坐下，心情恶劣地自语："这是怎么了，行不行的，也该给个痛快话呀！"他喝一口茶，大概茶也凉了，"呸"一口吐出来。崔鸣九赶紧笑着对达庆拱手道："对不住对不住，让四爷久等。不过这么大的事，我们也得商量商量，你说是吗？"达庆站起来，掩饰着不高兴道："好说好说。崔大掌柜，你们怎么商量的？"二掌柜快嘴道："我们……"崔鸣九伸手阻止二掌柜，仿佛突如其来想到似地问："哎四爷，有件事我想打听打听，乔东家托你借这三万两银子，想做什么生意？"达庆道："他还能做什么生意？俗话怎么说的，福无双至，祸不单行。眼下他不知怎的又惹上了刘黑七。人家扬言要一把火烧了乔家。现在乔家算起来只剩下一座老宅，他得保住它，这回让我借银子，是去请镖局来看家护院！"崔鸣九心中释然，朝两位掌柜一笑，回头对达庆道："哎对了，我最近怎么听说，乔东家要结亲了，和谁家？"达庆道："啊，这事儿我也听说了，你说老崔，事情还真蹊跷，我们家都到了这步田地，太谷的陆家居然还找上门来，要和致庸结亲。"崔鸣九心中一惊，掩饰着用开玩笑的语气道："什么？陆家自己找上门来？不会吧？"达庆有点不乐意了："怎么不会？陆大可自己来的，一点也不假！那天他和大德兴的曹大掌柜一谈就是半天！"崔鸣九勃然变色，想了想，当机立断道："四爷，这笔银子我们借，月息一分二，一月为期，到时候没有银子，乔东家就把老宅顶给我们，如何？"二掌柜、三掌柜看看他，都大吃一惊。达庆面现喜色道："那好，咱们一言为定！我马上就去回话！"他急急告辞，走了两步又回头道："哎对了，万一一个月后，致庸不能还你银子，咱们原先说好的事，你可不能变卦啊！"崔鸣九点头道："当然。一个月后只要乔东家把老宅顶给达盛昌，我承诺给四爷的好处，包括让你入股达盛昌，一并兑现！"达庆闻言大喜，离去。

崔鸣九走回来站着，脸色阴沉。二掌柜不解道："大掌柜，怎么又答应了他？"崔鸣九不满地看了他们一眼道："看来咱们的消息是不灵，陆大可来到祁县这么大的事，竟没有探听到！"三掌柜试探道："大掌柜，你的意思……"崔鸣九突然发怒："你笨！陆大可什么样一个人，竟会主动找上乔家，他是发愁闺女嫁不出去的人吗？"二掌柜大惊："你是说，他也想打乔家的主意？"崔鸣九哼了一声，沉思道："这个也得走着瞧！不过，只要今天我借出了三万两银子，就在陆大可和乔致庸中间打下了一个楔子。乔家这座老宅，就不那么容易变成陆家的了！若陆家想再插一腿，他就得拿出翻倍的银子还我！我借给乔致庸银子，是让他请镖局替我看守他的老宅，我干吗不借？""还是大掌柜英明！"两位掌柜连连点头，崔鸣九道："告诉他们，下一步一定要盯紧陆家，不要只盯住水家和元家！"两位掌柜互看一眼，答应："知道了！"

第八章

1

两日后，曹掌柜走进书房，禀道："东家，孙先生，达盛昌的银子已经入了库。"

致庸跃起，关上门，一时喜形于色，摩拳擦掌道："银子有了，下一步就是去请镖局了！"茂才点头道："偌大一个地块，几十家镖局，数来数去，真正跟刘黑七有一拼的只有……""可是当今山西形意拳的头一把交椅——戴二闾戴老先生，和他的三星镖局？"致庸不待他说完便接口道。茂才点头，却微微叹气道："可我担心东家请不出此人。"致庸一惊："此话怎讲？"茂才道："这两天我已经打听了，戴老先生是个大孝子，自从三年前死了母亲，就将三星镖局交给徒弟阎镇山打理，自己在母亲墓前结一草庐，席草枕块，为母亲守墓。眼下虽过了三年之期，他仍夜夜回到母亲坟前草庐里去睡。他现在基本算是退出江湖，你去求他，只怕他未必会重新出山。"这次致庸没有接口，但把拳头紧握起来，暗暗下决心：一定请到戴二闾！

果然不出所料，次日清早致庸带着茂才和长栓去戴二闾家求见，在门前就碰了个大钉子，戴家接待他们的小徒弟，把昨日茂才说的话基本重复一遍，就把大门关上。

致庸哈哈一笑，对两人道："古有刘备三请诸葛，今天乔致庸也要三请戴老先生，今天是头一天，明日咱们再来！"长栓撇撇嘴，嘀咕起来："不就一个镖师吗？费那么大劲。"

回去的路上，致庸在车中沉思，长栓一路闷头赶车。行至半路，忽听致庸叫了一声："长栓，掉头回去！"长栓一时没反应过来，茂才也睁开眼看着致庸。致庸急道："我现在就想再去戴老先生家！"茂才不语。长栓甩了个响鞭，接着吹了声口哨道："这样好吗？刚刚才吃了一回闭门羹！"致庸瞪他一眼："叫你掉头你就掉头！"长栓只得掉转车头。致庸向茂才解释道："戴老先生是个高人，一定会想到我明天还会登门相求。今天若不去见他，明天我就见不到他了！"茂才看看他，仍旧不说话，重新闭上眼睛。

没过一盏茶的工夫，致庸又叫起来："停车停车！"长栓长吁一口气停车道："二爷，又怎么了？""茂才兄，戴老先生知不知道我今天还会去求他？"茂才打了个哈欠道："戴老先生是武林中的高人，一定会想到。"长栓在外边接口道："所以他还会让咱们吃闭门羹。"茂才点点头，又闭上眼睛。致庸想了一会儿道："长栓，掉头，咱们回家！"长栓依言掉转马车，道："二爷，您又不想三顾茅庐了？"致庸不理他，又转向茂才道："茂才兄，要想见到戴老先生，只有一个地方——他母亲的墓前！"茂才一激灵，瞌睡跑了不少，立马激动道："东家是要回去准备香烛纸马，还要穿上孝服，去戴老先生母亲坟前守墓？"致庸点头笑看着他道："一则造物所忌者巧，万类相感以诚。二则哀兵必胜。……对，这里头最要紧的是一个'诚'字与一个'哀'字！"致庸大笑着与茂才击了一掌道："茂才兄，我得了你，真是得了诸葛孔明，还有什么大事做不成！"长栓正伸着耳朵听，致庸一回头喝道："好小子，走呀！"长栓简直难以置信："二爷，您真要去别人家坟上守墓？"致庸笑道："对！笨小子，快走吧！"

长栓一边将车掉头，一边道："难不成这两人都疯了？"

致庸此举动，果然惊动了归隐山林的老镖师戴二闾，他很快便带着小徒弟匆匆赶来。只见致庸身穿重孝，跪在戴母坟前，面对一炉清香和供品，闭目默诵经文。坟旁的草棚子里，原先戴二闾的一领席、一块土坯之外，又多了一领席、一块土坯。

戴二闾上前，沉声道："乔东家，我们一不是远亲，二不是旧友，你为何如此？"致庸恭敬道："戴老先生，致庸这样做，一是闻听老先生事母至孝，内心感动。致庸一岁丧父，三岁丧母，为哥嫂所养，待我长大，知道儿子应在父母坟前行孝三年的道理，已经没机会这么做了。正因为如此，致庸平生不能听孝子之事，见孝子之行，今天所以来为老夫人守墓，不单单是出于敬慕老先生，也是为了致庸自己。"戴二闾朗声问道："难道乔东家就不为别的事吗？"致庸重重磕下头去道："乔家近日连遭祸殃，长兄亡故，家业凋零，致庸为哥嫂养大，哥嫂之恩，天高地厚，如同父母。今日受嫂子之命，接承家事，不能力挽狂澜，实是天下第一大不孝之人。近来又遭刘黑七骚扰，眼看着祖宗家业毁于一旦，致庸无计可施，闻知戴老先生行侠仗义，是天下第一大孝子，盼您能推己及人，出山援手帮乔家解了刘黑七之围，成全致庸的些微孝道！""可我是不会去做这件事的！请乔东家自便！"戴二闾道。致庸早有准备，并不起身道："老先生不愿出手相帮也在情理之中。不过即使老先生不出山，致庸也要守在这里。致庸不是非逼老先生出山不可，致庸守在这里，一来是无颜再见乔家死去和活着的人；二来致庸要用自己的诚心证明，天下孝道相通，必有互济之理。老先生若肯成全致庸的孝道，也必能为老先生的孝道增美！"戴二闾闻言，眼中不觉浸出泪花，当下上前将致庸揽起道："乔东家起来吧，戴二闾答应你了！"致庸大喜过望，又行了一礼才恭敬站起，接着便欲奉上镖银。戴二闾见状连忙推辞："乔东家，这镖银我现在不能收，你先带回去，等我帮你出了这趟镖，保住了乔家，再受领不迟！你回府安排一下，我很快就到。"致庸点点头，拱手喜极而去。

2

当日下午戴二闾的大徒弟阎镇山便领着几个镖局的徒弟，将乔家大院从大门沿着院墙，用三星镖局的镖旗插了个遍。一番忙碌后，致庸要设宴为阎镇山等镖师洗尘接风，阎镇山豪爽地摆手道："不，乔东家，刘黑七既然接了下的战书，自然会来，照我三星镖局的规矩，这几天我们一滴酒也不能沾！"致庸点头笑道："那好，我就恭敬不如从命。乔家还有几十个人，要用的时候随时听你招呼！"茂才在一旁问道："阎师傅，据你看来，刘黑七何日会来？"阎镇山沉吟道："乔东家约他三日内决一死战，刘黑七没到；可他也决不会拖得太久，我想十日之内，他一定会来，不然他就在江湖上失了面子，就不是刘黑七了！"

正好路过的杏儿闻言颇为害怕，也上前问道："既是这样，我们该怎么办？"阎镇山笑道："内宅会另外派几名女弟子守护。从今晚上起，我和乔东家在一起，其余弟子和府上的爷们轮流守夜，你们放心，师傅都安排好了！"致庸兴奋地问道："戴老先生呢，他何时过来？"阎镇山露出点神秘的表情笑道："师傅说了，该来的时候，他会来的！"此话一出，乔家人都忍不住互相看了一眼，明白戴二闾会暗中保护，当下心里又笃定了一点。

当天晚上无事，第二日晚上还是无事，众人不禁有点松懈。反而是阎镇山越来越紧张，第三日晚上他拉上致庸一起闭目静坐。

果然不出他所料，夜半，一个极轻微的声音从屋上响起。阎镇山一跃而起，吹灭烛火，同时推了一下致庸。致庸一惊，只听阎镇山悄声道："乔东家，刘黑七来了！"致庸哑声道："你能断定是他本人？"阎镇山低低应了一声，领他悄无声息地跃到院中。

致庸还没反应过来，却见阎镇山四下一看，一跃上了屋顶，大叫："来人通名！"一蒙面黑衣人笑道："你爷爷刘黑七是也，看刀！"阎镇山当下接招，两人乒乒乓乓地打起来。致庸在院中大喊："刘黑七来了，抄家伙！"不多会儿，墙内墙外，一时火把齐明，乔家的男丁和诸镖师都拥了出来。与此同时，大门外一帮黑衣匪徒也高举火把，大喊道："乔致庸拿银子来！不然把乔家给你点了！"说着他们攀梯子，爬围墙，与墙内三星镖局的人短兵相接在一起。

曹氏闻声大为担忧，内院镖局的几个女弟子没拦住，只得由她出了房门。门外长顺领着一帮家人跑过来喊："太太快进屋，那刘黑七真的打来了……"曹氏更是慌张："二爷呢，在哪里？"长顺一边把她往里屋推，一边道："二爷也在前头和刘黑七对打！"曹氏猛一抬头道："什么？二爷也在和刘黑七对打？你们怎么还待在这儿，还不快去保护二爷！"长顺正急着掩门："太太，二爷说了，要我们保护内宅！"曹氏跺脚道："糊涂！二爷要是有个三长两短，我们这些人活着又有什么用，再说不是还有镖局的女师傅吗？快去保护二爷！"长顺一愣神，转身吆喝起来，带着守护内宅的男丁跑向前院。

屋顶上，阎镇山越战越勇，一刀挑落黑衣人脸上的黑纱，定睛一看却惊叫起来，这时暗处一个黑衣人现身，扬手一镖，哈哈笑道："你刘爷爷在此！"阎镇山躲闪不及，眼看就要中镖。说时迟那时快，只听"铛"一声响，这镖却被另一个方向的镖击落在地。刘黑七大惊："何方高人，还不现身？"暗藏于瓦缝中的戴二间闪身而出喝道："刘黑七，还认得戴二间吗？"

刘黑七怪笑道："原来是戴老先生，久违了！刘某早听说戴老先生

145

退出江湖，没想到又在这里见到了你老人家。戴老先生，在下和你三星镖局素无仇怨，今日为何要来破我的财路？"戴二闾一拱手道："刘寨主，我还要问你呢，既然看到我三星镖局已在乔家院墙四周遍插镖旗，你为何还要做这不义之事？"刘黑七"嘿嘿"两声，阴阳怪气道："戴老先生，咱们道不同不相为谋，识趣的就快闪开，让刘黑七带小的们杀进乔家，得些银两，然后一把火把这座宅子烧了，咱们两家也不会伤和气。哼哼，你若牙嘣半个不字，只怕我认得戴老先生，我的镖却不认你老啊！……""既然如此，戴二闾就要请教了！"戴二闾说着便一扬手，这边刘黑七早有准备，也同时发镖。不料，戴二闾动作更快，说话间连发两镖，一镖将刘黑七的镖击落，一镖打向刘黑七，后者躲闪不及，帽缨被击落在地。原先在屋顶上冒充刘黑七的刘小宝不禁惊叫一声。戴二闾道："刘寨主，念你我远日无冤近日无仇，今日老朽不想伤你性命。以后只要有我三星镖旗在，就请给我留点体面，不要再来！快走吧你！"

刘黑七哈哈大笑，笑声一毕，便恶狠狠道："戴二闾，乔致庸，朝后面看！你们中了刘黑七声东击西之计了！"众人朝后回头，只见内宅几缕火光蹿起，接着一片大呼小叫。刘黑七打了一声呼哨，带人赶将过去。长顺冲过来大喊："东家，戴老先生，不好了，刘黑七的人从后门摸进来，抓走了太太和景泰少爷！"乔家人和镖师们大惊，急急奔向内院。

内院里，刘黑七带人拿刀逼着曹氏和景泰的脖子，但被镖局的人团团围住；致庸、戴二闾赶过去投鼠忌器，一时也不敢动手。当下火把齐明，双方怒目对峙。曹氏拼命挣扎了几下，眼见就要晕过去，景泰哇哇大哭。致庸怒声道："刘黑七，快把我大嫂和侄子放了！有话好说！"刘黑七笑道："乔致庸，这下你知道我刘黑七是谁了吧？我不过是想找你要区区三千两银子，你竟然不知天高地厚，反过来给我下战书！你以为请来了三星镖局，我就不敢来了？你错了！我要是连你这号人也制服不了，还能在这晋中一带扬名立万吗？你也太小瞧我了！"

戴二闾道："刘黑七，乔家这趟镖戴二闾既然接了，就要保住乔家人的性命，你拿乔家的太太和少爷说话，算什么英雄，你放开他们，有话跟我说！"刘黑七斜睨了他一眼，拉长声调道："戴老先生，你也给我听着，你刚才说什么我不该抓乔家的女人、孩子，这你就不明白了，我是强盗，是响马呀，我开的不是镖局，干的就是打家劫舍、杀富济贫的勾当。我不抓他们家的女人、孩子，乔致庸能乖乖地拿三千两银子出来吗？还有你，听说乔致庸拿五千两银子给你，你才出这趟镖，你和我有什么不同，你也不是为了银子吗？"景泰突然停住哭，大声叫："二叔，叫他们杀了我，也甭给他们银子，咱们家本来就没银子！"刘小宝一听奇道："嘿，你这个小兔崽子，你敢说你们家没有银子？快说，银库在哪里，否则我先把你的舌头割掉。"戴二闾拔一支镖在手，沉声道："刘黑七，你听着，你我现在相距不过五丈，你瞅见我手中的这支镖了吗？你觉得现在乔家的太太和少爷在你手里你就能拿到银子？错了，他们眼下在你手里，是你的人质，可你自个儿现在也在我手里，你也是我的人质呢。这样吧，我若一镖击中你头顶屋檐上那朵白色蜡梅花，你就把他们放了，银子的事情好说！"

没等众人反应过来，只听"啪"的一声，他已经扬手一镖击中了屋檐上不过拇指大小的那朵雕花。这一招果然有威力，刘黑七一下变了脸色。戴二闾接着回头平静道："镇山，把乔东家给我们的镖银提来！"阎镇山一愣神，回身示意徒弟提来一个大银包。戴二闾接过银包，放在面前道："刘寨主，这就是乔东家给我的五千两镖银，既然你想要银子，就把它拿走，把乔家太太和少爷放了，从此我们三星镖局和你们老鸦山，大道朝天，各走一边，如何？"刘黑七眼珠一转，趁坡下驴，打着哈哈道："江湖上传说戴老先生仗义疏财，有长者之风，哈哈，今日相遇，果然名不虚传。戴老先生既然这么说了，刘黑七是晚辈，自然从命。"说着朝刘小宝一努嘴。刘小宝会意，将手中的景泰放给身边的小匪，就要走过来抢银子。

阎镇山急忙拦阻："且慢，把乔家太太和少爷放了，才能拿银子！"戴二闾道："刘寨主是江湖豪杰，怎么会出尔反尔，言而无信，让他过来取银子！"刘小宝四下看看，哼了一声，大咧咧地走过来将银子提走。略略一验，喜道："爹，真是银子！"刘黑七一拱手，笑道："戴老先生，谢了，不过我这会儿还是不能把乔家的太太和少爷放了，你的镖着实厉害，再说这会儿乔家后门一定被你的人堵上了，你得让你的人给我开条道，容我离开这座宅院，我再将他们放了，如何？"致庸不顾戴二闾阻拦，往前冲了两步，道："我嫂嫂体弱，你们放我嫂子和侄儿过来，我做你们的人质。"刘黑七朝戴二闾看去。戴二闾虽与致庸相交不多，但已知他的性情，略一沉吟，便冲刘黑七点了点头。刘黑七冲致庸上下打量，赞道："不错，有胆气。"当下将曹氏和景泰与致庸换过来。

戴二闾也不慌，冲两手已被反绑的致庸点一点头，接着向刘黑七一拱手，气定神闲，朗声道："刘寨主，咱们君子一言，驷马难追，请吧！"于是后门"咣"地打开，刘黑七哈哈一笑，朝戴二闾拱手道："谢戴老先生，后会有期！"一挥手，众匪带着致庸向后门退去。这刘黑七果然也是信人，只一盅茶的工夫，众人就见致庸安全返回，院内立刻爆发出一阵欢呼声。

次日中午，致庸在乔家大院亲自为戴二闾和阎镇山设宴。门外鼓乐齐鸣，人们进进出出，一片欢声。致庸站起敬酒道："戴老先生，阎师傅，这次若不是两位出手相救，刘黑七绝不会如此轻易罢手。致庸奉大嫂之命，替她和侄子景泰敬戴老先生一杯，感激救命之恩！"戴二闾也不客气，举杯道："乔东家，同饮此杯！"众人互相敬酒，气氛很是热闹。三巡过后，戴二闾停杯道："乔东家，老朽有一句话要说。"致庸道："老先生有话请讲。"戴二闾道："乔家有过这一场劫难，日后刘黑七只要看见府上还插着我三星镖局的镖旗，定然不会再来骚扰。老朽为乔东家担心的是另外一件事。刘黑七是个记仇的人，他既然和乔东家结了梁子，日后定然不会罢手，有可能在别处对乔家的生意，尤其是对路上的银车货物下手。那时老朽和三星镖局就鞭长莫及了！"致庸心中"咯噔"一下，面上不动声色道："谢老先生提醒，致庸明白！"话虽这么说，但众人都停下杯来。茂才看场面略冷，赶紧举杯道："戴老先生，孙茂才一介村儒，久仰先生大名，我也敬老先生一杯，不，三杯！来来来，我先干为敬，戴爷随意！"一听他要连饮三杯，众人"轰"的一声，场面很快又热闹起来了。

致庸等人在外面欢腾热闹，曹氏在内宅里却另有心事。她一个人想了一会儿，吩咐杏儿："这会儿不要惊动任何人，晚上请曹掌柜和那位新来的先生，孙先生，来内堂一见。不要让二爷知道。"杏儿答："知道了。"

第二天一大早，致庸和茂才刚刚在书房里坐下，就见曹掌柜急急奔进来，抹着泪道："东家，元家、水家又来人催银子了，还有各位债主，天天到我们大德兴丝茶庄去闹，那里的生意，是一天也做不下去了！"致庸默然，背过身去向着窗外。曹掌柜忍不住跟过来："东家，上回你让对众相与商家说，我们在东口有银子，大爷三七后就能拉回来，我也老脸厚皮地跟他们这么讲，眼下可只剩下十天了。要是到时候没银子，事情就不好办了！"致庸回头要说什么，却又无语。曹掌柜道："东家，元家和水家的两位大掌柜都还在铺子里坐着，到底该怎么办，你得给我一个准话！"致庸突然大声道："回去告诉他们，到了日子，我一定给他们银子！"曹掌柜犹豫着了半晌，"嘿"了一声，转身走出，就见曹氏带景泰走进来。致庸猛回头："嫂子，景泰，你们怎么来了？"曹氏并不看他，厉声对景泰道："景泰，快给你二叔跪下，磕头！"景泰跪下磕头：

"二叔,景泰谢二叔救了我娘和景泰的命!"致庸惊慌地将他拉起:"景泰,快起来!嫂子,你这是怎么啦?你快坐下。"杏儿扶曹氏坐下。致庸亲自端过茶来。曹氏从容:"二弟,嫂子也要谢你请来戴老先生和三星镖局,帮我们乔家解了大围。"致庸心中更慌了:"嫂子,这是致庸分内的事。嫂子要是谢我,倒是见外了。你到底有什么见教?"曹氏回头:"景泰,你去吧,我要跟你二叔说几句话。"景泰答应着走出。致庸担心地望着曹氏。曹氏道:"致庸,我听人说,你把这座老宅押了三万两银子?"致庸点头。曹氏道:"你去看过了我让张妈在北山买的草屋?"致庸忍不住背过脸道:"是的!""你觉得那里怎么样,能住不能住?"致庸想了想,突然道:"能住!"曹氏克制着,又换了一种口气道:"眼下这三万两银子,你就没想着拿出一些,去修修它,不让它再露着天?"致庸觉出了她口吻中的逼迫之意,忍无可忍,回头大声道:"嫂子,你不要逼我……"曹氏心中剧痛,仍咬牙继续道:"这些日子,你一边告诉债主,说东口有银子,你大哥三七后就能拉回来,一边悄悄地和曹掌柜到外县去借银子。到了这种时候,你还这么天真,以为会有人伸手帮乔家一把!不,乔家完了,除了上回我给你指的那一条路,乔家只剩下一条死路!"致庸痛苦万分,大声道:"嫂子,我求你别说这件事了!"

曹氏突然掩面跪下泣道:"二弟,昨儿你拿命救了我和景泰,可,可还不如不救啊……"她话音未落,就见张妈突然领着一帮年老的仆人,进来一起跪下。致庸看了他们一眼,又心痛又气恼,道:"你们,你们也来逼我?"

曹氏慢慢站起,拭泪道:"你们都给我起来!我二弟宁负乔家祖宗,负乔家几十口人,也不愿负一个女子,你们都不要再劝他了!我原以为他读了那么多书,会是个深明大义的男人,没想到我和他大哥这颗心白费了!"致庸如五雷轰顶,慢慢低下头去。曹掌柜叹着气又劝了几句,致庸搪塞道："嫂子，大哥刚刚过世，我怎么能娶亲？"曹氏盯住他，一字一字道："你大哥把乔家托付给你，是要你来救它，若是你答应娶了陆家小姐，救了乔家，大爷在九泉之下，只会为你高兴，他还在乎这个？"致庸哑然。众人都眼睁睁地望着致庸。茂才突然拱手道："东家，只怕我孙茂才没福气待在这里了，告辞！"他拂袖出门，径直去前院中牵自个儿的驴要走。

致庸大惊，追出来望着要走的茂才，痛声道："茂才兄，你这算是什么！"茂才头也不回道："我要辞行，早辞早了，还有机会再寻明主！"致庸冲上前去抓住驴绳，大声道："茂才兄，自从乔家遭难，乔致庸犹如风雨中的一根芦苇，孤独无助，眼看就要被风刮折，可这时候你来了，帮助我，让我重新睁开眼睛看到了天！现在你又要撇下我走，既然你来了还要走，你当初为什么要来呢？好，人各有志，不能强勉，你一定要走，就走吧！"茂才反而一梗脖子道："东家，这话咱们可要说清楚！是我愿意走，还是你逼着我走？"致庸一惊："此话怎讲？""太原府一见，我以为乔东家是人中的鲲鹏，一生当水击三千里，一飞冲云霄，没想到你连一个女人都舍不得，还能做成什么惊天动地的大事！乔东家，你白读那么多年庄子了！一个男人，就是不能像秦皇汉武那样有囊括四海之志，包揽八荒之心，至少也要纵横天下，建业立功，名垂青史，令后人景仰；像你这样胸无大志，连这么小一道坎都过不了的人，我孙茂才留下还有何用？行了，你放开，让我走！我走了以后，还要看着乔家破产还债，一家人困守穷山呢！"

致庸震惊地看着他，半晌他流下泪来，痛声道："嫂子，你们就是一定要我辜负雪瑛的心，也得让我再见她一面啊！"

曹氏闻言身子一晃，几欲摔倒，当下颤声问道："兄弟，你的话当真？"
致庸咬牙点了点头，接着猛一转身道："这下你们都满意了，现在让我一个人待会儿吧！"说着，他踉跄地奔回书房，"砰"地关上了房门。

曹氏再也支撑不住，两腿一软，倒了下去。杏儿赶紧将她扶起。曹氏转身进了祠堂，冲着祖宗牌位跪下，悲喜交加地哭道："大爷，你听到了吗？致庸答应娶陆家小姐了，乔家有救了！"祠堂外，众家人仍然脸色沉重，但眉间多了些欣悦之色。曹掌柜也不胜感慨，茂才远远地望着看似柔弱其实极为坚强的曹氏，不由生出几分敬慕之心。

3

江家的翠儿惊慌地从院外跑进来，一头撞见江父，吓了一跳，赶紧站住。江父生气道："你跑什么呢？不是让你在楼上寸步不离地守着小姐吗？她这几天怎么样了？"翠儿到底有点害怕，嗫嚅道："小姐啊？还不是和前些天一样！"江父跺脚道："一样，一样，她还没回心转意？"江母走过来帮翠儿解围道："翠儿，还不快去看看小姐！"翠儿赶紧跑开。江父看着她，忽然起了疑心，回头对江母道："哎，会不会是她跑出去替雪瑛跟乔致庸通风报信了！"江母道："她一个丫鬟，能通啥风报啥信！"江父道："少啰唆，叫你去你就去！说不定是乔致庸那边又派人来跟她暗通消息了！何家的小定已经下了，过几天就要来下大定，我不能不防！"江母哆嗦了一下，点点头，眼见着翠儿跑上绣楼，想了想，便躲在楼梯口偷听。

翠儿一上楼，正看见雪瑛身穿大红的嫁衣对镜坐着，不禁吓了一跳："小姐，您怎么把它穿上了？"雪瑛到底有点不好意思："……我就是试试嘛。翠儿，人说女孩子这一辈子，就是穿上嫁衣这一天最好看呢！"翠儿笑了起来："小姐，不管是不是穿嫁衣，您可都是个美人！"雪瑛欢喜地看她一眼道："翠儿，我在这个家的日子不会太长了，乔家这些天没来提亲，是致庸正忙着料理乔家的事呢，等他忙完了家里的事，就会来了……哎，你说，到时候你跟不跟我过去？"翠儿赶紧附耳道："小姐，刚才长栓来了！"雪瑛一惊，立时喜上眉梢道："你说什么？致庸到底打发长栓来了？他说了啥？"翠儿又附耳说了几句。雪瑛又惊又喜，不觉声音大起来："真的？致庸今儿要和我在财神庙相见？"翠儿点头，雪瑛喜泪交流，转身向菩萨跪下，合掌道："菩萨在上，是您老人家听到了雪瑛每天的祈祷，可怜雪瑛对致庸的一片痴心，您到底让致庸来见我一起商议终身大事了！"说着她急忙脱下嫁衣，开始梳妆打扮，翠儿也上前来帮她。雪瑛打扮完毕，一回头又看见了那件嫁衣，想了想，匆忙将它包起来。翠儿不解地看着她，雪瑛低声道："翠儿，好妹妹，你也看出来了，我爹是铁了心要把我嫁给何家了，致庸就是现在来提亲，他也不会顺顺溜溜地答应。致庸今天见了我，要是他有胆量带我走，我就跟他走！"翠儿看看她，害怕道："小姐，您也太胆大了，您想和乔家二爷私奔——"雪瑛一惊，赶紧一把捂住了她的嘴。

楼梯口的江母差点惊叫出声，急忙捂住自己的嘴，悄悄退去。楼上雪瑛和翠儿听到脚步声，急忙朝楼下望，看看没有人，才松了口气。

一盅茶的工夫，江母总算等到了江父从烟馆赶回。江父看看她道："怎么的，我刚出去抽两口烟，你就打发人去喊我，家里又出啥事了？"江母迟疑了一下，到底还是附耳告诉他了。江父勃然大怒，"啪"一声拍桌子道："还反了他们？这个乔致庸，满祁县都在传说他要娶太谷陆家的小姐，还来勾引我的闺女！我去县府大堂告他去！"江母一把拉住他，急道："你疯了吗？致庸和雪瑛是表兄妹，你这么一张扬，你闺女还嫁得出去吗？"江父怒道："那你说怎么办？反正今天雪瑛不能去，我去财神庙见乔致庸，不行就跟他拼了这条老命！"江母低声埋怨道："你又来蛮劲了！哎我问你，你刚才说致庸要娶太谷陆家的小姐，事情是不是真的？""当然是真的！你们，还有我，都被蒙在鼓里呢！现在满大街都传遍了，乔家到了这步田地，要是不想一败涂地，只有找一个巨商大贾结亲，靠人家帮一把。哼！就算乔致庸不愿意，他家里还有个看着娇娇弱弱其实很是厉害的嫂子呢。你们也不动脑子想想，现在乔家这种局面，他乔致庸怎么还会真心娶我的闺女？"说着说着江父就气不打一处来。江母闻言哆嗦起来："这个致庸！他可辜负了我们雪瑛了！……她爹，那该怎么办？"江父瞪瞪她道："咋办？他娶他的陆家小姐，我们嫁我们的何家大少爷。你让人看好雪瑛，不能让她去见乔致庸！"江母为难道："可是……她爹，雪瑛还什么也不知道呢！"江父回头对她怒目而视："那你去告诉她呀！有些话我这当爹的怎么能对她说呢？"

"好，我去告诉她，让她快死了这条心……"江母慌张道，走了两步又折回来，坐下带着哭腔道："老爷。你能不能听我一句话？"江父道："你你你又怎么了？""老爷，我也不想再放她去和致庸见面，可你刚才说致庸就要娶太谷陆家的小姐了……真要是这样，我就求你发发慈悲，让雪瑛再去和致庸见上最后一面！"江父怒道："胡说什么！你昏头了啊？"江母急急分辩道："你能不能听我讲完？自打上次雪瑛见了致庸，致庸给了她那只鸳鸯玉环，雪瑛就铁了心守在楼上，等着乔家上门提亲，她连自己的嫁衣都缝好了！要是我没有猜错，致庸这些天都没托人给雪瑛捎过话，今天突然捎信来要见她，一定是他拿定主意要娶陆家大小姐了，我猜他是想亲口把这话告诉雪瑛。"江父压着怒气不解地看着她。江母继续道："事到如今，雪瑛是谁的话也听不进去了，除非致庸亲口告诉她，才能绝了她的痴心，使她回心转意答应嫁到何家。"江父怒道："你这算什么道理，我要是不让她见乔致庸，她又能怎么着？"江母怒道："雪瑛可是打算好了，除了致庸谁也不嫁。她说过的，你要是不答应她，她就死给你看！"江父跳着脚骂道："这个有人生没人养的死丫头，她还真做得出来？我就不信……"江母哭道："老爷，雪瑛是我的闺女，我看她这回是铁了心，要是因为今天你不让她去见致庸，让她绝了望，她真的寻了死路，你就是再想把她嫁到何家去，也不能了！你还开什么大烟馆！你好好想一想，我的话对不对？"一听这话，江父软下来了："你说得也对。……可万一两人见面后私奔跑掉了，那何家怎么办？我怎么办？"江母也担着这个心，但想了想拭泪道："真要是那样，就是她的命，就是两个孩子的命！到了这会儿，我也顾不得了，不管他们是私奔，还是嫁到乔家跟着致庸受苦，也总比我眼睁睁看着一个如花似玉的闺女，被她自个儿的爹娘逼着吊死在绣楼上好吧！"一席话下来，江父服了软："好好好，那就让她去见致庸！让李妈、翠儿跟她一起去，而且不能让外人知道，这事情要是传了出去，别说何家，谁家也不会要她了！"

4

那日下午，致庸在庙内久久守候着。秋风微微吹拂，野花似乎也开得更为绚丽，庙中情形如昔。致庸扶住神台，有那么一阵简直恍若隔世。不过短短时日，他的人生却已经发生了天翻地覆的变化。致庸忍不住含泪自语道："造化弄人啊，现如今我真不知道自己究竟是致庸还是蝴蝶……"他忍不住闭上眼睛，又那么一会儿，他的眼前似乎满是金蝶飞舞……在一旁的长栓到底有点担心，忍不住叫了他一声。致庸猛一定神，不知不觉中便泪流满面。长栓在一旁瞧着，心中难受得无以复加。

雪瑛来了。长栓赶紧退下去。致庸也自以为已经恢复了平静，默默地看着雪瑛。"致庸……"雪瑛一眼瞧见致庸，立时丢下包袱，悲喜交加地扑过去。致庸的平静在那一瞬间被击破了，他僵直地站着，不让自己流泪。雪瑛扑到他胸前，紧紧抱住他，心花怒放，含泪道："致庸，致庸，你一定是想我了，自从上次书房匆匆一见，我觉得我们仿佛有好多年没有见面……"致庸本欲实言相告，但现在看到她，却似乎什么都说不出来，只是感伤地用力抱紧她。雪瑛抬头看他，痴情道："致庸，你终于来见我了。有件事今天我一定要告诉你……"致庸终于能说出话来了："雪瑛，今天我也有件事要告诉你——"雪瑛点点头，乖巧地凝视着他，静静地等着他开口。致庸回望着她那双如水如梦般清媚的眸子，一时间竟一个字也说不出口。雪瑛"扑哧"一笑，撒娇道："快说嘛，我都等不及了！""雪瑛……"致庸抖着嘴唇，犹豫着，他知道，他的话会刺伤她，而现在首先刺伤的却是他自己。雪瑛幸福地闭上眼睛："致庸，你是不是想对我说，乔家的事你已经料理完了，你准备哪天请人去我们家提亲？"致庸心中大痛，再也说不出话来，只是更紧地抱住怀里的姑娘。雪瑛轻笑着睁眼道："你只许说这个，至于什么乔家要败了，你现在一无所有之类的话，我不想听！"致庸努力忍住泪道："可是雪瑛——"雪瑛深情地伸出一只手，轻轻掩住他的唇，柔声道："我都想好了，即便乔家已经一贫如洗，即便你把我娶过去，雪瑛立马就得过那种粗茶淡饭的日子，我也情愿！致庸，人一辈子保不准要受穷，穷不可怕，怕的是咱自个儿撑不住！致庸，你不用担心我过不惯以后的苦日子，我都受得了！只要一辈子能跟你厮守在一块儿，我什么样的日子都能过，而且还要欢天喜地地过！"

她放开致庸，打开包袱，取出红色的嫁衣裹在身上，甜蜜道："致庸，只要你开口，我立马就在这儿穿上嫁衣，和你在财神爷面前磕头成亲——三媒六聘都不要，天涯海角都去得……"雪瑛披着嫁衣，一边说，一边在致庸面前转动。致庸心疼欲裂，说不出话来，只是上前一步紧紧地抱住了她。雪瑛回抱着他，幸福地喃喃地说道："好了，我的话说完了，你说吧！"致庸望着她那明媚深情的眼睛，突然改了主意，道："雪瑛，我来见你，是想告诉你，我的心是你的，它早就是你的了，而且永远都是你的！"雪瑛感动地望着他，娇憨地开玩笑道："那你这个人呢，你的心是我的，你这个人难道不是我的？"致庸突然大恸，流泪颤声道："一个人去了心，他还是个人吗？"雪瑛一面高兴，一面却不知怎么也流出泪水，紧紧地搂住致庸的脖子，道："致庸，这些日子人人都在劝我，说你为了乔家，一准会变心，可我不信！就在不久前，我俩还在财神爷面前发过誓，你非我不娶，我非你不嫁！……可虽说相信，我心里还是有点害怕！说实话，来的时候我就怕得要死，怕你一见面就对我说你要娶别人，可你没有，你现在是我的，将来还会是我的，对不对？"致庸心中痛苦，但继续使劲点头，越来越坚定了不把来时要说的话说出来的决心。雪瑛沉浸在幸福里，将脸深埋在致庸胸前道："致庸，我知道你现在担着乔家的家事，你的日子过得艰难，要是你今天说，这会儿你还不能娶我，你要我等，我一定不着急，一定听你的话，守在家里等着。你一年不去我家娶我，我就等你一年；你十年不来，我就等你十年……"她说着说着，不觉悲从中来，抬头看着致庸，颤声道："只是你要记住，你不能负了我的心；哪一天你要是负了心，我就只有去死了！"

致庸陡然变色，失声道："住口，你……你别说死这种话！"雪瑛害怕地看着他，迷惑道："致庸，你怎么啦？"致庸一把将她推开，转身大步向殿门外走去。雪瑛呆了呆，继而向他伸出双手道："致庸，你……到底怎么了？"致庸的心一寸寸撕裂般疼痛着，慢慢回头，努力微笑道："我要走了，不能久留，雪瑛，你记得我的话吗？"雪瑛怔了怔，一时还没反应过来。致庸哽咽了一下，但仍旧克制着柔声道："妹妹，你一定要记住啊，不论发生什么事，我的心是你的，它早就是你的了，而且永远都是你的！"雪瑛觉得有什么不对，但又说不出来，只是机械地点了一下头。

致庸一只脚已经出了门，可他又猛然回转，奔过来抱住雪瑛。那一瞬间，他仿佛用尽一生一世的力气。不待雪瑛反应过来，他就快步地跑离了大殿，不再回头。雪瑛站在原地，眼睁睁地望着他跑开，想着刚才彼此的誓言，禁不住悲喜交加，身上如高烧般热一阵，冷一阵，颤抖起来。

第九章

1

陆家里里外外张灯结彩，一片喜庆景象，大大小小的嫁妆摆满了院子。闺房内玉菡由明珠侍候着试穿嫁衣，又是忙着收拾嫁妆。几个老妈子捧着一盒盒首饰进进出出，贺喜声不绝于耳。玉菡掩不住脸上的喜色，笑着清点各色嫁妆。突然她诧异道："哎，我娘留给我的翡翠玉白菜呢？"一老妈子回禀道："噢，我们要拿出来装箱时，老爷过来取走了。"玉菡咬着唇微笑，想了一会儿，突然款款走了出去。

她路过马棚院时，正巧看见铁信石在捣鼓马车。铁信石见她过来便起身恭立，玉菡含笑问道："你在修车？"铁信石点点头闷声道："是。明天是小姐大喜之日，我想把车整麻利，好为小姐送嫁。"玉菡见他沉着脸，当下微微嗔笑道："铁信石，你为什么不给我道喜？"铁信石心里很复杂，勉强笑了一下，仍旧闷声道："啊，恭喜小姐。"玉菡多少觉得有点不对劲，想了想便没话找话道："上次我让明珠给你缝的夹衣合身吗？"铁信石眼中的温情一闪而过，客气地躬身称谢："谢小姐。衣裳我穿了，很合身。"玉菡微微叹了一口气道："到我家来这么些天，也没听你提起过家里的事，你家里还有人吗？"铁信石望了一眼天，躲开她的目光，嘎声道："没有了！"

玉菡的心一下恻然，道："一个人漂泊在外，有许多难处，日后要是缺啥，不好开口跟我爹说，就告诉我。"铁信石点头，却不抬头看她。玉菡看着他，心中一动，忽道："哎对了，我听说你除了力气大，还有一身的武艺？"铁信石仍旧埋头闷声道："啊，没有的事。小人幼时学过一点，好久不练，都生疏了！"玉菡又看看他，忽然做了一个决定："铁信石，你愿意跟我一起去乔家吗？"

铁信石猛地看她一眼，眼中亮光一闪，随即黯淡下去，迅速垂下眼帘道："在下是陆家的人，自然听从小姐安排。"玉菡不再说什么，点点头高兴地离去了。铁信石默默回头修车，只是动作慢了许多。

走到内客厅外，见侯管家正亲自为陆大可守着门。玉菡向厅内窥去，侯管家只好苦笑地看着她。只见陆大可正在数案上放的银元宝，再把它们一个个小心装进银箱。他一个人干，又记账，又装箱，乐此不疲，甚至可以说是其乐无穷。玉菡知道他的脾气，一直不作声，直到陆大可将最后一块银元宝放进银箱，放进银库关好库门后，才"扑哧"一下笑出声来。陆大可惊觉，猛一回头，这边侯管家只好赶紧报门："小姐到！"

"爹，是我！"玉菡一边进门，一边娇声道。陆大可回头看她，故作意外："哎，你不在东院看他们装箱，怎么跑这儿来了？那些个陪嫁首饰你瞧了吗？"玉菡一边随口应道一边满屋寻找。陆大可知道她在找什么，故意挡在她面前找了个话题道："嘿，瞧我宝贝闺女，说着说着就长大了，要出嫁了。"说着他假意拭泪，不料一转眼工夫却真个有点心酸，唏嘘着继续道："这会儿就是爹再想留我闺女，也留不下了。"玉菡眽着他带笑道："爹，您甭这样，您要一哭，玉儿也要哭了。哼，还不是怪您，这几年老逼着玉儿出嫁，走州串府地帮玉儿挑女婿……"她头一抬，终于看见了百宝阁上的翡翠玉白菜，笑着双手一拍，淘气道："原来在这里呢。好了，爹，玉儿这就请走母亲留给我的嫁妆！"陆大可下意识地看了一眼翡翠玉白菜，慌道："什么东西？咱们家可没什么好东西给你了！"

玉菡走过去，将翡翠玉白菜抱下来，嬉笑道："爹，就是这个宝贝。好了，我走了！"陆大可急忙过去要夺，又不敢下手，心疼地叫道："你……你你给我放下，别摔了！"玉菡故作不解道："怎么了，爹，这棵翡翠玉白菜可是我的！我出嫁了自然要带走！"陆大可肉疼得直跺脚："怎么是你的，那是咱们家的，我的！"

玉菡调皮地吐吐舌头笑道："爹，您是不是记错了，这棵翡翠玉白菜，是我姥姥的姥姥送给我太姥姥的陪嫁，我太姥姥又在我姥姥出嫁时给她做了陪嫁，后来我娘嫁到咱们家，我姥姥又传给了她。娘去世前，可是亲自将它交到了玉儿手里，说玉儿出嫁时，这就是她老人家给玉儿的陪嫁。怎么了爹，您这会儿想赖账了？"

陆大可急着摆手道："这个这个……你先放下再说，别摔了！又不是啥值钱的好东西，你还真把你娘的话当真了！"说话间他终于夺过翡翠玉白菜，重新小心地放回百宝阁。玉菡看了看他，眼珠一转，撒娇噘嘴道："爹，娘去世时对我说，哪天我出嫁，就让我把它带在身边，就像女儿一直没有离开娘一样……您若明天不让我带走，我娘她在九泉之下也会不答应！"说完她走到母亲牌位前上香，跪下默祷，同时偷眼看陆大可。陆大可没奈何，只得说："好了好了，闺女，你起来吧，爹知道你是个孝女，你想把这棵翡翠玉白菜带到乔家供起来，看到它就像看到你死去的娘……"话说到一半，他脑筋一转，又假意抹起泪来："可是女儿，爹跟你娘也是夫妻一场，这个东西虽说算不上个宝贝，可它毕竟是你娘留下来的东西，你真要带走了，爹再也看不到它，每天心里都会空落落的，像丢了魂似的，只怕爹以后的日子也不好过了，是不是？"说着说着，老头不知是心疼宝贝还是真的伤心，眼泪掉了下来。

玉菡看他这个模样，赶紧起身拿毛巾递过去，跟着心酸起来："爹，爹的心事女儿知道了……这样好不好，玉儿明天先把它带走，三天后回门，我再把它带回来，这样母亲也能闭眼了，爹也不会因为每天看不见它难过了！"陆大可心头一喜，继续得寸进尺说："带来带去的，多麻烦，我看你索性就别带了！"玉菡不依，又将翡翠玉白菜抱下来，认真道："那可不行。爹的话玉儿要听，娘的话玉儿更要听。这东西在爹看来不值钱，可在女儿眼里，却比世上什么东西都贵重。娘当日传给了玉儿，玉儿日后有了女儿，也要传给她的！"说着她又一笑："哎爹，是不是这东西特别值钱，您舍不得，才不让玉儿带走！"陆大可急忙掩饰："不不不，这东西值啥钱？它不值钱不值钱。行，你真要带走，就就就……"玉菡一听这话，抱起就走。陆大可又心疼了，赶紧追出去："哎，闺女，三天后可一定给我抱回来啊！"玉菡装作没听见，笑着越走越快。陆大可没奈何，只得一路跟了过去。

回到绣楼，玉菡就赶紧亲自动手，仔细一层层用红绸将翡翠玉白菜包起，放进嫁妆箱，这才松了一口气。明珠在一旁奇道："小姐，咱家这么多好东西，您为啥偏偏跟老爷要了它，是不是特值钱？"玉菡还没来得及回答，就见陆大可一脚追进门，接口道："值啥钱，这东西？不值钱！"明珠知道他的脾气，掩嘴笑道："老爷，这么好的东西，怎么说不值钱呢？"陆大可哼了一声："啊，那是你们不识货。不过要是拿出去卖，兴许能卖十两二十两银子！"玉菡看看他，故意惊讶地问道："咦，爹您怎么又跟来了？"陆大可掩饰道："我来看看，我女儿明天就要出嫁了，我不得来看看？"玉菡"啪"地将嫁妆箱扣上，又上锁，调皮地笑道："好，爹，您请坐，待女儿给您上茶。"陆大可叹道："不，我还是别坐了，万一你再想起了啥好东西，又跟我要，我就不要再活了！"说着他迈步朝外走，一干在旁忙碌的仆人都笑起来。玉菡见他要走，赶紧喊住他道："哎，爹，我想起来了，这回我不跟您要东西，我想跟您要一个人！"

陆大可猛一回头："还要人？要谁？"

玉菡看她爹的架势，努力忍住笑道："铁信石。爹，女儿想带他去乔家，给女儿赶车。听说这个人不但有一膀子力气，还有一身的武艺呢。乔家最近让土匪刘黑七盯上了，他过去或许能派上用场！"陆大可闻言松了口气道："他呀，好吧，不就是一个车夫吗。你要是愿意，就带他走好了！"玉菡笑盈盈地施了一礼，算是道谢。陆大可也不搭理，赶紧朝外走，嘴里嘟哝道："你说这养闺女有啥用，还没出门就开始算计你了，算计完东西再算计人。嘿，这才是天底下第一等赔本的买卖！"众仆人听了，都在他身后笑起来，玉菡也不禁莞尔一笑。

2

致庸从财神庙中返回，唯一撂给乔家上下的一句话就是：尽快迎娶。如他所愿，在曹氏和曹掌柜的精心张罗下，三日后乔家的花轿准时来到太谷陆家的门首。

后堂盛装的玉菡在母亲牌位前上香叩头，辞拜如仪："母亲，不孝的玉儿走了！"虽说是大喜的日子，玉菡还是落了泪。明珠和伴娘赶紧将她搀起，踏着红毡来到客厅。司仪长声唱道："请老爷。小姐给老爷辞行来了！"陆大可从内室走出，忍不住眼圈发红。司仪继续道："小姐给老爷叩头！"玉菡袅袅婷婷地跪下去，哽咽不已。陆大可半转过脸去，硬着心肠摆手道："罢了罢了，快起来吧。"玉菡并不起身，含泪跪着道："玉儿谢爹爹十八年养育之恩。玉儿走了，不能终日在爹爹身边侍奉，请爹爹多保重！"陆大可越发难过，只是连连点头。玉菡跪着双手捧出小账簿，噙着泪笑道："爹，这是多年来带在女儿身边的小账簿，咱们家与众相与生意上的来往，人家欠咱们的，咱们欠人家的，都在这上头。女儿不孝，不能再替爹爹操心了。"明珠接过小账簿，递给陆大可。陆大可到底忍不住，终于落下两行泪来。玉菡继续道："爹，太原府的张家为人阴毒，他们还欠咱们家八千两银子，要回这笔银子，别与他们再做相与了。还有京城的王家，欠咱们家七万六千两，他家的账老是与天津顾家搅在一起，您要自己留心些。"陆大可心疼难忍，拭泪道："好了，别说了，这些爹都知道。唉，谁让你是个丫头呢，爹终归是留不住你。明珠，你们快搀起小姐上轿去吧！""爹，女儿去了！"玉菡再次叩头下去，大哭失声。明珠和伴娘赶忙将她扶起，沿着红毡走出家门口，一本家男子利索地把她背起，背向大门前的花轿。

陆大可呆呆地在客堂里站着，努力忍着不掉泪。外面鼓乐声一阵响过一阵，他突然坐下，像往常心情烦躁时一样，开始数口袋里的铜钱。但这次数数又停下了，将它们胡乱抓起来放回衣袋，在客厅里乱转圈子。明珠忽然跑进来道："老爷，小姐刚才忘了一件事，让明珠回来禀告老爷，小姐给老爷织的毛袜子，还差几针，过几天小姐回家，再给老爷捎回来！"陆大可忍了半天的眼泪又下来了，连连摆手道："知道了，知道了，快去侍候小姐！"明珠瞧瞧他，笑着跑出。不知怎么，此时的陆大可心中忽然感到一点安慰，他跟到门口张望，脸上也现出一些笑容。

陆家大门外，鼓乐喧天，热闹非凡。司仪正长声唱道："新人上轿，新郎上马！"披红戴花的致庸，不知怎么竟被刚才来时区区几碗下马酒弄得有点翻肠倒胃。他努力忍着，苍白着一张脸，略微摇晃地上了马。茂才大为担心，在一旁扶他一把。"起轿了——"这边花轿已被抬起，致庸深吸一口气，驱马向前，娶亲的队伍开始浩浩荡荡启行前往祁县乔家堡。铁信石赶着嫁妆车跟在后面。

乔家堡里里外外张灯结彩，一团喜气。作为喜堂的在中堂，各色亲戚朋友进进出出，络绎不绝。曹氏正在紧张地处理婚礼事务，她神清气爽，忙而不乱。阎镇山走进来道喜后问道："太太，你找我？"曹氏笑道："阎师傅，今天是二爷大喜的日子，招呼你的人，各处都看好了，多少防着点刘黑七！"阎镇山点点头，离去。

曹氏随后又吩咐张妈道："新娘子下轿后的事，你替我看着点儿，听说陆家小姐的母亲去世早，从小陆东家带她走州串府，见过很多大世面，咱别让人家挑了眼儿！"张妈乐呵呵地去了。曹氏四下看看，略微松了一口气，身子却跟着晃一下，差点晕倒。杏儿急忙过来搀扶。曹氏推开她，喜滋滋道："我没事儿。你快去忙吧。"正说着，达庆走进来贺喜。曹氏毫无芥蒂道："四爷来了，同喜同喜。长顺，快给四爷看座！"达庆坐下架起二郎腿，四下张望道："没想到，乔家到了这步田地，陆家小姐还是答应了这门亲事。更没想到，婚礼还能张罗得这么气派啊！"

曹氏看他一眼道："四爷说话我怎么不懂啊，我觉得乔家挺好的，没你想的那么不堪一击。这婚礼一万两银子早就备下的，自然气派。"达庆心中一惊，还没开口，却见曹掌柜走进来大声贺喜。"曹爷，同喜同喜！"曹氏笑着迎上前去，不再搭理达庆。

就在这时，乔家大门外突然鼓乐齐鸣，震耳的鞭炮声足足持续了一盅茶的工夫才停下来。屋内的人都赶紧奔了出去，只见迎亲的队伍浩浩荡荡地到了乔家大院门口。曹掌柜赶紧上前，递给致庸预备好的弓箭。致庸摇晃着下马，忍着头晕，向轿门虚虚射出一箭。轿帘掀开，杏儿和喜娘代替明珠和伴娘，将玉菡从轿中搀出，众人打量瞩目之下，纷纷赞叹起来。玉菡踩着红毡，迈过大门内的火盆，又迈过马鞍，终于走进了乔家。她忍不住从盖头内向外看了一眼，目光略为紧张但满是喜悦。明珠笑着悄声叮嘱道："小姐，把头低下来，人家都看您呢！"盖头下的玉菡赶紧乖巧地把头低下来。轿后铁信石勒住马车，与身后长长的嫁妆队伍一起等着。他冷冷地四下打量着，凌厉的眼光与此刻乔家门里门外的喧天喜庆与热闹显得极不协调。

在中堂内，众人簇拥着致庸和玉菡在天地桌前站定。盖头下的玉菡悄悄看一眼身边的致庸，心中喜不自胜。致庸在进门时灌下几口长顺捧过来的热茶，头晕好了一些，这会儿拜堂他掩饰得很好，只是眼神有点空洞。

曹掌柜作司仪高声道："吉时已到，两厢动乐。新郎新娘一拜天地，跪——"明珠扶玉菡跪下叩头，那一刻致庸似乎有点走神，没有马上跪下。盖头下的玉菡忍不住抬头看他一眼。一旁的茂才赶紧推推致庸。致庸如梦醒过来一般，机械地跪下叩头。"兴——"曹掌柜继续。明珠和茂才扶两人站起。"二拜高堂，跪——"高堂的座椅空着，曹氏挣扎着，被人推到其中一张椅子上，致庸和玉菡接着叩下头去。曹氏喜泪涌出，急忙起立，将两人挽起道："好了好了，快起来吧。"

曹掌柜又唱道："夫妇对拜——"两人刚转身面对面站好，明珠在玉菡耳边悄声叮嘱道："小姐，等他先拜。"盖头下的玉菡抿嘴一笑，等着致庸先跪下去。致庸浑然不觉，机械地拜了下去。玉菡心中一乐，跟着盈盈拜下去。曹掌柜继续长声唱道："兴。礼成，送入洞房。"明珠将红绸一端递给玉菡，另一端递给致庸。致庸不知怎的，心神又恍惚起来。曹掌柜悄悄拉他一把，急道："东家，引新人入洞房啊！"致庸回头看玉菡一眼，眼神突然变得极为陌生，"啊"地叫了一声，痛楚地抓住胸口的衣服。明珠一惊，盖头下的玉菡更是瞪大眼睛。茂才急忙挽住致庸，曹氏也紧张地盯着他。只见致庸猛地闭上眼睛，喘一口气，不看玉菡，扯起红绸向洞房走去。玉菡在明珠的提示下，也准备起步，但那一瞬间，她心中突然起了一种奇怪的不安的感觉。

这时突听"铛"的一响，一支镖从两人中间飞过，正中墙上双喜字，牢牢钉在那里，镖把上的红绸犹自飘荡。"不好，有刺客！"曹掌柜大叫一声，一时众人皆惊，堂上一片混乱。玉菡"啊"地叫一声，几欲晕倒，致庸下意识地回转身将玉菡抱住。众人乱纷纷地跑进跑出，一片惊慌。曹氏喝道："都别乱，是刘黑七，快叫阎师傅！"她一回头，却见茂才已经挡在她面前，一副舍身相护的架势。

这边玉菡慢慢睁开眼睛，发现自己躺在致庸怀里，羞怯得满脸红云。致庸浑然不觉，将她交给明珠，跃出喜堂。曹氏吩咐张妈道："快把二太太扶进洞房！"张妈应着，和明珠一起匆匆将玉菡扶走。玉菡一手掀开盖头角，回头担心地朝外面院里望去。她没看到致庸，想了想，小声吩咐明珠："快去找铁信石，叮嘱他保护姑爷！"明珠答应一声，跑了出去。

院中致庸提刀在手，怒声大叫："刘黑七！你在哪儿？你出来！你要真是条好汉，就明着来，打什么黑镖？"阎镇山带人匆匆赶来，将致庸拉到一边去，低声对他说了几句。"真的没有其他外人进来？"致庸闻言一惊，抬头四顾，望着不远处的铁信石道："那位是谁？"明珠恰巧匆匆走出，见状赶紧道："姑爷，他不是外人，他是跟我们小姐来的车夫！"

致庸将手中的刀丢给长顺，走过来直视着铁信石问："你是陆家来的？"铁信石抬起头来，毫不畏惧地迎着他的目光，点头施了一礼。两人四目相视，铁信石的伟岸和冷峻给致庸留下了深刻印象。"好，你歇着去吧。"致庸沉吟了一下回头喊道："长栓，长栓呢？"一旁的长顺赶紧上前道："长栓还在生闷……二爷，您有什么事就跟我说吧？"致庸回过头来直视着铁信石道："带这位去休息，给他安排个地方住下！"铁信石不卑不亢抱拳道："姑爷不用为铁信石操心，铁信石是个车夫，就住在马棚里好了！"说着便与上前招呼他的长顺一起退下。他走了几步又回头，目光锋利地看致庸一眼。致庸刚好也在看他，不知怎的，心中又是一震，旁边的阎镇山更是若有所思。

过了一会儿，再无别的动静，喜宴照常开始。众宾客坐下，仍在纷纷议论。曹掌柜引着致庸走进来,道:"各位亲友,各位相与,请各位安位,新郎来给大家敬酒了!"致庸微微皱着眉,被动地一桌桌敬酒。

洞房里明珠一个人陪玉菡坐着。玉菡悄悄掀开盖头布问:"明珠,姑爷呢?"明珠笑着回答:"好像是开席了,在外头给众亲朋和相与敬酒呢。"玉菡重新把盖头布放下。明珠悄声笑道:"小姐,您饿不饿,我可是饿了。"玉菡也轻声笑了:"把咱的东西拿点出来吧,他们在吃,咱们也不能饿着自个儿!"明珠悄悄地从一个嫁妆盒子里拿出点心,递给玉菡。玉菡咬了一小口,没觉出什么味道,又放下了,想了想道:"对了,等会儿你出去,让人把那个宝贝箱子搬进来。"明珠一边吃,一边含糊地应道:"小姐说的是那个放翡翠玉白菜的箱子吧,您放心……"玉菡微微掀开一点盖头,轻声道:"也不知外面怎样了?"

乔宅内依旧鼓乐喧天地热闹着,长栓却像早上一样,一个人躺在小屋里生闷气。长顺跑进来推他道:"哎小子,你怎么还一个人在这里躺着?外面都忙翻天了,你倒会享清福,二爷刚才找你呢!""他这会儿还找我干什么?"长栓生气地抹了一把泪花。长顺笑话他:"你生的哪一门子气!……我明白了,二爷娶了陆家小姐,你怕以后就见不着江家的翠儿了!""去你的!"长栓一把将他推得老远,接着猛地坐起道:"二爷竟能做出这么绝情的事,还说什么非她不娶,非我不嫁呢!净拿瞎话填活人!我不能让人家这时候还被蒙在鼓里!"长顺一见他这个架势,也有点急了:"小子,你想怎么着?"长栓起身下床往外走,红着眼道:"我想怎么着,你管不着!"

不多一会儿,一匹马从乔家堡飞出,长栓拉低帽檐,一路急驰。陆家的陪嫁依旧在乡道上蜿蜒着,好似马跑多久,路有多长,这嫁妆就有多长,沿途围观的村民纷纷惊叹,长栓也忍不住咂嘴起来,心里越发不痛快,当下用力驱马快跑起来。

3

江家，翠儿哭着从门外飞奔进来，正好被江父撞见，当下大喝一声："站住，哭什么呢你？"翠儿躲闪不及，只好站住，匆匆拭泪，"老爷，我……我……没怎么。"匆匆跑向内宅。江父狐疑，大喊一声："翠儿，你给我站住！"江母闻声走出，翠儿站住，面色惨然地望了他们一眼，终于撑不住哭起来。江母也急了："翠儿，出啥事儿了？快说！""老爷，太太，乔家的二爷……今天瞒着我们家二小姐，娶了……陆家的小姐！"江母大骇："你你说什么？致庸他今天……真的娶了陆家的小姐？"翠儿边哭边点头："嗯，是他们家长栓刚才告诉我的，这会儿怕是全祁县的人都知道了，就我们还被蒙在鼓里。长栓还说……还说……""还说啥，快说！"江父喝道。翠儿一咬牙道："长栓还说，光陆家的嫁妆，就摆了十多里路长！"江母身子晃了一晃，翠儿急上前抱住她。江母浑身颤抖道："这个乔致庸，前两天才和我们雪瑛见过面，海誓山盟的，今天怎么能做出这样的事来……"她突然住口，和江父一起看去，只见雪瑛面如死灰出现在他们面前，三人顿时闭口。翠儿匆匆擦去泪水。雪瑛盯着他们，半晌，大声道："爹，娘，翠儿，你们的话我都听见了！别再瞒我了……"她话没说完，便双眼一闭，牙关紧咬，"扑通"一声，向后倒了过去。

众人手忙脚乱将她扶起。江母痛哭失声。江父怒道："别哭了，谁也不准哭！你养的好闺女，把这个家的脸都丢光了，想让全城的人都知道是不是？"说着，他冲翠儿等人喊道："还愣着干什么，快抬上去呀！"

翠儿等人将雪瑛抬上绣楼。过了好一会儿，不管江母和翠儿如何喊叫，雪瑛依旧牙关紧咬，双目紧闭。江母哭道："这样不行，她会把自己弄死的！快把她的嘴撬开！"翠儿和李妈赶紧将雪瑛的嘴撬开，江母手忙脚乱地把水灌进雪瑛口中。雪瑛终于"啊"地喘过一口气，慢慢睁开眼睛。几个人一时无声,只齐齐看着她。雪瑛怔怔地望着她们,半晌哑声道:"你是谁?你们是谁?"江母摇晃着她哭道:"雪瑛,我是你娘,孩子,你怎么连我也认不出来了?"雪瑛终于认出了母亲和翠儿等人,她一言不发,突然扭过头去,眼泪一滴滴流下来。江母落泪道:"雪瑛,雪瑛,你要是想哭,就大声哭!别理会你爹那个老东西,把心里的委屈都哭出来,也许就好了!"雪瑛回了回神,过了好一会儿,终于"哇"的一声失声痛哭起来,江母和翠儿也跟着哭。江父在楼下直转圈子,又急又气,冲楼上恨声道:"别哭了!不叫你们哭,你们偏哭!都给我憋着!"

楼上哭声依旧。雪瑛猛然坐起,两眼发直,推开江母和众人下了床,眼见着就要冲下楼去,嘴里嚷道:"我要见致庸!我不相信!这事一定不是真的……"江母急忙招呼翠儿和几个老妈子:"快!快抱住她!"当下几个人合力抱住雪瑛,雪瑛奋力挣扎,楼上乱成一团。过了好一会儿,江母含泪大声道:"雪瑛,好闺女,你这会儿就是去他家也晚了,他家的新媳妇已经过门了!"一听这话,雪瑛停止了挣扎,死死地盯住母亲,半晌才道:"娘,您说致庸娶的新媳妇都过门了?"江母心中害怕,仍重重点了点头。雪瑛像是从迷幻中突然清醒了,大叫一声,向后晕倒过去。楼上再次忙乱起来,江母等人赶紧将她抬回床上。

这次雪瑛很快睁开双眼,目光直直盯着上方,良久平静道:"娘,我想过了,致庸今天要是真的背着我和陆家小姐结了亲,那一定不是他愿意的;他这么做,是不得已……"江母守在床边,害怕地望着她,一句话也不敢接口。倒是翠儿气愤道:"小姐,他对您这么绝情,您还护着他?"雪瑛也不回答,两眼直直地转向江母道:"娘,您去替我求求爹,我和致庸好了一场,这会儿要分手了,今生今世,他和我再也做不成夫妻了……我别的不想,就想再见他一面,把想说的话说出来。"江母大惊:"孩子,已经这样了,你还要见他呀?"雪瑛惨然一笑,用游丝一样细细的声音坚定道："娘，您替雪瑛求求爹吧，要是他执意不肯，雪瑛就只有死路一条了！"说着她便在枕下一阵乱摸。"孩子，你不能啊！"江母吓得半死，还好翠儿抢先一把拿到剪刀，死死握在手里。江母见状叫："翠儿，快把这东西扔到楼下去，不能再让她看见了！"翠儿应了一声，赶紧将剪刀扔下去。只听"哐啷"一声，接着传来江父一声大吼："这，这又是咋啦？你们想害死我呀？"原来他正在楼下打转转，翠儿扔下的剪刀刚好丢在他的面前，着实把他吓了一跳。

雪瑛虚脱般静静躺着，半晌幽幽道："娘，你们就是拿走了剪刀，可人要是想死，那可是容易得很！您一眼看不见，我从这楼上往下一跳，家里就没有我这个人了，自然我也不会再给爹丢人了！"江母一愣，哭道："雪瑛，好孩子，我听你的，你要是死了，娘也不活了，还要这脸面做啥？你等着，我这就下去求你爹去！"说着她一边哭一边奔下楼去。

楼下，江父听完江母的请求，气得直哆嗦："不！她愿意死就死！我丢不起这人！人家媳妇都进门了，她还要去……"江母痛声道："老爷！念我们夫妻一场，你就准了吧！雪瑛现在一口气憋在心里，你不让她去见乔致庸，她就是个死！若让她去见了，或许这口气吐出来，雪瑛就能活！""不行！说什么也不行！"江父大怒。一向斯文的江母终于发作起来："不行也得行！你这回要是把我女儿逼死了，我就跟你拼命！"她说着向江父扑过去。江父一边躲闪，一边叫道："你你你……来人呀，快把她拉开！她疯了，这母女俩都疯了！"李妈和翠儿赶紧跑过来，拉住江母。江母依旧扯着江父哭闹不已。江父气急败坏道："好，好，你们爱怎么闹就怎么闹吧！反正我这张脸，也早就没有皮了！"他怒冲冲地走了出去。

李妈搀扶着江母慢慢走上楼来。雪瑛一下坐起，抓住江母的手道："娘，怎么样了？我爹他同意了吗？""雪瑛，你放心，我已经打发翠儿去乔家堡了,致庸要是还愿见你,她会帮你把他约出来的!"江母无力地坐下流泪道。雪瑛猛地投向江母怀抱中哭道:"娘,谢谢您!"哭了一阵,她急急忙忙下床,找出那个包裹着新嫁衣的包袱,收拾起来。江母大惊,拉住包袱道:"雪瑛,你怎么又把嫁衣拿出来了?"雪瑛"扑通"一声跪下:"娘,万一致庸今天娶亲是被人逼的,万一他见了我,还想带我远走高飞,我这一去,就再也不会回来了。娘,谢谢您养育女儿十七年,您的恩情深厚,女儿永世不忘。女儿要是还有回来的一天,一定好好孝顺娘;万一我和致庸一去不返,娘的恩情,我就来世再报了!"

江母一把抱住她:"你,真要和致庸私奔,那你爹他……""娘,事到如今,我和致庸谁也顾不得了,我们只能先顾我们自个儿了!"雪瑛说着猛地站起,抱起包袱道:"娘,不孝的闺女雪瑛走了!"她推开江母匆匆向楼梯跑去。江母追过去哭着喊道:"雪瑛,你真的疯了吗?翠儿还没回来,致庸愿不愿意再去财神庙和你见面,还不知道。你就是要跟他走,也要耐心等上一个时辰……"楼梯口雪瑛一下愣住了,猛地回身抱住江母,身子跟着就软下来,放声大哭。

4

致庸从宴席上退下,来到书房,疲倦地取下身上的彩花。长栓红头涨脑地跑进来:"二爷,城里头的江家……江家来人了!"致庸猛一回头:"你说啥?谁来了?""翠儿。"长栓不敢抬头看他,眼睛躲闪道。致庸下意识地抬脚朝门外走,又站住急切地问:"翠儿在哪?她一个人,还是和雪瑛一块儿来的?""翠儿一个人,二爷。"致庸顿一顿背过身道:"她……她来干什么?"长栓发急道:"翠儿让我禀报二爷,江家二小姐听说二爷今日成亲,想再见你一面!"致庸头也不回,冷然道:"你告诉她,我有事，不想见！”长栓看看他，气道：“我也这么说了，可是翠儿死活不走，说您今天要是不去西关外的财神庙见她，今生今世就甭想再见到她了！”致庸心里一震，反问道：“这话什么意思？”“我一个下人，能有什么意思？这是翠儿说的！”长栓赌气道。他话音刚落，就见致庸冲他大声道：“我说过了不见，就是不见！”“可是二爷——”没等长栓再说什么，致庸就打断了他，怒声道：“什么也甭说了，我这会儿什么也不想听！去吧，就这样告诉她！”长栓噘嘴朝外走，猛抬头，却发现杏儿扶着曹氏站在面前。长栓嗫嚅道：“太太——”曹氏看看他，不怒而威道：“以后要改口，叫大太太。新来的陆家小姐叫二太太。”长栓有点害怕，低声应了。

曹氏进了书房，久久看着致庸道：“二弟，事情到了这一步，今日乔家最对不住的人，就是雪瑛表妹了。她想见你，哪怕是为她好，你也该去见上一面！”致庸猛回头，又惊又怒道：“嫂子！你们都把事情做到这一步了，还要我去见雪瑛？亏你想得出！”曹氏道：“我让你去见她，是希望你和雪瑛表妹把这件事做个了断！当然，你也可以不去，不过嫂子让你去，主要考虑的是雪瑛表妹。今生今世你们俩有缘无分，终究是做不成夫妻了，若现在你连再见她一面也不愿意，难道还想让她继续对你心存幻想，以至于最终和别人也做不成夫妻吗？”致庸的眼睛一下子湿润了，问道：“嫂子，你说什么，雪瑛要和别人做夫妻？”曹氏道：“我听说，江家姑父已经把雪瑛许给了榆次东胡村的何家大少爷为妻，何家已经下了小定，估计很快就要下大定了！”致庸猛地转身，背过脸去，声音含混道：“不，我不相信，雪瑛不会答应的！”曹氏落下泪道：“你说得不错，雪瑛确实没有答应。可你要明白，她不答应何家的亲事，正是因为她心里时时刻刻想的是你啊！”

致庸回头颤声道：“嫂子，当初让我娶陆家小姐的是你，这会儿让我去见雪瑛的又是你……你就不怕我去了，忘不掉旧情，和她一起私奔，再也不回乔家堡吗？"曹氏心乱如麻，眼泪忽然涌出，痛苦道："二弟，我知道你心里苦，可你要是想离家出走，你早就这样做了，你就是现在想这么做，嫂子一个妇道人家，也拦不住你，……可是嫂子知道，你不会为了一个女人，把另一个你今天刚刚娶进门的女人扔下，她和雪瑛一样，也是一个女人！你把她娶了进来，你就是她的天、她的地了，你不会眼睁睁地看着她刚进门就失去丈夫！你的心没有这么狠！"致庸心头一震，回头看她一眼，又转过脸望着窗外，不再说话。

"长栓！"曹氏回头喊道，长栓应声跑进来。曹氏冷静地吩咐道："出去告诉江家的人，二爷马上就去西关外的财神庙，和她们家小姐相会！"长栓一愣，"哎"了一声赶紧跑走了。致庸再次痛苦地吃惊地回头，曹氏再不理他，由杏儿扶着径直离去了。致庸再也支撑不住，眼泪哗哗地流下来。

天渐渐地暗了下来。黄昏时分，雪瑛和翠儿提着包袱下车，匆匆走进财神庙。翠儿四下一看，大殿里无人，低声道："小姐，我们来早了。"雪瑛无语，花容惨淡，将包袱交与翠儿，默默地在财神前跪下，合掌祷告。翠儿等了一会儿，越发担忧："小姐，您说乔家二爷会不会不来呀？"雪瑛不接口，继续祷念道："财神爷在上，求你保佑民女雪瑛与致庸情意不变，姻缘不散，保佑致庸今日能抛下一切，带着民女远走天涯！天见可怜，今生今世，雪瑛要嫁给他，就这么一个机会了！"说着，泪水滚滚落下。

与此同时，玉菡正坐在洞房苦等致庸。明珠在一旁侍立，看看天色，半是宽解半是玩笑道："小姐，姑爷可真能沉得住气，都这会儿了也不进来揭盖头。"玉菡教训她道："以后在姑爷面前，不许再这样口无遮拦了。"明珠吐吐舌头："知道啦，好小姐，瞧瞧您才进门就胳膊肘朝外拐了。"玉菡一听也笑起来。这时，依稀听见门外有人匆匆走来。"小姐，是不是姑爷来了？"明珠悄声道。玉菡大为激动，赶紧整整盖头坐好。可令她失望的是，这脚步声到了门口并未停留，接着又渐渐远去。玉菡心中有点失落，忍不住叹了口气。明珠见状打岔道："小姐，您给明珠说实话，您是不是打太原府头一眼看见姑爷，就喜欢上了他？"玉菡不语，心中却甜丝丝的。明珠见她不回答，便自顾自唠叨起来："在咱们家里，您一直绷着，不说喜欢，也不说不喜欢，其实老爷早看出来了，您不说喜欢，就是喜欢！"玉菡多少被她说得有点害臊，当下笑着喝道："你给我住嘴！"明珠捂嘴笑起来，玉菡却真的感觉有点闷了，忍不住站起来，一边活动着腰肢，一边道："你说他这会儿会在哪儿呢？怎么还不进来……"

书房内，致庸倚窗默立，一阵一阵心疼如刀割。长栓再次走进来催促道："二爷，马已经备了好久，你到底去还是不去？"致庸不耐烦："不去！我说过好几遍了，你别再来烦我！"长栓也不搭腔，扭头就走。又过了一会儿，曹氏走进来，默默看着他。致庸一见她进来，赶紧背转过去，看也不看她。曹氏沉声道："二弟，你就是铁了心不去见雪瑛，也不能再待在这间屋里了。天已不早，今儿是你新婚大喜之日，这会儿洞房里还坐着一个人，今天也是她大喜的日子，你把她娶进家门，都大半天了，还没有给她揭盖头呢。她和雪瑛一样，也是个女儿家……"致庸心中又烦又乱，听不下去，转身大步向洞房走去。

洞房内，明珠一眼看见院中走来的致庸，赶紧对玉菡道："小姐，来了来了！"玉菡急忙又理理盖头，正襟端坐。致庸跨进门槛，一眼望见玉菡，脸上再次现出剧烈的痛苦之情。明珠见他这番模样，不觉呆了，心中暗道不好。玉菡紧张地坐着，不敢抬头，心里却充满了幸福的憧憬和期待。致庸一直望着她，望着面前这个对他而言几乎是陌生的女子，终于支持不住，他一扭头又走了出去。玉菡一把掀开盖头，望着远去的致庸，脸上的笑容一点点收敛。

明珠心中疑云大起，但又不敢说，只悄悄走来，将盖头重新给玉菡盖好。玉菡亦不语，已是大为不快。她又闷闷地坐了一会儿，眼角渐渐溢出委屈的泪花。明珠想劝又不知如何是好。正急着，突见致庸又从二门外走了回来，她忙向玉菡耳语："小姐，姑爷又回来了！"玉菡急忙拭去泪花，再次坐好。致庸沉默地走进来，明珠不禁有点怕，但仍按规矩向他施了一礼，道："小姐，姑爷来了。"玉菡低头不语，一时间激动得身子微颤。明珠心里发急，大着胆子圆场道："姑爷，我们小姐在这里坐半天了，您还没帮她揭盖头呢。"致庸置若罔闻，仍旧久久地用陌生的目光望着玉菡。明珠急得差点要跺脚。她想了想，赶忙又拿来一个秤杆塞到致庸手里。致庸拿着秤杆，闭一下眼睛，努力在心中鼓起力量。"姑爷，挑呀。"明珠忍不住在一旁喊起来，盖头下的玉菡深吸一口气，满面含羞，满怀期待地等待着。不料，致庸把秤杆放下，再次转身跑走了！

"姑爷——"明珠大惊，叫道。玉菡猛地站起，慢慢扯下盖头，望着一路跑出二门的致庸，颜色渐变。明珠心中疑虑更起，嗫嚅着说不出话来。玉菡坐下，一时泪花晶莹，半晌，终于说："姑爷他不喜欢我！"明珠赶紧摆手安慰："小姐，这怎么可能？"玉菡想了想，一边拭着眼泪，一边果断地站起道："明珠，出去看看，到底是怎么啦？"明珠一时间没明白过来。玉菡直白道："你去看一看，姑爷他这会儿又去了哪里？为什么一整天都不愿进洞房来？"明珠害怕起来："小姐，您可甭往别处想，我这就去。"说着便往外走。身后玉菡冲她又轻声补了一句："当心点，别招招摇摇的。"明珠点着头小心翼翼地走出去，玉菡看着她的背影消失，头一晕，重重地坐下去，心头大乱。

二门外，致庸站住，望着正准备把马拉进马厩的长栓。突然大声训斥道："谁让你把马鞍卸下来了？你要拉马去哪儿？"长栓回头，看着致庸脸上的神情，吓了一跳。

致庸越发歇斯底里:"我要出去你知道不知道!我现在就要出去!你是不是不想让我出去?"长栓急忙把卸下的马鞍又备上。致庸翻身上马,驱马急驰而去。长栓一愣,赶紧拽过一匹马跟了上去。曹氏由杏儿扶着,看着他们离去的背影,默然不语,久久伫立。

财神庙大殿内,雪瑛仍在苦苦等待。翠儿看看天色,嗫嚅道:"小姐,天这么晚了,乔家二爷不会来了!"雪瑛只是不语。翠儿鼓足勇气道:"小姐,我说咱们别在这里死等了,您都等了半天了!难怪戏文里总是讲痴心女子负心汉,乔致庸今天娶了陆家的大小姐,又有钱,又漂亮,哪里还会来这冷庙和您见面?"雪瑛猛然大声道:"翠儿,你要是觉得晚,就先走吧。我今儿出了江家,就没打算再回去!"翠儿心疼道:"小姐……"雪瑛的眼泪一滴滴落下,神情坚执而炽烈:"就是他今天不来,我也要等。他天黑前不来,我等到天黑;他天黑后不来,我就等他一夜!只要我不离开这儿,我的心就不会死,我和致庸就还有可能见面,然后一起离开!"

突然,她停下来,侧耳倾听着,欢快道:"你听!是他!是他来了!我知道他会来的,我的心告诉我,他一定会来!"翠儿将信将疑,侧耳听去,果然马蹄声由远而近。翠儿高兴道:"小姐!真是他来了!"雪瑛按住心口,回头深情道:"翠儿,好妹妹,若是等会儿我和致庸走了,你就一个人回去,一定要转告老爷和太太,雪瑛谢他们十七年的养育之恩,今生要是不能,我就来世相报!"她突然在翠儿面前跪下,翠儿急急将雪瑛搀起,一时也说不出话来,只是流泪不止。

马蹄声越来越近,雪瑛僵直地站着和翠儿一起谛听着,越来越紧张。马蹄声终于在大殿外停下,两人的手心都渗出冷汗,一起回头向殿门外望去。

第十章

1

致庸走进了财神庙。致庸在离雪瑛很远的地方站住了。翠儿退出了大殿。大殿里，两人眼里都闪烁着火光，雪瑛的眼里是炽烈的欢乐的火光，致庸的眼里却是冰冷的痛苦的火光。四目相交，致庸立刻躲开了雪瑛的直视。雪瑛一下就感觉到了什么，心中如被重锤撞了一下。她想控制心神，躲开大锤的重击，但一点用也没有，大锤毫无怜惜，一下一下向她心头砸去。

致庸感觉到了她内心的变化，神情渐渐显得不管不顾。雪瑛眼里渐渐涌出泪花，随即又倔强地拭去。致庸看她一眼，索性半转过身去。雪瑛什么都明白了，冷冷地抖着唇问："听说你今天成亲？"致庸傲然道："不错！"

雪瑛的嘴唇抖了半天，痛苦道："那么说，不但几天前你对我说的话是假的，当初你站在财神爷面前发的誓也是假的！"致庸内心的痛苦无法抑制，只好转过脸去。雪瑛停了一会儿，终于爆发道："你说话呀！你怎么不说话？当初你亲口对财神爷发过誓，说你一生一世，非江雪瑛不娶，难道都是假的？"她越来越激愤，声嘶力竭道："你是不是那时就存了心骗我？你一开始就是个骗子！乔致庸，你骗了一个爱你胜过爱自己性命的人！"致庸突然大声道："不，我没有，没有骗你！"雪瑛声音反而降了下来，冷声直问到他的脸上："到了这时候，你还敢说你没有？"

致庸慢慢地转过脸，深深看着雪瑛。雪瑛也盯着眼前这个心爱的男人，心上的大锤停止了击打，有那么一瞬间，她的内心甚至又燃起了希望，是啊是啊，他说他没有，致庸说他没有骗我。忽听致庸语气激烈道："不错，当初我是站在财神爷面前发下重誓，说我乔致庸今生今世非江雪瑛不娶，可那话前面还有话！"雪瑛简直有点目瞪口呆，反问道："什么话？""我当时是说，只要我中了举人，又中了进士，就一定娶你。可我今天没中举人，也没中进士，这辈子也不知道有没有机会中举人、进士，所以，我不能娶你！"

雪瑛惊呆了，好一阵才颤声道："乔致庸，你……我没想到你很卑鄙，更没想到你还这么无耻！"说着她抬手一巴掌狠狠打在致庸脸上。致庸一惊，捂着脸，像望一个陌生人一样望着她："你……你打我？"他脸上疼痛，心里却有一种解脱之感，旋即又被一种更强大的痛苦淹没，无论如何，他心里知道，他就要永远失去这个一生中最心爱的女人了。雪瑛也被自己的动作吓住了，愣在那里。

致庸索性恶意地笑起来："江雪瑛，你打我！你打得好！反正生米已经做成熟饭，不管你高兴不高兴，今天我都把陆家小姐娶到家去了，我还和她拜了天地，入了洞房。你觉得我这个人卑鄙、无耻，可我却觉得这事自己做得漂亮！陆家有银子，可以帮我救乔家，你们家却没有。"他看着雪瑛惊愕痛苦的表情，继续硬着心肠道："我今天来，就是要告诉你，打今儿起，咱俩的事一笔勾销了！我说完了，要走了！哈哈！哈哈！"说完他转身就往殿门外走。

雪瑛气得发昏，叫道："乔致庸，你给我站住！"致庸站住却不回头，只觉得心头如撕裂般痛楚，刚才那些伪装的怨毒已耗去了他所有的心力。

雪瑛的声音断断续续，忽远忽近，时而如严冬飞雪般旋裹得他冰冷不堪，时而如同酷夏毒日般烤灼得他痛苦难当，也许，也许更如同空中撒落的盐雪一样，繁繁密密地落在他滴血的心上。他隐隐约约听到雪瑛说她也要嫁人了，嫁到榆次东胡村的何家，她说何家比陆家的银子更多。他不知道自己该如何应答，只听到自己嘴里最后恶狠狠吐出两个字："恭喜！"忽地，他似乎又听见雪瑛哀求他带她走，带她一起离开这个地方。致庸黑着脸，咬牙硬着心肠转过身去，恍惚中他好像大声地耻笑起她。

他耻笑她了吗？在一阵眩晕中，雪瑛的面孔开始在他面前飘荡，绝望的，希望的；痛苦的，欢欣的；傲然的，软弱的；强硬的，哀恳的……致庸使劲摇着头，试图让自己清醒些，可丝毫没有用。

这眼神清媚如波的心爱女子，这可以让他永远醉下去的心爱女子，这原本要和他一起变成蝴蝶自由翱翔的心爱女子啊，雪瑛的面孔从他面前飘开，继而在空中飘荡，绝望的，希望的；痛苦的，欢欣的；傲然的，软弱的；强硬的，哀恳的……

"你别再缠着我了，让我走，家里还有一个更好的等着我呢！"致庸大吼一声，猛地咬了一下舌头，试图增加自己崩溃的控制力——鲜血咸咸亦闲闲涌出，仿佛不是他自己的。但他多少清醒了些，努力硬起心肠。雪瑛的脸终于又真切起来，但在那一瞬间，致庸知道自己要永远失去她了。

不知过了多久，雪瑛痛苦决绝地把鸳鸯玉环递在他的眼前，晃动着，晃动着。致庸再次眩晕起来，用尽最后的力气控制着自己带她走的欲望，下意识地掏还香囊，接过玉环转身离去。雪瑛惨叫一声，但致庸只停了一下，却没有勇气再回头望她一眼，用最后的力量快步走了出去。雪瑛再也无法支持，身子一晃，向后跌倒。一直在殿外听着的翠儿，急奔进来扶住她，哭道："小姐，你们是怎么啦……"大殿外，致庸听到了翠儿的哭声，脸上伪装的恶毒全部消失，他把鸳鸯玉环紧紧攥在手中，泪水流下来，踉跄地上马飞驰而去。一直守在殿外的长栓，急忙跟上去。

雪瑛挣脱翠儿，两手向上，如癫似狂道："财神爷，财神爷，您老人家告诉我，这是人间还是地狱啊？我是不是在做梦呢？"翠儿哭起来，又一次抱住她，连声唤道："小姐……"雪瑛置若罔闻，惨呼道："不，不是做梦，刚才那一个真是致庸……致庸他真的负了我，负了我这颗要为他死的心！致庸，致庸，你为什么要这样对我……"她又一次昏倒过去。翠儿上前抱起她，急喊李妈，两人合力终于将昏迷不醒的雪瑛抱了出去。

乡道上，长栓终于拦住了致庸的马头，怒声道："二爷，您就这么走了？"致庸冲着长栓喊："我成了亲，她也要嫁人了，从此我们天各一方，我不走又能怎么样？"长栓大声道："二爷，您错了！翠儿刚才对我说，他们家小姐今天准备好了，要跟你一起私奔呢，她连嫁衣都包在包袱里带出来了，您没看见？"致庸隐约记起来了，然而即便如此那又怎样呢？长栓痛声道："江家二小姐今天是冲着您会带她远走高飞，才费尽周折来到财神庙的。为了能出来见您，她今天差点儿要了自己的命！"致庸遽然变色，大叫一声，拨马回奔。"二爷——"长栓叫了一声，飞马追了上去。

但在财神庙前路口，致庸和长栓却被曹掌柜和茂才骑马拦住了，身后则是曹氏的马车。"东家，您哪里去？"曹掌柜看着他沉声问道。致庸策马大叫："曹掌柜，你让开！"曹氏在车中探出头来，沉静说道："二弟，雪瑛表妹已经走了，你还去见谁？"致庸拨马就走。曹掌柜再次拦住他道："东家，事已至此，您不能再去！"致庸状若癫狂，叫道："我就要去江家，我一定要见到雪瑛！"说着他用力踢马，冲过曹掌柜的拦阻，向前疾驰而去。茂才在后面远远地喊道："东家，你去了就真能带江家小姐远走高飞？你真的忍心不要乔家了吗？"马终于慢下来，致庸在马上摇晃着，后面几个人吓得一起大叫："二爷，二爷！"致庸闻声稳住身子，仰面朝天，泪流满面。不待众人反应过来，他已经拨马跑上另一条路。曹掌柜松了一口气，对发愣的长栓道："还不快去跟着东家！这会儿我们大家就靠你啦！"长栓心中不忍，叹口气赶紧打马跟了上去。

2

在绣楼的床上沉沉躺了许久的雪瑛，在千呼万唤中终于微微睁开眼睛。江母哭道："雪瑛，你就出个声让娘放心一下吧……"雪瑛略微动了动，突然意识到手里还紧紧攥着个香囊，那个从致庸那里要回的香囊。她像着火一般将它扔掉，含泪尖叫："翠儿！快拿去把它扔了！烧了！我不想再看见它！"江母急对翠儿道："快，叫你扔了烧了，你就快点去扔了烧了……"翠儿答应着，从地下捡起香囊，却见雪瑛又到处乱摸起来，哭着问："翠儿，我的玉环呢？我的鸳鸯玉环呢？"翠儿道："小姐，玉环您不是已经还给……"雪瑛一惊，定睛看着她手中的香囊，又改了主意，叫道："不，把它拿回来！拿回来！"江母完全没了主意，跟着又叫："快，翠儿快给她！"翠儿迟疑一下，又将香囊递给雪瑛。雪瑛将它攥在手里，狂吻不止，接着大哭起来。

江母跟着哭道："女儿，女儿，你就想开点吧，人这一辈子都不容易，只怕致庸也有难处啊……"雪瑛像从迷乱中醒过来一样，不哭了，只是眼里静静地流泪。江母又怕起来，哭着道："雪瑛，你说话呀，你到底咋想的呀？"雪瑛突然抱住江母，痛入骨髓道："娘，我受不了，我真的喜欢致庸呀，打小就喜欢！这一生一世，只怕，只怕我都得不到他这个人了，我活着还有什么意思啊？"江母愣了一下，猛地抱紧她，两人搂着放声大哭，一旁的翠儿忍不住也抽噎着抹起了眼泪。

江家绣楼下，江父醉醺醺地走来。李妈惊慌道："老爷，小姐不好了，你快上去看看吧！"江父一惊，酒醒了一半，怒道："她又出啥事儿了？哎呀，她可害死我了！我再也不想管她了，随她去吧……"话虽这么说，可他还是匆匆向绣楼跑去。绣楼上，雪瑛和江母仍搂在一起大哭。江父冲上来咋呼道："这又是咋啦，你们到底要闹到什么时候，什么地步啊？"江母气不打一处来，松开雪瑛，扑上来揪住江父乱挠，骂道："都是你，都是你害的，雪瑛要是有个三长两短，我跟你拼命！"江父不知就里，狼狈地挣扎着："哎，哎，你这个疯娘们儿，这算是怎么回事呀？"床上的雪瑛又死一样闭上了眼睛，嘴角竟然溢出血丝。翠儿见状急叫道："小姐……"江父江母总算停了手，一起回头看雪瑛。江父跺脚道："来人，快去请大夫啊！"他看看床上一动不动的雪瑛与哭作一团的江母，忍不住叹气道："我这是哪辈子作了孽，遭报应了……"

　　乔家堡村外的打谷场上，致庸和长栓正一起喝着酒，醉态百出。"无情的三百两一封书信，倒叫我敫桂英有家难奔哪呀呀呀……"致庸高声唱着山西梆子《告庙》，眼泪流个不止。

　　时间一点点过去，致庸喝得越发糊涂，仍旧吼着那几句戏词。长栓大着舌头劝道："唱得好，唱得好，不过二爷您歇歇吧，也别喝了，您既没法跟江家二小姐私奔，那咱就回去，新娶来的二太太还在家等着您呢！"致庸发着酒疯道："什么二太太？她是谁？我不知道什么二太太！我不认识她！今儿我高兴，一醉方休！"长栓劝了一会儿，生气道："你已经醉了！还用再醉吗？""谁说我醉了？"致庸趔趄着站起，东倒西歪地走着，仰天喊道："我醉了？我没醉……"喊了一会儿，他又唱起来。长栓既生他的气，也生自己的气，索性不再理他，自己大喝起来。致庸唱了一阵，突然扑过来道："喝吧，我……陪你喝……"他过来抢长栓的酒，长栓护住酒坛不依，两人扭作一团，那酒坛反而滚落一边，酒液如伤心人的眼泪四处流淌出来。

夜色越来越浓，乔家洞房里玉菡依旧僵僵地坐着，盖头下的神情孤独而不悦。明珠又悄悄走回来，偷看她一眼，站在一旁不说话。玉菡烦躁地瞧她一眼，心里突然害怕起来，刚才她已经问了明珠好几遍，也问不出个所以然，因此这会儿便没有再开口。明珠努力找着话题道："小姐，我让他们把饭送过来吧？"玉菡道："不，我不饿。"明珠退到一边，咬着嘴唇发起呆来。玉菡刚要开口，明珠突然慌道："啊，我给小姐拿杯茶吧。"玉菡掀起点盖头，深深看她一眼，很明显感觉到她在掩饰什么。

夜越来越深，院外的喧闹早已平息，继之而来的寂静几乎令玉菡窒息，但她倔强地坚守着。当自鸣钟再次响起，时针指向午夜，玉菡猛地站起，一把掀掉了盖头。明珠正倚靠着桌子打瞌睡，一惊醒来，被她的样子吓了一跳。玉菡两眼含泪，面色苍白，严厉道："明珠，说吧，姑爷到这会儿还不回来，你在外头到底听到了什么？"明珠头一低，慌张道："小姐，明珠不敢乱说。""好妹妹，你现在就是不说，我也猜得出来，一定是出事了！"明珠慌乱地向她看一眼，又赶紧把眼神避开。玉菡流着泪低声道："说吧，为什么姑爷到了这会儿，还不愿进洞房？"明珠欲言又止。玉菡忍不住乱猜起来："乔家当初急着娶我进门，这会儿姑爷却不愿意进来，一定是姑爷不喜欢我，嫌我，嫌我……长得丑！"明珠吓了一跳，赶紧摆手道："不，不是！"玉菡猛转身，拭泪沉声道："要不就是乔家人嫌陆家的嫁妆不够排场？"明珠又急着摆手："不不，也不是！小姐，您别瞎猜了啊！"玉菡心中更乱，忍不住哭道："那是什么？好妹妹，我嫁到乔家，眼前能说点知心话的人就是你了，你一定是听到了什么，那就告诉我，免得我……"

明珠心中大乱，忍不住含泪道："不，小姐，我不敢，想来二门内那些老妈子都是在胡说！"玉菡抬头，越发慌张，急道："她们都说了什么，把你吓成了这样？"明珠突然哭了："小姐，她们说……她们说……"玉菡这会儿反而镇定起来，站起来柔声道："好妹妹，不管是什么事，你都说出来，我……不怕！"明珠眼睛躲闪着，终于一咬牙道："小姐，我也没听得很真，她们私下里在说，姑爷娶了小姐这天仙般的媳妇，却还惦记着外头的那一个！"玉菡脸色急变，道："你……你说什么？姑爷在外头还有女人？"明珠急着摆手否认："小姐，千万别把这话当真，她们胡说呢！"玉菡颓然向床边退了几步，浑身颤抖着坐下，道："那么说，姑爷不愿意进洞房来，就是因为外头那个女人了？"明珠看看她，咬咬牙又吐口道："小姐，那不是个女人，听说也是一个小姐，什么祁县东关江家的二小姐，她们说他天黑前又去见这位小姐了！"玉菡被这话一激，吐出一口血来。明珠大惊，叫道："小姐，您怎么了……"玉菡慢慢拭去嘴边的血丝，含泪镇定道："明珠，你现在就替我去见大太太，就说到了这会儿姑爷还没回来，我一个新过门的媳妇，还不认得乔家的路，不知道该到哪儿去找自己的丈夫，她是嫂子，请她帮我找一找！要是找不回来，就请他们家打发轿子，送我回去！"明珠吃惊地看她一眼。玉菡再也控制不住，叫道："去呀！"明珠害怕地应了一声，快步走出。

不多会儿，乔家院子里便站满了人，人人手中一支火把。曹氏面对众人站立，声音不大却异常严厉："凡是这个家的人，只要还会喘气，有一个算一个，马上都给我找二爷去！不管他在哪里，是死是活，天亮前都得给我找回来！"火把一个一个迅速散去。

明珠咬着唇，一直站在远处望，许久才折回洞房。玉菡听了她的回话，半晌没有任何动静。明珠害怕起来，一声声地唤着她。玉菡再也忍不住，伏身在梳妆台，肩膀耸动着，无声地痛哭起来。明珠赶紧上前安慰。玉菡慢慢抬头拭泪，突然道："明珠，我错了！"明珠吃了一惊，说不出话来。玉菡依旧这样喃喃地重复了几遍。明珠有点不乐意了："小姐，您怎么这么想？乔家三媒六聘地把您娶进门，大喜的日子，姑爷却不愿意进洞房，是他们对不起小姐，怎么倒是您错了？"玉菡也不看她，沉痛道："真的是我错了，我喜欢姑爷，就一厢情愿以为姑爷也喜欢我，我就没有想一想，姑爷他心里也可能还藏着自己心爱的女人。"一听这话，明珠噘着嘴跺脚道："小姐，您这么说，可就太委屈自个儿了。咱嫁都嫁进来了……"玉菡神情越来越刚强，摆手道："以前玉菡不知道，错了也就错了；现在玉菡知道了，也就知道怎么做了！""小姐——"明珠不觉担心起来。玉菡拭净泪水，面色平静道："什么话也不要对人说，就当你什么也不知道！"明珠看看她，不知该说什么好了。

时钟依旧滴答滴答地走着。也不知道过了多久，致庸终于被曹掌柜带人抬回乔家大院。他仍在说醉话，时不时高唱两句《告庙》。曹氏神情沉着地看着他，一字一字道："送进洞房！"众人皆摇头，但还是照曹氏的吩咐办了，将醉得不省人事的致庸抬进了洞房。

月光像水更像泪一样流淌下来，玉菡看着致庸死人一样躺在床上，心头万千思绪缠绕，目光中却渐渐现出柔情。刚送他进来的时候，那张妈赔笑说二爷今日大喜，在外头喝多了，请她多多担待！玉菡兀自镇定客气地向众人道谢。当乔家众人捂着鼻子退去后，明珠呆立一旁，看看致庸，又看看一直在注视致庸的玉菡，忍不住掩鼻道："小姐，瞧他醉的！"玉菡没有作声，却突然下了一个决心，走向前去，同时回头对明珠道："快来，帮我替姑爷脱衣服。"说着她开始动手帮致庸脱靴。明珠走上前拦住她："小姐，看弄脏了您的衣服，我来吧！"玉菡点点头，退后几步看明珠帮致庸脱靴，不一会儿终觉他到底是自己的丈夫，又忍不住走过来帮明珠。不料致庸忽然醒过来，继续发酒疯道："你们是谁？怎么在这里？我在哪里？"玉菡脸色骤变。明珠又急又怕，看一眼玉菡道："姑爷，这是我们小姐！"致庸两眼通红，借着酒劲继续喊："你们小姐是谁？我不认识她！""姑爷，别闹了！"明珠按住致庸劝道。致庸又折腾了两下，闭眼睡去。明珠看玉菡，玉菡却面无表情地继续给致庸脱衣，又回头看明珠："把被子拿来，给姑爷盖上。"明珠默默看她，叹一口气，拿过被子来，玉菡亲手帮致庸盖好。致庸毫无觉察，鼾声大起。明珠在水盆里打湿毛巾，递给玉菡。玉菡仔细地帮他擦去脸上的酒渍。明珠反倒成了看客，忍不住发愁道："小姐，他这个样子，您怎么睡？"玉菡小声嘱咐道："明珠，以后要叫姑爷，别再他他他的了。"明珠默默点点头。玉菡渐现出干练的本相，又吩咐道："去，让厨房做碗醒酒汤，拿来给姑爷喝！"明珠赶紧应声去了。这边致庸忽然叫起来："茶！茶！"玉菡看他一眼，端茶过来，开始有些不习惯，但还是鼓起勇气，抱起致庸的头，喂他喝茶。喝了几口，致庸猛地趴在床边，狂吐起来。玉菡被吓了一跳，看着他难受的样子，走过来帮他捶背，又喂他茶喝。明珠端着一碗汤走来，看了一眼惊叫："小姐，怎么这么臭！"玉菡叱斥道："哪里臭？姑爷出酒了，快过来帮我。"明珠放下汤碗，依旧捏着鼻子，道："这么臭您都闻不出？"玉菡瞪她一眼，明珠吐吐舌头，赶紧过来帮忙。致庸又吐又闹，折腾了好一阵，终于沉沉睡去。玉菡吩咐道："把地上擦干净！回头咱们再把醒酒汤让姑爷喝下去！"明珠大为惊讶地看了她一眼，继续收拾起来。

好容易忙完，玉菡坐下来，道："明珠，你去吧，这里有我呢。"明珠累坏了，应声出门，回头又道："小姐，姑爷睡沉了，您也睡一会儿吧。"玉菡点头，接着又摇头，默默注视起致庸来。明珠看看她，有点不放心，道："我也不睡，我就在隔壁耳房打个盹，姑爷有事，就喊我。"玉菡默默点头，明珠这才带门走出去。

玉菡在烛火下久久望着沉睡的致庸，脸上现出笑意，眼角却溢出了泪花。致庸动了动，她心疼地将一缕乱发从他眼前捋到额边去。致庸又叫："长栓，水！"玉菡急忙取水过来喂致庸喝，致庸大口大口地吞咽着，玉菡心疼地看着他，脸上不禁现出满足。喝完水，致庸很快重新沉睡。玉菡有点撑不住了，她想守他一夜，可还是和衣在他身边睡着了。

然而没过多久，玉菡的眼睛却又慢慢睁开了，眼睛又大又亮，在烛光的映衬下闪着一种别样的炽热和痛苦，渐渐地，双眼涌满了泪水。终于，玉菡没能忍住，她翻过身去，压抑地痛哭起来。

又不知过了多久，玉菡的意识渐渐模糊，浅浅睡去。一支红烛在床边不动声色地燃烧，静静地注视着眼前的一切。突然，致庸缓缓睁开眼睛，慢慢地坐起，下床，急着向某个方向走，又似乎突然想起什么，冷不丁地站住，直着眼睛望着前方，落泪痴情道："雪瑛，雪瑛，我知道总有一天你会明白我的心！我今天不是不想跟你一起远走高飞，只是我的翅膀被人捆住了！"玉菡一惊，睁开眼睛，却被眼前的景象吓住了，一动也不敢动。致庸继续流泪道："雪瑛，我是一个男人，一个男人，自从他生下来，肩头上就挑上了家国之重。一头是祖宗和这个家，一头是一个男人的胸怀和志向，我虽然不想经商，也不想做官，可只要我是个男人，就走不出家国两字！雪瑛，雪瑛，为了这两个字，我只能忍心撒下你，做一个负心之人了！"玉菡哆嗦起来。致庸继续柔声道："雪瑛，雪瑛，我看到你哭了。你别哭。你懂得了我的心，明白我不是故意负你，我的心就不那么疼了……可是我也知道，你是一个痴心女子，我就是再说什么，我也还是负了你了，我这辈子，再不能履行我在财神爷面前对你发过的誓言了；可我知道我这一辈子都要受到惩罚，我会一生一世，心疼如割，虽生如死！"玉菡越来越怕，使劲地咬着牙，不让自己颤抖的哭声冲泻而出。致庸回头，悄声道："雪瑛，雪瑛，离开你以后，我一直睡不着，就是因为这些话我没有对你说出来；现在我说出来了，心里明亮了，可以睡着了！"他一步步走回床边，直视着玉菡："雪瑛，雪瑛，你听到了吗？你一定听到了我的话！对不对？我可以睡啦！"他的脸上突然现出一种孩童般的稚气与天真，好似做了坏事终被大人原谅一样如释重负，冲玉菡点点头，上床，闭上眼睛，身子向后"咚"一声躺下，马上就睡着了。

玉菡浑身颤抖，仍旧咬着牙克制着，眼泪如断线珍珠般无声地下落，神情却也越来越刚毅。现在，她终于什么都知道了……她噙着泪睁大着眼睛看着清冷的窗外，再也没有睡着过。只有月辉如水，静静地抚慰着她破碎的心。

3

清晨的阳光带着一点窥视的意味，照射进这个不平静的洞房。致庸仍然昏睡着，玉菡早早起身，慢慢梳妆，神情平静。明珠打着哈欠进来，看看她的脸色，带着担忧小声问："小姐，昨天夜里姑爷没有再闹吧？""啊，没有。"玉菡摇摇头，缓缓往头上戴着花饰。房内的自鸣钟响起，"小姐，都这时候了，姑爷可真能睡！"明珠看看床上的致庸微微皱眉。玉菡"嘘"了一声："小声点儿，别吵醒了他。"明珠忍不住笑她："瞧您，多心疼他呀！"玉菡也要笑，但眼里的泪水却要涌出，她咬咬嘴唇，硬生生地忍了回去。

日头悄悄地升高，致庸终于睁开眼睛。他头痛欲裂，久久地望着床顶，半天才明白这是一个什么地方。他忍不住又闭上眼睛，盼着永远不要醒来。就这样过了许久，他知道最终是躲不过，咬咬牙，重新睁开了眼睛。

他的太太，他新娶的太太——太谷陆家的陆玉菡正平静而羞怯地望着他。旁边一个俏生生的小丫鬟先是咳嗽一声，看看他们两人，接着笑道："姑爷，您怎么了？不认识我们小姐了？"脑中电光一闪，致庸想起许多昨晚的事来，他心中一惊，急忙起身下床，道："哎哟，瞧我这……""姑爷，昨晚上您喝醉了，吐了一地，可把我们小姐折腾苦了。"明珠噘着嘴道。玉菡连忙喝止："明珠——"明珠不理，继续道："昨晚上我们小姐为了侍候您，一整夜都没睡好，您看眼圈都黑了！"玉菡跺脚道："明珠，别说了。"致庸急忙整衣，对玉菡施了一礼："实在……实在对不起，昨晚我一定失态了。"明珠见他道了歉，心中颇为得意，却见玉菡看看致庸，平静道："二爷说哪里话呢，明珠，还不侍候姑爷洗脸？"致庸忙道："不用麻烦姑娘，我……我到外头书房洗去。"玉菡转过身仍旧坐回梳妆台前，一边戴首饰一边笑道："二爷，现在这里可是你自个儿的家，你还往别处洗漱？"致庸有点狼狈："那是那是，不过——"明珠看看这个，又看看那个，笑着去打了盆水进来。

　　"明珠，你去吧，我来侍候二爷洗脸。"玉菡想了想，亲自过来侍候。明珠看看她，笑着放了手。致庸大惊："太太，这可不敢，我……我还是出去洗吧。"玉菡看看他，笑道："怎么，二爷是不是嫌陆氏丑陋，不愿让陆氏侍候？"致庸又吃了一惊："这是哪里话，只是……"玉菡回头吩咐明珠道："你去吧，我侍候二爷洗脸，还有几句话要跟二爷说呢。"明珠应声退下。"二爷，请洗脸。"玉菡绞了把毛巾递过来。"太太，我自个儿洗。"致庸一边推让，一边自个儿急急忙忙地洗起来。玉菡一边忙着递东西给他，一边道："二爷，听说是生意上出了点差错，乔家才打定了主意娶我的，是吗？"致庸没料到她一张口就这样直截了当，当下吃了一惊，赶紧把脸埋进水盆。"二爷，你看陆氏也进门了，我能不能知道乔家生意上还缺多少银子？这样我也好心中有个数呀。"玉菡仍然笑着说。致庸只得把脸从水盆里抬起："啊，既是说到这事，我也就讲实话。我们家生意上是出了点差错，要想渡过这一关，至少……至少需要五十万两银子。""二爷，我可听外人讲，乔家和我们家结亲是假，打算结亲以后，向我多借银子才是真。这话可是真的？"玉菡平静地继续

190

着她的话题。致庸看着她那张纯净的面孔，沉默了好一会儿，最终老老实实地说道："太太，不瞒你说，乔家走投无路之际，是有这种想法的，不过……不过太太不要多心……"玉菡重新坐回到梳妆台前，颤着手往头上插首饰，过了好一会儿才又平静道："二爷，你打算啥时候去向我爹借银子呀？"致庸走到她身后，鼓足勇气拿起一件首饰递给她，道："要是合适，我打算过两天就去。"玉菡手中的动作停了停，笑道："二爷，我爹是有名的山西第一抠，他的银子可不好借。再说我们都是商家，商家向商家借银子是有规矩的，你一下就要借五十万两，打算拿什么做抵押啊？"致庸给她递首饰的动作停下来，沉吟半晌道："啊，我们家在包头有复字号十一处生意，在祁县和外地还有大德兴的六处买卖，我可以用它们做抵押。"玉菡笑着扭头看他，道："二爷，在娘家的时候，我怎么听说乔家全部十七处生意马上都要破产还债，根本不能用来做抵押了，乔家眼下能拿出来做抵押的，就只有这一座老宅了。""怎么，我们家的事，太太什么都知道？"致庸不由对她刮目相看，心中又是吃惊又是担忧。

玉菡微笑着道："二爷想多了，我一个小女子，知道什么呀。我只是听我们家的人说，二爷其实不用借五十万两银子，只要二十万两银子到手，稳住了包头的生意，乔家就会转危为安。二爷，是这样吗？"不知怎么，她这种平静和什么都知道的态度让致庸放下心来，他点了点头。玉菡又含笑问道："乔家现在只剩下这座老宅能顶出些银子，你也打算把它顶出去？"致庸狠狠心道："到了万不得已的时候，也只好这样做了！"玉菡问："二爷，这座老宅，你打算顶多少银子？"致庸想了想，还是打算骗她一下："二十万两，不能再少了。"玉菡走到穿衣镜前挑衣裳穿，半晌开口道："你骗我，我家就是开当铺的。你们家这座宅子，我知道的，值十一二万两银子，可眼下最多只能顶八九万两银子！"这话立马让致庸微微色变。玉菡看看他，又含笑道："二爷，要是你现在去见我爹，想拿这座老宅顶二十万两银子，我爹肯定不干。这样吧，过了三天，二爷自然要陪我回门，到时我替二爷向我爹借银子，好不好？"致庸心头一震："太太，此话当真？"玉菡一笑道："怎么，你觉得陆氏帮二爷借不到这笔银子？"致庸又是激动又是感激："不不，太太既然能说出来，就一定能做到。太太若能帮乔家借到这一笔银子，就是救了乔家，就是我乔家的大恩人。太太，先受致庸一拜！"说着他便拜倒下去。玉菡急忙上前扶起道："二爷，快别这样。我答应的事，一定去做就是了！"说完她依旧坐回梳妆台，继续收拾她的妆容。

致庸心情复杂地看着她。不多久，玉菡收拾停当，在穿衣镜前左顾右盼了一阵，笑着道："今天可是我过门头一天，你该带我去拜见大嫂了！"致庸深深地望着她，突然对她心生敬意："太太，请。"

忽听门外曹氏喊道："谁说要去见我呀？我自个儿先来了！"说着曹氏便带着杏儿款款走了进来。致庸有点惊讶地望着曹氏。玉菡匆匆上前拜迎："陆氏给大嫂见礼。"曹氏忙将她搀起："妹妹免礼。以后就是一家人了，不要这样客气。"话音一落，这边景泰已经跪下行礼请安。玉菡忙不迭地扶起，又招呼着看座："大嫂，应当陆氏过去给大嫂见礼，怎么能……"曹氏拦住她，回头道："致庸，你们都出去吧，我和陆家妹妹有知己话要说！"致庸不知她要干什么，但仍旧微微颔首，顺从地带着景泰、杏儿、明珠离去。

玉菡亲手捧茶给曹氏，话里有话但依旧带着明净的笑容道："大嫂这么早过来，一定是有事要交代陆氏去做，大嫂尽管明言。"曹氏也不言语，突然对玉菡拜倒下去。玉菡一惊，急忙上前去扶她："嫂子，这是从何说起？快快请起！"曹氏不起，颤声道："妹妹，我有一事相求，妹妹答应了，我才起来！"玉菡急道："嫂子快起，只要嫂子说出来，陆氏无不答应。"曹氏双手捧出一把钥匙："妹妹，我今天过来，只有一件事，就是请你把这把钥匙收下！"玉菡见状也跪下来："嫂子，你要不起，陆氏只得和你一起跪下。请嫂子明言，这是一把什么钥匙？"曹氏看看她，心中百感交集，道："妹妹，这是乔家银库的钥匙。你大哥死后，乔家的家事我就交给了致庸。妹妹既然到了乔家，这把钥匙我就该交付给你了。"玉菡一听急道："嫂子，这怎么能行？你才是这个家的当家人呀！"曹氏动容道："妹妹，我在乔家做媳妇二十年了，帮他们管了二十年家。妹妹可能都知道，我和你大哥没把这个家管好，我们有愧于祖宗！曹氏无德也无才，这么些年也累了，现在你来了，准能帮着致庸让乔家起死回生。我现在卸下这副担子，以后只想吃斋念佛，教导景泰，托你们的福过些清心日子。妹妹，在其位谋其政，你就多多受累了！"

玉菡默默望着曹氏，忽然道："嫂子，你跟我说实话，眼下乔家银库里还有多少银子？"曹氏犹豫道："银子是还有一些，不过……"玉菡打断她道："嫂子，妹妹今天只想听嫂子一句实话。嫂子只有跟陆氏说了实话，陆氏才愿意接过这把钥匙。"曹氏看看她，一咬牙慨然直言道："妹妹要我说实话，我就说，今天乔家银库里，已经没有乔家自己的一两银子了！"玉菡心中一惊，但仍从容道："嫂子既然把话说到这份儿上，陆氏也就不谦让了。陆氏明白嫂子的意思，嫂子今天把乔家银库交给陆氏，就是把乔家的安危交给了陆氏。陆氏既做了乔家的媳妇，自然当仁不让！不过嫂子，这钥匙我今天还不能接。"曹氏看着玉菡心中一惊。只听玉菡继续道："嫂子，刚才陆氏已经答应二爷，三天过后，请二爷和陆氏一同回门，到时陆氏自会向我爹借银子。陆氏若能借回银子，再接过嫂子手中的钥匙也不迟，若是借不回银子……"曹氏赶紧截断她的话，上前握着她的手道："既是这样，我就再代妹妹管上几天。妹妹三天回门之后，我再让人把它送来。好妹妹，我们就这样说定了。"玉菡大约也没料到，传说中是个厉害角色的曹氏，不但貌甚柔弱温娴，而且颇为爽气干练。当下微微一笑，不再推让。两人对视一眼，同时站起，刹那间心中都有了一种莫名的相知亲近之感。

4

黄昏时，玉菡一人独坐洞房，明珠走进来开玩笑道："小姐，今夜不会再让人去找姑爷了吧？"玉菡没作声，过了一会儿沉声道："明珠，你让人出去告诉姑爷一声，我身体不好，这两天想一个人睡，让姑爷委屈一下，在外面书房里睡吧。"明珠一愣："小姐，你们可是新婚呢。"玉菡一摆手道："就这么出去对姑爷说，姑爷不会怪罪我的。"

书房内，致庸正和茂才下棋，眼见着夜晚将至，致庸多少有点忐忑不安起来。杏儿走进来道："二爷，大太太请您回新房。"致庸站起回头看茂才。茂才点头鼓励道："去吧，二爷，新娘子等着你呢，不可过分冷落了她的心。"致庸深吸一口气，鼓足勇气大步走出。茂才随即站起，望着他的背影，暗暗叹一口气。

致庸走至二门，突见明珠一闪而出："姑爷，小姐有句话，让我禀告二爷。"致庸一惊，连忙问道："什么话？"明珠附耳说了几句。致庸一听不觉大为放松："是吗？好好好，我去外面书房睡。"明珠看看他，又道："小姐还说，这事不要让大太太知道了，她怕大太太怪罪她。"致庸满怀感激道："回去说给你们小姐，此事你知我知她知，别人不会知道的。"他大为轻松地走回书房，心中有了一种想说却说不出的奇异之感。

三日转瞬即过。那日半上午，陆大可正在鸽棚把玩鸽子，忽见侯管家跑过来禀道："东家，小姐和乔家姑爷到了！"陆大可哼了一声，仍旧侍弄他的鸽子。侯管家看看他,加了一句道："姑爷和小姐请您去受礼呢。"陆大可瞪他一眼，没好气道："他们哪是来给我行礼的，他们是来借银子的！"侯掌柜笑而不语。陆大可放下鸽子，与他一起走了回去。

客堂里，陆大可慢慢走进来，致庸与他四目相视，大吃了一惊。陆大可呵呵一笑道："怎么，今天到底认出我是谁了？"致庸想起那日购玉的情景，不觉失笑道："原来岳父您就是……"陆大可打断他，正色道："认出来了就好。致庸，有件事我得说给你听，选你做我的女婿，不是我的主意。那天夜里，你在山西贡院龙门前和那两位朝廷大员辩论重商之理，我和我闺女都在场。后来在我们家玉器店里，我一两银子卖给你一只值二十两的鸳鸯玉环，其实也不是我的主意，我是见我闺女没有出面阻止，才和你成交的。"致庸不由惊讶地看了玉菡一眼。玉菡急忙避开他的目光。

陆大可扭头道："侯管家，不是说他们要给我行礼吗？快点吧。"侯管家一听，笑道："东家您请上座。明珠，快侍候乔姑爷、小姐给东家行大礼。"陆大可心中到底还是高兴，大摇大摆在尊位上坐下，明珠给致庸、玉菡铺下拜毡。侯管家在一旁大声道："新姑爷、新姑奶奶给老爷行礼了！一拜——"致庸和玉菡依言跪下叩头。三拜过后，侯管家命明珠搀起玉菡，自己则上前去搀致庸。陆大可自个儿先站起来道："好了好了，意思到了就行了。侯管家，下面的事你就替我忙活吧。"致庸和玉菡刚起身，陆大可已经自顾自离开了。致庸和玉菡对视一眼。玉菡想了想，忙带着明珠跟过去。侯管家心中好笑，脸上仍旧不动声色地客气道："姑爷，您先这边请……"

内室中，陆大可前脚进来，就见玉菡后脚跟进，不禁回头泄气道："怎么这么快？"玉菡也不说话，径直跪了下去。陆大可装作不懂道："怎么了，不是刚磕过吗？"玉菡含泪道："刚才是女儿回门，您女婿和女儿应当给爹行礼；现在这一跪，是女儿求爹爹来了！"陆大可明知故问道："你总不会是替乔家向爹借银子来了吧？"玉菡点头道："爹，女儿正是借银子来了，如果借不到银子，只怕……"一听这话，加之看到玉菡明显瘦

195

了一圈的小脸，陆大可跺脚道："当初我就跟你说过，乔家穷了，你不信，非要嫁给他们家；这会儿嫁过去了，才三天，小脸就瘦了一圈，这下后悔了吧？"玉菡心中一痛，含泪摇头道："不，女儿只是回来向爹借银子，没有后悔。"陆大可瞅瞅她道："不行！当初我就对乔家曹大掌柜说过，只嫁闺女，不借银子！"玉菡想了想，站起来娇声道："爹，乔家处在生死存亡之际，您伸手帮我们一把，乔家就能得救；您不帮这一把，女儿就要讨饭了。爹，我求您了！"陆大可绷着脸问："真要借？"见他口气有点松动，心中盘算着，玉菡赶紧趁坡骑驴，笑道："借银子还有假的？"陆大可作沉吟状，叹气道："玉儿，你是我的女儿，致庸是我的女婿，你们俩一起上门来借银子，我还是说不借，传到外头去也不好听。可你爹我是个商人，就算是你们借，也得照规矩办。这你总懂吧？"玉菡点头笑道："爹，我是您的女儿，这些当然懂。爹说吧，要多少利息，我们照给！"

陆大可哼了一声，拿腔拿调道："第一，你们打算借多少？第二，你们借走了我的银子，拿什么做抵押？"玉菡过来摇晃着他的胳膊，继续撒娇道："爹，您甭害怕，我们不借多，我们只借二十万两，用乔家的老宅做抵押！"陆大可一听断然拒绝："老宅？不成不成！玉儿，你是不是忘了，没过门之前你到乔家去过，你可亲口对我说过，他家的老宅最多值十一二万两银子！"玉菡心里哼了一声，后悔当初不该和他说这些。她想了想，索性大声道："爹，您是不是不想借这笔银子？难不成您就想眼睁睁地看着乔家一败涂地，让自个儿闺女沿街去讨饭？"陆大可盯着她的眼睛，心中又盘算了一下，直言道："不，你错了，我会借，而且不止借二十万两！"玉菡吃惊地看着他，简直不相信自己的耳朵。陆大可笑道："乔家要想翻身，没有五十万两银子不行。可是你们必须用别的东西做抵押！""爹，可除了一座老宅，乔家眼下确实没有别的东

196

西了！"玉菡大感为难，看了她爹一眼，心中突然升起一个可怕的疑问，这疑问实在太可怕了，她想了想便赶紧撇一边去了。只听陆大可迅速说道："不！乔家还是乔家！眼下乔家并没有破产还债，对不对？"玉菡点点头。陆大可又道："哎，我说，你一个新过门的媳妇，我跟你说这些，你能替他们家做主吗？"玉菡慨然道："爹，您说吧，今天我能做得了这个主！"陆大可道："那好。我明天就可以给乔家送去五十万两现银，但乔家要以包头、祁县、太原以及京津的全部十七处买卖以及乔家大院做抵押。月息三分，三个月后你们要是不能连本带息还我，我就把它们全部收掉！"玉菡大骇，失声道："月息三分，三个月？爹，原来您……您也想吃掉乔家的生意和房产？"陆大可看看她，振振有词道："怎么着，嫌这个条件苛刻？哼，只怕就这个条件，你们打着灯笼在整个山西也借不到五十万两银子。没有银子，乔家包头的生意，祁县、太原和京津的生意，还不是照样要顶给别人？乔家的这些生意能改姓别家，它们为啥就不能姓陆？"刚刚心中那个可怕的疑问转眼又回来了，玉菡哆嗦道："爹，您是不是早就打好了算盘？原来您要我嫁给乔家，就是……就是为了这个！"一听这话，陆大可大不乐意："玉儿，别这么说话！不是他乔家来求亲，爹才不会让你嫁到乔家去呢。更何况乔家来求亲时，爹反复问过你的意思，我陆大可虽爱财，但还不至于……"

玉菡想想倒也是实情，心中立刻好受了许多，当下缓声道："可是爹，女儿原来是以为……"陆大可一摆手，斩钉截铁地打断她道："啥都甭说了，爹是个商人，一切只能照商场上的规矩行事……我又没非逼着你们来借我的银子，你们不情愿，也可以不借！"玉菡久久地盯着他，转身就走。陆大可没料到她来这一招，心中一惊道："哎，你往哪儿去？"玉菡哼了一声，痛快道："爹，您是不是以为女儿嫁到了乔家，乔家就一定要到陆家来借银子，让您一口吃掉乔家的生意？"陆大可瞅瞅她，笑道：

"怎么，到了这种时候，难道祁县、太谷、平遥三县，还有人愿意借给你们乔家银子？"看着父亲一副十拿九稳的样子，玉菡虽心事颇重，仍忍不住偷偷一乐，面上却冷冷道："爹，眼下乔家在祁县、太谷、平遥三县是借不到银子的，可是您这会儿别以为乔家什么值钱的东西都没有了。您忘了？乔家眼下还有女儿带过去的嫁妆！"

陆大可看出女儿与他斗起心眼，当下笑道："你的嫁妆？你的嫁妆也不过值六七万两，那救不了乔家的大急！"玉菡看看他，终于"扑哧"一笑，面带得意道："爹，您忘了？乔家这会儿还有一个女儿带过去的宝贝！""你是说那棵翡翠玉白菜？"陆大可猛然想起,这下急了："你……那是陆家的东西，你想拿它怎么样？……再说那也不值钱！"玉菡瞅瞅陆大可，故意冷笑道："爹，您知道它值多少银子，我现在把它拿出去，马上就能当回二十万两银子！"

"不，它值五十万两！"陆大可一时情急，不觉失口说出，意识到自己失言，又忙道："玉儿，你出嫁前可是说过了，过门三天你就把它还回来，你不能变卦，那，那是陆家的东西！"玉菡摇头："不，这棵翡翠玉白菜，是娘留给我的嫁妆，不是陆家的。爹，照我出嫁前和爹的约定，东西我今天还是带回来了。您呢，是打算借银子，还是让我把这棵翡翠玉白菜带回去当了，现在就说个准话吧！"陆大可一时气急："你你……原来你出嫁之前就打定主意这么干了是不是？你早就猜到了爹的心思，所以趁着出嫁拿走了这棵翡翠玉白菜，因为你知道只要有了它，你就能救乔家……我，我真养了一个好女儿！"

听了这话，玉菡也不乐意了："原来我以为爹既然愿意把女儿嫁到乔家，就决不会让乔家一败涂地，可今天我才发觉自个儿错了。既然如此，我也只能将母亲留给我的宝贝当了，我现在是乔家的媳妇，自然不能不救乔家！想来就是母亲九泉之下有知，也不会怪罪女儿的！"这一席话说得情理兼备，无懈可击。陆大可听了只得跺脚道："好好好，你赢了，你爹输了行不行？"玉菡口气愈越发强硬，道："月息二分五，借期半年。"陆大可不想再和她斗下去，气闷道："把女婿叫进来，我跟他谈。"玉菡跪下磕头道："女儿谢谢爹。"接着她回头吩咐在外间守候的明珠进来，从明珠手中接过一个包，仍旧跪着将包递给陆大可："爹，天气凉了，这是女儿给爹织的毛袜子！"陆大可接又不是，不接又不是，脸寒了半天，末了还是接了过来："好了好了，起来吧。"玉菡依言站起，道："爹，我去了。""去吧去吧。"陆大可坐在椅子上，扶头闭眼连连摆手。玉菡走了几步，又站住回头，泪水盈眶道："爹，您的胃不好，我不在家里，您可要让他们多想着点儿，不要吃凉的！"

陆大可眼泪猛地涌出，赶紧一手捂住眼睛，一手示意女儿快点离开。半晌，只剩他一个人的时候，陆大可拿起桌上的毛袜子，看了看扔在桌上，痛苦地自语道："谁叫自个儿养的是闺女呢，一双毛袜子，竟然要哄走我五十万两银子！"

第十一章

1

　　陆家内客厅里，致庸表面上神闲气定地喝茶，内心却如同熊熊大火般燃烧，炙烤得他五内俱焚。过了好半天，才见陆大可气呼呼地走进来。致庸赶紧站起向陆大可施礼。陆大可没好气地瞪他一眼："乔致庸，我闺女才到你们家三天，你对她施了什么法术？今天来回门，就开口向我借银子，你们就不能让我多舒坦几天？"致庸连忙赔笑道："岳父大人，您的话小婿不明白……至于借银子的事，小婿确实急需一笔银子，还望岳父大人成全！"

　　"好了，我把闺女嫁给你，就算是有把的烧饼攥到你手里了！你说吧，打算借多少银子，拿什么做抵押？"陆大可满心不痛快道。

　　致庸赶紧一拱手道："岳父，我想请岳父暂时周济小婿二十万两银子！""乔致庸呀乔致庸，二十万两银子就能救了你乔家之急？我都替你算过了，二十万两，只够你稳住包头复字号的生意。经过这场风波，你乔家在祁县、太原、京津一带的信誉尽失，万一水家、元家，还有你大德兴的那些中小债主一起向你讨债，你乔家还是顶不住！到时，是不是还想向我借银子？"致庸又是一惊："岳父，这一层我还真没想到。"陆大可哼一声："我可以借给你五十万两银子，但你得拿你们乔家口内口外全部十七处生意做抵押。你是我女婿，我不要你一个月三分利，你半年内还给我，月息两分五，到时候不能还我的本钱和利息，除了你们的老宅，我会收掉你所有的生意！"致庸闻言陡然变色。陆大可看看他，呷了口茶道："怎么，你还做不了主？你要是做不了主，就回去商量好再说吧！"致庸的内心斗争异常激烈，半晌，破釜沉舟道："不，岳父，这银子，我借！"陆大可上下打量了致庸几眼，随后便向侯管家吩咐了几句，让他们一起去账房订合约。致庸赶紧起身，随侯掌柜一起出门。刚走了两步，陆大可突然喊住他，道："乔致庸你记住，我是看我闺女的面才帮你这一把的，是我闺女救了你们乔家，以后你要好好待她！"说完，他一转身走了。致庸站着，心中忽然热腾腾起来。

2

当日傍晚，曹掌柜和茂才在乔家书房看到了这份合约。曹掌柜大惊："东家，真没想到，陆老东家也在打乔家的主意！"茂才沉吟半晌，放下合约道："曹掌柜，我觉得东家和陆家这一纸合约签得不错！"致庸眉头一耸，曹掌柜也有点不解。茂才笑着解释道："东家，如果你是陆老东家，你会连一纸这样的合约也不签，让你的女婿白白借走你五十万两银子？"致庸一拍脑袋道："对！岳父大人和我签这一份合约，是要将我逼到悬崖边上，横下一条心，把乔家的败局扳回来！可他又不明说！"曹掌柜也笑起来道："东家，月息二分五，借期半年，这是打着灯笼都难找的条件。况且万一咱们半年内不能还清陆家的本息，想来陆东家也不会收走乔家的生意和房产。"致庸摇摇头，想了想，神色凝重，道："错！岳父只是给了我半年的时间，如果乔致庸能在这段时间内力挽狂澜，让乔家的生意在我手中转危为安，他是理所当然地本利双收；若是我不能，他准会毫不犹豫地收走乔家的生意和房产……他是一个商人，就是和自己的女婿做生意，也不可能随便亏掉自己的本钱。更何况于情于理，我也该让他收走！"曹掌柜闻言，脸上的笑容又凝固起来。茂才看看两人，笑着冲致庸一躬到地道："恭喜东家，银子有了，又是半年的借期。下一步，就看东家如何施展自己的鸿鹄之志！"致庸笑起来，心里一片畅亮。曹掌柜想想，毕竟是有了银子，也有了半年的缓冲时间，也跟着笑了起来。书房内多日来的郁气总算暂时消散。

玉菡打陆家一回来，就开始收拾新房里的东西。明珠见状，急问为什么。玉菡道："啊，明天咱们回家。"明珠大惊失色。玉菡也不理，想了想又道："掌灯后去请二爷进来，说我有事要和他商量。"明珠害怕地点点头，和她一起收拾起来。

夜色渐浓，玉菡收拾完东西，茫然四顾这间又爱又恨的新房，一时间再也忍不住，伏桌无声地恸哭起来。

"小姐，姑爷来了。"明珠远远地喊着，引致庸进了门。玉菡急忙拭泪站起，一时间两人谁也不说话。明珠不放心地看了看两人，但仍旧只能怏怏地退下去。

玉菡的内心如灼烧般，她直视着这个心爱的男人，神情却出奇地平静，笑笑道："二爷，银子你也借回来了，有句话不知道陆氏当说不当说？""太太有话请讲。"致庸看着她微微红肿的眼睛，明白她刚刚哭过。玉菡一望见他那黑亮的眸子，呼吸就急促起来，泪又要涌出，赶紧道："二爷，陆氏出嫁以前，听说二爷急着娶亲，是因为乔家急需一笔银子，救乔家的大急。二爷，是这样吗？"致庸见她又问了这个问题，迟疑了一会儿，还是像三日前那样坦率地点了点头。玉菡见状含泪笑道："陆氏再问一遍，只是想让二爷知道，当日乔家请媒人上门，陆氏以为只要有银子，就能救乔家，便答应了；更何况太原府一见，陆氏确实……确实倾心二爷，当时以为因着这个机缘，陆家与乔家能结一门好亲。可是陆氏错了，陆氏不知道，原来二爷心里早就有了心心相印之人……"玉菡努力忍着，但终于流出泪水。致庸原本坐着，一听这话猛地站起，心头刚刚结了痂的伤口重新迸裂开来。玉菡仰起头，流着泪但却灿若春花般笑道："二爷的心上人名叫江雪瑛，是二爷的表妹，二爷与她青梅竹马，有情有义。因此二爷娶陆氏，并不情愿，只是为了救乔家，不得已才违心背弃了当初和江小姐的海誓山盟。二爷，我说得对吗？""你……你是怎么知道的？"致庸的声音战栗起来。玉菡泪眼蒙眬地望着他，仍努力笑道："二爷，陆氏是怎么认识二爷的，我都说过了……陆氏答应嫁到乔家，是因为陆氏倾慕二爷的才学人品，实在没想要拆散二爷和江小姐的姻缘；但现在看来，还是陆氏误了二爷和江小姐。不过陆氏嫁到乔家以前，千真万确并不知情，因此望二爷不要怪罪！"致庸吃惊地望着她，一时说不出话来。

"二爷，如果单单是为了借银子救乔家，你才违心地娶了陆氏，现在二爷已经和我爹签了约，银子不再是乔家的难题。二爷心中要是还难以忘怀江家小姐，就请二爷给陆氏一纸休书，让陆氏回去吧！"

玉菡一口气说完，再也忍不住地伏在桌上，恸哭起来。致庸大为震惊，半晌终于问道："你……怎么，这些事你早就想好了？"玉菡不回答，只一味地痛哭。致庸看着她，猛然转身走了出去。

致庸径直到了曹氏的房间，话不说就跪了下去。曹氏大惊，赶紧伸手过来扶，连声问起原因。致庸痛苦地大声道："嫂子，陆氏她……她问我要休书，她要回去！"曹氏缩回手来，严厉道："你呢？你是不是就此打算写一纸休书给她？""……嫂子，这个人太厉害，太有心计，她什么都知道，却能不动声色地和我一起去陆家借银子……是她自个儿问我要一纸休书！"

"二弟，你知道她今天是怎么和你一起借回银子的吗？她明明已经知道新婚之夜你不进洞房是因为雪瑛表妹，可还是陪你借回了银子，你说她厉害有心计，你想没想过，她这样做是为谁？"

致庸猛然抬头看她。曹氏痛声道："二弟，我告诉你，为了帮你借到这笔银子，弟妹差点把她母亲留下的翡翠玉白菜都要当了！陆老东家是不想让她这么做，才答应借给银子的！这种时候，你还要给她写休书？但凡你还是个男人，也该替乔家的祖宗和后世子孙，向这个女人下跪谢恩才对！"致庸大惊："嫂子，这件事情是真的？你如何知道的呢？"曹氏落泪道："弟妹为了乔家，愿意不动声色地去求她的父亲，愿意私下当了陆家的宝贝，她不会把自己做的事说出来。自打你们回来，弟妹就一直在哭，在忙着收拾东西。这些事我是从明珠嘴里逼问出来的。"致庸心中一震。曹氏继续颤声道："我本不想理会这些事，若你不来，我会让孙先生转告你，由着你去处理；可你现在来了，我便直言不讳。你现在有两条路，一是让弟妹走，把雪瑛表妹娶回来；二是现在就到弟妹房中去，替你、替我、替我们乔家的祖宗和子孙，叩谢她的大恩，从今往后好好地和她做一对夫妻，像敬重恩人一样敬重她！你自己斟酌吧！"致庸张口结舌站在那里，慢慢落下泪来。他不知道，只三天时间，这个刚刚娶进门的女子就对乔家有了如此的大恩！

新房内，玉菡又开始收拾东西。明珠泪流满面，跪倒劝道："小姐，我求求您，三思而行啊，您已经嫁过来了，这样回去，别人会怎么说？老爷的脸往哪儿放？小姐以后还要不要嫁人？小姐一生的品行、名誉，可都让这个乔致庸给毁了！"玉菡听了，像忽然醒过来一般，掩面大哭起来。

外面突然响起脚步声，接着传来张妈喜滋滋的声音："二爷，您来了！"玉菡一听，赶紧抹掉眼泪，心头像小鹿一般乱跳起来。这边明珠已经跳起来去开门了。致庸一进门，直视着玉菡，突然双膝跪倒，大声道："太太为致庸、为乔家做的事致庸都知道了，太太是乔家的恩人，请受致庸一拜！"玉菡闻言，惊喜交加，搀也不是，不搀也不是，只得含泪道："二爷这是怎么说的，快快请起！"致庸道："你就甭瞒我了，没有太太，致庸今天在陆家就借不了银子，只怕一家大小就要流落街头，太太的大恩大德，致庸终身难忘！"玉菡见致庸这般承情叩谢，反倒哭起来，道："二爷，打陆氏嫁到乔家的头一天起，就没想过要做乔家的恩人，陆氏只是……只是想简简单单地做二爷的媳妇……二爷，你……你这会儿还要给陆氏一纸休书吗？"

致庸看着她满是眼泪却努力带笑的面孔，心中大痛，不知怎么想起了雪瑛，想到他心爱的雪瑛这几日不知会哭成什么样，忽然心痛如绞。致庸略略一闭眼，驱赶着雪瑛的面孔，沉声道："太太，这种时候，你为何还要说这种话？甭说太太是乔家的恩人，即便太太不是，致庸也不会给太太一纸休书！"玉菡拭泪，笑起来道："那又是为了什么？"致庸道："乔家自有乔家的家规祖训，既然我已经把太太娶进了家，就再不会有休妻之事。乔家的男人，从来就不允许休妻！"玉菡一边心花怒放，一边又担忧道："可……可那江家的表妹呢？二爷就不想和雪瑛表妹成亲了？"致庸不愿回头，低声道："太太，致庸既然娶了妻，心中便没有别人了。再说……再说雪瑛也要嫁人了！"玉菡大惊："雪瑛表妹要嫁人了？"致庸艰难地点点头。玉菡突然哭起来，致庸吃惊道："太太，你又怎么了？"玉菡转身避开他，哭道："二爷，你这会儿先出去。陆氏是个女人，二爷的话让陆氏太高兴了。刚才我还以为自个儿的天要塌下来了，二爷的一席话如同拨开乌云，又让陆氏看到了蓝天，陆氏想……想一个人哭一会儿。"致庸心中一动，忍不住定睛向她看去。刚巧玉菡也正回头看他，四目相对，玉菡不由发出了娇声："人家叫你出去，你就快出去呀。"致庸听了，只好转身离去。玉菡想了想，鼓足勇气娇声道："待会儿二爷可要进来，不能再让陆氏独守空房！"致庸吃惊地回头注视她。明珠也抹泪笑着往外推致庸："姑爷，小姐要您出去，您就先出去呗。"致庸脸红起来，点头出门。

雨"哗哗"地下起来，致庸在庭中久久地站着，举头向天，让细雨浇灭心中痛苦的火焰。明珠收拾好房间，出来寻他，远远望见致庸这般模样，心中又犯起了嘀咕，她想了想走上前去，打伞遮住致庸，诚心诚意道："二爷，两好合一好，我是个下人，不会说话，可我家小姐真的是个难得有情有义的人，您一定不能辜负我家小姐啊！"致庸看着这个小丫鬟，一把抹去脸上的泪水和雨水，大踏步向新房走去。

新房内的景象让他又吃了一惊：玉菡重新蒙上盖头，穿着嫁衣在床前独坐。随后跟进来的明珠，对致庸施了一礼，喜声道："小姐，姑爷来了。"致庸明白了玉菡的心思，快步走过去。明珠从床帐顶拿起秤杆，笑盈盈地递给他。致庸停了停，将玉菡头上的盖头掀去。烛火下重新装扮过的玉菡艳若天人，也不看致庸，像头天的新娘子一样矜持地端坐着。明珠端过酒来，喜声喜气道："姑爷，小姐，请喝交杯酒。"致庸迟疑了一下，端起酒杯看玉菡。玉菡娇羞地一笑，端起酒杯，两人饮了交杯酒。明珠又端来了子孙饽饽，笑道："姑爷，小姐，请吃子孙饽饽，以后子孙满堂，大吉大利。"玉菡端坐不动，致庸拿起一个子孙饽饽吃下去。玉菡含羞一笑，也拿起子孙饽饽吃一口，又放回去。明珠掩嘴笑道："姑爷，小姐，洞房一刻值千金，请安歇吧。"说着她走了出去，悄悄掩上了门。

玉菡背对致庸坐在床前，一动不动，心潮起伏。致庸闭上眼睛站着，努力在内心鼓起力量。突然，洞房中一股奇异的香气撩动了他。致庸忍不住抽动鼻子问："好香，哪里这么香？！"玉菡回头看他一眼，脸一红，低头端坐。致庸继续抽动鼻子，向床上的玉菡嗅去，玉菡仍不理他。致庸倒起了逆反心理，涎着脸凑得更近了。玉菡忍住痒，转过脸笑道："二爷，你闻什么呢？""哎，怎么这么香？"致庸继续嗅着，好似童心大起。玉菡"扑哧"一笑："这是我们家巴黎商号大掌柜捎回来的法兰西国香水。你们家哪里会有这样的东西？"致庸贪那香气，也不说什么，只一个劲四处嗅去。玉菡突然解开前襟，露出胸衣，脸骤然大红道："朝这里面闻，香在这里。"致庸依言就势趴过去嗅。玉菡脸如红霞笼罩，明艳不可方物。致庸再也把持不住，"噗"一声吹灭红烛。黑暗中响起玉菡的娇笑："香吗？""香！"致庸大声道。

洞房窗外，曹氏和明珠一直在偷听，见红烛熄灭，两人放心地对视一眼。又等了一会儿，曹氏悄声道："走吧。"明珠红着脸应声去了。曹氏则穿屋过院，慢慢走回自个儿房间，一进屋便跪倒在致广牌位前，含泪合十道："大爷，这下好了，他们到底做了夫妻！致庸有银子救乔家了……你可以闭眼了……"说着说着，她终于忍不住，激动地失声哭起来。

雨依旧"哗哗"地下着，从梦一般的旅途中返回的玉菡，在枕边撑起一只胳膊，无限深情地在朦胧的夜色中望着沉睡中的致庸，抹去眼角漫漫渗出的喜泪，悄声道："二爷，你睡着了。只有你睡着了，玉儿有几句心里话才能对着你说出口……二爷，今儿是你把我留下来的，从现在起，你就是玉儿的亲夫，玉儿的天，玉儿的地，玉儿可以不要自个儿的命，也要守住你……"玉菡一边说，一边用小指头轻轻地在致庸年轻赤裸的胸膛上爱恋地小心划过，自顾自呢喃道："可玉儿也是个心眼不大的女人呢。你既然留下了我，就不能让别人再占着你的心，占着你的心的只能是我！……我会一辈子心甘情愿地敬重你，为二爷管好家，生儿育女，做牛做马，就是二爷叫我去死，我也没有二话，可……你可不要负了我的心！"

她说着，笑着，流着泪，又拭去，好一会儿才心满意足地睡了。黑暗中致庸突然睁开眼睛，泪水慢慢洇湿了他的双眸。在初次人生的激奋体验过后，他深深地自责起来，为雪瑛更为玉菡，在身体的迷乱中，有好一会儿致庸似乎无法在意识中将她俩清晰地分开，而玉菡的喃喃自语更让他深感愧疚。致庸轻轻坐起，小心地帮玉菡掖好被角，久久地望着这个已经打动了自己、自己却仍然不熟悉的女子。

<h1 style="text-align:center">3</h1>

在玉菡的眼里，第二日清晨的阳光别样明媚，她从梳妆台的镜子里偷偷地瞄了瞄心爱的男人，微微一笑，回头和颜悦色道："二爷，古人中有个张敞，喜欢给他的妻子画眉。你看看，我这眉画得还成吗？"致庸明白她的意思，默默走过来给她画眉。这一来，玉菡的脸倒红起来。张妈拿着放银库钥匙的托盘进来，一见这个场面，站也不是，走也不是。玉菡见状轻声含笑道："放那儿吧，回去禀告大太太，我收下了！"张妈放下托盘走出，又回头红着脸看了致庸和玉菡一眼。玉菡忽然轻笑一声问："二爷，那只玉环呢？"致庸一惊，手中的眉笔抖了一下。"什么玉环？""二爷是不是忘了，我多在太原府一两银子卖给你的那只鸳鸯玉环。"玉菡忍不住看他一眼，致庸心中一痛，含糊道："啊，你说它呀，没出太原府，就让我给弄丢了。"玉菡信以为真，失望道："瞧你这个人，丢三落四的。当初我多仅一两银子把它卖给了你，还指望有一天你能亲手给我戴在腕上呢。"致庸的心又疼了，拿眉笔左右乱颤。玉菡见状作娇态道："谢二爷，我好了，出去做你的大事吧！"致庸努力笑着点点头，转身快步走出。

明珠在一旁悄声道："小姐，还是您厉害。"玉菡嗔道："说什么呢。不准这么说话。对了，以后你也是乔家的人了，称呼他二爷，叫我太太吧。"明珠点头偷笑道:"知道了。小姐,您是不是特别喜欢人家叫您太太?"玉菡一不做二不休,撒娇道:"怎么,我就是喜欢!太太我今天心里特高兴,知道吗?"

致庸从书房抽屉里找出那只鸳鸯玉环,只一眼,心中便疼痛难忍,匆匆将它塞进抽屉深处,用书和账簿盖在上面。愣了一会儿,他忽又自语道:"雪瑛,雪瑛,我已经负了你,怎么还能负她?我负你的是情,若再负了她的恩,就是不义……我乔致庸如今怎么就成了个无情无义的人了!"致庸眼角溢出了泪花,冲动地拿出玉环要走出去。屋外忽然传来茂才的喊声:"东家,东家,你在吗?"致庸急忙重新放回玉环,拭去眼泪,开门将茂才迎了进来。茂才一进门,把插在墙上的两支镖取下来比着看。致庸的思绪被打破,也凑过来。茂才沉吟道:"东家,哪支是你婚礼上打中双喜字上的,哪支是刘黑七钉在乔家大门上的,你还能分辨出来吗?"致庸摇头。茂才沉声道:"这两支镖,看上去没有太大的差别,可细看就会发现,它们不是一个师傅打制的!"致庸皱眉道:"是啊,我也在想这件事呢。如果说婚礼那天这支镖不是刘黑七的人打的,那是谁干的呢?"

茂才提醒道:"东家想一想可否有什么仇家?"致庸想了想,摇头道:"乔致庸刚刚接管家事,自信还没有和什么人结下冤仇,谁会想到要用一支黑镖在我成亲之日取我的性命?即便是达盛昌,他们要的也是乔家的生意和老宅,而不是我的人头。"茂才闻言道:"说得是!"致庸心中已有了一个怀疑对象,但他不说,把两支镖全部放回抽屉,微微一笑道:"好了,想不出就先放一边。茂才兄,后天就是我大哥三七的日子,该想想如何对付了!"茂才胸有成竹,凑近致庸耳边轻声说起来,致庸听得目光明亮,兴奋道:"好,茂才兄!"

不多一会儿,曹掌柜也匆匆赶到。致庸站起,客气地吩咐道:"曹掌柜，明日就是我大哥的三七，你现在就让人告诉我四哥达庆，还有众位本家股东，元家、水家的掌柜，对了，还有咱们'老朋友'达盛昌，明天午时三刻，一起到这里来，领他们的银子！"曹掌柜高兴道："东家，是不是陆家的银子要到了？""甭管哪里的银子了，总之都是东口的银子，呵呵！"曹掌柜看着致庸，佩服地笑道："对，管它是哪来的银子，都算东口的。只要有银子，就是大好事！我这就派人告诉他们！"

不大一会儿，听到消息的达庆与达庚等一群本家就乱哄哄地赶来了。众人一拥而进，乱嚷一气，都在急着要问消息的真假。达庆见状使劲咳嗽两声，摆出举人老爷的架子道："哎哎哎，都别吵，我一个人替大家问，行不行？"众人很快安静下来。达庆向致庸走近几步，半信半疑道："我说老二，你让曹掌柜透给我们的信儿，到底是真的是假的？"致庸故作高深状，微笑道："四哥，你觉得呢？"达庆紧张地盯了他一会儿，道："你又在蒙我们，对不对？"致庸不动声色，只是笑。达庆心中七上八下，又试探道："噢，我明白了，你刚成了亲，媳妇从娘家带来一点陪嫁银子！可是你要非说东口的银车……"致庸一撩衣摆，坐下道："四哥，我的话看样子你是死活也不信了？"达庆扯红着脖子道："你根本就没有银子。这些天你一直在跟大伙玩空城计！你知道我们这些本家中间真想撤股的人并不多，明天中午让人拉两车石头进门，说是银子，然后把你媳妇陪嫁的银子拿出来几两摆摆样子，给大伙吃个定心丸，大伙一见乔家的生意没有垮，就不撤股了，祁县城里那些相与的商家，也不好意思立马和乔家清账，你的难关也就过去了，对不对？"一听这话，屋内立刻有不少人的脸变了颜色，嘈杂声顿起。致庸四下环顾，哈哈大笑起来。达庆被他笑得发蒙，有点恼羞成怒道："你怎么不说话？不说话就是我说准了！嘿嘿，老二，你有多少年纪，凭这点小小的手段，就能瞒住你四哥我？"致庸故意做出一副欲言又止、高深莫测的样子，悠闲地呷了一口茶，仍不说话。

达庆见状心里又犯起嘀咕，察言观色，继续试探道："行了行了，别再跟我玩那个愣！"他一把将致庸拉到一边，故作语重心长，悄声道："老二，再怎么说我也是你四哥，这会儿你得跟我说实话，明天你要是真没银子，哥还是那句话，让我去找达盛昌的老崔，咱们赶紧把这座老宅顶出去，谁的银子咱还给谁。这样你的难关也就过了。哥这是为你好，这样拖下去，也不是长法呀！"致庸盯着他，突然道："四哥，达盛昌打算顶多少银子给我？"达庆跺脚道："看看，看看，我猜对了不是？没银子就是没银子，过不了关就是过不了关！"致庸只是笑。达庆凑近他，用更小的声音神秘地说："哎，我都跟老崔说好了，不少给你，人家给你八万两！够意思吧！"致庸闻言又大笑起来。达庆脸上变色："哎，你笑啥？"这边达庚等人嚷嚷起来："你们俩在嘀咕啥呢，说出来大家听听！"致庸止住笑，环顾了一圈，接着大声道："各位本家爷们儿，我实话告诉你们，明天午时三刻，真有东口的银车到家，这是一；二,万一东口的银车到不了，我还另外借了五十万两银子！明天午时三刻，你们就准备好口袋吧！对不起，我要出门了，恕不奉陪！"众人立刻喧哗起来。达庆一把拉住他，眼睛瞪圆，生气道："你等等！"致庸回头冲他一笑："四哥，还有什么事儿？"达庆急道："谁还会平白无故借给你五十万两银子？打死我也不信，除非这个人昏了头，是个傻子！""我老丈人陆大可陆老东家！明天东口的银子不到，他愿意借给我五十万两银子，填乔家这个没底的窟窿，你管得着吗？"致庸有点生气地说。达庆愣在那里。致庸推开都发愣的众人，大步朝门外走去。

达庆一把拉住他，怒冲冲道："致庸站住！这谁不知道，陆大可是有名的山西第一抠，一个不见兔子不撒鹰的人，让他一下子借给你五十万两银子？打死我也不信！"致庸拉长声音笑道："四哥，你不信，我也没法子，呵呵，何况就您那眼光，不信也罢！"达庆一下子噎在那里，气得跺脚道："好好，你敢不敢跟我打赌？要是明天有五十万两银子到乔家堡，我乔达庆愿意把人头输给你！要是没有，你乔致庸把人头输给我！"致庸猛一回头盯着达庆，达庆也壮起胆子回瞪过去，屋里立刻安静下来，都盯着他俩看。致庸一笑："说定了？你不反悔？"达庆心里发虚，嘴上仍强硬："决不反悔！"致庸不再多说，立刻与他击掌为誓。三击掌后，他丢下达庆和众人转身走出去。众人傻傻地看着他，又乱哄哄议论起来。

距乔家大院不远的村街上，达盛昌伙计陈三头戴破草帽，正扛着串串糖葫芦站在那儿叫卖。长栓特地把车停在他的不远处，朝车内的致庸一努嘴，低声道："就是他！我们盯了他好几天了！"致庸想了一会儿，下车向陈三走去。陈三见他过来，下意识地把草帽檐往下拉了拉。这边达庆慌慌张张地跑过来喊道："致庸！致庸！你等等！"致庸回头笑望着他道："四哥，你还有什么事？"达庆拉他往旁边走两步，低声道："哎我说老二，这地儿只有咱们两个人，你给哥说句实话，明天午时三刻，真有东口的银子进乔家堡？"致庸也不回答，笑着买下一串糖葫芦递给他。达庆见状怒道："我不吃糖葫芦！我问你，要是明天真有东口的银车回来，他们走哪条道？"致庸满不在乎道："四哥，你问这干什么？"达庆急得跺脚道："我是替你担心，怕你年纪轻，办事不周密。刚才几个本家还在议论呢，车马行人进祁县，只有两条道，一条道就在老鸦山下，另一条道是黑熊谷，你要提防刘黑七，别忘了你和他结下的梁子！"一边的陈三注意地听着，耳朵都要竖起来了。致庸瞟了他一眼，漫不经心道："四哥，你怎么把我看成小孩子了！这点事我还不会安排？放心吧你！"达庆还要说话，长栓赶上来，故意责怪道："二爷，四爷，你们怎么能站在这里说这事，就不怕……"他故意看一眼达盛昌的伙计。陈三微微一惊，帽檐往下拉得更低了，脸扭向别处，大声吆喝起来："糖葫芦，糖葫芦，好大的新鲜糖葫芦……"致庸故意拉一把达庆，低声道："对对，四哥，咱们改日再谈吧！"一拱手，和长栓上车扬长而去。这边陈三抬抬帽檐，望着他们远去，目光突然大胆起来。

<h1 style="text-align:center">4</h1>

祁县戏园舞台上，晋剧名角九岁红正在表演《打渔杀家》，台下一阵阵叫好声几乎要把房顶掀起。锣鼓声一阵紧似一阵，弄得包厢里原本就坐立不安的崔鸣九心跳也加速起来。他擦把汗，后悔把和达庆的见面地点选在这个地方。好不容易达庆才由伙计引着进来，达庆摆足架子坐下道："怎么着，崔大掌柜，你那么急地请我到这儿，该不会是为了听九岁红的戏吧？"崔鸣九假作从容，笑道："四爷，我没事，就是想请您老来听九岁红的戏。"说着他扭过脸去看戏，不时叫一声好。达庆摇着折扇道："老崔，你就甭瞒我了，听说致庸明天就能拉回银子来，你不会有点沉不住气了吧？"

崔鸣九见状，反守为攻道："四爷说笑话了，不过就这件事看，好像沉不住气的该是四爷吧。"达庆本来心里就没底，一听这话赶紧放下折扇，道："哎老崔，你这话我又不懂了。"崔鸣九神闲气定，道："四爷是读书人，考过秀才，中过举人，自然比我们聪明十倍，崔鸣九想说点啥，怎么能瞒过您老。我是想说，万一明天午时三刻，乔致庸的银子进不了乔家堡，又该如何？"达庆一惊，色变。崔鸣九看看他，冷冷一笑道："四爷，前几天我派人到东口查过了，乔家在那里根本就没有生意！"达庆一惊："老崔，为了三万两银子，你还专门派人去了一趟东口？"崔鸣九笑了起来，自负道："四爷，要是连这点子手段也没有，还做什么生意？"达庆努力保持着镇静，道："就是乔家在东口没有生意，乔致庸还有一手呢，明天东口的银车到不了乔家堡，他老丈人陆大可也会给他拉去五十万两银子！"崔鸣九哈哈一笑道："四爷，这话是乔致庸告诉您的？"达庆点头。崔鸣九哼了一声道："四爷，告诉您一件事，今儿我刚去太谷陆家福广聚总号见过他们的大掌柜，人家亲口告诉我，陆东家根本不打算借给乔致庸银子，他们银库里也压根儿没有五十万两银子。这话您信吗？"达庆一下跳起来，叫："老崔，你可别吓我。"崔鸣九欲擒故纵地向达庆打着哈哈道："看戏看戏，就当我的话是戏言！"

　　达庆哪里沉得住气，跳着脚就往外走，一边说道："真叫这个致庸给骗了，我早说过陆大可一个小钱也能攥出水来，怎么可能拿这么多银子帮乔家填无底的窟窿？我得问问致庸去，他到底安的什么心！"崔鸣九一把拉住他："四爷，您别走哇，咱们还没谈完呢！"达庆急道："还有什么好谈的，我……"崔鸣九看看他，摇头叹道："四爷真是读书人，我问您，万一福广聚的大掌柜说的是假话，明天陆大可真的给乔致庸拉去银子呢？"达庆闻言又一怔，这次他真的有点糊涂了。崔鸣九压着心中的怀疑和烦乱，清清嗓子道："四爷，我是这么想的，陆大可虽然为人吝啬，可乔致庸毕竟是他的女婿，他再抠门，为了自个儿的闺女，也不至于眼看着乔致庸明天就被众相与逼得破家还债，您说是不是？"达庆怔怔地看他，半晌大大地松了一口气："既然你说来说去，陆大可明天还是会给致庸拉银子，我也就不愁我的银子了！老崔，谢了！阿弥陀佛！"崔鸣九哼一声道："可要是明天陆家的银子拉不进乔家呢？"达庆一惊："你什么意思？"崔鸣九轻描淡写道："我是说，眼下兵荒马乱、匪盗肆虐，万一陆家的银车在路上有个闪失呢？"达庆闻言大骇，一惊一乍道："哎我说老崔，你甭吓我！"他看看崔鸣九，又急道："哎，对了老崔，事情若变成那样，致庸就还得破产还债，等我的股银收回来，我还得入股你们达盛昌，你可不能食言啊！"

崔鸣九哈哈一笑道："四爷，想入股我们达盛昌也容易。可是您得帮我打听一件事。"达庆赶紧接口："什么事？"崔鸣九沉住气，不动声色道："您就帮我打听打听，陆家的银车什么时候解往乔家堡，走哪条路。"达庆一愣，警觉起来，问道："哎老崔，你打听这个干啥？莫不是达盛昌不经商了，改了劫道？"崔鸣九一听，赶紧打着哈哈道："四爷您可真能开玩笑，我们也没本事发那劫道的财啊。实话告诉您，我就是想知道明天的戏乔致庸到底怎么唱！我就不信，陆大可真舍得五十万两白花花的银子，去帮一个没进过生意场的花架子女婿。他真这么做，一定是疯了！"达庆想了想道："老崔，我要是不帮你做这事呢？"崔鸣九稳当当地笑道："四爷不帮我也没啥。在我，不过是明天午时三刻，不去乔家堡凑这个热闹；在你，也不过是日后要不到银子，以后也不用再入股我们达盛昌！"达庆一听又急了："你甭这么说。好，这事我可以帮你问问。不过咱们可得说好，你知道了也就知道了，千万不能传出去，万一让刘黑七知道了……"崔鸣九打断他道："四爷，这话还用您老嘱咐吗？这样，明天陆家的银车进了乔家，那就啥也甭说了；万一是假的，我仍旧要您这个中人说话，替我顶下乔致庸的老宅！"达庆赶紧点头："行，那我再说一遍，若事情变成那样，我还得入股你们达盛昌！"崔鸣九笑着与他击掌，道："一言为定！"达庆不知怎的想起今儿已经与人两度击掌为誓，忍不住擦擦脑门汗，转身慌慌地走出。崔鸣九望着他离去，神情立马变得阴霾起来。

达庆又一次赶到乔家大院，致庸和茂才忍不住相视会意地一笑。致庸走到院中，笑着对长栓道："来得好，就请他到院中一见。"很快达庆故作镇定地走进来。致庸一镖正中靶心，头也不回道："四哥，看我的镖法如何？"达庆心不在焉，道："不错，到底小时候受过形意拳名师指点，不像我，从小就多病，只顾死读书，到今儿还是手无缚鸡之力呀。"

致庸练镖不歇手，笑道："四哥，我是有力吃力，你是有智吃智，我跟你哪能比呀。你有事吗？"达庆故作忧愁，道："致庸，早上打这儿回去，四哥对明天东口和陆家银车的事儿还是放心不下。哎，你告诉我，这银车的事有没有个准儿，啥时候能到，走哪条路？眼下土匪横行，地面上不靖，你又惹上了刘黑七，可得多加防备啊！"一旁的长栓闻言将致庸拉到一旁，悄声说了一句什么话。致庸大笑。达庆心下忐忑，问道："哎你笑什么？"致庸道："四哥，刚才长栓这狗头提醒我，不让我把银车走哪条路告诉你。我还没信不过你呢，他先就信不过你了！"达庆脸一阵红一阵白，佯怒道："那……那你就别说，我不过是白替你操心罢了！"致庸回头笑道："四哥看你说哪儿去了。这样，我就告诉你一个人，你可别告诉别人。"达庆紧张地点头道："那不会，那不会。"这边长栓生气地叫了一声："二爷，您的嘴上就不能安个把门的？什么人您都信哪！"致庸佯怒道："你给我住嘴！这里哪有你插话的份儿，快给我干正经的去！"长栓看看他，装作赌气离开。致庸哼一声，对达庆道："来，四哥，耳朵伸过来，我今儿还非告诉你不可了！"达庆赶紧把耳朵伸过来，致庸对他耳语两句，又正色道："四哥，这事可不能讲给任何人听，讲出去会出大事！"达庆微微变色，连连点头。致庸望着他笑，猛拍一下他的肩膀，套近乎道："对你四哥，我当然放心了！"

达庆匆匆离去。致庸望着这个慌张离去的身影，神色严峻。茂才走过来，望着达庆远去。致庸轻声道："我在想，四哥这么容易就从我这儿得到了消息，人家会信吗？"茂才沉吟道："崔鸣九是个疑心很重的人，他一定不会相信你四哥的话，可他也不相信自己，这样一来，他还是会听从我们的安排，而我们这次也确实可以试出他们与刘黑七有没有勾连。"致庸凝思想了一会儿，笑道："好！咱们就给他来个以疑治疑！"

第十二章

1

这天深夜，致庸披挂停当，手执兵器，目光严峻，来到院中。众仆人和镖局镖师手执兵器，都在等候号令。阎镇山和茂才一同走来。致庸看茂才一眼，茂才拱手沉声道："东家放心带人前去，家里的事有我和长顺呢！"致庸微微颔首，向阎镇山点了点头。阎镇山转身对众人挥了一下手，众人精神抖擞，鱼贯向后门走去。

致庸正要跟着走，忽见玉菡带明珠走来。致庸微微皱眉道："你怎么出来了？快回去吧！"玉菡眼望着致庸，有多少担心要说，又不好说出，颤声道："二爷为了乔家，一定要打这一仗，陆氏也不敢阻拦，可还是要出来送一送二爷！……另外，陆氏还想给二爷举荐一个人！"致庸看着她眼中的牵挂，不由心软下来，问："谁啊？又让太太费心。"玉菡没有回答，一闪身，铁信石走上前来，冲致庸拱手。玉菡道："二爷，铁信石一身武艺，还会打镖，让他跟你去，在身边护着你，我好放心一点！"致庸心头微微一惊，望着铁信石问道："你会武艺，还会打镖？"铁信石如铁塔般站着，点了点头。致庸沉吟了一下，又问道："此去颇多凶险，你真的愿意跟我去？"铁信石眼睛直视着他，不卑不亢："到了乔家，就是乔家的人，铁信石听东家安排！"致庸沉沉地看他一眼，点头道："好，收拾一下，跟我们走！"长栓上前两步，欲言又止。致庸冲他使了一个眼色，长栓犹豫了一下，退了回去。致庸不再说什么，略略对玉菡一点头，带着众人很快悄无声息地出了后院门。

这一夜对所有人而言都异常漫长。但当清晨的阳光如约而至时，却并没有人能松一口气，连刘黑七也不例外。直到二十辆蒙着绿呢的银车轱辘轱辘驶至老鸦山下，埋伏了一夜的刘黑七才终于吐了一口浊气，对旁边的刘小宝道："乔致庸太小瞧我了，他以为他故意透了信给达盛昌的老崔，我就会信了，去什么黑熊谷劫银车。我要是没猜错，他的大队人马，包括三星镖局一定在那儿等着我呢！"刘小宝也笑了，佩服地看了他多一眼。

这二十辆车轱辘轱辘地越驶越近，刘黑七大吼一声："小的们，下手！"立时一大群蒙面人呐喊着朝山下的银车扑去。众车夫没怎么抵抗，就连滚带爬逃命而去。众匪围定银车，刘黑七哈哈大笑，下令道："砸箱验银！"只听"哐哐"几声响过。刘黑七笑容全落，立刻拔出刀来大声道："我们上当了，快撤！"说时迟那时快，只听山林中一声铳响，致庸和阎镇山带领镖局人马及众家丁呐喊着杀出。铁信石一马当先，奋勇异常。致庸赞叹之余，心中暗暗吃惊。一阵厮杀后，众匪渐渐抵挡不住，刘黑七一声呼哨，土匪们开始边打边撤。刘黑七压阵在最后且战且退，最后瞅个空子，翻身上马，立刻绝尘而去。致庸也立刻抓过一匹马，呐喊着追赶上去。阎镇山大惊，在后面急喊道："乔东家，小心！"话音未落，又见一匹马飞奔着赶了上去，原来是铁信石。阎镇山想了想，也抓过一匹马追过去。

这刘黑七眼见身后三匹马追赶不已，毫不慌张，喊道："乔致庸，刘黑七打了一辈子雁，今儿叫雁啄了眼睛。有种跟老子上山！"致庸双腿夹马，长啸一声，追得更紧。阎镇山见状，在后面大声喊道："乔东家，别追了，小心中了刘黑七的埋伏！"致庸恨恨地停了下来，刘黑七哈哈笑着隐入山林。

铁信石和阎镇山先后赶来，阎镇山劝道："乔东家，回吧，刘黑七现在知道银车不会走这里，说不定会带人去黑熊谷，黑熊谷离这里并不远！"致庸闻言道："说得是，你赶快带人去黑熊谷，保护戴老先生和银车！"阎镇山点头，双腿夹马飞驰而去。

致庸擦擦汗，冲铁信石点点头，放慢马速往山下赶去。铁信石的马速更慢了，很快落在致庸的后面。林中空气清新，虫声唧唧，一场激烈的厮杀过后，致庸突然觉得一种从未有过的轻快。可是不知怎的，他走着走着，突觉心中一动，猛一回头，只见身后十几米处，铁信石手握一镖，正要出手。见致庸回头，铁信石从容策马赶上来，与他并驾齐驱起来。致庸心中有事，也不说破，忽然朗声道："铁信石，打一镖给我看看！"铁信石抬手打出一镖，只听"砰"的一声，击中远处一根树干。

致庸不觉叫好，打马上前，取下那支镖掂量着，同时问道："铁信石你这一手，练了很久了吧？"铁信石声音低沉，道："回东家，铁信石自小跟人学镖，可惜学艺一直不精！"致庸盯着他的眼睛，想说什么，又没有说出，又看那支镖。铁信石道："东家喜欢这支镖？"致庸意识到什么，当下将镖还给他，同时不经意地问道："真是好镖，哪个师傅打的？"铁信石微微一笑，也不隐瞒："啊，这是小人的师傅当年传给小人的，不知道制镖的师傅是谁！"致庸点点头，不再说什么，打马飞奔起来，铁信石原地勒马望着远去的致庸，目光恨恨的，片刻后也打马跟了上去。

2

乔家当日如唱大戏般，热闹非凡，外客厅中各种人进进出出，有讨债的大小相与，有闹着撤股的本家，有看热闹的，也有揪心等待的。玉菡与曹氏将二门紧闭，任曹掌柜和茂才在外面应付。

达庆等得抓耳挠腮，这儿与人闲扯几句，那儿跟人咬咬耳朵，最后也顾不得避嫌疑，在崔鸣九身边坐下，悄声道："老崔，你怎么来了？你不是要……"崔鸣九哼了一声，摇着折扇道："我原是打算坐等陆家的银车经过祁县商街，可后来一想，乔东家既然要我来领银子，我还是到这儿等吧！"达庆试探道："你这会儿是不是也觉得陆家的银车会到？""到与不到，咱们一起等一会儿，不就知道了？"崔鸣九冷冷一笑道，不再多言。达庆心中一怔，一点可怕的东西蓦然升上心头。他直着眼发了一会儿呆，拉起崔鸣九就进了偏院的一间空房。达庆把门关严，瞅瞅无人，厉声道："哎，老崔，你刚才的话啥意思？"崔鸣九扯扯身上的衣服："四爷，您啥意思呀？""我问你，你是不是把陆家银车走哪条道让人告诉了刘黑七！"崔掌柜冷笑着甩开他道："四爷，您昏头了吧，万一这刘黑七打哪儿听到消息，半道上劫了银车，就好像真是我的责任了！"说着他抬脚往外走，不再理达庆。达庆依然心跳不止，半晌才恨恨地走出。

日头渐渐升高，外客厅的人越挤越多，嘈杂声更大了。一些人等得不耐烦，吵嚷起来。曹掌柜忙得不可开交，心中也和众人一样慌乱起来。长顺在一旁问道："曹爷，说好了午时三刻。东家再不回来，这戏就没法唱了！"曹掌柜叹口气，转身躲了起来。

突见一人不等通报，径直闯了进来，长顺上前拦住询问，那人正是陈三，一把推开长顺，嚷道："我是达盛昌的伙计，有急事见我们大掌柜！"长顺心中暗骂，但也只好由他闯了进去。崔鸣九一眼看见自家伙计，急忙问："哎，你怎么来了？"陈三回道："大掌柜，你出来一下。"这边达庆一直在盯着崔鸣九，站起阴阳怪气道："哎，有什么事不能当着大家的面说！"崔鸣九看看达庆，心中迅速盘算了一下，道："四爷说得对，要是和今天的事有关，你就大声说！"众人都闭口，注意看着眼前的这一幕。陈三迟疑了一下道："大掌柜，刚才我听过路的人说，乔家的银车让刘黑七打劫了！"众人悚然一惊，面面相觑。水家和元家的两位大掌柜猛地站起。曹掌柜面无人色，赶过来问："你，说什么，再说一遍！"陈三看看他，大声重复了一遍刚才的话。达庆脸色苍白，恶狠狠地向崔鸣九看去。崔鸣九目光赶紧避开。此时外客厅里已经喧闹成了一片。长顺刚在一边扶住已经站不稳的曹掌柜，就见好几个相与和本家叫嚷着冲过来。

这边达庆忽然站起，不容分说，把崔鸣九拉到刚刚那间房，怒不可遏，一把将他推进去。崔鸣九有点怕他，连连往外挣扎。达庆"砰"地关上门，伸手便毫不客气地给他一耳光。崔鸣九捂脸道："你你你，怎么打人？"达庆追着他打："我就要揍你！我问你，陆家银车走的线路，是不是你透给刘黑七的？"崔鸣九一边躲，一边申辩："你说什么呢，你有什么证据！"达庆又一掌打过去，怒道："这件事致庸只告诉我一个人，我也只告诉过你，今天刘黑七劫了银车，不是你透的风又是谁？"崔鸣九终于打开了门："你胡说！你血口喷人！"他一边说一边往外逃。达庆追了几步没追上，气得浑身哆嗦，在后面跳着脚气喘吁吁地道："你你你……我要打死你！"崔鸣九早已狼狈地跑出乔家大门，也来不及招呼自己的伙计，便跨马仓皇而去。

达庚等本家好容易才找到气喘不已的达庆，众人不知就里，仍像以前一样撺掇他挑头去闹。可达庆这会儿只觉得身上热一阵，冷一阵，没走几步，腿一软，便坐倒在地，号啕大哭起来，众人一个趔趄，差点压倒在他身上，顿时乱作一团。

突然，前院人群中发出一声惊呼："致庸，致庸回来了！"达庆抹把泪望去，但见二十辆银车在致庸带领下，鱼贯进入乔家大院。每有一辆银车进来，人群中就发出一阵欢呼。最后威风凛凛地进入大门的便是名镖师戴二闾和太谷巨富陆大可。众人忍不住又发出一声惊呼。

这边致庸早已下了马，在外客厅前恭敬地迎候着。陆大可大摇大摆地下马，用鞭指着众人问："这些都是你的债主？"致庸恭谨道："回岳父大人的话，这都是本家股东和相与。"陆大可哼了一声讽刺道："什么本家、相与，还不是怕你还不起他们的银子，逼债来了？"众人神情尴尬地相互望着，不敢作声。陆大可也不理会，径直吩咐车夫道："打开银车，给人家看看我陆大可的银子！"众车夫上前依次打开银车上的银箱，现出白花花的银子，在正午阳光的照射下，一片璀璨，直晃人眼，人群中立时响起一片惊叹声。

陆大可哼了一声，朝致庸点点头。致庸会意，当下吩咐曹掌柜带人将银箱抬进银库。人群中一阵骚动，不少本家、相与已开始商量起对策。水家和元家的大掌柜纷纷派伙计回去向东家讨主意：乔家有了银子，这债讨还是不讨？

院内，玉菡笑呵呵上前迎着陆大可道："爹，请里面歇息。外头的事让您女婿张罗就行了。"陆大可点点头，疼爱地看女儿一眼。忽听外院又一阵喧哗，陆大可用探询的目光向致庸望去。致庸笑道："岳父大人，真是巧得很，我们家东口的银车回来了，眼下就在大门外！"众人又是一声惊呼，扭头朝大门口看，果然，前前后后又有数十辆银车进门。陆大可想了想，冷冷一笑，对玉菡道："走，闺女，陪我进去喝茶！"玉菡笑着陪他进了二门。这边达庆一把拉住致庸，吃惊道："老二，你们家在东口真有生意！"致庸大笑道："四哥，我啥时候对你说过假话？"达庆转身就走。致庸一把拉住他道："哎我说四哥，咱们说好的事情，你怎么走了？"达庆急道："什么事？"致庸忍住笑正色道："我要是有银子，你把人头输给我呀！""你你你，你还真要哇？"达庆脸上有点挂不住了。

致庸道："我现在是商人了，商人第一就要讲诚信，说话算数，吐口唾沫也能在地下钉个钉，把人头留下来吧！"长顺等人也嚷嚷，起哄道："对，把人头留下来！"达庆恼道："你们这些小子，都不是他妈的好人！我的人头怎么给他？我还要顶着它进京赶考呢，没有了它还指什么吃饭？让开道，放开我！"说着他快步往外走。致庸等人哈哈大笑起来。

达庆还没出门，就被一大帮本家拦住了。达庆怒道："你们都跟着我干吗？别跟着我！"达庚急道："老四，你这就不仗义了嘛！事情开头是你撺掇的，到了这会儿，你怎么一句话不说就溜了！总得给大伙一个明白话儿，这股咱还撤不撤？"达庆啐道："还撤个屁！乔家又有银子了，生意垮不了，我们年年有红利分，撤什么股？要撤你们撤，反正我不撤了！"一个看热闹的在旁边调笑道："乔家四爷，你怎么又变了，昨儿个还有人说，你要撤了股去达盛昌入股呢。"达庆急扯白脸道："你胡说啥呢，谁告诉你我要去达盛昌入股？这乔家的生意说到底是咱们自家的，我不在自家生意里入股，我去达盛昌入股，我疯了吗？我告诉你们，这达盛昌里就没他妈的好人！"说着，他推开众人，扬长而去。达庚急了眼："哎，他就这么走了？闹了这么些天，就是不撤股，也得跟致庸说一声！"达庆理也不理，走得越来越快。众本家和一些相与面面相觑，一哄而散。

乔家外客厅的人越来越少，除了本家外，不少相与也先后走掉。茂才仍在外客厅里待着，不动声色地看看水家和元家的大掌柜，这两人显然正在等各自东家的决断。终于，一个伙计进门，对水家的王大掌柜附耳说了起来。茂才竖起耳朵，依稀听到："……东家说祁县商家里头，乔家倒是垮了，可陆家却进来了，这笔账他还算得过来，所以让您快回……"王大掌柜不住点头，与曹掌柜客气地拱手道别。没多一会儿，元家葛大掌柜也起身告辞。茂才终于将旱烟在脚底下"托托"敲了两下，起身伸了个懒腰。曹掌柜在不远处冲他伸一下大拇指，两人会心一笑，知道这一仗打赢了。

内客厅陆大可正坐着喝茶，一旁玉菡喜笑颜开地陪着。致庸走进来，忍不住喜形于色。陆大可看他一眼，问道："怎么，都走了？"致庸高兴地点头，冲着玉菡一乐。玉菡立刻红了脸，含羞回看他一眼，转身出去了。陆大可瞧在眼里，心中除了欣慰外，还略带点嫉妒。他咳嗽一声又问道："水家王大掌柜和元家葛大掌柜也走了？""走了！不但走了，还要小婿转告岳父，说他们两家的东家今天让他们来，本意并不是要和乔家清账，只是前些日子流言颇多，他们东家心里不踏实，让他们俩来看看银子。"陆大可哼了一声，站起道："他们都走了，我也该走了！"致庸吃一惊道："岳父，您怎么能走？今天的事全都仰仗岳父，已经在给岳父收拾房子了，岳父好歹住两天再走！"陆大可没好气道："住两天？耽误了我的生意呢？哎对了，既然你们家东口的银子回来了，我还是把我拉来的银子拉回去吧，我还有用呢！"玉菡匆匆跑进来，大声道："爹，您那二十辆银车里，怎么只有二十万两银子？下面全是石头。不是说拉来五十万两吗？"致庸吃惊，回看陆大可。陆大可抬脚继续往外走："二十万两还不够用？二十万两我还嫌多了呢！"玉菡不乐意，跟上去喊："爹，乔家和陆家可是有约在先，乔家以全部十七处生意做抵，从陆家押五十万两银子。您老人家要是带头违约，我们也可以违约！"陆大可自己找台阶下，哼哼着说："不就是还欠你们三十万两吗？你们是不是我的闺女、女婿？银子放到我那儿和放到你们这儿有啥不一样？这事先不说了，我走了！"他抬腿出门，猛回头道："女婿，你那数十辆打东口回来的银车里，装的也全是石头吧？"致庸猝不及防，不觉色变。陆大可冲玉菡道："哎，我说闺女，你看上的这个女婿不是太笨，我闺女有点眼力！我走了。"玉菡心中一美，也笑看致庸一眼，忽然又想起来一件事追着陆大可道："爹，您甭走！我这儿还给您买了治胃疼的药呢！"不料陆大可走得更快了："不要不要，你那药太贵，我吃不起！"玉菡又好气又好笑，在后面跺脚冲他喊道："您就是走了，也还欠我们银子！"陆大可早已走出了二门。玉菡还要喊，致庸走过来拦她，道："算了，本来就打算借二十万两，有了它，我也能应付了！"玉菡眼中浮出泪花，娇声跺脚道："我爹他在欺负你呢！我可不依！"致庸心中一动，不觉多望了她一眼。

3

当夜乔家上下一片欢腾，多日来的压抑气氛一扫而空。曹氏亲赐家宴，在内院里犒赏家中众人。与这种轻松欢腾的气氛不符的是外书房的气氛：致庸正紧张地坐着，对着包头复字号顾大掌柜的又一封急件。那是曹掌柜刚刚收到的，内容与月前收到的一模一样，仍是求银告急，只是这封信更显得急迫凶险。

茂才自打看过这封信后就一直闭眼坐着。曹掌柜则把求援的目光时不时落在致庸和茂才身上。隔了一会儿，茂才突然睁开眼睛，致庸和曹掌柜立刻把目光转向了他，只听茂才道："曹掌柜，你先说说包头复字号如何陷入了今天这个局面？"曹掌柜看了致庸一眼，缓声道："孙先生，这话说起来就长了。数十年来，乔家复字号和达盛昌邱家在包头众商家中一直是两强相持，在每一宗生意中都要争强斗狠，谁都想把对手挤出去，独霸包头市场。高粱本不是什么重要货物，只因口外的蒙古人爱饮酒，高粱又是酿酒的原料，又可做马料，所以每年高粱下来，无论我们还是达盛昌都要抢收一批，来年春天转手卖出，从中牟些薄利。不想这些年南方丝茶路不通，大家都没生意做，高粱竟成了各商家经营的主要货品。"茂才与致庸不约而同对看一眼。曹掌柜继续道："最可气的是达盛昌。自打去年秋天高粱下来，为了吃掉复字号，他们就设下陷阱，首先抬高市价，声称要做高粱霸盘，不再让我复字号染指包头的高粱生意。致广东家和复字号顾大掌柜自然咽不下这口气，跟着提价，与达盛昌争做高粱霸盘。大家要是各守本分也就罢了，每年包头市场上买卖的都是山西高粱，去年山西高粱又生了虫，歉收，即便全部被我们买进来，也不至于会让复字号和我们乔家本银耗尽，致广东家和顾大掌柜没有想到达盛昌与我们争做霸盘是假，引诱复字号走入困局才是真，他们一边在市场上虚张声势，一边悄悄地从东北运来大批高粱，让我们不停地吃进，一直吃到今年的高粱下来，让我们再吃进，这样一而再、再而三，我们就被撑住了，银子都变成了高粱，现银根本无法周转，才到了今天这步境地！"致庸听到这里，义愤填膺，"啪"的一掌击向桌子。

茂才仍旧长思不语，过了好一会儿，突然沉稳道："复字号顾大掌柜信上一直说有二十万两银子足矣，东家，可在茂才看来，这点银子根本不够。"致庸神色微变道："你也认为不够？茂才兄，请说出道理！"茂才不紧不慢地点上旱烟，深吸一口道："此次达盛昌已将乔家逼到悬崖边上，为了吃掉乔家，达盛昌会再接再厉。对达盛昌而言，打败直至吃掉乔家才是他的大局，为此它会不遗余力。"曹掌柜大惊，接口道："孙先生讲得有道理！东家，顾大掌柜的信上说，眼下包头只需二十万两银子就可以解围，那只是说可以对付眼下的债主，稳住局面。万一达盛昌将它能动用的银子全部投入这场霸盘之争，东家的二十万两银子，只怕到时就不够了。"致庸眉头不禁皱了起来。茂才眼睛盯着屋顶，沉吟道："东家，曹爷，我有一计，只是还没有想好……"致庸和曹掌柜闻言，赶紧凑过来，盯住他。茂才狠狠吸了一口烟道："东家，欲解包头复字号之围，光有银子还不够。光有银子，只能替复字号稳住局面，使它不至于崩盘，我们收进库里的高粱还是卖不出去，变不成银子！"致庸和曹掌柜互视一眼。曹掌柜点头道："不错！买卖，买卖，如果只买不卖，那就不是买卖，不但挣不回银子，连本钱也要砸在里头，复字号就还是没能从这个高粱霸盘中解围。"致庸望着曹掌柜问："怎么，从去年冬天到今年，蒙古人就不喝酒了，也不要马料了，为什么我们收下的高粱卖不出去？"曹掌柜叹息一声道："东家有所不知。每年春天，全包头的烧锅子找我们进货时，达盛昌往往都会和我们打一场价格战。今年不同了，第一还不到主顾们进高粱的时节，再则达盛昌又对那些烧锅子和买马料的老主顾们说，只要等到年底，复字号破产还债，他们就能用正常价格三分之一的银子从达盛昌买到高粱。这些人当然听他们的，所以复字号收了那么多高粱，却甚少卖出去！"致庸大怒道："我们的人难道都是聋子、瞎子，对外头的事情一点也不知道？"曹掌柜犹豫了一下，看看茂才探究的眼睛，将话岔开道："东家，孙先生，而且现在复字号收下的高粱实在太多，就是以便宜一半的价格卖出去，包头市场上也消化不了这么多高粱啊！"致庸发急道："那怎么办？你是不是想说，哪怕我们拉去银子，解了复字号暂时的困局，我们的高粱还是要大批存在库房里，等到了明年夏天，它们会生虫，霉烂，变得一文不值……"

茂才扬起一只手打断他，道："东家，曹爷，我们的高粱，一定得从包头城内找到出路。"致庸与曹掌柜对视一眼，曹掌柜为难地看看茂才，嘟哝道："话是不错。可谈何容易啊……"茂才呷了一口茶，接着慢条斯理道："东家，曹爷，茂才近日无事，偶览闲书，发现古往今来真正的巨商大贾没有哪一位不是上知天文，下知地理，中知人事。"致庸发急道："茂才兄，现在要想法子把高粱卖出去，你也扯得太远了！"茂才看看他，微笑道："东家，你错了。我们乔家虽然算不上晋商中最大的商家，但也算进入一流商家的行列，这么大的商家，做的任何一桩生意都不可能与天下大势无关。"致庸勉强忍住内心如火般的焦急，一拱手道："茂才兄，你说的天文、地理、人事和我们卖高粱有什么关联，致庸实在不懂，请你明教。"

茂才大笑一声，正色道："东家，你真要听？那好，听茂才细细道来。譬如这小小的高粱，本不盛产于山西，只因前明末年征战不休，明军年年需要大批高粱做马料，山西商人因地理位置，大批经营高粱生意。后来太宗皇帝入关，奠定了一统基业，既无军需，山西商人也就不再有大宗军需高粱生意可做，高粱又变为普通货物，但是——"说着茂才竖起一根指头，朝致庸和曹掌柜晃了一晃道："听好了，到了康熙、雍正、乾隆三朝，因为西蒙古准噶尔部先后作乱，欲将我南疆之地分裂出去，三位皇上忍无可忍，仅乾隆爷一朝，就先后三次对准噶尔部大举用兵。在这些时候，马料又成了紧俏货物；往往周边地区，包括山西农民都会大种高粱，山西商人更是抢着提供军需。后来即使没有战事，一些商人也会习惯性地囤积些高粱，以备朝廷一旦发兵时急需。"

曹掌柜点点头道："孙先生这话没错，就我所知，达盛昌最初就是靠一笔高粱生意发的家。还有太谷曹家、灵石的王家、榆次的常家，当年都曾和朝廷做过大批高粱生意。可是……可是孙先生，眼下朝廷在江南用兵，我们手里就是有高粱，也卖不到那么远的地方去呀，高粱不是丝茶，南方潮湿，运不到地方就霉烂变质了！"话音未落，却听致庸突然"啪"的一声拍响桌子，目光炯炯，站起道："我有点明白了，不过茂才兄，还是你说出来吧！"茂才一笑，赞许地向他看一眼，道："东家，曹掌柜，据茂才所知，准噶尔部虽经康、雍、乾三朝大军剿抚，数十年没有生事，可他们向来对朝廷心怀两端，时刻准备伺机而动，再次兴兵作乱。现今南方长毛起事，天下骚动，国库空虚，兵员吃紧，正是准噶尔部再次叛乱的大好时机！"曹掌柜大惊道："孙先生，你从哪儿听说的，准噶尔部又要作乱？"

致庸已经大悟，连连兴奋击掌道："茂才兄，好计！好计啊！"见曹掌柜仍不大明白，茂才附耳向他解释了几句，曹掌柜一下明白过来，失声道："东家，孙先生真是神人，我服了！"三人一时间哈哈大笑起来。

深夜致庸将茂才送上他的车，接着进了书房外侧的一间小屋，长栓正鼾声大起。致庸走进来踢他一脚："长栓，起来！"长栓一骨碌爬起，睡眼惺忪道："干什么二爷，天亮了吗？"致庸笑骂道："什么天亮了，快起来送人！"长栓爬起来，揉着眼到处找鞭杆："送谁呢？该不会又是孙茂才？"茂才正好踱到门口，闻言一乐道："怎么，不乐意？"致庸也笑起来，在长栓的屁股上拍一下，叮嘱道："可得平安送到啊！"长栓没奈何，嘟嘟囔囔地出了门，致庸一直将茂才送至二门口才回转。

出了大门，茂才要上车，摸爬了两下没上去，对长栓道："这黑灯瞎火的，你扶我一把呀！"长栓一听没好气道："你又不是七老八十，还要人扶！"茂才一听不乐意了："那好，上不了车，告诉你家二爷，我今晚就歇在这门口吧。"长栓只得上前道："好好好，我扶你上车，你是爷！"茂才忍不住笑起来。

半夜村外官道上，天黑得伸手不见五指，长栓小心地赶着车。茂才在车上打起瞌睡。长栓有一句没一句地和他聊着："哎，孙老先儿，我跟你说件事，我怀疑铁信石就是那个打东家黑镖的人，可东家不信我的话，你说……"见茂才已经清晰地发出了鼾声。长栓生气地给马一鞭子，恨恨地自语道："睡吧，非出大乱子不可！"

4

致庸打着哈欠进了婚房。只见房中烛光高照，明珠早已伏在桌上熟睡，只有玉菡仍做着针线活在等他。见他进门，玉菡迎了上去，同时推醒了明珠，明珠打了一个大哈欠，昏沉沉地走了出去。

玉菡端过茶，同时体贴地帮致庸捶背，一边问起他们商议的大事如何了，她是否有什么帮忙之处。致庸突然心中一动，笑道："我现在还真需要一个做事特别细密的人，到北京去办点事，可又不能让人觉得这事与乔家有关。"玉菡停住手道："二爷，能不能告诉陆氏，你要这个人去做什么？"致庸不知该如何开口，半晌沉吟道："啊，不是让他杀人放火，只是让他在北京的晋商圈子里传一个消息……"玉菡突然醒悟，一拍手笑道："二爷，你是不是想让北京的山西商人私下里流传起一个信息，还要相信它是真的？"致庸点点头，不禁对她刮目相看。玉菡道："二爷要是信得过我，这件事交给我办吧！"致庸笑问道："你真能行？"玉菡道："只管把事情告诉我就行了，至于怎么办，就是我的事了！"致庸想了想道："好吧。不过此事关乎包头复字号的存亡，太太要当心！"玉菡连连点头。致庸想了想，便在她耳边低声说起来。玉菡专注地听着，目光越来越明亮。

　　好一会儿，两人才将事情说完，玉菡揉了揉有点发痒的耳朵，开始宽衣铺床。致庸心思还在刚才那件事上，坐着一动不动。玉菡铺完床，回头一笑道："二爷，除了刚才这件事，二爷就没有别的事要我做了吗？"致庸一惊，笑道："太太还能帮我？"玉菡从身后取出一个账本，翻了翻，迅速合上道："自从到了乔家，二爷做的事都在陆氏这本账上。二爷此去包头，至少需要二十万两银子，可你还了达盛昌三万两银子的本息，近期又付出一笔镖银给三星镖局，这几日又和县城里一些相与清了账，总共花去五万多两，我们家银库里现在还剩下不足十五万两银子……靠这一点银子，能把包头的事情办好？"致庸脸色略略阴沉，同时对她的小账本发生了兴趣，便伸手去拿。"这是什么？让我看看。"玉菡赶紧闪开，把小账本藏于身后，装作严肃道："不行，这是我的，二爷不能看！"致庸笑了，想了想又问道："听人说，太太在陆家就是岳父的小账本，陆家的账都是太太管着，是吗？"玉菡脸红起来："那倒也不是，我就是喜欢帮我爹操点心就是了。"致庸沉思道："太太说得对,靠银库里这点银子,恐怕不能把包头的事情摆平!"玉菡快快藏好小账本,深呼一口气道："二爷,我想让你看一样东西!"致庸惊奇地看着她。玉菡从腰间取出一大串钥匙,挑出其中一把,打开一只嫁妆箱子,从中取出翡翠玉白菜,放在桌上。致庸惊讶地看着它："太太,这就是岳父大人一直盯着你讨要的传世之宝翡翠玉白菜?"玉菡笑着点头,道："我一直耍赖不给爹爹,他也拿我没办法,呵呵……"致庸转着圈看,忍不住赞叹道:"啊,真是个宝物!"

看着看着,他的目光却越过这个传世之宝,停留在玉菡身上。朦胧的灯光下,只见玉菡身着一件五彩锁针绣百子闹春石榴纹菱形藕荷色兜肚,粉面玉背,明艳逼人。玉菡觉察到他的目光,大大害羞起来,低声道:"二爷,我今晚让你看它,是想告诉二爷,只管去包头,万一银子不够,我还能拿它找我爹讨回我们借的那三十万两银……"话音未落,致庸已经伸手揽过了她,吹熄了烛火。

也许这是他们成亲以后从未有过的狂热,许久后致庸早已沉沉睡去,玉菡仍旧无法合眼。回味着刚才,她的心又灼烫起来。突然,致庸蒙蒙眬眬地说了起来:"雪瑛,雪瑛,你看这只蝴蝶漂亮吗?好大,好美……"

听见这句梦话,玉菡在黑暗中猛然坐起,眼泪涌出,全身的血液如同凝固般冰冷起来。致庸丝毫不觉,翻一个身,继续喃喃道:"好姑娘,玉,玉菡,我也捉一只蝴蝶给你吧,金色的,嘻嘻,你喜不喜欢?喜不喜……"玉菡心中一时大悲大喜,半天才无声地落下泪来。

第二日一大早,致庸便送玉菡出门回娘家,接着开始紧张地张罗去包头的种种事宜。三星镖局的镖旗被重新插在乔家大院的各处。曹氏在一旁略略帮些忙,看着致庸在短短时间里已如脱胎换骨般,完全是一副干练的男人样子,一时心中感慨万分。

直忙到傍晚，长栓告知他太太已经回来，致庸才停手歇息回到新房。玉菡正在卸妆，镜中的她眼里满是幽怨的泪花。致庸大惊，赶紧走过来问发生了什么。半晌，玉菡道："乔致庸，你是个贼！"致庸赶紧问道："怎么，碰钉子了？"玉菡拭了拭眼泪，撒娇道："乔致庸，你偷走了玉菡的心！要不我怎么会这样低声下气地替你去求人？"致庸闻言忍不住微微变色，以为事情没有办成。玉菡站起身投进他的怀中，小声啜泣起来。致庸抚慰她道："好了，若事情办不成也没啥，我再想办法！"玉菡猛一抬头，娇俏地笑道："说什么呢，大事都替你安排好了！"致庸大喜道："这么大的事，你这么快就安排好了？"玉菡理理头发，轻描淡写道："二爷，甭忘了陆家在京城也有些生意，散布个流言蜚语啥的，也不是难事！"致庸喜出望外，玉菡看着他的神情，接着笑笑道："还有银子的事情我心里也有数了。到了包头，一旦需要银子，你立马打发铁信石回来！""铁信石？"致庸一愣，玉菡见状奇怪地看着他道："对呀，怎么，二爷不太信任他？"

致庸想了想笑道："哪里。太太的人，我怎敢不相信。太太今天为乔家立了大功，致庸给太太行个大礼！"说着他便深施了一礼。玉菡一把将他扶起，扭过身去低声笑道："你也用不着谢我，我是乔家的媳妇，帮丈夫做事是应该的。只要二爷日后喝醉了酒或者睡糊涂了，别再把我当成别的女人就好！""……啊，太太要是没事，我就出去了，外头还有些事要安排。"致庸笑容急落，搭讪着就想赶紧离去。玉菡见状，心中直为刚才使性的话懊恼。她想了想，大着胆子道："哎，明天你就要上路了，今晚还不早点进来？"致庸看看她，笑笑不语，伸手刮了刮她的俏鼻子，转身出房。玉菡大羞，面颊一阵滚烫。

星光下，乔家马厩院子内，铁信石正一个人蒙着眼练镖，一镖一镖全部击中靶心。致庸正好路过，便在院门站住，目光沉沉地望着这个他一直觉得神秘的人。忽听身后有人道："二爷，查到那个打您黑镖的人了吗？"致庸吓了一跳，回头一见是长栓，便佯恼地打他一拳。长栓拦住他的拳头，低声道："二爷，我有点怀疑这个人！"致庸道："少胡说。你有什么证据？"长栓急道："我当然没证据。可是我有脑袋。那支黑镖要不是刘黑七的人打的，还会有谁？咱们家里，只有这位爷镖法打得神准！"致庸看看长栓，又看看不远处蒙眼练镖的铁信石，低声道："那能说明什么？"长栓奇道："二爷，难道您就一次也没怀疑过是他？"致庸长吸一口气道："黑镖当然是刘黑七的人打的！长栓，记住我的话，我若是可以随便怀疑铁信石，就可以随便怀疑你！""我？"长栓大惊。"你不是也会打镖吗？"致庸笑着调侃起他来。长栓急了："哎呀，我的二爷，您怎么连我也不相信了？"致庸正色道："我既不能随便怀疑你，就不能随便怀疑铁信石，对不对？"长栓跺脚急道："我们俩可是打小一起长大的，我都问过明珠了，这铁信石不过是太太前不久才在街上捡来的……"致庸猛一回头，停了停，突然说出了真话："我不是没有怀疑过他，可我找不出他暗算我的道理。乔致庸自小生长在乔家大院，直到今日，自信从没有干过伤天害理之事，他为什么一定要杀我？有什么道理？"长栓拍着腿道："哎哟，我的爷，我怎么说您呢，精明的时候您比天下谁都精明，糊涂的时候您比我还糊涂！现在世道这么乱，坏人这么多，您就是没害过人，就没有别人害您？您也太不拿自己的小命当一回事儿了！"不料致庸对他的话理也不理，断喝道："以后别再提这件事！"长栓仍旧挣着脖子道："二爷，他每天离您这么近，万一想要您的命，您就是后悔也来不及了！""得了，快去前院帮长顺收拾一下东西，明儿要出远门，一点也不知道操心！"长栓看看他，赌气走了。

铁信石早已经打完了镖。致庸又远远地望了一会儿，想了想走了过去。铁信石回身看见致庸，不卑不亢道："东家，您来了。"致庸"唔"

了一声，径直走进铁信石的小屋。铁信石看他一眼，只得也跟了进去。致庸对小屋里的简单陈设环顾了一番，突然回头道："铁信石，你有仇人吗？"铁信石微微一惊，却没有慌乱，直视着致庸，目光中渐露锋芒，半晌道："有。"致庸不动声色道："什么仇人？""灭门之仇，家破人亡之恨。"致庸大吃一惊，过了好一会儿又问道："你想报这个仇？"铁信石傲然地点头。致庸想了想，忍不住问道："知道你的仇人在哪里吗？"铁信石点头。致庸心中疑云大起："你的仇还没报？"铁信石仍旧点头。致庸奇道："你为什么还不去报这个仇？""东家真想知道？"铁信石终于开口道。致庸想了想道："你不愿意说也罢，我不一定要知道。"

铁信石点点头，不再开口。致庸也沉默起来，小屋里很快被一种奇怪的氛围所笼罩。过了一会儿，致庸又开口道："我要是想知道呢？"铁信石直视着他，停了好一会儿才回答道："那我就告诉东家，铁信石原先以为报仇的时候到了，可这会儿却觉得还是要等。"致庸忍不住追问下去："为什么？"铁信石微微叹息道："我要杀的这个人和我并没有仇恨，我想知道他到底是一个什么样的人，我该不该杀他。"致庸久久地看他，半晌才点了点头，觉得心里有点谱了。刚要说话，忽见长栓推门进来，警惕地看着他们。致庸回头看长栓，故作轻描淡写地："啊，我明白了。铁信石，没事儿，我是想和你随便聊聊。对了，你收拾一下，后天跟我一起去包头！"铁信石一愣："去包头？"致庸点头，突然做了一个决定，含笑道："此次去包头，山高水险，我知道你有一身武艺，想把银车托付给你！""银车？"铁信石眉毛一耸。致庸用力点点头道："对，银车！"铁信石望了致庸一瞬，突然简单地回答："知道了，东家！"致庸又看他一眼，带着长栓走出。

致庸还没走进书房，长栓便跟过来，低声急道："二爷，您又犯糊涂了吧？真要铁信石跟我们去包头？"致庸点头："是呀，怎么了？"长栓跺脚道："完了，完了。我知道我该住嘴，可万一……您这不是找个杀您的人放在身边吗？"致庸道："你懂什么，至少眼下他还不会杀我！"长栓还没反应过来，只见致庸仰头看天，接着慨然笑道："人生不过一世，彭祖活了八百岁，也是个死。如果他要杀的人确实是我，又有杀我的理由，那就让他杀我好了！……做你的事去吧！"说完便自顾自地走了。长栓简直摸不着头脑，生气地嘀咕道："真没见过这么糊涂的，怪不得人家都叫他们乔家的人糊涂海呢，真是糊涂得够海了，别人要杀他，他还帮人想杀他的理由！"

第十三章

1

启程的日子终于来临，玉菡心中真有千般不舍，抱紧身穿长行衣的致庸久久不肯撒手。致庸只好反复哄道："太太放心，乔致庸离了祁县，一不喝酒，二不听戏，三不去那种太太最不愿我去的地方，我就直奔包头复字号，把那儿的事摆平了，骑上快马，谁也不管，一溜烟就跑回来见太太，行不？"玉菡含泪带笑，仰脸看着他，娇嗔道："二爷，谁一定要你这样？人家，人家只是舍不得你……"致庸心中不禁感慨，于是又对她一阵好哄，这份耐心连他自己都觉得奇怪，甚至在那么一瞬间，他似乎真的对怀里的女人恋恋不舍起来。

乔家祠堂内，曹氏等早已经守候多时，祠堂外则站着曹掌柜、茂才及一帮随行的伙计，铁信石与长栓正在不远处装着银车。致庸迈进祠堂，在祖宗牌位前站立，上香，叩头，祭拜如仪，供桌上新添的乔致广的供牌格外显眼，致庸一阵感伤，忍不住眼睛又湿润起来。

致庸站起，曹氏端过一碗酒，祠堂内包括玉菡、景泰以及其他家人，也都纷纷跪下。曹氏将酒举过头顶道："二弟，愿你此去包头，解了复字号之围，稳住乔家的根基，祖宗和你大哥一定会保佑你马到成功，凯旋而归！"致庸双膝跪下，接过酒一饮而尽。一行人马就准备上路了。曹氏、玉菡一直送到乔家大院外,恋恋不舍。致庸与玉菡握了一下手便上马,急忙把头掉开,玉菡也顾不得旁边还有人,轻声道:"你走了,我的心也就被你带走了!"致庸心中动了一下。玉菡泪花闪闪,又回头招呼明珠抱过一个衣包,接着走了几步,来到银车旁对铁信石道:"你孤孤单单一个人,也没个亲人,这里有些衣服,还有一双鞋,是我让明珠帮你准备的,不知道合不合身。"铁信石接过衣包,单膝一跪低声道:"谢太太,谢明珠姐姐费心!"说着他站起,将衣包系在身上,眼神颇为复杂。

张妈不知为何一直在抹眼泪。犹豫了半天,终于向前几步跪在致庸马前,双手奉上一个小包裹。致庸心中大是讶异,赶紧下马,搀起张妈。曹氏叹口气,解释道:"这里面是一些香火纸钱。张妈想求你路过西口乱石岗坟堆的时候,替她祭拜一下她的男人和一个弟弟,当年也是走西口,可一去就没再回来……"曹氏的声音慢慢地低了下去,张妈更是老泪纵横。致庸赶紧接过包裹,连连点头,满口应承。张妈是千恩万谢,在场的人都感慨起来。

致庸一行一路无事,只是经过太原府外,他又望见了曾和雪瑛在一起明誓的那座小小财神庙,心中突然如开裂般剧痛起来。他使劲地咬咬牙,可丝毫没用,眼泪瞬间还是涌了出来,只得赶紧两腿一夹,让马儿快跑起来。长栓也看到了那座破财神庙,叹口气,刚想纵马追上去,却被一旁的茂才拦住,示意此刻让致庸单独待一会儿。

致庸纵马跑了老远,最后终于停下了,两眼湿润。他以为前段时间如刀架在脖子上一般的凶险与紧张可化解他的相思,可是没用,思念的痛楚常常会在他猝不及防时凶猛地袭来。

2

致庸因是初次出门，曹掌柜丝毫不敢大意，让他带去的尽是常走这条道的老练伙计，而打尖的地方也都是三星镖局事先约好的，多有人暗中照应，所以致庸一行算是平安迅捷地到了雁门关下的悦来客栈。

悦来客栈在雁门关下很是有名，墙都是石头砌的，前院墙高丈二，后院墙高丈八，还有专门的银车停放处，一般客商和押银车的镖局多在此打尖停留。致庸一行来到时，但见商队进进出出，十分拥挤热闹。小二引他们进了店，可坐了半天，也不见人过来招呼。长栓性急，一拍桌子吆喝道："来人！掌柜的出来，没看见大爷在这儿等了好久吗？"他这一吆喝，只见一个半大孩子从里头跑出来，手在衣襟上胡乱擦着，一哈腰道："客官别急，掌柜的正忙着呢。不就是吃饭吗？"致庸定睛看去，这孩子岁数不大，一双眼睛却极有灵气。长栓没好气道："谁说吃饭不急啊，饿你试试看？"这小孩仍旧笑："我饿过，不急，不急，今天店里人多，掌柜的忙着接待，诸位爷需要些什么？"致庸笑着逗他道："小子，你的样子大概连个正经小二都不是吧，要是我猜得不错，你倒像是店里烧火的！"众人看着小孩脸上的灰，忍不住笑起来。这小孩有点窘，却不畏惧，反而上下打量起致庸，也笑道："烧火的就烧火的，烧火的怎么着？你们又是哪一路的神仙啊？"茂才也被他逗乐了，笑着说："小子，让你开开眼！这位是祁县乔家的大东家，赶快把你们掌柜叫出来！"这小孩吐吐舌头，嬉笑道："这么年轻？倒看不出，就你也能打败刘黑七？"众人闻言一惊，不知道消息传得这样快。看这小孩说得有趣，忍不住又笑起来。"你还不快去？"长栓一边喝道，一边作势要踢他。小孩很配合地作势躲了躲，接着一溜烟跑了，惹得大伙又是一阵笑。

店掌柜很快就亲自来了，一迭声道："乔东家，初次见面，失敬，失敬!"他一边客套着,一边很快就安排了饭菜,又引致庸看客房。致庸等人里外警觉地看了一遍,颇觉满意。店掌柜要告退,致庸忍不住笑问道:"哎,刚才那小孩子叫什么呀?"店掌柜眼里露出一丝疼爱,笑着叹气道:"他叫高瑞,是我从路边捡回来的,这孩子从河南跟着爹妈出来逃难,路上爹妈饿死了,他只剩一口气,我看着可怜,就领回来灌了点热汤,又活了,留下来让他烧个火,当个小猫小狗养着,不管怎么说,总是一条命,算是我积德吧。哎,刚才没得罪你们吧?""哪里,我看这小子挺机灵的,又不怕人,很是有趣呢!"致庸笑着说。店掌柜拱拱手,一边往外走,一边说:"是啊,这孩子有人缘,说起来还识不少字呢,在我这儿也怪可惜的……"

半夜,众人皆沉沉大睡,致庸轻轻起身,披上衣服走出。后院大车棚内,一溜银车环状停在里面,马在槽上吃草。铁信石端坐一旁,执刀在手,正在假寐,面前是一堆将熄未熄的篝火。听见脚步声响,铁信石立刻拔刀在手,厉声问:谁?"致庸赶紧应了一声。铁信石插刀在鞘,沉声道:"东家,这么晚了,怎么还没睡?"致庸看看他,和气道:"你呢?这店有人守夜,应该出不了事的,你进屋去睡吧。"铁信石摇摇头道:"我没事,我这么坐着也能睡。"致庸默默地点头,将身上皮袄脱下道:"这个给你,还是要睡一会儿,明天还要赶路呢。"铁信石犹豫了一会儿才接过皮袄,低声称谢。

致庸刚要进屋,突然听到一阵琅琅读书声,心中不禁好奇。循声而去,只见一间灶屋内,那叫高瑞的小孩正撅着腚往大灶膛里塞一块木柴;塞好后又回头拿过一本书,对着火光摇头晃脑地念:"学而时习之,不亦说乎?有朋自远方来,不亦乐乎?人不知而不愠,不亦君子乎?"致庸想了想,咳嗽一声,迈步进门。高瑞一扭头,咧嘴笑道:"乔东家,你怎么到这地方来了?"致庸笑道:"刚才是你在读书?"高瑞连连摆手道:

"没有没有。我一直在用心烧火,没有念书,念书多耽误干活。"致庸一乐,走过去将书从柴堆中抽出。高瑞故作吃惊道:"哎真是的,谁把书藏在这儿,我一点都不知道!"致庸不作声,把书塞到自己怀里,转身就走。高瑞赶紧拦住他。致庸回头笑道:"这书又不是你的,我干吗不能拿走!"高瑞嘻嘻笑道:"乔东家,这书其实是我的。""我不信!你一个烧火的孩子,还会念《论语》?"致庸还是装作要走。高瑞仍旧嘻嘻笑:"人不可貌相,海水不可斗量。甘罗十二为上卿,刘晏七岁就进了唐明皇的翰林院……呵呵!"致庸一听,颇有点刮目相看,笑着考他道:"那我问你,孔门弟子七十二,其中有谁做官不成,做了商人?"高瑞张嘴就来:"我当然知道,他叫端木赐,又名子赣。最早在卫国做官,人家不让他做了,他便回去在曹国和鲁国经商,孔门七十二贤人,唯端木赐最富。"致庸心中已喜欢上他,哼一声转身离去。高瑞也不言语,笑嘻嘻地看他走。致庸就要出门,猛又回头道:"高瑞,你小子不长进,在这里混啥,跟我去经商得了。"高瑞挠挠头,眼珠子转了转,笑道:"跟你干?我倒是愿意去,可是我们掌柜的那儿怎么办?"致庸回身拍拍他道:"那就看你自个儿了!愿意跟我走,你就有办法;不愿意走,你就没办法!"高瑞眼珠又一转道:"乔东家,明白了!不过我再想想!"致庸点点头,把书还给他,喜爱地拍了拍他的脑袋。高瑞又要开口,致庸将灯吹灭,悄声道:"待在这儿别动!房顶上有人!"高瑞趴在地上还没有回过神,只见致庸已经一闪身出了灶房。

此时客店后院大棚里,已经乒乒乓乓打了起来。银车上的一只银箱被撬开,露出大块石头。致庸赶紧回房喊人,并操起家伙,赶到后院助铁信石一臂之力。铁信石与众匪激战正酣,悦来客栈的护院也闻声赶来助战。铁信石当下腾出手来,发一镖正中一个黑衣蒙面劫匪的胳膊,那劫匪惨叫一声,旁边两个同伙赶紧扶住他,其中一个不觉喊出:"少寨主,怎么了？"一堵矮墙后面，高瑞露出半个脸，高兴地喊道："好！"同时趴在那里看的茂才，一把将他的头按了下去。

这时候众匪见势不妙，一起护住负伤的劫匪，边打边撤，退往前院并撞开大门。致庸、铁信石紧追不舍，却见一个强悍的劫匪奋勇挡住他们，掩护负伤的同伙逃出院门。致庸一把拦住，大声道："恶贼留步！"众匪头也不回，一路奔去。致庸哈哈大笑激将道："人过留名，雁过留声。既然敢到悦来客栈打劫，为何姓名也不敢留下？"那中镖的劫匪猛一回头，旁边一匪拉住他道："少寨主，不理他，快走！"致庸见状诈喊道："我知道了，你是刘黑七的儿子！"那受伤劫匪一把扯下蒙在脸上的黑纱，狠声道："乔致庸，既然你猜到了，老子也就不瞒你了！你爹爹我就是刘小宝！今日先把人头留在你脖子上，改日再取，你可小心了。"说完，他们转身离去。致庸笑笑，拦住众人不再追赶。

客栈中人纷纷惊醒，围拢来议论纷纷，悦来客栈的护院将他们劝散。致庸想起什么，赶紧回到后院大棚。铁信石正将被刘小宝撬开的银箱板重新钉上。致庸走过来，盯着铁信石看。铁信石头也不抬，不动声色道："东家，我都查过了，银车没事儿！"他一锤锤将钉子重新钉好。致庸默默看他，也没有说话。

清晨，致庸一行照常启行。走了一段，突见树上跳下一个人，大家吓了一跳，铁信石手快，已经把刀拔了出来。不料定睛一看，却是一个半大的孩子。只见高瑞学着大人样儿冲他们拱拱手，笑嘻嘻地走过来。致庸眯着眼睛笑道："高瑞，你真来了？怎么来的？"高瑞调皮地一笑，道："用你教我的办法来的呀！"致庸诧异道："我教你的办法？我教你什么办法了？"高瑞道："昨夜你不是告诉我，愿意跟你走，我就有办法，所以我想了一晚上，最后决定偷跑出来！"致庸回望茂才大笑。茂才也喜欢高瑞，点了点头。众人都笑，只有长栓不乐意地噘噘嘴，暗暗嘀咕道：

"这个野孩子！"

"那好啊，跟车走吧！"致庸笑道，高瑞闻言欢喜地雀跃起来。可刚要走，忽听致庸又说："不行！"高瑞闻声大为紧张，众人也不解地看着他。致庸看着高瑞沉吟道："昨天我还对刘黑七的人讲，人过留名，雁过留声，今天我从这个店里带走了高瑞，应当跟店主讲明。我们商家不做事便罢，只要做事，就该光明磊落，堂堂正正！"说着他掉转马头就往回走。高瑞松了一口气，嘻嘻笑着也跟了上去，长栓不乐意地对高瑞低声喝道："都是你闹的，走这么远了又要回去！"

回到客栈，店掌柜丝毫不生气，反而高兴地抚摩着高瑞的头道："你这孩子有福气，碰上了乔东家这样的贵人，我也就放心了，哪里会拦你呢？跟乔东家去吧，好好学生意，只是一辈子都别忘了，是乔东家把你从我这个小店里捡出去的！"高瑞嘻嘻笑着，乖巧地跪下磕了三个头，弄得店掌柜眼睛都有点红了。致庸掏出一锭银子笑道："掌柜的，我不能白白从你这里带走一个人，这一锭银子给你，再雇个烧火的吧！"店掌柜哪里肯收，推托了半天，致庸只好作罢。

他们一路前行，白日拼命赶路，晚上则一直小心翼翼，严加看管。来到杀虎口税关，众人皆长长地出了一口气。前方就是包头了，而且从这往后基本是一马平川的官道，对于夜里有强盗来劫银车的担心也可少了几分。致庸依着张妈的托付，帮她在乱石岗坟堆做了祭拜。想着几百年来山西人走西口的艰辛与执着，众人都有点唏嘘不已。

3

崔鸣九比致庸早几天出门，已经到了包头达盛昌。东家邱天骏见面后自是将他好一阵数落，弄得他很是灰头土脸。两天后的一个大清早，崔鸣九还没有起床，就被邱天骏派来的伙计叫起。崔鸣九一路小跑，到了东家书房内，只见邱天骏面带愠色，临窗站立。邱天骏五十来岁，下巴留着半长不长的髯须，相貌颇为儒雅，倒像个读书人，乍一看身上还略带点官气，但他却是生意场上一个极厉害的角色。崔鸣九一进门便小心问道："东家——"邱天骏哼了一声，指指桌上的一封密信。崔鸣九看到那封信脸色一变，颤着手拿起匆匆浏览了一遍，接着大惊道："怎么，这回乔致庸银车里，拉的又是石头？"邱天骏没回答，狠狠地瞪了他一眼。崔鸣九退后，拭汗道："东家，我没把事情办好！"邱天骏忍不住训斥道："瞧你办的这些事，谁让你办的？一个大商人，和刘黑七这样的强盗有勾连，事情传出去，我达盛昌名声何在？我邱某人颜面何在？你大概没料到这封信竟然是我先拆的吧？"崔鸣九大气也不敢出，乖乖地听着。"就你和刘黑七那两下子，乔致庸早就料到了！你……"邱天骏越说越气，这时门外陆续到了其他几个掌柜，邱天骏跺跺脚，暂且把这件事情打住。

几位掌柜陆续落座。邱天骏环顾一圈道："乔致庸已经过了杀虎口，一两天内就会进包头。你们都替我想想，乔致庸到了包头，他会做什么？怎么做？"几位掌柜都道："我们先听崔掌柜介绍吧，除了崔掌柜，这乔家小辈大家谁也不知底细啊！"邱天骏看崔鸣九，崔鸣九擦擦汗，大致介绍了一下乔致庸的情况。二掌柜听了一会儿道："东家，想来这乔致庸年轻气盛，听说眼下手里又有了陆大可的银子，一定会想到要与我们达盛昌斗下去，反败为胜，他决不会轻易认输。"邱天骏沉吟道："你是不是想说，他会仗着有银子，把这个高粱霸盘接着做下去？"崔鸣九瞧瞧这两人，小声嘀咕道："这可能吗？争做这个高粱霸盘，已经让他们吃够了苦头，他还会接着做？"邱天骏深思了一会儿，突然道："不，二掌柜说得对，乔致庸不是有可能接着做这个高粱霸盘，而是一定会接着做。"三掌柜道："一定会？这有什么道理？"邱天骏笑笑道："你也跟了我不少年了，告诉我，对一个商家来说，什么最要命？"三掌柜张口便道："银子、货品、信誉。"邱天骏捻须点头："说对了，不过对于达盛昌和乔家这样的商家来讲，上面三者的次序要颠倒过来。"几个掌柜齐声道："颠倒过来？"邱天骏有点不耐烦地看着他们，道："乔致庸一定比你们清楚，眼下乔家复字号在包头缺少的绝对不是银子，他们现在感觉到的最大威胁是信誉的缺失。一个商家没有银子要完蛋，可没有了信誉，有银子也要完蛋！"崔鸣九有点醒悟地问道："东家是不是说，乔致庸哪怕为了重拾乔家复字号的信誉，也要把高粱霸盘继续做下去？"邱天骏叹口气道："如果乔致庸真像你说的那么精明，他就应当这么做。"崔鸣九忽然笑起来，道："东家，您吓住我了。乔致庸再精明，他做事情也要有银子，可他银车里拉的都是石头；他没有银子，怎么在包头接着做高粱霸盘？"邱天骏冷笑一声："乔致庸有银子！"

　　崔鸣九又有点糊涂了。邱天骏哼了一声道："三十六计中有一计，叫作瞒天过海。他乔致庸能大摇大摆地拉一车石头来包头，就一定有人帮他暗地里送银子！"几个掌柜面面相觑。邱天骏不再多说，冷冷一笑下令道："通知各店，给我收高粱！"二掌柜点头道："我明白了。我们现在收高粱，可以等着高价卖给乔致庸！"邱天骏冷笑道："乔致庸若真要接着做高粱霸盘，我就得帮帮他！我这会儿真想知道陆大可一个老抠，到底会借给乔致庸多少银子！"崔鸣九也反应过来道："东家是说，我们要继续给乔致庸准备好高粱，继续撑他，撑死他！"邱天骏哼了一声道："我说过这话吗？"崔鸣九看看他，不敢再吭气。三掌柜想了想犹豫道："东家，万一乔致庸不接着做高粱霸盘呢？"邱天骏仰天大笑，打断道："他如果不再做高粱霸盘，乔家在包头就完了，以后即便乔家复字号还姓乔，他也败在了我达盛昌的手下，包头这块地盘，从此就是我达盛昌一家的了！"

几个掌柜想了想，都附和起来，包括疑疑惑惑的三掌柜也说："东家说得对，若乔致庸不接着做高粱霸盘，就是认输；一个在商场上认输的人，就不会再有信誉，不会有人和他做生意了！"邱天骏沉声道："如果乔致庸不敢再接着做高粱霸盘，这个人也就不值得我放在眼里了。除了崔掌柜，你们都去吧。"众人离去后，邱天骏低声对崔鸣九说："你快派人回去，把祁县、太原的银子往这儿调！"崔鸣九一愣道："调银子？东家，这几年咱的生意也不好，都调来别处就做不成生意了！"邱天骏深看他一眼道："商场就是战场，哪怕乔致庸只是个三岁的娃娃，我也不能轻敌。在这个节骨眼上，别处还做什么生意！"崔鸣九应声称是。邱天骏继续道："打发人到市面上散布消息，说乔家破产了，外地的产业都还了债，让债主们这两天去复字号要银子！我算过了，他们一起上，至少能帮我们吃掉乔致庸十来万两银子！"崔鸣九想了想奉承道："东家高明！乔致庸没了银子，他就是想接着做高粱霸盘也没有多少本钱了，仍要败在东家手下！"邱天骏哼一声道："我说过这话吗？"崔鸣九不敢再说什么，赶紧退下。

果然不出邱天骏所料，当致庸一行到达包头，复盛公总号已经被各商家挤兑得一塌糊涂。大掌柜顾天顺招架不住，躲到了地下银库，只有几个掌柜和伙计在外面勉强应付。

致庸和茂才看着店前乱哄哄的情景，大大皱起眉头。茂才冷笑道："东家，好戏就要开场，你这会儿就是九岁红，戏帽儿已经唱过，该你登场了！"致庸哼一声，道："你就等着给我叫好吧！"

致庸正要向前，见一个三十来岁的伙计提着铺盖从人群中挤出来，复盛公一个掌柜的隔着人群大喊："马荀，你干吗呢？"马荀头也不回，没好气道："干吗呢？我辞号，这里没法做了！"他话音未落，立刻有几个讨债的掌柜拉住他，其中百川通的焦掌柜揪着他道："你不在这儿干了也不能走，你是跑街的，我们百川通和你们复字号的生意都是你拉扯的，你怎么能走？要走也行，给我清了账再走！"惠源的掌柜在一旁附和，接着却说："好小子，到我那儿去，我出两倍的工钱请你！"他话音未落，德顺昌的二掌柜立刻喊道："小马子，去我那里，我出三倍的工钱！"

致庸再也看不下去，抱拳大声道："在下山西祁县乔家堡的乔致庸，复字号是我的产业！诸位不要乱。"众人闻言"轰"地一惊，立刻围拢过来，七嘴八舌乱纷纷地问了起来。长栓和几个乔家伙计赶上来大声道："对，他就是乔家的二爷，复字号的东家，大家先不要乱。"

人群后面，茂才抱着膀子站着，看致庸的表演。高瑞对茂才低声道："孙先生，您怎么不过去，站在这儿看热闹？"茂才笑道："我不过去，我的事已经做完了，到了这儿，我就是看戏。……哎对了，你甭站在这儿，你该过去帮帮长栓。"高瑞摇摇头："我？我不想帮他。"茂才笑了："为啥？"高瑞嘟嘟嘴道："二爷收下了我，他不喜欢，净找我的麻烦！"茂才笑起来："那好，你也甭过去，咱俩一块儿站在这里看东家演得怎么样！"

复盛公总号内依旧乱成一团，那位焦东家放开马荀，上前一步怀疑道："你就是乔东家？你来了正好，我是百川通的东家焦百川，复字号欠我们的银子，顾大掌柜还不了我们，乔东家还给我们吧！"致庸冲他及众人一拱手道："你是焦东家，久仰。各位相与，久仰了！诸位是不是想要银子？"围着他的众人连连点头都道："对呀！那还有错！"后面更多的人嚷嚷着围拢过来。致庸道："诸位，顺着我的手看，那是什么？"他朝身后不远处的二十辆银车指去。众人皆回头，轰然一惊道："银车！"这时达盛昌二掌柜悄悄溜进来，已经没有人理会要辞号的马荀了。马荀看了一眼致庸,丢下铺盖卷转身跑回店,掀开银库门,朝里面喊:"大掌柜,出来吧,东家到了!"顾天顺从银库里探出头,疑惑不解道:"东家到了?哪个东家?"马荀跺脚道:"这会儿还能有哪个东家,致庸东家!还带来了银车!""这就好了,这就好了!走,出去看看!"顾天顺急急爬出来,刚和马荀往外走,忽又站住道:"不好!我还是不能出去!"马荀一惊,只听顾天顺道:"马荀,你快替我出去再看一看,小东家未必能对付外面的这一摊子,我还是等一会儿再出去吧!"说着他又钻进银库躲了起来。马荀恨恨地走出,跺脚道:"这地方,真没法干了!"

店堂内,致庸做了一个手势,铁信石赶着银车走过来,在店门前停下。众商家先是互相看了看,接着乱纷纷地议论起来。达盛昌二掌柜悄悄挤上前对焦东家耳语了一番。焦东家突然大声道:"不!乔东家,这是银车不假,可我们不信这里头有银子!全包头都知道乔家已经破产了,哪里还会有银子!"众人闻言,都像梦醒过来一样,乱嚷起来。致庸脸色一变,不等他说话,达盛昌二掌柜挤上前又道:"据我所知,这里头全是石头!"众商人发出一阵惊呼。致庸哈哈大笑:"原来……你们消息可够灵通的,连我银车里拉的都是石头也知道!"达盛昌二掌柜冷笑道:"难道不是?"致庸直视着他道:"奇怪了,这位掌柜的是通过什么办法知道银车里是石头呢?莫不是……"致庸故意停了口,达盛昌二掌柜一阵语塞,赶紧捅捅旁边惠源的掌柜。惠源的掌柜咳嗽一声,打着圆场道:"乔东家,有句话说得好,要想人不知,除非己莫为。你这银车里拉的是不是石头,当着众相与的面打开看看,不就清楚了?"众人又乱嚷嚷起来。达盛昌二掌柜在一旁煽风点火道:"对呀,不打开,大家怎么会知道乔家今天还有没有银子!"

人群后面,长栓溜回茂才身边,悄声道:"老先儿,坏了坏了,里头真的全是石头,我亲手——"茂才咳嗽一声,神情自若。长栓一回头,发现商人中有几人很注意地看他们，赶紧住口。他把茂才拉到一边，压低嗓子道："哎，老先儿，你不是诸葛孔明再世吗？到了节骨眼上，眼看着东家要出丑，你还不想点主意？"茂才故意寒碜他："我算什么诸葛孔明，要不你怎么一直都瞧不上我呢！说到主意，你最多了，快帮东家想一个！"长栓气极了，被他噎得话也说不出，恨恨地离开，再次挤进人群。

这边众人越发喧闹起来，后面的推挤前面的人，纷纷乱嚷道："不行！一定要打开银车！不能这么骗我们！你们乔家还讲不讲一点信誉！"致庸干脆跳到柜台上，居高临下喊道："哎，各位爷，万一我打开银箱，你们说的石头全变成了银子，你们还立马三刻要我复字号还债吗？"众商人只安静了几秒钟，又乱嚷起来。达盛昌二掌柜继续煽动道："乔东家，你什么意思？你有了银子，当然要还债！"那位焦东家拦了拦后面的人，振臂一呼道："这样吧，大家都不要乱，若真是银子，我焦百川今天甘愿空手而回。"致庸哈哈笑道："我吓住诸位了。来人，把银箱打开……哎，诸位，要是里头全是石头，你们多担待，大家的银子，我乔致庸早晚要还的！"众商人又吵吵起来，焦东家也迷惑道："乔东家，你到底给我们玩的哪一套，快打开让我们看！"致庸一摆手，铁信石走到众人面前，掏出钥匙，去开银箱。长栓大惊，猛冲过来，伸直双臂反身拦住银车，大声道："不行！这里人多势乱，不能在这里开银箱！"致庸一惊，铁信石也不由停住了手。长栓继续道："银箱里都是银子，万一打开以后让人抢了，谁赔得起啊？"致庸嘴角微微现出笑意，对茂才眨一下眼，如获救星般大声道："对！对了！这里人多眼杂，有没有强盗混在里头也不知道，万一我的银子让人抢了，你们赔得起吗？"达盛昌二掌柜看看致庸，又看看长栓，突做恍然大悟状，回头煽风点火道："诸位，银箱里没银子！不然不会这样！来，我们一起砸开它，看里面到底是什么!""对,砸开它,看看里头到底装的是什么!"一听此言,不少人立刻嚷嚷着拥了上来。铁信石立刻护住银箱,和长栓拦住众人,厉声道:"不行!看谁敢动!"众人看他们的架势,停住脚步,两方相持起来。致庸在柜台上拍拍手,大笑道:"各位爷,你们让开!长栓,让开!铁信石,把银箱打开,让各位相与看看,里面装的是不是石头?"长栓脸色骤白,还要说什么,茂才挤上前,拉开长栓道:"我说你这孩子平时看着挺机灵的,这会儿怎么就成了一根筋呢,东家说要打开银箱,给众位相与看银子,那就打开嘛!"众人这时都回头看致庸。致庸再次冲铁信石点点头。几个伙计在外围护住银箱,铁信石则掏出钥匙,一个个打开银箱,银箱中立时现出了白花花的银子。一时众皆哗然。长栓也傻了,回头对茂才低声道:"老先儿,怎么回事?怎么变了?"

致庸笑道:"诸位相与,刚才致庸只是和诸位开个玩笑!现在你们再回头看,那又是什么?"他朝众人身后一指,只见又有二十辆银车进门,押车的是三星镖局老镖师戴二闾、高徒阎镇山及镖局众徒弟。众人又是轰然一惊,达盛昌二掌柜也傻了眼,瞅个机会偷偷溜走了。

致庸走过来,对众债主道:"焦东家,各位相与,要不要把这辆银车也打开给大家看看?也许这里头装的真是石头!"焦东家服了软,笑道:"乔东家,你就甭给我们开玩笑了,是我们眼拙,唐突了!"一干债主也都对致庸赔起笑脸。致庸找达盛昌二掌柜:"哎,刚才那位一直嚷嚷着车里是石头的爷呢?这会儿怎么不见了?"马荀挤上来禀道:"东家,刚才那个人我看着眼熟,好像是达盛昌的二掌柜!"致庸一笑道:"原来是他……好了,大家该看的都看了,是银子吧?"众人连连点头。致庸微微一笑,突然变色道:"是银子你们今天也拿不走了!"众人一阵愕然,刚要嚷嚷,致庸道:"今天我累了,谁想要债,明天再来,我一笔笔算给你们。不过诸位,你们这样成群结伙地到我复字号总号门前讨银子,好像乔家真还不起似的，诸位的眼皮子是不是太浅了？行了，想要银子的，明天尽管来吧！况且刚才那位焦东家也已经答应过在下了！"说着他回头对铁信石吩咐道："把银箱锁上，拉进去入库！"铁信石立刻依言锁上银箱，赶车进店。

众商人面面相觑，接着忍不住都去看焦百川。焦东家咳嗽一声，道："既然乔东家今天拉来了银子，咱们心里就踏实了，知道前些日子的消息都是假的，乔家没有破产！诸位，乔东家远道而来，今日也确实累了，他让咱们明天再来，咱们恭敬不如从命。走吧走吧！"说着他率先拱手作别："乔东家，告辞告辞。"致庸立刻顺坡下驴，冲众人拱手作别，其他商人们议论了一阵，也都相继告辞离去。

茂才一直在一旁捻须微笑，看到最后一个相与离去后，一拱手道："东家，恭喜！"致庸也冲他一拱手回礼道："同喜！"两人相视大笑起来。

到了这时，复盛公大掌柜顾天顺才匆匆赶出，对致庸深施一礼："东家，您来了，顾天顺有失远迎。里面请。"又假意责备二掌柜和三掌柜道："看看他们，也不早点告诉我！"致庸笑笑，也不接口，领着茂才等往里面走。

长栓看着两辆银车拉进后院，又愣了一会儿，才扯扯茂才道："哎，老先儿，这会儿我知道了！"茂才逗他："傻小子，你又知道什么了？"长栓有点不好意思，道："原来二爷出发前准备了两批银车，一批在前，一批在后，一假一真，我们白天在前面走，戴老先生他们夜里在后面走，过了雁门关才换过来。二爷这么做既防了刘黑七，也骗过了达盛昌！"茂才哈哈一笑，不置可否，跟着致庸走了进去。长栓还站在原地感慨："东家就是东家！"

4

达盛昌内，邱天骏背身而立，眉头紧皱。崔鸣九在一旁察言观色道："东家真神，乔致庸真拉来了银子，不是石头！"邱天骏摇摇头，半响突然说："不对，乔致庸银车里，也拉来了石头！"崔鸣九一惊。邱天骏道："如果第一批车里是石头，第二批车里就是银子，现在第一批车里是银子，第二批车里就一定是石头，你们又让乔致庸给骗了！"崔鸣九有点不服气。邱天骏看看他皱眉道："陆大可不可能给乔致庸四十车银子！乔家在东口也没有生意，乔家到哪里去弄四十车银子？"崔鸣九语塞："这个……"邱天骏哼了一声："在我面前耍这种把戏！……照我说的，继续收高粱，等着卖给乔致庸！"崔鸣九赶紧点头。邱天骏想了想又道："打今儿起，乔致庸的一举一动，我都要知道！"崔鸣九一笑道："东家放心。"他走过去对邱天骏低声说了几句，邱天骏点头，挥手示意他离去。

崔鸣九走了两步，又走回来，欲言又止。邱天骏奇怪地看他道："你怎么又回来了？"崔鸣九犹豫地张了张口，仍旧没说，邱天骏不耐烦道："有话就说！"崔鸣九吞吞吐吐道："东家，为了对付乔致庸，我请了一个蒙古武师。"邱天骏一惊："什么蒙古武师？"崔鸣九干脆直言："此人是一位蒙古王公推荐的，说是内外蒙古武林中的第一高人，名叫卡鲁。"邱天骏有点反应过来："难道你想要乔致庸的人头？"崔鸣九点头，道："东家，刘黑七太笨了，居然对付不了乔致庸，我想不如干脆……"没等他说完，邱天骏立马大怒道："你给我住口！你把我看成什么人了！你把你自个儿看成什么人了？上次老鸦山刘黑七的事我还没有追究你呢！"崔鸣九想辩解："可是东家……"邱天骏激烈地打断他："乔致庸是商人，我邱天骏也是商人，你这么干，是不是觉得我这个商人斗不过他那个商人？"崔鸣九赶紧摇头："东家，我不是这个意思……"邱天骏怒气冲冲，道：

"眼下全中国的晋商都知道我达盛昌正和乔家恶斗，也都知道乔致庸拉着银子到了包头，我们是商家还是杀手？"崔鸣九不敢再说话。邱天骏道："你给我记好了，乔致庸不但不能死，你还要保证他好好活着！"崔鸣九忍不住反问："我要保证他好好活着？"邱天骏怒道："乔致庸若是不明不白死在包头，哪怕不是我干的，外人也会认为是我干的！达盛昌干了这种事，天下的商人哪一家还敢和我做生意，我达盛昌的信誉何在？没有了信誉，我还做什么商人？"崔鸣九连连点头。邱天骏哼一声，道："看好你那些朋友，别让他们轻举妄动。那个蒙古武师，多给点银子打发了！我们要的是乔家的生意，不是乔致庸的人头！……真是不晓事！乔家没了生意，乔家就完了；乔家完了，乔致庸是死是活，和我又有什么关系？去吧！"崔鸣九擦着汗，不敢再说话，赶紧退下。

致庸、茂才在复盛公大掌柜室内端坐着，长栓、高瑞则一边侍立。顾天顺将一封辞呈放到致庸面前，一边察言观色，一边故作痛心道："东家，这是我和二掌柜、三掌柜的辞呈。复字号造成今日的局面，虽说是致广东家执意要我们和达盛昌争霸盘造成的，但我们到底是这儿的掌柜，尤其是我，作为大掌柜，实在难辞其咎。请东家准许我们辞号。"致庸想了想，对长栓和高瑞道："啊，你们在外头看着点，不要让人进来。"长栓很神气地对高瑞道："你到门外头站着去。"高瑞看看他，没敢说什么，赶紧出门。致庸皱皱眉道："啊，长栓外头站着，高瑞留下。"长栓大不乐意道："二爷，您……"致庸瞪他一眼道："没听见我的话？"茂才见状微微一笑。长栓对高瑞恨恨哼一声，跺脚就走。

致庸看了茂才一眼。茂才不接茬，反而一语不发地闭上了眼睛。致庸笑笑，想了想，回头将辞呈推给顾天顺，道："顾爷，你这是干什么？我和孙先生刚到包头，你们就要辞号，不是要我的好看吗？就是你真想辞号，也不能在这时候，让相与们看着我们复字号好像真有了麻烦似的！

你说是不是？"顾天顺赶忙顺水推舟道："既是东家这么说，我们眼下就不辞号。东家这一来，想来必有办法令复字号起死回生。"致庸客气道："顾爷，我初来乍到，和全包头的相与都不熟，我打算请他们吃饭，认识认识。这样，你让人遍发请柬，替我请相关的相与赴宴！"顾天顺有点摸不着头脑："东家，您是要请包头商界的名流呢，还是请和我们有关系的相与？"致庸胸有成竹道："名流要请，有生意来往的相与也要请，人越多越好。一定要在包头最好的酒楼请！"顾天顺有点犯难："这事容易，我这就让人去办。不过东家，您明天已约了相与们来复盛公清账。"致庸一笑道："顾爷，只要你明天一大早就把请柬送出去，说我有要紧的话在酒席上对大家讲，相与们怎么还有机会来我复盛公清账？"

顾天顺有点恍然，道："噢，我懂了。东家这是……"致庸打断他："不要多想，相与们的账我还是要清的。"顾天顺想了想，又问："东家，邱天骏请不请？"致庸哼一声道："包头地面上，但凡是个商界的人物都要给我请到，独独不请他！"顾天顺还是有点迷惑，但仍旧连连点头。

一阵商议后，众人都已退去。长栓又进门，却不说话。致庸回头伸一下懒腰道："哎，你不困呀，还不去睡觉？"长栓噘嘴道："二爷，您干吗胳膊肘朝外拐，对他那么好，让我在外人面前丢脸？"致庸笑起来："是不是说高瑞？我问你，干吗老欺负人家？"长栓支吾道："我没，没欺负他！"致庸不乐意了："你敢说没有？欺负人家新来乍到，瞅冷子净给人家下套儿，有没有这些事？"长栓低头不语。致庸赶他："去睡吧，啥时候这毛病改好了，我啥时候不让你在外人面前丢人。"长栓也不出声，噘着嘴走出去。致庸叹道："他也想欺负比他弱小的人，人真是怪物！"

第十四章

1

次日，醉春风酒楼内，致庸一身光鲜，满面春风地招呼着众东家和掌柜。好容易落座后，他举杯笑容满面道："诸位相与，自从我祖父贵发公当年推着小车来到包头，乔家的生意从无到有，从一家广盛公店发展到今日复字号的十一家买卖，全靠各位相与的帮衬和扶助啊。相与的意思，就是相互给与，相互扶助呀，大家说对不对？"众人也闹不清他葫芦里卖的什么药，互相看了看，觉得这话也不错，便都附和起来："对对对，乔东家讲得不错！"致庸继续大方地客套着："致庸初来乍到，今日备一杯水酒，恭敬大家一杯！"众人想了想都举杯站起。焦百川道："乔东家，你太客气了！昨日我们大伙到复盛公前闹着要银子，你今天反倒请我们来醉春风赴宴，乔东家年纪虽轻，风度却让我们折服。来来来，不要薄了乔东家的面子，我们大家一同陪乔东家喝了这杯酒！"众人都笑了起来，饮了这一杯，席间热闹起来。

三巡酒过后，焦百川显然早有准备，直接开口问道："乔东家，在下有一事不明。前段时间复字号在包头大做高粱霸盘，致使银根吃紧，全局动摇。敢问乔东家，此次你来包头，打算用什么样的灵丹妙药，让复字号起死回生啊？"席间众人一时间都不作声，静候致庸的回答。致庸神情放松，含笑道："焦东家问得好，我想今日来的和有事不能来的诸位，心里都想问这句话，对不对？"众人连连点头。致庸从容不迫道："请大家安静。刚才焦东家说到复字号目前深陷危局，以至于全局动摇。焦东家，各位相与，这话我就不懂了。前段时间，不就是我大哥多收了点高粱，银子周转上发生了一点困难吗？诸位可能都听说了，前不久山西太谷县巨商，致庸的岳父——陆大可陆老先生，哈哈，他老人家也以为乔家复字号出大事了，一口气给致庸拉去大批银子，加上我们家从东口调回的银子，现银数量就极为可观了。我昨天到时，只带来两批四十辆银车，不过区区几十万两，这大家都看到了。乔家有这么多的银子，怎么说包头复字号深陷危局、全盘动摇？更不至于致庸要像焦东家担心的那样，什么想办法让复字号起死回生吧？！"众人面面相觑，一起回头看焦百川。焦百川也是个老"江湖"，拍手道："好！乔东家说得好！既然如此，乔东家是打算用昨天拉来的银子和我们大家清账了？"

致庸摆手断然道："不，诸位。我今天想告诉大伙儿的是，致庸拉银子来到包头，目的一不是要救复字号的危局，二不是和在座诸位清账，而是想拿它们继续和诸位长长久久地做相与！"焦百川不解道："乔东家，这我就不明白了，既然你不想和在座诸位清账，那你拉来这么多银子打算做什么？"致庸神秘一笑道："问得好！这正是我今天想要告诉大家的。致庸拉这么多银子到包头来，目的只有一个，继续收高粱！"众人大惊，当下就有人大声反问一句："乔东家还要收高粱？"

顾天顺在席上也大吃一惊，低声问茂才："孙先生，东家什么意思？"茂才回头看他一眼，也不回答，只笑道："来，我敬你一杯。"顾天顺不情愿地和他喝了一杯，抬起头只见致庸笑着也饮了一杯，对众人道："对。我就是要接着收高粱。大家都知道，乔家自祖宗以来，做生意向来不做霸盘，可这次有人挖坑让我大哥跳，想看我们乔家是否做得起这个霸盘；

我大哥不在了，不过还有我呢！致庸年轻，血气方刚，有句话叫作来而不往非礼也，又道是恭敬不如从命，我就犯它一回忌，接着做这个高粱霸盘！"

一时众皆哑然，面面相觑起来。焦百川忍不住道："乔东家，我多问一句，这回你从祁县拉这么多银子，继续做高粱霸盘，不是要跟谁赌气吧？是不是还有别的缘故？"

致庸神情坦然，略带醉意，哈哈大笑，道："啊，焦东家，这个我就不方便告诉诸位了。大家都是商人，再谈下去就是敝号的机密了。……哦，你这么说也可以，致庸下决心把高粱霸盘做下去，就是为乔家、为我死去的大哥、也为我自个儿，跟人赌这口气！这口气，我赌定了！"众人悄悄议论起来。焦百川道："乔东家，这么说我还是不相信，只有你能说出一个让我们这些生意人信服的理由，我才会信你的话，所以你最好告诉我们实情，大家才能接着下这盘棋啊。"

众人皆附和道："不错！"致庸却不再多说，频频劝酒。最后被人追问不过，他又笑道："你们一定要我说，那我就说，我想在包头开烧锅子做酒！"众人闻言都大笑起来，忍不住摇头。顾天顺见状只得出面圆场道："诸位，我们东家不胜酒力，我替他敬大家一杯。"又一巡酒下来，总算场面没有冷，他微微松了口气。茂才一个人品酒吃菜，不理众人，顾天顺不禁心中起了一点轻视之意。

一席酒下来，致庸满是醉态，最后却仍能和顾天顺一起拱手送客。焦百川告辞时拉着致庸的手，摇头道："乔东家，你的话我还是不信，看在我们喝酒痛快的分上，你得告诉我点真的。"致庸哈哈大笑，欲言又止，悄声道："焦东家，我年轻，什么事也瞒不了您老，咱们改日再会。"焦百川自觉心中有点谱了，忍不住道："别改日了，现在就给我透一点风吧！"致庸已经转过去送别的商家。焦百川只得怏怏而去。

酒楼前，长栓一边套车，一边对茂才说："老先儿，你看二爷今天真喝多了。啥话都说出去了！"茂才也一副醉态道："啊，我也喝多了。你呢？"长栓生气地看他一眼。高瑞却微微一笑。长栓顿时不高兴了，道："你小子又笑什么？"高瑞显然有点怕他："谁笑了？……你还不让我笑了？"长栓冲他举起拳头，高瑞急忙两步躲到茂才背后道："别别，我怕你了还不成？"刚好致庸过来，带着醉意道："你们俩又闹什么？"长栓不语，高瑞却道："没有。我们俩挺好的！"让致庸和茂才有点吃惊。

2

　　不管致庸那一日在醉春风酒楼表演得如何，但接连几日，复盛公内没有一位相与过来清账。乔家和达盛昌鹿死谁手，包头的商家都不敢妄测，市面上开始弥漫着一股浓厚的坐山观虎斗的气氛。同时，一个消息开始不胫而走，那就是朝廷要发兵攻打准噶尔部。

　　邱天骏当然也听到了这个消息，心中疑虑大起，不过他依旧按兵不动。在他眼里，这一切都太巧合了，所以实在是小儿科。但当崔鸣九领着一个在复字号做内线的小伙计陶鸣站在他面前，并向他一五一十地汇报时，他终于有些动摇了："你再说一遍，朝廷要发兵攻打准噶尔部？"陶鸣点点头道："对，乔东家昨天喝醉了酒，亲口跟顾大掌柜讲的。他还说，半点风声也不能透出去！"邱天骏沉思起来，看陶鸣一眼，对崔鸣九道："带这孩子出去，多赏银子！"崔鸣九应声离去，过了一会儿又进来，见邱天骏站立沉思，神情异常严峻。崔鸣九有点紧张道："东家，如果这个消息是真的，他就不是假想囤积高粱，而是真想！"邱天骏久久沉思不语。崔鸣九继续道："乔致庸知道，如果他暗地里广收高粱，一定会让我们达盛昌起疑，不如当着全包头的相与，大张旗鼓地说出来，反倒会让我们觉得他是在给达盛昌下套，不去理他。这样，他就能顺顺当当地收高粱了！"邱天骏又站了许久，突然大笑道："假的！"崔鸣九勃然变色。邱天骏回头，脸色阴沉道："有件事你不知道，陆大可借给乔致庸银子并不是没有条件，为了借到这笔银子，乔致庸把乔家的全部十七处生意押给了陆家！"崔鸣九越发吃惊了："东家，这事当真？乔致庸可是陆大可的女婿呀！"邱天骏冷冷一笑道："这就是你不知人了！只有这样，他才是陆大可！现在我问你，他们之间既然有这个交易，今天乔致庸最想要的是什么？"崔鸣九想一想道："把囤积的高粱卖出去，收回本银，还陆大可的银子，保住乔家的生意。"邱天骏点头道："对！可现在他只有高粱，而今天全包头能拿出大笔银子买他的高粱的人，除了我们达盛昌，还会有谁？"崔鸣九有点明白过来。邱天骏哼一声道："我不会上钩。我早就说过，乔致庸来到包头，一定会接着做高粱霸盘，只是没想到，他一上来就给我来了这一招！"崔鸣九跷起大拇指道："东家高明，我们不理他！"邱天骏摇摇头："不，人家都打上门来了，怎能不理？我先抻抻他，看他一个毛孩子，有多深的城府。抻他一阵子，让他自乱马脚。"

崔鸣九想了想，突然又犹豫道："东家，我已经仔细着人查探过了，朝廷要发兵攻打准噶尔部的消息，最初确是从北京传过来的，是东街泰富商号的东家从北京分号带回的消息。"邱天骏心中一震，沉吟半晌后果断道："派可靠机灵的伙计连夜去北京探消息！快快！"崔鸣九赶紧去了。

过了三日，崔鸣九又来禀道："东家，复字号各店今天悄悄抬高了高粱市价！"邱天骏一愣："看透了吗？他们是真收还是虚张声势？"崔鸣九想了一下道："我的感觉是真收。"邱天骏不再说话，挥手让他下去。

不料到了下午，邱天骏突然吩咐崔鸣九亲自去北京打探消息。崔鸣九闻言有点慌乱，道："东家，您的意思是……乔致庸的消息也有可能是真的？"邱天骏道："如果事情是真的，乔家在包头做成了这个高粱霸盘，朝廷一发兵，乔致庸就会垄断大军的马料，接着就有可能垄断大军的粮草，那他的生意就做大了！"崔鸣九的脑门开始出汗。邱天骏继续道："还不止这些。如果让他们做成了这笔生意，朝廷日后就会只记住乔家而不是我们达盛昌，以后再有大宗的粮草买卖，兵部就会只找乔家！这种兵荒马乱的年头，谁家都做不成正经生意，要是再让乔家垄断了这些大宗买卖，我们达盛昌就完了！"崔鸣九忙问道："东家，事情真有这么严重？"邱天骏看看他，显然是压住火气，沉声道："事情本来没有这么严重。都是让你们闹的，上次力劝我一举吞并乔家，没吞下不说，现在想想我们有些事情显然做得过分了。眼下两家势成水火，只怕有乔家就不能有达盛昌，有达盛昌就不能有乔家了。"崔鸣九一时无话可说。邱天骏沉思了一会儿，断然道："假若这宗高粱生意背后真有朝廷的影子，我不惜一切也要从乔致庸那里争过来。这不是为了争一时之利。兵书上说得对，谋时不如乘势。对我们商家来讲，靠上朝廷就是乘势。势利势利，没有势怎么会有利！"崔鸣九拿捏不准，仍旧小心问："但……这消息要是假的呢？"

邱天骏哼了一声："假若这个消息是假的，我也要让乔致庸在包头输个精光，无立足之地！"崔鸣九点头道："我明天就走！"邱天骏一摆手："不，你今天天黑就走。十天之内，得给我报个准信儿回来！"崔鸣九闻言赶紧离去。

又过了大约三日，二掌柜一踏进门就看见邱天骏正像热锅上的蚂蚁一般，焦躁不安地在屋中来回踱步，这两日复盛公收购高粱的势头不减，达盛昌将库存的高粱统统倒给了他们。二掌柜犹豫了一下道："东家，说不定那个消息是真的！"邱天骏目光沉沉："真的吗？"二掌柜点点头：

"真的！我是托可靠的人从复字号大掌柜、二掌柜、三掌柜嘴里套出来的。连他们现在也相信乔致庸是真在大买高粱！"邱天骏哼了一声没说话，只听二掌柜道："东家，我还打听到一件事，乔致庸最近又派人回祁县，悄悄拉来了好几十万两银子！"邱天骏大惊："可靠吗？"二掌柜哆嗦了一下："东家，是祁县可靠的内线刚刚接到的信儿！陆大可这回又给了乔致庸五十万两银子！"邱天骏脸色大变，有点歇斯底里，道："不可能！上回说他给乔致庸拉去了几十万两银子，我就说不可信，是他在玩花招，这一次，他还是在玩花招！现在又来什么五十万两银子，陆大可有这么多银子吗？你的消息一定也不可靠！"二掌柜不再多言。邱天骏方寸渐乱，怒道："这是什么时候的事？不是让你们盯紧一点吗？为什么到了今天才禀报我？"

二掌柜后退一步，低声道："东家，这次乔致庸耍了花招，银子是混在石材车队里拉进来的！我也是接到祁县那边的信后才让人去查，结果发现银子早进了复字号的银库！"邱天骏走来走去，怒声道："不，我就是不相信！别说陆大可这会儿家里没有五十万两银子，就是有，他也不会做这样的事！"

二掌柜只得道："东家，可这回千真万确，陆大可不但将自己的现银倾囊而出，而且大半银子都是他替乔家借的！"邱天骏越来越歇斯底里："那你告诉我，他为什么这样？他一辈子都在装穷！一辈子都这么抠！难道他和乔家合股在做……"二掌柜不敢再说话，邱天骏摆手让他退下去。

晚上，一个消息让邱天骏愈加烦乱起来。三掌柜进门，除了禀报复字号的高粱价钱又涨了以外，又说复字号这几天明里大收高粱，暗地里却一直在收购马草！邱天骏大惊："收购马草？"三掌柜赶紧点了点头。邱天骏大为失态，怒声道："这么大的事为什么不早点告诉我！你们都是死人！"三掌柜害怕地看他一眼："东家，大家是怕您生气，所以……"邱天骏拍着桌子道："我生气？我这会儿还生什么气！你们把这么大的事瞒着我，将来达盛昌要死无葬身之地！我问你，外地的银子都运到了吗？共有多少？"三掌柜赶紧低声禀报："都运到了，太原的，祁县、太谷、平遥三县的，还有归化的、库伦的，共有八十万两！"邱天骏烦躁道："怎么就这么一点？……都先给我放在银库里，没我的话，一两也不能动！另外你立刻着手筹借四十万银两，要快！"三掌柜连连点头，接着试探道："东家，您老人家一向料事如神，如果您想到了什么，我们现在就做，再等大掌柜回来，说不定就晚了！"邱天骏反而冷静下来："不。活到我这个岁数，你就懂了，越是事急，越是急不得。我还要等，一定要等！"说着他坐下喝茶，三掌柜默默退下去。还听见邱天骏在后面叮嘱道："外头有了消息，马上来报！"

日子一天一天地过去，乔家复字号一直在笃笃定定地收高粱和马草。高粱和马草价格日涨，邱天骏忍不住打发二掌柜道："你也连夜去北京，让崔掌柜把事情办得麻利一点儿，快点回来！"二掌柜去了。邱天骏越来越无法控制自己的情绪，他似乎感到有一张大网在他的头上越收越紧，他进退维谷；只有北京的消息才能让他破网而出，占得先机……邱天骏一夜无眠，对着北京的方向发呆。

3

京城达盛昌分号内，崔鸣九正急得团团乱转。只见分号贺掌柜边走进来边擦汗道："大掌柜，有消息了！"崔鸣九急道："什么消息，快说！"贺掌柜道："从军机处得的消息，朝廷近期没有出兵攻打准噶尔部的打算！"崔鸣九大喜："真的？太好了！"可这话刚一出口，他脸上的笑容突然落下，问道："那为什么全北京的山西商人私下里都在传说朝廷要发兵？哎我问你，你这消息从哪儿打听到的？"

贺掌柜道："我们做生意的人，还能直接找到军机处去？我们也进不去呀！是托人打听到的！"崔鸣九连连摇头："不行！和兵部侍郎王显王大人联系上了没有？"贺掌柜赶紧道："我正要跟大掌柜说这事呢。王大人上个月奉旨出京，督办军务，昨日刚刚回京，今天早晨上朝面见陛下，中午要见军机处的大臣，晚上才有时间见大掌柜。"崔鸣九沉吟道："好，晚上见也好。银子都打点好了？"贺掌柜点头道："已经送进王大人府上了，不然他也不会答应见咱呀。""那我赶快准备一下。"崔鸣九看看时辰，有点手忙脚乱起来。

是夜，王显在府中花厅便装坐着，崔鸣九一进门就给他磕头，王显虚让一让道："起来起来，本乡本土的，也不是外人。来人，给崔掌柜看座！"崔鸣九站起道："大人，我们东家让小人代他向大人请安。"王显淡淡一笑道："你说邱老东家呀，他也有好些日子不到京城来了。怎么样，身子骨还硬朗？"崔鸣九应承道："托王大人的福，东家身子还硬朗。"王显跷起一节小指，抿了口茶道："老崔，我知道你是无事不登三宝殿，咱们都是熟人了，有什么事，你就直说。"崔鸣九赶紧道："大人，小人就直说了。我们东家这次让我专程来到京城，是想请教大人一个消息的真假……"王显看看他，当下拉长声调道："什么消息？"

崔鸣九察言观色地将椅子向前挪挪，道："最近包头和京城的晋商都在私下传说，西北的准噶尔部又在蠢蠢欲动，朝廷正准备发兵征讨，有这事吗？"王显微微一笑，站起来不咸不淡道："噢，你问这事呀，这个消息我也听说了。流言！流言！回去告诉邱东家，这事绝对是流言，不可信！"崔鸣九如释重负："是吗，这下就好了！谢谢王大人！多谢，多谢！"王显哼了一声，又道："不过嘛，有些事情也说不准。现今南方有长毛作乱，边境上英、法、俄诸国对我虎视眈眈，皇上对西北这一块也不敢大意呀。"

崔鸣九闻言大吃一惊，赶紧问道："怎么，大人是不是说，朝廷也有可能发兵？"王显打着官腔道："我就是大臣中间主张早日发兵、防患于未然的一个。只要发现准噶尔部有风吹草动，就得先下手，免得星星之火闹成燎原之势。像今天的长毛之乱，如果当初南方各省的督抚能够审时度势，将洪秀全等人剪除于未萌之际，也不会出这么大乱子！"

崔鸣九再也坐不住了，站起追问道："王大人，照您这么一说，即使朝廷近日没有发兵攻打准噶尔部的打算，也不能保证皇上就不会随时下令发兵，是不是这个意思？"王显点点头，官腔更重："你这么想就对了。我知道你们生意人，都想做朝廷的粮草生意。好了，就到这儿吧，我还有公事要办。管家，送客！"说着他转身走出，崔鸣九一头雾水地站着。那边管家走进来道："崔掌柜，请吧。""哎，哎。"崔鸣九一惊，尴尬地随他离去了。

当夜，二掌柜到了京城达盛昌分号。两人与分号的贺掌柜一起分析，可都越来越糊涂。担心邱东家着急，只得连夜返回包头，由邱天骏定夺。

他们一路星夜兼程，直奔包头，路上几乎没有休息，二掌柜最后几天在路上染了风寒，崔鸣九只得自己先赶了回来。当他赶回达盛昌时已是后半夜。邱天骏早已躺下，但一直清醒地睁着眼，闻报霍然而起。崔鸣九进屋来不及寒暄，忙道："东家，京城晋商中早在盛传朝廷将要出兵攻打准噶尔部的消息！"邱天骏皱眉道："当真？王显王大人那儿去了吗？"崔鸣九道："去了，可他却说朝廷近期没有发兵攻打准噶尔部的打算。"邱天骏沉思道："话是王大人亲口对你说的？"崔鸣九道："不过王大人还有话呢。"邱天骏心中又是一惊，赶紧问什么话。崔鸣九道："王大人说，朝廷近期没有发兵的意思，可是皇上对准噶尔部并不放心，他和几位军机大人都在鼓动皇上及早发兵！"

邱天骏闻言不觉神色大变，差一点跌倒下去。崔鸣九急上前扶住他道："东家，您怎么了？"邱天骏好容易才坐下，慢慢抬头，痛心道："错了！我们都错了！朝廷发兵攻打准噶尔部，乃是军机大事，非同小可。兵法上讲欲擒故纵，虚则实之，实则虚之，如此重大的消息，王大人怎么能轻易透露给我等商人。万一准噶尔部提前知道了消息，有了准备，不就坏了朝廷大事？王大人能告诉你朝廷有可能发兵，就是把什么都告诉我们了！"说着他猛地站起，大声道："告诉各店，明日起大举收购高粱和马草，不计贵贱！"崔鸣九到底有点犹豫："东家，您是不是再想想！不就是高粱吗，就是让他复字号做了霸盘，能有多少利？"邱天骏怒道："你住口！这岂是银子的事！我们已经晚了一步，若再拖延下去，让乔致庸在这种事情上占尽了先机，做什么都晚了！达盛昌可以不和乔家争做高粱霸盘，可以不要包头的生意，但绝对不能不做朝廷的生意！失掉这样的主顾，我们才真的玩完了！"

第十五章

1

这段时间高瑞和长栓一直没有闲着，当崔鸣九从北京匆匆赶回时，两人窝在城门洞下就看见了，赶紧抖着僵直的身子跑了回来。致庸闻报已经半夜，很快茂才也披衣匆匆赶至。致庸强抑住激动，挥手让高瑞和长栓离去，望着茂才道："茂才兄，事情的成败，就看明天了！"茂才沉吟半晌，伸手在致庸肩上重拍几下，转身离去。

后半夜致庸几乎无法入眠，直到清晨方迷迷糊糊睡去。天刚亮，顾天顺推门急奔而来，在他床前一跤跌倒，激动异常地扒拉着床沿道："东家！达盛昌各店今天一反常态，同时出高价与我们抢购高粱和马草！"致庸睡意顿消，立刻道："高瑞，快，请孙先生！"话音未落，茂才已匆匆走来。致庸不好说破，只对顾天顺道："顾大掌柜，快把刚才的话再对孙先生说一遍！"顾天顺急急重复道："东家，孙先生，达盛昌各店今天一反常态，同时出高我们三分之一的价钱收购高粱和马草！"茂才不动声色地问："是吗？这是怎么了？"致庸略作沉思后果断道："顾爷，你派人通知各店，继续抬高市价！对了，还有马草，也要抬高市价！"

顾天顺犹豫道："东家，我看不如趁机把我们库存的高粱脱手算了，眼下是千载难逢的好机会！"致庸摇头坚决道："不，照我说的去做！"

顾天顺有点糊涂了,但仍应声匆匆走了。致庸刚要起身,忽然身体一软,茂才伸手将他扶住。两人互视一眼,致庸不觉热泪盈眶。茂才看了高瑞和长栓一眼。高瑞捅一下长栓,拉他出去。长栓没反应过来:"干吗干吗?"高瑞骗他:"哎,出来呀,我跟你说点事儿!"长栓挠挠头,随他出去。

致庸深吸一口气,为了让自己平静,他先拣了一个不打紧的事情笑道:"茂才兄,你说得不错,高瑞这小子机灵,将来有大用处!"茂才不语,起身将门关上,然后把声音压到最低道:"东家,直到眼下,你把事都做得很满,再坚持几天,就可以露点破绽给邱东家了!"致庸连连点头,忍不住落下泪来。

被拉到门外的长栓站住问高瑞:"什么事?"高瑞调皮地笑道:"没事。"长栓有点生气道:"没事你拉我出来干啥?"高瑞突然朝前方一指:"哎,那是谁家的驴上树了?""你小子耍我,谁家的驴会上树?"虽然这么说,长栓仍忍不住朝前看去。他当然什么也没看到,等他再一回头,高瑞已笑着跑了。

过了几日,顾天顺急急进屋道:"东家,这几天各店又收高粱,又收马草,银子已经不够用了!"只见茂才闭眼坐着,致庸闻言立时着急,道:"哎呀,这个……"他想了想,忽然低声神秘道:"让各店等一等,我正在筹措银子。一旦银子到了——"顾天顺一惊:"怎么,东家上次让人拉来的不全是银子?"致庸一把捂住他的嘴,往门外看看道:"小声一点儿!"顾天顺点头:"东家,那怎么办……要不我让各店先欠着人家的银子?"致庸无奈道:"好吧,也只有这么办了。对了,别让达盛昌的人知道这件事!"顾天顺出门,长叹了一口气,而原来在门外偷听的小伙计陶鸣早已一溜烟跑远。

又过了几日,顾天顺再次跑进来道:"东家,达盛昌又把市价抬高了四分之一！”致庸看看茂才。茂才把一粒棋子重重拍在棋盘上。致庸定一定心神道：“顾掌柜，从现在起，你让复字号各店把囤积的高粱和马草，全部卖给达盛昌！”顾天顺闻言变色。致庸解释道：“我弄不来银子了，与其这么相持，不如听你的话，顺水推舟，自己先解了脖子上的套儿！记住，此事要悄悄地干，不能让达盛昌的人知道是我们在卖给他高粱和马草！”顾天顺忽然醒悟，道：“明白了！我托可靠的人去做！”茂才在这边不觉站起，道：“顾掌柜，此举一定要滴水不漏！”顾天顺看看致庸，又看看茂才，重重点头：“东家、孙先生放心，顾天顺经商四十年，别的事不会做，这顺水推舟的事做起来绝对不会出差错！”致庸拱手郑重道：“顾爷，拜托了！”顾天顺应声离去。

致庸久久地望着他远去，回头看茂才道：“茂才兄，这棋还怎么下？”茂才哼一声道：“东家，这棋已被你搅乱了，再下一局？”致庸仍处在激动中，接口道：“行，接着下！”茂才知道他没有听懂，也不多言，仍旧坐下，两人重新开棋局。

顾天顺刚走到总号店堂内，马荀就迎了上来，顾天顺看他一眼，眉头一皱：“你今儿怎么没去跑街？”马荀硬将他拉进屋，低声道：“师傅，东家是不是要把库里所有的高粱都卖给达盛昌？”顾天顺一把捂住他的嘴：“住口！这消息你听谁说的！”马荀吓了一跳，赶紧说：“我猜的，这还用听人说吗？这是秃子头上的虱子，明摆着的嘛！”顾天顺上下打量他，像刚认识他：“你什么意思呀？”马荀笑笑：“东家和孙先生来到包头的头一天，就设了一个局，要将达盛昌装进去，我以为邱东家不会上套。没想到他这么老辣的人，还是犯了一个贪字！”顾天顺低声道：“没看出来，你小子在这件事情上比邱天骏还明目。哎，你猜到就猜到了，千万别说出去！你有什么事？”马荀回头拿出一穗生虫的高粱：“师傅，不，大掌柜，您看看这个！”

267

顾天顺不耐烦道："马荀，你又来了！你又让我看这东西干啥？"马荀着急道："这穗高粱真是我秋天回山西的路上在高粱地里采的。上面都是虫，今年高粱的收成好得了吗？甭看这会儿包头的高粱不值钱，可等到明年春天一缺货，它就值钱了！"顾天顺不愿细听，扭头就走。马荀拉住他道："劝劝东家，别把高粱全卖给达盛昌！我们自己也要留一部分货，明年春天一定能卖个好价钱！"顾天顺闻言发火道："你说什么呢！这会儿甭跟我提高粱两字！我和致广东家都被这个高粱害惨了。既然现在达盛昌想收，我们就一粒也不留，撑死他们！"马荀失望地看着他走出，叹一口气，拿着那穗高粱自语道："这做的什么生意！简直就是赌气！看来我还是辞号得了！"

2

致庸没等多久，五日后一个下午，顾天顺跑进来大喊："东家，孙先生，咱们库里囤积的高粱和马草全倒手卖给了达盛昌！"致庸急急站起，只听顾天顺激动道："我找了一个可靠商家过手，这笔交易刚完成。当初吃进的本银全部收回，东家还净赚了二十万两银子啊！"致庸看着茂才，如在梦中。茂才道："恭喜东家！东家的一番心血没有白费，复字号活过来了！"

致庸脸色一阵苍白，转而一阵红潮上涌，他踉跄两步，突然狂声大笑起来。茂才有点担心，上前扶住他。致庸一把将他推开，仍旧大笑不止。顾天顺惊道："东家……"只听致庸大声道："想不到你邱天骏也有今天啊！为了这一天，我乔致庸昧了良心，背弃在财神庙里发下的誓言，将我的表妹雪瑛丢在一旁，回头娶了陆家的小姐……我亏了心了我！你达盛昌的今天就是乔家的昨天，只要我用小指头轻轻一推，它就倒了……"

顾天顺也红了眼圈，赶紧端过一杯茶问道："东家，您是说——"茂才按住致庸，接过茶杯灌了他一口。致庸镇定了点，突道："顾爷，明天你替我遍发请柬，请全包头的商家到醉春风酒楼赴宴！"顾天顺突然醒悟，激动道："东家！我明白！好！好！过去是他们掐住我们的脖子，这会儿我们得了势，掐住他的脖子了！我们要趁此机会，让达盛昌死无葬身之地！"说着他转身要走。茂才咳嗽一声道："顾大掌柜，慢！我和东家有些话要说，等我们说完，你再去办事，行吗？"顾天顺狐疑地看看致庸。致庸已经平静了许多，他看了一眼茂才，摆手让顾天顺离去。

顾天顺一出门，差点和马荀撞个满怀，马荀道："师傅，我想见东家和孙先生，跟他们说高粱的事儿！"顾天顺一把拉起他走，道："走走走，都这会儿你还说什么高粱，咱们库里的高粱全脱手了！"马荀被他拉着走，急道："师傅，脱了手也没关系！脱手了再买回来嘛！达盛昌这会儿买走了我们的高粱，不出三天就会明白。那时高粱的市价就会一落千丈，我们正好大批买进，等到明年春天赚它一笔……"但顾天顺一边扯着他走，一边警告道："马荀，我可告诉你，东家正和孙先生合计，要一鼓作气将达盛昌置于死地呢，你还想和达盛昌做高粱生意，瞧你这脑筋，去吧！"马荀吃惊地看他一眼，顾天顺已经自顾自走开。马荀不禁泄气道："不行，我还是辞号得了！都是生意人，干吗一定要这么你整我，我整你？俗话说和气生财，这样怎么能生财？"

室内茂才面窗而立。致庸从背后望着他，虽然平静了许多，但目光依旧带着一丝疯狂道："茂才兄，这会儿没人，你想说什么，说吧！"茂才转身道："东家，你真打算毁了达盛昌？"致庸猛然背过脸去，厉声道："对！我就想这么做！我一定要这么做！"茂才道："东家，达盛昌毁坏商场规矩，以诈行奸，引诱复字号落入陷阱，致广东家因此而死，乔家差点陷入万劫不复之地，东家你因此与达盛昌不共戴天，要置对手于死地，这是人之常情，我能理解——"

致庸手一挥打断道："既然茂才兄能理解，就请你不要阻止我！我要亲眼看到他邱天骏是如何一败涂地的！"茂才坐下，呷了一口茶，慢条斯理道："东家，只要你想做，这件事就一定能做到，所谓墙倒众人推。昨天他们能来挤兑乔家复字号，今天就能去挤兑达盛昌。达盛昌不但没现银了，只怕还借了不少，因此三个月后如果不能和众商家清账，也要像当初的乔家一样破产还债！那时，东家就报了仇，名满天下的晋商中也就不会再有一个邱家了！"这后一句话让致庸心中一震。茂才点燃了他的旱烟袋，吐出一口烟静静道："达盛昌落到今天这个地步，是咎由自取，活该！谁让他们先坏了规矩，要置人于死地呢。我要是没猜错，恐怕不用等到明天，就今天，就这会儿，邱老东家一定已经明白他犯下了平生最大的一个错！他一定正坐在那儿想，达盛昌和他究竟还有什么路可走！"

致庸回头，久久地望着茂才。茂才也不看他，自顾自说道："刚才东家为自己设想了第一条路，置达盛昌于死地，让自己快活，也让死不瞑目的致广东家可以入土！但在茂才看来，达盛昌就是完了，致广东家也不能再活转过来，东家就是再想回到太原府的考场上考取功名，再想回头对江家的雪瑛小姐履行前约，也不能了！"致庸被他一激，忍不住怒道："茂才兄，你……"茂才手一摆，镇定道："东家，如果我没猜错，从接管乔家家事的第一天，你想做的就是今天这件事。乔致庸是顶天立地的男人，有仇必报，有恩必偿，现在你终于实现了夙愿，可以置达盛昌于死地了！不过东家，茂才却觉得除了这条路，你还有另外的路，也应当走另外的路！道理只有一个，你不是别人，你是乔致庸！"致庸闻言一阵烦躁："茂才兄，事到如今，乔家和达盛昌已势同水火，在晋商中有你无我，有我无你，除了趁机灭了他，致庸此刻难道还有什么别的路可走?"

茂才敲敲旱烟袋道:"我刚才说过了,达盛昌以诈行商,违背了诚信的信条,但我们以其人之道还治其人之身,虽属迫不得已,毕竟也算不上光明磊落!东家,茂才以为,当前包头商界的大事不是推倒达盛昌,而是给达盛昌生存的机会,并利用这件事在商家之间重建秩序,再立规矩,将诚信第一作为商家不能违背的信条!"致庸勃然而怒:"不行,我要是这么做了,就是认贼为友,我在祖宗面前怎么交代,在大嫂和死去的大哥面前怎么交代?乔致庸就是再糊涂,肚量再大,也决不能这么做!"茂才看看他,哼了一声道:"我们是读书人,我们不进商界也就罢了;只要我们进了商界,就要做些大事,才对得起我们付出的代价!东家,人生要做大事,离不开'智、勇、仁'三字。东家之智我见识过了,东家之勇我也在你与刘黑七的较量中领教过,只是这个'仁'字,我还没有见识,你好好想一想,再做决定吧!"说着不等致庸反应,就起身扬长而去,径直回了自己的房间。

致庸呆立房中,半晌说不出话来。大约过了一个来时辰,致庸主动走进茂才的房间,一屁股坐下,眼中慢慢渗出泪花。

茂才看看他,哼一声言道:"东家,你可想好了?以茂才之见,今日岂止是包头商界需要重建秩序,整个山西,整个中国,都需要有人出面重建秩序,再立诚信第一的商规。东家,我希望在晋商之中,第一个做这件事的人是你!"

这时,顾天顺和几个掌柜、伙计闯了进来。顾天顺道:"东家,您和孙先生的话我们在外头都听见了。东家,这次一定不能放过达盛昌,您一定要替致广东家报这个仇!"二掌柜也道:"大掌柜的话有理。且不说报仇,眼下的局势,万一我们手软,达盛昌缓过劲儿来,就会回过头来对付我们。您要是听了孙先生的话,就是给他们喘息之机,养虎遗患,将来会后悔的！"茂才微微一笑，目光越过他们，看着他们身后探头探脑的马荀，道："马荀，你怎么想的？"马荀嗫嚅着不敢插嘴。致庸定睛看他道："噢，是你啊，你可以说话！"马荀看看他们，半晌鼓足勇气道："东家，照我看来，孙先生是对的，东家应当放达盛昌一马！"顾天顺生气道："住口！"三掌柜也道："马伙计，你胡说啥呢！大掌柜、二掌柜的话有道理，达盛昌的邱天骏是个老狐狸，这次千万不能让他滑掉了。还有他那个大掌柜崔鸣九，心如蛇蝎，这次要是不给他一点教训，他一定会回过手来收拾我们！"

致庸渐渐冷静下来，回看茂才道："茂才兄，我现在可以不考虑为我大哥报仇的事，也不考虑我被改变的人生，只从经商的角度考虑，这次我们能轻易放过达盛昌吗？"

茂才站起来，声音有点激动道："东家费尽千辛万苦，付出了多少惨痛的代价，才在与达盛昌的恶斗中取得了今日的大胜，东家当然不能放过这个机会！然而古人云，'怒者逆德也，兵者凶器也，争者末节也'。夫唯不争，方可大成。"顾天顺色变，忍不住抢话道："东家，您不能犹豫啊！达盛昌把我们害得这么苦，您……连致广东家的仇都不想报了？"

致庸泪花闪闪，过了好久，终于艰难道："不，顾大掌柜，我乔致庸与达盛昌有不共戴天之仇，这仇我天天都想报！可是茂才兄说得对，商人之间尔虞我诈不该是天经地义的事，乔致庸可以不报家仇，但不能不在包头商界重建诚信第一的秩序；不然，我才是真正对不起死去的大哥，对不起那些因为我走进商界而被辜负的人！"说着，他终于掉下泪来，顾天顺看看他，颤声道："东家，我都老了，还能吃几年乔家的饭，我是说，您还年轻，就不怕达盛昌将来以怨报德，回头掐住我们的脖子？"致庸想了想，坚定道："顾爷，如果他们将来一定要这样做，我也不会为今天做的事后悔。我们不能因为别人对自己不利，就不去做利商利国利民的好事。善与不善，那在于各人自为！"

茂才击掌道："东家说得好，说得好啊！"致庸心中终于跃过一个大坎，伸手与茂才紧紧相握。茂才叹道："东家，其实这才是问题的关键所在，否则恶斗只会无止境地持续下去。你能想通最好，因为达盛昌就是败了，也有败军之计可用！"致庸一惊，猛地抬头，茂才看看他道："不要以为达盛昌输了，就再没有别的路可走，就能任由我们为之。孙子兵法三十六计，有上计中计也有下计。按当前的局面分析，如果不出我的所料，达盛昌必在考虑把一个更有力量的商家引进包头，与乔家展开新一轮的恶斗，到时鹿死谁手，仍未可知！"

他的话音未落，这边马荀又鼓足勇气从背后将那穗高粱拿了出来。茂才鼓励道："马荀，你有话尽管大胆说，你从这穗高粱上看到了什么？"马荀坦言道："生意！我看到了生意！去年秋天高粱生虫，收成不好，今年高粱又生虫，明年春天，高粱的价钱一定涨！东家，孙先生，这些天我一直都在劝大掌柜，不要把库里的高粱全卖给达盛昌，我们也要留下一大部分，到明年春天卖出去，一定赚一大笔银子！"一听这话，茂才吃了一惊，致庸更是吃惊，问道："马荀，你在复字号干了多少年了？"这边顾天顺没好气地帮他回答道："四年学徒，出师后又干了十年跑街的伙计！"致庸想了想对众人道："你们先下去吧，我和孙先生、马荀再好好合计一下此事。"顾天顺和几个掌柜对视一眼，冲致庸、茂才拱拱手，又狠狠盯了马荀一眼，都离去了。

致庸看着马荀道："刚才你说我应当放过达盛昌一马，为什么，说出来我听！"马荀有点不好意思道："东家，也没有什么特别的，我就是觉得大家都是生意人，应当宽心仁厚，在一起做生意，不该你吃掉我，我吃掉你。这样吃来吃去，你就是赢了，以后谁还敢和你做生意？没有人和你做生意，你将来还做什么生意？"致庸闻言愣了半晌，突然纵声大笑起来，直笑得流出了眼泪。马荀有点摸不着头脑，致庸上前一步握着他的手道："好兄弟，谢谢你！"马荀松了一口气，有点腼腆地笑起来。致庸又望着茂才道："茂才兄，更要谢谢你！"茂才眼里闪烁着一点很复杂的光，道："东家，道理你都明白，可要克服内心的仇怨，仍是一件很难的事情，但愿你不改初衷，坚持做下去，做到底，为全体晋商做成这件大事！"致庸看着他，用力点了点头。

3

不出茂才所料，邱天骏明白大势已去，绝望之下不得已采用崔鸣九的饮鸩之计，准备将达盛昌在包头的生意，全部顶给一直想插足包头商圈的水家，让资金更为雄厚的水家来挤垮乔家，决不让乔家在包头称心如意；那样即使达盛昌从此在世间消失，也可解他们的心头之恨！

当夜，崔鸣九本已向山西祁县急赶，不料三个时辰后又被店里的伙计快马追了回来。崔鸣九一进门便"扑通"一声跪下，对着邱天骏喜极而泣道："东家，那乔致庸真的主动上门与我们握手言和？"邱天骏点点头。一天之间，他大忧大喜，一下子仿佛老了十岁。崔鸣九还是有点疑惑："为何？会不会有诈？"邱天骏看着他，颤声道："我们一向以恶意度人，此次更是我们主动挑起霸盘之争，乔致广因此忧急丧命。但让我也万万没有想到的是，乔致庸竟然主动上门求和，并当即以市价购走四十万两银子的高粱，以示帮达盛昌渡过难关的诚意。"崔鸣九大惊，继而惭愧，哆嗦道："鸣九不明白，这到底是为何？"

"仁义！"邱天骏红了眼圈，掷地有声地吐出了这两个字。他看看崔鸣九，继续道："鸣九，当初你力主对乔家赶尽杀绝。而在相同处境下，乔家二爷却以德报怨，只为了'仁义'两个字啊！"崔鸣九又愧又悔，连连磕头。邱天骏扶起他，颤声道："乔致庸主动与我们和解只有一个条件，那就是以此次两家鹬蚌相争之事为戒，从此各守本业，互不相犯，在买卖交叉处，平等竞争，谁也不做霸盘。不仅如此，还要在危难时相互扶持……"崔鸣九一愣，连连点头。邱天骏看看他，终于落下泪来："我邱天骏经商近三十年，屡战屡胜，今天却败在区区乔致庸手里！达盛昌今日是靠乔致庸的好意才苟活下来，而且还不得不心服口服，真正做梦也没有想到啊！"

崔鸣九赶紧相劝。邱天骏呆了半晌，又慢慢道："我邱天骏本想鱼死网破，可我不能不理会乔家二爷口中'仁义'这两个字的分量！此人一身正气，儒雅仁厚，他说天下四行，士农工商。商占其一，商人的本分，在于同心协力，相互扶持，通天下货，谋天下财，利天下人，才是晋商乃至天下商人的本分！我一直以为这不过生意场上的套话，没想到他真的愿意放下家仇，以身作则。而他身边的那位师爷，叫作孙茂才的，其貌不扬，却是人中龙凤，此次两家言和，全由他从中大力斡旋。这两人联手，当真要天下无敌了……"

崔鸣九看邱天骏一天之间似乎变了一个人，他发辫纷乱，两眼通红，眼下还留着青圈，然而却神采飞扬，透着一股奇异的精神，心中暗暗吃惊。邱天骏道："你，马上去醉春风酒楼，订二十桌酒席，给全包头的相与发帖子，我要请他们，将今天的事情公开出去，当着众人向乔东家致谢！"崔鸣九大惊："东家，这……今天的事对我们达盛昌是奇耻大辱，怎可公开讲出去……"邱天骏摇头慨然道："错了！我想了半日，终于明白了，只有这样做，事情才不会成为我达盛昌永远抹不去的丑闻！达盛昌和邱天骏要想在乔致庸面前重新抬起头来，只能这么做！"崔鸣九呆呆地望着他。邱天骏继续道："我要借这个机会，公开乔致庸对我达盛昌的恩德；我还要在包头众商家中头一个响应乔致庸的号召，重建商界的秩序，再立诚信第一的行规。那时达盛昌今日之败就会因为我的光明磊落变成一件商界的美谈，连乔致庸都会敬佩我几分。我绝对不能让乔致庸在包头城里独享诚信和宽厚待人之美！"崔鸣九好歹听明白了这几句，赶紧点着头去办。

第十六章

1

次日，复盛公门前鼓乐齐鸣，邱天骏带着包头众商家送来一块匾，并亲手掀去红纱，匾上四个大字"商家师表"赫然在目。致庸连连谦让："邱老东家，这如何敢当！"邱天骏微微一笑道："乔东家乃我山西商界少年英才，仁义纯厚，匾上的四个字，除你之外，只怕无人敢当！"致庸仍要推却，焦百川性急豪爽，手一挥便带着几个年纪轻的商人动手挂匾，旁边的商家则赞赏纷纷。邱天骏回头："来，给乔东家戴花，把马牵过来，我今天要亲自给乔东家牵马！"致庸赶忙推却："不行，晚辈担当不起！"几个商家不容分说，便将大红花系在致庸身上，并扶致庸上马。邱天骏执缰在手，回头小声道："乔东家，你不是要在包头城里建立诚信互助的新行规吗？今天我们俩联手把这场戏演下去，这新规矩只怕就建起一半了！"致庸大悟道："邱老东家，这……致庸就亵渎前辈了！"邱天骏呵呵一笑，回头做了一个手势，一时间，鼓乐齐鸣，鞭炮震天，邱天骏执缰，众人簇拥着马上的致庸一起朝醉春风酒楼走去。

这顿饭吃得无人不欢，个个都带着点醉意，唯独茂才看着致庸志满意得，由着众人前呼后拥，花团锦簇般返回复盛公总号，忍不住眉头微微皱了起来。果然，刚到复盛公的门口，人群中一个小商人突然冲上前，拜倒在致庸面前哭道:"乔东家,救救我啊!"热闹的场面突然冷下来。致庸大惊,酒醒了不少。他刚要说话,只见顾天顺使了个眼色,二掌柜、三掌柜立刻过来拖走了这个人。那人兀自大叫:"乔东家,别收我家的房子……"众商家见状,打起圆场,仍旧簇拥着致庸进了复盛公总号内。

半个时辰后,众人渐渐散去,致庸酒醒大半,他连灌了几杯浓茶下去,想了想便招呼顾天顺进来,问道:"刚才外面那人是谁?我们为何要收他家的房子?"顾天顺早有准备,随意道:"那是一个叫齐三斗的小相与,向我们借贷做生意亏了本,自古欠债还钱是天经地义的事情,包头我们的相与中间,这样的人多了,每个人都说处境艰难,若都不还银子,那我们的生意如何做?东家放心,和这些小客户来往,是我们这些人的事,不劳东家亲自过问!"致庸闻言,心中大为不快,刚要说话,却见茂才对他使了一个眼色。

致庸会意,摆摆手示意顾天顺先退下去。看顾天顺走远,致庸"啪"一掌击在桌上,忍无可忍道:"茂才兄,自打复字号陷入绝境,我就在想,自我祖父贵发公开始,乔家在包头就广施仁义,以吃亏为福,向来和相与都处得极好;这次出了这么大事,达盛昌把复字号都装进去了,为何竟没有一个相与来给顾大掌柜、给我大哥透一声信儿?我们乔家到底在包头做了什么伤天害理之事!"茂才默默点了点头。

第二天一大早,致庸、茂才由马荀引着到了齐三斗的家中。齐三斗一见他们,当场跪下磕头。致庸赶紧把他扶起道:"昨日醉酒不方便,到底何事,你只管开口明说。"齐三斗含泪道:"乔东家,我借了复盛公钱庄五十两银子做本钱,发卖一点针头线脑,说好了一个月二厘五的利,三个月归还,可是银子一借回家,父亲就生病,拿去吃药,全花掉了。可叹我父亲人也没保住,银子又亏了,现在家里一无所有。顾大掌柜见我迟迟不还钱,便说要收了我家的房子。乔东家,欠债还钱自是天理,但求东家高抬贵手，再宽限些时日，暂时不要收房，留着这几间破草屋给我和有病的老娘藏个头……"

致庸大惊道："你家中还有一位生病的娘亲，顾掌柜他们就……"齐三斗点点头，哽咽地指指内屋道："老娘卧床，否则也当拜见乔东家。"致庸道："如何是她拜见我，当然是我等年纪轻的拜见她。"齐三斗一愣赶紧道："哪里敢啊，只怕里面太埋汰，脏气冲了乔东家。"

致庸摇头，径直一掀门帘进了里屋。只见一老妪在炕上躺着，直喘气，费力地抬头向外："儿，是谁来了？有没有捎来吃的？"齐三斗看致庸一眼，惭愧地低下头。致庸眼圈一红，走上前去，拉着老妪的手道："大娘，我是乔致庸，是你儿子生意上的相与，我看你老人家来了。""你是谁？我儿子生意上还有你这样的相与？"老妪颤抖地摸索致庸的手，忍不住落着泪又道："看看我们这个家，被我们两个老病人拖累的，也没什么东西招待你，你坐呀！""好的好的，大娘，你多保重。"说着致庸放下老人的手，扭头走了出来。

一出内屋，致庸便怒道："你们家都过成这样了，我们还向你催逼那五十两的欠银，简直不是东西！这样吧，那五十两银子的本利我不要了，这里还有二十两银子，你拿去给老人治病，不够了还去复盛公找我！"说着他将银子往齐三斗怀里一塞，转身就走。齐三斗大惊，赶上去给他跪下哭道："乔东家，您真是我的救命恩人！我没有别的，只有一点穷心，就让我给您磕个头！"致庸猛地拉他起来，眼圈红道："兄弟，别这样，咱们都是生意人，你不过赶上了背字，以后你转了运，兴许会做比复字号还大的买卖，到那时候你有了钱，也会像我一样待你的相与，是不是？"齐三斗闻言激动道："乔东家，我一定记住您的话，好好给母亲治病，以后好好做生意，有了钱一定还复字号的银子！"致庸鼓励地笑道："那好，咱们一言为定，我等着你发起来，还我银子！"

致庸回到复盛公，顾天顺便急急赶来，一进门，见致庸目光冷冷扫来，咽下了要说的话，换了个口吻道："东家，门口又来一个范相与哭穷，这次是一千两银子，您看如何是好？"致庸没作声。茂才微笑道："这事好办，你打发马苟去处理就得了，他今天和东家一起出的门，知道东家的心思。"顾天顺一愣，看看致庸，致庸面无表情地冲他点了点头。顾天顺转身退下。致庸看着茂才道："你是不是感觉马苟可用？"茂才点点头，但忽然又摇摇头。致庸笑道："试玉要烧七日满，辨才须待三年期。茂才兄的意思是不是还要看？"茂才道："也不全是。即使他可用，也要看你能否留住他。"一句话提醒了致庸。

2

"塞外的风情毕竟与中原大为不同啊！"致庸和茂才一边在街上逛着，一边忍不住感慨。茂才笑笑，把目光投向路边晒太阳的几位老人。致庸心中一动，径直走上前去，深施一礼，与他们攀谈起来。致庸只说自己是山西来的客商，想跟复字号做些生意，出来打听一下复字号的口碑如何。这些老人闲来无事，七嘴八舌地讲起来："这复字号可不比从前啦，这年头，世风日下，人心不古……""像当年复字号老掌柜乔贵发那样，你买一斤胡麻油他给你一斤一两的事，再也不会有了……"一个老人说得起劲，将手中拐杖在地上敲得咚咚响："告诉你，就这一阵子，连复字号卖的胡麻油都不香了，掺了假！"旁边一个老人附和道："是这样！昨晚上我儿媳妇还说呢，怎么这复字号通顺店的胡麻油一股子陈年棉籽油的味儿！"致庸听得又惊又怒，向几位老人一躬到地。刚要走，却见一个老人赶上几步拉住他又叮嘱道："年轻人，我多说一句啊，你跟现在的复字号做生意可要小心点了……"致庸连连称谢。

致庸怒冲冲地和茂才赶到复字号通顺店时，偌大的店堂冷冷清清几乎没人，唯见一个无赖兮兮的伙计正和一位老人拉扯争执。老人一见致庸他们进来，赶紧道："客官瞧瞧，这里的胡麻油不香，我不愿意买，这伙计就这样扯着我。"那伙计一点不怕，继续扯着老人蛮横道："老东西，你胡说八道什么呢，说我这麻油掺假不香，就是败坏本店的名誉，我当然要揪着你理论。"

致庸气极了："还不放手？一点规矩都不懂吗？"那伙计脸一横："你敢管大爷我？你是哪里来的葱啊？"茂才喝道："放肆，这是乔东家，叫你们掌柜出来！"那伙计一惊，立刻松手，但仍悻悻然地打量着他们。致庸满脸通红，回身对老人拱手道："老人家，让你受委屈了，在下是山西祁县乔家堡的乔致庸，本店的东家。这个伙计刚才对你无礼，是致庸用人无方，我这里给你赔罪了。"老人心颇善，赶紧道："哎哟，这可当不起。乔东家，其实这位小兄弟也没怎么着我，你别责罚他。"正说着，通顺号的李掌柜赶了出来，一见致庸，吓了一大跳，赶紧道："东家，您来了？对不起，这张二狗是新来的……"致庸不理，回头对张二狗道："你懂不懂规矩？客人来买东西，当然要货比三家。你的货不好，人家可以不买。你怎么能这样对待客人？你学过徒吗？复字号里怎么会有你这样的伙计？你马上辞号！"那张二狗大惊，但仍很强硬地哼了一声，转身跑走。老人看看这架势，反而跺跺脚为张二狗求情："乔东家，可别这样，不能因为我一个老而无用的人，砸了那位小兄弟的饭碗！"致庸回头道："老人家，家有家法，店有店规，怠慢您了，先请回吧！"老人叹息而去。

不多会儿，通顺店的几位掌柜和伙计都到了后堂。致庸看看他们，道："你们都给我听着，这些日子全包头的人都在讲，乔家复字号通顺店连胡麻油都不香了，现在你们给我一个说法！"当下鸦雀无声，几个掌柜互相对看，众伙计则低头默然不答。

致庸哼了一声："你们不讲也行，那我只好请你们全部出号。"众人闻言大惊。致庸厉声道："你们以为是我砸了你们的饭碗？错了，主顾是我们商家的衣食父母，你们把他们都得罪了，是自砸饭碗。"众伙计还是不说话，但内心动摇，齐齐地看着掌柜们。

二掌柜胡大海看看众人，终于低声道："……去年店里有一批棉籽油没卖掉，我们几个人贪图小利，把它兑进了胡麻油里。这事是我和老胡、老赵、老马几个老人干的，跟别人没关系。该打该罚，东家您就看着办吧！"致庸盯着他道："很好，其他人没事儿了；你们几个，今天就去柜上算账出号。"众人大惊，纷纷开言请求放过他们这一回。致庸丝毫不为所动，痛声道："他们把乔家复字号的老招牌做砸了，就该负责。通顺号的油全部封存，等我想出个主意来再说！"

3

夜里，致庸在复盛公内走来走去。茂才则在一边默默地抽着旱烟，神情平静。致庸突然自嘲道："你瞧瞧，我刚刚还在全包头的相与面前说嘴，自己的店里就出了事！"茂才道："这有什么不好？要在包头城中再立诚信第一的商规，正好从复字号内部开始！"

致庸一愣，叫了声："好！"脸色也好看多了。"茂才兄，这事我来处理，这几天你和高瑞出去访一访，看看复字号这些年到底做了多少违犯祖训、不守店规，甚至欺行霸市、伤天害理的勾当，都给我记下来，我要和这些人算账！"茂才不动声色拿出一本密账："东家，这事我已经让我们带过来的伙计做了，你看看吧！这些年，复字号各店不守店规、任用私人、店大欺客等弊端甚多，积习已久。所谓冰冻三尺，非一日之寒啊。"

致庸接过密账，快速浏览着，他把那本密账摔在桌上，怒不可遏道：

"茂才兄，现在我明白了，复字号为什么会到今天这个地步。我们不能马上走，不清理门户，不先在复字号把诚信之风建起来，复字号就是躲过了今日的危局，明日还是要一败涂地的！"

不一会儿，顾天顺和通顺店的大掌柜李顺就被致庸一起喊到了总号。顾天顺道："东家，通顺店出这样的事，我是大掌柜，要负首责！"李顺则赶紧道："东家，虽说事情不是我干的，可我是通顺店的掌柜，我有失察之罪！"致庸怒极，道："你岂止是失察，你简直就是奸商！那么多人在你眼皮子底下干出这种事来，你难道一点也没发觉？就是真不知道，也是渎职！"

顾天顺面子上下不来，道："东家，我说过了，通顺店出这样的事，我负全责！"致庸也不答理他们，沉默半晌，突然对李顺道："你，多找几个人，连夜写出告示，天亮之前贴遍包头城！"李顺一下子没听明白："写告示？"致庸点头道："对！你就写，乔家复字号名下的通顺店卖胡麻油掺假，复字号总号决定将这批胡麻油以每斤一文的价钱卖给人做灯油！"李顺大惊，脱口而出："一文钱一斤？那不等于白送……"致庸看他一眼，继续道："对，一文钱！再给我写，凡是到通顺店买过胡麻油的客人，都可以到店里全额退银子；不但如此，我们还要九折卖给他们不掺假的胡麻油，向他们赔罪！"李顺满头是汗："可是东家，这样的话，通顺店可就赔大了！"顾天顺看他一眼，没好气道："到了这会儿你还替东家想这个？照东家说的办！"李顺赶紧点头，擦着汗快快去了。

致庸余怒不息，对顾天顺道："你今晚上也别睡了，盯着他们，明天一大早，一定要让全包头都知道这个消息！""那……好吧！"顾天顺说，不高兴地走了出去。

第二日清晨，包头大街小巷出现了一张告示。众人三五一群地围着看，纷纷议论。"会有这事儿？一文钱一斤的胡麻油？""谁要是买了通顺店掺假的胡麻油，可是占大便宜了，又能退钱，又能九折买到不掺假的胡麻油！""老店就是老店，犯一回错就这么较真，还是这样的老字号信得过！"

商人们也在交头接耳。"别看乔东家年轻，这一手了不得，有气魄！……""以前我都不敢跟复字号做生意，可以后还就得跟这样的老字号做生意！""听说他还很年轻啊，原来复盛公和达盛昌两家一直在斗，那邱天骏也是老狐狸了，和他交手不到三下，便弄趴下了，这会儿在复字号面前，乖得很哩！"邱天骏和崔鸣九路过，刚好听见。崔鸣九欲发作，邱天骏拉了他一把，笑了笑很快离去了。

复盛公大掌柜室，二掌柜小心地问道："通顺店真要一文钱一斤卖胡麻油？"顾天顺发泄般怒道："你就甭问了，他是东家，赔了银子是他的！他都不心疼，我们心疼什么？"二掌柜、三掌柜互相看了看，不敢再说话。顾天顺满面怒容，走来走去，道："他眼里根本就没有我这个大掌柜，我只好辞号，让他自个儿干好了！你们怎么办？你们是不是愿意和我一起共进退？"二掌柜道："大掌柜，东家说也不说，就把你……把二狗子撵回了祁县，这是他办事粗糙，不过……"顾天顺瞪着三掌柜问："你呢？"三掌柜愣了一下嗫嚅道："大掌柜，你知道的，我有一家老小……"顾天顺大怒，二掌柜见状赶紧又打着圆场道："大掌柜，这样行不行，我去找东家，让他同意二狗再回到铺子里来……"

顾天顺冷笑一声："岂是一个二狗子的事？自从他来到包头，哪件事问过我，听过我？你也甭去，这个东家不是致广东家，你去也是白去！"他看看二掌柜和三掌柜，冷言道："你们不想和我一起辞号是不是？你们是我提议聘请的，复字号过去的事，你们也都有份，你们还想着我走了，他会让你们留下？不会的，你们别想好事了！"

二掌柜、三掌柜互相看看，只好应承下来："既然大掌柜都这么说了，那我们也跟着辞号吧！"顾天顺大为满意："好，咱们现在就去辞号，我倒要看看，没有我们，乔家包头的十一处生意他交给谁？"他收拾桌上的账簿，又从抽屉里拿出一大叠信，冷笑道："都要辞号，这么厚一叠，一起给他拿去，看他怎么办！"

顾天顺托着厚厚一打账簿和辞呈，带着两位掌柜怒冲冲来到致庸门口，自己又先犹豫起来。二掌柜忍不住道："顾爷，咱都来了，再不进去，更没面子了！"但顾天顺主意已经变了："不，既然他自个儿没说让我请辞，我就还要看看，他到底能拿我这个在复字号做了四十年的大掌柜怎么着？"说着他转身走回去，二掌柜和三掌柜松一口气，互看一眼，跟着往回走。不料顾天顺又站住了，对二掌柜道："你，把这些辞呈给东家送去，让他知道，我这个大掌柜也不是好当的！"

果然只过了一盏茶的工夫，高瑞便来请他。顾天顺大为得意，心想这回要好好给东家点颜色瞧瞧。致庸请顾天顺坐下，一面翻看厚厚的辞呈，一面尽量和气道："顾爷，我还就不明白了，眼看着复字号难关已过，信誉也正在恢复，他们为何都要请辞？有什么道理吗？"顾天顺看他一眼，倨傲道："东家问这个呀，要是让我说，东家就不要问了，这是我大掌柜管的事。我所以把它们拿过来，不过是东家在这儿，想让你知道我这大掌柜也不好当。"致庸不禁怒道："哎，顾爷，我记得我和孙先生刚到的时候，你和二掌柜、三掌柜曾经说过想辞号，是吗？"顾天顺没料到他这么不客气，脸骤然大红，站起颤声道："东家说得好，你等等，我马上就来！"他跌跌绊绊地走出去。旁边的茂才站起提醒："东家，事情早晚会是这个样子，可顾大掌柜毕竟是大掌柜，家有家法，店有店规，东家待大掌柜，还是要守规矩的，不可造次！"致庸点头。这边顾天顺已经捧着账簿和辞呈走进来，颤声道："东家，这是总号的账簿，这是我的辞呈，请东家另请高明！"

致庸心平气和地望着他道:"顾大掌柜,你在乔家复字号多少年了?"顾天顺猛地眼一热:"从学徒开始,做到大掌柜,整整四十年,没有离开过。"致庸道:"顾爷,四十年不容易,你辛苦了。虽然顾爷今天提出了辞呈,可是按照祖宗的成法,我现在不能接受。"顾天顺一惊。致庸道:"你眼下还是总号的大掌柜,通知一下各店掌柜,下午来总号,你们辞号的事,还是下午当着众人说,也可让我当众替乔家表示一下感激。""东家,谢谢你给我们面子。"顾天顺没料到他会这么说,又是难过,又是伤感,同时掺着点甚至他自己都不愿意承认的复杂的感动,一时间眼泪都要掉下来了。

<h1 style="text-align:center">4</h1>

当日下午复盛公后堂,众掌柜齐齐来到,气氛异常。顾天顺和二掌柜、三掌柜抱着账簿走过来。顾天顺当众对致庸道:"东家,这是总号的账簿,这是我们的辞呈。天顺德薄才浅,对这次复字号出事负有重责,一直想引咎辞职,好在东家断然出手,复字号已转危为安,我们三人就是现在辞号,也不算逃避责任了。东家请另选贤明,祝复字号生意兴隆,财源广进。"致庸假意推让:"顾掌柜,三位爷,是否可以再考虑考虑?"顾天顺看他一眼:"这……"致庸一把将账簿接过来,回头对众人道:"顾大掌柜及两位掌柜执意要辞号,我也不好勉为其难。按照祖宗的成法,今天我要向顾大掌柜、二掌柜和三掌柜磕头道谢!高瑞,马荀,给三位掌柜看座!"

马荀和高瑞搬过来三把椅子,一一放好。致庸拱手道:"三位掌柜,请上座!"二掌柜、三掌柜看顾天顺,顾天顺到了这时,一不做二不休,大模大样在中间座位上坐下,二掌柜、三掌柜也只得坐下了。致庸敛容道："三位掌柜，你们在复字号辛苦有年，今天决意辞号，致庸不能强留，咱们东家掌柜的一场，我代表祖宗，给你们磕一个头，谢谢了！"说着他趴下去，恭恭敬敬地磕了一个头。二掌柜、三掌柜略坐了坐，赶紧起身，顾天顺最后一个站起，看看众人，傲气地一拱手道："东家客气，老朽愧领了，告辞！"不料致庸拦住道："顾爷，还有二位掌柜，先不要走，致庸还有话说！"二掌柜、三掌柜闻言站住，顾天顺想了想，气昂昂地停了脚。致庸面对各店掌柜："诸位，刚才我不得已接受了三位掌柜的辞呈，从今天起我暂时代理总号的大掌柜，等请到合适的人时，我再让贤。话又说回来，靠我一块铁也打不了几根钉。顾爷，我想让你暂时屈就二掌柜几日，二掌柜和三掌柜，就一起屈就三掌柜。复字号需要一番整顿，我希望继续得到三位前辈的帮助。三位能给我这个面子吗？"顾天顺十分意外，回头看两位掌柜，二掌柜、三掌柜重新振奋起来，连连点头答应。顾天顺顺水推舟道："东家既然说到这里，我顾天顺还有什么说的。那好，我们先留下，您物色到大掌柜我们再离开。"致庸闻言大喜："那好。致庸谢三位爷了。"他转向众人："号内的事先就这么着，这几天，我可能要不时请大家到总号里议事。"众掌柜一边悄声议论，一边散去。

致庸回到住处坐下，茂才便带着高瑞一脸凝重地进了门。致庸立刻有了一种不好的预感。茂才叹道："东家，高瑞刚刚查到一件事，有一位相与，因为我们和达盛昌争做高粱霸盘，被裹了进来，血本无归，一家人自杀身亡！"致庸大惊失色，忍不住颤声问："真有这种事？"茂才和高瑞看着他，默默点头。致庸不语，眼泪一下涌出。

他当日就带人赶往了包头郊外。残阳如血，风吹得一人深的蒿草呜呜作响，半山上几座荒坟孤零零地立着。高瑞跑在前面，一惊道："东家，你看，有人来过！"坟前零零落落摆着些祭品，很是新鲜，致庸和茂才对看一眼。致庸一时想不明白，回头吩咐高瑞上祭。致庸双膝跪倒，上香致祭，不禁悲从中来："山西祁县乔家堡乔致庸，今天看你们来了！石东家，我今天是代表乔家赔罪来的！我们乔家对不起你，对不起你们一家！"他磕着头祷念，心中极为伤感。茂才和高瑞上前将他搀扶起来。茂才劝慰道："东家，石东家地下有知，一定会明白你的心的！"致庸站起拭泪道："茂才兄、高瑞、顾掌柜，你们也祭一祭。"三人依次上前致祭，顾天顺面带惭愧。致庸望着天边夕阳下血般的浮云，痛声道："茂才兄，高瑞，你们俩帮我记住这事，回去就派人去石东家的老家，看他家里是否还有亲人，找到了就接到乔家去，好好地替他们抚养，这家人的事，我们要管到底！"茂才、高瑞连连点头。致庸看着羞愧的顾天顺道："顾掌柜，希望复盛公都记住这个教训，回头我让柜上支些银子，你找人把石东家的坟茔好好修修，每年的清明节和寒食节，都不要忘了派人到这儿祭扫。"顾天顺低声应了。

下山时，致庸远远地看见在山下车边默默等候的铁信石，心中陡然一动，站住低声问高瑞："高瑞，你刚才说石东家老家是哪里人？"高瑞奇怪地看了他一眼回道："雁门关。"致庸疑心顿起，然而一路走去，直到上车前后，他一直仔细观察铁信石，却见他神态平静，并无半点异常。不但致庸没有看到，也许谁都没有看到，在马车启动的一瞬间，铁信石突然回头朝山中一望，一时眼中哀情毕露。

当夜，致庸叫来马荀，询问范相与一事的处理情况。马荀禀道："东家，事情是这样的，这位姓范的相与去年借了我们一千两银子做皮货生意，他不像东家去见的那位相与，是家里遇上了灾祸。"致庸看他一头汗，笑着递过一碗茶："慢慢说，别急！"

马荀接过茶喝了一口，道："东家，这个人根本就不是做生意的材料。他看着别人做皮货生意赚钱，自己也干，又不懂得其中的奥妙，结果进了高价，卖了低价，又让人骗了一回，一千两银子不到半年就打了水漂。

这会儿生意也不打算做了，后悔得直想撞墙！"致庸点点头："你是说，要他还银子，是不行了？"马荀看着致庸，带点小心道："不，东家，我觉得这位相与还是个实诚人，他对我说，他家里也不是一无所有，他家还有几间临街的铺面，一处宅子，十几亩地，加起来肯定值不了一千两，但也就这么多，他想把这些全作价赔给您，他说可以亏别人，却不能亏乔东家这样厚道的东家！"致庸一惊，失望道："马荀，你把他们家的房子、地都收回来了？这人现在已经做不成生意了，家里再没了地，没了房子，日子怎么过？"马荀嗫嚅道："东家，是他自个儿觉得，欠债还钱，天经地义。谁让自个儿把生意做赔了呢！"

致庸有点急了："你这个马荀，怎么能这么办事！古人是怎么说的？耕者为食，织者为衣，经商者为的是致富。我们是为了致富才经商，可不是为了扒别人的皮！"马荀"扑哧"一笑："东家，有您这些话，我心里就踏实了……"致庸反问："怎么，你没说实话？"马荀道："东家不是让我去办这件事吗？我想了想，这个人生意已经做赔了，再没有房子和地，一家人就没有活路了，我就大胆替东家做了主，这一千两银子，不要了！"致庸吃惊地看他，又看茂才。马荀一下有点慌了："东家，我是不是把事情办错了？"致庸突然哈哈大笑："马荀，事情办得好！不仅是办得对，而且有胆量！"马荀挠挠脑袋，想了想又笑道："可我还是收了他的铺面！"致庸眉头一皱。茂才在一边圆场："东家，你甭急，听马荀说完。"致庸点头，马荀看看他，赶紧道："哎东家，收铺面的事，不是我提的，是对方主动提出来的，我一说这一千两银子不要了，他当即就跪下给我磕头，说'乔东家太好了，他有情我有义，我有了这一回的教训，这辈子也不想再做生意了，留着那几间铺面也没用，你就帮乔东家把我的铺面收了，就算我没有白白地亏负乔东家一千两银子'。东家，这是他的原话，他还领着我去看了他的铺面，其实就是三间破草房，屋顶漏着天，别说一千两，一百两银子都没人要！可我想了想，还是替东家收下了！"致庸笑起来："为什么？"马荀也笑了："东家，我听我师傅说过，当年贵发公在包头创下乔家基业时，今天的十一处铺面差不多全是这样从破了产的相与手中收下来的。破草屋没关系，把它扒了重盖，就是一处好铺面！"说着说着，马荀又不安起来："东家，我是不是太自作主张了？"致庸心情大好，回头看茂才。茂才也点头，旱烟锅敲得托托直响。

致庸拍拍马荀的肩膀："好马荀，我没看错你，这件事你办得不错，就照你说的办法去办。"马荀点头笑笑，磨蹭着一时没走，欲言又止。茂才笑道："马荀，想说什么就说。"马荀犹豫了半天，鼓足勇气拿出一封辞呈："东家，我也要辞号！"致庸大惊。马荀嗫嚅道："对不起了，东家。"致庸忍不住问："有人委屈了你？"马荀支吾起来。致庸急道："到底为什么，竹筒里倒豆子，稀里哗啦！小胡同赶猪，直来直去！痛快地说！"马荀一不做二不休道："东家，什么也不因为，就是想走！"致庸大为生气："你——"见马荀仍不说话，忍不住怒道："好，我准了，找柜上清账，走吧！"马荀一喜："谢东家！"他一躬到地，转身就走。茂才赶忙道："且慢！东家，马荀要辞号，你也准了，要说我不该插言，可碰巧昨天我刚刚看了店规，上面可有一条，伙计要辞号，东家说了不算，得众掌柜一起同意！"马荀有点急："孙先生，东家这会儿就是大掌柜，他都准了我……你这不是害我吗？"

致庸看了茂才一眼，猛醒："啊，孙先生说得对，我眼下正要在复字号重立商规，怎么自己先就有章不循。马荀，你的事我一人说了不算。你先回去，回头再说！"马荀泄气道："东家……"致庸转过身去不理他。马荀悻悻地一边往外走，一边忍不住低声对茂才道："孙先生，都是你多嘴！"茂才大笑起来。见马荀走远，致庸回头一揖："谢茂才兄，不是你，我差点办了件错事！"茂才道："知错能改，亦是圣贤。这些天我可打听了，眼下复盛公钱庄，谁都可以走，就是马荀不能走。别看他只是个跑街的，钱庄七八成的买卖，都出自他手。这样的人才，别的商号急着要挖走呢！"致庸嘀咕："我还真纳闷儿了。复字号是怎么了，自我祖父开始，从没亏待过掌柜和伙计，为什么能干的人都想方设法要走，不能干的偏偏都挖空心思要留下？茂才兄你帮我想一想，这船到底搁在哪里了！"茂才笑道："若我听到的事情不差，那我就得说，你该让马荀辞号。"致庸生气道："为什么？"茂才道："你听我说完。商家之间有个规矩，学徒期满，若别家给的薪金比你高，你就不能强留人家，强留人家等于不让人家发财。再说留住人也留不住心，不如干脆给个顺水人情，让他走了算。碰上这种事，谁都不会为难出师的徒弟。他走了也是去别的商号，两家往后说不定还能多做生意呢。"致庸听着，心中很快有了主意。

第十七章

1

隔天，高瑞约马荀吃饭，不料马荀一进门就看见致庸在里面坐着。马荀一愣，却已被高瑞拉了进去。马荀进了门仍不肯坐下，道："店里的规矩，掌柜的吃饭，伙计们都要站着的！"致庸笑："好容易让高瑞把你约出来，这一条就免了，坐下。"

马荀想了想，终于坐下。酒过三巡，致庸直言道："马荀，说吧，我要怎么办，你才会不走？"马荀笑着摇头。致庸哼了一声道："我先把话撂这儿，我不会让你走的！"马荀色变："谁都知道东家宽心仁厚，不会强留马荀。"致庸笑笑："那可不一定，说吧。说出了道理，我就放你走；说不出来，你就走不了！"马荀犹豫再三，终于直言："东家，其实就是我不说，这层窗户纸早晚也要捅破。天下熙熙，皆为利来。我们这些伙计，从小抛家舍业，到包头荒远之地学做生意，千辛万苦，又有种种店规；不能带家眷，不能听戏，不能喝花酒，不能会窑姐儿，大家一年年的，忍过来了，为了啥，不就是为着一个利字……"

致庸伸手制止他，喝了口酒问道："这我当然明白，可是为什么总是伙计辞号，掌柜的差点把复字号弄得破产还债，也没有一个真想辞号？"马荀闻言笑了起来："东家，这您都不知道？做生意的规矩，东家出银子，占的是银股；掌柜的出任经理，以身为股。他们不愿意辞号，是因为第一他们的薪金比伙计们多十几倍、几十倍；第二他们顶的还有身股，四年一个账期，能和东家一起分红利。我要是掌柜，也不愿辞号。"致庸听得出神，放下筷子道："哎，为什么就不能让伙计也按劳绩顶一份身股，到了账期参加分红？"

马荀一怔，笑了笑不说话。这时嘴里塞满了烤羊肉的高瑞嘟哝道："马荀哥，你说啊，我们都听着呢，乔东家什么话都能听进去的。"马荀笑着在高瑞头上敲一下，直言道："要是伙计们都能顶一份身股，参加分红，我们这些人当然求之不得，可东家和掌柜的利就薄了！东家怎么连这一层也想不到！"致庸想了想，问："马荀，你想在生意里顶多少身股，才愿意留下？"马荀大为惊喜："东家，你真愿意让我这伙计也在生意里顶一份身股？"话刚出口，他又气馁了，嘟哝道："这不可能，全天下的晋商都不会同意的！"

致庸捞起一个烤包子，美美地咬了一口，道："我不问你这个，我问的是像你这样的伙计，自己觉得该顶多少身股？"马荀忍不住遐想："东家，要真有那一天，我觉得自个儿能顶二厘身股就满意了。四年一个账期，上一个账期每股分红一千二百两，我有二厘身股，就是二百四十两，比我四年的薪金加起来还多一百六十两，我老家一家大小，一年四季就开销不尽了，还可以买房子置地。真有这么些银子赚，打死我也不走！"致庸将杯中的酒一饮而尽，笑道："酒喝到这会儿，才喝出点意思，回去我要重订店规，在生意里给你二厘身股！"马荀一听简直呆住了，旁边的高瑞淘气，狠狠地掐了他一把，他方才"哎呀"一声回过神来。

2

当日致庸将马荀的辞呈交给顾天顺，顾天顺草草看了看，便把辞呈放下了，不介意道："东家，凡是从小来店里学生意的，四年师满后只要本人要走，东家和掌柜的都不便强留。这是规矩。"致庸忍不住道："为什么？我们复字号培养出来的人才，放出去帮别人赚钱，那我们不成了傻子？"顾天顺笑笑："东家，有句话是这么说的，铁打的商号流水的伙计。店里少了谁，都不是做不成生意！"致庸看看他道："如果我一定要留他呢？有办法吗？"顾天顺皱眉道："东家，我复字号别的没有，人有的是！生意场上历来只有伙计求掌柜的赏饭吃，还没有听说哪一家掌柜的死乞白赖去求要走的伙计留下来！那成了什么道理？"致庸看着他，道："顾掌柜，马荀是个不可多得的人才呀！"

顾天顺越听越不顺耳，终于面色涨红态度强硬道："东家，马荀再好，也只是个跑街的，他的能耐还能大过我们这些掌柜？"致庸对他彻底绝望了："好吧，你可以走了。"所谓话不投机半句多，顾天顺也不胜其怒，愤然离去。致庸看看茂才，怒道："天底下最稀有宝贵的就是人才。看见人才离开他竟然一点儿也不心疼。"茂才道："复字号出的许多事，都和这位顾大掌柜有关系！那么多分号掌柜敢知法犯法，也都是因为他。"致庸道："茂才兄，看来复字号需要一场大改变，一些陈规陋习，一定得破；一些新规，一定要立，古人云不破不立，不然我们就做不成大事！"茂才点头，递过一张单子。致庸飞快地看完，抬起头，目光明亮道："好！我们就照着单子上的事，一件件做起来！"

次日，复盛公后院小饭堂内盛设筵席，当着众位分店和总号的掌柜，致庸站起，道："诸位，一是我来了这么久，一直没请大伙儿吃顿饭，前一段买卖高粱，大家辛苦了，今天补一补这个情；第二是复字号内部的有些大事，要和诸位商量！"众人的注意力马上集中起来。有人私下议论："东家是不是要选大掌柜了？"顾天顺咳嗽一声，脸微微有点红。众人当下不再说话，接着致庸拿出那本密账，摇晃道："最近我和孙先生在总号和各分号走了走，把听到的和看到的事情都记下来，不看不知道，一看吓一跳。诸位，我本来不想劳烦各位，可现在发觉不行！要知道，咱们复字号这些年出的花花事儿还不少呢！"顾天顺警觉起来，掌柜中不少人开始紧张。致庸朗声道："既然都是咱们的家窝子事儿，我就给大家念念，家丑不外扬，今儿只在自己人小圈子里亮亮家丑。目的只有一个，把事情讲出来，和我们的店规比对比对，以后这样的花花事儿，是不是还要再有！"

场内响起一片议论声。致庸环顾众人，道："大家安静。既然是亮家丑，我就先从总号开始。第一条，违犯店规，任用私人。店有明规，任何人包括东家和掌柜的在内，没有东家和掌柜的协同商议，店内不得任用私人。总号顾大掌柜却将自家儿子的小舅子张二狗，小名二狗子，安插到复字号通顺店当伙计，结果发生了和客人撕扯、强买强卖之事。顾大掌柜，有这事吗？"顾天顺头上开始冒汗，站起，语气却也强悍，道："有。"致庸看他一眼，继续道："你请坐下。第二条，违犯店规，私自借贷，造成亏空。总号大掌柜顾天顺，不和二掌柜、三掌柜商议，不顾对方信誉不好，私自贷银八万两，给东城商号万利聚的吴东家做羊毛生意，结果到了现在，八万两银子无法追回。顾掌柜，这一条有吗？""有。"顾天顺又一次站起，致庸哼了一声，不再看他道："第三条，违犯店规，跑出去喝花酒，捧戏子。总号大掌柜顾天顺，常年视店规为无物，明明乔家自祖上以来，店规里一条条写明不准逛窑子，不准喝花酒，除非应酬客人不得听戏。但顾天顺还是私自跑出去喝花酒，捧戏子，用的却是公中的银子。顾掌柜，有没有这事？"顾天顺这次没有出声，终于低下头，汗如雨下。

一时间，众掌柜皆低头不语，一个个脑门出汗，场内鸦雀无声。致庸看着众人道："大家也别低着头，我看下面的也不要念了，各人的账各人清楚。现在我把这本账烧了，从今以后，旧事不提，但谁犯的错，回去马上纠正。任用的私人，一律清退！再发生这样的事，谁做的谁就请辞好了！"说着，他将密账本放到火烛上，看着它一点点烧毁。众人抬头，吃惊地望着他。

致庸环顾众人，接着高声道："现在商议第二件大事。复字号的店规还是多年前我祖父贵发公和当时的掌柜、伙计共同订立的，今天时过境迁，有些该废除的，却没有废除；有些该修订的也没有修订；有些条款写在纸上，本来不错，但大家却不遵循，形同虚设。我觉得今天机会挺难得的，咱们东家、掌柜的都在，我提议干脆把店规重新修订一番，以后大家全体遵守，再有违规者，几辈子的交情，就讲不得了！"众人稍稍活跃，有人喊："对！这件事早该办了！"致庸道："无论一国一家还是一店，要想兴旺，必须用人，用人就要兼顾东家、掌柜、伙计三方利益，我提议，在店规里加一款，学徒四年以上出师，愿在本号当伙计者，一律顶一厘身股，此后按劳绩逐年增加。"此言一出，众人皆惊诧地抬起头来。顾天顺抬头想说什么，又不好张口，暗中捅了捅身边原先的二掌柜。二掌柜无奈地站起道："东家，你这一条……恐怕自打有了晋商以来，就没有过。要是伙计也能和掌柜一样在生意里顶一份身股，掌柜和伙计还有啥区别？"

三掌柜接着站起，道："东家，我明白东家的意思，东家是看这一阵子要辞号的伙计太多，想留住他们，这是东家对伙计们的恩情。可是东家，要是看哪个伙计家中过得艰难，你让柜上另外施恩就行了，万万不可开这样的先例！"

此言一出，下面的掌柜都起哄起来，茂才不禁皱起眉头，有点担心地朝致庸看去。只见致庸神闲气定，用力拍拍手道："诸位，我说两句。大家的意见我也听到了，反对的理由无非有两条，第一条，给伙计顶身股在晋商中没有先例；第二条，你们担心给伙计顶了身股，掌柜的就失了颜面，和伙计不好相处。如果只是这两条，那我就要说说自个儿的意见了。要说没有先例，那也没有什么，天下事总要有人第一个去做，关键在于这样做有没有道理。给伙计顶身股，是为了留住人才。人才是什么？人才是我们做生意的根本。只要能把人才吸引到我们复字号来，我们为什么不能开一开这样的先例？"

众人安静下来，致庸继续道："别的不说，比方说复盛公的马荀，据我所知，近年来复盛公的生意有七八成都是马荀做的。这个人要是走了，复盛公的生意就要让他带走大半！这样一个人，我们为什么不能给他顶一份身股，让他留下？"一时间众掌柜都互相看了起来，想反对又似乎很难反驳。

致庸看看他们，补充道："至于第二条，我们现在就可以在新店规上清清楚楚地写上，即使掌柜的和伙计同样顶一份身股，掌柜的也还是掌柜，伙计绝对要敬重、听从掌柜的招呼，谁违背了这一条，就是违背了店规，大掌柜依然可以让他出号！"很快便有人道："好，这样好。"致庸趁热打铁："大家没有意见是不是？没有意见，这一条就定了，给伙计们按年资顶一份身股！"

和祥店的分掌柜祁东山猛然站起："东家，既然今天大家在此商议革新店规，我就提一条，让大家议议！"致庸高兴道："好，很好，大家有什么好主意，都说出来。"祁东山道："总号对分号在经营上统得过死，分号没有丁点儿自由，什么都得听总号的，说穿了是要各分号分摊总号的亏欠。我提议新店规里加上一条：分号和总号各自独立经营，独自核算，自负盈亏，谁的业绩是谁的，谁也不能强迫谁为谁效劳，到了四年账期，赏罚要分明。"众分店掌柜一阵叫好，场面很快热闹起来。

泰安店的苏掌柜道："我提一提，老店规里头的好东西，一条也别落下。像这不能带家眷、不能喝花酒、不能捧戏子等等，都要写上。捧戏子就少不了花钱，钱不够就免不了鼠窃狗偷的事情发生！"他话音未落，同店的三掌柜站起道："我也说一句，以后对总号大掌柜的权力要有所约束，能做什么，不能做什么，要写明，不能让他的权力无边无际；权力无边无际，必然任人唯亲，造成店内同仁离心离德！"致庸越听越高兴："好！接着说。"一边的茂才奋笔疾书，一一写上。顾天顺在一边再也坐不下去，满头大汗，悄悄离去。

二掌柜、三掌柜匆匆跟着赶进大掌柜室，只见顾天顺正在含泪收拾铺盖。二掌柜上前劝道："大掌柜，您别这样啊……"顾天顺抹泪道："二位爷，顾某早就不是大掌柜了！"三掌柜叹气道："大掌柜，你说东家今天这顿饭真是……"顾天顺怒道："他哪是要请掌柜的吃饭，今天的事情他和那孙茂才早就商议好了！反正我顾天顺已经帮他解了高粱霸盘之围，他已经过了河，可以拆桥了！"顾天顺一边哆嗦着手收拾东西，一边颤声道："事情到了今天这个地步，我还有什么脸面留下来？我要回祁县去！"一听这话，二掌柜急得跺脚："大掌柜，听我一句话，你不能走！我觉得今天的事吧，东家主要是对事，并不是对着大掌柜你一个人。顾爷你堂堂乔家复字号大掌柜，一世英名，晋商中无人不知，无人不晓，要是这样灰溜溜地走了，以后人们怎么议论大掌柜？大掌柜想过没有？"

顾天顺一惊，醒悟道："要这样说，我还真不能走了！顾天顺命可以不要，但一生的名声，不能不顾惜！我还真想看看，他乔致庸怎么处置我这个在复字号效力了四十年的老掌柜！"他探头向外，隐约听见致庸正在念新店规："……第十一款，各号伙计有权顶一份身股，身股由一厘起，累年按劳绩由东家和掌柜会议决定是否添加；第十二款，不得任用私人，非经东家和掌柜的会议，不得收徒；第十三款，不准带家眷入号；第十四款，店内任何人一律不得喝花酒；第十五款，店内任何人无故不准进戏园子听戏；第十六款，买卖公平，诚信第一，不准强买强卖，欺蒙客商，发现一例，立即出号；第十七款，不得强索债务，更不得逼死人命，违者出号；第十八款，店内任何人均不准赌博，违者出号；第十九款，店内任何人均不得吸毒，违者出号；第二十款，也是最后一款，任何人在任何时候不得与任何相与商家争做霸盘，违者出号。以后这个新店规就是铁的，就是我们复字号的立业之本……"顾天顺心中难过，却又不得不服气，忍不住跺跺脚叹了一口气，再听下去，就是一浪高过一浪的掌声了。

3

是夜，致庸和茂才下棋，一局下毕，茂才拿出旱烟，美美地吸了一口道："东家，你想过没有，你为复字号订的这个新店规，不但在包头，而且有可能在全体晋商中引起一场地震！"致庸摇头："茂才兄，你甭吓我。我只是为了留住马荀，为了清除复字号内部的积弊，有你说的那么耸人听闻吗？"茂才笑道："东家，我现在觉得，你可能在无意间做了一件真正的大事。自古以来，伙计在掌柜的眼里算什么？说得重些，伙计就不算人，掌柜的赏饭给他吃，他才有饭吃；掌柜的不给他饭吃，他就没饭吃。这下可好，你让他们也在生意里顶一份身股，他们在内心里就和掌柜的，甚至和你这个东家平起平坐了！""真的？"茂才笑道："你这一纸新店规，把伙计也变成了东家，既然他们成了东家，他们还会离开复字号吗？"致庸笑了："还有吗？""你将在晋商中间引发一场人才大流动，不用多长时间，上门当伙计的人将挤破复字号的大门！"致庸哈哈一笑："茂才兄，你觉得这样不好吗？哎对了，这次回去，我也给你在大德兴顶一捧的身股，怎么样？"茂才笑笑继续道："东家，你要准备好，不用回到祁县，你眼下在包头，恐怕就已成了商界的公敌！"致庸哼一声回答："是吗？对于那些目光远大的东家和掌柜的来说，他们一定不会认为我是商界的公敌。至少眼下的包头城中，有一个人不会这么看我。"

　　"你是说邱老东家？"茂才有点不以为然，致庸没有回答，反而看着窗外的月色，悠悠道："茂才兄，你瞧这口外的天地，有多广阔，我都不想走了！"茂才也换了个话题："东家，有一个人你可能要好好发落一下。"致庸想了想："顾大掌柜吗？唉，你说我该如何发落他？"茂才道："顾大掌柜虽然犯有大错，但他毕竟在乔家复字号效力了四十年，大掌柜也当了十年，若是发落得不好，也会动摇那些在复字号效力多年的老掌柜们的心！"致庸不禁凝思道："这件事你提醒得好。顾大掌柜从徒弟熬到大掌柜不容易，就是这一次，不是靠他，复字号库里的高粱和马草也不会那么顺溜地卖给达盛昌。看来，对这样的老掌柜和老伙计，新店规里还该加上一条……"

　　达盛昌内，崔鸣九走进邱天骏房中，兴奋道："东家，乔致庸做了一件让全包头商家瞠目结舌的事，他改了复字号的店规！"邱天骏一惊："改了店规？"崔鸣九有点幸灾乐祸，道："东家，他坏了晋商多少辈子的规矩，让伙计也在他的店里顶一份身股！"邱天骏心中一震，长久地站着不发一语。崔鸣九奇道："东家，您怎么不说话？这件事闹得我们达盛昌的伙计心都动了！但凡能办点事的，人人都想辞号，奔复字号去呢！"邱天骏突然回头，道："你悄悄告诉他们，让他们等着，过不了多久，我也给他们顶一份身股，只是谁也不能说出去！"崔鸣九大惊："东家，我们也要……"邱天骏转过身道："这件事到此为止，不要再说了！"崔鸣九道："为什么？今儿我听说好几位东家都来找您老人家，请您去找乔致庸，把这条新店规改回去！"

邱天骏道："告诉他们，我病了。"崔鸣九一愣："东家……"邱天骏摆摆手："好了，你去吧！"崔鸣九赌气道："东家，既然我们也要给伙计们顶身股，干吗要悄声？我们也大张旗鼓地不好？"邱天骏瞪他一眼："你懂什么？等着瞧吧，不只包头，全体晋商，都会受到冲击。乔东家说得不错，他要在包头商界重立秩序，再建行规，就凭这一条，他就已经做到了！不过常言怎么说来着……"崔鸣九有点摸不着头脑："什么？"

邱天骏哼了一声："众怒难犯。还有一句话，叫作出头的椽子先烂。木秀于林，风必摧之，乔致庸已经犯了众怒，我们吃不到鱼，干吗要去惹这一身腥？"崔鸣九点头。邱天骏又道："上次胡麻油这么一件丑闻，在别人那里，能让铺子关掉，生意倒闭，结果竟被这个乔致庸变成了天大的好事，复字号不但没有名誉扫地，相反还赢回了诚信的好名声！所以他出牌，不能以常理论之。况且这乔家二爷可能真想在包头重建商家与商家、商家与客人之间的诚信。他是年轻，初涉商界，可这个人骨子里有一股正气，别人说自己重义轻利，那是假的，这个人却是真的！让这样一个人经商可惜了，不过也说不定，在商界终成大器的，也可能正是他这一类人……"邱天骏唠唠叨叨一大通，说完却发现崔鸣九早走了神。邱天骏叹口气，不再多说了。

城外草原上，致庸和马荀策马跑了好久，终于下马找了一块草地坐下，两人望着蓝天白云，一时间都觉得天高地阔，心中无比畅快。半晌致庸突然道："哎，马荀，跟我说说你在经营上还有什么好主意，复字号还有没有更多生财的路数！"马荀笑了："东家，我只是个跑街的。"致庸道："我只问你如何才能把复字号做大，不问你现在的身份。你就当你这会儿是复字号的大掌柜好了。"

马荀歪着脑袋想了想："我要是总号大掌柜，头一件事就要集中调配各店的资金，灵活使用。"致庸点点头："仔细说说，怎么集中使用各店资金？这有什么好处？"马荀拉长声调："那好处可大了。我们做生意的，一年分春夏秋冬四个标期，在这四个标期里，各店主营的货品不同，银子就有了淡季和旺季。要是能把淡季店铺的银子投放到旺季店铺用，一份本钱就能变成四份，余下三份银子还可以做更多的生意。做生意缺的永远是银子，银子多盘子就能做大，盘子大利润自然就高，这是很简单的道理！"

致庸想了想，问道："可是昨天刚订了新店规，各店独自经营，自负盈亏！"马荀笑道："这和各店自负盈亏并不顶牛。我用你的银子，付给你利息，分店反而会高兴！"致庸又问："好。还有呢？""我们复字号的生意在包头城算是做得挺大，可是出了包头城，我们还可以做得更大，比现在大十倍、百倍！"马荀拉长声调道。

致庸两眼放光，忍住激动道："此话怎讲？"马荀望着天边道："东家，包头只是一座城，出了城往北就是一望无际的蒙古草原。草原上有多少王爷和牧民，我们就有多少生意！你想过没有，要是咱们把生意做到几千里蒙古大草原上去,这生意该有多大？"这话让致庸一跃而起："快给我说说，蒙古草原上都有什么生意可做！"马荀跟着站起，向着辽阔的草原画了一个大大的圈子，激动道："草原上的牧民需要内地的铁器、木器、绸缎、棉布、中药、马具、面粉、食糖、茶酒、马靴，内地人希望得到蒙古草原上的骏马、牛羊、皮张、羊毛、奶品，我们可以从内地贩运蒙古牧民要的东西到蒙古草原，再从蒙古草原上贩运内地人要的货物进口内。那时，整个蒙古大草原，北半个中国，都会成为我们的店铺；这个店铺有多大，复字号的生意就有多大！"

致庸叫道："好！说下去！"马荀笑道："说完了！"致庸看着他，高兴地点点头，过了一阵子，转头望着天际线，道："马荀，你有没有想过，我们这些生意人，除了挣银子养家，一生还能做些大事！"马荀有点迷惑，道："东家，除了挣银子养家，我们生意人还能做什么大事？""如果有一天，你挣的银子很多，不用再操心养家的事，就没有想过还能为天下苍生做些大事？"马荀笑着挠挠头道："东家，你逗我呢。我就是把吃奶的力气都使上，按眼下的店规，也得再做二十年，才有机会顶到一俸的身股。那时候我才能说，不用操心养家的银子了！"

致庸脱口而出："要是我让你明天就拿到一俸的身股银子呢？"马荀笑道："东家，您可别逗我，我会信以为真的！"致庸紧逼着他的眼睛："马荀，要是我请你做复字号的大掌柜，你敢不敢干？"马荀简直不敢相信自己的耳朵，一时间不禁涨红了脸，说不出话来。致庸郑重地点着头道："我是认真的！"马荀激动道："这个……这个我可从没敢想过！我才二十八岁！"致庸大笑："那你现在就想！马上想，就在这里想！然后回答我！"说着他跳上马向前方飞奔而去。

马荀很快勇敢地策马追上去，向致庸大叫道："东家，东家信得过马荀，马荀就敢干！"致庸大笑："好，有胆识！那我问你，要是你做了复字号的大掌柜，能把我们刚才合计的那件大事做成吗？"马荀勒马，遥问道："把乔家复字号的生意做进千里蒙古大草原？"致庸冲他严肃地点点头。马荀见状也打马过来，接着庄重承诺道："东家，一年不行，我就两年，三年，五年，十年，不把蒙古大草原变成复字号的大商铺，马荀死不瞑目！"

致庸看着他，微笑道："好！你还没回答我刚才的话，要是你不再操心挣银子养家，我们这些生意人，还能为天下苍生做些什么？"马荀想了想，正色道："东家，马荀小时也读过几年书，我明白东家今天是想点醒马荀，我们虽然只是些商人，胸中也不能没有济苍生之志。我们把生意做大了，就是为天下人生财！这就是您提醒马荀要做的大事，对不对？"致庸点头："好马荀！我就等你这些话呢！中国这么大，无物不有。没有我们商人，物不能尽其用，财不能尽其能。我们既做了商人，就要有商人的志向，我们要做天下那么大的生意，为万民谋天下那么大的财富。这样我们才算没有虚度我们宝贵的年华！"马荀大为激动："东家，马荀懂了！马荀从现在起，就一心跟随东家，一步一个脚印和东家一起做成天下那么大的生意！"当下两人仰望苍天，纵声长笑，禁不住豪情满腔。

4

宣布大掌柜人选的良辰吉日终于到了。复盛公总号内，各店掌柜济济一堂。致庸亲自面对香案，拈香在手，对着财神行三叩九拜大礼。接着他环顾四周，当众宣布道："包头复盛公的大掌柜，远在天边，近在前面，他就是马荀，马大掌柜！"说着他把马荀推到众人面前。

众人轰然一惊，如炸开了锅般议论纷纷。致庸示意高瑞将一把椅子放在香案前正中位置，朗声道："马大掌柜，请上座！"马荀看着喧闹的众人，突然有点犹豫起来。致庸压过众人的喧闹，高声道："按照乔家祖上的规矩，聘请大掌柜，都要举行一个仪式，学当年汉高祖设坛拜将。马大掌柜，请上座！"一边的茂才看看有点手足无措的马荀道："马大掌柜，今天不是东家本人向你下拜，东家是代表乔家的祖宗和所有的股东，包括今天在场的复字号的掌柜和伙计，向新聘的复字号大掌柜下拜。你要认为自己一定不负重托，就坦然上座。要是心里没底气，你就不坐！"马荀朝致庸望去，致庸鼓励地向他重重点头。马荀不再犹豫，在香案前正中的椅子上坐了下去。

众人虽然诧异，但还是静了下来。致庸恭敬道："马大掌柜，从今以后，致庸就把父祖三代创下的这份基业，连同复字号同仁的饭碗，托付给你了，请受我一拜！"说着他磕下头去。马荀急急起身将他搀起，一时热泪盈眶，拱手恳切道："东家，马荀今天当众受了您这一拜，此生就是粉身碎骨，也不敢有负重托。东家，马荀也请您坐下，东家如此器重马荀一个伙计，不但给了我机会，还拨亮了马荀的眼睛，给了马荀成就大事的雄心。马荀得遇恩主，三生有幸，不能不拜，东家，您也受马荀一拜！"说完他推致庸坐下，趴下就行大礼。

致庸用力将其搀起："马荀，马大掌柜，快快请起，从现在起，复字号就看你的了！"马荀庄重回应："东家，您就放心吧！"茂才在一边大声宣告："礼成！"

致庸退后，马荀亲自搬过一张椅子，请致庸坐下，他转身面对众掌柜，神情庄严道："诸位师傅，诸位前辈，大家今天也受马荀一拜！"众人颇感诧异，鸦雀无声。马荀跪下道："诸位师傅，东家今天将千斤重担交给了马荀，从今以后马荀使命在身；为了东家，也为了全体掌柜、伙计的饭碗，马荀将一律按店规和乔家祖训行事，不论什么师傅、前辈，谁若违背，请恕马荀顾不得情面了，因此马荀这里先向大家告罪！"他的话铿锵有声，三叩头后从容站起，拂去膝上土灰，目光扫过众人，神情一变，众人不觉神情肃然。

马荀掏出一份名单环顾众人，朗声道："各位，现在我要以大掌柜的身份宣布一些事。首先，我要对各店掌柜人等做出如下变动：第一位，通顺店李掌柜，放任伙计在胡麻油里掺棉籽油，坑蒙顾客，虽不是同谋，却有失察之过，不能再任大掌柜，大掌柜之职由二掌柜胡大海先生接任。"众人轰然一惊，纷纷回头看李掌柜，李掌柜急扯白脸道："你……

马荀……"马荀继续道:"肃静!第二位,义顺店梁大掌柜常年嫖妓女,有违店规,不再适合担任大掌柜,由广顺店刘大掌柜接替义顺店大掌柜,广顺店由二掌柜蒋先仁先生接任大掌柜。"众人回看梁大掌柜。梁大掌柜一时面如土色。

马荀的目光扫过众人,接着一字一句道:"第三位,总号原顾大掌柜日前已向东家提出辞呈,经东家挽留,现任总号二掌柜;从今天起,顾大掌柜不再担任二掌柜,其职务由德顺店二掌柜孔东义先生接任;总号傅传祥三掌柜调任……"众人这次倒没有太多诧异,只回头看顾天顺。顾天顺浑身一震,面耳皆赤。

马荀将名单收起,环视众人,朗声道:"上述顾大掌柜、李掌柜、梁大掌柜等人,除梁大掌柜因严重违犯店规,不能再留在号内之外,其余虽犯有过错,但乔家祖上历来有厚待掌柜之风,若愿意继续留下为复字号服务,仍可以留下!"梁大掌柜怒声道:"马荀,你也太霸道了!谁还没有一点小错!东家,您要给我们评评理,他不能这么待我们!"

致庸无动于衷,神态平静。梁大掌柜拂袖而去,且回头大声道:"好,我走!此地不留爷,自有留爷处!"李掌柜也不客气地大声道:"梁大掌柜,我也跟你一块儿走!这复字号的天真是变了啊,一个跑街的也能当大掌柜,就是不让我走,我也不干了!"说着两人一起抬脚往外走。马荀看着他们,平静道:"梁大掌柜,李掌柜,你们要走,复字号不会强留,但照乔家祖上的规矩,就是对犯错出号的人,柜上也要发一笔遣散银子,你们什么时候来,柜上什么时候付给你们银子!"不料两人一起回头怒声道:"马荀,就是有银子,也是乔家祖上的恩典,我们不会谢你!"马荀毫不介意,拱手道:"二位慢走,恕不远送!"

顾天顺面红耳赤,站起看着致庸和马荀,颤声道:"真没想到,我在复字号干了四十年,竟落了个这样的下场!我……我也不干了!"

马荀"扑通"一声跪下："师傅，马荀得罪了！今天是马荀上任头一天，为了复字号的将来，马荀不能不痛下狠招，与大家结束过去，开始将来。论私，您是马荀的师傅，但论公，马荀却是复字号的大掌柜。确实不能再让您老担任总号的掌柜！您真要离开，马荀接受！"顾天顺又是一惊，回头看他，一时气极："你……"他说不出话来，身子一晃就要晕倒。致庸上前扶住，对身边的伙计道："快送顾掌柜下去休息！"

　　马荀上前一步道："东家，慢！我还有话说！"众皆愕然，一时间目光全都望着他。马荀大声道："东家，孙先生，诸位掌柜，我马荀不是个无情无义之人。我师傅虽然有许多过错，但他毕竟在复字号服务了四十年，从一个少年熬到今天两鬓苍苍，他对复字号功大于过。因此我提议，在新店规里加上第二十一条，今后凡在乔家复字号里效力满四十年离号的掌柜，一律保留半俸的身股用于养老，直到享尽天年。请东家和各位掌柜考虑！"众人都吃了一惊，一起朝致庸看去。致庸想了想，带头鼓起掌来。

　　这件事立刻得到众掌柜的热烈反应。众人一起鼓掌，且议论道："要是这样，我们这些人，都愿意在乔家干到四十年！"

　　顾天顺更是激动地望着马荀和致庸，沙哑着嗓子道："马荀，东家……这一条你们是专为我顾天顺设的吧？我顾天顺是个犯了大错的人，你们还待我这么仁义，我没别的报答，这样吧，我……就给东家磕个头！"说着他趴下去给致庸磕起头来。致庸急忙上前拦住："顾爷，这条新店规是马大掌柜提出的，你要谢就谢他！对了，马大掌柜，这条新店规干脆这么写好了，以后每逢账期，复字号都从红利里留出一笔银子，专门用于照顾那些在复字号服务四十年以上离了号的人。标准呢，就照你说的，拿他原先在店里薪金和红利的一半。天下四行，士农工商，我们商人也是人，就是老了，病了，辞号了，也要过上人的日子。有了新店规，股东就不只是我乔致庸，你们就都是股东了，大家今后为了自个儿，为了复字号，好好干吧！"他的话刚说到一半，底下已经掌声如雷，简直要把房顶掀翻。

过了好一会儿，马荀示意大家安静，环视众掌柜，神情渐显威严："还有谁要辞号吗？"现场鸦雀无声。于是马荀一字字道："没人再请辞，我就接着讲一讲我这个大掌柜上任后的打算……"致庸见状站起，微笑地悄悄拉着茂才离开了。

<h1 style="text-align:center">5</h1>

瞅着这个空，致庸和茂才终于来到包头著名的毛皮市场，见识闻名天下的蒙古皮袍。茂才笑道："东家，复字号聘下了大掌柜，我们该回祁县了吧？"致庸开玩笑道："怎么，想谁了？"茂才半真半假道："哎，你还甭说，我心里还真想着一个人！"致庸忽然想到了什么，一时不语。茂才岔开话题道："东家，还有什么大事没有办完？你这些天在包头立的规矩，能管这里二十年！"

致庸笑了："茂才兄，还有一件事，我想办完了再走。这件事不办，在包头建树新规矩的事就算没有做完！"茂才奇道："哪一件？"致庸道："包头东城万利聚商号的吴东家，借了我复盛公八万两银子，也跑来哭穷，说没有银子还，让我可怜他。可有人却说他有银子，想赖账。我原来想将它交给马荀去办，但马荀刚上任，就让他去一个相与家催讨欠银，这样不好。这件事还是我来办！"茂才看看他，摇头笑着拿起一件皮袍子打量起来。

过了两日，吴商人果然上门，一进门就趴下放声大哭。致庸皱起眉头，看着马荀道："这位相与是？"不等马荀回答，他接着吩咐道："高瑞，快把这位爷请起来！"高瑞上前拉吴商人，吴商人赖在地下不起，越发哭得厉害。马荀看着他话中有话道："东家，这是吴东家，东城有名的商号万利发就是他的生意，专和蒙古牧民打交道，经营活牛活羊，外加皮张羊毛，可有的是银子！"致庸微微一笑："吴东家，你有什么难处，站起来讲。你老是这么哭，我也不明白怎么回事儿呀。"说着他问马荀："这位爷一共欠了多少银子？"马荀翻账簿道："去年三月，吴东家借复盛公钱庄银子八万两做羊毛生意，说好三个月，月利二厘五，一个账期外加一厘二，这都过了一年了，整整四个账期，他一直拖着没还。"

吴商人还在地下哭："乔东家，我不是不还哪，我的生意赔了，我让人家给骗了，八万两银子的羊毛卖出去，分文没有收回来呀。你看看我现在这个样子，生意砸了，没钱还账，一家人吃的也没有，我一天到晚净想跳黄河的事了！"致庸想了想道："好了好了，你站起来说，你家里这会儿到底还有什么？八万两银子呢，你总得还点什么吧？"吴商人听出了点意思，抬头拭泪装作可怜道："我家里……我家里除了一处房子，供家人遮风避雨，再没什么了。"一旁的二掌柜忍不住插话："东家甭听他的，有人说他特有钱，不行就和他上衙门打官司！"致庸看他一眼："说什么呢！我们生意人家，因为几个钱就和相与打官司，以后谁还敢和你来往？"吴商人偷觑致庸和二掌柜，暗暗以为得计。致庸道："啊，吴东家，那我问你。你可是欠我八万两银子，这不是小数目啊。你没有银子，我又不能要你的房子，让你一家大小露宿街头，那你说说家里还有什么可以还我？"吴商人搔头做愁苦状："我……我现在穷得每天提着个破箩筐沿街叫卖花生仁，除了房子，就这只箩筐了。"说着他又哭起来。致庸赶紧道："那好，我信了你，明日你把箩筐拿来，再给我磕个头，咱们的账就两清了，行不行？"吴商人哭声立停，不相信自己的耳朵，脸上现出惊诧的表情："乔东家，您的话当真？"致庸道："当然是真的！我说过不算数的话吗？"二掌柜此时忍无可忍道："东家，这可是八万两银子呀！"致庸装作很不高兴道："八万两银子又怎么样！和人命比起来，这算不得什么！"说着对吴商人道："好了，你走吧，别忘了明天这时候，把箩筐给我送来，咱们磕头清账！"

吴商人高兴得屁滚尿流："好的，乔东家，怪不得人都说您是活菩萨！我明天一准把箩筐给乔东家送来，再给乔东家磕头。我……我走了！"说完他爬起来，忙不迭离去。致庸脸色一沉，吩咐高瑞："出门盯着这个姓吴的，看他去了哪里，做了什么，回头来告诉我！"高瑞点点头，应声而去。

且说这高瑞跟着吴商人串巷，一直跟进了包头最有名的烟花之地梨香院。一间富丽堂皇的小包间内，吴商人的声音隐约传来，高瑞四下看了看，慢慢把耳朵贴在门上。只听吴商人在那里调笑道："心肝儿，这么大一锭银子，连我爹都舍不得送，今儿送给你了。"那妓女一阵浪笑："瞧你这一身打扮，够臭的，还有银子孝敬我，真不易啊。"吴商人笑道："我的儿，你知道啥？甭嫌我这一身衣裳破烂，这叫行头。今儿我穿着它，白挣了八万两银子！……人都说他们乔家人是糊涂海，今天我一试，果然不假！老子甭说八万两银子……"

高瑞毕竟年纪轻，听到这里，一时兴起，猛地推开门闯进去。那妓女在床上尖叫了一声，吴商人也吓了一跳，急问："你……你是谁？"高瑞盯了吴商人一眼，确认后，哈哈笑着道歉离去，他走了老远，还听见背后隐约传来吴商人好一阵咒骂。

第二日一大早，吴商人果然来到，又要咧嘴装哭。致庸手一摆，问道："箩筐带来了吗？"吴商人点点头，把箩筐放在他面前。致庸看着箩筐道："哎哟，我怎么看怎么都觉得这个箩筐不一般呢。"他对茂才及马荀等招呼道："你们都过来看看，这不是一般的箩筐，这个箩筐价值连城啊。"吴商人脑门上开始出汗。致庸回头："哎对了，吴东家，不是说还要给我磕头吗？磕吧。"吴商人如蒙大赦："乔……乔东家，我磕了一个头，咱们的账真的两清了？"致庸很认真的样子道："对呀，我乔家几代经商，守的就是个信义。我说过的话怎么能忘了呢，磕吧，磕了头咱们就清账了！"吴商人急忙趴下磕头。致庸端坐着道："好了，头也磕了，箩筐我也收下了，你走吧，咱们的账清了！"吴商人不起来，仰着头道："乔东家，咱们可是君子一言，驷马……"

致庸笑笑，从袖筒里取出借据，递给吴商人道："你可以在这里当众烧掉！"吴商人一怔，赶紧接过借据，哆嗦着手放在火上点燃，脸上禁不住现出喜色。一抬头，却发现众人都用憎恶的目光望着他。吴商人尴尬地笑着，一步步后退，不料在门槛处摔了一跤，爬起来一溜烟跑掉了。

致庸看着他仓皇的背影，沉声道："把这只箩筐摆在复盛公最显眼的地方，从今天起，我要标价出售它，售价八万两银子，外带吴东家四个账期的利息。有谁看它值这个价钱，就拿去！"众人先是掩嘴大笑，以为他开玩笑，回头看他，却发现他的神情异常严肃，众人一惊，也都收敛了笑容。

第十八章

1

那只破箩筐堂皇地放在复盛公一进门就能看见的地方，旁边是一纸标价：八万两银子，外加四个账期利息。大凡与复盛公做生意的人进门都会看一看，出门时往往会当笑话讲给同行听。不几天，除了做生意的人，常常还会有人慕名来看这只"著名"的箩筐，然后把这个笑话讲给更多的人听。

到了第十天的夜里，吴商人在家再也待不住，觍颜上门求见致庸。致庸不动声色，依旧客客气气地接待他。吴商人便难堪道："乔……乔东家，我能……我能跟你一个人说几句话吗？"致庸一挥手，旁边几个伙计皆掩嘴笑着退走。吴商人嗫嚅道："乔东家，你这只箩筐，还真卖呀？"致庸故意道："可不是，摆在这里就是为了卖掉它，它花了我这么一大笔银子啊，怎么着，吴东家对它有兴趣？"吴商人赶紧摆手："没有没有。我是想来和乔东家商量点事儿，我想和复字号一起做笔生意……"一听这话，致庸立刻起身："哎哟，那可不行，就因为我用八万两银子买下了你这只箩筐，我银库里已经没银子了，吴东家，你还是到别的相与家问问吧，他们也许愿意跟你一块儿做生意！送客！"吴商人没奈何，只得快快而去。茂才和几个伙计走过来，大家都忍不住笑。

吴商人有气没力地赶回家。刚坐下，他手下一个掌柜跑进来道："东家，不好了！"吴商人烦躁道："出什么事了？"那掌柜道："东家，那件事已经传到口内去了，现在不单是包头的商家，就连京城和太原的商家，也不愿意和我们做生意了！"吴商人怒道："怎么会这样？我亏的是他乔致庸的银子，怎么他们也这样？这跟他们什么关系……"

　　没过三天，吴商人又来到了复盛公，一进门就趴下连连磕头："乔东家，我知错了知错了，请你大人不记小人过。你高高手我就能过去，你低低手我就完了！"致庸冷笑问："真的吗？"吴商人带着哭腔道："真的真的，你天天把这个破箩筐摆在这里，弄得全包头没有一家商号再和我做生意，连我的大掌柜和伙计都跑了！这样下去，我只有离开包头。可包头是我的根，离开这里，做不成生意，我还怎么活呀！"致庸笑道："吴东家，你认为现在全包头没有一个人和你做生意，都是因为我天天把这个箩筐摆在店里？那好办呀，你拿八万两银子把箩筐买回去，再一次性结清四个账期的利息，它不就不摆在这里了？"吴商人跪在那里咬牙切齿，却不敢说什么。致庸道："吴东家，你不要为难。咱们都是生意人，乔家做生意向来讲的是买卖公平，不强买强卖。你要是觉得不划算，可以不买。我还有事，恕不奉陪了！"一见他要走，吴商人急忙拦住，想了半天，终于站起恨恨道："我买，我买还不成吗？"当晚，吴商人果然如约将箩筐买了回去。

　　又过了几日，马荀领着一脸晦气的吴商人再次走了进来。吴商人哭丧着脸道："乔东家，我原想从你这儿买回了箩筐，也就买回了信誉，不料好几天过去了，我那里还是鬼都不上门！"致庸想了想道："我说吴东家，要不那样，把那破箩筐高高挂到你铺子门前，让全包头的人都看见。我敢说，不出三天，就有人愿意跟你做生意！"

　　"可是……可是万一我这么做了，还没有人上门，怎么办？"吴商人还是不大敢相信。致庸笑道："若真要是这样，我乔致庸就亲自上门，和你吴东家做第一笔生意！怎么样？"吴商人很感激，赶紧跪下又磕了好几个头。

这次致庸一直把他送到门口，正色道："吴东家，记好了，咱们是商人，好的信誉可不止值八万两银子。我让你只花这点银子就买回了信誉，你沾光沾大了！圣人云，'人而无信，不知其可也'，何况我们这些商人？行了，改天生意好了，你得请我吃酒！"吴商人连连点头道："我一定请，一定请！"他边说边走去上车，又跌了一跤。众人都纵声笑起来。

致庸离开包头的日子到了。复盛公门前鞭炮齐鸣，鼓乐喧天，两伙计当着复字号所有掌柜的面，将一块新匾高高悬挂于门楣之上，上面是致庸亲笔题写的两个大字——"厚德"。马荀颇为激动，回头大声问道："诸位，让我们一起告诉东家，乔家的祖训是什么？""义！信！利！"众掌柜异口同声地回答。致庸点点头，振奋道："对！我们尤其要记住，这三个字排在第一的不是利，而是义，乔家做生意讲究的是以义制利；其次是信；做生意要讲诚信，无信不立；这利只能排到第三位，按这样的顺序做生意才能称得上'厚德'，才能做得成大生意，你们一定要时刻记在心上！"马荀慷慨拱手道："东家，您放心吧，复字号有您这块匾，有我们新订的店规，有乔家的祖训，还有我们这些人，绝对错不了！"

在众人的掌声中，在鞭炮与鼓乐声中，致庸与茂才一行终于启程。不料到了包头城外，有一帮商家闻讯赶来，如邱天骏、焦百川等，把酒相送，执手依依，又是一阵热闹。半天后，致庸他们才真正上了路。回来的路上，邱天骏在车中对崔鸣九道："我们过几日也回去吧。乔致庸来的时间不长，却以迅雷不及掩耳之势，干脆利落地给这里立了规矩，十年八年内，没有谁还能改得了这个规矩。"崔鸣九道："可是……祁县那么小的地方……"邱天骏道："你错了。晋商里没出一个乔致庸，包头就是大地方，祁县是小地方；祁县出了乔致庸，包头就成了小地方，祁县就成了大地方！"崔鸣九心中未必服气，但也不敢说什么。邱天骏看看他道："对了，乔致庸用一个二十八岁的人做复字号的大掌柜，同业都去恭贺，你为什么没去？""我……"崔鸣九有点不好意思。邱天骏哼了一声："你是不是觉得他原本只是一个跑街的？"崔鸣九不语。邱天骏反问道："我用你当大掌柜的时候你多大？"崔鸣九道："东家提拔鸣九时鸣九三十八岁，在当时的大掌柜里算是年轻的。"邱天骏点点头："明白了就好。乔致庸提醒了我们，以后我们和乔致庸之间，不，是和山西的商家之间，要争的已经不是一桩桩生意了。"崔鸣九一惊，问道："那是什么？""是人才，"邱天骏沉声道，"乔致庸虽然年轻，却知道天下最大的事是罗网人才，使用人才，让人才变成为乔家效力的死士。你瞧吧，这个二十八岁的大掌柜，将来会为乔家累死的！"崔鸣九大为震惊，埋头半晌后终于道："东家，我懂了。以后凡是人才，我将不惜一切网罗到达盛昌来。"

乔家早就接到了讯息，所以致庸还未到家，乔家堡里里外外已经张灯结彩。虽说乔家家规不让请戏班子到家里唱堂会，但这次曹氏做主，把戏台子搭在村后河湾子里，请了九岁红的戏，预备连唱三天。玉菡更是喜不自胜，每日盼星星盼月亮一般，就盼着致庸回来。

2

致庸一行风风光光地回到了乔家堡。一进门，他按规矩先在祠堂中给祖宗上香、行礼，接着抱住致广的牌位好一阵恸哭："……包头复字号转危为安了，大哥，你可以闭眼了……"曹氏在祠堂门外听着，也伏在张妈怀中大哭起来。玉菡则痴情地望着祠堂中的致庸，悄悄地抹泪，几乎难以自持。

当日乔家堡大摆接风宴，茂才、戴老先生、阎师傅及曹掌柜都被奉为上宾，这些人共同经历了一场患难，今日相聚，颇有苦尽甘来、共患难之感慨。席间宾主皆欢，都喝多了。

玉菡自致庸进门，一直没什么机会与他亲近，眼见着夜色渐浓，前院仍旧毫无散席的迹象，不禁着急起来。明珠在一边看着，打趣起她来："小姐，您身上法兰西的香水整个乔家大院都闻到了，怎么姑爷的鼻子那么不灵光啊？"玉菡忍不住啐道："你这个死丫头，只知道打趣主子，还不赶紧去前院看看是怎么回事！"明珠一听这话，咯咯笑着出了门。

不多会儿，明珠急急进门道："小姐，二爷和孙先生都醉得一摊泥似的，孙先生在那里舞醉剑呢……"玉菡闻言，也顾不得什么男女大防，急急往前院奔，一边埋怨道："这个孙先生，知道他今儿刚回来，还让他喝那么多！"明珠掩嘴笑道："小姐，不是的，是二爷先把孙先生灌醉了，他们都说二爷海量呢！"

前院中月光遍地，踉踉跄跄的茂才舞醉剑，口中胡乱地吟道："'君不见高堂明镜悲白发，朝如青丝暮成雪。人生得意须尽欢，莫使金樽空对月。'哈哈哈哈……'天生我材必有用，千金散尽还复来'……"旁边的一帮爷们都醉得不成样子，却连连喝好。阎镖师哈哈笑着，也踉跄地舞起一把长刀来。他是练家子，自然舞得好看十倍，周围轰然叫好起来。

玉菡皱着眉头四处看，独独没有发现致庸，心中一急，拉过半醉的长栓问："二爷呢？"长栓四下一望，也着急起来，陪着玉菡找了好一阵子，前院以及内外书房都没有发现致庸。明珠小声嘀咕道："天哪，会不会是刘黑七……"玉菡心中一惊，差不多要落下泪来，长栓则被吓醒了。突然，长栓一拍脑门道："我想起来了，二爷可能在那里……"

他们赶到统楼库房的时候，致庸正躺在一条长凳子上呼呼大睡。月光静静地照在他的脸上。他睡得很沉，嘴角还挂着一缕涎水。长栓刚要上前叫醒他，玉菡赶紧摆摆手，心疼道："别吵醒他，让他睡吧，这一阵子可累坏他了。"她吩咐明珠回房拿一条薄被，小心替致庸盖上，然后慢慢在致庸身边坐下。明珠看看她，又看看致庸，忍不住问："太太，您就这么守着他？"玉菡点点头道："明珠，你回去端壶茶水过来。你们都去吧！"

清晨那缕阳光温暖地斜照进来，致庸抖着他的眼睫毛，不情愿地慢慢睁开双眼。也许是刚才的梦境太过清晰了，梦中那个眼波清媚的女子带给他的安详与甜美，几乎使他不愿意醒过来。致庸揉揉眼睛，轻轻地叹了口气。忽听耳边一个柔美的声音问："二爷，你可醒了？"致庸吓了一大跳，一回头看到玉菡正含笑痴情地注视着他。一旁明珠揶揄道："二爷真是好睡，太太在这里守了您一夜了！"致庸有点慌："啊，太太，你真的守了我一夜？"玉菡温柔地望着他，刚想开口问他刚刚为什么叹气，又忍住了。明珠看着他们好笑，转身溜走了。

玉菡轻声道："二爷，你大约忘记自己还有房媳妇吧？"致庸脸一红，凑过去嗅她："唔，太太，好香，这么久没闻法兰西的香水味了！"玉菡躲了躲，致庸突然上前，一把将她抱起："太太，我就是把自个儿忘了，也不能把这么漂亮的太太忘了呀，走！"玉菡急红了脸："快把我放下！让丫头们看见了！"致庸耍赖不放手："不，太太守了我一夜，我就这么把你抱回去，让她们都看看，这就是我乔家的二太太！"说着，他抱着她便往外走。玉菡挣扎着道："你要是真胆大，真不怕人笑话，你就这么走！出了门也别放下！"致庸大笑："太太，你还甭用这样的激将法，我今儿还非把你从这儿抱回去不可了！""你，要死了……"玉菡捂住脸，却不再挣扎。

二门内，致庸抱着玉菡一路走来，曹氏在屋内最先望见，赶紧关上了窗户。紧接着，每一扇窗都关上了，窗后全是笑着躲避的眼睛。院子里一时鸦雀无声。玉菡双手捂着羞红的脸，紧闭双眼。致庸一直笑着把她抱进房间，随即紧闭了房门……

3

当致庸和玉菡到达陆家的时候，陆大可照旧在喂他心爱的鸽子。侯管家跑过来禀告，陆大可一脸不高兴："我不想见他们。银子拉回来了吗？"侯管家喜道："拉回来了。七十万两现银，外加半年的利息，一厘也不少。除此之外，姑爷还从包头给老爷买回了上好的狐皮袍子。"陆大可脸色缓了缓，道："我今天不见他们了。银子你替我看好，一块块过称，别走了眼。"侯管家看看他，道："可是老爷，小姐说，他们履行了合约，我们也得履行合约……"陆大可不耐烦地打断他的话："我知道了，不就是那棵翡翠玉白菜吗？"侯管家小心道："可是小姐说了，要是老爷不给，她就不让人从银车上卸银子。您看这……"陆大可哼哼起来，有点气急败坏："给她给她！我养出的闺女，跟她爹做生意，还丁是丁，卯是卯，看下一回我还帮他们不成，也不想想这回费了我多大的力气才搞定这件事！"侯管家笑道："老爷，咱们这回就是没能收下乔家在包头的生意，也赚了不少，姑爷和小姐没有亏负老爷！"陆大可绷紧脸道："老侯，你替谁说话？这几个利息，也值得我费那么多心思？别忘了，我还赔了一个闺女呢，哼！"侯管家诺诺而退。陆大可忽然想起什么，放下鸽子，转身就往客厅走。

致庸和玉菡正在说话，回头看见陆大可气哼哼进来，急忙给他见礼。陆大可摆手道："罢了罢了。乔致庸，你就是不来，我还要去找你呢。知道不知道你闯下了大祸！"致庸看看玉菡笑道："致庸不知，还望岳父大人明示。"陆大可道："你在包头改了店规，连伙计也可以顶身股，眼下晋商界都轰动了，说你自毁大商家的颜面和规矩，要联合起来抵制你们乔家，不和你们做生意呢！"致庸一惊，道："岳父，我可以解释……"

陆大可打断他道："你甭解释，我不想听！你把我铺子里伙计们的心也给搅乱了！念你年轻，我就不多说了。回到祁县，马上请客，把水家、元家，还有昨天刚刚回来的达盛昌邱东家请一请，当众收回你那条搞得四邻不安、八方不宁的新店规，让大家原谅你，也好平息晋商中的这场骚动，让大家都有安生日子过！"致庸终于忍不住，还口道："岳父，恕小婿不恭。岳父若是就别的事教诲致庸，致庸一定从命，可要说到这件事，小婿却有话说。伙计也是人，一年到头抛妻舍子，离乡背井，他们为什么就不能顶一份身股？再说了，《大学》有云，'生财有大道，生之者众，食之者寡，为之者疾，用之者舒，则财用恒足矣'。这生财的大道就是要许多人齐心协力地去干，这样财才能足；财足了，不只大家有饭吃，还能更多地为天下苍生积财，这有什么不好？"

陆大可嗤之以鼻："够了！乔致庸，我知道你读了几天书，一开口就是子曰诗云，之乎者也。我不想听这个，我只知道拿我的银子雇伙计赚钱，而不是一股脑地人人顶身股，弄得鸡犬不宁。……看来今天咱是说不到一起了，你们走吧！临走时我再说一句，我陆大可也是晋商的一员，从今以后，只要你不改那条店规，我也抵制你们乔家，不和你们做生意！"玉菡大叫一声："爹，您……"陆大可怒道："玉儿，你也跟他走，快走，哼，一棵玉白菜，你就这样和我计较，我打今儿起不认你们了……"致庸还想说什么，玉菡赌气拉着他头也不回地走了，这边侯管家急忙送出："哎呀，姑爷小姐，我送送你们！"

侯管家送完他们回来，陆大可依旧虎着脸不理他。侯管家笑道："东家，您以后还真打算不让姑爷小姐上门呀？"陆大可黑着脸道："你，出门给我嚷嚷去，就说为了乔致庸的新店规，我老陆今儿把自个儿闺女女婿轰出去了，从此不让他们上门了！"侯管家看了他一眼，笑道："东家，我明白您的意思了！"陆大可生气道："你又明白了什么？"侯管家知道他的脾气，不再多说，悄然退出。陆大可从裤腰里摸出一个小酒壶抿了一口，脸上已没有气愤之色，反而露出微微的笑意。

4

那日致庸和玉菡从陆家回来得颇早，一大家子统统坐在一起，好容易吃了一顿家常团圆饭。一家人其乐融融，大红灯笼高高照着。致庸吃了一阵，突然有点恍惚起来。一抬头正碰上玉菡含情脉脉的目光，这边曹氏又给他夹了鹌鹑茄子，景泰跑闹着，在那里打翻了一个碗，众人笑着一阵忙乱……致庸看着眼前的这一切，忽然感觉到一种模糊而又伤感的幸福，不知怎的，一瞬间眼泪几乎要流出，心里更是有一种奇特的痛楚。

致庸咬住牙，努力不让那个眼波清媚如水的女子浮现在他的眼前，于是快快地讲起了包头吴商人的笑话，饭桌上笑声一阵高过一阵。致庸却再次恍惚起来，心痛得难以承受。玉菡觉得他有点不对劲，又不好问，只得在桌下用手轻柔地捅捅他。致庸一看到她那询问的温柔眼神，心中更是难受。他笑一笑，打起精神，吩咐道："长栓，快去把包裹里头的皮袄拿进大太太房里去。"

饭后在曹氏房中，致庸故作兴致很高地向曹氏和玉菡展示他给她们买的蒙古皮袍。"嫂子，这是给你的。这可是最上等的蒙古皮袍，只有蒙古王公的福晋和格格才有福气穿，快穿上试试！"曹氏接过皮袍，眉开眼笑，穿上后在镜前转来转去，道："你们瞧瞧二爷，这么好的东西，你大哥活着的时候，包头不知去了多少回，也没想到给我捎回一件。还是我这个二弟，从小没让我白费一番心。"众人都笑起来。玉菡也喜滋滋地穿上自己那件皮袍，妯娌俩在镜前照来照去，互相评判着。致庸瞧着她们伤感地一笑，悄悄地走了出去。

那夜致庸早早便上了床，不等玉菡说话，便装作睡着了。玉菡只当他累了，怜惜地亲了他一下，便也睡下了。致庸好容易等她睡着，轻轻和衣坐起，看着玉菡睡梦中甜美的笑脸，忍不住暗暗责备起自己。第二日一大早，致庸走进书房，拿出鸳鸯玉环要玩，要拿给玉菡，又忍住了。他摇铃叫来了长栓，胡乱扯了一通，然后问道："最近见着翠儿了吗？"长栓脸色一变，道："二爷，您是想问江家二小姐吧，她一病两个多月，现在就快嫁人了！"致庸心头一震，背身过去："是吗？那倒要为她高兴了。"长栓哼了一声："二爷，您就一点也不想知道她要嫁给谁？"致庸生硬道："雪瑛要嫁给谁，自有她的父母做主，我有什么必要知道？"

长栓叹了口气："江家二小姐要嫁给榆次何家的大少爷何继嗣！""啊，那倒是好，何家富甲一方，雪瑛总算是有了一个好归属，我也放心了。"致庸忍不住打心眼里生出几分欣慰和喜悦，随即又是一阵感伤。长栓叹道："二爷真不知道？这何继嗣是个大烟鬼，痨病缠身，都说他活不久的！"致庸回头急道："你说什么？何继嗣是个病人？"长栓点点头，叹气道："是个半死的人，一年到头抱着个药罐子，疯疯癫癫，谁家愿意把女儿许给他！"致庸大叫："怎么会这样？姑父姑母怎么这么糊涂！"长栓看看他，犹豫再三道："二爷，我听说这门亲事是江家二小姐自己点了头的，本来江家老爷已经答应退亲，后来是她自己做主要嫁到何家去！"致庸大骇："不，这怎么可能？这不是真的！"长栓跺跺脚，索性道："有什么不可能，翠儿告诉我，江家二小姐这么做，全是因为二爷您！因为您负了她！"

　　致庸色变，起身就往门外走，吓得长栓赶紧跟上。致庸也不管，径直到马厩牵了一匹马便奔了出去。长栓拦不住，只好拉了一匹马赶上去。

　　致庸一路打马飞奔，很快到了江家。

第十九章

1

也许在梦中有太多次的相遇，所以当雪瑛在江家客堂内真的站在他面前时，致庸反而怀疑自己是不是还在梦中。这次相遇是在江父极力反对、江母则坚持要他们相见的情境下发生的。而在他们相持之际，雪瑛突然出现了。大病初愈的雪瑛清瘦了许多，那双清媚流转如波的眼睛更流露着太多的哀怨与伤情。致庸怔怔地看着她，半天才喃喃道："雪瑛妹妹，真的是你吗？真的是你吗？"雪瑛不再犹豫，飞一样扑进致庸怀中，大哭起来。致庸神迷意乱，当下紧紧地将她抱在怀里。

"致庸，我不怪你，一点也不怪你，我知道你当时是迫不得已啊，其实你心中忘不了雪瑛，就像雪瑛忘不了你一样！"雪瑛一边哭一边说，简直肝肠寸断，致庸重重地点头，把她搂得更紧，眼泪"哗哗"而下。

突然雪瑛挣脱开他的怀抱，扬起脸来痴痴地看着他，颤声道："致庸，致庸，现在乔家大难已过，你，你该带我走了吧？"致庸捧起她清丽的脸庞流泪道："你为何这样傻，要嫁给一个濒死的病人啊？"雪瑛哽咽道："这些日子我死了一回，又活了过来，到底明白了一件事！人活在世上，没有银子，万万不能！我不能像你太太那样用银子救你，所以不得不失去你；可如果失去你，我嫁给谁又有什么区别呢？你明白吗，我打算嫁一个快死的人，就是希望你心痛，你心痛才会抛下你那个有钱、有貌又有德的太太，把我从火坑里救走啊……"说着，雪瑛放声大哭起来。致庸浑身打战，松开了他那捧着雪瑛脸的手，痛苦地喃喃道："太太？对啊，原来我还有一个太太啊，我怎么就忘记了呢……"

雪瑛闻言猛然一惊："你，你……"致庸心如刀绞，流泪道："好妹妹，我已经娶了亲，太太也，也很好，我不能抛下她，你自是不能嫁我了，可你可以嫁给更好的男人啊，你为何要作践自己呢？"雪瑛愣怔着，半晌才痛声道："致庸，你是说你还是不能带我走？即便乔家现在已经转危为安，你仍旧要留在你那个太太身边？"致庸凝视着她，痛苦地点头道："她是个好女人，我不能再负她;而你，只要你嫁个好男人，我就可以心安，永远把你当作自己的亲妹妹！"雪瑛呆在那里，死死地盯着他，突然疯了似地狂笑起来，大叫："不！我就是要嫁给何继嗣！"

致庸大急，摇晃着她道："雪瑛，天底下这么多的好男人，你为什么偏偏要嫁给他？你就没有听说何继嗣已经是个半死的人了！"雪瑛停住笑，瞪着他冷笑道："你打住！下面的话我不要听！何继嗣是个烟鬼，何继嗣病入膏肓，我嫁过去不出三年两载，就得守寡，这样的话我听得多了！除了这些话，你还有别的吗？"

"雪瑛，我今天不避嫌疑跑来，就是想亲口告诉你，不管我是不是负了你，你都不能自暴自弃！你要是这样出了嫁，我……"致庸再也说不下去了。雪瑛盯着他颤声道："乔致庸，我要嫁给何家大少爷，你的心不安了？你的心疼了？可你记住，江雪瑛铁了心嫁给何家，就是因为你，因为你的绝情，你的负心！就是想让你一生一世为你做过的事心疼！因为你今天可以带我走，可你却没有！你是个懦夫！我这辈子再不要见你了，回去跟你那个有钱的太太过吧！"说着她转身奔向绣楼。致庸跺足喊道："雪瑛……"

雪瑛停住脚，慢慢回头，脸上忽然现出最后一丝希望，却听致庸流泪道："不管我对你有什么过错，都和我太太没有关系！你要恨，就恨我一个人，在这件事上她是无辜的！你不能恨她！抛下你，我是无情；可若抛下她，我是无情又无义……"

"乔致庸，既然你这么疼爱你的太太，你就好好地跟她过一辈子吧！"那一瞬间，雪瑛脸上现出的绝望和恨意，是致庸一生都无法忘记的；而她那听似平静的话语中所蕴含的刻骨的怨毒，更使致庸呆在了那里。当他再次抬头的时候，雪瑛已经不见了。

致庸突然明白过来，不管他有怎样的理由，怎样的原因，他都再一次失去了这个心爱的女人。刹那间，致庸的心刀割般疼痛起来。他惨叫一声："雪瑛——"嘴一张，"哇"的一口鲜血喷了出来。

长栓和翠儿赶紧赶来，见他这副模样，长栓叫道："二爷，二爷！"致庸一手扯住长栓，一手抓着心口，惨声道："听到了吗？我的心正在咯吱咯吱地裂开！我疼死了，我真的要死了……"长栓吓坏了，赶紧和翠儿手忙脚乱地扶他走出了江家大门。一出江家的大门，长栓愣住了，门外赫然守着乔家的马车，而乔家二奶奶玉菡眼里满含愤怒的泪水，立在车前冷冷地看着他们！

乔家内宅里，当晕过去的致庸隔世般悠悠醒转，睁开眼却刚好看到玉菡那双又疼又恨的眼睛。见他醒转，玉菡的泪珠无声落下，扭过身去不理他。致庸却一把搂住她，痛急道："太太，她不听我的，还是要嫁！"玉菡恼怒地推开他的手："你……你说什么呢？"致庸流泪把事情说了一遍，玉菡的脸白一阵，红一阵，气恼道："就是雪瑛表妹要嫁，那也是她心甘情愿，二爷到了这会儿还为她心碎，你把陆氏置于何地？"致庸一惊，挣扎着要坐起来，又被玉菡心疼地按下去。致庸急道："太太，自从你嫁到这个家，我就是你的丈夫，你就是我的媳妇，我自诚心诚意

325

待你,可雪瑛妹妹……"说着他大急起来,流泪道:"不能让她这样出嫁!她这是在恨我,她知道,她要是嫁给了何家,我这一辈子就再也不能安心,我会为自己做过的事一辈子心疼如割!"玉菡心中大痛,忍不住回头如呻吟般哀求道:"二爷,你这么做,就没有想过陆氏会不会心痛如割……"致庸突然又揪住心口叫道:"疼死了,我的心这会儿疼死了!"玉菡大惊,抱紧他,一迭声焦急道:"这会儿怎么样? 这会儿好点了吗?……"

她紧紧抱住致庸,让他的心疼平复过去。过了好一阵,致庸闭上的眼又睁开,回身抓住玉菡的手痛声道:"太太,我求你了,解铃还需系铃人,我对不起雪瑛妹妹,可你是无辜的,你去劝劝她吧! 天下的好男人那么多,她要是真想惩罚我,已经达到目的了,可她千万不要嫁给何继嗣!"玉菡生气地放开手,不再理他。致庸见状挣扎着爬起道:"太太不愿去,我去见大嫂,要大嫂去劝她!"玉菡原本扭身呆呆地坐着,忍不住大为心痛,回身痛苦道:"你给我好好待着! 我先写封信去,劝她好好想想。等她有点缓过气,我再亲自去劝她……这下你满意了吧!"说着她禁不住泪落如雨。致庸呆呆地望着她,眼泪又落下来。

2

祁县商街上,几位皂衣衙役,个个手提大锣,边敲边喊道:"众商号听了,朝廷海防捐已派至本县,此捐事关海防安危,国家存亡,县太爷有令,各家商号一体认捐,不得脱号!"他们一路喊了过去,但众商家一闻此声,纷纷开始上起了门板。

乔家的内书房里,致庸面带病容在榻上半卧着,曹掌柜皱眉道:"不足两月,这是朝廷第五次向下面派捐,名目百出,记得上个月朝廷派的是河防捐,说是治理黄河决口;这一回名头更大,是什么海防捐。"茂才道:

"自从英格兰、法兰西各国打破国门，大清国还有什么海防？"致庸怒道："让捐多少？"曹掌柜道："这次朝廷派给山西一省的海防捐竟然占了全国的三分之一；而山西的三分之一，又作为大头派给了我们祁县、太谷、平遥三县，且不是按家捐，是按商铺捐。每个商铺不得少于五十两银子！"

致庸慨然道："朝廷素知山西商人众多，号称饶富，才把那么多捐税交予山西一省；祁县、太谷、平遥三县商家汇聚，派捐三分之一也不足为奇。不过五十两够干什么的？既然朝廷派的是海防捐，这钱多少也会用在这上面，大家就该多捐点儿，万里海防，不能再让那些夷国骑到我堂堂中华大国的脖子上拉屎了！"曹掌柜有点摸不准他的心思，问道："那东家的意思……"致庸一下从床上坐起："要我说，每个商铺就该捐五百两！五千两！上回和英吉利国打仗，我们败了，结果割地赔款；如果以后再败，不知又是个什么结果！所以一定要捐，多捐！"

曹掌柜吞吞吐吐起来："东家，有件事还没告诉您呢。今早上达盛昌的崔大掌柜来过，要联络水家、元家和我们一起抗捐。崔掌柜还说，他来联络我们的事不要声张出去！"致庸冷笑："前几日达盛昌不是也和水家、元家一伙，吆喝着不和我们来往了吗？怎么今日又来联络我们一起抗捐？既要抗捐，那就公开的，理直气壮的，干吗要悄悄的？大丈夫敢作敢当，干吗要背着人？"茂才回过点神，帮曹掌柜解释道："东家难道没看出来达盛昌有难言之隐？"致庸道："什么难言之隐？他们这是脚踩两只船。邱老东家深知我的新店规改得对，改得好，可他毕竟也是水家、元家的相与，眼下这个局势，犯不着和我一起受千夫所指……唉，也不说这个了，曹掌柜，你告诉达盛昌的崔大掌柜，就是他们都不捐，我们也要捐！"

曹掌柜觉得不妥，劝道："东家，您再想想……"致庸皱着眉头考虑了好一阵，突然道："农民种地是为了供天下人吃粮，匠人做工是要供给天下人使用器具，读书人做官是为了治理天下，我们商人做生意则是为天下流通财物。眼下洋人犯我疆土，杀我百姓，不论士农工商都应为国尽力！自古至今，世人多指责商人唯利是图，只认银子不认君父国家，我就气不过！曹爷，从这件事开始，我要让天下人看看，商人不是这样的，至少我乔致庸不是这样的！"

曹掌柜心中一动，脸上不禁起了愧色，但过了半晌他仍有点为难道："东家，这道理我也懂，不过眼下咱们的处境不好，水家、元家、达盛昌一起联手抵制我们，其他小商户害怕他们，也不大敢和我们做生意，这回我们若是再置他们于不顾，坚决认捐，只怕以后更不好处了！"他一边说一边使眼色给茂才，让他也劝两句；不料茂才又像梦游般发着呆，一点没注意到他的眼色，而这边致庸想了想仍旧坚决道："不，曹爷，他们不理我乔致庸可以，国难当头，不让我为朝廷出力可不行。前者只是个人乃至晋商之间的小事，后者却事关国之大事，事关我乔致庸的大节！这一回，就是我把他们全得罪了，就是他们永世不和我乔家做相与，我也还是要捐！"曹掌柜闻言大急，又拿眼看茂才，继而扯扯他的衣服。茂才抬起头回过神来，但大大出乎曹掌柜意料的是，他竟然带着点激愤，比致庸还激动道："东家说得对，这是大节，捐，当然要捐！"曹掌柜一听傻了眼，呆了半晌只得又问："那……我们捐多少？"

致庸想了想道："上回从包头拉回来的银子，付了陆家的本银和利息，外加三星镖局的镖银，又和水家、元家清了几笔要紧的账，银库里差不多空了。唉，我真恨我现在没有足够的银子，要是有，我就每个铺子捐它五千两……这样吧，尽我们最大的力量，每个铺子捐一千两银子！"

曹掌柜大惊，脸色都变了："一千两？这样的话，咱们超过起捐数二十倍！"致庸和茂才互看一眼，都重重点了点头。曹掌柜叹道："东家，我们捐就捐吧，可就是别捐这么多，我们带头捐银子已经犯了众怒，再捐这么多，那不是让别人觉得，咱们是故意要他们的好看吗！"致庸哈哈一笑："曹爷，你还真说对了，我正是想要他们的好看！万一他们觉得不好看，就会捐得和我一样多，那祁县、太谷、平遥三县，乃至整个山西会给朝廷多捐出多少银子？这么多银子又能多养多少兵，打多大的胜仗！呵呵，这个众怒，我还非犯不可了！"曹掌柜没料到他竟这样回答，又是佩服又是担心，不再多说，转身就往外走。

致庸又冲着他的背影道："曹掌柜，既然这件事情要闹大，那就闹得更大些吧！我们带头捐银子助海防是好事，光明正大，不要悄声跟做贼似的。我让长顺他们带上锣鼓跟你一块儿去，我们乔家要锣鼓喧天地把银子送到县衙门里去！"曹掌柜更是吃惊，忍不住叹一口气，说："东家怎么说，我就怎么办！"

几日后，水长清在家中戏台院内正跟在一旦角后面学台步。王大掌柜走进来看着他，急得想说什么，又不敢打扰，只好站在那里连连咳嗽。过了好一会儿，水长清才看见他，带点不耐烦道："又有啥事？"王大掌柜躬身禀道："东家，县里的钱师爷来了，送来县太爷的帖子，请您和元家、邱东家一同去衙门里会商。"水长清比画了两下水袖，头也不抬道："你没见我忙得很吗？我没空！我知道这个新上任的县太爷想干什么，不就是那笔海防银子！"王大掌柜道："东家，这回恐怕不捐是不行了，乔家已经捐了，他们每个铺子捐了一千两！"水长清一惊，生气道："他们乔家多大一点生意，就捐了这么多，我们难道就比他们差吗？元家和达盛昌呢？"王大掌柜道："我派人打听了，他们也要捐。县太爷有话，说谁家要是生意上不顺，家里拿不出这点银子，就甭捐了！"水长清一愣，道："他这话什么意思？让这个县太爷拿把笤帚来，把我们家的地缝扫扫，也够他们吃几辈子的！"王掌柜道："听说元家每个铺子是一千二百两，达盛昌捐多少还不知道。"

水长清微微怔了怔,干脆道:"我们和元家一样,每个铺子也是一千二百两银子。达盛昌算什么,乔家现在还有一碗粥喝,也捐一千两,真是有俩钱烧的!你去告诉县太爷,我身子不好,银子给他抬去,人就不去了!"说完,他径直走回去对那个粉妆旦角道:"来,接着走,刚才我那两步跟一捧雪比,还差多少!"那旦角道:"水东家,您要是上了台,别人还真闹不清您像一捧雪,还是一捧雪像您呢!"水长清闻言大喜:"真的?"那旦角掩嘴笑,点点头。不料水长清脸一沉:"你蒙我呢,我这两步甬说和一捧雪比,就是跟九岁红比,都还差得远呢。咱们接着走。"两人一前一后,又像模像样地走了起来。

邱家客厅内,崔鸣九站在邱天骏面前低声道:"东家,事情我没办好,水家、元家都捐了,我们捐不捐?"邱天骏道:"我们不和水家、元家比,只和乔家比,我们也捐一千两吧。"崔鸣九刚要应声离去,邱天骏又道:"你回来,乔致庸在网罗人才,你听说了吗?"崔鸣九点点头:"听是听说了,不过好像是给一些失业的掌柜、伙计们发些过日子的银子,说不上什么网罗人才!"邱天骏道:"那就更坏了,他这是在收拢人心!你赶快去替我也办件事!"崔鸣九问:"什么事?"邱天骏道:"把这几年从达盛昌各店辞退回家的掌柜和伙计的名字写成单子,挨家挨户去给我看看,有没有过不下去的,要是有,发些赈济银子给他们!"崔鸣九忍不住道:"东家,我们干吗这样?乔家发银子给将来他们要用的人,我们辞退的掌柜和伙计将来都不打算再用了,还要在他们身上花银子?"邱天骏道:"你懂什么?这不叫花银子,这叫生意,买的是人心和口碑!他乔致庸那么做,我就这么做!我这把年纪了,总不能老跟在他屁股后头亦步亦趋吧!"崔鸣九不敢回嘴,转身离去,出了客厅才恨恨自语道:"这个乔致庸,自从有了他,我就再过不了安生日子了!"

至于陆大可,闻讯后跳着脚在陆家客厅里对侯管家发脾气:"我没银子，我就是不捐！哎哟，我的脑袋呀，疼死我了！"侯管家劝道："东家，这事可都是祁县乔家堡咱们家的姑爷带头闹起来的，他一带头，祁县的几个大商家都认了捐，连小商号也都各捐了五十两。县太爷说，陆家是太谷的首富，我们要是不捐，他就不好交差了！"陆大可大声道："我就是不捐，我没银子！这个乔致庸，一个铺子一千两，他疯了，败家子！这事是他惹起来的，他替我捐了吧，我可没银子！"侯管家一直站着，看他发作，过了好一会儿才忍住笑喊一声："东家——"陆大可看看他，半晌终于软下来："咱们这么穷，不能和祁县的水家、元家比，就是乔家和邱家咱们也比不上，咱们只能和本县的那些小商户比，一个铺子捐它五十两。"侯管家有点为难："可是县太爷那边……"陆大可怒道："就这么多，他爱要不要，就这么多我还心疼呢！"说着他捂住心口，又"哎哟哎哟"地叫起来。一个仆人赶紧跑过来，扶他进内室。侯管家想了想，捂着肚子笑了起来，旁边一个伙计问道："侯爷，你笑什么？"侯管家道："我在笑咱们的县太爷，祁县的太爷对水家、元家用的那些招儿，他以为对陆家也顶用，咱们县太爷错了，别人怕人家说他没银子，咱们东家可不怕，他抠门抠了一辈子，可以说天下闻名，这回要是突然不抠门了，人家才不敢跟他做生意呢！"那伙计恍然大悟，跟着哈哈笑起来。

3

祁县县衙里，县太爷赵尔泰在灯下捻须笑道："没想到我还真小看了这些山西商人。先是乔致庸每个铺子认捐一千两，还敲锣打鼓地把银子抬到县衙里来，给足了我面子！接着你钱师爷由此想出这个妙计，一面散布这个消息，一面邀请各商家到衙门会商，结果不几日各大商家都踊跃捐款，连太谷和平遥的县太爷都用了这招，听说效果也好得很啊！"

赵尔泰做了多年的老童生，一把年纪才开始做官；兼之是新官上任，尚不足两月，自是小心翼翼，他原本对这连续派捐之事大为烦恼，甚至担心会激起民变，危及乌纱，没想到事情出乎意料地顺利解决，让他大为得意。

钱师爷闻言笑道："多亏老父台这么快就号准了这些山西商人的脉。不说海防捐，只说他们没银子可以免捐，就会把他们吓个半死，那是怕毁了他们的商誉啊！"赵尔泰道："不过这次该说是乔致庸开了一个好头！"他看看钱师爷，沉思道："我以后在此地为官，替朝廷派捐会成为我的头等要事，所谓将欲取之，必先与之……"

钱师爷有点疑惑起来："他们是商人，有的人富可敌国，老父台还能给他们什么？"赵尔泰笑道："钱先生错了，我有他们没有的东西。"钱师爷赶紧道："请老父台明示。"

赵尔泰带点得意道："他们给我银子，我可以奖掖他们名声。这次我不但要亲自去认识这位乔致庸，给他们家门头上挂匾，还要写一个折子，上奏朝廷，表彰这位义商！"钱师爷心中明白，却故意一愣："老父台，这乔致庸算是义商？"赵尔泰笑问："一个铺子拿出一千两银子，还不是义商？"赵师爷立刻笑道："老父台深谋远虑，我等不及！"赵尔泰一摆手："罢了罢了，要把这个官做下去，我还有很多事要学，照我的吩咐去办吧！"

不几日，乔家门外鼓乐大作，县太爷赵尔泰亲自来到，当众宣告："此次本县能按朝廷定下的期限收齐海防捐，多亏乔东家当仁不让，给全县商家做了表率。下官治下能有这样仁义的商家，既是朝廷之福，也是本县之幸。"话音刚落，这边钱师爷便抬上一匾，赵尔泰亲自揭去匾上红绸，现出"急国之难"四字。致庸大喜，病容一扫，神采奕奕道："老父台如此厚意，致庸感激不尽，日后若有用得着致庸之处，致庸自当效力！"

这话说得皆大欢喜，四周响起一片掌声。

送走县太爷，致庸颇为得意，亲自指挥挂匾。景泰放学回来，看着这锣鼓喧天的热闹阵势，开心地扯住致庸问："二叔，咱们家挂上这块匾，跟四大爷他们家门口的举人牌坊差不离吧？""好小子，你说差不离，就差不离！"致庸在他头上一拍，高兴地回答。众人都笑，曹氏在一旁也不禁莞尔一笑，看看身边的玉菡道："妹妹，你看今天二弟多开心！"玉菡心中有事，深深看了致庸一眼。

第二日，玉菡收拾齐整，准备亲自去江家劝说雪瑛。曹氏闻讯赶来，担心地看着她问："妹妹，你真的要去？"玉菡点头，曹氏心中一痛，道："妹妹，委屈你了。"玉菡擦干眼泪，转身离去。曹氏一直送她到大门口，低声嘱咐道："妹妹要记住，今天是为致庸、为嫂子、为乔家去的，不管受多大委屈，都要受得住啊！"玉菡忍不住又流下泪来。

玉菡到达江家，江家内宅满屋摆的都是聘礼，五光十色。江母和翠儿陪雪瑛边走边看。江母一边不住口地赞叹，一边小心地看雪瑛："都是好东西！何家的媒人对你爹说，只要你哪样看不上，他们就拿回去换！"雪瑛冷冷道："人呢，他们也能换吗？"江母一怔，雪瑛已经往另一边去了。江母想了想又跟过去，拿起一件首饰，笑道："你看看这一件，说是太原府老金家的祖传手艺，打得多精巧，这蝴蝶像真的一样！"雪瑛摇摇头，继续在嫁妆中转着，一副不在意的样子。

李妈突然上前，附耳对江母说了几句。江母闻言变色，惊怒道："她？她来干什么？"李妈赶紧示意她不要声张。这边雪瑛已经开口问道："娘，谁来了？"江母十分激动，看雪瑛一眼，一时无语。雪瑛心中一动，连声问道："李妈，到底是谁来了？"李妈不敢回答，拿眼去看江母。江母生气道："谁，乔致庸娶的太太，上次那封信已经够烦人了，这回竟然说是专程来看你。"雪瑛心头一震。江母看一眼雪瑛，回头对李妈怒道：

"快，让人打发她走，告诉她，我们江家没有他们这一门亲戚！"不料雪瑛想了想，突然道："娘，让她进来吧！"众人一惊，忍不住看她。江母脸色苍白道："雪瑛，你还真想见她？"雪瑛落泪道："娘，就是因为她，我和致庸才成了陌路之人。我想知道，除了前些日子那封啰唆的信，今天她怎么还敢上家里来见我，她见了我，有什么话要说……"

李妈朝外走，又回头问："太太，这些东西要不要收起来？"江母想了想，咬牙道："就这样放着，让这位陆家大小姐也看看，我们江家也要排排场场地嫁闺女了！"

第二十章

1

玉菡慢慢走上江家绣楼的时候，带着一种极为复杂的感觉。即使是多年以后已经完全平静，回想起当时的经过，她也还是不能真正将其描述出来。但可以肯定的是，在踏上绣楼的那一刻，她确确实实感受到了一种混合着悲伤的强烈怜悯，但当她在绣楼上，看到那个消瘦的倚窗而立的背影时，这种怜悯中又多了另一种莫名的恐惧。

玉菡望着那个默默的背影，放下手中的包裹，半晌鼓起勇气道："雪瑛妹妹，我知道，眼下全天下妹妹最不愿见的人就是我。我不是不怕妹妹会冷待我，可我还是来了。因为，因为是致庸求我来的……"

雪瑛猛一回头，深深地看着玉菡。四目相对，两人都暗赞对方的美丽，接着各自心中一疼，竟像刀剜一般。

两人相对呆立了一会儿，雪瑛突然冷笑道："雪瑛一向胸无城府，你和大表嫂，还有你的丈夫乔致庸，想对雪瑛做什么，一一地都做了；世间今天还有江雪瑛这个人，是因为我还不想死。说吧,他让你来干什么？"

玉菡道："其实前几日的信里也都写了，但既然妹妹这么问，我就再说一遍吧，致庸所以今天让陆氏来见妹妹，是前次他自个儿来过，劝了妹妹，可是你不听他的话，还是要嫁给榆次何家的大少爷何继嗣！"

雪瑛道："嫁给谁，不嫁给谁，这是我的事，与你、与他有什么关系？"

玉菡心一痛，道："妹妹错了，这事怎么与陆氏没关系？妹妹生得这么漂亮，天生丽质，鲜花一般的年纪，竟然要嫁给一个众所周知的病人……"说到这里玉菡眼里忍不住涌出泪花，"妹妹这么做，不是还在记恨致庸，想惩罚我的丈夫，让他心疼，还能是为了什么？你让我的丈夫心疼，就是让陆氏心疼啊！"雪瑛的心突然颤起来，道："表嫂，到了这会儿，你们终于知道心疼的滋味了？自从你用你们家的银子，从我身边夺走了致庸，江雪瑛九死一生，你们乔家没有一个人想到过，没有一个人来看过我是死是活……这段时间我刚刚下了决心要嫁给何继嗣，你们两个人一前一后都来了，都知道心疼了……"她仰仰头，努力把眼泪憋回去，冷笑道："陆玉菡，致庸不想让我嫁给何家，你呢？难道你也不想？"

玉菡想了想，拭拭眼泪道："妹妹这话问得好，看样子我没有猜错，妹妹直到今日，仍然恨着陆氏；前次致庸来见过你，回去他就求我了，让我替他来劝。陆氏思前想后，先是写了一封信，但你无回音。而今天所以还是大着胆子来了，就是觉得妹妹执意要嫁给何家，说不定也是为着陆氏。妹妹，陆氏出嫁前，并没想过要拆散你们的姻缘，只是嫁到乔家后，我才知道自个儿的丈夫原来已经有了心上人，这个心上人就是妹妹！妹妹只知道乔家为了借银子渡难关牺牲了妹妹，妹妹应该知道陆氏在这件事情上是无辜的，妹妹为致庸的负心而伤痛，这伤痛谁都知道，可陆氏的伤痛又有谁知……"雪瑛哪里听得进这话，流泪道："你嫁给了自个儿喜爱的人，要名分有名分，要丈夫有丈夫，如果这也算受伤，那我宁愿受伤的不是你，是我！……"突然，她又抹泪冷笑起来："哦，我明白了，你刚才这么说，是你发现虽然致庸娶了你，心里装的仍然是我，你妒忌了，难受了，你为这个心疼！但你知道不知道，就因为有了一个你，我和致庸今天才会如同天地两隔！你……你的话说完了吗？说完了你就可以走了！"

玉菡强作镇定，含泪道："妹妹，陆氏的话还没有说完。虽然陆氏从没有伤害过妹妹，可妹妹一定要说致庸娶了陆氏，陆氏也就伤害了你，陆氏也无话可说，毕竟他是我的丈夫，他负了妹妹，也就是我们乔家负了妹妹。可妹妹也替我想想，此刻我就是想替致庸弥补过错，又能怎么样？我不是没给过他机会，做夫妻之前，我曾经要他给我一张休书，可他没这样做，是他自个儿留下了我！"雪瑛大为震惊："不，你胡说！"

玉菡指着自己的心口道："妹妹，我对天发誓，我不是胡说。我讲出这件事，只是想让妹妹知道，事情到了这种地步，无论是你、我还是致庸，谁都再也改变不了什么了！这是我的命，你的命，致庸的命！既然这样，我们三个人为什么还要互相伤害？为什么我们就不能尽弃前嫌，像至亲一样和睦相处呢？"

雪瑛心中一时大乱，一时间也理不出头绪，仍旧生硬道："陆玉菡，你还没有回答我刚才的话，你就真的不想让我嫁给何家？"玉菡想了想，道："妹妹一定要听，陆氏就说说真心话。妹妹，自从前次我亲眼看到致庸离开你后心痛如裂的样子，我就下了决心，无论如何，我都要想尽办法让你尽快嫁出去，不管你嫁给谁，只要你能嫁出去，致庸就不会天天想到你了，他就不会再为当初辜负了妹妹心疼，我也就不用再担心他会为此心疼而死了！"雪瑛哼了一声："可你现在又费那么大的劲劝我别嫁给何家，这却是为什么？难道你就不怕你丈夫心疼了吗？"

玉菡内心挣扎起来，半晌才道："妹妹一定要问，陆氏就说出来。因为我也是个女人，自打我上了这座楼，一眼见到妹妹，就像见到了我自己。将心比心，玉菡不能只为从妹妹这儿找回自己男人的心，就昧着良心劝妹妹嫁到何家去！陆氏和妹妹一样，是个女人，一生只能嫁一次！"一听这话，雪瑛的心头一阵酸楚，颤声道："陆玉菡，我早就听说了，你这个人对谁都是那么好，你就是用你的好，还有你们家的银子，拴住了致庸，让他无法带着我远走高飞！可是我不相信，你刚才也把你自个儿说得太好了，说来说去，你一直都在为你的男人着想，为江雪瑛的未来着想，陆玉菡，在这件事里，你就没有一点儿自己的小算盘吗？"玉菡摇摇头，诚恳道："妹妹错了，我为我丈夫想，为妹妹想，就是为我自个儿想。如果妹妹真的嫁到了何家，致庸就会为妹妹心疼一生；致庸为妹妹心疼一生，陆氏也会为自己的丈夫心疼一生！致庸若为妹妹心疼至死，陆氏也会为自己的丈夫心疼至死！"

雪瑛久久地望着她，半晌终于冷冷开口道："陆玉菡，刚才我听你说的话，差点相信你了，以为你在这件事上真的没有错，我该可怜你才是。可这会儿，我不会这样想了！因为……因为你刚刚进了乔家门，也成了乔家的人，从来做事情只会替自个儿打算，一点儿也不会想到别人！"玉菡一愣，刚要说话，雪瑛扬起一只手决绝道："陆玉菡，你一定要我说出我的打算吗？你想对了，致庸也猜出来了，致庸他果然聪明，我要嫁给何继嗣，正是要让那个负心的人一辈子心疼如割，这是他当初在财神庙里对着神灵许下的诺言！玉菡，你们家有银子，你又那么好，你已经夺走了我的人，还不让我留下他的心吗？……只要能让他心疼，我就留住了他的心！江雪瑛这一生已经完了，只要我能留下致庸的心，我什么都愿意做！走吧，我不想再见你了！"

楼下，江母、明珠及翠儿等挤作一团，听着楼上的声音，每人一个心思，半晌只听玉菡痛楚的声音再次响起："如果妹妹铁了心要嫁到何家去，我也没有办法，我有几句话送给妹妹。第一句，妹妹吉人天相，就是嫁到何家，也不一定就是跳进了火炕。我祝妹妹顺顺当当嫁到何家，何家大少爷会因为娶了妹妹而痊愈，妹妹从此和他生儿育女，家业兴旺，终身有靠。第二句，上天没有理由让妹妹因嫁到何家而受苦，更没有道理让致庸和我因为妹妹的一意孤行心疼至死！妹妹，就是致庸有错，就是他错不可恕，杀人也不过头点地！不要忘了，致庸身边还有一个陆玉菡呢，只要陆氏活着，我就会舍下命来保护我的丈夫，不让他心疼而死。妹妹，你多保重，我告辞了！"

"恕不远送，表嫂，把你的东西带走，我受不起呢！"雪瑛讥讽地重重地吐出"表嫂"两字，同时指着桌上的包裹。玉菡猛回头，痛声道："那是致庸带给你的，你好好看看吧，尤其是小包裹里的小玩意……万事只盼你三思而行，好自为之！"说着她"咚咚咚"下楼，这边江母、翠儿急得不行，也顾不得说什么，与她擦着肩上了楼。

下了楼的玉菡一阵眩晕，差点摔倒。明珠赶紧扶住劝慰道："小姐，不行就算了，您尽力了。"玉菡摇摇头刚要说话，忽听楼上传来雪瑛的声音："娘，我改主意了，我不嫁给何继嗣……"明珠大惊，向玉菡看去。只见玉菡闭上眼睛，颤声道："咱们走！"

玉菡回到乔家堡，躺在房内默默流泪。致庸急忙赶过来，不知如何是好。曹氏心中也是着急，打发人看了好几趟。致庸无奈，只在房中踱步，长吁短叹。

眼见着致庸可怜，玉菡的心终于软下来，哭腔道："我想喝口茶。"致庸连忙双手递上。玉菡不接，嗔道："我这样躺着，怎么喝？"致庸赶紧放下茶杯，将她扶在自己怀里，亲自喂她。玉菡在他怀里呷了一口茶，眼泪忽又涌出，道："她不会嫁给何家了……这下你满意了！"致庸手一抖，杯子里的茶竟有少许洒出。玉菡看出了他的激动，一把推开他，扯过被子，把自己蒙起来，咬着嘴唇又开始流眼泪。致庸慢慢站起，猛然间热泪盈眶。

他呆立了一会儿，突然拭去泪花，放下杯子，走到床前，一把扯过被子钻进去。玉菡不禁大叫："你……你……"致庸不管，只在被中热烈地感激地亲吻着玉菡……

2

　　阳光懒洋洋地照着祁县。县衙内，赵尔泰对着案头的公文简直目瞪口呆，半晌对钱师爷叹气道："哎我说老钱，上次派下来的海防捐，多亏乔致庸带头，好歹收齐了！这还没两天，朝廷居然下旨让山西商人捐官，还摊派给了名额和限期，二品以下的虚衔都能拿银子买到，找不到人买还不行。这世道真是变了……"钱师爷看着他苦笑，犹豫了半天才道："不久前您老才把乔致庸奏举为义商，这可好，听说是懿贵妃一句话，就让皇上动起了这个脑子，只当山西的商人最听话……"赵尔泰取下顶戴叹道："乌纱呀乌纱，赵某为了你，几十年寒窗苦读不算，高中后还借了五千两银子上下打点，才谋到了你，这会子尚且拉着一屁股债，可我是不戴你愁，戴着你更愁啊！"

　　钱师爷想了想，开口道："老父台，据我所知，乔致庸接替他大哥乔致广经商之前，只是个秀才。"赵尔泰眼前一亮，道："羊毛还是得出在羊身上！乔致庸既能为朝廷的海防慷慨解囊，说不定也不会拒绝花银子买一个官儿。再说我还刚刚给他送去了一块匾，这点面子他应当给我！这样，明天你亲自跑一趟，告诉他这是虚衔，好歹买一个，只要不是一品，要多大的顶子都行！"

　　钱师爷挠着头道："老父台，我听说乔致庸这人不按常理出牌，所以此事很难说呢，最好您老人家亲自出马，去乔家堡见一下乔致庸，我去了恐怕没有这么大的面子。"赵尔泰不禁诧异："你觉得这件事比海防捐还难？这是买卖，好歹咱们还有东西卖给他呀。"钱师爷微微有点尴尬，但没有再多说什么。

过了两日，赵尔泰在乔家大院气派的外客厅内坐定，呷了半天的茶，看着有点纳闷的致庸，终于开口道："下官听说，乔东家自小也是十年寒窗，一心想考取功名；可惜兄长早亡，不得不弃儒从商，这事真让下官替乔东家惋惜呀。"致庸笑容落下，淡淡道："啊，致庸谢县太爷惦记，不过此事已经过去好久，商民已不再想这件事了！"赵尔泰摇头打着官腔道："那可不行。俗话说得好，学得文武艺，售与帝王家，这天下的读书人，哪个十年寒窗不是为了做官？乔东家，我今天就是为这个来的。我有办法让你不用受科举之苦，也能进入仕宦之列，朝服顶戴，荣冠乡里。"致庸闻言一惊，忍不住回头看了茂才一眼，接着笑道："太爷，有什么话你就直说。我这人是个直性子，你这么绕来绕去，我实在不懂！"

　　赵尔泰捻须道："好好好，我就喜欢乔东家这样直来直去。那我也不掖着藏着了，就直接把这件喜事抖出来吧——近日朝廷体恤下情，恩准像你这样有志于为国效力却又不能从正途上谋取官职的人，可以捐助若干银子给朝廷，以助军用。朝廷会按照你捐助银两的数额，让吏部发文，赏给你一个二品以下的官职，当然这是虚衔。不过虚衔也是官，朝廷里有名录，省道府县将你视作官绅；就是去世的先人，也能因之蒙受皇恩，牌墓增辉。你说，这是不是一件天大的好事？"

　　致庸与茂才对看一眼，神色为之一变。致庸道："老父台，你是说朝廷下了旨，像我这样的平民百姓只要愿意花银子，都可以买个二品以下的官职？"赵尔泰到底有点难为情道："事情是这个事情，可如果你要这么一说，朝廷好像……好像就俗了。"钱师爷赶紧帮腔："乔东家，你这样做了，也是给太爷面子，朝廷来的差事，这官要是卖不掉，收不上去银子，这不是让太爷坐蜡吗？"

　　赵尔泰一听，回头训道："瞧你瞧你，把这事情越说越俗了！"钱师爷赶紧住了口，赵尔泰停了停，接着捻须微笑道："乔东家，你不在官场，这事可能听来稀罕。其实一点儿也不稀罕，我都问过了，早些年间水家、元家以及太谷曹家，好多家都花银子买过官，曹家、水家还给祖宗买过五品通奉大夫的虚衔，为的是坟上好看些。"致庸心中的怒气一点点显露出来。赵尔泰道："乔东家，你在海防捐上这么舍得，在这捐官的事上，该不会舍不得银子吧？"

致庸猛地起身，声色俱变："老父台，这拿钱买官的事，致庸断断不能从命！不是致庸舍不得银子，县太爷久读圣贤之书，自然知道官职乃国家重器，只能通过正途得到。如果天下人谁都能用钱买到官，这个国家还有什么指望？天下万民还有什么指望？"赵尔泰不禁变色："那你的意思……"致庸掷地有声道："致庸虽然做了商人，可仍然是读书人出身。我不会永远都做商人，十年之后，待我的侄子景泰长大，我会把乔家的生意交付给他，回去走科考之路！那时我自会凭着学问，考举人中进士谋个一官半职，下为苍生造福，上为朝廷效力。老父台，这种卖官鬻爵的事一定不是皇上的意思，恕致庸不能从命，请回吧！"茂才冷冷看着眼前这一幕，也慢慢起身，做出送客的架势，赵尔泰闹了个大红脸，看看钱师爷，拂袖而去。

乔家大门口，赵尔泰气哼哼地走出乔家大院的门，钱师爷张望了一会儿丧气道："老父台，上轿吧。"赵尔泰回头看看："等等，乔东家也不来送我？"钱师爷道："这个乔致庸，太不懂道理，老父台今日前来，本是给他面子，他反倒不让老父台下台。"赵尔泰久等致庸不出，自己走去上轿，反而开始心平气和，道："别这么说，要论今日有一人备极丑态，那也是我。乔致庸竟然连送也不送，倒是可爱。好吧，不送就不送，咱们自个儿走。"钱师爷笑道："乔致庸如此无礼，老父台竟然不恼，反而夸他可爱，老父台真是高人啊。"赵尔泰闻言道："我可算不上什么高人，没做官的时候，我知道自己是谁；将来有一天不做官了，我也知道自己是谁。而眼下呢，既然做了这么个七品小官，就只好时而是人，时而是鬼，牛头马面，不可名状，让乔致庸笑话也没什么了。"说着，他在轿内坐稳，吩咐道："起轿吧。"

钱师爷有点拿不准他了，发了一会儿愣问道："老父台，乔致庸今天对老父台如此无礼，难道老父台就不想治治他，给他点儿教训吗？"赵尔泰一笑道："我要是个无耻小人，就想办法治他了。可治了乔致庸，他还是不会拿银子买这个官儿，那我就白做了一回无耻小人了，这不划算。说不准哪一天朝廷又要收海防银子了，我还用得着他呢！"钱师爷这会儿心中总算明白过来了。

3

赵尔泰他们走了，可致庸和茂才在客堂内仍旧呆立着，半晌茂才突然痛声道："现如今，君不君，臣不臣，这样下去世道如何了得，真让人灰心啊……"致庸半天不语，突然想起什么，起身道："你先坐会儿，我去趟学堂！"茂才点点头，很快又自顾自发起呆来。

致庸打发长栓找出一件狐皮袍子，夹着走出去，刚到街角，就与哭着的景泰撞个满怀。致庸一把抓住他，吃惊地询问起来。景泰抹泪哭道："二叔，四大爷欺负我，他们都欺负我！"致庸皱眉："是不是你淘气，不好好念书，你四大爷打你板子了？"景泰摇头，委屈道："不是。我正在那好好念书，四大爷喝多了酒，走过来说我是生意人家的孩子，让我早点回去学算盘算利钱……二叔，他们瞧不起人！"致庸大怒："真的？"景泰刚要回答，一群歇课的孩子跑出来，还在起哄："做生意的孩子，快回去算利钱呀，早也算，晚也算，钻到被窝还在算……"致庸眉毛竖起，大喝一声："走，景泰，给我回去！"景泰抹着小脸，又哭起来。

没走两步，一个身上裹块花里胡哨土布的叫花子，一头撞过来，抓住致庸道："大爷，大爷，行行好，给个买烧饼的钱。"致庸问围观过来的乡亲："他是哪里人？"围观的人都笑起来，七嘴八舌道："二爷，这花子逛到这里好几天了，他说是平遥王家的后人，说他家往上数三代，是山西商人中的首富呢！"叫花子见他们讥讽他，喊："怎么着，你们还甭信！瞧瞧，这是什么？你们认得吗？"说着，把身上披的那块花里胡哨的土布摊在地上，吆喝道："瞧瞧，这是一张《大清皇舆一览图》，这上头画的红道道，都是我高爷爷当年经商走过的地方！骗人？骗人还会有这张图？"

致庸蹲下去眯着眼睛一看，不觉大惊，只见那块土布上，真的有一幅手绘的《大清皇舆一览图》，大清疆域一览无余，上面还标有一条条蓝线和红线。致庸大大激动起来："你真是平遥王协王老先生的后代？这张图真是他老人家留下来的？"叫花子急扯白脸道："我当然是了，我叫王栓，我爹叫王家瑞，我爷爷叫王远翔，我高爷爷就是王协，不信你去平遥的王家疙瘩访访！这高爷爷还有瞎认的？"致庸点头问："你这张图卖不卖？"叫花子一眼瞅见致庸怀里的皮袍："这是蒙古产的狐皮，好东西！你想要我这张图，就把皮袍给我吧，哈哈哈！"

致庸立马对他刮目相看："啊，你还能认出这是蒙古产的狐皮袍子，说明你是个识货的。"现在他一点也不怀疑对方真是平遥王家的后人了。"好的，就照你说的，我把袍子给你，你把这张图给我，你干不干？"四周一片哗然，叫花子吃了一惊："真的？这么好的东西，真换给我？"致庸点头笑道："我原想送给别人，可现在我改主意了。既然你是商家的后辈，我也是个商人，咱们成交如何？"

叫花子大喜，接过皮袍，转头想了想，又道："不行，我还没饭吃呢！"致庸也不多说，掏出一串铜钱给他。叫花子大为高兴，接过钱，卷起那张图往致庸怀里一塞。致庸接过，立刻兴奋地拉着景泰走了。叫花子把皮袍穿到身上，捧着一吊钱，高兴得乱跳。众人没想到真的这样"成交"了，都吃惊不已。一个闲人嘀咕道："都说乔家人是糊涂海，这乔致庸也一样，一件上好的狐皮袍子换了一块破布！"

乔家书房内，茂才久久地看着这张地图，半晌激动道："东家，你说的没有错，这条绿线从武夷山一直向北，过长江，走汉水……再看这边，经太行山，过我们晋中，出雁门关，通向最北边的库伦和恰克图，应该是茶路！"致庸点头，兴奋不已："茂才兄，王协王老先生当年就能这样走，可真是了不起啊。"茂才道："你看这条蓝线，从苏浙一带通向我们山西潞州，一定是丝路。从明末起，山西商人就从苏浙一带贩丝，运往山西潞州织绸，再销往全国。"话音未落，致庸又道："那这条棕色的线，一定是王老先生走过的药路，从云贵川一直通向东北，又折向两广……还有这条白线，从山西一直通到扬州，再折向京津两地，这应该是盐路！"茂才细眯着眼睛，边看边点头道："不错！东家，你再看这条红线，还有这些红圈，如果我猜得没错，一定是王老先生当年走过的商路以及在大清帝国版图上开设的生意。"

两人一时心中都大为激动，茂才忍不住叹道："这位老前辈真不简单，他那个年代，我们晋商前辈就已走遍了整个中国，北至大漠，南到南海，东至极远，西至荒蛮之地，他们都走到了！"致庸长长地呼出一口气，悠然神往道："茂才兄，要我说，这才是真正的商人呀！"茂才一怔，忍不住深深地看着致庸。

致庸刚要说话，突见达庆带着点酒气闯进来："哎致庸，你在家呀！"致庸脸上顿时没了好气："是四哥啊，你怎么来了？"达庆看看他，点头笑道："我来要我的皮袍子呀。听达庚说，你这趟打包头回来，给每人都带了一件狐皮袍子，达庚的你让人送家去了，我的还没给我呢。我这会儿刚好过来，顺便就……"致庸瞪他一眼道："你的皮袍子没有了，刚才我把它送人了！"达庆大急："哎，你怎么不跟我说一声就送人了呢？"致庸气道："四哥，你不是瞧不起我们生意人吗？就连生意人家的孩子念书也是白费唾沫。可巧我送你的皮袍子就是生意人从口外做生意买回来的，你瞧不上，我把它送给叫花子了。"

达庆又心疼又难堪，勃然变色道："你，你竟然把它送给叫花子了？"致庸哈哈大笑："不错，我都到了你门口了，可知道你看不上我们生意人，所以又回来了。出了你那个门，迎面就看见一个叫花子，我随手就拿它从叫花子那里换了这一张《大清皇舆一览图》。不信你到外面问问去，好些人都看见呢！"达庆一步步退出去，又羞又怒道："乔致庸，你要笑我！你把我看得连叫花子也不如？你有啥了不起，不就是做生意赚了点儿臭银子吗？就不知道自己是老几了？我告诉你，你再有钱，也是商，自古士农工商，士为尊，商为末，我就瞧不起你们商人，你生气去吧！"致庸仍旧大笑："四哥，我告诉你，我偏不生气！你看看我，我高兴呢！倒是你，好像气得不轻嘛！"

达庆已退到院中，当下跳着脚喊道："我生气？我也不生气！我知道，你大哥一直眼红我们家中了五个举人，从小让你念书，想考个功名，回头好装点你们家的门面，可你怎么没考取呀？说是你大哥死了，你回来管事，其实你自个儿不是那块料，听说你去太原府乡试，头张卷子就胡说八道了一通，跑题跑大了。哼哼，你是中不了举，才跑回来做生意的，你当我不知道，我都知道，全乔家堡、全祁县的人都知道！"说着，他怒气冲冲地一路小跑着走了。致庸看着，笑容骤落，不禁怒颜顿起。

早就闻声过来的景泰见状，上前道："二叔，别生气。我娘刚才都说我了！说我心胸小，没志气！"致庸叹道："我不是生气，我是伤心，他怎么就忘了，他自个儿也是商人之后！"景泰半懂不懂地点点头："二叔，咱不跟四大爷一般见识！"致庸蹲下去，拉住他的手道："好侄子，二叔眼下就是因为你没长大，才不能去念书，中举，才让你四大爷这么得意！你要好好念书，别念那些八股文章，要念好书，正经书，学做人的道理。等你长大了，把乔家的生意接过去，二叔回头去读书，清清白白考个举人，给他们瞧瞧！"景泰大人似的昂头道："二叔，都是景泰不对，景泰受不了胯下之辱，被四大爷从家塾里气回来，给二叔惹气。二叔，以后他就是再拿话奚落我，我也不哭了，我要好好念书，好好长大，接过你的担子，让你去中举，中进士，让我们家也能光耀门楣！"一听这话，致庸一下将他抱着举起，笑道："好侄子，有志气，二叔就等这一天了！"曹氏倚门远远地看着他们，悄悄地拭起泪花。茂才在致庸身后站着，一直默默地看着曹氏。突然曹氏的目光向这里转来，他只觉脸上一热，赶紧转身又走进了书房。

夜里，乔家书房内，致庸仍在举烛看那张图。茂才走进来笑道："东家，怎么还没看够？"致庸回头，激动道："茂才兄，以前我只会说嘴，哪里真知道什么是货通天下，什么是天下那么大的生意！今天见了王协老先生的商路图，才算有点明白了呀！"茂才坐下，点起旱烟，拉长声调道："噢，那说来听听，让我也知道知道，什么叫作货通天下，什么叫作天下那么大的生意！"

致庸也不在意他的玩笑，激动地说："茂才兄，像王协老先生一百多年前那样走遍全中国做生意，才能叫货通天下，才能叫作天下那么大的生意。乔致庸弃儒经商，救乔家，打退刘黑七，以为自己是个英雄，做了大事；乔致庸去包头解复字号之围，捎带着也救了达盛昌，重建包头商界的秩序和行规，又以为自己是个英雄，做了大事；乔致庸带头给朝廷捐海防银子，改店规，将晋商的天捅了个窟窿，闹得自己成了孤家寡人，还以为自己是英雄，做了大事……不，直到今天，乔致庸才明白，以前那些根本算不上大事，我乔致庸也算不上英雄，真正的英雄应当做的大事我还根本没有去做呢！"

茂才激赏地看着他，连连点头："说得好，东家，再说下去！"致庸两眼放光，道："茂才兄，景泰今年八岁，再有十年，他就是十八岁，可以接管乔家的家事。我只有十年，这十年我们一天都不能虚度。当年王老先生能做到的，我也一定要做到；他老人家走到的地方，我也一定要走到。若做不了这些事，我乔致庸简直就是虚度人生啊！"

茂才看看他，道："当年王老先生为了实现晋商货通天下的梦想，北到大漠，南到南海，东到极边，西到蛮荒之地，可真是做到了货通天下，莫非东家也要这样？"致庸慨然道："对！既然乔致庸做了晋商，就要有晋商前辈的胸怀和目标，只有货通天下，才能为天下生财，为万民谋利。王老先生能走到的地方，乔致庸在这十年间，也一定要走到！"茂才闻言也心情颇为激荡："恭喜东家有这样的雄心！东家，你心里有些什么具体的想法，快对茂才说说！"

致庸沉吟道："天下最大的生意，莫过于粮、油、丝、茶、盐、铁，粮油生意不是我们乔家的本业，盐铁为朝廷专卖，剩下的大生意，就只有丝和茶了！"茂才心中已经明白，仍笑着道："可现在的情形是，南方丝路不通，茶路也不通！"致庸毫不犹豫，立刻反问："茂才兄，天下人皆知南方茶路不通，也都不去疏通茶路，茶路果然就不通了；但如果我们去了，茶路莫不是就通了？"

茂才故作吃惊问："东家，你想冒险下江南疏通茶路？"致庸大笑："茂才兄，你想想啊，天下人皆不去疏通茶路，这里莫不就暗藏着一个天大的商机？再说茶路不通，多少茶民失业，流离失所，强者沦为盗贼，弱者死于沟壑。如果通了茶路，既能把生意做大，又可为天下茶民谋利，我们为什么不去做呢？"茂才道："东家,这虽是好事,可有着极大的风险,你就没有考虑过你有可能一去不返？"致庸闻言神色不变,反而笑道:"茂才兄,天下人皆因为这个理由不敢去南方疏通茶路,所以才给乔致庸留下了一个巨大的商机;如果乔致庸也像他们一样想,这个巨大的商机还会是我的吗？怎么,茂才兄怕了,不敢跟致庸一起去？"茂才大笑,起身道:"东家千金之躯,尚且敢于闯荡江南,开辟茶路,何况这不仅仅是为乔家大德兴谋利,也是为天下人运茶,为天下的茶民造福,孙茂才一个始终不及第的落魄秀才,死就死尔,有什么舍不得的？东家,你敢去江南,就不会孤单一个人,因为第一个陪你的就是我孙茂才!"

致庸猛地抱住他,兴奋道:"茂才兄,有你和我在一起,天下不足取也!"茂才笑着拉他坐下道:"来来来,咱们好好筹划筹划,怎么出发,从哪里走,都要路过哪里。东家,从今天起,我们有事情可做了!"两人相视哈哈大笑,一时皆神采飞扬。

第二日,曹掌柜一听这个计划便摆起了手:"东家,不是我给您泼冷水,要说去南方贩茶,且不说千里万里,山高水险,又有长毛把持住长江,就说这银子,都不会是个小数目。太少了不值得,多了我们也没有。您说怎么办？"致庸闻言看了茂才一眼,茂才点头道:"曹爷忧虑的是。太平年间,水家、元家南下贩茶,最多时掌柜的要带三百万两银子,少的也要一百万两。这么大的本钱,东家如何筹措一定要好好商议。"

曹掌柜挠了挠头试探道:"东家,要不你就再去太谷一趟,见见陆老东家,让他把我们还回去的银子再借给我们？"一听这话,致庸忙摇头:"不好。岳父一生谨慎,我这次是去南方开辟茶路,吉凶未知,要是让他知道了,他非但不会借给我银子,反而会让太太百般阻挠我,不让我去呢!"曹掌柜呵呵笑了起来:"那倒也是,陆老东家这么一个人,怎么会让自个儿的女婿拿着自个儿的银子去冒这么大的风险!"茂才看着致庸,微微笑道:"莫非东家已经想好去哪里借这笔银子了？"致庸回看茂才一眼，重重点头道："我想好了。我不用离开祁县城里，就在这里借银子！"曹掌柜一惊："在祁县城里借银子？东家打算去谁家借银子？"致庸笑道："我当然要去有银子的人家借银子，有银子的也就是水家和元家喽！"

曹掌柜看看他，有点犯难道："东家，这行吗？水家、元家、邱家可是联络好的，只要东家不改新店规，他们就不和我们做生意！"致庸哈哈一笑，一时没有说话。茂才在一旁接口道："曹爷，东家一定想好了，才会说出这些话。不过，东家你打算怎样从水家和元家借到百万两银子，倒可说来听听，大家一起商议一下！"

致庸看看他们，神情庄重道："老子说大道如矢，也就是说天下的大道理像箭一样直，我也不用别的招数，我就这么堂堂正正，一家一家上门去借银子！水家、元家不愿意和我做生意，那是他们的事，但我愿意和他们做生意！我要告诉他们，晋商不能都坐等天下太平，眼下世道不平，民不聊生，商人也有商人的责任！我要告诉他们，总要有一个人敢为天下先，替大家去江南疏通茶路！我要告诉他们，乔致庸愿拿性命替全体山西的茶商做这件事，他们要做的不过是借我一些用不着的银子罢了！另外，我也不会白用他们的银子，如果我能够平安归来，他们愿意要银子，我就连本带息还他们银子；他们愿意要茶，我将银子作价给他们茶货；他们若是怕我一去不回，我打算把乔家的生意全部押给他们！"这番话说得掷地有声，茂才和曹掌柜都不禁为之动容。

曹掌柜不由肃然起敬，拱手道："东家，我明白了，您的决心已定，为了疏通江南的茶路，您准备好了要破釜沉舟！东家，乔家的生意是东家的，东家一定要这么做，我和孙先生作为外人，都不便说什么。倒是两位太太，虽然都是深明大义之人，可她们真会舍得让东家去冒这性命之险吗？对她们而言，东家你就是她们的天啊！"致庸沉吟点头道："这也正是我不愿去太谷的原因。这样好了，事情没办成以前，谁也不要泄露出去，尤其是不能泄露给两位太太！"茂才和曹掌柜互视一眼，赶紧点了点头。

第二十一章

1

　　江父在客堂内坐着，一阵心慌，忍不住又捂住半边脸，牙疼似有若无一阵阵袭过来，简直要让他发狂。江母在一旁坐着，忍不住地长吁短叹。突见翠儿慌慌张张地跑进来，江母赶紧站起，问道："翠儿，又怎么了？"翠儿嗫嚅道："老爷，太太，小姐说了，她想出去一趟，请老爷让人给她套车！"江父一下跳起来："她这是又想干什么？嫁给何家，原先是她自个儿答应了的，可那乔家太太一来，转眼又变了卦！现在我不是她爹，她是我爹行不行？"江母气道："老头子，你胡说啥呀！"江父一跺脚，怒道："就是你把她惯坏的，这何家的聘礼都下了，我可跟人家咋说呀，这些天我都快发疯了！"

　　翠儿叹了口气，在一旁插嘴道："老爷，太太，小姐说了，她是想到西关财神庙求个签，要是财神爷让她嫁给何家，她就还嫁！"江父一惊："真的？"翠儿点头。江父求援般看着江母，江母扶着头无奈道："老爷，那就让她去。万一孩子自个儿又想通了呢？"江父闻言跺脚道："好好好，这会儿反正我也没主意了，我听你们的。翠儿，出了门你可好好地看住她，不能让她再闹出什么事了！否则别说何家，谁家都不会要她了！……江福，叫长乐给小姐套车！"

江父并不是白担心，当马车行驶到城外十字路口，雪瑛却吩咐去往乔家堡的时候，车夫长乐和翠儿的脸色那一瞬间都发白了。翠儿道："小姐您不是说去西关外财神庙吗？"雪瑛并不回答。翠儿怕道："小姐，您到底要干什么呀？"雪瑛突然哽咽着带点绝望道："我还是想再问问乔致庸，他到底心里还有没有我，如果有我，就带上我走！去哪儿都行！"翠儿和长乐相视一眼，心中不觉一阵凄凉。长乐不再多说什么，将车赶上了另一条道。

太阳带着一点伤感，淡漠地照着。长乐一边赶车，一边像所有上了年纪的人一样念叨："小姐啊，您和乔家二少爷，还有翠儿这丫头，都是我眼见着长大的。我明白您的心思，可这人的命啊，不好说。我要多嘴劝您，人活着呀，都挺难的，就说老爷吧，虽说是他贪财，可这几下一折腾，他半条命也快没喽……"雪瑛的眼泪像水一般静静地淌，长长的一段时间里，她感觉自己无悲亦无喜，只有长乐老人平淡的声音伴着辘辘车声一路驶向了乔家堡。倒是翠儿一时忍不住，哭出了声音。

那夜致庸回屋的时间不早也不晚，他进门还努力地笑笑，想找点话和正在灯下等他的玉菡说。玉菡呆呆地望着他，突然落泪道："你……你又去见她了？"致庸闻言心中又惊又烦，既惊讶于她的直觉，又恼怒于她的敏感，当下他粗声道："我没有。"玉菡痛苦道："不，你去了！你说你再也不会见她了，可你今天又见了！"致庸站起身来，大声地、同样痛苦道："我没！"玉菡不听，捂着耳朵哭道："不，你的脸上清清楚楚地写着呢，你见她了，又见她了！"说着玉菡扑到床上痛苦地抽泣起来。

致庸站了半天，努力让内心平静，走上去安抚她："哎，哎，我说实话，我真没去见她。"玉菡不理他，只是一味地哭下去。致庸忍不住烦躁起来："我说过我没见，我就没见，她今天是到乔家堡来了，想把我引到县城西关外的财神庙，我也跟了她一阵，可我真的没进去！我怎么能进去？我一个娶了妻的人，她一个姑娘家，我要是再去见她，她的名节何在，我的名节又何在？"玉菡心中一震，突然回头呆呆地看他一阵，扑上去热烈地吻起他来。致庸任她吻着，心却又一次撕裂般痛楚起来。玉菡在他怀里抽噎道："二爷，这也不是个事儿，我们赶紧帮雪瑛妹妹好好寻一门亲事，才好断了她的念头啊！"致庸听在耳里，心又恍惚起来，白日间江家马车内雪瑛那双清媚的眼睛，再次在他眼前如泣如诉起来。

不过次日一大早，致庸仍旧按计划来到水家拜访。接待他的王大掌柜知道自己东家的脾气，一边给他看座，一边赶紧亲自去戏台院找东家。致庸正坐着喝茶，如玉带着元楚走进来，高兴道："二弟，你怎么来了？元楚，快给二舅请安！"她是达庆的妹子，水长清的太太，致庸的堂姐。六岁的小元楚乖巧地上前施礼。致庸把带来的礼物递过去，仔细地打量元楚："三姐，这就是你们家的神童？"如玉一边谢着礼物，一边烦恼道："二弟，等会儿见了你姐夫，千万甭提这个，你姐夫这个人，一听人说元楚是神童就烦。他就见不得元楚念书！"致庸早有耳闻，笑着弯腰对元楚道："听说你什么文章都是过目成诵？"

元楚睁大眼睛道："二舅，你是不是不信？今儿早上母亲刚给了我一本《离骚》，要不这会儿给你背背？"致庸吃惊地问："今早上拿到的《离骚》，这会儿就能背？"这小孩一听可得意了，立刻朗朗背起："帝高阳之苗裔兮，朕皇考曰伯庸。摄提贞于孟陬……"

戏台院内，那旦角正在给水长清画脸。王大掌柜进来犹豫了一下道："东家，乔家堡的二舅爷来了，想见见您。"水长清不耐烦道："他来干什么？没看我正忙着。"正说着，一家人匆匆跑过来："二爷，大爷问您什么时候好，他等着开戏呢！"水长清生气道："他倒性急，叫他等一会儿，没见我还没好吗？都是你们捣乱，我那几句词还没背熟呢。"王大掌柜见状耐心道："东家，致庸二舅爷好像有点事要和您商量呢。"水长清没好气道："你不都看见了？我哪里有空见他？这个乔致庸，上次带头捐海防银子，把我的新戏台都给我捐跑了，还要给伙计们分红利，坏我商家的规矩，可恶！有事让他跟你说就行了。"王掌柜还没来得及说话，忽听水长清想起什么，道："哎，对了，老王，今年的生意你大体上合计过没有，是赚得多还是赔得多？"王大掌柜道："东家，江南茶路不通，各分号都没有生意，估计比去年赔得更多。"水长清不在意道："比去年多赔多少？"王大掌柜略略想了想道："今年恐怕要多赔二十多万两。"水长清一怔："怎么赔这么多？跟元家比呢？"王大掌柜赶紧道："元家在法兰西国、英吉利国都有分号，摊子铺得比我们大，茶货运不过去，自然赔得更多。"水长清点点头："那不结了。只要有人比我赔得更多，我就不怕。好，你去吧。"王大掌柜转身走，忍不住又回头："东家，三年了，我们没有往外蒙古恰克图分号运去一两茶叶，那里的分号撤不撤？"水长清忙着往脸上补妆："元家撤了没有？"王大掌柜摇摇头。

"那我们也不撤。"水长清一边说着，一边往戏台那里去，可他走了两步又改了主意，忽然回头道："哎，你说，乔致庸知道不知道我们不再跟他做生意了？"王大掌柜看着他不说话，水长清有点不乐意了："哎，老王，你有话就说，净看着我干吗，我的脸有那么可怕吗？"王大掌柜头一低，道："恐怕二舅爷早就知道。"水长清想了想："那他还有脸来？……我去见他！"王大掌柜看看他脸上的油彩，水长清哼了一声："怎么着？我这样不能见他？我不是常常这样见客？是他来见我，不是我去见他，看不惯以后就别来！"

这边，小元楚已经背完了《离骚》，致庸把他抱在膝上，喜欢得不得了。一家人跑进来，急道："少爷，老爷来了！"元楚吓得脸色发白，如猫般从致庸膝上溜下来，如玉赶紧打个招呼，带元楚躲进内室。致庸笑问家人：

"哎，这是怎么说话的？把元楚吓成这样？"家人小声道："二舅爷，我们爷今儿早上刚发过话，再听见少爷不走正道，念些酸文假醋，就把他的腿打折了！"致庸忍不住发笑："什么叫酸文假醋，这可都是锦绣文章啊！孩子喜欢念书还不好？真是奇怪，别人家要是出了这么个神童，高兴都高兴不过来呢！"家人叹道："你不知道我们爷，他说的正道就是学做生意，他最看不起读书考功名的人了！"说着他朝外一探头，害怕道："快别说了，我们爷到了！"

水长清施施然走进来，致庸看一眼他脸上的油彩，知道他一贯的为人，也不介意，上前行了礼："致庸给姐夫请安！"水长清随便一拱手："罢了罢了。你有什么事儿？我忙着呢！"致庸笑道："姐夫，致庸今日来一是给姐夫姐姐请安，二是有要事与姐夫相商。"水长清还没来得及说话，一个涂了一张戏脸的家人跑进来催道："二爷，大爷发火了，他催着开戏呢，让您快去！"

水长清闻言生气道："忙什么，我这不正跟二舅爷说话吗？让我哥等一会儿，我们没啥正经话，我很快就来！"说着他催促致庸道："来请安就免了，我看你是无事不登三宝殿。有事快说吧。"致庸一看这个架势，索性直入正题："致庸想向姐夫借一笔银子，代姐夫去江南武夷山疏通茶路！"水长清一惊，目光微亮："你说什么？你……要替我们水家去武夷山疏通茶路？"致庸坦然道："正是！致庸听说因为茶路不通，姐夫家和元家失约于俄商，年年损失巨大。致庸自己也有志于做茶叶生意，只是本银不足，所以来求姐夫，玉成此事！"水长清哼了一声，有点不屑地看着他道："你是想和我合股做生意？"致庸微笑着点点头，不料水长清一摆手道："那你还是回去吧，你应该听说我和元家、邱家有约在先，不和你们乔家做相与了！"

致庸笑了起来："这件事我当然知道，可是我之所以知道此事仍然要来，正是觉得姐夫能听得进致庸的道理！"水长清哼了一声："你有什么道理？"致庸道："姐夫，水家在山西众茶商里的名望，只有元家可以相比，是不是这样？"水长清斜睨了致庸一眼，点点头道："这也是众所周知的事情啊。""可是姐夫家已经四年没派人去江南贩茶了。姐夫作为山西最大的茶商之一，四年不去贩茶，损失了多少银子？""没多少，也就是一两百万罢了。"水长清仍旧无所谓道。致庸慨然道："那我再问姐夫，水家的茶货生意鼎盛之时，每年赚多少银子？因为水家生意而衣食无忧的茶民又有多少？"水长清看看他："这个……赚多少我就不告诉你了，不过依附着水家生意的茶民倒确有一两千户人家吧。你问这个什么意思？"致庸不接他的口，仍旧继续问道："致庸再问姐夫，过去茶路畅通之日，光水家一年纳给杀虎口税关的茶货税银又有多少？"

水长清道："那税银可着实不少，不过我水家作为大茶商，养活一两千户茶民，给皇上缴纳点银子，也是为国为民应尽的一份责任，不值得夸耀！"致庸一拱手："姐夫，从武夷山贩茶到外蒙古的恰克图，这条茶路断了四年，不仅姐夫家损失以百万计，茶路上以制茶、运茶为生的茶民也没有生路，就连朝廷四年也少收入难以计数的税银。你说，这样一条茶路，为国为民为己，该不该有人去帮你重新疏通？"水长清不禁重新打量他："怎么，就你？从武夷山贩茶到恰克图与俄商交易，长达万余里，南有大江，北有沙漠戈壁，江南眼下又被长毛占着，你真有能耐把它重新疏通？"

致庸此刻反而不多说什么了，只笑着点头，眼神坚定。水长清见状想了想，道："那……你想要我出多少银子？"致庸竖起一个手指头："姐夫是生意场中人，知道要做成此一桩生意，本钱巨大。我想请姐夫至少入股一百万两。"水长清深深看他一眼："啊，这事我恐怕要和王大掌柜商量一下。哎，我问你，万一此事不成，你把我的银子赔了怎么办？"

致庸胸有成竹道："姐夫，乔家现有十七处生意，我愿意以它们做抵押。"

内室的如玉一直趴在门缝里偷听谈话，此时闻言大惊。刚才那个画了花脸的家人又跑进来："二爷，大爷在那儿骂人哪，您要是再不去，他可要恼了！"水长清正好顺水推舟，道："好了好了，我就去。"说着他回头对致庸道："你先走吧，等我有空再商量！"致庸点点头："姐夫，事情致庸都说了，姐夫好好想想，我还要去元家走一趟，明天来听你回话，如何？"水长清不由心中一惊："怎么，你还想把元家也拉进来？"致庸欲擒故纵道："要是姐夫不愿做这桩生意，我就请元家入股。"水长清想了想："好吧，我就不送了，王掌柜，替我送一送舅爷。"说着他便随画了花脸的家人匆匆离去。

王大掌柜抱歉道："舅爷，我们东家就这样，您别介意。"致庸笑道："二爷是我家亲戚，他的脾气我怎么能不知道？好了，告辞！"他抬脚朝外走，却见如玉从内室冲出，叫道："二弟，你留步！"致庸回头，王大掌柜也回头看她。如玉看了一眼王大掌柜，欲言又止道："算了，我没事了，你走吧！"致庸明白了她有话说，却不说破："三姐，那我走了，你有空去乔家大院坐坐，嫂子她们都想你呢！"如玉点点头，眼看着他走出去。

戏台院的水长清招呼王大掌柜道："派人盯住乔致庸，看他是不是去了元家。"王大掌柜匆匆办了此事回来，问道："东家，乔东家借银子的事，您是怎么打算的？"水长清没头没脑道："都说这种兵荒马乱的年头生意不好做，其实错了。"王大掌柜不解道："东家的意思是？"水长清也不直接回答，冷笑道："谁说眼下的生意不好做？人要是想败家，那你是拦不住的！"王大掌柜听出了他的意思，却不甘心地问道："东家，要是乔东家贩茶成功了呢？"水长清哼道："那也是他用我的银子替我贩茶，我又吃什么亏？"王大掌柜想了想又道："东家，乔东家若是去了元家，而元家又答应了他，这事我们还掺和不掺和？"水长清瞪眼道："你糊涂，元家掺和，我们更要掺和！便宜让元家一家独占，将来他们收了乔家的生意，在祁县就是一家独大！我们怎么办？"王大掌柜刚要开口，这边已经招呼水长清唱戏了，那水长清清了清嗓子，袅袅娜娜地走上台去。王大掌柜看着他，叹口气，摇头走开。

此时元家客厅内，元老东家正高兴地接待致庸。听致庸说了目的，不禁夸赞道："好哇，真是后生可畏。"致庸忍不住继续慨然道："老前辈，大家认为要恢复茶路，难就难在长毛眼下占据着长江一线。致庸以为，长毛可以占据长江边的都市村邑，但我不相信他们沿江都布上兵马，既然如此，就一定有让茶船通过的间隙和机会；其次，我向人打听过，长毛并不像人说的那样，只是一群杀人放火的强盗，据说他们造反的目的，是要在中国平均地权，遏制豪强，给小民一口饭吃。我一个商人，不是官军，也不是朝廷官员，去南方贩茶，只是想为天下茶民生利，即使被抓到，想来也不至于就是死路一条。而只要我人不死，茶路就能疏通，那您老入股的银子就不会打水漂。"

元家老东家深深看他："万一不是你想的那样，他们抓到你后便不分青红皂白，一刀将你杀了呢？你就一点不怕？"致庸哈哈大笑，笑毕正色道："致庸冒险去江南贩茶，并不全然为了一己之私，商路不通，我辈商人就只能坐以待毙。坐以待毙是死，冒死去贩茶被杀也是死，致庸宁可选择后一种死法！"元家老东家神情大动，眼里忽然湿润起来："乔东家，我在想自个儿可能真的老了，现在是你们这代人的天下了！如果我年轻十岁，这去江南恢复茶路的事，就轮不到你了，我一定会捷足先登的！"致庸闻言大喜，刚要说话，却听元家老东家点头继续道："天下汹汹，皆曰长毛占了长江一线，去江南贩茶是一条险道。其实古往今来，天下商路又有哪一条不是险道？孩子，有了你，我们晋商不避万死开拓商路的火种就没有熄灭。好吧，我和孙子合计一下。"说着他拉拉胡子，露出如孩童一般的笑容低声道："现在是他管家了，我也得跟他商量！你就听回话吧，应该没事。"致庸会意，笑着起身告辞。

这时如玉正在水家内室走来走去，焦急万分。元楚站在一旁看她，忍不住问道："娘，你怎么了？"如玉看看元楚，终于下了决心："孩子，走，跟娘回乔家堡你舅舅家！这个家，娘不想待了！"元楚喜道："娘，是不是到了舅舅家，我就可以念书了？"如玉有点难过地点点头。元楚更乐了："好啊！娘，你知道这叫什么？"如玉道："叫什么？"元楚道："咱们这叫三十六计，走为上计！"如玉不由忘了担心的事，满脸笑道："好儿子，你现在说的话，娘都不懂了。"说着她回头对丫鬟道："吩咐外头套车，我要出去！"

2

只见达庆腾地从他那把花梨木太师椅上站起，大惊道："真的？他真要把乔家的生意押出去，冒险到江南贩茶？"如玉被他吓了一跳，点点头。达庆怒道："这个乔致庸，他是想把乔家败光了才称心呢！你跟我走，眼下没有人能挟制住他，能挟制住他的人只有他大嫂和他媳妇，咱们找她们去！"如玉不情愿道："哥，你是不是想想再去？"达庆扯着喉咙喊道："我想什么？乔家的生意就是我的生意，我不能听任乔致庸胡来，乔家要是被他败光了，你哥我的一万两股银就没有了，以后我们一家子喝西北风啊？"

达庆说做就做，当下就带着如玉到了乔家大院。曹氏、玉菡听完达庆的话，大骇不已。小元楚看着他们说话，觉得没有意思，便坐到一边读书去了。曹氏又仔细问了一遍，想了想突然盯住如玉问："三妹，你是不是还有话要说？"如玉身子一歪，小声哭起来。曹氏和玉菡更是吃惊，赶紧连连追问。半晌如玉抬头忍无可忍道："有些话我不能说，说出来丢人！我只说一句话，大嫂，弟妹，千万拦住致庸，不能和我们家那个祸害合伙做这桩生意！"玉菡听出了弦外之音，赶紧道："三姐，有话你慢慢说。这里都是咱自家人！"如玉看着她们，拭着泪一不做二不休道："事到如今，我也不怕说出来让你们笑话了，水长清这个人，我跟他过不下去了！我想回娘家！"达庆闻言走过来大惊道："妹子，你这是为啥？你回来？回哪儿去？咱们家可是没你住的地方。哎我就奇了怪了，你们不是过得好好的，怎么要回来？"

如玉气愤道："你虽是我的亲哥哥，可怎么知道我们过得好好的？他一年三百六十五天，白天跟一群戏子泡在一块儿，晚上出去眠花宿柳，元楚多好的一个孩子，喜欢念书，谁见了都说是个神童，将来一定能够得志光宗耀祖，唯独他看见孩子念书就像见到祸害一样！今天早上他说了，以后再听见元楚念之乎者也，就打折了他的腿，把我们娘俩从水家撵出去！大嫂，弟妹，我……我早就不想跟他过了！"达庆急道："那你也不能回来。你回到家里来，谁养活你们？我可没有银子！"如玉看他一眼，气愤道："哥，我是在跟大嫂和弟妹说话，我说过要回咱家吗？我就是要回来，也回来投奔大嫂和弟妹，咱那个家，我还不愿回呢！"达庆一听放了心，于是打岔道："哎哎，怎么扯到这儿来了，你不是回来说致庸的事的吗？"

如玉点点头："啊对，我的话还没说完呢，都是你把我气糊涂了。大嫂，弟妹，你们可得让致庸提防着，水长清今天没有一口回绝致庸，我觉得挺怪的。自从致庸在包头给复字号立了新店规，那家伙就和元家、邱家商量好了，不再跟乔家做生意。我想他今天没有一口回绝致庸，这是怎么啦？后来一想明白了，他不相信致庸能从长毛的地盘里把武夷山的茶叶贩回来，他想要的不是茶货，是乔家的生意！这个人别看整天什么都不在乎，心里头阴得很，一不小心他就会给你挖好了坑，让你一头栽进去！"曹氏和玉菡相视失色。

达庆凑上来道："这个致庸，生意做得好好的，他非要去江南贩什么茶呀。哎，致广家的，你是这家的当家人，我看这个家不能再让他管了！"曹氏回过头，严厉地盯着他道："你说致庸不行，景泰又年幼，四爷，莫非你能放下举人老爷的架子来管乔家的生意？"达庆赶紧摆手搭架子道："我当然不会弃儒经商，那有辱斯文，再说了，我是个随时中了进士都会去做官的人，怎么能去做生意。我是说，我可以给你推荐个人来干。"曹氏看看他，忍不住问道："谁？"达庆打着哈哈道："达盛昌的崔鸣九崔大掌柜啊，此人心眼够多，要是你们信得过我，把乔家的生意交给我来管，我就请崔鸣九来经理。致庸不是想接着念书吗，就让他念好了！致庸一定是觉得生意不好做才想去江南贩茶，其实干吗要去冒那样的风险，眼前就有赚钱的生意能干，就怕你想不到！"

曹氏忍住气问："四爷，你想让崔鸣九帮乔家做什么生意？"达庆一拍大腿道："开大烟馆呀！你看看，眼下从太原府到祁县，可以说是百业凋敝，独独大烟馆是一个接着一个开，开一个赚一个！你们看榆次的何家，原来谁知道他们是谁？就这些年贩卖大烟，开烟馆，转眼间就成了榆次的首富……"他忽然打住，因为发现面前的三个人都对他怒目而视。

曹氏气极道："四爷，达盛昌的崔鸣九是个什么人，别人不知道，可是我知道，要不是他撺掇他的东家邱天骏在包头设下陷阱，我们家大爷还不会死呢！让他来管乔家的生意？除非乔家这一门的人死绝了！"达庆脸色苍白，忍不住退了两步道："我不过这么一说，你怎么急了？"

曹氏哼了一声："你的意思我知道了，我会斟酌的，你走吧！不过有句话我这会儿就告诉你，乔家祖辈都没做过缺德的事，今天也不能！就算是我们穷到讨饭，也不会去卖大烟，赚那种昧良心的银子！"达庆挂着脸道："好了好了，今儿算我啥也没说行不行？我也真是的，好心落个驴肝肺。"说着他转身走出，可忍不住又回头道："啥缺德不缺德，人家开烟馆就缺德？"三个女人都不理他，只冷冷地瞪着他。达庆一阵没趣，怏怏而去。

曹氏转身对如玉和玉菡道："不行！不能让致庸去贩茶！乔家的生意本来已经败了，靠了致庸才转危为安，二弟就是再把它赔光了我也不心疼！我不让他去，是因为南方茶路上有长毛！我们乔家可以没有银子，却不能没致庸！"如玉连连点头："大嫂说得对。等致庸回家，咱们一起劝他，这桩生意咱不做，也省得吃了水长清的亏。"唯独玉菡眉头紧皱，沉思不语。

3

元家少东家很快和水长清在茶楼进行了密谈。元家少东家淡淡道："水东家，你真的认为乔致庸会从江南无功而返？"水长清哼了一声，跷起兰花指呷一口茶道："岂止是无功而返，我真正担心的是……啊，我们彼此会意，这话我就不说了！他只是个书生，好大喜功，他要是不败，天理不容！"元家少东家拊掌大笑，突然单刀直入道："莫非水东家入股乔家茶叶生意是虚，羡慕乔家的生意是实？"水长清道："元家少东家难道对进入包头商圈没有兴趣？"两人相视大笑，当即成约击掌。元家少东家很随意地关照道："对了，此事的细节，不要让我爷爷知道。"水长清点点头，笑问："我们这叫什么？"元家少东家笑道："好像有一个词，叫作一拍即合。"两人又一阵会心地大笑。

元家少东家又想起一件事，突然道："水东家，我们三家原本有过约定，不再和乔家做生意，现在你我借钱给他，岂不是坏了约定？"水长清毫不介意道："少东家，要是乔家败了，乔致庸的生意成了你我的，他还能给店里伙计们顶身股，派红利，还能再坏我山西商界的规矩吗？"元家少东家一惊，拱手大笑道："水东家高明，我怎么没想到这一层！"水长清想了想又淡淡关照道："对了，这事就不要惊动达盛昌邱老东家了！"元家少东家笑道："明白了，一定遵命！"

即使水、元两家打算对邱天骏封锁消息，他仍旧很快就知道了。崔鸣九试探道："东家，乔致庸真以为自己能从长毛的地盘上把茶叶贩回来？万一贩不回来茶，乔家就完了！"邱天骏冷眼看他，突然道："万一乔致庸把茶贩回来呢？眼下茶叶腾贵，翻倍的利润，他要是贩回茶货来，乔家就会一举成为巨商！"崔鸣九还是不信："这可能吗？"邱天骏沉思半晌，喃喃自语道："在包头我就说过，此人不可小视。"他又想了一会儿，果断道："这么办，你现在就去找他家的大掌柜，问他们是否愿意和达盛昌合股，我们目前现银不多，就出十万两银子，助他去江南贩茶。贩回茶来，我们要茶，贩不回茶，我们要他们太原的店铺！"崔鸣九一惊道："我们和乔家刚刚化干戈为玉帛，乔致庸还刚刚帮了我们一把……"邱天骏哼一声："我让你去你就去！要是我没猜错，乔致庸这会儿正盼着银子呢。对这个人来说，他现在最缺的就是银子，不是意气！"

邱天骏猜得没错，当第二日致庸听曹掌柜说了此事，不禁击掌大笑道："好，太好了！曹爷，快去给崔大掌柜回个话，就说我特别高兴，改日一定去向邱老东家登门拜谢！"曹掌柜叹口气，转身走出去。茂才站起道："恭喜东家，这么轻松地就打破了祁县三大商家不和我们做生意的约定。事情到了这一步，我觉得水东家也一定会入股的，而且银子还不会少！"致庸回头看他，笑着道："那是因为我们走的是正道，做的是应天意顺民心的大事。水家和元家哪怕每家只入股五十万两，再加上我们自己目前抽调的现银三十万两，也就有了一百四十万两银子，去一趟江南，够了！"

致庸正在高兴，突见长栓涨红着脸冲进来道："二爷，大太太有急事，让您过去一下呢！"致庸一看他的神色，赶紧去了内堂。一进门，但见曹氏和玉菡坐着，双双垂泪。致庸大惊，只当是她们要力劝贩茶之事，刚要开口解释，忽见曹氏颤抖着手递过一张喜帖。致庸展开一看，只觉五雷轰顶一般，站立不住。曹氏拭泪道："雪瑛这孩子是我们害了她，可，可她也不能就眼见着火坑往里跳吧，好端端的，怎么仍是三日后成亲呢？"玉菡亦哽咽道："说得好好的，不嫁，不嫁，我和大嫂这几日都在托人打听，想尽快给她觅个好人家，可她怎么又变卦了？"长栓在一旁插嘴提醒道："二爷、两位奶奶，江家的丫头翠儿还在前院的客堂内等着回话呢，你们看……"致庸也不回答，铁青着脸抬脚就往外走去。玉菡心中一急，跟着站起，想了想又颓然坐下。曹氏拭拭眼泪，坐到玉菡身边安慰她。

前院客堂内，翠儿默默站着。眼见着致庸铁青着脸急匆匆进来，她也有点慌，但仍行了一个礼，看看四周，轻声道："二爷，小姐，小姐她请您财神庙中一见……"致庸五内俱伤，冲动地上前抓住翠儿摇晃着喊道："翠儿，你告诉我，为什么？为什么？"长栓在旁边一阵大急，赶紧把他拉开按在了椅子上。翠儿看看致庸，也看看长栓，涨红着脸含泪低声道："二爷，我可以告诉您为什么，就因为她太喜欢您，实在撇不下您。除了您带她走，她嫁给任何人都是一样的！"

致庸脸上掠过一阵可怕的青灰。他抬起一只手，颤声道："你去告诉她，她，她若真要嫁给何家，在我心口永远插上一把刀子，我也无法，是我终身负她……"翠儿擦把泪看着他，犹豫了一阵，道："二爷，您若心中真有她，就还请庙中一见，劝劝小姐，或者……"

致庸猛然站起，"哗"的一声，如狂风骤雨般把桌上的东西统统扫落在地，吓得翠儿和长栓连连倒退几步。致庸一步步逼近翠儿，沙哑着嗓子含泪道："我不能。翠儿，你知道我不能。她也知道我不能，我不能带她走，我更不能再去见她。如果再去见她，我也不知道我会做出什么决定。我，我……"他扯着胸口，一阵强烈的痛楚让他脸色剧变，嘴唇乌青。长栓赶紧过来扶他。翠儿大滴大滴的眼泪涌出来，勉强含泪行了礼，再也忍不住，快快地哭着离开了。她一路小跑，但耳边依旧传来致庸的嘶声大喊："雪瑛，雪瑛，你为何就不明白我的心呢……"

第二十二章

1

不管天下的痴男怨女各自带着怎样的心痛与折磨，日子却照旧义无反顾地往前走去。转瞬何家迎亲的日子就近了，江家的嫁妆从室内一直摆到院子里，男男女女进进出出，一派喜气。客厅里媒人谢掌柜正陪江父看嫁妆："东阳兄，你瞅瞅，何家想得多周到，特意让人添了嫁妆送来，这样明天从江家抬出去，会有多气派，多好看……"江父心不在焉地点头，谢掌柜看出他心绪不宁的样子，也叹了口气很快告辞了。

江母拭了拭眼角的泪，慢慢走上绣楼。雪瑛正对着窗外发呆。江母小心地看了她一眼，道："雪瑛，明天就是你大喜的日子，你爹让我再来问问，有没有什么事他忘了，别到了时候……"雪瑛也不回答，又慢慢流下泪来。江母一把搂住她，哭道："雪瑛，事到如今，还有什么办法呢？这都是你的命啊！什么都甭想了，到了何家，好好地跟人家过日子吧！"

雪瑛颤声哭道："娘，您说明天致庸会来送我出嫁吗？"江母深叹一口气。在一旁默默装箱的翠儿也住了手。江母茫然地向窗外看去，哆嗦着道："雪瑛，娘也不知道他明天会不会来，可娘懂你的心思，你心里还存了念头。但你想想看，前些天你都到了乔家堡，致庸也没跟你去西关外的财神庙；就是前两天，翠儿把话都挑得那样明白了，他也不愿意再来看你一次！乔家的男人我知道，就算致庸是个出格的，可这些大理上头他们是不会错的。其实，其实明天他来不来并没有什么区别的！"雪瑛泪落如雨，半晌道："娘，我懂了，其实我早就懂了，可我一直不愿意承认，自从我失去致庸那一天起，就再也找不回来他了！"江母再也忍不住，一把抱住她，失声痛哭起来。

雪瑛却出奇地镇定。她温柔地帮母亲擦去眼泪，细声道："娘，女儿只想再求您一件事，您打发一个人，再往乔家送一张喜帖，就说请乔家二爷以兄妹情分明日送雪瑛上轿……"江母闻言一惊，下意识地朝翠儿看去。翠儿低头愣怔了好一会儿，却意外地朝江母用力点了点头道："太太，您就照小姐说的去做吧，乔家的二爷来与不来是他的事情，一切看天意吧！"江母不再多说，立时站起下楼，吩咐道："长乐，备车到乔家堡送喜帖！"

时间依旧按照自己的节奏不快不慢地走着。迎亲的日子终于到了。一大清早，江父、江母跟着翠儿跌跌撞撞地冲上绣楼，只见雪瑛满头珠翠，却穿一身雪白的丧衣在床上端坐着。江母尖叫起来："雪瑛，你这是怎么啦？你怎么穿上了它？"雪瑛抬起头，静静道："爹，娘，女儿今天本不想再活下去，可是仔细想想，爹娘养我一场，并没有错，我不能在出嫁之日，死在家里，我只能出嫁；雪瑛生在这个家里十七年，过去的日子就像一场梦，只要我离开这个家，我的梦就醒了，我就不再是过去的我，以前的我就死了，既然这个我已经是个活死人，我为什么不能穿着丧衣出嫁？爹，还有一件事，今日我必等到致庸为我送嫁才上轿！"江父浑身哆嗦，颤抖道："我的娘呀，你可真要了我的命了！你到底要做什么！"江母大惊："老爷，这……"江父一跺脚："这什么，我告诉你们，那口棺材我真的没退，再说也退不掉，我让人把它抬回来了，就放在后院库房里，真要有个好歹，我也不怕！"他突然捂着脸蹲下去，牛鸣一样哭起来。

那日的时间在翠儿的眼里，倒像变了形一般，忽快忽慢。似乎没过多久，门外就开始鼓乐喧天，江父、江母下楼，心中如滴了烫油般，但仍要人前人后地应付着。何家迎亲的花轿早早地便停在了二门口。谢掌柜连催了几次，都只见江父擦着脑门上的汗道："谢兄，你让他们再等一等，小女还有些事情，马上就好，马上就好！"谢掌柜无奈地走进来又走出去，江母抖着声音问翠儿："怎么回事，都去三拨人了，还不见乔家来人？"她的声音又尖又锋利，像大风刮过的刀口一般，那一瞬间，连她自己都害怕起来。

又不知过了多久，江福终于冲进来报道："乔家来人了，不过，不过不是他们家二爷，是他们家二爷的太太！"江母身子一歪，李妈赶紧扶住。绣楼上的雪瑛听了惨然一笑，道："上轿吧，绕道乔家堡，乔致庸不来见我，我去见他！今天不管他来与不来，我都要他亲眼看到江雪瑛死了！"众人闻言大惊失色，一时面面相觑。

唢呐声终于响起，雪瑛从头到脚，被一张大红绸子蒙着，被家人用一张椅子抬上轿子。观礼的亲戚们议论纷纷，"怎么这样？连头带脚都蒙上了？""没出什么事吧，江太太哭成那样？"

玉菡和明珠都在人群中看着，玉菡噙着一汪眼泪，努力忍住，只觉心头翻江倒海般，口中一阵阵咸苦。谢掌柜也很是纳闷，他摇摇头，仍长声喊道："吉时已到，起轿！"只听唢呐前导，迎亲队伍浩浩荡荡走出江家。江母又一阵恸哭，对着轿边的翠儿和李妈遥遥拜了下去，翠儿和李妈守在轿门两侧寸步不离，努力笑着冲江母点头，要她放心，江母哪里放心得下，捂着嘴直哭得如风中残荷般摇摇摆摆，江父在一旁扶住她，也忍不住抹起泪来。

城外十字路口，花轿遥遥折向了去祁县乔家堡的路。谢掌柜一愣，直喊："哎，哎，走错路了，往这边才是去榆次的路。"这边李妈赶紧赶过来对谢掌柜耳语几句。谢掌柜叹了一口气，不再说话了。

乔家书房里，病榻上的致庸突然醒了，梦游一般，摸索着就要起来。曹氏在一旁守着他，惊道："二弟，你要做什么？"致庸转向她，呓语般道："雪瑛来了，她来了……真的，你听，你听，她在那里哭呢。"曹氏一把扯住他，叫道："二弟，你怎么了，你可不要吓我……"致庸像不认识人一般，只挣扎着要下地。忽听致庸又轻声道："你们听，你们听，真的，真的是雪瑛妹妹来了……"曹氏刚要开口，忽见众人都变了脸色。张妈捅了捅她，曹氏凝神一听，那鼓乐唢呐之声果然远远地传来，越来越清晰。

致庸立时站起，就要往外走，张妈见势不对，赶紧上前拉住他，对曹氏道："二爷这会儿已经迷住了心窍，他若要见，就让他见，这样病也许还能发散出来，好得快点。"曹氏听了只好点头，吩咐长栓好好扶致庸出去。

大门外的唢呐声越来越响亮。花轿和何家的迎亲队伍终于在乔家大门外停了下来。四周一片吃惊喧哗——"哎，怎么在这儿停下了！"花轿稳稳落地，一位清丽脱俗的女子一身雪白丧衣，翩然下轿。围观者中轰的一声响。"怎么回事？新娘子怎么穿这么一身？""天呢，这是喜嫁，还是丧嫁呀！""只有死人才这种打扮！她怎么啦？"玉菡一路跟着送亲队伍，看着这一幕，一口血就喷了出来。

致庸一见雪瑛下轿，挣脱开长栓等人的搀扶，踉跄着迎了上去。雪瑛一双清媚如水的眸子先是冷冷地在他脸上扫着，突然这眼神又恍惚迷离起来，她柔声哽咽道："致庸，你，你真的病了？"致庸色变。雪瑛一双妙目在他的脸上和身上逡巡着，眼神最终又冷了起来。她不再多说，转身从花轿里拖出一个大包裹打开，一样一样东西取出来还他，从那日玉菡带去的皮袍，再到童年、少年时一起玩过的玩具，泥娃娃、羊骨头、彩色石子……一样一样全交到致庸手中，流泪颤声道："今天我来，把一切全都还了你，以后你也只当我死了吧！"说完她转身上轿。致庸头脑突然清醒了起来，一种更强大的痛苦又向他袭来，他踉跄着往前走了两步，痛声道："为什么，你要长大？"雪瑛上轿的脚步停了停，漠然一笑，终于上轿。

花轿再次抬起，锣鼓震天，唢呐声重又嘹亮。致庸眼前一黑，往前栽倒，恍惚间，只觉一只巨大的蝴蝶将他腾空携起，高高飞了起来。四周的声浪一阵阵旋裹而来，然后他便什么都不知道了。

黄昏时分，雪瑛的花轿终于到了何家，在鼓乐声中慢慢落地。何家众亲友女眷纷纷拥过来，闹哄哄地要看轿中的新娘子。两位喜娘也走过来，掀轿帘搀新娘子下轿。李妈和翠儿紧紧抓着轿帘，一阵惊慌。李妈黄着一张脸，悄悄对翠儿急道："怎么办？要是……"翠儿还没回答，已听一旁的众亲戚起哄道："怎么不下轿呀，丑媳妇总要见公婆呀，更何况是远近闻名的美女！"

翠儿没奈何，只得咬牙拉着李妈闪开，何家两位喜娘走去打开轿帘。翠儿拉一把李妈，匆匆向人群外面躲，却听人群中爆发出一阵喝彩："新娘子好漂亮！"两人回头，惊讶地看到由两位喜娘搀扶下轿的雪瑛已是一身红妆，亭亭玉立。

翠儿忍不住轻轻惊叫一声，这边李妈也睁开眼睛，松一口气，接着就高兴得流出泪来。翠儿含泪道："我知道了，小姐说过离开江家原先那个她就死了，到了何家，她就是一个新人，她说到做到，果然让自己成了一个新人！"李妈推了她一把："还不快去侍候！"

翠儿一惊，赶紧匆匆走回去，守护在雪瑛身旁。众宾客簇拥雪瑛过火盆，过马鞍，走向喜堂。鼓乐喧天中，盖头布下的雪瑛眼睛悄然睁开，用极为陌生的目光朝这个家望了一眼，接着又坚决闭上。

雪瑛就像踩在云端里，轻飘飘的，没有意识一般由人摆布着。仪式很快进行着，已经到了夫妻交拜的时节，对面的何继嗣突然转身，"哇"的一声喷出一口鲜血，向后倒去。何父何母大惊，赶紧从尊位上站起叫道："继嗣，继嗣，我的儿，怎么了你！"

雪瑛心中一惊，忍不住身子一阵摇晃，只得紧紧抓住翠儿的手。众丫鬟扶起何继嗣。那何继嗣一口口地吐着血，人已经昏迷了。

何父急忙道："谢掌柜，快点儿成礼呀！"这边谢掌柜顾不得还没有夫妻交拜，便长声唱道："大礼已成，把新郎新娘送入洞房！"众仆人一拥而上，七手八脚抬走了何继嗣。雪瑛呆呆地站着，眼泪一滴滴落下。只听何父大怒道："这是什么御医，不是说撑三天没问题吗？管家，给我乱棍子把张御医打出去！"

何母叹了口气，哭腔吩咐将雪瑛送进洞房。雪瑛由人搀着向内宅走去，从那一刻起，脚下的路忽然变得极其漫长起来。

2

对致庸而言，那是一个长长的梦，他不知睡了多久，也不知是如何睡过来的，梦中的蝴蝶与他同生共死，大悲大喜，一起在天地间自由翱翔着。也许，也许只有在梦里才可以这样。

已经一个多月了，玉菡虽然十分憔悴，仍旧衣不解带地守在床边，致庸只是沉沉睡着，似乎无忧亦无喜。玉菡打了一个瞌睡，又猛地惊醒过来，自鸣钟敲响，表针已经指向深夜。杏儿扶曹氏轻轻走了进来。玉菡一惊，连忙站起，小声道："嫂子，你怎么又来了？"曹氏心疼地看着她："我不是来看他的，是来看你的，你歇会儿吧，我来守他。"玉菡疲倦地摇摇头，叹道："嫂子，没事，再说我这么守着他是应该的。"说着却流下泪来。

曹氏上前帮她拭泪，柔声道："好妹妹，谁让我们是女人呢。你下去歇着，今天夜里我守着他。"玉菡含泪笑了笑："嫂子，不用，我不累。"曹氏故意嗔道："莫不是信不过我？小时候他害病，吓得我和你大哥整夜整夜不敢睡觉，我也这般守过他。他这孩子打小就调皮，有回惊了马，也是一躺两个多月，都是我没日没夜守他呢……"玉菡不好意思道："嫂子，我怎么会信不过你……"

致庸在半梦半醒间恍惚听着，忍不住悄悄睁开眼，看看面前的两个女人，头转向一旁，眼睛一点点湿润，终于叹了一口长气。玉菡和曹氏一惊，赶紧回头看他。玉菡趴在他枕边，用有点夸张的声音高兴道："二爷，你是不是好些了？"不料致庸又闭上了眼睛。玉菡脸上笑容慢慢落去，忍不住又无声地拭起眼泪，曹氏叹口气，无言地抚慰着她。两个人就这么一站一坐，守了致庸一夜。

过了大约两个月，致庸终于起床了。茂才在书房里候着他，见面不禁微微一笑道："东家，你到底还是醒过来了。"致庸岔开话题道："不是说水、元二家拟好了合约，让我看看吧！"茂才深深看他一眼，递过两份合约，又道："下午水东家还要来！"致庸点点头，接过合约仔细看了起来。

下午水长清如约而至。一阵寒暄后，水长清开门见山道："致庸，我和元家共同拿出一百万两银子，让你去江南贩茶。但银子不是白出的，这笔银子要以你乔家包头复字号为抵押，若你江南贩茶成功，我们和你三分其利，不成，乔家复字号及祁县、京津的产业一分为二，变为水、元二家产业，你要是同意呢就签约，此外一切免谈。"

致庸神情凝重起来，道："姐夫，我们需要再合计一下，然后给你答复。"水长清哼了一声："那倒也是要好好合计一下的。不过我没工夫奉陪，家里请了一个人在教戏呢。对了，你三姐和元楚是不是住在你们家？"致庸点点头。水长清道："把他们喊出来，让他们跟我回家。"致庸道："姐夫，让三姐和元楚在这儿多住几天吧，她们妯娌之间处着比较热闹。"水长清瞪眼道："不行，我们家事太多，何况这么久了，这次他们一定得跟我回去。"致庸看看他，无奈地点了点头。

致庸一进内宅说明来意，如玉就哭起来。曹氏和玉菡在一边连连相劝。致庸为难道："三姐，姐夫等着呢，你和元楚还是跟他走吧。"元楚搂住如玉的腿大叫："娘，我不跟爹走！我要是回去了，他又要我跟他学戏了！"曹氏和玉菡闻言不觉掩口而笑，后又叹气。如玉当下再也顾不得了，"扑通"一声跪在众人面前："二弟，大嫂，弟妹，我不走，我在他家受够了，今天我和孩子要是跟他回去，我们娘俩只有死路一条！"众人为难地互相看了看。

如玉继续哭道："嫂子，致庸，你们就是不看我的面子，也可怜可怜元楚，孩子要是回到家里，这辈子就读不成书了！"元楚也跟着哭起来："娘，我不回去！我要读书！"曹氏赶紧扶起两人："三妹，住我们这里倒是没有问题，可是这话你让致庸怎么去说呢？"如玉狠狠心道："嫂子，这话你们不好去说，我自个儿去跟他说！"说着她利索地爬起来，快步向外走。

水长清早已经等得不耐烦，这时见她进来，克制着怒气道："你到底出来了，快跟我走吧！"如玉道："不，你自个儿回去吧，我还要住几天！"水长清大怒："你要是今天不跟我回去，以后就不要回去了！"如玉咬咬牙，破釜沉舟道："不回去就不回去，也省得天天拴住你的脚，耽误你在外面眠花宿柳！"

水长清气得哆嗦，扬起兰花指厉声道："你可不要后悔！"如玉也横下了一条心："你放心，我不会后悔的！"元楚原本躲在他母亲身后，这会儿探出头童声童气地跟着帮腔道："我们不后悔！"水长清大怒，但在别人家又不好发作，怒哼一声，拂袖而去。

第二日，水长清又打发杜管家去接元楚母子，依旧空手而归。水长清问了半天，杜管家才嗫嚅道："东家，太太说，她和元楚自今儿起就住在娘家不回来了。太太还说……"水长清气得跳脚："她还说什么？说呀！"杜管家看着他，半天才道："太太还说……还说要东家给她一张休书！"水长清大怒："胡说！她想要休书？我这儿还不想给呢！"他在客堂内走来走去好一会儿，怒声道："坏了，元楚这孩子完了，留在乔家，一定要念那些酸文假醋，我没这个儿子了！"杜管家看他怒气冲冲，也不敢离开。

好一会儿水长清才回头看到了他，暴喝道："你怎么还没走？"杜管家一愣神，赶紧离开。水长清忽然又喊住他，吩咐他点烟。抽了一口烟，水长清突然心平气和起来，笑道："好，她不回来，我就再娶一个，元楚那小兔崽子我也不要了，不就是个儿子嘛，我找个瞧得上眼的旦角再生一个！还叫元楚！"杜管家想笑可又不敢笑。水长清看看他道："好了，就这样定了！这事你去操办！"杜管家看看他，赶紧应声离去。水长清哼一声自语道："这事还想难住我？"

3

就在几份合约要签订的当口，一个意外的消息降临。戴老先生突然中风，阎镇山因为师傅病倒，无暇分身，当然也不能去江南为乔家保护银车了，而各县的镖局，由于刘黑七的缘故，竟没有一家愿意接手！

致庸大怒之下，立刻前往祁县衙门请兵剿灭刘黑七，临行前他向茂才、曹掌柜撂下话来："再不行我就去太原府请兵。清剿盗匪，保一方黎民平安，本来就是他们的责任。我就不信，堂堂大清国，堂堂太原府官衙，堂堂祁县官衙，就对付不了一个刘黑七！"茂才、曹掌柜无法劝阻，只得由他亲自去请兵。

三日后，致庸带着长栓、高瑞回来了。曹掌柜亲自捧茶过来，急切问道："东家，怎么样，请到官兵了吗？"致庸一口气喝光，接着重重将茶杯放在桌上，生气道："甭再跟我们提官兵！这三天里，我不但去了县衙，还去了府衙，我还去了山西巡抚哈芬哈大人的衙门，诉说刘黑七一伙占山为王，祸害一方。可是县太爷说，他手下只有几十个办案的捕快，对付不了刘黑七，让我去太原府；我见了府台大人，这位大人看了我的呈辞，说眼下各县民变甚多，他手下的兵马顾此失彼，这件事让我回去等着。我问要等多久，他说短则半年，长则一年！"曹掌柜虽是意料之中，但仍恼怒道："这些官员，白吃皇家俸禄，真是可气……"致庸看看他道："曹爷，还有更可气的呢，我到了山西总督衙门，想见哈芬哈大人，据说他老人家正忙着娶第七房姨太太，没空儿，让一个师爷见了我。这位老先生竟然对我说，你们乔家不是有银子吗？你们自己雇人去剿匪，总督大人一定不会过问！天哪，我以后再也不要和官家打交道了，简直无法忍受……"

曹掌柜失望道："东家，莫非刘黑七这伙贼人，就没人管了？"致庸不作声，把目光转向茂才，茂才自从致庸进门，一直默默坐着，这会儿干脆闭上了眼睛。致庸知道他的脾气，走到他跟前，故意大声喊道："茂才兄，现在是你开口的时候了！"茂才被他吓了一大跳，睁开眼睛，沉吟道："办法倒是有两个，可是……"致庸一听竟然有两个办法，立刻来了精神："啊，好啊，你快说！"茂才皱眉看看他，又过了好一会儿，才慢吞吞道："第一个办法，东家就听山西总督衙门那位师爷说的，自己拿银子练队伍，去老鸦山灭了刘黑七，从此祁、太、平三县天下太平！"致庸还没说话，这边曹掌柜已经摇头道："这谈何容易！且不说乔家没有这笔银子，就是有，要练一支能灭了刘黑七的队伍，也不是件容易事儿啊……"

致庸连连点头："曹掌柜说得对。我就是有这个心，也没有时间，我们不能等到练好队伍，灭了刘黑七，再去江南贩茶，那事情要拖到什么时候！茂才兄，另一个办法呢？"茂才没有说话，盯着致庸看了半天，突然起身就走。致庸一惊，曹掌柜赶紧给致庸使了个眼色，致庸会意，连忙跟了出去。

茂才走进自己房间，见着致庸前后脚跟进来，撵他道："东家，我的主意说完了，你还来干什么？我要睡了。"致庸笑道："茂才兄，你说过有两个主意的！谁让你是再世的孔明呢？快说，快说！"茂才回过头，长久地盯着他，半晌仍道："不行不行，有些话是不能说出来的！"致庸也不管，索性上前抱住他，催道："快说！这里就我们两个，什么都能说，我不会告诉别人的！"

茂才被他这个孩子气的举动弄得浑身发痒，赶紧求饶，答应开口。致庸笑嘻嘻地松了手。茂才坐下慢慢道："东家，我问你一句话，上次我们和刘黑七打了那一仗，你不觉得这些日子里他有些意思吗？"致庸一愣，茂才接着启发道："从包头回来这些天，刘黑七可是没有再来袭扰东家府上！"

致庸点点头："这倒是。这个人和戴老先生有过那么一个约定，他真的就没有再违背这个约定！"茂才道："东家，据我所知，刘黑七此人并不像官府讲的那样，到处打家劫舍，无恶不作。他自从上了老鸦山，就没有打劫过穷人，他只打劫官府银两，只打劫乔家这样的富商！"致庸突有所悟："茂才兄，你是说……"茂才赶紧摆手："我什么也没说。"

致庸不再逼他，仰头认真沉思起来。许久听茂才在一旁叹道："东家，我并不想让你拿自个儿的性命去冒险……"致庸这时却已做了决定,回头道:"茂才兄,我们看刘黑七是强盗,可刘黑七不这么看自个儿,他以为自个儿是古来有之的那类英雄好汉,他是在杀富济贫,替天行道!"

茂才点头:"东家,既然如此,刘黑七就不是一个平常的强盗。他虽然做了强盗,可仍然认为自己不是一个普通的强盗,这里面就有我们的机会。不过东家,你有这样的胆量吗?"致庸明白他的意思,大笑道:"茂才兄,茂才兄,我明白你的意思了!只要他刘黑七认定自己只是一个杀富济贫的好汉,乔致庸就有办法和他对话。我要上老鸦山说服刘黑七!"

茂才深情看着他:"东家,茂才自从来到乔家,给东家出过不少主意。可是这件事,东家却要思虑再三,毕竟刘黑七与东家已经结下怨仇,再者刘黑七到底是个强盗。东家,你真的觉得你有道理说服刘黑七不再与乔家为仇?"致庸道:"茂才兄,你的话致庸今日还不能回答,因为我还没有去老鸦山见过刘黑七。不过致庸不相信,人生天地间有谁愿意做一个盗贼,同样,致庸也不相信,一个做了盗贼的人愿意做一辈子强盗,而不愿意弃恶从善,回头再做本分良民。茂才兄,我相信只要讲出的道理是对的,哪怕他现在是一个盗贼,也一定能听得进去!"

茂才一愣,带点嘲讽道:"东家,莫非你还想让刘黑七放下屠刀,立地成佛?"致庸摇摇头:"不,我上老鸦山,第一个要达到的目标仅仅是在我们去南方贩茶时期,刘黑七不要再洗劫乔家,那样我们才能安心前去;其次,我当然希望他能听进我的肺腑之语,为他和他的弟兄们着想,从此放下屠刀,改恶从善,再做良民!"茂才看着致庸大笑:"东家,主意是我出的,不管是刀山火海,茂才愿与东家一同前去,或者,或者就由茂才一人前去!"

致庸久久地望着他,正色道:"茂才兄,这就不必了,我独自去最显诚意,把握也最大,所以茂才兄就不要涉险了;何况万一致庸判断错了,死在老鸦山上，乔家的事业，还要托付给你！"茂才想了好一阵，终于松口道："东家，你就放心地去吧，东家若有个山高水低，茂才一定不负重托，代东家北到大漠，南到海，东到极边，西到荒蛮之地，像当年的晋商老前辈那样，以货通天下为目标，让乔家的生意走遍天下！"致庸心中十分感动，道："茂才兄，那咱们就说定了。"

过了好久，致庸又沙哑着嗓子道："茂才兄，明天我去老鸦山的事儿，不能告诉家里任何人！"茂才心中一阵难过，带点伤感道："是茂才提议把东家送到那人为刀俎你为鱼肉的地方，怎么还会让东家太太知道，这不是自寻苦头嘛！"致庸爆发出一阵有力的大笑，但茂才默然直视了致庸好一阵，接着若有所思地轻轻叹了一口气。

4

老鸦山聚义厅内，刘黑七跷起一只脚在虎皮交椅上坐着，目不转睛地盯着被绑着推搡进来的致庸。

致庸在中厅站定，环顾四周，神情自若，道："刘寨主，你就住这儿呀？这地方不怎么样！说房子不是房子，说山洞不是山洞，冬天一定很冷，夏天也不一定凉快，到了春秋天，风一定很大。"刘黑七哼了一声，不屑道："乔致庸，你给我住嘴！今儿是你自个儿来送死，就怪不得我了！快说，总共带了多少人马？多少官兵？都埋伏在何处？老实说出来，万一我刘黑七发了慈悲之心，就能让你死得痛快一点！"众土匪在旁齐声呐喊助威。

致庸笑了，摇晃着臂膀，道："刘寨主，你这么捆着我，我就是想说，也不得劲儿，让他们放开我。到了这会儿，你难道还怕我跑了？"刘黑七看看他镇定自若的样子，哼一声，当下示意众匪松开致庸。

致庸左右看看，自己找了个地方坐下："哎，老刘，我好歹也是个客人。客人来了，你们山上难道连碗茶也拿不出来？"刘黑七将手中的刀"哐"一声入鞘，回头吩咐道："乔致庸临死前还想喝茶，行，给他一碗我们山上的大叶子茶！"二当家的一使眼色，当下小喽啰很快拿过一碗茶，"咚"一声放在致庸面前。

致庸喝一口茶，"噗"的一声吐出，怪叫起来："好粗的茶，这茶也能喝？"众匪大怒，叫道："寨主，这小子要笑我们！宰了他！"刘黑七走过来，一脚把致庸放下的茶碗踢翻，冷冷一笑："乔东家，乔财主，乔老爷，老子赏你茶喝，你竟敢嫌老子的茶粗！你以为我们这些强盗在山上过的日子跟你这种财主一样吗？就是这样的茶，老子也得拿命到山下去换！明说吧，自从你用三星镖局的人伤了我的人，我就打算给你好看；后来你又设下圈套，把石头装在银车里，让老子中了计，老子就起了杀机；再后来，你的人又在雁门关悦来客栈里伤了我儿子小宝的左臂，这我便下决心要杀你了！今儿可巧你送死来了，真是天遂人愿。不过这件事还真让我不舒服，你怎么就敢一个人上我的山？我问你，你上山来干什么？"致庸也不说话，只瞅着他笑，刘黑七一愣，却突然自己回过神来："对了，你是怕我杀了你和你全家，上山求和来了！"

致庸微微一笑，毫不畏惧地看着他，正色道："刘寨主错了，致庸今日上山，既不是找死，更不是为了求和。致庸此来，是要给刘寨主指一条活路！"刘黑七大怒，"嗖"地拔出刀，逼在致庸颈上："什么？你死到临头，还敢如此嚣张。乔东家，告诉你，我这把刀可是出自名匠之手，削铁如泥，杀人不见血！"

致庸任由他把刀架在脖子上，继续笑道："刘寨主，把你的家伙拿开。我听说刘寨主虽然占山为王，落草为寇，可并不认为自己是什么采花盗柳、无恶不作之类的盗贼，刚才路过聚义厅，看见前面立的也是'替天行道’的大旗嘛！”刘黑七闻言眼珠一转，哈哈笑着收刀入鞘，得意道："乔致庸，怎么，你也听说我刘黑七不是那一般的强盗？算你有眼力。可是你别忘了，我既要替天行道，就得杀富济贫，像你这样的财主，正是我的刀要杀之人！乔东家以为然否？"

致庸大笑起来，道："刘寨主，我怕的就是你不是一位替天行道的好汉，既然你是，你今天就杀不了我，更何况替天行道与杀富济贫之间并没有必然的关系啊！"刘黑七一愣，随即大笑起来："乔致庸，这话我就不明白了，你说来听听？"

致庸没有回答，看着他，突然岔开了话题："刘寨主，我要说的话是金玉良言，没有酒肉，我是不说的！"刘黑七更是一愣，接着狂笑起来。左右皆跟着大笑。一时间，笑声直震得房顶灰簌簌而下。

刘黑七好容易笑毕，抹着笑出来的眼泪对左右道："你们看看，他就要死了，可还想着喝酒吃肉——兄弟们，这就是财主，就是东家！"说着他上前一步，拍着致庸的肩膀调侃道："哎，我说，我要是不让你喝酒吃肉，你又能怎么样？"致庸一点不惧，跷起二郎腿轻松道："乔致庸当然不能怎么样，可刘寨主的损失就大了！"

刘黑七哼了一声："我……我有什么损失？"致庸笑道："刘寨主要是不听我这几句话，你这一辈子都做不成替天行道的好汉，只能在这小小的老鸦山上，做一名打家劫舍，谁都瞧不起的草寇！"刘黑七一时变色。众匪齐声大喊："你……大胆！"致庸朗声大笑："怪不得致庸上山之时，有人劝我，说我高看了刘寨主。今日一会，刘寨主难不成会应了那句老话？"刘黑七脸黑下来，又拔刀逼向他的脖子："什么话，你说！"致庸盯着他的眼睛，略带不屑，掷地有声道："盛名之下，其实难副！"

众匪一片哗然，嚷嚷着要杀了他。不料这刘黑七哈哈大笑，反而收刀入鞘，道："乔致庸，你这人有点意思……来人，后寨摆酒。我还真想听听，乔致庸是想在死前骗我一顿酒肉呢，还是真能告诉我，如何才不会一生都在老鸦山上做草寇！"

刘小宝等众匪好一阵嘀咕，但仍遵令在后寨摆上一桌酒菜。致庸三碗酒下肚，抹嘴道："说到替天行道，刘寨主眼下就不是这么个英雄，因为你口口声声要杀掉另一个真正替天行道的英雄！"刘黑七盯着他道："乔致庸，你的意思莫非是……你才是替天行道的英雄？好笑好笑，我倒要听听你口里的替天行道到底是什么！"说着，他把钢刀插在桌上，威胁道："说得好便罢，说得不好，钢刀侍候！"

致庸大笑："刘寨主，而今天下不宁，百业凋敝，灾民遍于城郭，饿殍陈于沟壑，上天为之痛惜，仁人为之号哭。真正替天行道的英雄，应当以匡扶天下，救百姓于水火为己任。若像刘寨主这样，聚集一帮弟兄在老鸦山上落草，打家劫舍，为害一方，如何能称得上替天行道呢？"

刘黑七闻言拍案而起："住口！天地生人，谁一开始想做草寇。可世道如此黑暗，有志之士，不去占山为王，就要同流合污，为人鱼肉，刘黑七宁愿占山为王，也不愿去做那同流合污、任人鱼肉之辈！"

致庸击掌叫好："痛快，刘寨主痛快！"刘黑七一惊。致庸话锋一转："刘寨主虽有替天行道之心，可今天的老鸦山，却实在成了我祁、太、平三县百姓的心头之患。就是因为有了你，另一个替天行道的英雄没有了用武之地！"刘黑七大为惊奇："乔致庸，你难不成真的是在说自己？"致庸点头。

刘黑七一愣，再次狂笑起来："你……哈哈，你一个财主，一个东家，一位巨商，每日只会挖空心思算计别人的银子，也敢自称是替天行道的英雄？"致庸从容正色道："刘寨主，请问何为天？古人云，民以食为天，老百姓没有了衣食，就要死于沟壑，这就是最大的天。何为道？孔子云，古人讲的道，是天下大同，后人做不到，那也起码要让天下百姓过上安康的日子。替天行道，就是让天下百姓食有粮，身有衣，居有室。乔致庸不才，也想做一做这替天行道的好事，做一回当今的英雄。可是因为你，我做不成这样的英雄了！"

刘黑七重新打量他，皱眉道："乔致庸，你的话太绕，说明白一点，我怎么让你做不成替天行道的英雄了？"致庸点点头道："实话跟刘寨主讲吧，当今长毛断了长江，南北茶路不通，万里茶路上多少茶民，自此没有生计，沦为难民，致庸有心束装南下，去武夷山贩茶，重开这条茶路，让沿途数万茶民得以重生。可是我不能走哇，因为我放心不下刘寨主，因为你刘寨主一直同我乔家为仇，这么一推算下来，替天行道的好事我眼睁睁就做不成了！"刘黑七大惊："怎么，你要南下武夷山贩茶？"致庸点头道："正是。"

刘黑七望着他好一会儿，突然回过神来，大笑着得意道："我现在终于明白了，现如今三星镖局的戴老先生不能再帮乔东家看家护院了，乔东家是怕自个儿走了，刘黑七再次去劫乔家大院吧？"

致庸凝神看他，爽直地点头道："不错！"刘黑七哼了一声，语带不屑道："真要是这样，你干脆送些银子到山寨里来，给乔家买一个平安，这也省得辛苦我的弟兄！"致庸闻言一碗酒直灌下去，一抹嘴大怒道："刘黑七，想让我送银子养活你们这些人，休想！乔致庸别说没银子，就是有银子，就是银子多得堆成山，我宁可拿去赈济灾民，也不会送给你！"

刘黑七"啪"地拍响桌子，喝道："乔致庸，你喝糊涂了吧！你知道你这会儿在什么地方？这是老鸦山，老子一不高兴，就能抹了你的脑袋！"致庸不惊反笑，又灌下一碗酒，口齿含糊道："刘黑七，刘黑七，瞧瞧你这个样儿，还说要替天行道呢。除了砍乔致庸的头，你还会做什么？快杀了我，我倒想看看，脖子上没了脑袋，凉快不凉快！"刘黑七盯着致庸半晌道："乔致庸，山西人都说我是强盗，我看你才像个强盗！"

致庸不理，又干了两碗，再也撑不住，一头栽倒，醉了过去。刘小宝走过来低声问："爹，杀了他？"刘黑七站起，默默地看着致庸，摇了摇头："看好他，别让他跑了，我们的话还没说完呢，何况我还有别的打算！"

第二十三章

1

当清晨的第一缕阳光又照到致庸脸上，他才悠悠醒来，想起自己在什么地方，当下忍不住伸手摸摸自己的脑袋，心中好一阵庆幸。他揉揉眼睛，四下张望，只见刘黑七就睡在离他不远的地方，仍旧四仰八叉地躺着，鼾声大作，想来这便是他的居室了。致庸仔细看了一下，不禁大为吃惊，室内虽然凌乱，但桌上、几上、床上、地上，到处都摆放着书。致庸伸手抓过几本，又吃了一惊，《孟子》《中庸》《大学》《道德经》《武穆兵书》……致庸忍不住，起身上前推搡刘黑七道："刘寨主，起来起来！我我我真替你惋惜！原来你这人要文有文，要武有武，腹有诗书，胸有韬略，多好的人才，你不去投军，或镇守边关，或平定内乱，你跑这儿占山为王来了你！"

刘黑七好容易被他推醒，揉揉眼睛，打个哈欠，冷笑道："你一个商人，也来和我论书？"致庸笑道："刘寨主，这话该我先问你！你都吓住我了，你一个山大王，也看得懂《庄子》？"刘黑七上下打量他道："怎么，乔东家也知道《庄子》？"致庸呵呵一笑，谦虚道："知道得不多，略知一二吧！"刘黑七盯着他的眼睛，突然背道："北冥有鱼，其名为鲲。"致庸微微一笑，接口道："鲲之大，不知其几千里也。"刘黑七突然神情大变道："'化而为鸟，其名为鹏。鹏之背，不知其几千里也；怒而飞，其翼若垂天之云'……没想到，你乔致庸一个奸商，也知道《逍遥游》！"致庸立刻发怒反驳道："刘寨主，乔致庸不是奸商，在下是正正经经的商人！"刘黑七仍旧笑道："乔致庸，我真服了你了！在这些事情上，你还真是认真！"

致庸笑道："事关名节，不能不认真。你刘寨主身在绿林，都背得出《逍遥游》，致庸自幼读书，为何就不能酷爱庄周？"刘黑七看着他，笑道："这样看来，我一个强盗，你一个财主，也有了共通之处了！"致庸赶紧道："打住，只要刘寨主还在老鸦山上为匪为盗，致庸与你就没有共通之处！"

刘黑七顿时变色，想了想悻悻然笑道："好好好，没有共通之处。那你告诉我，你为何喜欢庄子？"致庸看着他，正色道："乔致庸喜欢庄子，自有乔致庸的道理。庄子有形而不拘于形，心如涌泉，意如飘风，身如涸辙之鱼，心却游于圹垠之野。钓鱼要钓东海之鳌，化鸟要如鲲如鹏，水击三千里，一飞九万仞。岂会像刘寨主这样，占山为王，打家劫舍，成为民之大害！"

刘黑七勃然变色，拍案怒道："乔致庸，你给我住口！我忍了你多时，你还要骂我打家劫舍，为匪为盗！难道我生下来就想当强盗？当初我也是读书出身，练就一身武艺，想走那科举的正途，将来衣锦还乡，封妻荫子，可是……算了，不说了！当今这个世道，你不让我们这些人做强盗，你让我们做什么？"致庸脑子飞快地旋转起来，一拍大腿叫道："对啊，跟我下山，弃恶从善，重做良民。你们跟我一起经商，那比做强盗好得多！"刘黑七目瞪口呆地看着他，继而笑得捂住肚子："乔致庸，你，你……你真会说笑话，让我放着山大王不当，跟你去经商？眼下天下大乱，商路不靖，你还经什么鸟商，干脆你也甭走了，入伙跟我们一起当强盗，咱们大碗喝酒，大块吃肉，那才叫痛快！"

致庸没料到刘黑七竟然开口拉他入伙，当下"呸"了好几声，道："天下四行，士农工商，商也是国之大事，跟我一起经商，一可以富国，二可以自富，怎么是说笑话？"刘黑七停住笑，默默看他，想了好一会儿，突然道："乔致庸，我的脑子都叫你搞糊涂了，你昨天单人独骑上我的老鸦山，不是来劝我下山，跟你一起经商吧？"

致庸也呆了呆，继而摇头笑道："刘寨主，乔致庸明人不说暗话，我本来是想劝你和乔家罢手言和的，但刚才你问我眼下这世道能让你们做什么，我突然觉得大家一起贩茶是个好营生。"说着一拱手，正色道："如果刘寨主不弃，致庸就请尊驾带你的弟兄下山，和致庸一起去江南贩茶！如何？"

刘黑七怔怔地看着他，好一会儿又半信半疑问道："乔致庸，你真的想让我带人跟你一起去江南贩茶？"致庸道："当然是真的。刘寨主，跟乔致庸一起南下，你们可帮我护送银车，从此一起经商，为国生利，为民生财，祁、太、平三县地面上多了一个经商的刘黑七，少了一个占山为王的刘寨主！"他越说越激动，当下拉住刘黑七的手道："刘寨主，这才是真正的替天行道，怎么样？"刘黑七甩开他的手，脸色微变道："乔东家，这么说，你是想让我帮你出镖喽？"

致庸被他甩开手，却丝毫不受影响，仍旧激动道："刘寨主这么说也行。只要刘寨主带众弟兄下山，改恶从善，随我一起经商，怎么都行！"刘黑七一时笑了："乔东家，你让我放着自由自在的山大王不当，下山给你充当镖师，你觉得我会答应你吗？你这个人，给你一根线，你就认真（针）了，哈哈哈！"

致庸脸色微变，恼怒道："刘寨主，真没想到你会是这么一个人！看样子我是说动不了你的心了，你要么杀了我，要么放我下山！"这次刘黑七很久没有说话，原地转了一圈又一圈，突然开口道："乔东家，我要是答应了你呢？"致庸大惊，简直不相信自己的耳朵。刘黑七见状微微一笑，又把刚才的话重复了一遍。致庸大喜，冲上去执着他的手道："刘寨主，我真的没听错？你真的决定随我一起去江南贩茶？"刘黑七沉沉地看他，道："怎么，乔东家，你一时又不自信了，或者说又信不过我了？如果这样，那我刚才的话就算没说吧！"

致庸连连摆手，喜道："不不不，咱们大丈夫一言，驷马难追！刘寨主，不，现在是刘壮士，刘英雄了，既然你不想再做强盗，而是要跟致庸去贩茶，咱们一定要交个朋友！"刘黑七大笑："好哇。乔东家愿意和刘黑七交朋友，刘黑七可三生有幸，老祖坟里要冒烟了！"两人哈哈大笑。

乔家外客厅内，曹掌柜急得团团乱转，忍不住责备一旁默然端坐的茂才："孙先生，我不是埋怨你，这么危险的事情你怎么能让他去呢？东家去了一天多，连个信儿也没有，万一有个三长两短，这，这，真是如何是好啊？"茂才看着他平静道："人生在世，死生有命，活着就要一个适意。东家自己要去老鸦山见刘黑七，他去了，这就叫适意。至于刘黑七会不会杀他，那就是刘黑七的事了。"曹掌柜盯着他，半晌说不出话来。

"二爷回来了！"长栓突然跑进，兴奋地喊道。茂才猛地站起，手中的旱烟袋跌落在地上，曹掌柜朝他看了一眼，快快地出了门，没多久就把致庸迎了进来。致庸一进门就道："茂才兄，大喜，大喜啊！"茂才缓缓站起道："恭喜东家，莫非你说动了刘黑七，不再与乔家为仇？"致庸激动道："茂才兄，不但如此，我还说服了刘黑七和我们一起南下贩茶，他和他的弟兄们愿为我出镖，护送银车！"茂才一听此言，击掌叫道："好！好！刘黑七一身武艺，腹中又有计谋，如果他能随我们前去，就不用再担心银车会在路上遭到打劫；其次，用这个办法将他和他的人马带下老鸦山，东家就不用担心他会在我们走后继续为匪为盗，袭扰乔家，祸害乡里。这是釜底抽薪之计，不但为祁、太、平三县的百姓去了一害，也为刘黑七一伙人找到了自新之路，好，好，这真是一举三得的好事！"

曹掌柜可没那么激动，反而嘀咕起来："孙先生，这是什么好事呀！刘黑七本来就是打家劫舍的强盗，让他护送银车，岂不是开门揖盗，把小羊放进狼群？天底下还有强盗见了银子不动心的？此事万万不可！"致庸和茂才对看一眼。致庸想了想，道："曹爷的话也有道理，其实刘黑七答应和我一起贩茶，也确实让我有点意外，不过我现在思量当时的情景，可以肯定他决定这么做时断断不是要劫我的银车，这是一种感觉，却绝对不会错。茂才兄，你想想，一个绿林好汉，突然决定随我下山，又没有想劫我的银车，除了决计就此改恶从善，还会有什么原因？"茂才想了想，却没有说话。

曹掌柜看了看致庸，还要开口，致庸伸出一只手阻拦道："曹爷，您甭劝了，我仔细想过，乔致庸哪怕失去所有的银子，只要能换回一个顶天立地的男人悔过自新，也是值得的。曹爷，茂才兄，我现在怕的不是刘黑七下山来劫我的银车，而是怕他出尔反尔，七日之后不与我们同行！"茂才细眯起眼睛，半晌开口道："东家，虽然此事仍有蹊跷之处，但我能肯定，刘黑七一定不会爽约！"致庸大喜："好，茂才兄，有你这句话，我就踏实了！"曹掌柜看着两人，忍不住摇头。

2

不两日，致庸便以乔家店铺做抵押，顺利与水家、元家及邱家签了借款合同。高瑞进大德兴的时候，正见致庸得意地晃着手中的龙票给大家传看。小家伙当下忍不住问茂才："孙先生，什么是龙票？"茂才笑道："龙票就是朝廷给水家、元家这些大茶商办的特许执照。有了这种执照，东家才能带我们去武夷山贩茶，然后北上恰克图，在边境和俄罗斯客商交易。”曹掌柜赞许道：“这本来是一件大事，平时磕头借都借不来的，可是东家先借银子，不说借龙票的事，等水家、元家借了银子，顺手也就借了龙票，他们还不好不给。呵呵，东家这一手，实在高明！”说着，众人齐声大笑起来。

致庸忙碌了一整天，很晚才从大德兴返家。玉菡正在灯下坐着缝制小衣，致庸轻手轻脚进门，蹑手蹑脚来到玉菡身后，唤了一声：“太太……”玉菡的反应实在出乎他的意料，只见她猛地站起，一转身死死地抱紧致庸，浑身发抖。

致庸大惊。玉菡抱着他轻声哭道：“二爷，你就要走了，是不是？”致庸慢慢抬起她的脸，笑道：“太太，我正要告诉太太，只是……”玉菡仰脸看他，含泪强笑道：“二爷，你觉得大嫂还有陆氏真会让二爷去冒这样的性命之险？”致庸拭去她脸上的泪水，知道早晚躲不开这场谈话，故意为她树竿，道：“大嫂不会，但太太一定不会拦阻致庸。”玉菡小嘴一噘，豆大的泪珠滚落下来：“二爷凭什么这么说，陆氏为何就不会拦阻二爷？二爷难道不是陆氏的亲夫？”“致庸这么说，是因为太太自幼生在商家，明白商家的男人但凡有点志气，都不会一生待在家中，守着妇人小子。太太一定懂得，经商就是历险，商家的男人非冒死犯难，走万里商路，就不会成就大事。”玉菡痴痴地望着他，一时竟说不出话来，半晌才道：“二爷果真这么想陆氏，陆氏今生就不悔嫁给二爷了。陆氏知道就是心里再苦，也拦不住二爷。二爷是个男人，有一颗英雄之心，我要执意拦阻二爷，就不配做二爷的太太了！”

致庸不唯放下了一颗心，还大为感动，正要说话，但见玉菡松开他，从背后拿出一张银票：“二爷，你看这是什么？”致庸接过一看，大吃一惊：“五十万两，太太，哪来的这么一大笔银子？”玉菡背过身去，又拭泪道：

"自从三姐回到咱们家住下那一天,我和大嫂就知道二爷要去南方贩茶了。我一个女人,不能随二爷前去同生共死,可连帮二爷一点银子都不成吗?""你把你的陪嫁……你把翡翠玉白菜当了?那岳父……"致庸心中一动,向玉菡看去。

玉菡噙着一汪眼泪,楚楚动人道:"二爷千里万里冒性命之忧去武夷山贩茶,可是乔家并没有太多银子,就是二爷平安贩茶归来,也是帮别人家贩茶。我将翡翠玉白菜当了,换成银子,二爷就可以拿它为乔家贩回茶来,这样二爷冒死犯难,也就值得的了!至于爹爹,早一段时间他已经被我缠不过,把玉白菜的支配权彻底给我啦!"致庸一把将她搂在怀里,感动道:"谢太太!翡翠玉白菜乃是太太的宝贝,将来还要传给我们的女儿,万一……"玉菡一下掩住了致庸的口:"不,没有万一,二爷离开祁县,一定一路平安,顺顺当当地就到了江南,接着又顺顺当当地把茶贩回来!一定没有万一!"

致庸还要说什么,玉菡一直用手掩住他的嘴,含泪道:"二爷,陆氏说没有万一,就是没有万一,真的有了万一,也就没有了陆氏!二爷离家之日,陆氏的人不能跟二爷走,陆氏的心,陆氏的魂魄也会跟二爷走。二爷回不了乔家,陆氏的心和魂魄也就回不来了!二爷,真的没有万一啊!"说着,她泪如雨下,致庸紧紧将她抱在怀里,热烈地亲吻起她。半晌玉菡喘息道:"还有一件事要告诉二爷,二爷要当爹了!"致庸又惊又喜:"怎么,你有喜了?"玉菡含着点了点头。致庸狂喜,一把将她抱起,转起圈子:"太好了太好了,我就要做爹了!"吓得玉菡赶紧捶他:"小心,小心点!"致庸把她放下,欣喜若狂,玉菡柔情万千地注视着他,叮嘱道:"为了没出世的孩子,记住,一定要平安回来!"

所谓天下没有不透风的墙,致庸就要启程的消息还是让曹氏知道了。第二日一清早,致庸就被叫到了在中堂。曹氏端坐着,满面怒容道:"老二,你给我跪下！"致庸心知所为何事，一边跪下，一边赔笑。曹氏拭泪道："少给我油腔滑调的！你到底是长大了，当了家了，眼里不只没我这个嫂子，也没有祖宗了！"致庸觑了曹氏一眼，慌忙正色道："嫂子这话致庸如何担当得起？"曹氏哼了一声，半晌忍不住哭道："致庸啊致庸，嫂子不是怕你贩茶不成亏了银子，也不是怕你把乔家的生意全都给了别人，嫂子是大灾大难都走过的人，今天已经不会心疼这些了，嫂子是心疼你这个人啊……"

致庸闻言道："嫂子，你听我说……"曹氏连连摆手："虽然你接管家事时，我说过不再管你的事，可是今天这事，嫂子还非管不可了！你要是还认我这个嫂子，就死了这条心吧。"致庸大惊，刚要开口，见玉菡走进来，在致庸身边跪下道："嫂子，陆氏能说几句话吗？"曹氏站起，颤声道："弟妹，他是你的男人，你当然可以说话！"玉菡含泪道："嫂子，你就不要阻拦二爷了，二爷要去江南贩茶，你就让他去吧。"曹氏大急："妹妹，你……"

玉菡拭了拭眼泪，道："嫂子，二爷是你和大爷从小养大的，他是什么样的男人，你比陆氏知道得更清楚。我的男人顶天立地，不成就一番大事业就不能尽其平生的胸怀。嫂子，嫁给这样的男人，陆氏不悔！"

曹氏扶起她："妹妹，你真的愿意……"玉菡跪地不起，道："嫂子，你让陆氏把话说完。你我都是商家的女儿，如果你我是男儿，一定也会像二爷一样走出去的！"曹氏吃惊地望着她，一时说不出话。"嫂子，二爷是我的亲夫，最应当拦住他的是我。可是陆氏知道，我这个女人拦不住他这样的男人。既然做了他的女人，我就只能让他走出去，历大险，成大功，不能让他为了我们这群不能走出家门的妇人守在家里，以致庸碌至死！"说着她伏地又拜。曹氏大受震动，颤声道："弟妹，你有没有想过，万一二弟一去不返……"玉菡赶紧摆手，流泪道："嫂子，别说了，如果真有那一天，陆氏情愿一生做奴做婢，侍奉嫂子，布衣荆钗过一生，决不改嫁！"致庸跪在一旁，忍不住叫了一声："太太……"曹氏想了半天痛声道："弟妹，我原本不答应让致庸去买茶，多半就是为了你。现在既然连你都这么想，我这个嫂子就不好再拦他了！"玉菡看看致庸，重重点头。

曹氏于是将玉菡扶起，又拉致庸起来，替他理理衣领，疼爱地哽咽道："二弟，你要真是铁了心，那你就……你就去吧！"她忍不住流出泪来："不过，无论你走千里行万里，不管你遇到多大的难处，千万不要忘了弟妹刚才对你说的话，不要忘了山西祁县乔家堡这个家里，有两个女人天天焚香祷告，为你祈求平安，盼着你早日归来！"一时三人六目相对，都忍不住落下泪来。

致庸刚进书房，就看见达庆早已等在那儿，将一张纸递到他鼻子底下，脸色都变了。致庸接过看了几行，渐渐念出声来："……不管乔致庸是死是活，乔家都保证归还乔达庆平足银一万两。"致庸看了达庆一眼，道："四哥，你也认为我一定会死在外头？"达庆道："你要害怕，就别去！"致庸也不多言，提笔签上自己名字。达庆摇摇头就往外走，致庸望着他的背影忽然道："四哥，三姐和元楚执意不肯回水家，只好先在我这儿住着了，可是元楚要念书，就让他去你那私塾念吧。"达庆哼了一声："元楚是我外甥，让他去我那儿念书自然可以，但我不能负责他的吃喝，另外，这每年给塾师的银子，你得多拿出一份！"致庸知道他的脾气，当下道："行！"达庆也不再多说，摇着头径直去了。

夜晚，致庸再一次来到铁信石处，铁信石正就着香火练镖，每发必中。铁信石见他进来，立刻收镖，平静地向他施礼问候。致庸与他寒暄了几句，突然单刀直入地问道："铁信石，你到底是哪里人？"铁信石神色不变，道："我说过了，雁门关人。""你们家和我们家以前打过交道吗？"致庸注视着他的眼睛问道。铁信石摇摇头："东家怎么想起问这个？祁县到雁门关，路途遥远，况且乔家是大户人家，铁信石家乃寒门小户，两家从没有过什么来往的。"致庸心中一阵难过，他有理由怀疑铁信石是在回避自己的问题，但也无可奈何，想了想，仍旧很直接道："铁信石，我虽是东家，你虽是车夫，可我们都是男人，要是心底有话，不妨摊开来说！"铁信石目光闪烁了几下，避开他的目光，简单回答道："东家，你的话铁信石不懂。"

致庸忍着内心的失望，同时带着很强烈的难过，望着墨蓝的夜空悠悠说道："铁信石，我老想着包头那位姓石的相与，因为不幸卷入了复字号和达盛昌的霸盘之争，以至于举家自杀身亡。我实在不知道，乔家这样无意中害得别人家破人亡的事还有没有。"说着他头一低，重新注视着铁信石的眼睛，又补充道："对了，这位死了的石东家，老家也是雁门关人。"铁信石转过头去，半晌声音沉沉道："是吗？"

"从包头回来，我让人去雁门关找过，看还有没有活着的石家后人，要是有，就找回来，乔家要管到底。现在对这一家人，我们能做的也只有这些了。"致庸长叹一声，一时恨恨不已，铁信石仍旧没有转身，同时似乎很无意地问道："东家，去的人找到石家后人了吗？"致庸摇摇头："没有。石家已经没人了，据他的邻居说，石家有一个长子，早年不愿经商，跟一个武师外出学艺，一直没有再回去。"

似乎是为了坚决地封死自己的内心，铁信石终于转过头来，却突然换了一个话题："东家，这么晚来，有事要吩咐吗？"致庸看了他一会儿，道："啊，三天后我去南方贩茶。你一身武艺，这次老鸦山上的刘寨主要和我们一起去，我希望你能和我同去。"铁信石点点头道："承蒙东家看得起，铁某自当效力！"致庸还想说什么，一时却说不出了，只得转身一边往外走一边叮嘱道："那好，三日后我们就一起出发，你早点歇着吧。"

他头也不回地走了，茫茫夜色中，铁信石看着他离去的背影，一时间泪光滢然。

3

致庸此次出行，可谓轰动一时，不独玉菡、曹氏亲往送行，千言万语谆谆叮咛，连水家、元家也派了掌柜前来钱行，邱天骏更是亲自出马，执手将致庸一直送出祁县。

而让众人忐忑不安的刘黑七，也不出茂才所料，致庸一行刚刚来到老鸦山下，刘黑七便带着自己的一帮人马如约而至。致庸见状大喜，上前抱拳道："刘壮士果然言出必行，好样的！"刘黑七哈哈大笑，也抱拳道："大丈夫一言既出，驷马难追。在下既答应帮乔东家护送银车南下，自然不能食言。再说了，我还没到过南方，正想去开开眼呢！"此话一出，众人都大笑起来，两队人马间原本隔膜的气氛活跃了不少。

致庸刚要开口，却听刘黑七道："乔东家既要我们护送银车，就干脆把银车交给我的弟兄。如何？"乔家众人都吃了一惊，一起回头看致庸。致庸扭头看了一眼茂才，茂才略一沉吟，默默点了点头。于是致庸大笑道："好，刘壮士痛快！"回头对铁信石说："铁信石，你们赶上银车，跟刘壮士的人一起走！"铁信石答应了。

刘黑七皱眉道："乔东家，你是不是信不过我？干吗还要你的人和我一同护送银车？"铁信石忍不住回望致庸。致庸想了想，一不做二不休，大气地道："铁信石，把银车交给刘壮士的人！"长栓忍不住大叫了一声："二爷……"茂才皱皱眉，抬脚踢了他一下，长栓赶紧住嘴，很不满地回头瞪了茂才一眼。

铁信石略略迟疑了一下，就带着众车夫将银车赶过去，交给刘小宝等人。刘黑七大笑："乔东家，就算你不怕我劫走了你的银车，孙先生呢，孙先生好像也不怕？"茂才微微一笑，矜持道："刘壮士，银车是东家的，他愿意把它交给你，你就真把它劫走了，也是东家自己的事，与我何干？"刘黑七凝神看着茂才："久仰孙先生大名，今日一见，果然名不虚传。乔东家，既然如此，刘黑七先走一步！"说着，他掉转马头，与众喽啰一起簇拥着长长的银车前行。铁信石略一犹豫，低声问道："东家，要不要我暗中跟着他们？"致庸回头看茂才，茂才一时不语。长栓急道："二爷，万一这伙强人——"

致庸想了想，慨然道："我还是那句话，造物所忌者巧，万类相感以诚。我和刘黑七之间，现在能守住的只有一个诚字。我此时若是信不过他，就是信不过我自己！"铁信石闻言，于是退了下去，长栓仍在一旁急道："二爷，你是不是又糊涂了，他们到底是杀人不眨眼的强盗！"致庸瞪他一眼："住口！大家听着，从今儿起，刘黑七已经放下屠刀，不再是强盗，而是我贩茶中人！以后说话，谁也不要再提强盗二字！"乔家众人面面相觑，一时诺诺，都不敢再多说什么了。

他们离去的第二日，乔家内宅中，杏儿照旧给曹氏端来清粥小菜，作为中餐摆在餐桌上。不一会儿，玉菡带明珠过来，明珠也端着几样清粥小菜。曹氏站起，惊奇道："妹妹，我吃长斋，你怎么不外头吃去？"玉菡淡淡一笑："嫂子，二爷走了，从今天起，我和嫂子一起吃斋念佛，保佑二爷一路平安，逢凶化吉，遇难呈祥。"曹氏心中一疼，摇头："你正怀着呢，哪里可以……"她话未说完，长顺进来禀道："两位太太，陆老太爷来了，正发脾气呢。"玉菡一愣，与曹氏打了个招呼，赶紧随长顺去了。

玉菡还没走进外客厅的门，就听见陆大可正冲曹掌柜发火："这么大的事，你们连说也不说一声，他还是不是我的女婿，眼里还有没有我这个老丈人？"曹掌柜赔笑解释道："陆老东家，不是我们东家不跟您禀告，是怕禀告了惹您生气。您不想想，您陆家都不想和乔家做生意了，他还敢去见您？"陆大可一时语塞，想了想，接着生气道："你……你这是拿话堵我的嘴！上一回是上一回，这一回是这一回，完全两码事儿。再说了，他改店规的事能和这回去江南贩茶相比吗？他这简直是不要自个儿的命了！"

"爹，您说什么呢？"玉菡走进来，生气地说。曹掌柜一见她进来，随即笑着告退。陆大可一见玉菡，立刻一声声叫道："哎我说玉儿，乔致庸这回可完了，你男人也要没了！"玉菡神色陡然一变："爹，您要再这么说话，我就不见您了！"

陆大可哼了一声："好好好，我问你，你知道不知道水家、元家、邱家为什么愿意借给他银子？"玉菡接口道："这是因为他们知道致庸能安然贩茶……"陆大可不耐烦地打断她道："错了错了，你和乔致庸都错了，其实他们没有一个人相信你男人能活着回来！乔家这回完了，早知如此……"玉菡怒道："爹，您再这样说，我就……"陆大可看看她，跺足道："我就说，早知道会是这样，干脆我借给乔致庸银子得了，那时乔家的生意到了陆家，我闺女就是守了寡，靠着你爹，一世也衣食无愁哇。你说你以后可怎么办？"玉菡怒极，大声喊道："来人！送陆东家！"

曹掌柜和长顺闻声跑了进来，看看玉菡，又看看陆大可。陆大可吃惊地看着玉菡："闺女，你叫我啥？"玉菡怒气冲冲道："曹掌柜，送客，太谷的陆老东家要走了！"陆大可气极，刚要说话，却见玉菡已抢先往外走了，她迈过门槛时，一回头又怒声道："爹，您记住，您女婿，我丈夫一定会平安回来的，乔家一定会一天比一天更好！"

陆大可看她跑走，反而不在意地笑起来，回头看着曹掌柜道："你瞧我这闺女，她多说那么几句，她还真急了，女婿要是能平安回来，那有什么不好？……哎我说，乔致庸这回真有把握贩茶回来？"曹掌柜看着他，半晌都没说出话来……

　　致庸与刘黑七一行日夜兼程，倒也太太平平，只是山西境内许多关口都贴着通缉刘黑七赏银五百两的告示，皆因有致庸以乔家商号名义作保，都顺当地过去了。比如在通过风陵渡关的时候，刘黑七的画像高悬关上，官兵对着画像直瞅刘黑七。刘小宝在后面暗中连刀都拔出来了，多亏致庸和茂才机灵，唱双簧合力作保，又塞了些银两，总算有惊无险地过了关。虽然如此，刘黑七等人还是惊出了一身冷汗。

　　此后行程颇为顺当。兼之一路饱览山水，他们几个像是找到了对手，谈古论今，颇不寂寞。即使诸如长栓等不通文墨的人，对着沿途巍丽壮观的风景，也常常啧啧赞叹，不枉出这次远门。

　　他们一路平安地行至襄阳码头，颇费了一番周折，才以重金招募到一批熟悉长江情势的船家，预备顺汉水南下。登船之时，刘黑七要求他的人都集中在其中的三条船上。茂才眉头一皱，刚要说话，但致庸已经爽快地答应了，茂才想了想便也不再说什么。

　　因为寻的船家颇有经验，一路几乎没和长毛打过照面。行至武昌城外，依着船家的吩咐，他们白日躲在江边芦苇荡中，下半夜江面上起了大雾后，各船分散划向江面。晨曦初现，令致庸大惊失色的是，刘黑七的三条船竟然一条也没有跟上来。致庸大急："不会出事吧？赶快回头去找！"船家向他看了一眼，欲言又止，倒是押船的铁信石想了想道："我看不像是出事。是他们主动离开了我们！"致庸更是惊讶："这是什么意思？"茂才望了望白茫茫的江面，叹气道："铁信石的话有理。东家，从一开始，你就没想过刘黑七如此痛快地答应和我们一起贩茶，是要混在我们中间，借机南下投奔长毛？"

　　致庸骤然变色。茂才继续道："东家，在襄阳府上船时，刘黑七一定要他的人集中上三条船，只怕就已经准备好离我们而去了！"致庸难以置信，认为他和刘黑七有约定，绝对不可能。

茂才沉声道："东家，你真的以为在老鸦山上，你说服了刘黑七？我可以告诉你，刘黑七和长毛，心气儿才真是相通的！"致庸一怔，铁信石和长栓很快又来禀告："东家，查过了，船上什么都没少，银子也没人动过。"

致庸神情激动："不，我还是不能相信！刘寨主已答应我放下屠刀，改恶从善，怎么还会投奔长毛？快把船藏进芦苇丛，我一定要等他们！"铁信石等人看看茂才，茂才劝了半晌，致庸只是不理会，执意要等，还埋怨道："茂才兄，你怎么能这样？你既然早就知道他们要去投长毛，为何不早点提醒我，拦住他们！"茂才百般无奈也只能同意等等了。

一天很快过去了，从日出到黄昏，躲在芦苇丛中的致庸一直在船头翘首而望，然而江面上始终只有茫茫波涛。到了月现之时他终于绝望了，痛声道："若这刘黑七真要是投了长毛，那就是我害了他们！我让他们下山贩茶，本是好意，没想到却让他们由小地方的草寇变成了大盗，由小恶变成了大恶……"茂才劝道："庄子有言，子非鱼安知鱼之乐？东家，也许此刻刘黑七已入了长毛军，他不但不认为自己由小恶变成了大恶，还以为自己终于走上了人生的正途，得其所哉呢。"

致庸闻言呆了半晌，终于下令开船。只是在船驶动的那一刻，他含泪望着对岸痛苦地喊道："刘黑七，你负了乔致庸，也害了你自己，你是什么英雄？你害了你的人，也害了乔致庸，让我成了为虎作伥的歹人……"茂才将他劝进船舱，致庸仍旧心痛不止。

乔家大院

朱秀海——著

第一部

（下）

团结出版社

· 北京 ·

下册

目
录

第二十四章

1

此后船在江中，一路无事。一日夜晚忽遇狂风暴雨，船队顿时在飓风巨浪中不停地颠簸跳跃起来。"把好舵！""抓住！小心！"每条船上都喊成一片，众船家喊着号子一路摇去，乔家众人纷纷把住船边，努力稳住身子。几个时辰之后，雨渐渐地小了，风也渐渐停歇下来，只是江水暴涨，浪头甚是凶险。

突然前头的一个船家狂喜地喊道："湘江口，我们已经过了长毛的地盘啦！"众人闻言皆大喜，致庸高兴地站起，冲着茂才大叫："茂才兄！我们已经入了湘江！"茂才还未回答，忽见一个浪头打来，致庸脚底一滑，站立不稳，被打翻到水里。众人大惊，说时迟那时快，铁信石迅速跳下水去，从激流中一把抓住了致庸。众人一起大喊，七手八脚将致庸和铁信石拉上船去，好一场虚惊。致庸和铁信石浑身湿透，却第一次面对面放松地大笑起来。

出了湘江，转入大清江，一日清晨，致庸一行终于踏上了武夷山的土地。"有人来买茶了！有买茶的大茶商来了！"很快便有一位茶农打着大锣，沿途吆喝起来。众茶农纷纷从家里跑出，喜形于色。一位老人慢慢跪下去，仰面落泪喊起来："老天爷，你到底睁开眼，让茶农有活

路了……"

武夷山茶场给了致庸一行超乎规格的接待。众茶农排列山道两侧夹道欢迎，鼓乐齐鸣，连茶树上都披红挂彩，以示来客尊贵。大制茶商耿于仁已经四十来岁，却亲自陪坐在滑竿上的致庸等人走向茶庄，乔家一行人等都坐在滑竿上，享受殊荣。高瑞忍不住悄悄问茂才："孙先生，这是不是太隆重了？"茂才笑看他一眼，没有说话。高瑞继续嘀咕道："真舒服啊，这一会儿我都觉得自个儿不是伙计，有点儿掌柜和东家的意思了！""美得你啊！"长栓忍不住冲了他一句，众人都笑起来。致庸则在前头不停地向两旁茶农拱手致意："谢谢大家，谢谢大家……"山道两侧不时有茶农跪下磕头，众人被欢天喜地地抬进了耿家茶庄。

客堂内，耿于仁亲自为致庸捧茶："乔东家一路辛苦，请先品品今年的好茶。"致庸赶紧站起，双手接过，道："耿东家太客气了，致庸担待不起。"耿于仁道："乔东家，不是我客气。打明末以来，当地人世代以种茶制茶为生，托你们山西大茶商照顾，大家年年都有些饭吃。可是自从长毛遮断了长江，茶路不通，三四年了，我们制的茶卖不出去，堆在库里，又不能当粮食吃，又不能当柴火烧，日子过不下去，逃荒要饭，流离失所，卖儿卖女的多了去了！乔东家今天能来买茶，是拨开乌云，让我们这些茶农见了青天啊！"在场众人皆唏嘘不已，一些茶农忍不住抹起了眼泪。一旁的耿家主事赶紧打起圆场："乔东家，孙先生，这是上好的武夷山云雾茶，往常有多有少全都要贡到宫里去，这几年茶路不通，也没官府向我们勒索贡品，就只有自己享用了！二位，请尝一尝！"

致庸端起茶来品了一口，称赞道："好！香气清雅，汤水清亮，色如碧玉而带光辉，滋味鲜活甘醇，香气沁人心脾，令人有飘飘欲仙之感，真是绝品！"耿于仁大为高兴："乔东家果然是识货之人。二位启程时，我给二位每人准备五斤！"致庸还未说话，又听耿于仁恳切道："乔东家，

这一路南来，你和孙先生可谓是九死一生，天下汹汹，皆说长毛断了长江，杀人如麻，乔东家能不避万死，来到武夷山，我们这些茶民唯有敬佩和感激。以前水家、元家买茶，那是有多年不变的老价，可这次情形不同，我不能按那个价让你买茶，因此你给原价的八折就行了！"致庸和茂才相视一眼，又惊又喜，致庸挠挠头想了想，有点为难道："耿东家，这合适吗？"耿于仁手一挥，断然道："乔东家，别说了，我在这里还算是个头，有点人缘，我说这个价就这个价。别以为这么低的价给你我就吃亏了。我们都是生意人，我给你个低价，是想请你明年还来我这里买茶，救我们这一方的百姓！"致庸看看茂才，两人交换一下目光，致庸重重点了点头，站起拱手道："耿东家如此厚待致庸，致庸也有一言相告。我带来的银子，按耿东家让利给我的价钱，现在能多买不少的茶。我愿意把它们都留下，全买成茶运回去！"

耿于仁大为兴奋："乔东家，太好了，我等的就是这句话。此外还有一件事，照以往的规矩，我们茶山是不赊账的，可这一回，我想把你买不走的茶，也尽量赊给你运回去，明年你来买茶，把银子一并带来，行不行？"致庸大为激动，道："耿东家，谢谢你如此好意，我就不去别的山头了！只要耿东家信任致庸，你这茶山上三四年来积存的茶，我尽能力赊了带走，明年一总给你拉银子回来！"

耿于仁大喜："好，在下正等着乔东家这句话呢！咱们一言为定！"当下两人举起茶碗，一饮而尽。茂才在心中迅速计算着，半晌开口道："东家，此事甚好，但这么多茶，如何运出去，还请耿东家帮我们筹划筹划。来时听说山下大清江口原来常年有运茶的船队，但昨天下船时，我们听说连年无人来买茶，船队已经散伙了。"致庸心中一惊，放下茶碗，担心道："对，这是一件大事。"耿于仁看看他俩，哈哈一笑，胸有成竹道："乔东家不要过虑，这事我想过了。船队散伙，船还在，人也还在，乔东家

既然不避风险，南下买茶，我们这些种茶人，为何就不能冒一点险，帮乔东家把茶运过长江，顺汉水一直运到襄阳城下？乔东家是我们的衣食父母，我们为了保住自己的衣食，这点险我们甘愿冒了！"

茂才和致庸对视一眼，喜形于色。致庸站起，再次举起茶碗道："耿东家，致庸谢了！今天看来，你我非但有茶缘，还十分地对脾气！致庸年轻浅薄，常自认为是一个隐于商界的豪侠，没想到耿东家才是一位真正隐于茶山的英雄。看样子日后生意我们有得做了。借耿大哥的茶，致庸敬你一碗！"

"乔东家，耿于仁是个粗人，这个敬字我可当不起，不过你的话对我的脾气，这茶，我饮了！"当下两人各自一饮而尽。

致庸抹了一下嘴巴，突发奇想："耿大哥，我们干脆结为异姓兄弟，日后年年来往，做一辈子生意，如何？"耿于仁又惊又喜，连连点头，当下便吩咐摆设香案，杀鸡歃血为誓，与致庸行了结拜之礼，起誓永做异姓兄弟！随后众人依着当地风俗，大摆宴席，夜晚月亮升起的时候，村中男女又为致庸等人燃起篝火，或唱歌，或跳当地土风舞，宾主皆开怀畅饮，直至天白。

歇了一日后，耿于仁亲自带致庸去往制茶场。致庸一路走，一路望，满目皆是绿色，忍不住赞道："武夷山真是好地方！"远远地，有采茶女唱起歌来，其声凄美悠长，致庸不觉驻足听去：

> 清明过了谷雨连，背起包袱走福建。
>
> 想起福建无走头，三更半夜爬上楼。
>
> 三捆稻草搭张铺，两根杉木做枕头。
>
> 想起崇安真可怜，半碗腌菜半碗盐。
>
> 茶叶下山出江西，吃碗青茶赛过鸡。

采茶制茶真可怜，三更五更不能眠。

偎着茶树吃冷饭，凑着月光算工钱。

武夷山上九条龙，十个茶家九个穷。

年轻穷了靠双手，老来穷了背竹篓。

　　一曲终了，致庸大为赞叹，问道："耿大哥，这是什么歌，竟然如此好听！"耿于仁闻言大笑："兄弟过奖了，这是我们武夷山茶民唱的《采茶歌》，我们自家人听着亲切而已，其实是下里巴人，不堪入耳，不堪入耳！"众人拐了一个弯，又往前走了好一阵，制茶场在一片青山绿竹的掩映下，已经赫然在望了。

　　耿于仁带着众人进了制茶场，边走边参观。茶工们正在紧张地进行制作茶砖的准备工作。耿于仁笑道："照你的吩咐，我让他们日夜加班修整制茶机。你放心，十几天工夫就能把所有的散茶制成茶砖。"致庸想了想，突然道："大哥，趁着他们还没开始制作茶砖，我拜托你一件事，你让他们把所有的茶，全部制成一斤一两的，标重还是一斤。"茂才看了看致庸，暗暗现出赞许之意，耿于仁却一愣："兄弟，这是为何？你这样干，自己不是要吃亏吗？"

　　致庸笑道："大哥，这是兄弟我第一次和水家、元家及邱家一起做茶货生意，我们乔家做生意向来讲三个字，一是义，二是信，三才是利，茶砖要走千里路才能到达祁县，我怕路上会有损耗。"耿于仁佩服道："致庸兄弟，你真是个第一等诚信的人，大哥我赞服你了。行，这一斤一两重的茶砖，我帮你做！"致庸点点头，想了想又道："另外，我那份茶砖上，你让人都给我加上一个'大'字模印做标记。"耿于仁哈哈一笑，拍着他的肩膀道："兄弟，我明白了，你虽是第一年走茶路，但已经要给自己的茶货创出一个牌子了！"致庸也笑起来："大哥猜对了。我家丝茶庄

的店号叫作大德兴，我在上面加个'大'字，让客商们知道这是乔家的茶砖！但凡是乔家的茶砖，卖一斤的价，标重一律是一斤一两！"

耿于仁点头，随后开始吩咐手下。致庸向茂才耳语几句，于是茂才和高瑞留下陪耿于仁，自己和长栓往外走去。"东家，咱们去哪？"长栓忍不住问道，致庸想了想道："如此风光，到茶山上走走呗！"长栓"扑哧"一乐，玩笑道："二爷是不是又想听采茶女唱歌了？"致庸回首笑道："你懂什么？孔子云，诗三百，一言以蔽之，思无邪。诗经就是民歌，那是经孔圣人删定的，'诗可以兴，可以观，可以群，可以怨'，听民歌可以知天下兴亡，就你净往歪处想！"长栓吐吐舌头，不敢再乱开玩笑了。

2

此去一路风光绮丽，却没有再听见采茶女的歌声。致庸赞叹着前行，拐过一个小小山角，忽见前方一处独居的竹屋，两旁青山，户外翠竹，门前则是一条涧溪，清澈明亮。致庸走来站住，不觉叹道："好漂亮的地方！背靠绿山，前临清溪，远望有山川景物之美，近观有竹篱茅舍之幽，三月桃花，六月稻熟，八月鱼肥，九月红叶……我乔致庸平生若有如此佳处，定可令我百事不问，只流连山水，读书饮茶，此生足矣！"

长栓在旁呵呵笑道："东家，您要是在这里住下不走了，货通天下的事怎么办？您不是还要北上大漠南至海，东到极边西到荒蛮之地吗？怎么，不去了？"致庸道："你懂什么？此一时彼一时也，置身铜臭之所，追名逐利之场，我当然想像当年的晋商前辈那样走遍天下，建不世之功，可是到了这里，利禄之念顿消，什么货通天下，走万里商路，统统都不想了。庄子说得好，鼹鼠饮河，不过一饱，鹪鹩占巢，不过一枝，二爷到了这里，不想再做商人，想做神仙了！"说着，他乘兴走上前去敲门，

但门扉紧闭。他又喊了两声，亦无人应。

长栓吐吐舌头道："东家，到了这里，您又诗兴大发了？"致庸笑道："此情此景，前人已写过诗。'应怜屐齿印苍苔，小扣柴扉久不开。春色满园关不住，一枝红杏出墙来。'住在这里的一定是位清雅高古的隐士，乔致庸一身铜臭，自然与这样的高人无缘了。走吧，回去了！"他正要走，长栓突然道："二爷，等一等，您瞧，高人回来了！"致庸回头望去，但见前面清溪上，一位小童子划着竹排，顺流而至。竹排上立着一位瘦高的中年布衣男子，衣袂飘飘，风度俨然。溪面上时不时飘过一团白雾，竹排和竹排上的人时隐时现，恍若仙人仙境。

致庸看得呆了，不觉赞道："好风雅的人！真是神仙一流的品貌！"长栓也看得发呆，一听致庸说话，又捂嘴笑道："二爷，您只怕又要吟诗了吧！"致庸也不理会，又看了一会儿，忽然长声吟道："渔翁夜傍西岩宿，晓汲清湘燃楚竹。烟销日出不见人，欸乃一声山水绿。"一时吟毕，忍不住又叹道："长栓啊，此等天地山川风景人物，真真要令我乔致庸化入'烟销日出不见人，欸乃一声山水绿'的意境里去了！"长栓一听赶紧冲他打拱作揖，道："二爷，您可不能化进去了，您要是化进去了，我们回去了，太太找我们要人怎么办？"

正说着，只见竹排靠岸，那布衣男子携着童子顺石路走了上来。致庸退到路边恭立。布衣男子一路走来，长声吟道："天下皆浊我独清，天下皆醉我独醒。哈哈！哈哈！"长栓在一旁小声嘀咕起来："东家，我以为天下的读书人只有孙老先儿是个疯子，您看看他，比孙老先儿疯得还厉害呢，哪里是什么神仙！"致庸瞪他一眼，长栓赶紧闭了嘴。

那布衣男子旁若无人地走过去，掏出钥匙正要开柴门，致庸恭谨上前，拱手道："这位先生请了，山西祁县商人乔致庸这厢有礼了！"布衣男子凝神看他，忽然神情开朗地拱手道："山西商人乔致庸？原来你就

是那个不避万死来我武夷山买茶的出色人物？"致庸一惊笑道："先生是谁，如何知道在下？"布衣男子大笑，复又认真看他："我是谁对先生不重要，至于我如何知道你的名字，我倒可以告诉你——昨日在寨子里接待乔东家的耿于仁，那是鄙人的亲戚！"致庸又一惊，笑道："原来尊驾是耿东家的亲戚？那就更好了！先生隐居之处，乃神仙应居之地。在下偶然走到此处，就有脱胎换骨、尘念顿消之感。敢问先生，我能随你进去，讨一杯茶喝吗？"

布衣男子闻言看他一眼，做了一个"请"的手势。致庸甚是欢喜，又拱手施了一礼，便随他进了屋。竹屋内陈设甚是简单，不过是几件竹木家具、几本书、一套茶具而已，却显得极为清幽。

甫一坐定，童子便捧茶上来。布衣男子笑道："先生本为讨茶而来，那就请吧！"致庸品了一口，不觉赞道："真是好茶。在下冒昧地说一句，这茶有点像驰名天下的武夷山云雾茶，可又不是，比我昨日在耿东家那里喝的贡品还要甘醇香洌，饮之如酒般颇有后劲，使人有振奋之感，真可谓茶中神品。在下生在商家，自小也喝过不少天下名茶，可从没有品尝过先生今天赏赐之茶。敢问先生，这是何种神品？"

布衣男子微微一笑："称不上神品，不过是在下待在山里，偶有兴致，将武夷山云雾茶的枝芽接于四季春茶树之上，再用新法炒制出的一品新茶而已。它香气清扬，如鲜花一样芬芳，滋味活泼甘醇，汤色绿中透黄，明亮清澈。一杯入腹，会令壮士激昂，英雄慷慨，才子神采飞扬，隐士拔剑而起，即使凡夫俗子，也会平白生出许多济世救民之心，为国效死之志。呵呵，因此在下将此茶起名为'将军令'。"

致庸心中一震，对他愈加肃然起敬："将军令，这个名字起得好！想不到先生身在江湖，仍然心系天下，在下方才误将先生认为许由一流隐士，实在是大谬！"布衣男子大笑："先生过奖，在下算得上什么心系

天下，一个无用之人、无用之才罢了！"致庸连连摆手道："敢问先生，先生将两种滋味冲淡平和之茶改造为一种饮之慷慨激昂之茶，其用意何在？"布衣男子深深看着致庸，道："古人言一叶落而知天下秋。茶乃小事，却可看到天下兴亡。"致庸点头。布衣男子接着道："乔东家，你是商人，自古茶路通则天下路通，茶事昌则天下事昌。前几年茶路不通，在下以为天下事不可为也，唯有藏身山中，读书饮茶，遁世避祸；今日乔东家冒死来武夷山贩茶，茶路复通，在下又以为，天下事还没有糜烂到不可收拾的地步。"致庸大笑问："先生，此话又当怎讲？"布衣男子抬眼望着窗外，半晌沉郁道："在下虽山野村夫，也早知山西祁县乔家堡乔家巨商之名。以乔家之富，乔东家不来江南贩茶，谅也不至于有饥寒之忧，可是乔东家还是不避生死地来了，此事仅仅用商家重利的本性来解释是不够的。长毛横踞长江，天下茶路可谓不通，但乔东家仍旧上了路，因此这条茶路至少在乔东家心中，一直都是通的。既然茶路在人心中是通的，那天下事就仍有可为。乔东家，在下往日以为自己读了几本书，就懂得了天下大势，其实错了。今日乔东家来此贩茶，令在下看到了天下的人心。乔东家，就这一点，在下也定要谢谢你！"说着他向致庸深施一礼。致庸连连摆手，示意不敢当："先生实在过誉了。其实以致庸看来，先生骨相清奇，身在江湖之上，心存魏阙之下。吟咏之间吐纳珠玉，眉睫之前卷舒风云，必非平凡之辈。因此先生今日隐居山林，定然大有深意。"布衣男子摆了摆手，微微含笑，不再多言，似陷入一种沉思。致庸甚为体谅，当下起身告辞。

布衣男子也不留他，拱手送致庸出门，送至门口时突然道："在下有一事不明，想问乔东家。""先生尽管开口。"致庸又一拱手，不觉一喜，他自感与这位布衣男子颇为投缘，甚至有景仰之心，颇想与他多谈一会儿。

布衣男子环指青山，悠悠然道："乔东家是想只做今年这一次茶货生意呢，还是想年年都做得成今年这样的茶货生意，且将风险降到最小？""先生此话怎讲？"致庸心中不禁一动。布衣男子捻须笑道："乔东家此次来武夷山买茶颇为艰难，回去路上只怕更为凶险不易，即使成功地过了长毛控制的长江，也应属侥幸，若想年年这么幸运，那就难了。乔东家就没想过用别的办法，为天下茶民生利？"

　　致庸闻言大惊，一揖到地，诚恳道："先生一定腹藏锦囊，心存妙计，请先生一定教我！"布衣男子并不推托，点点头指点道："据在下愚见，以今日朝廷之力，三年五载，仍难以扑灭长毛之乱。而江北汉水流域，许多地方山高多雾，适合武夷山茶生长，乔东家想过到武夷山买茶，为什么就没有想过在江北买山种茶？如若可行，还能依托江北茶场为基地中转，可依照军情伺机将江南茶叶运出，岂不是一举两得？"致庸闻言如醍醐灌顶，大为激动地躬身道："先生真是一位旷世奇才，你的一句话，如拨云见日，令致庸茅塞顿开。先生，大恩不言谢，改日候先生闲暇一定再来请教！"布衣男子不置可否，仍旧与致庸拱手作别，致庸按捺住心中的激动，带着在门外守候的长栓快快离去了。

　　致庸与长栓急奔山中制茶场，一见茂才，立刻把刚才的奇遇告诉了他。茂才先是难以置信，接着大为激动，连声跺足叹道："既是耿兄的亲戚，这位高人难不成就是十五岁乡试第一、十六岁府试第二、天下闻名的湘阴才子左宗棠左公？"致庸勃然变色："什么？他就是那位二十余岁就被两江总督陶澍陶大人视为奇才，三十八岁结识林则徐林大人，林大人相见恨晚，亲笔为他写下一副传世名联的左宗棠？"茂才望着青山，悠悠念起名联："苟利国家生死以，岂因祸福避趋之。"他看看有点傻眼的高瑞和长栓道："那是林则徐林大人为了鼓励左公出山救世，专门为他写下的。自道光年间到今日，朝廷大员如林则徐、陶澍、胡林翼、贺长龄、

郭嵩焘诸人，全是一二品大员，均连篇累牍地向皇上上折子，举荐这位左公。咸丰初年，翰林院侍读学士潘祖荫曾向皇上上疏，其中有两句话传遍天下。"

致庸大叹："我知道这两句话：国家不可一日无湖南，湖南不可一日无左季高！"茂才点点头，当即与致庸约定，下午两人再去拜访。不料未到中午，却见上午那位执篙童子已经来到他们的住处，恭敬地呈上了一封信。

致庸展开一阅，回头沉声对茂才道："左公走了！他终于出山去湖南投胡沅浦胡大帅了！"茂才接过信看了看，抬眼望着群山，悠悠道："早就有人说过，左公出山，天下平安！但愿左公此去湖南，有良策献给胡大帅，令长毛就此势衰，商路就此畅通，万民就此脱离水火，再享太平！"

3

半个月之后，大清江码头蔚为壮观，买的茶加上赊的一部分茶，力所能及共装了一百二十条船，沿江排着，扬帆启航；几十户茶农带着家眷，携着茶苗、茶具一起上船，准备到江北拓土种茶。耿于仁为人极是豪爽，他听说致庸要买茶山，当即就从茶款里又抽出三十万两银子借给他，且亲自带船队一直护送致庸一行入了湘江，才与他们依依惜别。

船队昼夜不停，破浪行进。一夜，致庸正在舱内和衣而眠，前方江面突现几条大船。众人大为紧张，长栓跑进舱内急道："二爷，不好，前面碰上了长毛！"致庸大惊："不可能！没听说长毛已经打到这里！"他快快走上船头，和茂才一起朝前方张望。前方大船越来越近，众人不及应对，一群兵丁已经跳上茶船，连拉带拽地将致庸等人带上大船。

致庸连声抗议，但被推倒在地。只听船头威声四起："抬起头来！"

致庸一抬头，大吃一惊，只见胡沅浦和胡叔纯正在一张手绘的地图前研判军情。胡沅浦认出了致庸，赶紧下令众人放开。

当下致庸与茂才过来向胡大人见礼，当日太原府匆匆一别，不料今日竟然在这种处境下碰面，众人一时皆感慨不已。一阵寒暄过后，胡沅浦笑道："我们四个真是有缘呀。看来古人讲的，'人生不相见，动如参与商'，此话不确了！"众人皆大笑起来。胡叔纯也道："前几天左宗棠告诉过我，说你们有感于茶路阻隔，茶民失业，便以身犯险，想救民于水火，真是令人佩服啊！"致庸连称不敢当，接着赶紧问起左宗棠，不料却被告知他恰巧过江办理公务去了。

四人又聊了一会儿，胡沅浦捻须赞道："乔致庸，本帅得到左宗棠这样的左膀右臂，说起来还应该谢你呢，他说是你这次南下贩茶改变了他一生的选择，决心下山为朝廷效力！"致庸连连摆手道："不不不，大帅，左公言过了，他才是一句话就帮我点破了迷津，尽享江南江北两地的茶利，解更多茶民之忧！"胡沅浦哈哈大笑："乔致庸，不，我这会儿该叫你乔东家了，你不能再走科举之路，为朝廷效力，我一直觉得可惜，可现在我又不再为你为朝廷那么惋惜了。就是你做了商人，也没有忘记济世救民，仍然是书生本色啊。"

此次与胡沅浦照面，致庸一行大为受益，官兵一直将茶船队护送到了长江口。胡沅浦劝道："乔东家，你这么大一个船队，再往前走就要入长江，那里是长毛的地盘。你要三思，不如先留在我这里，哪天我打败了长毛拿下了武昌城，你再走！"致庸婉拒道："谢大帅，那可不行，我和相与商家有约在先，要是致庸半年之内不能贩茶回到山西祁县，九个月内不能将这批茶运到外蒙古的恰克图，我就在众商家面前失了信，要倾家荡产的！"胡沅浦盯了他一眼道："你真的要硬朝前闯？"致庸笑笑："大帅，都说长毛的水军如何厉害，我看也未必。来时我们趁着夜黑，

轻轻松松地就过了江。我观察过了，江边那么多芦苇丛，到处都有我们的藏身之处，就是万一撞上了长毛的大船，我们也能避过去！"

胡沅浦点点头："乔致庸，我要是不放你走，就成就不了你的一番壮举。好，我不留你，不过沿途还是要小心，不可大意！真要是走不了，就还回来！"致庸拱手致谢，就要告辞。胡沅浦又取出一封蜡丸道："我为你专门写了一纸关防，封在里面，你带上，沿途要是遇上官军，拿给他们看，他们就不会难为你了！"致庸接过，自是千恩万谢。

胡家弟兄当下与他们拱手告别。致庸又道："二位大人，致庸告辞之前，想向二位大人讨一样东西！"胡沅浦一愣，却见致庸指着他胸前挂着的单筒望远镜。胡沅浦想了想，笑道："这可是德意志国产的东西。罢了，看在你我有缘的分上，本帅就送给你了！"致庸喜不自胜接过，这才正式告别起锚离去。

胡沅浦望着这支远去的船队对胡叔纯道："我真想把这个人留在军中！"胡叔纯笑道："大哥为何没这么做？"胡沅浦一时不语。胡叔纯看看他道："大哥不是说，皇天生人很是吝啬，凡是天降英才，一个都不该让他闲着，都要让他为朝廷出力？"胡沅浦点点头："这个乔致庸，眼下就在为朝廷出力。他对稳定天下民心起的作用，不比我们小。"胡叔纯笑了笑，有点不以为然。胡沅浦看他一眼道："左宗棠都会因为这个乔致庸放弃隐居！这个乔致庸，可能连他自个儿也没想到，他南下贩茶的举动，会让一路上所有遇到他的人觉得，大清国还不会亡！……像乔致庸这样的人，朝廷对他有何恩典？可到了此时，他还敢冒死来江南贩茶，这说明什么？"胡叔纯不禁沉思起来。

胡沅浦望着滔滔江面，慨然道："这说明我大清万民心中，还藏着勃勃的生气！朝廷里的那帮庸人，总以为大清国的根基建在他们所谓的国家重臣身上，错了，大清国的根基建立在民心之上。有民心如此，大

清朝如何会败,长毛又如何能胜?"胡叔纯顿时醒悟。胡沅浦继续道:"乔致庸这个人是个人才,眼下留在民间,对国家有利无害。此人这次若能活着回去,日后朝廷里有了机会,还是会用的,而且是重用!"说着他往江面望去,但见致庸的船队浩浩荡荡,渐行渐远。

进入长江以后,致庸将船队化整为零,一分为三,由他和茂才、铁信石各带一队,队与队之间皆相隔两里之遥,船和船之间也保持一定距离。船队白天隐在江边芦苇丛中,夜间开船,同时以船尾火光为号。火光熄灭,就是平安无事,继续前行;船尾亮起渔火,就是前面发现了长毛的巡江船,赶快藏进芦苇丛中去,同时向后面的船告警!

如此一路行去,几次与太平军的大船相遇,都有惊无险地躲过了。夜色渐淡,天际又露出了一线白,船队重新避入芦苇丛中。致庸站在船头,望着北岸,一时神情严峻。

长栓提一条活蹦乱跳的鱼进舱,笑道:"二爷,看,江里鱼真多呀,这条鱼竟然自个儿蹦到了船上!我让船家熬鱼汤给咱们喝!在江上走了这么些天,没有吃肉,真馋死我了!"致庸头也不回,望着江北,沉声道:"我们已经在江上走了好几夜,再往前走,就是武昌城了,那里什么情况咱们一点儿也不知道。你把鱼放下,和铁信石一块儿去岸上打听打听,马上回来!""您也该让我把鱼汤喝了再走!"长栓�’嘴,致庸掏出一块银子扔给他:"到岸上多买点肉食,要解馋大伙一块儿解,就你馋?"长栓笑着放下鱼,从相邻的船跳跃过去,招呼上铁信石一起上了岸。

两人去了一个多时辰,致庸等得发起急来,两人回船后却带回了一个惊人的消息——武昌城已让官军收复了。致庸一听大为激动,连连追问,茂才闻言也对着铁信石和长栓发问:"此话当真?"长栓见他俩还半信半疑,当下不乐意道:"我们俩亲耳从当地百姓嘴里听到的,还会有假?"

致庸兴奋道："太好了！长毛这么一败，拦在南北茶路上的障碍就消除了，不但这次我们不用再担心长毛的兵船，就是明年、后年，也不用担心茶路不通了！"众人一时都雀跃起来。致庸突然又想起了刘黑七，扭头望着北岸，又闷闷不乐起来。茂才默默看着他，想劝什么又忍住了，转了一个话题道："武昌乃军事要地，官兵和长毛互有攻守，只怕要几易其手，什么明年、后年都是没谱的事，我们还是小心一点。"

众人都一团高兴，致庸则在发呆，一时间谁也没把茂才的话放在心上，长栓还不解地问致庸道："二爷，武昌的长毛都被打败了，我们再往前走，就什么麻烦也没有了，您怎么还不高兴？您还真想会会他们呀？"致庸回头看茂才，道："茂才兄，你说刘寨主他们这会儿在哪里？是我把他们带到这里来的，武昌的长毛败了，也不知道他们是死是活！"

长栓插话道："二爷，您也太那个了！是刘黑七骗了我们，半道上把我们甩了，不是我们故意不让他们跟着我们去武夷山贩茶，他们是死是活，都跟我们没关系，活该！"致庸瞪他一眼，接着对茂才道："茂才兄，既然前头没有长毛的巡江船，我们就白天走，马上走，不用再等到天黑！"

茂才深深看他："东家，你还想去武昌城把刘黑七他们找回来？"致庸一时泪花闪烁："对！人是我带来的，不管死活，我都得找到他们，我生要见人，死要见尸，不然怎么对得起他们的父母亲人！"长栓在一旁跺脚："东家，您又糊涂了不是，刘黑七这样的人，哪里有什么父母亲人！"致庸大怒："找不到是找不到，万一可以找到我没有去找，没有把他们引向正路，让他们又跟着长毛跑了，我会恨自个儿一辈子的！开船！"

茶船第一次大白天浩浩荡荡地于江上行驶起来，很快就到了武昌江面。茂才透过雾气观察着岸上的情景，叹一口气再三劝阻道："东家，虽说武昌城被官军拿下了，可眼下那里到底是个什么样子，我们一点也不知道。再说刘寨主若是真投了长毛军，这会儿不是死，就是跟吃了败

415

仗的长毛军走了，你就是能进得了城，武昌城这么大，想找到他们，也像是大海捞针，可能性很小！"致庸不高兴地打断他的话："茂才兄，别说了！致庸决心已定！你带茶船停在江心，我带长栓、高瑞上岸。我须得努力找过才能心安理得！你们一直猜测他们投了长毛，可万一没有，只是上次过江时和我们失散了呢？万一他们上次真是放下屠刀，改恶从善，并不想投奔长毛，只是被长毛拿住了，才入了伙呢？现在我要是不去寻他们，救他们，我乔致庸成什么人了？"茂才叹了口气，无奈道："东家一定要去，茂才也不好阻拦，只是东家去了，千万小心！找到找不到，都要尽快回来！"致庸点头，随后带着长栓、高瑞上了一条小划子，驶向武昌城。

雾气渐散。长栓突然大叫："东家，您看，那是什么？"

几条匪船从大雾中向茶船队驶来。

高瑞脸色剧变："不好，东家，原来武昌城不在官军手中！"致庸猛回头，要拿望远镜已经来不及，大喊："长栓，铁信石，你们误了我的大事！"

第二十五章

1

　　很快致庸、长栓和高瑞，以及后一批被俘获的茂才和铁信石等，一共二十余人被捆绑进了江岸上一个破烂的中军帐内。一个虎背熊腰的匪首半倚半躺在榻上，目光凶狠地扫射着他们。旁边一个黑衣小匪禀告道："大王，这是一个山西运茶的船队！一百多条茶船，船工两百来号人，武夷山茶农几十家，除了一些护身的兵器，没有发现更多兵器！船上全是茶叶！"匪首看来颇为失望，揪着胡子烦恼道："船上要是银子就好了，怎么是些茶叶，不好不好，茶叶不能当饭吃。让我想想，还是把人砍了，茶叶一把火烧了吧！"致庸一干人都大叫起来，致庸头上破了一处，脸上挂了不少血，他声嘶力竭地喊道："你们是长毛吗？你们不能胡乱杀人！"那匪首闻言仰天长笑，然后眼一瞪："什么长毛短毛，老子谁也不是，老子是自在大王，江湖人称飞天自在王，打家劫舍，杀人放火，我想干什么就干什么！"致庸等人闻言大惊，一时面面相觑，呆在那里。那黑衣小匪凑上前道："大王，茶叶不是银子，可我们弄哪儿卖了，能换好多银子呢！"

　　那飞天自在王揪着胡子想了半天，摇摇头道："主意是好主意，只是这儿不是我们能长待的地方，官兵打跑了长毛，又没有占领武昌，让

我们白捡了个便宜，在这个空城称王称霸几日，谁知道哪天是官兵还是长毛又打回来了，茶叶还没出手，咱们就抓瞎了！"小匪也犹豫起来："那大王的意思？"飞天自在王哼了一声道："还是把人砍了，茶叶留点咱们自己过瘾，剩余的一把火烧了，我见过烧房子、烧军营，可还没见过一把火烧了一百二十船茶叶是个什么景象呢。哈哈，我喜欢！"被捆众人一时间哭的、喊的、叫的，响成一片。飞天自在王也不嫌吵，虐待狂般望着他们，眼睛里闪着猫戏老鼠般大为快意的光。在前面跪着的茂才盯了这个匪首一会儿，突然膝行向前，磕头求饶道："大王，您是大王，不能就这样杀了我们！"飞天自在王哈哈大笑，一脚将茂才踢翻在地，踩踏在他身上道："那你说该怎样杀你们呢？"茂才被踩在脚底，喊道："大王总得审审我们，就是杀头，也得按午时三刻的规矩吧……"

飞天自在王还没作答，一旁的高瑞脑子转得快，很快也膝行上前，磕头道："是啊，是啊，您，您总得有点那个，那个自在王的气派吧，就算是杀头，那也得唱个曲，有个杀人桩，喝碗壮行酒什么的。再说，再说您也可以不杀我们啊……"这飞天自在王怪笑起来，手一挥："好，把他们绑到帐前刑场的杀人桩上，让他们唱个曲，把茶船一条条点上，弟兄们好好乐乐，哈哈哈……"众匪徒一起哈哈大笑起来，一边笑，一边把致庸等人往外拖。高瑞被拖着，一边挣扎，一边仍在喊："茶船现在点不得，晚上，不不，半夜点才像焰火一样好看呢！"飞天自在王哈哈大笑，突然指着高瑞喝道："这小子有趣，就听他的，半夜点船，大伙好好地看一通焰火。还有，把这小子给我留下解闷，其他的人，那个，那个午时三刻统统杀头！"众人被一路拖着，挣扎着又嚷又骂，一阵踢打喧闹过后，除了高瑞，所有人都被绑到帐前刑场杀人桩上。百来号匪徒举刀在四周绕成一圈，耍笑般看着他们，时不时发出一阵怪笑。

致庸扭头向茂才看去。茂才仰头向天，闭上眼睛。长栓在一旁叫道：

"二爷，怎么办啊？孙老先儿，你是诸葛再世，快想办法啊！"茂才听长栓叫得响，慢慢睁开眼睛道："兄弟，咱们运气背透了，咱们遇上的既不是官兵，也不是长毛，是一伙土匪，我能做的就是拖延点时间，看官兵和长毛能不能杀回来救我们。长栓兄弟，死生由命，富贵在天，你就甭叫了！"

长栓呆了半晌，突然放声大哭："天哪，我活到这会儿，连个媳妇还没娶呢，就这样死了，我我……我亏呀！"铁信石听长栓哭个没完，实在忍无可忍，喝道："别哭了！男子汉大丈夫，死就死了，哭个什么劲儿！有点志气！"长栓哭声骤然一停，不一会儿又忍不住抽噎起来："我……我好恨哪！"

致庸仰天长叹："茂才兄，是我一意孤行，误了你，也误了大家！"茂才慷慨道："东家，不要这么说！就是你不要到这武昌城里寻找刘黑七，我们今日也难逃此劫，这帮匪徒早在江面上埋伏着呢。"致庸道："真没想到，没有死在长毛手中，却死在一伙无名土匪手里，也算我们不幸！"茂才笑道："东家啊，你不会是后悔来江南贩茶了吧？别后悔呀！就是死在这帮无名土匪手中，我们也是为天下人疏通茶路而死！人生自古谁无死，至少我孙茂才为这件天下大事而死，死而无憾！"致庸笑道："茂才兄，有你这席话，我死时就安心多了！"

一匪徒走上前，喝道："你们死到临头，不好好哭一场，却在这里嘀咕什么？再嘀咕你们也是死定了！我们大王还真没有将要杀的人再留下来的习惯！"致庸道："茂才兄，看样子他说的不是假话，就是午时三刻再杀，我们也没多少时间了。多年以来，我就想等我闲了，万事不关心了，好好地票他一出戏。"茂才叫道："好，东家，我来跟你串戏。""咱们来一出《秋胡戏妻》，如何？""就是它了。""我是秋胡，你是秋胡之妻罗敷女。""现在就开戏？""现在就开戏！"

2

许多年以后，致庸还会想起这一次离得最近的死亡。他常常会讲述这个故事，用各种方式讲述，讲述给睡在他身边的女人，也讲述给他搂在怀里的孙儿。而在老年以后的多次讲述中，故事渐渐褪去了原来的色彩，变成了另外的一个样子。也许故事还是那个故事，但故事的情节、气氛甚至它的意义都完全不同了。至少，它不再像茂才后来认为的那样，完全出于天意。

也许谁都没有想到，他们最终是被刘黑七带人救下了。刘黑七当日一别，果然投奔了太平军，不过几十日，因其骁勇善战，很快升至队将。武昌城本是官兵和太平军激烈争夺的地方，此次失守之后，刘黑七奉命带着自己的一队人马杀过来哨探，伺机取城，却意外地发现了被绑在杀人桩上的致庸和他的茶船队。刘黑七一番合计后决定毅然出手，救人夺城一箭双雕。而这一时刻，正是致庸和茂才开唱《秋胡戏妻》之际。

只听致庸唱道："秋胡打马奔家乡，行人路上马蹄忙。坐立雕鞍用目望，见一位大嫂手攀桑。前影好像罗敷女，后影儿更像我妻房。本当下马将妻（呀）认，（白）不可！（唱）错认民妻罪非常。"茂才喊了一声："好！"致庸向茂才示意："茂才兄，该你了！"念白："大嫂请了！"茂才将嗓音拿捏成女声道白："呀！"唱："耳旁听得人喧嚷，举目回头四下望。桑园之内无人往，见一位客官在道旁。"那帮看热闹的匪徒纷纷围拢过来，大声喝彩："好！"致庸也跟着叫了一声好，学秋胡："大嫂请来见礼。"茂才学罗敷女："这位客官，敢是失迷路途了不成？"致庸学秋胡，却改了词："阳关大道，岂有失迷路途之理。只是路过武昌，被一伙小匪拿住，你我英雄一世，没想到竟死在一伙没名堂的小匪手中，真真气杀我也。"

这边刘黑七带着众人悄悄摸上来。众土匪围着致庸和茂才，一阵阵

地叫好，直到他们一直摸到这伙土匪身后，众匪竟毫无觉察。刘小宝提刀猫腰走在前头，听见了致庸和茂才唱的山西梆子，回头低声道："爹，怪了，我怎么会在这里听见山西梆子？"刘黑七道："胡说，这里哪会有人唱山西梆子！"刘小宝道："不信你听！"刘黑七侧耳听去，竟真的听到了地道的山西梆子，忽然醒悟，大笑道："这里面绑着我们山西人，自然你们听到了山西梆子！"刘小宝道："爹，动手吧？"刘黑七恋那乡音，道："莫慌，咱们也听两句。"一时间，刘黑七和飞天自在王手下的匪众，竟然一同听起《秋胡戏妻》来。

午时三刻眼看着就到了。致庸和茂才唱着唱着，抬头看了一眼日头。致庸改词道："大嫂所言极是，你虽然在那飞天自在王前为我等争得了一些时间，等那刘黑七刘寨主杀将回来，救了我等性命，只是这午时三刻快到，天不遂人愿，刘黑七刘寨主不知人在何方，可叹也可叹！"人丛中刘小宝听见了，回头道："爹，这戏里还有你呢！"刘黑七笑道："原来乔东家和这孙先生唱戏，竟是为了等我来救他们性命。小的们，给我上！"

众人杀将上去，土匪猝不及防，稍作抵抗，一半人做了刀下之鬼，剩下的一半人作鸟兽散。过了一会儿，刘小宝又将匪首飞天自在王押了过来。

众人赶上前去为致庸等松绑。茂才仰天长啸，一行泪终于落了下来，然而仍旧闭着眼继续唱了一段："听罢言来心欢畅，果然是刘寨主转还乡。客官休怪奴……"这一次，叫好声则差点盖过云霄。

致庸大难不死，与刘黑七相见，忍不住双泪长流。但见刘黑七真投了太平军，心中又不觉大痛，与后者发生了激烈的言语冲突。他指责对方堂堂七尺男儿，竟然言而无信，半道上不辞而别，投靠长毛，由小寇变成了大盗。刘黑七面对致庸的指责，不由哈哈大笑，随后正色道："乔

东家，有一句话，叫作燕雀焉知鸿鹄之志，你难道忘了？真是难以相信，乔东家如此聪明之人，竟然相信能够靠自己区区一番言语，让刘黑七放下平生之志，去做区区一贩茶的商人？"致庸闻言，微微一愣。刘黑七笑道："乔东家不要生气，即使是我与乔东家道不同不相为谋，我仍然愿意交你这朋友！"致庸闷了半晌，深深看他："南下投奔长毛军，是刘寨主多年来的夙愿，是吗？"刘黑七点头，大声说："不错！"

致庸还要说话，忽听耳畔响起一阵越来越响亮的喧哗，接着一大群孤儿拥进中军帐，围住刘黑七，后者脸上马上现出慈父般的温情。注意到致庸疑问的眼光，刘黑七解释道："这些孩子都是我牺牲的太平军将士的遗孤，算是童子军，前几日清妖破城，他们被冲散了，今日所幸又把他们都找到了。"说着，他丢下致庸，去为这些孩子张罗吃饭、疗伤的事。致庸在旁边看着，渐渐地被他待这些孤儿的真情所感动，又不想多看下去，只得转身走出。

在一顶帐篷里，长栓等人正狼吞虎咽地吃饭。刘小宝看不惯长栓的吃相，而且和他也算是久别重逢的"老相识"了，忍不住笑道："哎，慢点儿，刚刚下了杀人桩，别再噎住！"长栓一梗脖子："你们都甭管我！我今儿以为自个儿已经死定了，魂儿早就飞走了，你不让我多吃点，多喝点儿，我这魂儿它就回不来！"

月亮带着清辉慢慢地升了上来。致庸和茂才巡视了一番茶船，安慰了受惊的船工和茶农，回到岸上。他仍然没有忘记刘黑七，虽然后者带人救了他的命，他却仍然认为，刘黑七所以走到这一步，是自己的责任。若不是他带刘黑七等人出山西，刘黑七就不会成了比老鸦山草寇更不可饶恕的长毛。纠正这个错误的唯一办法就是重新说服刘黑七，让他带自己的人跟自己回去。

他终于再次走进刘黑七帐中，正色道："刘寨主，天亮后我们的茶

船起锚，你得跟我走！"刘黑七勃然变色，怒道："乔东家，你想让刘黑七从太平军中离开？"致庸点头，直视着他。刘黑七又气又急，赶紧屏退左右，悄声道："乔致庸，你给我住口！你刚才的话要是传出去，你立马就是个死！你知道你在干什么吗？你在引诱我做太平天国的叛徒，你是在替官兵做说客！"

致庸亦怒道："你一定不能待在这里，你待在这里，只有死路一条……"刘黑七大怒，拍案喝道："乔致庸，你看看我现在，到这里尚不足百日，就升了队将，照这个趋势，过不了一年半载，我就是一支大军的统帅！"说着他兴奋地站起，指着案上的地图，道："你瞧，这就是我从北方来到南方，献给太平军北方七省的兵要地志图，我都想过了，也许三年两载，我就会带着一支队伍，打过长江，挺进淮河，攻占开封府，北渡黄河，然后进军北京……"

"刘黑七，住口！你这是做梦！"致庸听得忍无可忍，拍案而起。刘黑七亦大怒："你给我住嘴！什么做梦？这一回我们一定要推翻满清，打倒洋人，在全中国实行耕者有其田。我刘黑七说打到北京，就一定要打到北京，不然我死不瞑目！"致庸失望地看了他半晌，道："刘寨主，也许我这会儿应当称你为刘将军，不过我可以告诉你，你打不到北京，永远也打不到北京！"

刘黑七"哐"地抽出腰刀，一刀砍在案上，吼道："你说出个道理来，否则我的刀不是吃素的！"致庸冷笑一声："你让我讲出道理，道理就在眼前，因为就连我这样一个普通的山西商人，也不相信你们能打到北京！因为就在这武昌城下，我也没有看到自称要救万民于水火的你们对天下万民做了什么好事，相反却堵塞了商路，让万千商民流离死亡。得天下者要的是民心，弃天下者要的是民命，你们不得民心，却在要老百姓的命，怎么能打到北京？""不，我们是义军！你是读过书的人，当然知

道官逼民反的道理，民心是向着我们的！就说刚才，我们要是不来，那些孩子，还有你们，就会全部死掉！"刘黑七用刀指着致庸的鼻子，声嘶力竭地喊道。

致庸毫不畏惧地对着刀口道："可是你想过没有，你们堵塞商路，让万民失业，又有多少孩子成了孤儿，流离死亡？朝廷为了对付你们，不得不一而再、再而三地向百姓勒索银子，以供军用，以致天下骚然，百业凋敝！就在不久前，还有一位名闻天下的人对我说，一片小小的茶叶当然不算什么，可它却预示着天下的兴亡。人们没有茶当然也能过日子，可是没有茶，天下万民就没有幸福安定、其乐融融的日子，你们把天下万民安定祥和的日子都毁了，还想让他们心向着……"

致庸滔滔不绝地讲下去，刘黑七反而坐下来了，冷冷道："乔东家，你是个读过书的人，却连民贵君轻的道理都不懂，朝廷并非因为有了太平天国才向百姓勒索，事实上是百姓不堪勒索才有了太平天国。我知道我说服不了你，可你也不能说服我。我只问你一句话，万一两三年间，我刘黑七带兵打到了北京，你怎么办？你敢跟我打一个什么样的赌？"

致庸凝神想了半天，突然道："刘将军，再说一遍，乔致庸不相信你能打进北京！你们根本就进不去！"刘黑七这次不怒反笑："好啊，那我们就来打一个赌，我也不想跟你赌别的，我现在觉得你这人也不是一无是处，你喝酒的功夫不错，我听说北京有好酒，等我有一天打进北京，你得请我喝酒！喝好酒！"致庸拍案道："好，咱们一言为定！可你两三年内打不进北京，你跟我赌什么？"刘黑七微微一笑，带点苍凉道："要是两三年内打不到北京，我恐怕就没什么和你赌了。因此我只能跟你赌命，两三年打不进北京，我就不要这条命了！"

致庸神色略变，向前执住他的手道："不，你不要跟我赌命，如果两三年内你打不进北京，你就回山西，改恶从善，从头跟我南下贩茶！"

刘黑七心中颇为感动，使劲与他握了握手，哈哈大笑道："乔东家，你是三句话不离本行。我要是输了，我也不跟你南下贩茶，我还是跟你赌我这条命吧！"说着他抱出酒坛，斟了两大碗酒，带着点伤感道："乔东家，今日作别，只怕日后即使相见，也已是沧海桑田，来，我们再喝一碗酒！"

致庸端起一碗酒，半晌含泪道："刘兄，你把你自己误了，也把致庸误了，致庸此次若不能带你回山西，会难过一辈子的！"

"乔东家，你怎么是这样一个人呢！瞧瞧，你都闹得我要掉眼泪了！罢了，你真的不知道我走上这条路，是遂了我一生的志愿吗？这会儿我就是死在战场上，也觉得自个儿是一飞冲天的鸿鹄，不是只会在草棵子上低飞的燕雀！"刘黑七说着仰天大笑，也忍不住涌出了泪花。

致庸深深看他，还在摇头。刘黑七抹泪豪迈道："我不强迫你不做商人，你也不要强迫我做商人！人各有志，不可勉强！"两人久久凝视对方，接着将碗中的酒一口饮尽。

3

当夜致庸一行再次扬帆起航，由长江入汉水。这次他不敢再大意，依着茂才的吩咐，昼伏夜出，而且增加了前后斥候，三个纵队依次行进，一路小心翼翼，几位茶农则沿途观察寻觅适合种茶的江岸。

一日行至临江县，一位茶农上前禀道："乔东家，到了这个时候别的地方雾都散了，而这一带山高，山头上雾一直未散。在此地种茶，必能出好茶。"致庸闻言大喜，刚想吩咐拢船上岸，却见前方有大船逼近。致庸等人虚惊一场，发觉大船上是左宗棠，他一来在临江县巡查当地军务民政，二来已"顺便"为致庸选了一座宝山种茶！

不多会儿，致庸与茂才应邀上了左宗棠的大船，这番重逢令人欢喜。左宗棠笑道："果然英雄所见略同，此处山川壮美，云遮雾绕，真是种茶的好地方。这几天我算着你和你的茶船队应该到了，所以天天派船在江面上迎候，幸好没有误了乔东家的大事！"致庸大为感激，连连称谢。茂才当下端起茶杯道："左先生真乃天生英才，茂才以茶代酒，敬先生一杯！"左宗棠大笑，举杯谦让道："说到天生英才，乔东家才是当仁不让。胡大帅说的不错，皇天不会凭空生出些英才来，天生英才，一定有它的深意，要他在世间多做利国利民的大事、好事！孙先生如孔明再世，得辅'明主'，当能助乔东家成就一番事业啊！"致庸、茂才一听，连称不敢。一席话下来，真可谓知己相遇，无话不欢，只恨没有早结识数年。

当日致庸一行便在左宗棠引领下，与临江县知县完成了购买荒山事宜，并且妥善安置了武夷山请来的茶农。左宗棠本来还劝致庸再留两三天，因为胡大帅就要派其弟胡叔纯来临江募兵，届时一干人又是一番雅聚。致庸虽然心中颇为不舍，可还是婉拒了，因为行程已经拖得太久，担心会误期。那左宗棠本是名士风范，也不多留，很快便送致庸上了路。

船队将要抵达襄阳府的时候，致庸和茂才都大大松了一口气，因为襄阳府在朝廷控制之下，过了襄阳府，便可上陆路。当下三个小船队又会合一处，昼夜兼行。船行了大半日，襄阳城遥遥在望，大家忍不住都喜上眉梢。

不料江岔子里一声锣响，杀声大起，一条条兵船从雾中现出，船上兵丁齐声呐喊："抓长毛哇！"众兵丁们跳上茶船，不由分说将众人拿住，致庸大声抗辩："错了错了，我们不是长毛，我们是南下贩茶归来的山西商人！"但他们的解释丝毫没用，当场就被兵船的徐佐领下令押往了府台衙门。途中长栓看看致庸，忍不住低声叫屈："二爷，都是您说得太早了，什么一到襄阳府就天下太平，这太平什么啊！"

426

襄阳府知府大堂内，相貌堂堂的王知府正一脸威仪地坐着，众兵丁将致庸等押了进来。致庸好一阵挣扎，头被揿到了地下，仍在怒声大喊："大人，冤枉！"王知府还没有开口，那徐佐领赶紧上前耳语了一番。王知府咳嗽一声，使劲地拍了一下惊堂木，喝道："大胆长毛，还不速速招来！"

　　致庸连声道："大人，我们确实是南下贩茶的山西商人，不是长毛！有从襄阳府雇到的船家可以作证！"王知府哼了一声，怒道："船家能为你们证明什么！船家我们刚才已经审过了，在武昌城下，你们是不是让土匪拿住了，后来长毛把你们救了，又放你们北上，是不是？"致庸一时语塞。王知府拉长声音道："没法儿狡辩了吧？长毛救了你们，又放你们北上，那你们不是长毛，也是通匪！快老实招认，免得皮肉受苦！"旁边的高瑞反应快："老爷，那是长毛不愿意滥杀无辜，就，就放了我们！"茂才也在一边赶紧道："老爷，我们东家有胡大帅给的关防，请您过目。这当能证明我们只是贩茶的山西商人。"致庸闻言道："是啊，是啊，就在我的鞋内，请大人明察，不要冤枉商民！"

　　那王知府一听这话，忍不住挑起了眉毛，向旁边的徐佐领看去，那徐佐领道："是吗？快呈上来看看。"说着使了一个眼色，过来两个兵丁脱下致庸的鞋，掏出一个蜡丸，小心剥开，取出关文，递了上去。徐佐领先接过一看，脸色一变，上前向王知府耳语了几句。王知府想了想，惊堂木一拍，道："退堂，待本官将关防验明真假后再做定夺。来人，将一干嫌犯暂且收监关押。"众人面面相觑，纷纷喊冤，仍旧被拖了出去。

　　致庸在牢中乱草上坐着，定定神道："你们想想，这是什么道理。"高瑞道："天哪，莫不是那个昏官看上了咱那一百二十船茶砖吧？！"

　　致庸还没有回答，只见一个狱卒凶神恶煞地走进来，大喊道："不准说话！同案嫌犯不准串供，找打啊！"众人吓了一跳。半晌，那狱卒

才骂骂咧咧地走开。长栓悄声安慰众人："我说也别太紧张了，没准明天就会放了我们呢,虚惊一场吓着自己可不合算啊！"铁信石冷笑道："你就这么相信现在的官？"致庸想了想道："胡大帅眼下署理湖广军政,见了胡大帅的关防,于法于礼,这位知府大人都不应该置之不理吧！"他向茂才看去,茂才深深地注视着他,叹口气,道："既来之则安之,明日只能走一步看一步了。"当下众人都不说话了。

是夜,不独致庸等人在千思万想,王知府与徐佐领也正在犯难。那关防其实用不着多看,就知道是真的了,但正如高瑞说的那样,两个人想来想去仍旧舍不下那一百多船茶砖。徐佐领眼睛乌溜溜地转着,劝道："大人,那可是几百万两白花花的银子啊！您就是做几辈子知府,也挣不到这些银子！"王知府转眼看见那份关防,忍不住心头打鼓："别人的关防可以不当真,可,可这胡大帅的关防如何敢不当真？你知道他新近刚得了一个什么雅号？"徐佐领一愣,摇摇头,王知府用手在脖子上一抹："胡剃头,懂吗？就是这意思！"

那徐佐领一哆嗦,转眼神色又狰狞起来："那又如何？胡大帅日理万机,不见得会记得这一伙商人。我们快刀斩乱麻,利落地把这帮人结果了。即使日后追究起来,我们也可以给他来个一问三不知,说根本就没见过这批人！"王知府沉吟半晌,又看了一遍关防,将其掷于桌上,道："量小非君子,无毒不丈夫。我这个人,向来不怕报应。这关防是死的,人是活的,我就不认这个账,看他怎么办！"徐佐领大喜："今天就把这伙人杀了？"

王知府摇头："偷偷地杀肯定不行,知道这事的人毕竟不少。我们接着审,逼他们承认通匪,若不承认,板子可以下得重点嘛！"徐佐领当即醒悟,狞笑道："明白了,还是大人高明啊！"

第二天清早,王知府甫一升堂,就一拍惊堂木喝道："大胆乔致庸,

不但通匪，而且伪造关防，来人，大刑伺候！"他话音刚落，立刻拥上一帮衙役，对致庸他们动刑。

几棍之下致庸大声惨叫起来："冤枉，冤枉啊！你这大胆狗官，看了胡大帅的关防，为何还不放了我们？"那徐佐领向执棍的衙役使了个眼色道："乔致庸抗拒不招，还说胡话，给我往死里打！"立时只见大棍齐下，血肉横飞，茂才在一旁挨着棍子，一看打致庸的架势，不觉大为心惊，赶紧向致庸使眼色，一边喊道："我们招，我们招了。"王知府道："乔致庸，你承认通匪？"致庸头上豆大的汗珠落下，赶紧点头。一衙役拿着供状，让致庸在上面画押。

当夜监室内，他们个个都被上了最大号的脚镣手铐，面朝下躺着，以减轻臀部的疼痛。寂静中高瑞突然道："这狗贪官哪里相信我们真是通匪，他就是想把咱们屈打成招，押赴刑场，'咔嚓'一声抹了脖子，人不知鬼不觉把东家的茶叶变成他的！"半晌，长栓道："这回不知道有没有这么好的运气，再出现一个刘黑七救我们一命。"众人一时无语，致庸突然激烈道："不管是在老鸦山上，还是在武昌城内，我一直对刘黑七说，他的路错了，可这会儿想来，也许是我自己错了！"茂才沉沉地看他一眼。致庸继续恨恨道："像这种是官皆贪、冤狱遍地的世道，是该有人反一反、闹一闹了，不然非但没有普天下小民百姓的活路，就连我这样的实干商人，也会没有活路！"长栓看看致庸，出声劝道："东家，小声点儿。"

致庸冷笑道："人到这种时候，还那么小心干什么？有句话我一直不想说，现在我们死到临头，说说也无妨了！其实我在武昌城中看到的那些长毛，不过是些被世道逼得无法活命的小民罢了，这些人但凡有一口饭吃，也不会造反！可现在他们反了！"茂才叹了一口气道："东家，你到底想说什么？"致庸道："我想说，这不能怪他们，要怪那些治天下

的人！他们身居庙堂，锦衣玉食，却放任天下的贪官如此荼毒百姓！这次长毛造反，虽然闹得商路断绝，天下骚动，可他们这一闹，至少给朝廷敲了个警钟！"

茂才道："真可惜，你这些话像胡大帅这样的朝廷栋梁是听不到了！"致庸恨声道："即使胡大帅听不到，可是上天能够听到。古人说得好，天道无私，天无私覆，地无私载，这样的贪官，是该铲除干净！"茂才道："东家，人还是活命要紧，当务之急是我们要自救。这个狗知府想杀人灭口，白天我提醒你承认通匪，只是不想让他们当场打死你！要紧的是眼下必须有个人马上从牢里逃出去，给胡大帅送个信，能救我们的人只有他了！"

致庸想了想，扭头去看铁信石。很快众人的目光都落在铁信石的身上。铁信石点头道："既然大家信得过我，我现在就试试。"致庸挣扎着爬过来，沉沉道："铁信石，就靠你了，我们这些人的命并不值什么，可要是我们不能活着出去，就再不会有人相信这条茶路能够疏通了！"铁信石凝视着他，接着点点头，开始运气。

第二十六章

1

　　然而，让众人失望的是，铁信石前段时间在武昌受伤，失血过多，大伤了元气，虽然他使了很久的劲，却丝毫未能奏效。众人面面相觑，一时都绝望了。突然，高瑞从身上摸索出一根簪子样的细长东西，凑上来在铁信石的镣铐上捣鼓起来，众人立时都屏了息。大约一盏茶的工夫，只听轻轻两声"咔嗒"，两个镣铐竟然都开了。众人大喜，长栓忍不住道："好小子，你还有这一手？"高瑞很快将那簪子一样的东西掖进衣服里，嘻嘻笑道："不比你们，咱在外面流浪过好一阵，什么都要会一点，还好这宝贝一直没舍得丢掉……"长栓刚要说话，却听致庸叹道："就是铁信石能逃出去，胡大帅远在湖南，三五天内也到不了襄阳府，这个狗知府大概不会等这么多天才杀我们的！"

　　茂才灵机一动道："可是左宗棠左公就在临江县，东家，铁信石可以去求他！"众人闻言大为兴奋。高瑞又插嘴道："有件事东家和孙先生是不是忘了，我们离开临江县时，左大人说他还要留两天，等胡叔纯大人到临江募兵，说不定这会子胡叔纯大人也到了临江！"众人点头，只觉希望大增。铁信石拱手道："东家，孙先生，诸位，从襄阳府到临江县，铁信石保证一天内打个来回！你们只要能拖过明天，我就一定不辱

使命！"

虽然戴着镣铐，但众人一起拱手。致庸道："铁信石，我们这些人的性命，茶路的存亡，全在你手上了！"铁信石点了一下头，不再多说，悄悄立起，只一个缩身，便出了监房木栏，警觉地左右看了一下，接着一个腾跃，人即不见。长栓大惊："二爷，没想到铁信石竟有这一身功夫！"致庸神情凝重道："这叫真人不露相。谁像你，练了几下三脚猫的功夫，就以为自个儿武功盖世了！"这时突听到狱卒远远一声断喝："不想要命了。谁在说话？"众人赶紧停住言语，各自佯装睡熟。

出乎致庸等人的意料，第二日轻轻巧巧地便拖了过去，甚至没有人提审他们。原来王知府那日因着和狐朋狗友喝花酒，胡天胡地，到第三日日上三竿才又端坐在知府大堂内，他再次端详着供状，不禁喜上眉梢："只要招认就好，这通匪可是死罪啊，天助我也！不过，听说前一日夜里跑了一个？"徐佐领道："是跑了一个，不过不是主犯，是从犯，听说只是个车夫。大人，跑一个就跑一个吧。只要有了供状，他就是搬来天王老子，我们也不用怕了！"

王知府连连点头，捻须轻松道："是啊，既然他们都招了，一切就算名正言顺。既然名正言顺，就改私了为公了，按章程办，把他们判死罪，报上去让刑部核准，等候秋后论斩。这批茶砖，你可以找买主了！"徐佐领闻言哈哈奸笑不已，刚要说话，突见一个衙役跑进来，一跤跌在地下，慌张道："大人，坏了，胡大帅帐下来了兵马，把府门都封了！"王知府和徐佐领大惊，一脸奸笑全凝结了脸上，代之以恐怖的抽搐。

胡叔纯已带着铁信石大步走上堂来。王知府及徐佐领一哆嗦，赶紧下堂跪下请安。胡叔纯坐到堂上，一拍惊堂木："给我拿下！"众亲兵当即上前，将王知府的顶戴花翎摘下，王知府吓坏了，杀猪般狂叫："大人，卑职冤枉啊……"

胡叔纯怒喝：“你还冤枉？你把山西商人乔致庸的一百二十只茶船都吞下了，还屈打成招，要问他的死罪，你冤枉什么？”王知府磕头如捣蒜般：“大人大人，此话不真。乔致庸通匪，我这里有他们的供词！师爷，快呈给大人看！”一旁的师爷急忙将供状哆嗦着拿给胡叔纯。胡叔纯瞄了一眼那些供状，随手一扔，哈哈大笑道：“王鹏举，你可真蠢，乔东家给你的供状画押，不过是缓兵之计！”

王知府张口结舌呆在那里，如筛糠一般抖起来，连连磕头，大喊饶命。胡叔纯不再多言，下令道：“来人，奉翰林学士两江总督总领六省军政一切事务胡大帅令，将国难期间，对商民巧取豪夺以饱私囊的襄阳知府王鹏举拉出去，就地正法！”“虎威——”众亲兵发出一阵低沉的威喝声，王知府瘫倒在地，突然看见徐佐领还没事地跪在那里，当下急怒道：“我说放了他们吧，你不让，这一回，真被胡剃头剃了我的头！”胡叔纯又将惊堂木一拍，喝令将徐佐领一起拉出去砍了！众亲兵上前，立刻将连哭带叫的两位昏官拖了出去……

2

风若有若无地吹着，雪瑛对着窗外的花园发呆。偌大的何家花园，一日一日，景致似乎没有发生过任何变化，只是更荒凉了。一想到“荒凉”两个字，雪瑛心中大大地难过起来。她把眼光从窗外收回，何家外客厅内，只有几个账房先生在“噼里啪啦”地打着算盘。雪瑛皱皱眉头，心中突然袭过一阵难忍的烦倦。拜堂那天何继嗣昏了过去，在三日后才略略清醒过来，不过出乎雪瑛的意料，何继嗣竟然在没人时，颤着声音向她说了不少话，原来何家执意要娶雪瑛，倒不单单是因为她有宜男之相，而是何继嗣九岁那年，曾在春游时看见过放风筝的小雪瑛，那时便留了

心，虽然当时雪瑛也不过才十一岁而已。雪瑛知道了这段往事，对何继嗣倒也拉近了些距离，但想起当年一同放风筝的致庸却更是伤感。何继嗣十二岁那年患了肠痨，因为家里开着烟馆，同时由于庸医的指点，竟给他喷上了大烟，从此身体便一发不可收拾。雪瑛嫁过来以后，他多半的时间都在昏迷，对雪瑛而言，心里早就暗暗绝了望。

她正烦倦着，一个老妈子走进来道："少奶奶，后面的花园子该请匠人来修了，要去账房支银子，我去问老爷，可老爷要我先来问您。"雪瑛微微叹口气："家里不是有常年的花工吗？"老妈子看看她，赶紧道："是有花工，可到了时候请外头的匠人来修整花园，是每年的常例。""这样的话，家里的花工做什么用？老爷怎么说的？"雪瑛有点不耐烦起来。老妈子嗫嚅道："老爷说，以后这些事一概听您裁夺。"雪瑛道："那好，以后这种常例免了。花园的事情全部委派给常年请的花工，他要是干不了，就请干得来的人。"说着她挥挥手，老妈子不敢再说什么，怏怏地下去了。几个账房先生互相交换了一下眼神，又偷眼向雪瑛看去。雪瑛把目光又投向了荒凉的花园，眼神再次迷离起来。

突然，一个小丫头急急冲进来喊道："少奶奶，快去看看少爷吧，少爷又过去了！"几个账房先生大惊，停下来看雪瑛。雪瑛心中大乱，回头看他们一眼，故意训斥小丫头道："大惊小怪什么？少爷的病也不是一时半会儿了，早上我去看还好好的，何至于这样？"那小丫头吓得一哆嗦，赶紧道："是，是我说错了。"雪瑛不再多说，转身急急出门。见她走远，那帮账房先生开始咬耳朵。"哎，你们说，大少爷的病到底怎么样啊？""反正不好。本来娶这个厉害的少奶奶来是为了冲喜，不过好像……大少爷真要是有个好歹，这位少奶奶怎么办？听说老爷太太这会儿都病得厉害，他们在世时少奶奶还可以留在何家，有一天他们不在了，少奶奶又没有生育，想留在何家恐怕也不能了！""那是，老爷没了儿子，还有继业、

继财两个侄子呢。那两个人，整天盼着大少爷一病不起，将少奶奶撵走，坐享何家的银子呢……""哎，管那么多干吗，咱们反正都是外人，等着瞧吧……"账房先生一阵嘀咕过后，"噼里啪啦"的算盘声再次响了起来。

雪瑛赶到内宅，何继嗣已经醒了过来。他见雪瑛进门，立刻把手颤抖地伸了过来，同时露出一丝苍白单纯的笑容。雪瑛心中大痛，赶紧过来握住他的手，接着眼泪便掉了下来。何继嗣刚要开口，胸口一阵闷痛袭来，他两眼一翻，又晕了过去。这时病中的何母也被人扶着进来，颤着声音哭喊："继嗣我儿，你又怎么了？"

马大夫匆匆赶进，几针下去，何继嗣慢慢醒来，先是大口喘息，接着口吐白沫，面目完全地走了形，声音微弱道："烟！烟！烟……"何母慌了手脚，转眼向医生看去，又看雪瑛。马大夫也向雪瑛看去。一时间，房里的丫鬟、老妈子都望着雪瑛，雪瑛又痛又恨，突然放开何继嗣的手，扭头道："给他！"很快一个老妈子端进烟枪和烟泡，让何继嗣抽了起来。雪瑛再也忍不住，转身奔出房间，眼泪狂流而下。房内传出何母的哭声。

不一会儿，马大夫卷包走出。雪瑛擦擦眼泪，上前哑声道："马大夫请留步。你看这个病况……"马大夫沉沉地看着雪瑛，道："少奶奶，马某医道太浅，大少爷这病，你还是另请高明吧！"雪瑛呆了呆，很直接地问道："马大夫，你是我在何家唯一看到说实话的大夫。你告诉我，大少爷的病还有指望吗？"马大夫叹了口气摇摇头道："少奶奶，马某实话实说，大少爷的罪，不会再受多长时间了，就让人给他准备后事吧！告辞了！"说着他拱一拱手，便离去了。

雪瑛脸色骤变，身子摇晃了一下，旁边一个小丫头赶紧把她扶住。雪瑛定定神，看看身边的小丫头，奇怪道："翠儿呢？"那小丫头看看她，犹豫再三后终于开口道："太太，翠儿姐姐不知道出了什么事，在后面

耳房里哭得像泪人一样，我们劝都劝不住，她还不让我们告诉您……"

雪瑛大惊，急急向耳房奔去。还没进门，就听见翠儿压抑的低低的哭泣声。雪瑛推门进去。翠儿一抬头，吓了一跳，赶紧背过身去慌乱地擦起眼泪。雪瑛问："你怎么啦？"翠儿再也忍不住，放声大哭起来，断断续续道："外面都在传……长栓和乔家二爷他们，他们在江南出了事，听说让长毛抓住了……小姐，以后您不要再恨乔家二爷了，这个人，还有长栓，都，都不在了……"雪瑛如同遭了雷殛一般，突然面色苍白，眼睛发直，接着一把抓住胸口便晕了过去……

3

去江南贩茶的乔家二爷乔致庸，最终被长毛抓住砍了头的传言，像腊月里的飘雪一般，很快就席卷了祁、太、平三县，乔家大院自然也不例外。曹氏虽悲痛万分，仍下令下人不得让只言片语传入玉菡耳中。玉菡此时已经有了七个多月的身孕。近一段时间，常常以泪洗面，若不是曹氏再三"软硬兼施"，只怕她都要亲自驾车往南方打探消息去了。

一日，玉菡由明珠陪着正往如玉院中去，忽见曹掌柜面色凝重，匆匆奔往后院客堂。玉菡大惊，赶紧跟了过去，她到底身子重，动静大，加之明珠得了曹氏的暗中嘱咐，老远就开始咳嗽，于是曹氏和曹掌柜先后赶出，一起将她劝了回去。

玉菡本来就颇多猜疑，经过这一次后，越发觉得家中似乎一直在准备应对着什么，越想越怕，回到房中暗自垂泪，一起身一阵头晕竟昏了过去，还好明珠当心，及时搀住了她，才没有出事。曹氏闻讯后匆匆赶到，含泪将她好一阵数落。玉菡也不管，目光只在曹氏脸上逡巡，想看出点端倪。曹氏知道她的心思，这些日子各种各样有关致庸死于非命的

传言接踵而至，水、元两家，甚至达盛昌的邱天骏都多多少少放出风来，只等半年期限一到，就收了乔家的生意，连达庆都来闹过一次。曹氏一直独立撑着，现在看到玉菡这样，也忍不住落下泪来。玉菡见状反而不敢再问什么，半晌，扑在曹氏怀里，也失声痛哭起来。

这时突听前院大乱。明珠看了她们一眼，赶紧跑了出去，不多会儿便急切地跑了回来，嘴里嚷嚷道："长栓回来了！长栓回来了！"曹氏大惊，玉菡一时没反应过来，有点糊涂道："长栓回来了？二爷呢？"明珠笑着抹泪赶紧道："长栓是二爷先打发回来报信的，他说二爷已经到了鲁村，正在那里卸货、验货，完了事儿才能回家里来呢！"曹氏大喜，一把搂过玉菡："阿弥陀佛！妹妹，你看，致庸不是回来了吗？"

不料玉菡闻言变色，三两把抹去眼泪，抓住明珠道："快！跟我走！"曹氏吃惊道："妹妹，你上哪儿去？"玉菡流泪道："大嫂，我实在受不了了！我今天要是再见不到他，就要死了！明珠，快让人套车，我要去见致庸！"说着她便跑出去。曹氏在后面追着喊："妹妹，别去，你这是疯了！小心你肚子里的孩子……"

但众人都没有拗过玉菡。曹氏慌慌赶出来拉着她，玉菡倔强地哭道："嫂子，你们都甭拦我！他走了三个多月，我天天夜里做噩梦，一会儿梦见他让长毛杀了，一会儿又梦见他在路上叫强盗劫了。嫂子，我已经疯了，我见不着他的人，就不相信他真的还活着！我一定得去！"说着她便拖着笨重的身躯硬往车上爬。曹氏眼见拦不住，只得让长顺和明珠小心再小心地护着她去。

玉菡上车，还催着长顺把马车赶得快一点，不料途中，她突然捂着肚子大叫起来。明珠到底年轻，一见这个架势，吓得手脚冰凉，当场便要哭起来。长顺听着声音不对，往车里一瞧，也慌了手脚，一迭声道："难不成，难不成，太太竟然要把孩子生到马车里了？"

当致庸的运茶骡队浩浩荡荡到达祁县鲁村茶贸市场时，立刻引起了情理之中意料之外的巨大轰动。祁县有头有脸的商家和绅士都立刻赶来了，近年来几乎不出门的元家老太爷，甚至祁县赵县太爷都亲自前往迎接。

唯一例外的是水长清，当日他正准备拜堂纳妾。鼓乐喧天中，王大掌柜犹豫再三，还是把这个消息告诉了他。水长清愣了一瞬，勃然变色，三下两下扯去身上的红花，对众人喝道："这个堂不拜了！散了，散了！"新娘打扮的妾和宾客一时都惊讶地看着他。水长清更怒，坐下气急败坏地挥手道："我说不拜堂了就不拜了，不就是娶个小吗？散了，都散了！"妾"哇"的一声哭起来，顶着盖头独自跑进内室，一帮丫鬟老妈子赶紧退下去，不多的宾客们愣怔之下，带着不解也相继离去。

鲁村茶市锣鼓喧天，和着鞭炮声，一队舞龙队穿梭其中，生龙活虎，热闹非凡。元家老东家首先举杯贺道："乔东家千里万里贩茶，九死一生，为我们山西茶商重新开辟了通往武夷山的茶路。从今往后，有谁再说茶路不通，就不是事实了。来，请干了这一杯！"致庸也不客气，当下豪爽地一饮而尽。接着由赵县太爷牵头，众人纷纷向他敬酒，好一番热闹的接风排场。那邱天骏更是自饮三杯，说是要沾沾致庸的喜气！半当中赶过来的水长清皱着眉头退到一边，不满地对王大掌柜低声道："这个邱天骏，拍什么马屁！"

一番简洁但隆重的接风仪式过后，众人随着致庸进了库房。内里茶包堆得如同小山，阵阵茶香，舒畅得让人身上的毛孔都打开了一般。致庸挥挥手，高瑞等人将茶砖取来给众商家验看。很快一片赞叹声四起，唯独水长清鸡蛋里头挑骨头道："我说致庸，货看着是不错，可是这分量够吗？掂着怎么这么轻啊？"

致庸笑道："各位东家、大掌柜，有件事我要告诉诸位，致庸头一

次去南方贩茶，也担心分量不够，回来不好向诸位交差，因此在制作茶砖时，我特意让工人们将每块的重量由一斤增至一斤一两，仍按一斤与各位东家结账。不过南北气温干湿不同，但凡发现有茶砖分量不够的，尽可到我这儿把分量来补齐。总之，致庸头一回与诸位合作，一定让各位满意！"邱天骏带头喝彩："好！乔东家做事，仗义！"水长清哼了一声："先别说好，老王，拿戥子来！"王大掌柜没奈何，只得拿出带来的戥子。水长清将一块茶砖放在戥子上，致庸心中有数，笑着大声问："重量是多少？""一斤……一斤一两半！"王大掌柜长声报出数来。一时间众皆轰然："怎么还多出来了？"水长清面上有点挂不住了："再称一块！"王大掌柜闻言赶紧低声劝道："东家，算了吧。"水长清怒道："我是东家还是你是东家？"说着又将一块茶砖放上戥子。没等王大掌柜报数，旁边一个商家已凑过来高声道："一斤一两！"赞叹声、笑声立时四起，水长清当下便掉头而去。

众人看着他的背影都忍不住笑起来。致庸拱拱手给水长清圆场："我这个姐夫我知道，还是老脾气！"王大掌柜叹口气，也跟着去了。追了好几步，王大掌柜总算赶上水长清："东家，您这就走？"水长清道："我回去接着拜天地。你不留下办理交货，跟出来做什么？"王大掌柜站住了，索性不作声，由他上了车。水长清到了车上又回头，道："对了，替我提醒乔致庸，这条茶路他还刚走了一小半，等我们将茶叶全部验过，打上水家的印子，他还要继续履行合约，帮我们把茶叶运往恰克图！"王大掌柜点点头。水长清对车夫道："还不快走！"王大掌柜叹一口气，看着马车跑远，才慢慢转了回去。

水长清到底没再拜堂，直接进了新房，一进屋便用秤杆把新人的盖头挑起来，扔到喜帐上头去。还没看清这个旦角出身的小妾的面孔，就听一个伙计敲门急喊："东家，东家！王大掌柜让我回来禀告东家，乔

致庸贩回来的茶砖每块重一斤一两，元家准备请人重新制作，把重量降为一斤，再打包运往恰克图。我们怎么办？"水长清大为烦恼，骂道："蠢，没见我刚进洞房吗？回去告诉王掌柜，元家怎么办，我们也怎么办。"门外的伙计挨了骂也不敢响，赶紧跑开。

水长清吐口气，又走去看新人的脸，不免有点失望道："你真面目怎么这个样子，远没有台上好看，还赶不上我前头娶的那一个！"新人闻言不禁哭了起来，哭声倒是格外婉转，颇有点九岁红的韵味。水长清满意了："哭得倒好，行了行了，好好地给我生个儿子，生不出儿子我可不答应，我连名字都给他起好了，也叫元楚！"新人抬起一双水汪汪的眼睛，含羞带怯，止住了哭声。

鲁村茶货市场，货运行的王掌柜正给致庸看自家的大车，道："乔东家，您看，这种结实气派的大车，有一百辆，自从茶路断绝，好几年都没用过了。要是不够，我兄弟也是开大车店的，他也有四五十辆大车，全套的牲口！"致庸道："王掌柜，你这一百辆车，加上你兄弟的四五十辆，连同全套拉车的牲口，我全用了，过些天各家的茶货重新打包完毕，咱们就上路！"王掌柜眼眶发潮："乔东家，您不知道，一辆车至少要雇两个车夫，一百四五十辆车就是近三百个车夫。运您这一趟茶，三百户人家，今年冬天就都有饭吃了！乔东家，我要替这些人先谢谢您了！"说着他向致庸一拜。致庸急忙将其搀起："王掌柜，咱们谈的只是生意，仅仅是生意，没有别的啊！"王掌柜道："乔东家，您真是个厚道人，救了大家也不说嘴！您放心，茶货上了路，您就看好吧！"致庸当下拱手道："王掌柜，我等的就是这句话！"

邱天骏也还没走，远远地看着他们，回头低声问崔鸣九："元家和水家要把茶砖的重量降下来，乔东家呢，他的茶砖降不降分量？"崔鸣九一愣："他好像不降。"邱天骏叹了一口气："水家、元家完了。从今以后，

恰克图的俄罗斯茶商只会认乔家的茶砖，不会认他们的了！"崔鸣九一听有点急道："那我们呢？"邱天骏远远地凝视着致庸，道："乔家不降，我们也不降！"

致庸那边正和王大掌柜商量一些细节，突见长栓十万火急般赶来，附耳向致庸说起话来。致庸脸色陡变，喜极叫道："天哪，我乔致庸也有儿子啦，而且还是两个，双胞胎呀……"

致庸急急往家赶的时候，玉菡已经包着头，一脸幸福地躺在床上了。曹氏坐在床前，怀抱两个婴儿，看看这个又看看那个，笑得合不拢嘴。众丫鬟老妈子站在一旁，七嘴八舌地夸着："多好啊，母子平安，还一生两个……"

曹氏喜道："他们老说乔家三门里人丁不旺，二太太一下就为乔家生了两个男丁，真是祖宗有德。妹妹，我得去祠堂里烧香去了！"正说着，杏儿赶进来通报："太太，二太太，亲家老爷进来了！"

陆大可已经闯了进来，喜冲冲地嚷道："我的闺女呢？我的外孙子在哪儿？让我看看！"曹氏赶紧迎上去："老亲家，孩子在这儿呢。"玉菡也喜滋滋道："爹，您怎么来了？"

陆大可从曹氏怀中接过孩子，哼一声："我怎么来了？我当然得来了！"他笨手笨脚地抱着其中一个孩子，皱眉端详道："瞧这两个孩子，怎么长得跟他爹一样丑？"玉菡一听不愿意了："爹，您说什么呢！明珠，把孩子给我抱回来！"明珠在一旁捂着嘴笑："老爷，把孩子给我吧。您老人家小心闪了手！"陆大可抱着孩子躲开了，道："哎，这是我的外孙子，我抱抱怎么啦？"正说着，又一个小丫头来报："大太太，二太太，二爷已经进村了！"众人大为惊喜，玉菡更是满面绯红："真的？"

陆大可却有点慌，当下把孩子交给明珠："啊，我有事，走了走了！"他一边往外走，一边喊道："来人，把东西抬进来！"陆家的几个老妈子

抬着诸多贺礼进门，笑嘻嘻地放下。

陆大可一边和曹氏打招呼，一边匆匆往外走，对老妈子们说："好了，我走了，你们几个人留下侍候小姐坐月子。"曹氏赶紧留他："老亲家，你女婿就要回家了，你怎么走了呢？"陆大可也不接口，自顾自地去了。玉菡笑着在屋内喊曹氏："嫂子，别拦他，让他走。老爷子这会儿害怕见自个儿的姑爷呢！当初他不相信二爷能从江南贩回茶来，可现如今二爷成事了，多多那脸有点挂不住了！"讲到这里，玉菡忍不住眼里溢出快乐的泪花。众人一起笑起来："这老爷子，跟自个儿的女婿还这么较真儿！"

很快就见致庸大步跑进来，边跑边喊："我的儿子呢？我的儿子呢？"曹氏和玉菡都笑了起来，一起把目光转向床上的景岱和景仪。曹氏看着黑瘦的致庸，心疼地对旁边的张妈道："还不把小少爷抱过去，给二爷看看？"致庸费了好大的力气，才把景岱、景仪接过抱起，一左一右地看着，连连惊叹，继而又道："怎么长得这么丑，一点儿也不像我，不好，太不好看了！"众人哄然大笑。曹氏努力忍住笑道："你知道什么，刚出娘胎的孩子都这样，过几天就好看了！"玉菡急得作势要将孩子夺回："谁说我们丑？说我们丑，不认他这个爹！"致庸一愣。曹氏笑道："二弟，弟妹这么大的功劳，你还不谢过了她？"致庸像这时才看见玉菡一样，一躬到地："太太辛苦！乔致庸给太太鞠躬！"

玉菡自打致庸进屋，眼睛就没离开过他，一见他鞠躬，不知怎的，话未出口，眼圈倒先红了起来。众人见玉菡这样，倒也都有点唏嘘起来。曹氏忍着眼泪，一边自己往外退，一边示意众人赶紧走出。

致庸也有点心酸，他立刻转向正欲离去的众人，欢天喜地喊道："都别走，都别走！出去传我的话，我乔致庸一下就有了两个儿子，这么大的喜事，一定要好好热闹热闹！让我想想，对，出去告诉长顺，我要大

摆筵席，遍请本家亲朋、相与，还要破例请戏班子来乔家堡唱大戏，请社火，耍龙灯，让乔家堡热闹半个月……"

一个月后，乔家的满月酒办得极其热闹与风光。致庸十几桌酒席敬下来，早已经酩酊大醉。玉菡也不多阻拦，只是眼中满是笑意与爱意地注视着他。酒席快散的时候，明珠突然拉拉玉菡的衣袖，示意她出来说话。玉菡见她这个举动不寻常，赶紧离席跟她出去了。门外，明珠看左右无人，悄悄凑上前对玉菡道："太太，长顺在外头让我告诉太太，榆次何家的大少爷过世了！"玉菡大惊，泪水不由打湿了眼睛，半晌吩咐道："出去告诉长顺，二爷不几天就要上路去恰克图了，何家大少爷过世的事，一点风也不能透给二爷！谁要是走漏了风声，我可饶不了他！"明珠愣了愣，赶紧应声而去，玉菡看着明珠跑出去，眉头越皱越紧起来。

4

何家里里外外一片雪白。内宅里雪瑛伏在床上，痛哭不止。致庸平安归来的消息曾让她心中一宽，可何继嗣的弃世，却让她心痛如绞。她对继嗣虽无任何爱情，但过门后两人间形成的这份别样的姐弟之情却也让她为继嗣的死悲伤不已，而她今后在何家的生活和地位，随着继嗣的去世都开始浮上水面，变得异常严峻。

翠儿在旁边苦劝不已，丝毫不能奏效，雪瑛曾经泪眼蒙眬地与她对视，眼中除了悲伤，更有一份对未来的恐惧。突然赵妈走进来，轻声道："少奶奶，老爷在书房里等您，他要见您！"

雪瑛意识到了什么，翠儿赶紧帮雪瑛拭去脸上残泪，陪她走向书房。何家的书房富丽堂皇。何父一个人扶着拐杖呆呆站着。雪瑛扶风弱柳般走进来，向何父行礼道："爹，媳妇给爹请安了。"何父痛惜地望着她："罢

了，快起来吧。"翠儿赶紧搀起雪瑛，何父看看她，吩咐道："翠儿，赵妈，你们都下去，把门带上，谁也不要进来。"雪瑛暗暗吃了一惊。翠儿看看雪瑛，和赵妈对视一眼，两人很快地离去了。

何父也不看雪瑛，依旧望着窗外道："孩子，爹把你唤来，是想和你商量一件事。"雪瑛哽咽着低声道："爹，想要媳妇做什么，您老吩咐就是。"何父扭过头，直视她道："不，今天我要和你说的话与过去不同，爹只想和你商量，也只能和你商量。"雪瑛抬起头来，看着何父，心中越来越吃惊。何父沉痛道："孩子，我那不争气的儿子已经死了，他辜负了你，也辜负了我和你婆婆……"雪瑛再次流下泪来。

何父也拭了拭眼角，道："我知道，自打你到了何家，和继嗣也就是个名义上的夫妻。继嗣无福又无寿，一口戒不掉的大烟毁了他，也没能让你给何家留下一男半女。死了继嗣，我和你婆婆在阳世上也没有多久了！现在你死了亲夫，自己这么年轻，又没有生育。我想知道，以后你打算怎么办？"雪瑛再也忍不住，痛声哭道："爹——"

何父道："你甭哭，今天的事情不是哭就能决定的。你听我把话说完。我们两个老的活着，何家人还能容你，只要我们一死，这里恐怕就不是你能待下去的地方了！"雪瑛想了想，哭着道："爹，您老人家不要说了！嫁到何家是我自个儿愿意，眼下大少爷过世了，那也是我的命，无论将来会怎么样，我都认了！公公婆婆活一日，我侍候二老一日，有一天爹娘不在了，真要活不下去，人横竖不还有个死嘛！"

何父忍不住叹了口气："孩子，没想到你竟然这么刚烈！继嗣有何福气，居然娶到了你这样的媳妇！……孩子，我今天不想要你把我当成长辈，我也不想把你当成儿媳妇。有些话可能不中听，但为了你，也为了何家死去和将要死去的人，我还是要说出来，你还是要听进去！"

雪瑛听出了话中的异音，猛抬头，拭泪刚强道："爹，您说吧，我

受得了！"何父坐下，手哆嗦着拿起茶盅喝了一口道："我替你想过了，日后你的路只有两条，没有第三条。第一条路就是再嫁……"雪瑛大惊。何父道："你可能想说，烈女不嫁二夫，你愿意在何家守寡。我们两个老的活着，自然谁也没什么话说，你有名又有分，一旦我们死了，你就是想守寡，何家的人也不会让你如愿。我知道他们，何家要是没有财产，他们可以容你，可偏偏何家积聚了一大笔银子，他们就不会了！"

雪瑛头一低，又开始掉起泪来。何父一阵猛烈地咳嗽，雪瑛赶紧过来替他捶背。好半天，何父才停住咳嗽，带点喘息道："可是再嫁，对你来说也不容易。你是为了什么才嫁到何家来的，我都知道。你本该嫁给乔致庸，可他为了乔家的生意，另娶了太谷陆家的小姐。虽然我什么都知道，可还是帮继嗣做主把你娶了进来，因为继嗣特别喜欢你，而你也有宜男之相。但现在继嗣过世，有一天你在何家待不住，你就是想改嫁，又能嫁给谁？除了乔致庸你恐怕再也看不上世上任何的男人，可乔致庸是不可能再回头的，因此爹觉得，这条再嫁的路，你也是走不通的！"

雪瑛心中一颤，帮他捶背的手猛然停住。何父接着叹道："剩下还有一条道，你刚才说过，死。可这件事对我来说容易，对你却难。你不是为了这个才嫁到何家的。死对于我们是一种解脱，对于你却是一生的失败！因此，就是死，你也不能！"雪瑛被他说中了心事，忍不住回身坐下，伏案恸哭起来。

何父颤巍巍地走过去,低声劝道:"孩子,先别哭。爹这里还有一条路,虽然对你来说也很难,但至少能让你在何家待下去,当家做主,哪怕是在乔致庸和陆家大小姐面前,也有机会扬眉吐气！"雪瑛抬头,满面泪水道:"爹,您说！"何父停了半晌,才开口道:"何家偌大一份家业,是几代人千辛万苦积攒下的,本想子传孙,孙传子,世代传下去。可到了我这一代,做了大烟生意,损了阴德,老天给我报应。继嗣死了,他

是我的独子，你又没有生育，按理说我应当过继一个本家侄子为子，将家业交付给他，为我们养老送终，死后清明节也能在坟里享用他一碗冷饭。可是我的两个侄子继财、继业太混账了，一对吃喝嫖赌之徒，将这样一份家业交给他们，我对不起祖宗，也对不起我自己！"

雪瑛心头大乱，只呆呆地看着他。何父叹了一口气继续道："孩子，因此我想把这份家业托付给你。"雪瑛心中虽然有点猜着，但听他直接地说出来，心中仍是一震："我？"何父点点头："对。只是你必须答应爹一个条件。为了让你有理由留在何家，承继这份家业，唯有我们共同设下一局，方能瞒过众人的耳目。"雪瑛越听越奇，忍不住道："爹……"

何父举起一只手阻止她说下去，咳嗽了好一阵后，接着轻声道："下面的话让赵妈跟你说，你要是答应，就对着菩萨立一个誓，要是不答应，也给我一句话！"说着他唤赵妈进来，对雪瑛道："孩子，我想再说一句，由我出面做这种安排，首先不可能是为了你，我是为了延续何家的香火，为了让死去的人将来不至于沦落成无人照管的孤魂野鬼。而你只有答应一生一世承担这份责任，才能享受这份家业，做一些你想做的事！"不等雪瑛说话，他又咳了一阵，做了一个手势，门外一个男仆将何父搀扶了出去。

雪瑛呆了一阵，目视赵妈道："赵妈，你说吧！"这赵妈不过四十出头，素来慈眉善目，吃斋念佛，平平常常，没想到却被何氏夫妇视为心腹。这会儿她同情地看看雪瑛，低声道："少奶奶，老爷的意思，是在大少爷出殡之日，他当众说出少奶奶已怀有身孕，几个月后就要分娩的消息！""我，有了身孕？"雪瑛大惊，那双清媚眼睛上的睫毛像蝴蝶一样扑闪起来，接着忍不住一阵苦笑，脸上像火烧过一般，一阵滚烫。

赵妈也叹了一口气："少奶奶不要声张。少奶奶当然没有身孕。少爷这个身子骨，少奶奶这会儿只怕……只怕还是姑娘家。可是到了月份，

赵妈自然会帮少奶奶抱来一个婴儿，由你抚养长大，接续何家的香火。这样少奶奶就有了儿子，老爷太太就有了孙子。日后两位老人归了天，由少奶奶带着何家的儿子接管何家的产业，就成了名正言顺的事。"

雪瑛紧咬着嘴唇，凝神看着窗外，一声不吭。这个提议太出乎她的意料，她一时间还无法承受。赵妈又道："老爷刚才交代，少奶奶若接受老爷的安排，必须在神前发下重誓，此事不管到了哪一天，都不能对别人说破，包括对这个孩子，这是一；二，少奶奶要发誓一生待这个孩子如同亲生，将他抚养成人，为他娶妻生子，再将家业交给他；三，也是最要紧的一条，为了这个孩子，少奶奶一辈子只能守在何家，不能改嫁，保证这个孩子和何家的这份产业永远姓何！"雪瑛一时心乱如麻，浑身发颤。赵妈轻叹一口气："少奶奶，老爷还说了，少奶奶要是一时定不下来，可以想一想再说。但时间不能太长，大少爷出殡之前，您一定要把事情定下来。"雪瑛再也忍不住，哭着转身奔出。赵妈望着她的背影，口中念了好一阵佛，仍旧心酸感慨不已……

5

此时的致庸正率领着商队，浩浩荡荡地通过雁门关口。

滚动的车轮声惊天动地，大道上尘土飞扬。致庸勒马站在高处，回头望去，振奋地对茂才说："茂才兄，中国的史书汗牛充栋，为什么就没人写过眼前的景象。从古至今，有过多少代商人尤其是山西商人，为这个国家、为天下万民，走了多少这样的路，历经了多少艰难，真是史家的差耻呀！"茂才笑一笑，回答他说："东家，怎么，除了做纵横四海的商人，你还想做写《史记》的司马迁，写《资治通鉴》的司马光呀？"致庸也在笑，说："茂才兄，这就是你不对了。对外人言我们是商人，可

对于我们自己，你我的心，我们不是商人。我们是在经商，可我们也像庄子笔下的大鹏鸟，绝云气，负青天，以一生之力做天上人间的逍遥之游！"长栓插进来道："二爷，你们说啥呢，我怎么越听越不懂啊？"高瑞挤兑他说："你要懂，你就是东家了！"长栓怒向高瑞说："有你什么事儿！"高瑞不再理他，对致庸道："对了东家，包头马大掌柜那儿不知准备好没有。我们到了包头，一定不要多停留，最好马上就能换成驼队北上，一定不要闹到冬天才回得来！"致庸哼了一声道："你小子！半月前孙先生就写信给马荀了，马大掌柜可是个精细的人，误不了事的！"

　　半个月后他们到了包头驿站。驿站远在包头城外。茶车队停下来，致庸对车队的王掌柜说："王掌柜，茶货已经到了包头驿站，再往北就只能用驼队了，明天卸了货，你们休息一天就回去。来时我已嘱咐曹大掌柜了，大家这几年过得都不容易，回去就让他给你们结清运费，一两银子也不少弟兄们的，让大家好好过个年，明年咱们接着做生意！"王掌柜说："谢乔东家，乔东家这么仁义，以后我们的生意有得做了！"这时高瑞飞马赶回来，告诉致庸，他见到马荀了，马荀让他告诉致庸，驼队明天早上就过来，直接从大车上把货上驼，一天也不用耽误！"马大掌柜还说，他也准备了五十驼货，全是草原生活必需品，他要亲自带着这些货和我们一起走，深入到草原深处，打通那里的商路！"高瑞说。致庸看茂才，大为振奋地说："马荀干得好！走，咱们也喝酒去！"夜幕之下，众人围着篝火煮东西吃，饮酒。致庸高兴，站起来对茂才说："这么辽阔的大草原，天作房，地作床，痛快！此地饮酒无乐，且看我为大家舞剑！"众人鼓噪，说："好！好！二爷你行不行啊？"致庸拔剑在手，微带醉意，剑出风响，渐入佳境。铁信石也不觉大叫一声："好！"众人跟着叫好。茂才悄悄看一眼铁信石，饮酒。致庸越发人来疯，说："好？你们还没见好的呢！"铁信石不觉技痒，站起，与致庸对舞。茂才不放心，

也站起舞剑，插进致庸和铁信石之间。长栓站在一旁，又看不懂了，心里嘀咕："今儿这三个人怎么了，像真的一样！"

天亮了，马荀带驼队与致庸会合。致庸带着茂才迎上来。马荀对他们说："东家！孙先生！瞧瞧我给草原牧民备的货！"致庸和茂才随他走进驼队，马荀一边指点，一边告诉他们说："这是布匹，货是晋北出产的紫花大布，看上去不大鲜亮，但它厚实耐磨，牧民们整天骑马，应当喜欢这种布。这些是日用品。铁锅，马掌，那后面是蒙靴、马毡、木桶、木碗。东家，我还带了一些珍珠宝石，准备卖给草原上的王公贵族！……"致庸振奋起来，道："好马荀，真有你的！这是乔家复字号头一次去蒙古草原做生意，货一定要好，这是一，但仅仅货好还不够，还在把货卖好，让千里大草原上的牧民记住我们乔家，这次买了我们的货，下次还想买！"马荀笑道："东家，这次我们是去开辟商路，主要不是去卖货，而是要让草原牧民知道我们乔家复字号，要把乔家重义轻利的口碑印到他们心里！"他随手从一包货里取出一件货品，"东家你瞧瞧，这些货上头都有咱们复字号的标记！"致庸和茂才看那货品，致庸大笑道："马荀，真是英雄所见略同！我武夷山贩茶时让他们把咱们的茶货打上大德兴的标记，你在办这些货时让匠人们也在货上打上复字号的标记！好，这要成为一个规矩，以后凡是我们乔家经手的货，都要打上标记，只要不合适，永远可以拿回来调换，以至于退货！"茂才道："有东家这句话，马大掌柜就好干了！是不是马大掌柜？"马荀道："谢东家，也谢谢孙先生！"

长栓回头，吃了一惊，叫道："东家，看，马大掌柜给我们请的驼队过来了！"致庸等回头看。应着东方初升的朝日，数百头骆驼踏起尘烟，向驿站奔涌而来，其势如潮。致庸高兴地大叫："好！高瑞呢？"高瑞马上像从地下钻出来一样站到了他面前："东家，我在这儿呢！"致庸道："告诉王掌柜，准备卸货！"高瑞转身跑走。马荀看着高瑞，对致庸道："东

家，高瑞这小子是你打哪捡来的？人挺机灵的，打恰克图回来以后，干脆把他给我算了！"致庸笑看他一眼，说："给你？这小子是我打雁门关下的野店里捡的，眼下我到哪儿去，真有点离不开他了！"长栓听了这话，心里憋气，扭过头去。茂才逗他："怎么，又不服气了？"长栓哼一声："我不服气？他算什么？"众人看着长栓笑。马荀又对致庸耳语道："对了东家，我还为我咱们商队请了蒙古武师。听说这几年蒙古草原上，匪帮猖獗，不能不防。"致庸认真地看了他一眼，道："这事这办得好！"马荀道："东家，去见见？"致庸和他一起走，忽然又站住，对马荀附耳说："对了，蒙古草原匪帮这事儿，不要让人知道！"马荀笑："知道了。我不能吓住他们！"

一天过后，茶货都上了驼。致庸与大车队的王掌柜等人告别，上马，准备向恰克图行进。马荀跨马过来，将一个个皮水囊交给众人。长栓不懂得皮水囊的用处，嘟哝道："马大掌柜，这什么玩意儿呀，我东西带多了，不要行不行？"致庸大声地说："你这个傻子！这是盛水的家什，到了沙漠里，没水干死你！"长栓还不服气："有这么可怕嘛。长毛的杀场我都见过了，也没把我怎么着！"茂才笑他："你就嘴硬吧你！那会儿我可见有个人尿得裤子像个水帘洞一样！"长栓本来就不高兴，这会儿就恼了，说："哎你这个孙老先儿，为啥总跟我过不去？"茂才哼一声，不再理他，催马向前跟上致庸。

这次远行，开头几天还算顺利，到了第四天，驼队开始进入沙海。蓝天之下，出现在他们面前只是一片土黄色。虽是初秋，头顶依然骄阳似火，酷热难耐。到了夜里，在沙丘上宿营，气温却又很低，大家只能到处找柴火生火取暖。致庸是第一次走沙海，原以为带的水够用的，可是到了第三天头上，再去找皮水囊，发现水已经喝空了，连一滴也控不出来。他回头看茂才。茂才也扬扬自己空空的水囊，对他现出苦笑，用

沙哑的嗓音道:"东家,孟子曰,'天将降大任于是人也,必先苦其心志,劳其筋骨,饿其体肤,空乏其身,行拂乱其所为,所以动心忍性,增益其所不能'——"他的话还没说完,就只听咚的一声响,长栓摔下马去。致庸大叫:"长栓,怎么了!"众人慌忙下马去救长栓。长栓昏迷不醒,嘴上全是干裂的口子。茂才将他抱起,喊:"水!谁还有水?快拿来!"众人面面相觑。致庸急了,大声喊:"都给我听着!长栓要死了!谁还有水?有水就能救他的命,不能让他死在这里呀!"马荀也急了,说:"东家,只有一个办法,杀骆驼!"致庸道:"好,只要能救得了长栓,杀骆驼!"众人牵过一匹骆驼来。那骆驼长啸一声,仿佛懂得了众人的心思,从人手中挣脱,在沙海上狂奔起来。众人皆没有力气了,追不上骆驼。致庸回头再看长栓,发现他的呼吸越来越急促。茂才大叫:"东家,现在就是抓住骆驼杀了,也来不及了!"致庸将长栓抢过来抱在怀中,猛地摇晃他,喊:"长栓,长栓,你可不能死呀!我还没给你娶媳妇呢!我都想好了,这回从恰克图回来,我就让你去榆次何家,找人把翠儿给你说回来,你可怎么能死呢!"这时就见铁信石匆匆从驼队后面赶过来,问:"东家,怎么了?出什么事了?"致庸说:"铁信石,你看,长栓不行了!"铁信石看一眼长栓,道:"他是失水了,我这里还有水!"他将自己的皮水囊拿过来,将水灌进长栓口中。长栓苏醒过来,贪婪地喝着,突然有了力气,一把夺过铁信石的水囊,狂饮不止,直到把半水囊水全部喝光。马荀松了一口气,对长栓说:"记住,这回是铁信石救了你的命!你一辈子都不要忘了这位救命恩人!"铁信石也无话,从地下捡起空水囊,对致庸道:"东家,我回后头去了!"致庸看着他远去,回头看长栓,责备他:"哎我说,大家都在忍,怎么就你渴成那样,快把我吓死了!要不是铁信石水囊里还有水,就得把你埋在这几百里不见一棵草的大漠里!"高瑞揭长栓的老底:"他嫌背水累赘,上次遇上泉水,别人都把皮囊灌满,

451

他只灌了一半，上了马又倒掉一半，他都两天没喝水了！"致庸闻言，又吃了一惊，怒道："长栓，这是真的？"长栓瞪高瑞一眼，嘟哝道："就你多嘴！这个铁信石真是个怪物，大家的水都喝完了，他竟然还能留下半水囊，这是个什么人哪！"马荀骂他："你这小子，不是铁信石的半水囊水，你就没命了，还背后嘀咕人家！"致庸问身后的蒙古武师："卡鲁武师，我们离最近的水源地还有多远？"卡鲁道："乔东家，再走十个沙梁子，就是月牙泉了。"众人抬头看远处的沙梁子，个个高耸入云。长栓叫了一声："哎哟，我的娘啊！"

他又要晕过去。致庸一把揪住他，用力摇晃，叫："长栓，醒醒！站直了，还是不是个男子汉！"长栓睁眼道："二爷，我真不行了！我要死了！"致庸道："你就是死，也不能死在这里，你死在这里，连个坟头都没法留！一个男子汉，连这点苦都不能吃，还走得了什么商路？不行你就坐到骆驼上去！来，搭把手！"众人把长栓抬上一峰骆驼。致庸回头对大家说："咱们走一走，让马也歇歇！"大家不再上马，拉马和致庸一起奋力向前步行。

夕阳西下时分，驼队翻过最后一座大沙梁子。也许是多喝了水的关系，长栓第一个看见了下面有一泓泉水，立即疯了一样，沙哑着嗓子大叫起来："二爷，你看……水！"众人的眼睛也亮了，都兴奋地叫："月牙泉！有水了！我们有救了！"大家跳着，叫着，倒在沙坡上，顺着沙梁子滑下去。长栓从骆驼上一头栽下来，如痴如狂地滚向下面的泉池。众人一起扑向泉水，狂饮起来。

晚上，驼队在月牙泉边就地宿营。众人燃起篝火，煮水吃干粮，一边拿长栓白天的事儿取笑。就在这时，远处夜天中，突然出现了巨大的一片黑云，这黑云越来越大，渐渐地覆盖了大半个天空。第一个意识到不好的是卡鲁武师，他猛地站起，大叫："不好，有黑风暴！"致庸等人

闻言都站起来，七嘴八舌地问他怎么办！这时风已经猛烈，沙尘大起。致庸急切地喊："卡鲁武师，怎么办？"卡鲁武师也在风中喊："分头看好骆驼，拴住骆驼腿，不让头驼乱跑，人也别乱跑。快！"致庸大声对众人道："听卡鲁武师的，快！"众人分散跑开，一边在惊雷般的风啸声中互相大声喊着："抓住头驼！拴住骆驼腿，不要乱跑！"这时黑色的风暴正猛烈地横扫沙海，一条条沙梁子峰线也在快速移动，泉边篝火被吹熄，火上架的锅飞出去，人被吹倒在沙中，宿营地里一片鬼哭狼嚎。骆驼也在风暴中跳动，奔跑，牵驼人跟着叫喊，奔跑，乱成一团。

致庸大喊："慌什么！都别慌！各人看好自己的骆驼！"

茂才也在喊："拉好骆驼，拉住自己的马！"

他的话还没说完，就被风沙刮倒，飞速移动的沙子迅速将他埋起来。

致庸也被刮倒在地下，一只手抓住泉边的灌木丛，大叫："茂才兄，快抓住我的手！"他拼命将手朝前伸，抓住了茂才的手，一点点将他从沙堆里拽出来。两个人抱成一团，茂才吐出一口沙子，龇着牙笑。致庸大叫："茂才兄，到了这个时候，你还笑得出来？"茂才一边躲避着风沙，一边道："以前读唐人的诗，说什么'大漠风尘日色昏'，什么'饮马渡秋水，水寒风似刀'，什么'轮台九月风夜吼，一川碎石大如斗，随风满地石乱走'，觉得他们夸张，现在看来，人家还真没有蒙我们！"致庸笑起来，道："是呀是呀，但愿我们不要成了随风满地乱走的石头！"茂才忽然想起一件事："哎，东家，我听卡鲁武师说，出了这片大沙海，前面就是戈壁，不远就是燕然山！"致庸大喜，叫道："燕然山？就是王维诗中那个'都护在燕然'的燕然山？就是汉代名将卫青、霍去病北击匈奴大获全胜勒石纪功的燕然山？"茂才一边吐嘴里的沙子，一边喊："对！"致庸叫道："好，太好了！燕然山，卫青来了，霍去病来了，今天我和孙茂才也来了！"高瑞这时从一边爬过来，也和他们俩抱在一处，喊："还有我，东家，

高瑞也来了！"致庸喊："有你小孩子什么事儿！你凑什么热闹！"高瑞道："怎么叫凑热闹，东家来了，孙先生来了，我高瑞就是来了嘛！"

　　一个时辰后，这场不期而至的黑风暴像它来时那样又消逝了。致庸和茂才爬起来，招呼马荀重新将刮散的商队聚拢到一起。多亏有了卡鲁武师的提醒，在黑风暴来临时拴住了骆驼队，骆驼们才没有驮着茶货四散逃去。天大亮后，他们继续朝前走，终于走出了这片大沙海，步入一望无垠的戈壁。戈壁上只有板结的土地，到处是砾石，一丛丛的骆驼刺算是仅有生物。驼队艰难地行走了三日，第四日清晨，致庸骑在驼背上，抬头朝前看，突然发现前方有一片飘浮在地面上的蜃气。他想问卡鲁武师前方是什么，却觉得没有力气，张不开口。其他人也和他一样，谁也不说话，所有人的体力和耐力都到了极限。倒是长栓，这时候拖着哭腔，对茂才冒出了一句话："孙老先儿，我想说……想说一句话！下一辈子打死我，也不托生在山西了！"致庸不觉一惊，笑一笑，沙哑着嗓门问他为什么。长栓用尽了全身气力说："下辈子要是再托生在山西，说不定还要跟二爷做长随，做了长随，还要走这样的商路，有这一回，我就够了，不想再走第二回了！"众人想笑，这时茂才抬头向北，突然吃了一惊，话也能说出声来了。他大声说："东家，你看，那是不是燕然山！"致庸抬头，望远处从蜃气中清晰浮现的山，又惊又喜，叫道："茂才兄，跟我走！"

　　他忽然来了精神，飞马向前奔去。茂才追过去，一边喊："东家，等等我！"马荀和高瑞也追了过去，长栓只好也跟着走。众人到了燕然山下，下马，在地下坐了一会儿，缓过气儿来，致庸和茂才站起上山，仔细看山上的一块残碑，努力辨认碑上依稀可见的字迹。看了一会儿，致庸激动起来，回头看茂才，叫道："不错，茂才兄，真是燕然山！"茂才也大声喊："是燕然山！东家，你知道都是谁来到过这里？"致庸大声问：

"谁？"茂才喊："据我所知，秦朝的蒙恬，汉代的卫青、霍去病、飞将军李广来过这里，还有我们山西前辈商人王协王老先生也来过这里。东家，你不是要北上大漠吗？咱们这些天走过的地方，就是大漠！"

致庸高兴了，眉飞色舞："这里就是大漠？"

茂才回答："对！你已经实现了一生中四个心愿之一！"

致庸仿佛一下忘记了所有的疲惫，回头找高瑞，叫："带酒来了吗？"高瑞从马身上解下酒囊与木酒碗。致庸喊："斟酒！"高瑞斟酒满碗，递给致庸。致庸双手捧酒，向着燕然山高举过头，跪下。茂才也举起一碗酒跪下。长栓不解地问："二爷，你在这里又没有亲戚，咱们这是祭奠谁呀？"致庸大声地说："祭奠古人！"他向着燕然山喊道："列位前辈，你们到过的地方，晚辈乔致庸也到了！乔致庸今天给列位敬酒！"茂才也说："还有我孙茂才，也到了！我这一生，到过了卫青、霍去病、飞将军李广到过的地方，也没有枉活一世！列位前辈，孙茂才给你们敬酒了！"二人先后将酒洒在地上，站起。高瑞又分别给他们的酒碗里斟满酒。致庸举起酒碗，动容地对茂才道："茂才兄，恭喜你到了燕然山！"茂才容颜耸动，也说："东家，孙茂才也恭喜你！你也到了燕然山！"马荀、高瑞这时也端酒过来，说："我们也恭喜二爷，带我们到了燕然山！"众人一起将酒饮尽，将碗扔掉，高兴起来，向山上冲去。致庸站在山顶上，环顾四涯，大声对茂才说："茂才兄，乔致庸今生今世能够来到这里，这一辈子，值了！"

6

越过燕然山，第二天商队就进入了蒙古大草原。

蓝天下的绿色大草原无边无际。白色的羊群在草原上吃草。剽悍的

蒙古牧民骑在马上，手拿套索，口里发出呼哨，追逐着奔腾的马群。一顶顶蒙古包散落在草原上，如同绿色大地上盛开的一朵朵白色的花。美丽的蒙古姑娘在蒙古包前进进出出。马头琴在鸣奏，远方传来悠扬的蒙古长调。

驼队停下。致庸望着前方的景象，如在梦中。他回头问卡鲁武师："这就是蒙古大草原？"卡鲁说："对，这就是我们的蒙古大草原。"致庸由衷地感叹："真是好地方。这么好的地方，我怎么觉得我以前来过。"大家笑着看他。马荀道："东家，不会吧。"致庸坚持道："不，我一定来过。不是今生，就是前世，反正我一来到这里，就觉得又回到了故地。"茂才在一旁插话道："东家，你知道这是为什么？"致庸回头问他："为什么？"茂才说："因为你我前生说不定就是卫青，就是霍去病！"致庸大笑道："说得好！"

驼队继续朝前走去。致庸回头对马荀说："既然已经到了蒙古大草原，你的生意也该开张了。从明天起，我们一天只走二十里路，我陪你去草原上卖货。"马荀高兴地说："东家亲自帮我卖货，我的生意一定好做！"众人都笑起来，从沙海和戈壁中带来的疲惫之情一扫而空。

当天他们果然只走了二十里，中午时分就在草原上最先靠近的几顶蒙古包前停下来。马荀指挥伙计们把一部分货品卸下来，在从蒙古包里赶出来的牧民们面前展开。致庸大声地吆喝着："大哥，大嫂，瞧瞧这木碗，这木盆，都是枣木的，结实着呢。你再看看这铁锅，是正经包头老李家的货！"马荀也在一旁展开紫花大布，说："各位再看看这布，这是正宗口内的紫花大布，便宜得很哪！"卡鲁武师也站在一旁，把他们的话一一翻译给牧民听。牧民们爱不释手地看了这个又看那个，最后只是笑笑，又都放下了。

致庸回头问卡鲁："怎么了？他们嫌东西不好？"卡鲁将他的话翻译

给牧民们。牧民们争抢着向卡鲁说了一通蒙语。卡鲁回头对致庸和马荀道:"乔东家,马大掌柜,他们说都是好东西,可他们买不起。"致庸不解,问:"怎么买不起? 你看他们有这么多的牛羊,还有马,都是有钱的东家!"卡鲁将他的话说给牧民听,牧民还是摇头。致庸道:"这就怪了,怎么回事?"卡鲁说:"他们说就是因为这都是好东西,才不敢买,他们没银子。"致庸看马荀,皱眉道:"他们没银子,这我可没想到。你想想,这没银子的生意怎么做? "马荀也犯起难来,想了一会儿,眼看着牧民们就要散去,忽然灵机一动,对致庸道:"东家,要不咱们拿货换他们的马吧! 再把马赶回包头卖给内地的马贩子,如何? "致庸高兴了,道:"行! "回头对卡鲁道:"卡鲁武师,快告诉他们不要走! 我们愿意拿货换他们的马,问他们愿不愿意! "卡鲁急忙追上去,将他的话翻译成蒙语,告诉牧民们。牧民们一下就高兴起来,对卡鲁欢快地说了好大一通蒙语。卡鲁回头对致庸道:"乔东家,他们说了,他们愿意拿一匹马换一只漂亮的木碗,不行就再加一头羊! "致庸吃了一惊,看了看马荀,回头道:"哎呀,这我们也太赚了! 羊就算了,告诉他们,我们拿一只木碗外加一只铁锅换他们一匹马! 只要马! "卡鲁将话翻译给牧民,牧民越发高兴,快速地对卡鲁说一句什么,又向致庸鞠躬行礼。

致庸笑:"这又怎么了? 怎么这么多礼?"

卡鲁道:"他们高兴,说这是来了活菩萨! 他们要跟你换十匹马的货!"

致庸:"好! 货都在这里,尽管挑,再请你告诉他们,这是包头复字号乔家的货,都是上等好货! "回头看马荀,笑道:"恭喜马大掌柜,生意开张了! 这头一宗买卖做得不错!"

马荀也笑,道:"恭喜东家! "又回头招呼牧民:"货都在这里呢,大家随便挑!"

一个女牧民一边挑货，一边激动地回头对男人说了几句什么。男人点头，转身上马，飞奔而去。致庸疑惑地看他一眼，问卡鲁："刚才他们说什么呢？能不能告诉我？"卡鲁说："我没听清。"这时女牧民挑好了货，高兴地抱回蒙古包，马上又跑回来，上马，手拿套马杆，对致庸快速地说了一通蒙语。卡鲁说："乔东家，她让我们上马，跟她去自己的马群挑马！"致庸高兴起来，喊："太好了！马荀，长栓，快去喊铁信石，他懂马，我们一块儿去挑马！"

　　大草原上，女牧民带着致庸等人奔向马群，一边在马上大声对卡鲁说了一句什么。卡鲁回头对致庸说："乔东家，这位大嫂说，这就是他们家的马群，让我们随便在里面挑十匹最好的！"致庸回头对铁信石说："铁信石，看你的了！"铁信石见了马，难得现出了笑容，高兴地说："东家，你就瞧好吧！高瑞，给我来做个帮手！"他一边说，一边带高瑞冲进了马群。马群涌动起来，在草原上奔驰，如同涌动的云团。铁信石和两个蒙古牧工手持套马杆，追逐骏马。一匹马被套住了，拼命挣扎，反抗。致庸远远望着，大声感叹："好！好马！茂才兄，你快看，多好的马！"

　　很快铁信石和高瑞就将十匹好马从马群中分离出来。这时长栓回头，叫了一声："二爷，不好！"众人回头，就见许多蒙古牧民策马，向他们奔驰而来。长栓又一扭头，叫："二爷，这边也有！"致庸朝另一方向看，果然又见众多牧民飞驰而来。茂才这时也叫起来，说："东家，后边也有！"众人又回头看，发现更多的蒙古人从后面向他们涌来，而在他们身后，则是滚滚的马群。马荀变色，看致庸，道："东家，怎么办？不会是草原上的蒙古匪帮吧！"致庸色亦变，大声喊："都别慌！大家抄家伙！卡鲁武师，你的人看好驼队！茂才兄，你跟我在一起！铁信石，长栓，保护马大掌柜！"大家拔出刀剑，四面奔驰，护定驼队。大批牧民赶到，打着呼哨，策马团团转着商队转圈子。长栓持刀在手，脸色苍白，大叫："哎

呀，我的妈，没有死在武昌城下，没有死在襄阳府大牢里，没有死在沙漠里，这回要死在蒙古草原匪帮手里了！"致庸冲他怒吼："住口！"

接下来一段时间，从四面八方的草原深处赶来的牧民更多。绕着商队转圈子的队伍越来越大，但是这些人并没有向商队发起袭击，其中一个头领一样的蒙古人却只是在马上一声声打呼哨，似在朝后面着急地呼唤什么人。致庸问身边的卡鲁："卡鲁武师，他们什么意思？"卡鲁定睛朝远方看，叫了一声："乔东家，你瞧！"致庸顺着他指的方向望去，只见从蒙古人的队伍后方，驰出了那个方才驰马远去的蒙古男人。那男人大声冲致庸喊了一句蒙语。致庸问卡鲁："他喊什么？"卡鲁长出了一口气，收刀入鞘，说，"乔东家，我们误会了，他们都是来以马换咱的货的！"这时那个蒙古男人还一直在喊。卡鲁又说："他说，他刚才去通知了这片草原上的每一户牧民，大家都来了，让我们不要怕！后面的马群，是他们带来换我们的货的！"致庸松了一口气，道："这太好了！"回头看众人，也收起了刀，说，"行了，都把家伙收起来吧，别吓走了主顾！"

黄昏时分，双方的生意大致已经做完。商队就地宿营。因意外地在草原深处买到了上好的货品而兴高采烈的牧民们并没有马上散去，他们就地支起一顶顶蒙古包，用最隆重的礼节表达对商队和致庸的敬意。致庸喝了不少马奶子酒，头都晕了，长栓也喝得晕乎乎地，一个劲地说："这哪是酒，这是水！"这时牧民们又拉起马头琴，跳起舞蹈，唱起了激昂慷慨的蒙古长调。致庸一边和卡鲁、茂才喝酒，一边问卡鲁："他们这唱什么呢？这么好听！"卡鲁说："乔东家，他们是在唱，你们是长生天的使者，是长生天派你们来到了草原深处，给他们送来了这么好的礼物！"致庸感动了，猛地被酒噎了一下，说："快去谢谢他们，告诉他们，我们不是长生天派来的，我们是山西的商人，我们在包头的字号叫复字号，在山西叫大德兴。"卡鲁笑道："乔东家，蒙古大草原地广人稀，牧

民们自古逐水草而居，要买日用品，得大老远赶着自家的全部牛马羊群，带着一家老小，到库伦、乌里雅苏台和科布多去，道途遥远、牛羊死伤不说，还会遇上草原匪帮，弄不好丢了全部牲口，还要丢了性命。偶尔有个小贩来这里卖货，又奇贵无比，两匹马才能换一个木碗，我们的货卖得便宜，又都是好货，他们当然要说你是长生天派来的使者了！"致庸更为感动了，回头看马荀，说："啊，马大掌柜，这几天我们不走了，咱们的许多货蒙古兄弟不会用，咱们得教会他们再走。还有，也得让他们学会辨认我们货品上的标志，以后他们见了标志，就会知道是乔家的货，就会购买！"马荀也喝多了，只是一个劲地说："好，我听东家的！我都听东家的！"

商队又在当地滞留了一日。当天黄昏，当大草原上又一次演出日落的壮丽活剧时，听到消息后不远百里赶来换货的牧民们终于散去了，致庸的身边，五十匹骆驼背上已经没有了货物，营地里却出现了三千匹好马。在铁信石的吆喝下，这个庞大的马群在巨大的落日的照耀下跑动着，旋转着，涌腾着。致庸远远望着马群，对马荀说："马大掌柜，你的生意做得好哇！五十驼货换了三千匹良马，好！"马荀笑道："这都是东家英明，答应让他们用马匹换货，不然我这货可就不好卖了！"致庸道："自古以来只有不懂经营的商人，没有卖不掉的货物。只要我们懂经营，一切都替蒙古兄弟想在前头，这蒙古大草原上，可遍地都是银子呀！"马荀道："东家，我现在就想和你们分开，带人在草原上多走些地方，和更多的牧民交些朋友，问一问地理远近，主要的牧场都在哪里，怎么走，另外再具体打听打听，除了这次带来的货，他们还需要什么货，大致要多少，什么价钱能够接受。这样回去就能照他们的需要组织货源，安排更多的人进草原做生意！"致庸道："行，明天我们就在这里分手，我让卡鲁武师跟你一起走！"马荀道："不不，东家，还是让卡鲁武师跟着你

们！"致庸道："不不不，你们以后要在蒙古大草原上卖货，肯定要经常请卡鲁武师他们帮你们出镖，你们要熟悉地理远近，他也要熟悉。好在前面离恰克图已经不远了，我这里还有铁信石呢！"马荀不再坚持，说："只是还有一个难处，这三千多匹马我可不能带着走。"致庸看一眼茂才，茂才一笑，说："马大掌柜，这件事东家已经替你想好了，他让高瑞领几个人带马群回去！"马荀一惊："高瑞？"致庸还没说话，长栓已经着急地插进来，说："二爷，你让高瑞这小子带着这么大一个马群回去？他能行吗？"致庸看他，说："对呀。我就是想让高瑞带这么大一个马群回去。高瑞，敢接这趟差吗？"高瑞道："东家，这有什么不敢接的？敢接！"长栓说："你还真胆大，万一你把这趟差办砸了——"高瑞不等他说完，就道："办砸了又怎么着？东家，我知道你这是想历练我。就是高瑞把马群赶散了，赶丢了，东家也不会怪罪高瑞，是不是？"致庸道："胡说！你要是有胆量，就接这个差事，顺顺溜溜地把这群马给我赶回包头，真把这群马给我赶散了，看我收拾你！说吧，敢还是不敢？"高瑞笑道："东家认为高瑞敢，高瑞就敢！这有什么，不就是赶一群马回包头嘛！"致庸认真看了看他，说："好，今儿晚上准备准备，明天你就启程！"长栓大叫："东家，你真要让高瑞这小子带马群回去呀？"致庸说："怎么，你想跟他换换差事？"长栓被吓了一跳，说："我？我知道自个儿不是那块料，可我也不去揽这差事！"致庸道："那不就得了，自个儿干不了，还不想让别人干！"他不再理他，朝马群走。长栓愣了一下，自语："他又糊涂了，三千匹马，万一——"想了想他又追上去，"二爷，我给你出个主意，你让铁信石和高瑞一起回去！"致庸说："不行，铁信石还要和我们一起去恰克图呢。"长栓又说："那就让孙老先儿带马群回去。"致庸道："他不能回去，他也要和我一起去恰克图。"他继续朝前走。长栓一个人留在后面，恨恨地哼一声道："高瑞有什么能耐，二爷就这

么高看他！要是遇上了草原匪帮，看他怎么办！"致庸听了这话，对高瑞说："高瑞，长栓说了，万一路上遇到了草原匪帮，看你怎么办？"高瑞笑道："那还不好办？一看见蒙古草原匪帮，我把马群一扔，自个儿撒丫子便跑！"长栓又急了，道："你……马呢？这可是乔家复字号的财产！"高瑞回头对他说："你放心，真遇上了草原匪帮，高瑞一定拨马便跑，不过我有办法让马群跟着我跑！"他看了看致庸，致庸点头。高瑞转身上马，手指在嘴里打一声呼哨，刚刚安静下来的马群马上随着他涌动起来。致庸和茂才高兴地看着高瑞带领马群远去。长栓纳闷，自语："这小子，什么时候学了这一手！"致庸回头道："人家在雁门关的野店里当伙计以前，跟着马贩子贩过两年马，你干过吗？"长栓愣在那里，心里想：我哪知道这小子还有这些底细呀！

又是一宿无话，第二天清晨，商队一分为三，众人皆上马。高瑞马上向致庸等人施礼，大声地喊："东家，孙先生，马大掌柜，高瑞走了！"他手指放在嘴里，打一个呼哨，马群立即随他涌动起来，向包头方向奔腾而去。致庸高兴地望着离去的高瑞，称赞道："好小子！我还真没有白疼他！"长栓哼了一声，回头朝北看，不看南去的高瑞。致庸这时回头对马荀拱手道："马大掌柜，咱们也就此分手。"马荀拱手道："东家，咱们不一定能在路上遇见了，就包头见吧！"致庸道："好，包头见！"两支队伍随即分开，马荀带卡鲁等人向西，走向蒙古大草原深处，致庸带着驼队继续向北，继续奔向恰克图。

十几天后的一个黄昏，当巨大的夕阳再一次半落在西方的地平线之上时，这一支走在草原驿道上的长长的驼队终于停下来。长栓向前望去，大叫起来："二爷，恰克图！恰克图到了！"致庸大喜，望着出现在前方的恰克图，对茂才道："茂才兄，瞧，我们真的走到了恰克图！"茂才的心也处在巨大的感动中，说："东家，这就叫有志者事竟成！"一时间，

每个人的眼中都涌出了泪花。

当天晚上茶货就在恰克图的公共货场卸了下来。致庸带着水家、元家、达盛昌邱家分号的掌柜穿行在茶货和人丛之间，指挥卸货交货。"这是水家的茶货，这里有货单，刘掌柜，你好好验货。"他说，"这边是元家的货，这边是达盛昌的货。这是货单，两位大掌柜也都验验货。"水家分号的刘掌柜接过货单，说："没错没错，不会错的。"致庸道："那不行，一定得验货。"刘掌柜道："乔东家，自从茶路断绝，我们都盼了四年了，大包大包的茶叶闻着是什么味道都快记不清了！乔东家今天不但带商队来了，还一下子就带来了武夷山四年的茶货，保住了我们晋商货通天下的信誉！更多的话我也不多说了，走走走，我们几个人，今天要代表前辈晋商和我们这一辈晋商，在山西馆子里为你和孙先生接风，敬你一杯水酒，谢谢你为我们晋商立下如此大功！"致庸笑道："感谢各位的美意，刘掌柜刚才的话过了，致庸承当不起。不过大家请我和孙先生喝酒，我一定从命，正好借光和诸位相与认识认识。这次我来了，也想在恰克图为我们大德兴设一个分号，以后常和诸位相与做生意。"刘掌柜道："这件事方才孙先生和我们大伙儿说了，乔东家，开分号的事，还有乔东家自个儿的货，你是第一次来到恰克图，许多地方还不会很熟，我们大伙儿商议过了，铺面我们帮你找，俄罗斯那边的主顾我们也去帮你物色。中国不产茶，俄罗斯那边就得闹茶荒，你这批货，我们一定帮你卖个好价钱！"致庸灵机一动，道："不，生意还是我自个儿学着做，铺面就请大家帮我找一处！"刘掌柜道："也好也好。"回头对元家和达盛昌邱家两位大掌柜道："我看这货也不用验了吧，乔东家带来的货，你们真的还要验吗？"两位掌柜道："算了，我们也不验了！"致庸笑道："诸位，这不合规矩吧？"刘掌柜道："乔东家走到哪里，哪里就是规矩，我们信得着你！"众人一时哈哈大笑。

这时水家一个伙计跑过来，对刘掌柜说："大掌柜，山西酒家的李掌柜说，为乔东家接风的事，他们那边都准备好了！"致庸一惊，笑道："刘掌柜，这里还真有山西酒家？"刘掌柜笑着说："乔东家有所不知。恰克图乃边塞苦寒之地，除了我们山西人，愿意来此经商的人不多。我们这些人长年守在这里，思乡心切，共同出资办了这个酒家，请的掌柜和伙计全是清一色的山西人，你到了这里，绝对能吃上正宗的山西风味。"致庸抽抽鼻子，道："太好了，我说怎么到了这里，就有一种到了家的感觉。原来我闻出山西馆子的味道来了。"达盛昌分号掌柜问："乔东家闻到了什么味道？"致庸笑道："面汤的味道！进了别处的馆子，人家给客人上茶。只有我们山西馆子，客人到了，才会先上一碗面汤！"众人大笑，一起说："乔东家，你是想家了！"刘掌柜说："乔东家，请吧！"

十几天过后，在中俄边贸城恰克图的大街上，一家新的乔家大德兴分号开张了。鞭炮声中，致庸亲手将一块招牌钉上去。水家、元家、达盛昌恰克图分号的掌柜都赶来贺喜，一起拱手道："恭喜乔东家，恭喜大德兴的新号财源广进，日进斗金！"致庸笑着还礼："诸位相与同喜。今日小店开张，等会儿请诸位去咱们的山西酒家小坐。一来是要还席，二来是有事要求大家关照！"刘掌柜代表大家道："乔东家请我们喝酒，我们就叨扰了，这个求字，就不用说了，诸位，对不对呀！"大家哈哈笑道："不错！"致庸这时回头，将新聘的大掌柜推到众人面前，道："忘了给大家介绍了，这位就是我新请的高掌柜。高大掌柜，将来你在恰克图，要和这几位好好做相与。"高掌柜拱手道："东家说得对，今后还要请诸位相与多多关照。"刘掌柜道："这就客气了，放心，以后我们同在天涯，一定会相互照应的。"

当日酒席散后，回到新开张的号内，高掌柜对致庸和茂才道："东家，孙先生，我刚刚才听说，水家、元家、达盛昌的货都出了手。他们

有俄罗斯大茶商做多年的相与，另外水家、元家在俄罗斯和法兰西还有铺子，眼下茶货又紧俏，听说都卖了好价钱。"致庸道："我们到了半个月了，铺子也开张了，茶货眼下这么紧俏，大德兴分号却门前冷落车马稀，没什么人上门，知道是怎么回事吗？"高掌柜看着茂才说："水家的刘掌柜说过，可以代东家寻找俄国茶商，把我们这批货卖出去，东家说生意要自己做，别人就不好插手了。眼下常在恰克图茶市走动的俄罗斯茶商买了水家的货、元家的货、达盛昌的货，放出风来，好像不再需要更多的货了。"致庸看茂才一眼，哈哈大笑。茂才看着高掌柜说："可我和东家也听说，往年这些俄罗斯茶商买完了茶就会走的，现在茶他们也买到了，怎么没走呀？"致庸接过话头，对高掌柜道："孙先生说得好，他们嘴上不说，心里都还惦记着咱们这一批货呢！他们不来上我们的门，还放出风来说他们的货买够了，打算只有一个，就是想让我们着急，主动去找他们，说到最后是想狠狠地压我们的价！"茂才道："东家说得不错！"高掌柜仍在发愁，道："东家，我也找水家的刘掌柜、元家的马掌柜聊过了，据他们讲，都说恰克图是天下最大的茶市，可要说主顾，也就只有俄罗斯人，他们联起手来压谁的价，那没有不成功的。茶货从万里之外的武夷山运来，好歹你总得脱手，赚不赚钱都不能再运回去，所以……"致庸回看茂才，目光沉沉地说："茂才兄，我们该想个办法了！"茂才点头，看高掌柜："你问过刘掌柜和马掌柜没有，俄罗斯茶商往年有没有对水家、元家耍过这种手段？"

高掌柜道："那倒没有。"

致庸问："那为什么？"

"东家，俄罗斯茶商所以不敢这么对付水家、元家，是因为水家、元家在恰克图贩茶已经有上百年了，在俄商甚至在俄国上层极有信誉，这个俄商不要，还有另一个俄商，都争着要他们的货，所以他们形不成

465

目前对付我们的这种局面。"高掌柜道。

茂才看看致庸，说："东家，我觉得……"

致庸抬手制止他："茂才兄，你等一等，让我想想……我们的茶货所以无人问津，是因为我们是新来的。原来这俄罗斯人也欺生。好，我知道该怎么办了！高掌柜，你上次说过，我不在家时有一个俄罗斯商人来过，是吗？"高掌柜想起来了，道："是来过一个，叫什么拉斯普汀，据说是沙皇御前一位大臣的远房侄子，原先是贵族，后来父亲出了事，被沙皇褫夺了贵族称号，自己就跑到恰克图做起买卖来。不过有根基的这些俄罗斯茶商都排斥他，连房子都不好好租给他住，水家、元家也不大愿意跟他做生意——"致庸截住他的话头，说："你就因为这些，也没有在意他，是不是？"高掌柜道："东家，一个连俄罗斯人都瞧不起的人——"致庸想了想，道："这样吧，你派人去把他请来，就说上次他来我不在家，十分失礼，现在我想请他吃饭！"高掌柜吃惊地看致庸，又看茂才。茂才一下明白了致庸的心思，道："高掌柜，什么也甭说，马上照着东家的话去办！"

当天晚上，致庸和茂才在恰克图最豪华的彼得堡饭店会见拉斯普汀。高掌柜引拉斯普汀走进来。致庸上前迎接，拱手道："拉斯普汀先生，幸会幸会。"拉斯普汀用蹩脚的中国话说："乔东家，你好。我是拉斯普汀，上次我已经来过一次，说你不在，听说你有些茶货要出手，能让我看看吗？"致庸道："当然可以。请坐，上茶！"众人分宾主落座，年轻美貌的俄罗斯女侍端上茶来。拉斯普汀品了一口茶，觉得不错，却道："乔东家，我想先看看你的货，再决定日后能否成为——用你们山西人的话说——能否成为相与。"致庸笑了笑，知道他也是个新手，什么话也不说，从座下取出一块茶砖，放在拉斯普汀面前，说："拉斯普汀先生，你是行家，请吧。"拉斯普汀做出一副内行的样子，对这块茶砖又是看，又

是嗅，还掰下一块放在口中嚼，然后开口继续说出了一串蹩脚的中文："这个不好，水家、元家的茶才好，你们这个不好！"

致庸大笑，回看茂才，茂才也笑。

拉斯普汀心中生疑，道："乔东家，你们笑什么？"

致庸止住笑，道："拉斯普汀先生，我所以笑，是因为先生可能不知道，先生说的水家、元家的茶，也是我从中国的武夷山贩来的，这是同一批货。而且我的每一块茶砖，还比他们的重一两！可价钱却一样！"拉斯普汀不懂了，问："那为什么？你的货和他的货一样，每块茶砖却要重一两，你不是吃亏了吗？"致庸突然正色发问道："拉斯普汀先生，真想知道为什么？"拉斯普汀道："这个……想知道。"致庸道："因为我和你一样，在恰克图这个天下最大的茶市上还没有结识下多年的相与，于是也就没有建立起像水家、元家那样的商誉。我的茶砖比他们重一两，价钱却是一样的，就是为了结识你这样的相与，为了在恰克图建立水家、元家这样的商誉，为了和你这样的大茶商天长地久地做生意！"拉斯普汀摇头，道："不，不，我还不是大茶商，恰克图我来了三年，正赶上你们中国南方茶路断绝，只做过一些小生意，还没有做过一笔大生意。"致庸道："那我们就来做一笔大生意如何？我也是第一次，你也是第一次，咱们两个从头开始。不过，正因为你我都是头一次，大家在对方心中都还没有建立起信誉，我们都不赊欠，我给你茶货，你给我现银，如何？"拉斯普汀说："银子我有。不过用你们中国人的话说，我们不是相与，我就不能买你的茶，就是你的茶和水家、元家的一样，还重一两。除非你让利给我。"

致庸回头看一眼茂才，哈哈大笑，说："不，我不能让利给你，因为你想占我的便宜。我的茶砖每块重一两，就已经让利给你了。虽然我不能再让利给你，可我能让你即刻圆一个梦，从今年起就成为俄罗斯最

大的茶商。你干吗？"拉斯普汀微微有点激动，说："俄罗斯最大的茶商？乔东家，你有多少茶？"致庸道："今年我从武夷山贩来的茶货，比水家、元家和达盛昌邱家三家贩的茶加起来还要多。到了明年，水家、元家、达盛昌邱家也许能贩来茶货，也许不能，可是我能，我今天就可以保证明年的这个时候把你要的茶货运到恰克图。这样，你就会垄断俄罗斯的茶叶市场，一举成名，连贵国的沙皇都只能喝你的茶，知道你！"拉斯普汀完全激动了，说："乔东家，你……真能使我一天之内成为俄罗斯最大的茶货大王？你真能做到？"致庸道："拉斯普汀先生，中国人有句古话，是孔圣人说的，叫作'言必信，行必果'。说话一定要算数，做的事一定要做成功。孔圣人还有一句话，叫作'人而无信，不知其可也'。一个人如果没有信义，他就是个不会有人信任的人，他就完了。我是中国人，愿意在中国做一个谁也不相信、谁也不爱搭理的人吗？"拉斯普汀完全被他的真诚与气概打动了，说："好，乔东家，我相信你，我就和你做一次相与。要是我们做得好，我们就做天长地久的相与。咱们看货去！"致庸站起，说："请！"

二人往外走时，高掌柜和茂才留在后面，欢欣鼓舞。高掌柜说："孙先生，东家真行，他原价卖掉了我们的茶货，还能立马拿到现银，还为明年的茶货找到了主顾。我都听蒙了，这事儿他是怎么办成的？"茂才说："你说得不错，东家这会儿越来越像个商人了。不过，他仍然只是乔致庸，只是乔致庸这样的商人！"高掌柜说："孙先生，你这话我也不懂了！"茂才说："以后会懂的！东家靠的不是嘴皮上的功夫，他说到的，就真能做到。一个人能说到做到，就能走遍天下！"高掌柜道："可是有人告诉我，无奸不商——"茂才道："不。记住东家常说的一句话，造物所忌者巧，万类相感以诚，我们是为了求利才来这里做生意的，可不管他是洋人还是中国人，都只会信任诚信待人的人，说到做到的人，童

臾无欺的人。高掌柜，再告诉你一句，光能吃苦是不够的，重要的是不能让客人吃亏，别人不吃亏，你也就吃不了亏，吃不了亏，你就得了利！"高掌柜点头道："孙先生，你这话我记住了！"茂才又笑道："你记好了，东家和这位拉斯普汀，一定能做长长久久的相与！知道为什么？"高掌柜问："为什么？"茂才说："因为他和东家做了相与，东家真的就会让他成为俄罗斯最大的茶商！"

乔家大德兴分号一天之内出手了所有茶货的消息惊动了整个恰克图。次日午后，在中俄界河边上，水家分号的刘掌柜一边和致庸漫步、观赏边地风光，一边已经在探讨乔家的货银如何转付的事情了。

刘掌柜说："恭喜乔东家，茶货这么快就脱了手！"

致庸道："同喜同喜。致庸头一次到恰克图做生意，能如此顺利，还要多多感谢各位相与的指点与帮衬呀！头一条，没有水家和元家的龙票，我这茶货就出不了口哇！"

刘掌柜道："乔东家客气了，这都是乔东家和我们东家事先说好的。再说，乔东家万里贩茶，也让我们赚了不少呀……对了乔东家，乔东家的货都是通过我们三家发出去的，俄商付的银子也都在我们柜上。这笔银子加起来不少，我是来问问，乔东家是想带现银回去，还是在广晋源换成银票带回去，然后再到平遥广晋源总号兑出现银？"

致庸对这家商号比较陌生，问："广晋源？就是平遥城中开票号的广晋源票号？他们在这里也开了分号？"刘掌柜答道："对。广晋源原先也在这里开过茶庄，多年前他们在平遥的老号被成青崖成大掌柜改成票号，专门在相与商家中承办存贷款、汇兑、银子和制钱兑换，这里的茶庄也跟着改成票号，专门为在这里做生意的晋中各商家办理银子汇兑业务。"致庸一时大感兴趣，道："我只说平遥的广晋源票号只在咱们晋中一带商圈中小打小闹，没想到竟然把生意做到了这里！"刘掌柜道："乔

东家要是不想万里迢迢地带银子回祁县，可以由我们把银子付给他们，由他们开一张银票，你只管带这张银票回去，再去平遥广晋源总号取银子。不过他们要从中扣除百分之二的汇水，也就是汇费。"致庸越发感兴趣了，说："这倒是件极好的事。以前只是听说平遥有个广晋源票号，专做银子生意，我们乔家从没和他们打过交道。请教刘掌柜，这个广晋源放弃正经买卖去做这一行谁也没做过的生意，真的有利可图？"刘掌柜大笑道："乔东家你也不想一想，俗话说得好，无利不起早，就说这次，我们和元家柜上有乔东家的货银总共三百二十万两，要是全交给广晋源换成银票带走，按百分之二算，他们就能得利六万多两银子的汇水。你说有利无利？"致庸一惊，回头看茂才一眼："这我还真没想到，有点意思！"刘掌柜接着说："而且这个成青崖成大掌柜，做起生意十分谨慎，除非他信得过的、我们祁太平三县有根基的巨商，别处的或者一般中小商人的生意他一概不做，所以风险极小。以前商路没断的时候，光我们两家在恰克图要他们汇兑的银子，一年也有几百上千万两，仅这一笔生意他们每年就能收入几十万两。除了办汇兑，广晋源还办理小额银子存贷，银子和铜钱互换，一年也有几十万两的收益。乔东家想一想，广晋源的生意错得了？"致庸看着刘掌柜，目光明亮起来，道："刘掌柜，这才叫闻君一席语，胜读十年书，致庸身在商界，居然对票号生意一窍不通，惭愧得紧！听了你的话，真有醍醐灌顶之感。"他略一沉吟，就爽快地答应了，"那好，这次我就试试，带广晋源的银票回去，看它方便还是不方便，真方便还是假方便！"

次日致庸就带着茂才、长栓去了恰克图的广晋源分号。分号的何大掌柜已经站在门前迎接他们了，见到他们到来，忙拱手施礼道："乔东家光临，小号蓬荜生辉，快请。"致庸还礼，问道："请问你就是何掌柜了？"何掌柜道："不敢，在下何春亭。乔东家今日光临小号，一定是为

你的银票而来。"致庸看茂才，笑，道："何掌柜真猜对了，正是为我的银票而来。顺便我也想看看你们这家票号，长长见识。"何掌柜道："乔东家玩笑了，乔东家走过的大码头多了，小号不在话下。银票马上就为乔东家准备妥当，请你稍坐。"致庸道："是嘛。何掌柜，我不急。"他和茂才坐下，饶有兴趣看着何掌柜在一张已经写好的银票上加印，又添加密字，然后吹吹纸面上的油墨，走过来将汇票付给致庸，道："乔东家，这张汇票你收好了。我马上再写一封信，让信局速速送回山西平遥总号，报与大掌柜得知。你带着汇票回到山西，先派人支会我们总号一声，让他们准备银子，十日后就可以去平遥拉银子了！"致庸用新奇的目光看着那张汇票，又递给茂才看。茂才不觉念出声来："广晋源汇票。凭某字第某号汇付山西祁县大德兴宝号漕平银三百二十万七千三百二十两言明汇至山西平遥本号十日内无利交兑不误此据经手人何春亭大清咸丰六年九月三十日。"他抬起头来看何掌柜："何大掌柜，你在这上头手写的两行小字什么意思？"何掌柜想了想，悄声说："这事瞒得了别人，不能瞒乔东家和孙先生，这是本号为防止外人伪造银票，自己在上面加的密字。乔东家回头拿这张汇票去敝总号兑银子，掌柜的不但要看印章，还要看这些密字，核对无误后方才放出银子。"致庸一时听得怔了，半晌才失声叫道："妙！这一招妙！何大掌柜，外人能比着做出你们的银票，刻出同样的图章，甚至模仿你的字迹，但只要他不懂得如何加上这些密字，就兑不出银子来。茂才兄，这个办法妙不妙！"茂才笑道："此中果然大有玄机！"何掌柜拱手道："谢乔东家照顾小号的生意，乔家是大商家，盼乔东家日后多多照应小号！"致庸道："何大掌柜，你还甭说，有过这一回，以后咱们还真的可能要经常打交道了。"何掌柜也笑道："那小号就求之不得了。"

走出广晋源分号，致庸一直在沉思，突然回头看茂才，神情激动，

想说什么,又没说。茂才深深看他一眼,道:"东家,要是不想说,就甭说。"致庸笑道:"茂才兄,我刚才是在想,有了这张汇票,我就不用担心拉银子回去时在路上碰到蒙古草原匪帮了。"他故意把声音压低,说:"哎,你说我把这张汇票藏在哪里最安全?"茂才不愿意理他,说:"东家,我说你最好把它掖在靴筒子里。"他一边说一边笑,上马往前走。致庸看着他,笑,哼了一声,大声说:"我还就听你的了,我就掖在靴筒子里!对别人来说,它就是一张没用的废纸,你以为别人都会拿它当宝贝呀!"茂才不接他的话茬,打马疾驰。致庸上了马,回头望广晋源恰克图分号的招牌一拍脑袋,自语道:"我怎么就没想到,这小小一张汇票,竟是广晋源为天下商人发明的一样宝贝!有一天要是票号这一行开遍天下,天下的商人做生意,不都不用拉着银车往前走了嘛!"长栓这时在后面催他,说:"二爷,你还走不走?"致庸找不到别人说,就对长栓道:"哎长栓,这要是商人们千里万里行商,不用再拉着银车,那也就不用担心路上遇到强盗了,不担心遇到强盗,也就不用请镖局了。和这笔开销相比,票号的汇水并不算高。"长栓听不懂他的话,说:"二爷,你说些什么呀?"致庸心情越来越激动了,说:"不,票号的好处还不止这些!票号减少了镖局的开销,就降低了经商的成本,成本降低,商人的利润空间就大,利润空间大,货品价码就可以降低,老百姓就可以得到实惠⋯⋯其次,银车不在商人身边,沿途的强盗就失去打劫的目标,不只是经商的人更为安全,因为少了强盗,所有的商路都会畅通无阻!"长栓怔怔地望着他,还是不明白他在说什么。致庸却一把攥住他的两个膀子,激动地叫道:"知道吗长栓,这真是一件利商利国利民甚至对强盗都有好处的大事!大好事!"

长栓这时全蒙了,问:"对强盗都有好处?"致庸道:"对呀,强盗失去了打劫的目标,就会失业,失业了他就会改行,改了行他就不是强

盗了，就会弃恶从善，不会再被朝廷和官府逮到了砍头，这难道对他们不是好事？"长栓道："二爷，你怎么让我想起了刘黑七？"致庸脸上的笑容急落，不再说下去，将汇票折叠起来，掖进靴筒。长栓害怕道："二爷，你真把它藏在那里！"致庸道："藏在这里怎么了？只要我丢不了靴子，就丢不了它！走！"他上马去追赶茂才，忽然又停下来，大声自言自语道："不，最要紧的一个好处我差点儿忘了。要是天下开遍了票号，商人就能轻轻松松地走遍天下，商人们走遍了天下，货通天下的日子才真会到来！要真的让晋商老前辈货通天下的梦想成真，先就必须在全国各地开票号，实现汇通天下！对，汇通天下！长栓，快走，咱们去找孙先生，喝酒去！"

第二十七章

1

白驹过隙，转眼大半年就过去了，胡管家再次看见雪瑛时，她的肚子已经明显地凸了起来，面上平添了不少风尘仆仆之色。胡管家不禁心中一阵唏嘘感慨，那一年何家仿佛大限来临一般，先是何家大少爷，接着不长时间内何母与何父先后辞世，立时何家这千斤的重担就压在眼前这个小女人的身上。

雪瑛在何家的外客厅内稳稳地坐着，从容不迫地接待他："这趟我去了包头、西口、东口，上个月又在京城和天津待了一阵，本想顺运河南下，去江南走一遭，可那里还在闹长毛，所以到了济南就停下了，不过就是这样，我还是大开了眼界！"胡管家恭维道："太太是过世老爷挑中的人，秀外慧中，这次一出门就是好几个月，一定大有斩获！"

雪瑛道："今天请你来，就是想说说我的打算。何家在山西境内开的二十多家大烟馆，都关了吗？"胡管家赶紧道："关了，都关了，那些掌柜、伙计也都作了妥善安置，愿留的留，不愿意留的都发了遣散费。"

雪瑛点点头，突然不再说话，又开始出起神来。胡管家在那里坐着，心中一阵发慌，这个少奶奶看似岁数不大，但做起事来极是斩截老辣，一旦接管何家的买卖，第一道命令竟然是宣布关闭何家所有的烟馆，当

时一片哗然，五个大掌柜走了三个，留下的两个自然是乖乖地听话了。何家内部亦是如此，在何父过世前不久，各个管事的已经照这位少奶奶的意思进行了调整。等何父一过世，何家的几个本家子侄原本还想闹一闹，不料长门的族长何太爷早已经受了何老爷的委托，在灵堂上便把场子镇住了。继业、继财两个侄子则被何老太爷和这位少奶奶叫进外书房单独谈过一次，时间虽不长，两人出来的时候都面色发青，从此再没敢上门闹过。几个回合过后，何家内外再也无人敢挑战这位少奶奶，加之一年到头很少能见到这位少奶奶一丝两丝笑容，谁也摸不透她的心思，故都很是怕她。

胡管家等了半晌，也不敢吭声。忽听雪瑛开口道："我仔细盘算过了，何家还是进典当业吧。"胡管家一愣。雪瑛看看他，接着说道："虽然我们在平遥开的头一家当铺不成功，但是到了太原、北京、天津、济南这些大地方，情形就不一样了，那里生意人多，银子多，赎当和买当的人也多，不会让银子无法周转。"胡管家连连点头："有道理。"雪瑛继续道："相比之下，开当铺最好的地方应是京城。京城住的多是达官贵人、皇亲国戚，能在京城商界占有一席之地的也多是各省的巨商大贾，那儿是天下的银子、宝货聚散之地，别处开当业不行，在那里开当业，永远都有银子赚！何家以前也算富甲一方了，但做的生意从没出过山西。从今儿起，何家要走出山西，走进全国每一座大都市，做天下最赚钱的生意，和最会经营的商家一决高下！"

胡管家忍不住振奋道："东家好气魄！"雪瑛点点头，仍旧语调平淡地吩咐胡管家在北京寻一座宅院，以备她日后之用，胡管家自是满口应承。雪瑛看看他，又道："对了，乔致庸能去江南贩茶，我们为什么不能？明年到了季节，我们也要派人去武夷山贩茶！"胡管家大惊："可是……"雪瑛冷冷道："我知道你想说什么。重赏之下必有勇夫，只要有人敢去，

并且能给我贩回茶来，要多少银子我给多少银子，赔了算我的，赚了银子，我和他们三七分账！"胡管家想了想，为难道："东家，以前的老规矩，无论总共赚多少，掌柜的都只拿一，东家应当拿九！"雪瑛眉头一皱，声音高了一点："这个规矩从我这儿改了。还有，我听说乔家的伙计都顶了身股，我们何家的伙计，也每人给他们顶一份身股，要快！"胡管家不敢再说什么，赶紧点头答应。

又停了一会儿，雪瑛看着胡管家，缓缓道："这次我出门去，好容易觅了一个典当业的好手盛泰盛掌柜，我已经把他请来，过一会儿他去见你，典当这一块就由他和你一起负责。"胡管家一惊。雪瑛不动声色仍旧平淡地说下去："这典当行业你们都不熟悉，所以我请了位行内高手，何家的生意自然仍由你主事，你和新来的盛掌柜要好好配合！"胡管家不觉背上出了一点冷汗，赶紧道："少奶奶放心，胡某必当配合，必当配合。"

雪瑛道："那这事就这么定了，何家剩下的掌柜、伙计愿意做典当的，自可留下学着做，盛掌柜也会配合你安排，不愿意的就像上次一样，拿丰厚的遣散费客客气气地打发他们走人。"胡管家点头。雪瑛下意识地看看小腹，道："从今儿起，我要在家里静养，谁也不见了！有什么事赵妈或者翠儿会转告你，刚才交代的事，你就和盛掌柜尽快着手吧！"胡管家赶紧起身告辞，雪瑛忽然又叫住他道："乔家的茶叶生意进行得如何了？"

胡管家愣了愣道："听说乔东家带人去恰克图贩茶，已经走了大半年了，前两天听说好像是回来了。"雪瑛呆呆地听着，脸上没有一丝变化，心里却浪头般翻滚起来，她不再说话，挥挥手示意胡管家退下了。

乔家这两天热闹得如同翻了天一般。长栓在外客厅中坐着，得意非凡，厅内一干人，包括玉菡在内，都在听他讲去恰克图来回路上的见闻。

"哎，太太，我和二爷这一回，那可真叫九死一生，先是二爷走在沙漠上，差点渴死，我用自己水囊里的水喂他，他才活过来，后来我们又在蒙古大草原上碰上了匪帮，有一个匪徒要砍二爷，千钧一发之际，我大喊一声，你给我住手……哎，我别吵醒了小少爷，我嗓门大……"

玉菡笑起来："没事儿，你说你的，这两个孩子啊，都随他爹，睡得死，打雷都不会醒的。"旁边一干男女仆人原本憋着，这会儿都笑了起来。长栓有点不安了："哎，你们笑什么？"长顺原本笑着要走，见他发问，忍不住开口调侃道："长栓，知道不？牛肉近来可便宜了！"众人闻言越发哄然大笑起来。长栓有点生气："你说我吹牛？你……"

玉菡竭力忍住笑道："长顺，你出去招呼二爷，看他需要点什么。其他人也都各忙各的去吧……"长顺和众人笑着应声出门。玉菡转过头，换了一个话题："长栓，你坐下。我听二爷说，你和雪瑛表妹的丫鬟，叫什么翠儿来着……相好？""太太……那只是我，我喜欢她，八字还没一撇呢……"说着长栓的脸骤然红起来。

祁县城中，曹掌柜陪致庸、茂才走进大德兴，伙计赶忙上茶，人人喜气洋洋。致庸呷了一口茶笑问道："曹爷，大半年不见，家里怎么样？"曹掌柜喜滋滋道："东家，您和孙先生走时留在大德兴的那些茶货，我让人运到了北方，三四年来北半个中国都没见过新茶，我们的茶货一到，听说连皇上和后宫里的皇后皇贵妃都惊动了，这批货卖了好价钱，银子都回来了！东家，今年咱们大德兴是个前所未有的大年啊！"

致庸和茂才相视一笑。致庸道："好，赶年前把账好好算算，和诸相与家的账都清一清，咱们不欠人家的银子过年！"曹掌柜连连点头。致庸接着道："还有，每年的腊月二十四，乔家的规矩，要请各路大掌柜吃一顿团圆年饭，这事你派个人好好替我张罗。今年我们的生意不错，大家都高兴，一定要把这顿饭搞得丰盛些，让大家吃好，哈哈！"曹掌

477

柜见他这般高兴，立马答应下来。

　　致庸好一阵忙活，半下午才赶回乔家大院。茂才因为要安排老父亲过年，也赶回家去了。致庸突然心中一动，吩咐长栓把车赶往书院。他远远地听着院墙内传来的读书声，笑了："长栓，听见没？这是世上最好听的曲子，美妙之极。"长栓捂着嘴笑，致庸突然却皱起了眉头。

　　晚饭后，致庸在书房检看景泰的书，景泰和元楚侍立在旁。致庸生气地将景泰的书扔到地下，大为生气道："景泰，这就是四大爷每天让你和元楚念的书？"景泰有点害怕地点点头。致庸大为不满："这是给孩子们念的什么啊？这种八股文，是那些为了骗到一官半职的人写的狗屁文章！你和元楚要读书，就要读好书，读圣贤书！来，我给你们找好书！"

　　他指指书架上的四书五经及辞赋选集之类的书道："以后要多念诸如这样的书。景泰，你和别人不同，你将来是要接管我们家家事的。我们是商家，念书不是为了考功名，是为了通过知识熏陶人的志向和品行，记住了吗？"景泰点点头："二叔，记住了。"致庸接着转向一旁的元楚："元楚，你呢？"

　　元楚想了想，摇头道："舅舅，舅舅的话跟元楚没关系。"致庸一愣，惊奇道："我刚才说的话怎么就跟你没关系？"元楚道："舅舅，景泰长大了要去经商，我长大了要去考功名，我才不去经商做我爹那样的人呢。"

　　致庸大笑："好小子，敢说你爹的坏话。经商的人难道就是坏人？小小年纪，怎么也一脑子糨糊。"元楚看看他，认真道："舅舅你又错了，元楚是神童，元楚脑子不是一盆糨糊。"致庸有点不高兴了："那你愿意读这些八股文了？"元楚笑了笑，道："舅舅，元楚也不愿意，乔家家塾我可只去了一回。"致庸又是惊奇又是好笑，连声问为什么。元楚皱着小眉头，一只手指八股文，一只手去捏鼻子："这种书太臭，元楚不是不想读，是元楚一闻见它脑子就疼。"

致庸大笑:"你读什么书脑子才不疼?"元楚先是不作声,接着打开自己的书包袱,把《楚辞》《诗经》《全汉赋》等一本本取了出来,道:"读我自己带来的书,脑子才不疼,心里才觉得畅快。"致庸一本本翻看,又惊又喜:"元楚,你小小年纪,都能看懂?"

元楚老老实实道:"也有看得懂的,也有不甚明白的,比如这《全汉赋》。可就是不明白,看着也喜欢。"致庸一下将元楚举起,大声道:"好孩子,说得好,你脑子不是一盆糨糊,舅舅脑子才是一盆糨糊!"

如玉出现在门口,笑道:"二弟,你又娇纵他了!"致庸放下元楚,想了想道:"不行,三姐,不能再让他跟着四哥读那些臭八股了,我得给他们请好老师,请名师!"如玉眼睛湿润起来,道:"二弟,你也别太宠他,别忘了他只是个孩子!"致庸连连摆手:"不不不,三十年后,你还敢说他是个孩子?眼下正是乱世,做官要人才,经商要人才,做文章更要人才,就是农民种地,也要人才!谁又敢说三十年后元楚不会成为治国经邦的大才?就是景泰,也不能再让四哥教他了!"

2

第二天一大早,当长栓把马车停下,茂才撩起帘子一看,忍不住皱眉道:"这怎么到平遥了?"致庸在一旁笑道:"本来咱们就是要来平遥呀!"茂才盯着他看,突然道:"东家,今儿我没吃早饭,饿了,让长栓给买两个火烧去。进平遥之前,你得让我知道,你今儿让我跟你干吗来了。"

致庸不愿说破,先是吩咐长栓去买火烧,然后道:"茂才兄,我们今天是来告诉广晋源的成大掌柜,让他给我们准备银子。"茂才哼了一声:"要是只为这个,东家就用不着茂才了,我也就不跟你进去了。我家正

忙着修房子，你还是让我回去吧。"说着他便要下车。致庸一把拉住他，笑道："茂才兄，茂才兄，有些事情我不是还没想好吗，没想好怎么跟你说。"

茂才把手抄在袖口里，干脆闭目不语。致庸只得道："好好好，我本来想过了年再跟你说。我是东家，年前就该想好明年的生意怎么做，这也是规矩呀。"茂才慢慢睁开眼睛："今年东家刚和茂才一起开辟了江南到恰克图的茶路，明年不想再走这条茶路了？"致庸摇摇头："怎么不想？当然想，而且要往大了做！你忘了，我在恰克图答应过拉斯普汀先生，让他成为俄罗斯最大的茶商呢。不过我想，今年我们疏通了茶路，明年别人也去江南贩茶，我们再想做独家生意是不能了！"茂才有点不耐烦："东家要有了新的打算就直说，干吗绕弯子呢？"

致庸笑道："茂才兄，今年咱们疏通了茶路，明年我想去湖州疏通丝路，去苏杭二州疏通绸路……"茂才拉长声调道："是吗？东家的心可够大的。天下最大的生意除了粮油，就是丝茶，茶叶东家已经做了，还要继续做，现在又想去做丝绸生意了。行，这些生意我都支持你做，可我怎么琢磨着你好像话没说完呢？"致庸看着他笑，就是不接口。茂才拿出旱烟袋，磕了磕，慢悠悠道："东家，有什么话，就一块儿说出来，甭藏着掖着了！"

致庸有点不好意思："茂才兄，你为什么一定要逼我把心里想的都说出来？说出来万一做不成，你不是让我在你面前没面子吗？"茂才长长地吸了一口烟："要不要我替你说出来？你心里那点事儿，茂才胸中明镜儿似的！东家，自从我们在恰克图见到票号，这事就像一只小兔子，一直在你心里乱拱，一天也没有消停过。是不是？"

致庸刚要说话，却见长栓倒腾着两个手捧着火烧跑回来，没好气地扔给茂才。茂才也不介意，接过火烧，大口嚼起来，赞道："好吃！这

平遥的火烧，就是好，要是再加上点儿平遥牛肉，就更好吃了！"长栓调笑道："要不要再给你来一碟儿老陈醋，来一壶杏花村的好酒，再来二两花生米？"茂才也不动声色道："那就更好了！可惜东家不发话，你弄不来！"致庸也笑，看着茂才，心中却有点复杂起来。

茂才也不再多说，三下两下吃掉一个火烧，将另一个揣起来，接着道："长栓，别愣着，快赶车进城，东家今天是办大事来了，他想知道人家广晋源票号是怎么开的，他这个人，想把天下的好事一下子都收入囊中！"

短短两年间，致庸已经名声大噪，广晋源总号大掌柜成青崖亲自带二掌柜、三掌柜，将他和茂才迎了进去。成青崖沿着长廊边走边说："敝号早已接到恰克图分号的专信，乔东家托敝号汇兑的银子，已经为你准备好了。"

致庸站住恭敬道："成大掌柜，致庸今日来到宝号，一是要兑取那笔银子，二也是想来开开眼。当年姜升阳老先生在我山西众商家之中，慧眼独具，识见精深，又敢为天下先，一手创办万川汇票号，开了票号业的先河。成大掌柜更是青出于蓝而胜于蓝，继承姜先生的事业，创立广晋源票号，为不少商人开了便利之门，一些地方只要带着一张广晋源的银票就能畅通无阻。成大掌柜，这件事可是自古以来从没有过的大事，功在当代，惠及千秋啊！"说着他深深地作了一揖。成青崖听着这些话颇为受用，客气道："乔东家言重了。老朽虽然孤陋寡闻，却也听说祁县乔家出了一位少年英豪，胆识过人，南下长江北上恰克图，为天下茶商疏通了茶路，今日一见，乔东家果然气宇轩昂，风采照人，真应了一句古话，叫作自古英雄出少年。"

致庸哪里敢受这些话，谦虚了半天，又恭敬道："致庸去恰克图之前，虽也听说过票号，但走包头、下江南，都无缘与票号业务有什么干系。

直到这次在恰克图真正见识了票号，大开眼界，此后一直想来贵号总号瞻仰。今日终于有了机会登门，老前辈能让人带致庸前后看看吗？"成青崖心中已经颇为得意，当下道："乔东家已经成了小号的相与，看看又有何妨？老朽就带你们到各处走走！"致庸、茂才连忙站起称谢。

成青崖领着致庸和茂才一路介绍："乔东家，这是前柜，敝号就是在这里和相与商家办理汇兑。当然了，要是像乔东家这样的大主顾来，里面还有雅室。"

致庸一路看去，频频点头，又请教道："成老前辈，有件事我想讨教一二。譬如致庸今天不取这笔银子，把银票留下，银子存放在贵号，什么时候用什么时候来取，能行吗？或者我以后做生意，也像我们祁县的水家、元家、邱家在贵号恰克图的分号那样，做完了买卖不付给对方现银，只写一封信到此地贵号总号，由此地贵号总号将我存在这儿的银子支付给人家，行不行？"

成青崖笑道："当然行啊，乔东家，看来你对我们这一行已经有点了解了。"他解释道："我们做的是这种生意，第一敝号可以为相与商家办理异地汇兑，这是票号的主营业务；其次我们还兼营钱庄，供客商们把银子换成制钱，或者把制钱换成银子；再其次，我们吸收各相与商家一时用不了的存银，存在我这里安全不说，我还给利息，同时也对相与商家放贷，你做生意没钱，我可以先放贷给你。乔家在包头开有复盛公钱庄，后两宗买卖你一定熟悉。不过加上异地汇兑这一宗买卖，钱庄就变成了票号，这么说吧，以后乔东家但凡在生意上有和银子打交道的事项，敝号都可以一体办理！"

茂才在一旁仿佛很无意地打听道："成大掌柜，这门生意里头，有银子赚吗？"成青崖不禁得意道："生意场上有句话，叫作无利不起早。像乔东家此次从恰克图将银子汇到平遥来兑取，我们要收百分之二的汇

水,这个你们知道;其次客户到敝号拿银子换钱,拿钱换银子,敝号接收存款和贷款出去,都有固定的收益。这么说吧,乔东家做的是钱变货、货再变钱的生意,我们做的是让钱变钱的买卖,都是生意,哈哈哈……"

致庸鼓掌笑道:"成大掌柜,你这拿银子生银子的买卖,不该叫票号,该叫银号。"成青崖摆摆手:"那可不行,当初我师傅也想过这么叫它,可是东家说,叫银号太招摇,还是叫票号,于是成了票号。做这行得低调!"

致庸一面听着点头,一面仔细地四下观察着。那一直跟着他们的二掌柜突然起了疑心,不放心地看着致庸,最后终于道:"乔东家,这里没什么好看的,前面请。"致庸和茂才笑笑,停留了一会儿才又往前走。成青崖面上的笑容少了许多,但仍带着他们继续参观:"……这里是存放款的地方,这边办理换钱业务。那一边,是代众相与办理信件邮寄业务的地方。这边是账房。里面还有银库和店内掌柜、伙计们起居的地方。乔东家,敝号大体上就这些了,里面请茶吧。"

致庸和茂才走进账房时,注意到了一幅正楷小字,那幅字端正地贴在账房先生面前的墙上。两人互视一眼,致庸当即朗声念出:"实事求是。一意为公。随机应变。返朴归真。身体力行。立足不败。变通增益。以垂长久。"他笑着回头看着二掌柜道:"请教二掌柜,这幅小字是何意思?"二掌柜看看他,敷衍道:"啊,这是店训。乔东家,里面请。"致庸不再多言,随他走了进去,茂才却又回头朝那幅小字上多盯了几眼。

几人终于进了雅室。致庸取出汇票:"成大掌柜,这儿是致庸的汇票,请成掌柜过目。"成青崖略略验看了几眼便道:"这个不会有错的。乔东家方才说要将贵号的银子存在敝号,乔东家用时再来支取,是否当真?"致庸点点头。于是成青崖将汇票交与二掌柜,吩咐道:"让柜上办去。乔东家一定很忙,尽快办完了好让乔东家办自己的事情。"

二掌柜会意，转身走出，一进账房便悄悄地道："大掌柜让快点给他办，办完了让他赶紧走，这个乔致庸今天来好像有别的意思。"账房先生点头："明白，马上就得。"

雅室内，致庸正在和成青崖有一搭没一搭地聊着，虽然致庸还是很想聊聊票号，但成青崖已经基本不接口了，只说些闲话。不多久，二掌柜便进门递过一张银票。成青崖接过那张银票，交给致庸："乔东家，刚才你交给老朽的是一张汇票，这儿是我广晋源的一张银票，乔东家通过敝号从恰克图汇来的银子，除了若干汇水，已全部转为敝号的存款，你拿上这张银票，何时来支银子自用，或者支银子给相与商家都行。"他说着起身，摆出一副送客的架势："老朽近日有点难言之疾，就不奉陪了！"

致庸也不得不站起："谢成大掌柜。不过成大掌柜，致庸今日来，还有几句话想对老前辈讲！"一阵不耐烦的表情掠过成青崖的脸，但他想了想还是道："乔东家还有话？就请讲吧。"但他不坐下，并且做出一种随时准备送客的架势，于是致庸和茂才也只好站着。

致庸仍旧笑着道："成大掌柜，自打在恰克图见识贵号的分号，致庸心中一直都藏着一句话，想到广晋源票号对大掌柜说出来！成大掌柜，致庸不才，认为广晋源票号已为我商家做了一件改天换地的好事，可惜目前这件好事的局面还不够大，能够从这件好事中获益的商人还太少，致庸为此深感惋惜！"

成青崖有点听不入耳了，哼一声道："敝号地面局促，成青崖人老德薄，做的事自然不入乔东家的法眼。"致庸连忙摆手："晚辈不是这个意思。据晚辈所知，春秋时期我们山西商人的老祖宗计然就说过，钱币的流通应当像行云流水，不能停滞，它流动得越快，天下的货物就流动得越快，为天下人生利就越多。可是几千年过去了，一直没人能想出一

个让钱币流动得快的办法，广晋源首办票号，正是替天下商人想出了一个让银子快速流动、快速生利的办法！"

成青崖没作声，但颇有点自满地捻着胡须。致庸愈加恭敬道："成老前辈，致庸自从在恰克图领略到了票号业的好处，就一直在思考，觉得票号好是好，只是参与这一行业的人太少。据我所知，现而今全中国的票号加起来，也只有五家，三家都在你们平遥，另外两家是徽商开的。"成青崖欲言又止。致庸继续道："票商太少这是致庸的遗憾之一；这么少的票商，开办的分号就更少，分号最多的就是广晋源，也只有北京、天津、杭州、福州、恰克图五个分号。分号这么少，自然不可能为更多的商家办理汇兑业务。就比如我，到包头下江南去恰克图，银子都得自己来回带，又费力又操心，路上风险也大啊。"

成青崖仍旧不说话，但面上却明显有了不悦之色。

茂才在一旁直向致庸递眼色，致庸没有注意到，继续道："致庸还有一个最大的遗憾，那就是广晋源今天只与晋商中有名的大商家做相与。仅这一条规矩，就将无数中小商家排除在了票号能带来的方便之外。"

成青崖不再急着送走他，干脆坐下来，哼一声道："乔东家，照你看来，我们这票号业该怎么办才能让你少些遗憾呢？"致庸一点也不介意他语气中的嘲讽，热烈道："这也正是致庸今日到贵号来见成大掌柜的目的之一。致庸是这么想的，广晋源首创票号业，第一次让商人们利用自己的信用而不是现银，使走遍天下做生意成了一种可能。这是我们商界开天辟地的事情！若能把这件事办大办强，让更多的商家进入票号业，在全天下由众多的票商织成一个广大无边的信用之网，让大中小商家皆能以这个网为依托，凭信用做生意，我们就能实现晋商前辈一直梦寐以求的货通天下的理想，做成天下从来没有过的大生意……"

茂才拽了拽致庸的袍角，示意他打住。这边成青崖已猛然拂袖站起，

背身而立。致庸将茂才的手拨拉开，追上去急道："成老前辈，咱们平遥的晋商老前辈王协王老先生，为了实现晋商货通天下的理想，一生北上大漠，南到南海，东到极边，西到荒蛮之地，但他到底没有做成天下那么大的生意，因为那时没有票号。现在这个机会由广晋源为天下商人创造了出来，我们这一代晋商既然已经看到了这个机会，就不应当再放弃。只要有了票号业这张巨大的信用之网，我们就能做成王老先生想做而做不成的事，实现货通天下，造福万民！"

成青崖再也忍不住，转过身来，逼视致庸道："乔东家对我们票号业的事有如此多的兴趣，不是也想做这行生意吧？"致庸毫不回避地点点头，诚恳道："成老前辈，致庸现在觉得，票号业的兴衰将决定中国商业的兴衰，致庸一是敬慕前辈，二是深感作为晋商的一员也有责任追随老前辈，将票号这一新的行业发扬光大！"

成青崖瞪了他半晌，终于冷笑道："我明白了。乔东家今天竟不是来兑银子的，而是来让老朽知道，乔东家要进入票号业与广晋源分庭抗礼，是这样吗？"致庸没料到，他热切地说了半天，成青崖竟然这么回答他，当下有点尴尬，急忙强笑着诚恳道："老前辈不要误会。广晋源是天下票号业的创立者，老先生又是今日我山西票商的领军之人，致庸即使真的进入票号业，也只是想追随老先生，譬如广晋源是那张遍及天下信用之网的纲，乔家大德兴就是那网上的一个小目。"

成青崖冷冷地哼一声，脸色极为阴沉。茂才赶紧在一旁打圆场道："成老前辈，请允许在下插一句话。鄙东家的意思是，要将票号业办好，实现货通天下、汇通天下的梦想，需要许多票商一起努力，鄙东家非常想跟在老前辈身后，成为这许多票商中的一员。"

成青崖沉沉地看着他们，突然哈哈大笑："乔东家，还有这位孙先生，今天你们真是抬举老朽，什么将票号开遍天下，让天下所有的商家

都变成票商的相与……"他神色一变，笑容顿落，道："乔东家的心胸，不可谓不远大，老朽佩服。不过这可不是老朽的师傅当初办票号的初衷。老朽的师傅当初办票号，只是为了减少相与商家来往使用银子的麻烦，同时自己也挣点银子，并没想过什么货通天下、汇通天下。老朽也老了，你今天说的这些事情，我就是想做，也是力不从心。对不起，我让两位失望了！二掌柜，送客！"说着他背转过身，不再理睬致庸和茂才。致庸看看茂才，面呈失望之色。茂才赶紧向他使了一个眼色，于是致庸也不再多说，拱手告辞。

长栓甩了一个响鞭，驾车前行。车内致庸与茂才对视片刻，忍不住道："怎么？今天我又说错什么了吗？"茂才摇了摇头，开口道："不过你今天好像有点儿对牛弹琴。"致庸脸色微变："茂才兄，你的意思……"茂才看看他，却不再说话，径直点起了旱烟。致庸也不再开口，车内的空气好像一下子冷了起来。长栓忍不住回头看了他们一眼。

3

他们回来时一路都没有再说话。晚饭过后，致庸再也忍不住，拉住茂才便到了书房。茂才也不客气，一进门就道："东家，你要是觉得只要事情有益于天下，别人都会像你一样一颗热心，满腔激情，恨不能立马就去办，那就错了！"致庸被他兜头泼了一盆凉水，一时说不出话来。茂才继续道："据我所知，成青崖并不是心胸阔大之人，自从他接管了山西第一票号广晋源，便把票号业视作自己的禁地，卧榻之旁，不容别人安睡。平遥另外两家票号的大掌柜，一个是他的师弟，一个是他的徒弟，同样为他所不容。你今天对他说那些话，一则对牛弹琴，二则打草惊蛇。"

致庸再也忍不住了，激动地说道："茂才兄，我也不是一定要进入

票号业，我看中的不是其中的利，我看中的是票号业将来会成为大清商业振兴的希望！广晋源已经开了多年，一直画地为牢，只与大商家做相与。但天下的生意是由天下的商人一起做的，这其中就包括大批中小商人，他们本小利薄，最需要票号业的帮助！你想过没有，有一天我们真把票号开遍了全国，商人们仅凭一张小小的银票就可以走遍天涯，那是个什么气象！天下的出产都会变成货物，飞快地流通起来，天下再没有流动不起来的货物，也再没有流动不起来的银子，这会给天下人带来多少财富！你想想，真到了那一天，我们这一代商人，我们，你和我，会做出怎样的成就！无论是前辈还是后人，我们在他们面前都将毫无愧色，后代商人说起我们来，那会是一种什么语气！我们一定会说……"

茂才忍不住打断他："东家，你别憧憬个没完了。开票号要大本钱，在全国开票号，需要的不是银子，那是一座银山，你到哪里搬来一座银山？"致庸一愣，道："开票号当然需要银子，许多许多的银子，可不一定全用自己的银子。票号的主营业务是汇兑，但它同时还是钱庄，替别人存银子，放银子，用别人存进来的银子，我们也能做票号生意。当然了，一开始不会有大批银子存进来，因为你还没有信誉！"

茂才点头："这个不错，做票号生意和做别的生意一样，首先要建立信誉，可是……"他还没有说完，致庸就抢话道："这只是一条路。第二条路，我们不但要继续贩茶，还要坚决地去湖州贩丝，去苏杭二州贩绸，一点点把开票号要的那座银山堆起来。第三……"茂才接口道："第三，你想借别人的银子开票号！"

致庸不好意思地笑了："茂才兄，原来你也想到了！我们能用别人的银子贩茶，就能用别人的银子办票号，办票号既是件天大的好事，那就是天下商人共同的责任，理应天下商人一起做！"茂才半天不出声，过了好一会儿才道："东家，我明白你的意思，但有句话我得说出来了！"

致庸点点头，眼睛热切地看着他。茂才叹了口气道："无论是在包头立新店规，给伙计们顶身股，还是南下贩茶，北走恰克图，你做的都是了不起的大事。不过我现在就觉得，你过去做的这些所谓大事，和你将要进入票号业相比，都微不足道了！"致庸神情一震。茂才道："你先别高兴，过去你做什么事，我都支持你，包括去老鸦山劝刘黑七下山。可是开票号这件事，我却不得不说——不！"

致庸震惊地望着他："茂才兄，这是天大的好事，你为啥……"茂才有点烦躁地站起来踱步道："东家，正因为它是一件天大的好事，从来没有过的好事，做成了就将一改天下商人经商的气象，给天下的商界重立新规，简直和开天辟地差不多，我才不支持你！"

致庸大为不解，连连追问。茂才坦言道："因为我担心不管是你，还是你我加在一起，都既没有那个实力，更没有那个心力！"致庸又是狐疑，又是着急，一时间眼望着茂才，等待着他把话说完。只见茂才踱了好一阵，终于艰难道："东家，老子说，'鱼不可脱于渊，国之利器不可以示人'。办票号，在天下织成一张信用之网，这就是国之利器，这把刀切下去，天下所有的人，不只是商人，包括官府、朝廷，甚至是我们的皇上，都会感到切肤之痛！这种在中国商界开天辟地的大事，能给天下人带来大利的事，是国之大利，向来只能由国家来管，朝廷来办才对！这样的事怎么可能由一个或者几个、十几个山西商人做成呢？由一帮山西商人掌控了国之大利，朝廷怎么办？他们会让一批山西商人掌控这国之大利吗？"

致庸有点明白了，嗫嚅道："这个……我只想到它对天下商人的好处，并没有想到……"茂才点头："对，东家你今天看到的只是它对天下商人的好处，别人看到的就可能仅仅是其中之利。东家要做的是惠及天下的大事、好事，可这种大事、好事办起来，本身就不会十分顺利。东家

你要从今天起记住茂才的话，如果你执意进入票号业，那你必将尝尽世间的甘苦，乔家则有可能一败涂地，陷入万劫不复之境！"他严肃地直视着致庸，没料到致庸一听这话反而笑了："茂才兄，事情还没做，你就这么吓唬我？"

茂才跺足道："我不是吓唬你。东家，我这会儿才觉得，我和你其实是两种人。你以为自己读了一本《庄子》，就栩栩然蝴蝶也，以为自己成了老庄之徒；我和你不同，以为自己自幼苦读四书五经，就成了孔门弟子。不是，东家，我发现现在正好打了个颠倒，你不是老庄之徒，反倒更像个孔孟之徒，身在草野，心忧天下，而我这个所谓的孔孟之徒，事事想的却是韬光养晦，独善其身。而在我看来，做商人首要的就是独善自保，隐藏锋芒，这样才能做大，长久。东家，我这会儿劝你还不晚，广晋源早在多年前便创立，可他们一贯低调行事，就是因为要自保啊，他们也有'汇通天下'的大匾，可一直都藏在后院，从来不拿出来示人。哼哼，天下人应当由庙堂上衣锦食肉的那些官员去关心，那是他们的责任，你和我现在只是商人，我们只要像现在这样，今年去南方贩茶，明年去湖州和苏杭二州贩丝贩绸，为自己也为天下的茶民、丝民、绸民挣回大笔银子，就尽了商人的责任。这将票号开遍天下的抱负，不仅宏大遥远，而且深不可测，凶多吉少。我劝你还是丢弃了这个念头吧，免得有一天大祸临头，后悔不及！"

也许他的话说得太重了，致庸不再接口，只是皱着眉头深深看他，半晌道："茂才兄，你刚才说我不是老庄之徒便错了，鲲鹏虽然受到了燕雀的嘲笑，可它知道，它这么做，并不是为了扬名立万，是它自己觉得应当这样，它觉得只有这样飞翔，才是快活的，只有这样的日子才值得去过……茂才兄，你觉得一味独善自保的生活有味道吗？"

茂才没有作声，但神色间颇不以为然。致庸心中失望，仍然笑道：

"哎，茂才兄，我幼时听过一匹小马过河的故事，说小马不知水的深浅，它就去问河边的田鼠，田鼠说，哎呀，河水深得很，你会淹死的；小马又去问一头老牛，老牛说，河水很浅，还没膝盖深呢，随便就过去了。等小马下了河，才发现河水既不像田鼠说的那么深，也不像老牛说的那么浅！"

茂才皱着眉头看看他，却不再接口，将杯中的冷茶一饮而尽，站起便朝外走。致庸追上去道："茂才兄，大丈夫立于世间，无非是立德、立功、立言三件事，我辈立德的事做不到，立言的事更不必枉谈，身为一个商人，能做的也就是为天下人做些大事，立些功勋。能做而不做，见机而不起，那是懦夫！"茂才哼了一声："东家，让我怎么说你呢。我现在就可以料定，你这一辈子，一定是以卵击石的一辈子，不到黄河心不死的一辈子，被撞得头破血流的一辈子！"致庸一点也没把这话放在心上，想了想，反而激将道："茂才兄，你说错了，我知道不会这样的，因为我身边有你这个再世的诸葛！我要是真的那样了，不是我无能，是你无能！"

茂才看着他那年轻的黑亮眸子，又好气又好笑。致庸见状，继续如念白般鼓动道："'亦余心之所善兮，虽九死其犹未悔。''路曼曼其修远兮，吾将上下而求索'……"

茂才摇摇头，瞅着他好一会儿，才无奈道："好吧好吧，你也不要给我戴高帽子，你一定要走上这条不归路，我也没办法，反正我劝过你了。你打算怎么办？你是东家，你说了算。"致庸正一正神色道："有你这句话就成。事情说办就办，明天咱们就着手合计办票号的事！过完年，你我就一家家登门，去借银子！"茂才长叹一口气，不再理他，快快地离去。致庸又喊了几声，见他头也不回，也只得作罢。

月光照射下，窗前树影婆娑。下半夜了，原本睡熟的茂才突然睁眼，大叫一声，起身便向书房跑去。一直没有合眼的致庸听到动静，已经把

门打开："茂才兄，你怎么了？"

茂才看他："我想起了一件事，可这会儿又不想对你说了。"致庸一把把他拉进屋，笑道："一定是办票号的事，快说快说！"茂才仍挣扎着要走："算了算了，我两个时辰前还反对你插足票号业，这会儿又要帮你出主意，岂不是出尔反尔，自相矛盾吗？我怎么成了那种人了我？"

致庸按着他坐下："我的好茂才兄，想起什么大事来了，快说！"茂才摆架子道："不行，要茶！没茶我说不出来！让长栓起来弄壶好茶！"致庸笑了，立马从身边端出在暖巢里捂着的一壶茶："茶给你准备好了，我一直准备着呢！"

茂才喝茶，道："想到的事情我可以说出来，但这决不表明我改变了初衷，支持你办票号！"致庸点头，一双年轻的眼睛热烈地看着他。茂才道："刚才我做了一个梦，在梦里头忽然明白过来，那张贴在广晋源账房里的店训，里头大有文章！"

致庸大为兴奋，一迭声道："你喝茶，快点说！"茂才道："东家，店训若是为约束号内众人而写，就不该贴在账房内，而应贴在公众会聚之所；将店训贴在账房内，字又写得那么小，只能和账房先生有关！"致庸一挑大拇指："有道理，说下去！"

茂才拿他没办法，只得瞪了他一眼继续道："刚才我在梦中，把他们那张店训记起来了。我说，你写！"致庸赶紧执笔在手，茂才沉声念道："实事求是。一意为公。随机应变。返朴归真。身体力行。立足不败。变通增益。以垂长久。"

致庸一一写完，拿在手上左右端详，却听茂才道："甭看了，东家，快把广晋源的银票取出来！"致庸略有所悟，当下从靴筒中掏出银票，摆在桌上。两人将广晋源的店训和银票上面的字好一阵对照，半晌，致庸拍案大笑道："茂才兄，我看出来了，这幅店训，就是他们加在银票

492

上的密字！"茂才赞赏地点点头："不错！我也这么想！"

致庸笑道："来来来，我们对对，看银票上的字和店训上的字有什么联系。"茂才抚着银票沉吟道："要破译人家的密字，先得明白人家最想用密字证实什么。"

致庸立刻道："银票上的银子数！""还应当有写票的日期。"茂才添了一句，致庸赶紧念道："这张银票上有银子二百二十万两，日期是九月二十日。要说前面是数字，一字就该对实事求是的实字，二字应当对事字……这不对。"说着他在地下转起圈子，好一阵冥思苦想。

茂才拿着两张纸看，嘴里念叨道："东家，我这会儿觉得咱们快找到门径了，只差那么一点点，就那么一点点！这一点点过去了，咱们就……"一语未毕，他一掌击在案上。致庸吓了一大跳，却听茂才笑道："雕虫小技！雕虫小技！东家，你横着看这张店训，是不是就看明白了？"

致庸口中念念有词，突然一跃而起，大叫道："是啊，不但要横着念，还要从左向右念，我们念书念习惯了，连想事情都是从上往下，从右向左。你看，这么反着一念，就对上了，最上面从左到右，是一二三四五六七八九十百千万，共十三个字！"茂才点点头，也兴奋道："接下来是一年的十二个月，再加上月日两个字，共十四个字，下面还有一个字，是什么？再查查！"

致庸狡黠地一笑："不用查了，最后一个字是两，银两的两，正好，一共二十四个字，正合店训上的二十四字。"茂才一怔，两人相对大笑起来。笑着笑着，茂才笑容一敛，默默看了看致庸，扭头往已经露白的窗外看去，轻轻叹了一口气。致庸毫不觉察，将银票收起，抓起店训和刚才写下的字纸，一起放在烛火上烧掉，道："这可是别人的大秘密，留它不得啊！"

第二十八章

1

致庸是个说干就干的人，前两日他已经吩咐长顺专门收拾一个院落，准备延请名师。几日后他召集家人郑重宣告："有件大事。自从元楚来到咱家，我就一直想为他和景泰请一个好先生。乔家的家塾，让孩子们读的全是八股文，再这样下去就把景泰、元楚两个孩子误了！"

几个女眷互视一眼，点头表示同意。如玉的眼圈都红了。致庸继续道："我请的这位先生家学渊深，本人学问也高，十年前就中了进士，只是因为没银子在朝廷里活动，才没能补上一官，只能清贫在家。但今天我要和嫂子、三姐你们一块儿商量的是，请到这位先生后，全家要立一些新规矩，将先生留住。"

如玉道："致庸，你是说……"致庸点点头："三姐，你可能已经想到了，自古读书人瞧不起商人。商家呢，也常常因为自己有银子瞧不起读书人，往往两相反感。"曹氏和玉菡对视一眼，当下便道："致庸，我们听明白了，你要我们如何待这位先生？"

致庸赞许地看了她们一眼，道："圣人讲天地君亲师，人生在世，除了天地君主父母之外，最要敬重感激的就是先生了。这位刘先生愿意屈尊来我们家教导景泰和元楚，就是我们乔家的恩人。我想说的是，从

刘先生进门这天起,我们一家,从上到下,每一天都务必把人家当成恩人款待。"

如玉突然跪下:"嫂子、致庸、弟妹,我为元楚这孩子,谢谢你们了!"致庸赶紧搀起她:"三姐,这你就错了,这位先生既是为元楚和景泰请的,也是为我自个儿,为咱们全家人请的!"如玉惊奇道:"致庸,这话怎么说?"致庸拉如玉在桌前坐下:"从现在起,我想给乔家改改门风,把算盘声、戥子声、谋利声变成学生读书声、先生讲道声,让我们的后代,在学会经商之前,先懂得圣人的经典,学会做人!不独男子,家中年轻的女孩子和女眷,每天闲着也是闲着,我想在书院里挂上竹帘,让她们都坐在里面,跟景泰、元楚一同听先生讲书。她们不是商家之女,便是商家之妻,自小听到的是算盘声、戥子声、算利钱的吵闹声,听一点诗书文章,将来就不会只懂得唯利是图。"玉菡望着致庸,痴爱的目光里立时多了几分敬重和崇拜。致庸迎着玉菡的目光微微一笑:"都说富不及三代,为什么?就因为许多商家有了钱就贪图享乐,忘了读书教育下一代……"

没过多久,那位刘本初老先生就被致庸高薪隆礼请进了乔家大院。从那日起,乔家对待先生的礼数便远近闻名了,而且一直延续了下去:先生到家,全家跪地相迎;平日里指派两个人专门侍候;先生一日三餐,东家在时亲自作陪,东家不在,就由家中女眷在餐厅内悬一竹帘,于帘后坐陪;先生出入皆使用东家的马车或者轿子;一年四季的衣服,东家穿什么,先生就穿什么……

刘本初为人清高,原本并不太情愿到商家授教,但在这般礼遇下,最终也心服口服,兼之颇喜元楚的天分,终于安安心心地留了下来,至此乔家的私学便大不一样起来,家风也就此为之一变。玉菡因为常常听致庸在梦里念叨蝴蝶,所以就着这个机会,也学起了《庄子》,几年下来,

竟然也有小小的收获，实在算是意外之喜了。

年关越来越近，大德兴丝茶庄愈加忙碌了。一条长长的号称天下第一的大算盘摆在柜台前，五六个伙计双手同时在上面熟练地算着账。小伙计们跑来跑去，端茶倒水，招待从外地分号赶回来的大掌柜们，个个喜气洋洋。

玉菡抱着孩子在一旁笑吟吟地看着。一个王姓伙计屡屡出错，玉菡终于按捺不住，把孩子交给明珠，上前道："算了，你下去，我来。"很快玉菡的手如弹琴般极其熟练地打开了算盘，众人一片喝彩。

直到傍晚，曹掌柜才抱着一摞账簿走进大掌柜室，笑道："东家，到底算完了。哎哟，二太太可算露了一手，不愧是名商之后……"身后玉菡款款走进来，接过话头："今年的生意跟往年相比真是一个天上，一个地下。前几年年年赔，今年各店只有一家还亏着，三家持平，其余皆大有赢利。"

致庸一乐："说说赚了多少银子！"曹掌柜刚要翻账本，这边玉菡眼也不眨地报出来了，曹掌柜呵呵笑着补充道："东家，今年是我到大德兴三十年来，乔家最大的一个丰年！"致庸大叫了一声好，一旁茂才坐着笑，拱拱手道："恭喜东家！"致庸克制着激动，也向曹掌柜和茂才拱手道："诸位爷同喜！"他想了想，接着道："曹爷，今年大家忙了一年，都辛苦了，虽说还不到账期，但赚了银子大家都高兴。无论股东、掌柜还是伙计，你造个册子，除了辛金，给大家多分点银子，让大家过个好年！"曹掌柜一怔，高兴地问："知道了！新来的人分不分？"致庸点头道："分！只要进了我大德兴的门，就是我们的人！每人多给五两银子过年！"

曹掌柜略略有点迟疑："五两太多了吧！一个刚出徒的伙计，一年的辛金也不过十两！"致庸摆摆手："一定要给！要让大家从进号第一天

就记住，大德兴和复字号就是他们的家，只有这个家好，大家的日子才能过好！"茂才鼓掌道："我赞成！"曹掌柜不再坚持，当下又笑道："东家，刚招进来的这些人想见东家，见吗？"致庸点点头，一边站起往外走。

新招的伙计、学徒一排排在院里站着，一个个神情兴奋。曹掌柜陪致庸和茂才走出，致庸道："诸位都来了，好好好，新年就要到了，祝大家新年大吉大利，心想事成！"众人轰的一声："我们也给东家拜年！"致庸笑了："这下着雪，天儿怪冷的，刚才曹掌柜让我给大家说几句，我就简单地说几句！"一听这话，这些年轻的学徒立刻规规矩矩地站好。接着致庸提高了点嗓门："大家可能都听说了，今年我们大德兴和包头复字号各店，是个大大的好年景！这种兵荒马乱的年头，多少生意人失业，多少铺子关张，多少人流离失所，这都是一年多来我亲眼所见，可是我们却靠自己的一双脚，走回来一个好年景！你们说，这是怎么回事？"众人互相对视一眼，七嘴八舌起来——"因为东家不怕死，走南闯北地去贩茶！""因为大家齐心合力，拧成一股绳！""因为东家仁义，做生意讲良心！"……

致庸听着笑笑道："你们说得都没错，做生意就是要仁义，要不怕苦。我举个例子，过了年你们就要到包头去，到蒙古大草原去做生意！我不骗你们，那里很苦，一到九月就下大雪，寒风刺骨，滴水成冰；到了那儿得学蒙语、学俄语，一大早起来就得练；照店规你们去了那里，一年才能回来一趟，当学徒的四年才能回来，要抛家舍业，离开父母妻儿，遇到不痛快的事哭都找不到亲人。我不是吓唬你们，我说这些话是想告诉你们，要是你们中间有人怕苦，趁早待在家里别去！有没有这样的人啊？"

众人愣了愣，接着都齐声高喊："没有！"致庸又笑了："没有就好！可是要做好生意，光能吃苦还不行，你们还要会做生意！怎么算是会做

生意？我告诉你们，你们给店里挣了大笔的银子，我不一定夸你，可你们要是为大德兴和复字号挣回了好名声，让人家认死了咱们大德兴和复字号的牌子和信誉，我就重重地奖励你们，给你们加辛金，加身股！"

众伙计、学徒轰的一声响，个个情绪活跃。致庸扫了他们一眼，又提高嗓门道："最后再说一句，最后一句！我们做生意的人，不能只想着生意，心里要装得下整个天下！整个天下，你们懂吗？"

这次众人都没有接口，互相看着，欢笑声慢慢低了下去。致庸严肃道："什么是天下？天下就是天下苍生，具体说起来就是你们遇见的每一个蒙古牧民。你们要时刻想着他们一年四季需要什么，而不是什么货品最赚钱！我再提一个希望，你们每个人，不但要把我大德兴和复字号的生意做大，更要在蒙古大草原上把自己历练成一个心怀天下的商人，以后都能回来做大掌柜。告诉大家，将来我们乔家要做的生意有天那么大，需要很多的大掌柜、二掌柜、三掌柜。在乔家做掌柜，没有心怀天下、把生意做到天涯海角去的抱负是不行的，都明白了吗？"这些年轻的伙计、学徒们似乎都若有所悟，面色很自然地都严肃了起来。曹掌柜也颇为感动，带头鼓起掌来，接着伙计、学徒们终于发出一阵雷鸣般的掌声。

外面的雪大，所以致庸很快就让众人散了。曹掌柜招呼致庸和茂才进了屋，感慨道："东家，您刚才的这番话，他们要是听懂了，够他们受用一辈子啊！"致庸笑了，转了个话题："刚才这些新进来的人里头，有没有票号业方面的行家？"曹掌柜一惊："怎么？东家过了年要开票号？"

茂才不冷不热地接口道："东家不是要开票号，而是要把票号开遍天下。曹掌柜，你打这会儿，就要帮东家在我们祁、太、平三县搜罗有开票号经验的人，以后东家在这方面要用的人，比包头马大掌柜要求送往蒙古草原上的伙计还要多！"曹掌柜没有多想，当下拍胸脯道："那好

办，前几天还有一些票号业的掌柜和伙计来找过我，他们不是广晋源成大掌柜的徒弟，就是他的掌柜或者伙计，要说都是些人才，大多都是成大掌柜容不得，被撵出来的！"

致庸大喜："那要谢谢成大掌柜了。曹掌柜，你过了年，马上派人去联络这些掌柜和伙计，有多少你给我收下多少，我现在不怕人多，只怕人少！"曹掌柜点头。茂才不作声，一直冷眼望着，眼见致庸兴奋的目光又向他转来，立刻扭头向窗外看去，只见窗外的大雪一阵紧似一阵地飘着。

2

腊月二十四那天，从早上起乔家大厨房就一片热火朝天的架势，二十多个厨子、十七八个老妈子都在紧张地忙碌着。玉菡高声嘱咐他们道："乔家腊月二十四招待大掌柜的饭可是出了名的，大家可不要让我丢了脸！"众厨子大笑："那不会，太太您就看好吧。"玉菡也呵呵笑了起来，鼓劲道："大家干好了，我每人发你们一个红包！"众人一时谢着，笑着，厨房里热闹成一片。

近中午的时候，桌子终于摆开，冷菜已经齐齐地上来了，各地的分号大掌柜也陆续到了，可就是谁都不愿意先入席。推让了一阵，曹掌柜笑道："东家，每次让大家坐下都是件难事，今年还是你来安排座次吧。"致庸想了想道："以往请大家吃这顿团圆席，好像都是年资最长的大掌柜坐首席，今年咱们是不是立个规矩，请一年里出力最大、最辛苦，给股东和大家赢利最多的大掌柜坐首席。大家说如何？"

众人鼓掌叫好。天津侯大掌柜道："虽说照新规矩，我今天坐不了首席，但我还是举双手赞成，因为它给大家提气！今年你干得好坐首席，

明年保不准我干得好，也能坐首席呢！"众人大笑。曹掌柜道："大家要是没意见，这个新规矩就算立下了。今年包头复字号马大掌柜在各位大掌柜中间，出力最大，赢利最多，咱们请马大掌柜坐首席！"

马荀急忙推让起来。京城大德兴分号的李大掌柜当时便起哄："马大掌柜有点不好意思啦，来，我们给他鼓掌！"一阵笑声和掌声过后，马荀仍旧不干，急扯白脸道："东家，诸位前辈，你们饶了我吧！要说今年为两号赢利最多、最辛苦的人，应当是东家，东家不远万里，冒死重开茶路，又远上恰克图开新号，和俄商签订茶货供货合同。我们这些人中间，谁也比不上他，我提议，东家本人坐首席！"

这一席话说得众人也连声附和。致庸哈哈笑道："错了错了，可惜我不是大掌柜，我要是大掌柜，当仁不让要坐首席。我是东家，东家给自己赚钱，那是应当的，何况今天这顿饭，是我请诸位。好了，都别让了，马大掌柜今年在诸位中间成绩最为优良，请马大掌柜坐首席！"马荀还要推让，被众人摁在首席动弹不得，只得老老实实地坐下了，剩下的大掌柜们按着年资顺次入席。茂才虽然也推让了一番，但仍被众人推到了上座，坐在了马荀的边上。

一待众人坐毕，长栓便进来铺下拜垫。致庸恭敬道："诸位大掌柜，照乔家祖上的老礼儿，今儿要给你们行礼，感谢大家一年的辛劳。"众人照例谦让一阵，然后便凝神端坐。于是致庸跪下，恭恭敬敬磕下头去。

磕完头，曹掌柜上前，将其搀起："东家，意思到了，大家领情了，快快请起！"致庸入席，道："诸位，在这辞旧迎新的日子，我想说，今年已经过去了，到了明年，致庸要和诸位更上一层楼，我们不但要继续走茶路，还要去疏通丝路和绸路。另外，有一件大事我要通告大家，明年开了市，大德兴和复字号的所有字号，都要兼营票号生意！"

此言一出，席间众人皆一惊，议论起来。侯大掌柜忍不住问道："东家，您是说我们大德兴丝茶庄要改成茶票庄，做票号生意？"致庸点头："不错，不只是大德兴名号，连同复字号在包头以及内外蒙古新设的分号也要改成茶票庄，兼做票号生意！"

众人一时面面相觑，神色各异。致庸见状笑了，道："大家别急，今天我只是先打个招呼。过了年，大家先回去，等我把祁县这边的事儿办完，我们几大片区的大掌柜们一起到京城，好好商量一下在北京挂出乔家第一家茶票庄招牌的事！"此言一毕，他便不再多说，立刻吩咐上菜。致庸接着端起酒杯，向众人敬酒。众人当下也停住了议论，纷纷举杯，酒桌上很快热闹起来了。

除夕说着就到了。一大早长栓就走进书房，笑嘻嘻道："恭喜二爷，今天是除夕，事情该办的都办完了，这是各地的信。"致庸点点头："各位股东的年利，你问过曹掌柜没有，都发放完了？"长栓笑道："问过了，发放完了，人人高兴得欢天喜地。"致庸想了想又问："给村里那些过不了年的人家送的年货，都送到了吗？"

一提这个，长栓有点激动起来："送到了，都是些米呀、面呀、肉呀，街坊四邻都感谢东家的菩萨心肠呢！"

致庸道："哦，我知道了，你下去吧。"长栓刚转身要走，致庸忽然喊住他道："……翠儿，翠儿你最近可见过她吗？"长栓看看他，道："我说二爷，您有话就直问呗，和我还用得着藏着掖着吗？"致庸脸上的笑容一点点落去，叹道："她可真是不容易，先走了丈夫，接着又没了公婆，孤身一人，也不知这年是怎么过的！"长栓道："二爷，这您可不用担心，雪瑛姑娘，不，何家少奶奶，她可厉害着呢，把何家上下管得服服帖帖，都怕她！"致庸半信半疑。长栓忽然想了起来道："对了二爷，有件大事，我差点忘了告诉你了！雪瑛姑娘，她怀孕了！"

致庸大惊，一把抓住长栓，有点语无伦次地喜道："你你你，你说什么？雪瑛她怀孕了？"长栓甩掉他的手，哼哼道："她嫁了人，自然会怀孕的，这有什么大惊小怪？太太自嫁了你，小少爷都生出两个来了！"致庸顾不上理会他的讥讽，激动得热泪盈眶："这太好了，真是老天有眼，不，是财神爷显灵！雪瑛妹妹怀孕了，但凡她能生个一男半女，她的终身也就有了靠！长栓，拉马！"

长栓一愣，犹豫道："二爷，您不会去榆次给何家少奶奶道喜吧？人家孩子还没生出来呢，现在就去道喜未免太早了点儿！"致庸笑道："谁说我要去榆次？快去拉马！"长栓看看他，赶紧一迭声应着出了门。

致庸和长栓骑马一路快跑，不多久就到了祁县西关外的那座财神庙。一进门，长栓便嘟囔道："现在我明白你来干什么了。不过这地方也太破了，瞧这灰，怕都多年没打扫了吧？"

致庸瞪他一眼："别嘟哝了，把香烛点上！"长栓点点头，捂住鼻子拂去香案上的灰，点燃香烛，自个儿先合掌祷告起来："财神爷，今儿是大年三十，我知道我们家二爷心里高兴，可我不知道他为啥不去他想去的地方，见他想见的人，反而到您老这么个破地方来，您瞧，您老人家这儿也太萧条了，怕都多年没人来供奉您香火了，您逮着这么一回，就好好享用吧！"

致庸又好气又好笑："后面站着去！"长栓退后，仍旧嘟囔道："人家说的没错嘛。您为何家少奶奶高兴，就去见人家呗，让我也见见翠儿。您为人家高兴，跑到这个破地方来，烧香也走错了庙门呀！"

致庸不理他，恭恭敬敬开始上香，合掌含泪道："财神爷，在下乔致庸又来了，您老人家一定听到了乔致庸的祷告，不想让雪瑛妹妹一辈子孤苦伶仃，才给了她一个孩子……致庸知道，这种事人是办不到的，只有您老人家才能办得到。您办成了这件事，致庸胸中这一颗破碎了的

心，就不会再每日暗暗作疼了。财神爷，您不但救了雪瑛表妹，您也救了我，救了我乔致庸！我今天来，是想禀告您老人家，您给了我们这么大的恩典，我要报答您，要为您重修庙宇，再塑金身！"长栓一听这话，朝左右一看，只见破庙四处漏风，忍不住玩笑般大声道："庙里有人没有？呵呵，出来接布施啊！"

他原是玩笑话，不料话音刚落，却见一个乞丐样的庙祝从神像后闪了出来。长栓被他吓了一大跳，后退一步，哆嗦道："你，你是从哪儿出来的？"那乞丐模样的庙祝施礼道："施主请了。"致庸大为高兴，走上前去道："你就是本庙的庙祝？"那庙祝点头道："对对，小人云游到此，正想在此处歇下脚来！"他这么一说，长栓心中忍不住嘀咕起来。致庸不以为疑，反而喜道："好啊，这可是座灵验的财神庙，也与你有缘啊！"说着他扭头对长栓道："去把拴在马鞍后面的那个银包拿过来！"长栓嘟着嘴半天才将那大银包抱了进来。致庸抱过沉沉的银包，恭敬地放到香案上，合掌道："道长，在下乔家堡乔致庸，这里有一千两银子，我全部布施给本庙，你替我重修这座庙，为财神再塑金身！"那庙祝简直难以置信，声音都抖了起来："一千两银子？"

长栓在后面连拉致庸的衣服，致庸把他的手打开，意犹未尽道："你把庙修好了，我会来看的，到时候还有赏呢，合着大家有缘，你就好好伺候这座庙吧！"说着他深施一礼，转身兴高采烈地出了门。长栓一跺脚，跟了出去。那乞丐庙祝掐了自个儿一把，"哎呀"叫出声来，赶紧追出去："乔施主，还的什么愿，能告诉贫道吗？"致庸笑着道："当然可以告诉你。你这庙里的财神爷为我心里每天想的一个人成了件大事，让她怀了孕，从此终身有靠。我为财神爷重修庙宇，再塑金身，不只是还愿，还要求财神爷保佑这个人平平安安地把孩子生下来，养大成人，将来为她行孝尽义，养老送终！"

说着他在庙门外上马。长栓也跟着上了马，埋怨道："二爷，二爷，您又糊涂了！他根本不是庙祝，他是个穷要饭的！"致庸不介意："知道一句话吗，叫作心到神知！"说着他打马狂奔起来。长栓在后面一边跟着，一边生气地自语道："瞧这样的爷，赶明儿您对我也糊涂一回，白舍给我千两银子，我也有风风光光娶翠儿的钱了！"

致庸纵马到了祁县城门口，忽然勒住马，喜气洋洋地朝城中张望。长栓嘟着嘴道："二爷，您又想干啥？今天可是大年三十，一家子人都等着呢！"致庸笑道："长栓，今天我特别想找个地方胡闹一把，走，你陪我！"说着他便拨转马头，向城里跑去。长栓大惊，在后面喊："二爷，您站住！"

致庸策马一路小跑，拐进了城东的年货市场。这儿原本是这几天最热闹的地方，此时也寂寥下来，只有很少几处小店和摊子还开着张。致庸下马，慢慢逛了起来，长栓陪着他边走边叹道："二爷，我说了吧，戏园子、茶馆、酒店，都关门了，就连窑子……人家也要过年，您去哪儿胡闹！"

致庸毫不理会，兴致勃勃地走到一处卖年画的摊子前，蹲下看了一会儿，把所有"麒麟送子"的年画都挑出来，高兴地付了账。那卖年画的一边收钱一边好奇地问："客官，小人多一句嘴，您买这么多一样的画要做什么用啊？"致庸乐呵呵道："啊，我当然有用。这大过年的，有那些新结了亲的人家，急着想要一个儿子，有那已经结亲的，盼着来年抱个大孙子……我把这些画买了，我我，我送给大家，一人一张，就是送个吉利！"说着他抱起年画，一张一张开始硬塞进过路人怀里："来来来，一人一张，麒麟送子，大吉大利，来年家家添一个大胖小子！"路人虽奇怪于他的举动，但都笑着接下了。长栓看了一阵，百般无奈，只得走上前帮他发起来。

除夕之夜，何家大餐厅内灯火辉煌。一张巨大的餐桌上，摆满了各式菜肴。雪瑛孤独一人端坐着，望着满桌的菜肴，眼神陌生而茫然。外面响着此起彼伏的鞭炮声，与餐厅内的冷清形成了巨大反差。

翠儿悄没声地走过来，看着她心疼道："小姐，这是年夜饭，您多少吃一点吧。"雪瑛眼睛直直地望着远方："翠儿你听，家家都在过年。"翠儿赶紧安慰她："是的小姐，家家都在过年，可我们家也在过年呀。"雪瑛不接她的口，自个儿哀怨道："乔家一定也在过年。"翠儿忍不住看她一眼，也不敢吱声。

雪瑛继续哀哀切切自顾自说道："乔致庸这两年多好，南下武夷山，北上恰克图，赚了一大笔银子，陆玉菡又给他生了两个儿子，这会儿他们家一定也在吃年夜饭。他们家有大人，有孩子，老的少的，年夜饭一定热闹，其乐融融！"

翠儿心中也难过，长栓的样子模模糊糊地在她面前升起，鼻子一酸，赶紧忍住："小姐，他们家的年夜饭热闹，那是他们家的。乔家有乔家的日子，我们家有我们家的日子，小姐，快吃一点吧，这是年夜饭，不能不吃的！"雪瑛依旧没动，半天声音空洞道："翠儿，咱们来到何家，有多久了？"翠儿还没来得及回答，雪瑛自顾自地说下去："翠儿，如果死去的大少爷是个和别人一样的男人，一个和别人一样的丈夫，我这会儿恐怕也有孩子了，今年我们家的年夜饭，一定也像别人家那么热闹！我也会像陆玉菡一样，身边围着丈夫，怀里抱着自己的孩子！我们也会是其乐融融的一大家子……"她的声音慢慢低下去。翠儿看一眼她的肚子，马上掉转头去，道："小姐也会有孩子的，明年的今天，何家一定也会其乐融融！"

雪瑛摇摇头："不，翠儿，傻妹妹，你错了，我就更错了，我以为乔致庸拒绝带我远走高飞，何家大少爷离开我去了，我就没了别的路走，

就只有接受我们家老太爷的安排，我还认为那对我来说是最好的，可是今天……也就是今天，我知道错的就是错的，不但今年、明年、后年，我这一辈子，每年的年夜饭我都会这样过，没有丈夫，没有亲人，没有孩子，只有我自己……"翠儿心中难过，赶紧又劝道："小姐，咱们不说那些事情了，菜都凉了……再说了，过两日，我们回江家，见着老爷、太太，也能好好热闹一阵呢！"

雪瑛像没有听到一样。"翠儿，你说，我现在算个什么人？我江雪瑛今天姑娘不是姑娘，媳妇不是媳妇，将来母亲也不是母亲。我是个女人，也想要世上任何一个普通女人过的日子，可我自从答应老爷留在这个家里，我就是想做个女人也不成了。我这一辈子算是彻底完了。"

翠儿再也说不出话来，却听雪瑛道："翠儿，你坐下陪我吃，你陪我，我就吃。"翠儿一愣："小姐，这可不行，您是主子，我是奴才，大年夜里这顿饭，我怎么能和主人同吃！"雪瑛道："我今天不把你看成丫鬟，我把你看成姐妹，看成我在世间最后一个亲人，就这样你也不愿意陪我吃这顿饭吗？"翠儿左右为难，跪下道："小姐，不是翠儿不愿意，是翠儿不能坏了规矩。小姐，您还是自己吃吧！"雪瑛失望地看她，大怒："好了，去吧，就连你，也不会一生一世陪我这么活下去。这就是我的命！你下去吧，我一个人吃！"

翠儿站起，心中一痛，想了想含泪道："小姐，翠儿还是留下来服侍您。"雪瑛目光又直了起来，呆呆地摇摇头："不，这会儿我的心思又变了，刚才我羡慕别人家的热闹，这会儿我只想一个人清清静静地吃这顿年夜饭！"翠儿看看她，只好起身退下了。

雪瑛很认真地坐着，很认真地吃饭，吃饭这会儿对她成了一种庄严的仪式，虽然味同嚼蜡。外面又一阵爆竹声响起，连带着大人小孩的欢呼声远远地传来，雪瑛再也忍不住，伏在桌上，放声大哭起来。

3

玉菡正焦急地问长顺致庸的去向，忽见致庸兴高采烈地进了门，径直将手里最后一张"麒麟送子"塞到她怀里，道："啊，这是送你的。"玉菡打开一看，脸骤然大红。这边致庸已笑着走进屋内，明珠凑过来一看，掩嘴笑道："咦，是'麒麟送子'嘛，难不成二爷是想太太来年还能……"玉菡羞得满面通红，啐道："还不住嘴！"旁边一干人都偷笑起来。

玉菡检查完内院、二门，一进屋就见致庸已经坐在那里了。玉菡抖抖风帽上的雪，甜蜜地看他一眼："今天是除夕，二爷倒进来得早。"致庸看看她，玩笑道："怎么，你不高兴我早点进来？"说着他将手中一个东西往玉菡的梳妆台上轻轻一放，玩笑道："赏你的！"玉菡走过来笑道："今年过年店里的伙计你都赏了个五两银子的大红包，我给你们乔家当牛做马好久了，爷打算赏我什么呢？"说着她解开了那个包，立时发出一声惊叹："翡翠玉白菜？"

致庸笑道："不但你的'白菜'，还有大嫂的那座玉石屏风，都让我给赎回来了。"玉菡眼里溢出泪花："二爷，谢谢你。"致庸一把抱起她，就往床边走。玉菡忍不住娇声道："别……五更里你还要起来祭祖呢。"致庸也不回答，又在她身上嗅了起来。玉菡"咯咯"娇笑道："二爷，来年真想再给你添个儿子？"致庸一怔，马上反应过来："对，再给我添个儿子！"说着他吹熄了烛火，一时间，外面天寒地冻，卧房内却春意无限起来。

五更时分。过年的红灯笼高挂在乔家大院的门口，和着飘落的飞雪"娑娑"地低低吟唱着。突然"砰"一声响，大门上又被打上了一支飞镖。正在打瞌睡的看门人"啊"的一声大叫，没命地往院里跑去。

乔家一阵骚乱，一些家人朝大门外拥去，手里提着家伙。但外面连

个鬼影子都没有，只有一支镖赫然插在门上，镖上的红缨在风雪下微弱但清晰地作响。消息很快传入二门，致庸披衣坐起，揉揉眼睛，听完门外长顺的话，想了好一会儿，突然哈哈笑道："去告诉他们，没事，把镖拔下来，都散了回去睡觉。"长顺大惊，在门外又等了会儿，见屋里重新熄了灯，只得离去。到了门外，又等了一阵，仍没有什么动静，众人也就散去了。长顺留了一个心眼，多加了四个巡夜与看门的下人。

玉菡在黑暗中仍旧紧张地看着致庸。致庸揽过她，含糊地低声道："我知道这个人是谁。他要是想杀我，早就杀了。他今天这么做，大概因为是新的一年了。与其说是在提醒我，不如说是在提醒自己，他还有一个仇人！"玉菡大惊："二爷，难不成你知道他是谁？""啊，我不知道……"致庸的声音愈加含糊起来，接着把手伸向谙熟的地方。玉菡再次眩晕了起来，忘记了自己原本要追问的话。

正月初八，三台大戏在祁县商街两端对唱，人潮如涌。晋中有名的角儿，如九岁红、一捧雪、赛牡丹等都到了，这个由水长清召集的梨园比武大会，简直轰动了整个山西。

那日不单单评定出了梨园前三甲，而且与致庸相熟的这些商家，如水家、元家、邱家等，也基本达成一致，那就是对乔致庸倡议办票号的举动不予支持，也就是说，他们都不会借银子给他，场面上的理由很简单，隔行如隔山，他们对票号生意一窍不通。

一天的喧闹过后，邱天骏回到达盛昌，心事重重地又与崔鸣九说起此事。崔鸣九望着邱天骏试探道："东家，要是大家都不借银子给乔致庸，乔致庸的票号是不是就开不成了？"邱天骏摇头："不，仍旧开得成！"崔鸣九一惊："东家，你真的觉得……"邱天骏道："鸣九，以后不只乔致庸要开票号，我们恐怕也要开票号了！"崔鸣九没听明白："东家可刚刚答应水家和元家，不借银子给乔致庸开票号。我们自己倒要……"

邱天骏见他仍旧不大明白，心中不禁失望，但也没多说，只淡淡道："我说的是以后。……算了，你从现在起，就找人帮我打听票号的事，这一行生意怎么做，赚银子的门道在哪里，我都想知道！"

　　崔鸣九见他不悦，识相地点点头，起身告辞。邱天骏想了想又叫住他："听说今年水家、元家也都要派人去南方贩茶了？"崔鸣九不情愿地答道："好像有这事儿。"

　　邱天骏站起来，久久地凝视着窗外，半晌沉声道："我们也去。"崔鸣九心中暗暗叫苦："我们……也去南方贩茶？"邱天骏转过身点头道："对。你亲自带人去！我们是大商家，永远不能失了大商家的雄心。乔致庸能做到的事，我们也要办到！""只是……"崔鸣九嗫嚅着，想回绝，可半天也说不出理由。

　　邱天骏盯着他："怎么？你没有这个胆量？""不是……行，我去！"崔鸣九硬着头皮答应了。邱天骏没作声，过了好一会儿才慢慢道："江山代有才人出，各领风骚数百年。照这样下去，我们相熟的这些个商家，如水家和元家，虽然家底厚实，还能撑上几十年，但最后一定会败的。"崔鸣九大惊："怎么，东家认为……"

　　邱天骏摆摆手，接着长长地叹了一口气："还有一件事，你要替我记着。万一有一天，乔致庸遇上了天大的难事，我们不伸手帮他一把，他就要死无葬身之地的时候，我们一定要借给他银子！乔致庸在包头给过我一份恩典，我不能永远欠着他的！"

　　崔鸣九更听不明白了："东家，他如何会有危险……"邱天骏终于不耐烦了："你动动脑子，世界都是乔致庸这样的人一路闯出来的，可这样的人往往都没有好下场，乔致庸忘了一句老话。老子说，我有三宝，一曰慈，二曰俭，三曰不敢为天下先。乔致庸犯了最后一条，乔家一定会有落败的一天。那时我们达盛昌的机会就到了！"

大德兴票号的大掌柜室内，致庸的脸色越来越难看了，半晌他哑声问曹掌柜："眼下没有回话的只有我岳父陆老先生，其他人都没戏了？"曹掌柜虽然为难，但还是点点头，补充道："东家，我觉得陆老东家答应这件事的可能性也很小。他这个人是从不冒险做任何买卖的……"

致庸望着他们，坚定道："就是他们这些人都不干，我自己也要干！曹掌柜，你现在就写信给北京分号的李大掌柜、天津分号的侯大掌柜、包头复字号的马大掌柜，约个日子，就三月十三吧，请他们一起赶到北京分号去！"曹掌柜忍不住看看茂才。茂才仍旧一语不发。曹掌柜只得自己开口问道："东家真要靠我们自己的力量把票号办起来？"致庸看着他，有力地点了点头。

曹掌柜不再多说："那好吧，东家既然下了决心，我现在就写信。"说着他快步走了出去。望着曹掌柜离去的背影，茂才突然道："东家，临江县的茶山那块一直有当地人在生事，只怕那里需要一个大掌柜，就让我去好了！"致庸一下子没反应过来："你说什么？"茂才深吸一口气，下定决心道："东家要办票号，这些事我都插不上手，倒是临江县的茶山，我颇有些主意，你把我打发到那儿去，一准尽快给你产出好茶来，同时能作为江南茶场的中转基地！将来那很可能是乔家生意网上一个赚钱的大户呢！"

致庸大惊，赶紧在他身边坐下来："怎么啦茂才兄，我执意把乔家带入票号业，你到底不高兴了？"茂才摇摇头，淡淡道："我一个师爷，一个帮衬的人，有什么资格不高兴？我高兴着呢！不过我就是高兴，也犯不着整天陪着东家这么闲坐着，什么事也不做。东家，你还是远远地把我打发到临江县去为好！"致庸深深地看他，过了半晌，突然也下了决心："行，那临江县的茶山我就拜托给茂才兄了！"

夜晚，曹氏来到书房的时候，见致庸正一人站在窗边想事情，神情

沉郁。曹氏咳嗽一声，致庸一愣，迎上去道："嫂子，你怎么来了？"曹氏哼一声："我怎么不来？二弟，我听说你和孙先生闹崩了？你把他打发到临江县去了？"致庸哭笑不得："嫂子，这事怎么你也知道了？不是我要他去临江县茶山，是孙先生他自己……"

曹氏坐下来，道："你给我住嘴！我就不信，这事儿是孙先生自己提出来的，你一定是觉得自个儿这两年做成几件大事，翅膀硬了，瞧不起人家孙先生了，就把人家挤兑到那么荒僻的茶山上去。"

致庸有点急了，连声辩解："嫂子，真的不是！"曹氏放缓语气道："不是就好，那你就像原来一样把孙先生带在身边，你办票号也好，去江南开辟丝路绸路也好，让他跟着你一起去，我和弟妹才能放心，不然，我们不放心！"致庸道："嫂子，我也是这个意思，这样吧，我回头再去跟孙先生说，让他先去茶山，安置好了那里的事情，然后就回来和我一起去江南贩丝贩绸！"

曹氏点点头，站起向外走，一边走一边说："这就好，古话说和气生财。孙先生多有才学的人呢，人又大气聪明，他能来到咱乔家帮你，是我们祖宗积德，你可不要身在福中不知福，要好好地待人家，你待人以敬，人家才能待你以恭……"

致庸赶紧送她出门，笑中带点不耐烦道："知道了知道了，好嫂子你慢走。"一听这话，曹氏又回身看他一眼，致庸赶紧一脸无辜地对着她笑。曹氏叹口气，不再说话，慢慢走远。致庸站在那，望着曹氏的背影，忍不住轻笑自语道："这个孙老先儿，在我们家里，已经有人护着他了……"

4

第二日，致庸对茂才好一阵相劝，但茂才丝毫不为之所动。最后致

庸只得望着那张《大清皇舆一览图》，唱独角戏般道："茂才兄，你……你去临江县茶山，可以仍旧走咱们去年的旧路，沿太行山、风陵渡、襄阳府这条线。"

茂才终于点点头，嘴里平淡地挤出两个字："好哇。"致庸想了想，仍旧上前赔笑道："我都说了半天了，你可得答应我啊，到了临江县，把茶山的事安置好，就回北京跟我们相会。你可以不掺和到我开办票号的事里去，但等我在北京把票号的事情办得有点眉目后，你还是要和我一同由通州码头上船，顺运河南下，到湖州贩丝，到苏杭二州贩绸。嗯，这条路线再往南，就是武夷山，去年我们贩茶走了西路，今年贩茶不走旧路了，我们走东路！怎么样？"

茂才不说好，也不说不好，当下起身整整衣裳，也不看致庸，昂着头便欲出门。致庸深深望他，急道："茂才兄，到了北京后会遇上什么事情，你就一点也不想点拨我吗？"茂才站住，好一会儿才慢慢转过身来。致庸继续恳切道："茂才兄，你就真忍心看着我一出手就一败涂地？"

茂才道："东家，我管茶山上的事，你办你的票号。还有，我要带着铁信石一起走，那里当地人生事，需要会点拳脚的人镇场子。这些咱们俩可都已经说好啦！"致庸无奈道："行行，茂才兄，我都答应你。可咱一家人甭说两家话，难不成你真的就没有一句话留给我了？"茂才正色看他："有！我再说一遍，我不支持你办票号，你一定要办，弄不好会把自己的一生都砸进去，想回头都找不着道儿！"致庸笑容顿落，半晌才道："茂才兄，我们不争论这个了。我只想请你帮我想一想，乔家的第一个茶票庄办起来后，我可能遇到什么麻烦？如何对付？"茂才哼了一声："别的我也不说了，东家进入票号业，首先票号业的领袖成青崖就不会让你平平安安，东家只怕这会儿就要想好应对之策！"致庸一惊："茂才兄认为成大掌柜会用何种办法对付我？"

茂才沉吟半晌，开口道："世上的力量分为武、势、财三种。广晋源票号没有官府的背景，势力谈不上；成大掌柜为人清高，自然不会像崔鸣九勾结强盗，用武力对付东家；但广晋源在晋商中自视甚高的是他的财力——财力不足则是东家的死穴。东家，你要在这件事上多动脑筋，早作打算！"致庸一惊，刚要说话，却见茂才已经头也不回地走出。致庸望着他离去的身影，眉头紧锁。

　　第二日，玉菡在院内等了好久，才看到茂才从自己住的房间内走出。玉菡赶紧迎上去招呼，茂才一愣，淡淡地道："噢，是太太啊，有事吗？"玉菡有点不好意思道："二爷一个人把自己关在房里一整天了，不吃不喝，他到底怎么啦？"

　　茂才望着几重院落外的书房，道："太太，我问你一件事，东家这一阵子到处借银子开票号，他借到银子没有？"玉菡迟疑了一下，摇摇头。茂才想了想然后道："那好，你就什么也不问，什么也别管。"玉菡一惊："孙先生……"茂才叹了一口气："太太，东家到底遇到难处了，很好，这一回，我劝你不要帮他。我们都不要帮他。"玉菡听不明白了："孙先生，这话是怎么说的？"

　　茂才道："太太，我这么说吧，如果东家不去碰这桩买卖，他这一辈子就不会有大难，可他要是碰了，只怕他这一辈子就再也不会有安宁了。"玉菡心中不以为然，干脆单刀直入道："孙先生，您告诉我，二爷办票号，到底需要多少银子？"

　　茂才见她也不明白其中的利害关系，当下没有回答。玉菡着急起来，茂才终于开口道："太太，二爷不是要办一家票号，他是要将票号开遍天下。我替他算过了，大清国一十三省，府道州县不计其数，要想汇通天下，至少每个像点样的地方都要开设一家分号，每个省按五十家算，就要开设六百五十家，每一家仅仅按最少最基本的五万银子做资本银，

就要三千二百五十万两！乔家的生意就是每年都像去年一样顺利，能挣回一百万两银子，他想做成他要做的事也要三十二年半，中间还不能出一点差错！但这是不可能的。更何况，还有意外之险，倾家荡产是小事，只怕还有杀身之祸！所以太太，我劝您这一回不要再替东家借银子了，让他从一开头就知难而退。我再说一遍，这对他，对乔家，对所有的人，都是好事！"

玉菡眼睛慢慢地眯了起来，半晌一字一句道："孙先生，谢谢你，我全明白了。"茂才心里拿不准她是否真的明白此间的利害关系，但见她这么说，也只得点头道："太太，你能明白了就好。"

玉菡去找曹氏的时候，一进门却见曹氏正在缝一对男式护膝。玉菡有点不解地问道："大嫂，你这是为谁做的呀，干吗不让下人做，还劳您亲自动手？"曹氏笑笑："啊，我闲着没事儿，前天听说孙先生腿不好，就找了一块用不着的料子，帮他做了一对这个。"玉菡心中暗暗吃惊，却听曹氏依旧平淡道："妹妹，你觉得孙先生这个人怎么样？"

玉菡想了想道："大嫂，要我说，那可是百里挑一、千里挑一的男人。这一两年若是没有他，致庸不可能把乔家生意做得那么好！"曹氏点点头，叹道："我也这么想，孙先生是我们乔家的恩人呢。嘿，可怜这么个有学问的人，到这会儿连个家也没有……这男人身边要是没个知冷知热的女人，那日子就凄惶了！"

玉菡有点明白过来了，眼珠一转，笑道："大嫂，你不是想给孙先生做大媒吧？"曹氏抬头笑道："我是有过这个念头，可一时半会儿，就没碰到个合适的！门第太高的，人家不一定能看上孙先生，小门小户的女孩子家，也配不上孙先生呀，你说是不是？听说孙先生原先娶过一房，感情好着呢，可因为难产……唉，他也真是个可怜的男人，就这么孤零零地过下去了。"

玉菡点点头，刚想跟她说票号的事情，曹氏却一点没觉察出她有事要说，仍旧继续着关于茂才的话题："妹妹，这可是个大事，要想把孙先生留在我们家，长久地帮致庸，最好的办法就是帮他结门亲，男人只要娶了亲，有了自己的孩子老婆，他的腿就被绊住了……"她说了半天，见玉菡一直没说话，这才直起腰问："哎妹妹，你没事儿吧？"

　　玉菡心里转了一个念头，当下又不想说了，笑道："啊，我没事儿。"曹氏心思又回到护膝上，缝完最后几针，有点不好意思地将护膝交给玉菡："好了，你把它拿出去，交给孙先生，别告诉他是我做的，我的针线活儿不好，怕说出去让他笑话。"玉菡也不回答，笑着接过护膝去了。

　　玉菡在屋子里转了好久，终于下了决心，吩咐道："把大太太给孙先生做的护膝用红纸封好，送给孙先生。回头让铁信石套车，我们回太谷！"明珠吃了一惊："这时候回太谷？天快黑了。"玉菡点头，想了想又道："告诉孙先生，这对护膝，是大太太特意为孙先生做的！"明珠一愣，玉菡又道："大太太一直夸孙先生人好，学问也好，什么都好！我们大家都觉着他好……"玉菡说了一大通，明珠笑了起来，点点头径直去了。

　　明珠笑吟吟地敲门进去的时候，茂才正闷着头看书："明珠，有事吗？"明珠有点不好意思："我是无事不登三宝殿。"说着她将护膝从身后拿出，笑道："孙先生，瞧瞧，这是什么？"

　　茂才不在意地问道："什么？"明珠笑了："这是我们家大太太特意亲手为孙先生缝的。大太太听说孙先生的腿是两条老寒腿，心疼得不行，自己巴巴地给您缝了一对护膝，要您天冷的时候套上——"茂才微微变色："你说什么？这是大太太为我，为我孙茂才缝的？"

　　明珠笑了起来："对呀，我们家大太太还夸您呢，说孙先生人品好，学问好，为人大气，总之那好话多了，我学不上来，反正是什么都好，大家都觉得您好……孙先生，您怎么啦？"茂才心中一阵波澜大起，面

上却含混道：“没……没什么。大太太为我孙茂才做护膝，这么重的礼，我是个什么东西，敢劳动她？我怎么能收？”明珠赶紧道：“哎孙先生，您可得收下，您要不收，我回去不好交差。”

当下两人好一阵口舌，最后明珠噘嘴道：“哎孙先生，您平常可是个敢作敢为的主儿，今儿怎么黏黏糊糊的，好了，我还有事，东西放这儿，我走了！”说着她干脆把护膝往桌上一放，蹦蹦跳跳地跑掉了。茂才拿起护膝，刚要追出去，转念一想却作罢，对着护膝发起愣来……

玉菡赶到陆宅的时候，陆大可正将睡未睡地坐在床上算账，一听说玉菡来了，眼珠一转，赶紧躺下，蒙上被子大睡。侯管家知道他的脾气，笑着出去对玉菡说：“小姐，东家这会儿睡了，有事还是明天说吧！”玉菡不相信地看他一眼，眉头一耸，大声道：“爹，爹，我回来了！”内室里一点动静也没有。玉菡跺脚恨道：“爹，您就甭抻着了！您老人家一定知道我干什么来了，才不愿意见我！不过爹，您就是不见我，女儿有几句话，也还是要跟您说！”

内室里陆大可大气也不敢出，只悄悄把头伸出来一点，他那宝贝闺女的声音从外间清晰地传来：“爹，您女婿前几天打发人来找爹借银子，是为了开票号，可您不知道的是，您女婿这一回，并不是只开一家票号，他是想用三十二年半的时间，开六百五十家票号！”

“爹，最早听了这些话，我也让您女婿给吓坏了，我也不想让他冒这个险，可后来我想明白了，要是只为乔家，致庸他干吗要开这么多票号？眼下我们乔家一家票号也没开，生意照样一年年地做！而且一年年地做大！可致庸不是这么想的，他想做的是大事，大事您知道吗？他想开这么多票号，是为了让天下商人都能享受票号业带来的便利，为了有一天真正实现一代代晋商梦想着要实现的货通天下！您闺女今儿来，也不是为了自个儿，因为我也不愿意他自己这么辛苦，耗费三十二年半的

时间去做这么一件大风险的事情。可这就是我的丈夫，他心里想的是天下苍生，他尽自己的力量为他们谋利！爹，您的女婿虽然只是一个商人，可他是个心里装着天下人的商人，您闺女嫁给这么一个人，没有别的办法，我只有帮他，帮到底，就是他执意要把票号开遍天下，就是他为了这件事让乔家破了产，让您闺女典宅子卖铺子，全家大小没有饭吃，您闺女也得帮他，因为他是我的丈夫，我能为他吃苦受罪，是我的福气！"

玉菡一口气说了那么多，停下喘了一口气，但内室里一丝动静也没有。玉菡急道："爹，看样子您今儿是铁了心不见我了，也罢！"说着她站起来："来的时候我也没想过真能从爹这儿借到银子，可我是他的太太，他是我的丈夫，为了他我不能什么事都不做。爹，您不借银子也可以，我这就回去，尽自己的所有帮助他，我要让您瞧瞧，您闺女能做出什么事来！爹，您就好好守着您的银子，别让它们飞了！明珠，咱们回家！"话虽这么说，她却依旧等待着，并没有马上走。过了好一会儿，内室里仍然鸦雀无声。明珠小声道："小姐，好像没用！"玉菡回头看一眼内室紧闭的门，高声道："瞧我白说了半天，嘿，我以为铁树也能开花，石头上也能长出庄稼来，可我错了！明珠，咱们回去卖宅子！"

第二日，乔家书房内，茂才陪着面色沉沉的致庸下棋，心中不禁暗暗得意。曹掌柜匆匆走进来，十分激动道："东家，太谷有好消息！"致庸和茂才同时一惊。致庸急问道："什么消息？"

曹掌柜笑道："陆老东家说，他愿意拿出七十万两银子和东家合股，让东家今年去湖州贩丝，去苏杭二州贩绸。只是……这陆老东家特怪，他要求在合约上写明，不准拿这笔银子开票号！"

致庸一阵高兴之下，疑惑地看着茂才："茂才兄，替我想想，我岳父这是什么意思？"茂才想了想，哈哈大笑，道："东家，你别开票号了！"致庸一愣，茂才哼了一声道："陆老先生这银子就是借给你开票号的！"

致庸恍然大悟，一拍脑门："哎呀，我这个人，是天下最笨的了！"他想到什么，转身就朝外跑。

茂才望着他的背影，半晌突然回头道："哎我说曹掌柜，听说这几天太原府的戏班子来了，咱们去听一场怎么样？"曹掌柜纳闷起来："哎，我说孙先生，我记得你过去是从不串戏园子的！"

茂才不愿说出他内心的失望，当下拉长声调道："人不是都在变嘛。人生在世，不能出将入相，成为国家栋梁，无端做了这么个商人，也就是挣些银子，养家糊口，吃喝玩乐，了此一生。走，听戏去！"说着他也不理睬曹掌柜，自顾自摇晃着走了出去。曹掌柜默默地看他远去，不禁微微摇头。

致庸冲到房间的时候，玉菡正在试衣。他一把将她抱起："太太，谢谢你！"玉菡急扯白脸："快把我放下，当着人……"明珠等捂着嘴笑，都匆匆地红着脸离去了。致庸将她放下，大喜道："太太，岳父答应借给我银子了，整整七十万两！岳父此时借给我银子，真是雪中送炭！我知道，这都是太太的功劳！"

玉菡心中涌起一阵喜悦，面上却平淡道："你也不用谢我。"说着她又从身后掏出那个小账簿："来，我帮二爷算算，我们家现在账上能动用的银子，二爷要还武夷山茶农的及耿爷买茶山的银子，两者加起来是三百二十万两，加上我多借给你的七十万两，也不到四百万两，靠这些银子，要想把最先的几家票号顺当地开起来，还不一定够呢！"

致庸微微皱眉，点点头。玉菡走过去，将桌上的一块盖布掀开，又现出那棵翡翠玉白菜："二爷去北京前，还把它拿去当了，又多了五十万两！"致庸看看翡翠玉白菜，又看看玉菡，一时无语。玉菡叹口气道："二爷要把票号开遍天下，做造福万民的大事，为妻能给二爷的，也就是我的一颗心加上它了！"

致庸再一次感动地将她抱起："我的好太太，自从你嫁到乔家，就成了我的福星，让我逢凶化吉，遇难呈祥！"他第一次说出这样的话，玉菡眼圈一红，差点落泪，赶紧岔开话题："孙先生让我代他谢谢大嫂！"致庸一愣，将她放下："什么意思？"玉菡做无辜状，道："大嫂听说孙先生老寒腿，亲手为他做了一对护膝，她是可怜孙先生没个家，大嫂为孙先生想得也够周到的，这些天还打算帮孙先生做一套新衣……"

致庸没当回事："大嫂闲着，有点事做也好。倒是你，一惊一乍的，把小事说成了大事！"说着便走出去了。玉菡有点不乐意了，见致庸走远，噘着嘴自语道："哎，你还不谢谢我和大嫂，不是我们，怎么能帮你长长久久地留下孙先生！天下的男人都是傻子……"

第二十九章

1

何家内宅院里，一个稚嫩的婴儿的哭声突然响亮地划破了夜空。原本一片寂静的宅院里响起一片脚步声。赵妈匆匆出门，用欢喜的腔调喊道："快来人哪，太太生了！太太生了！"

偏房内，一盏灯亮起，翠儿边穿衣服边跑出来，变色道："赵妈，你说什么？"赵妈喜滋滋道："翠儿，太太生了！生了一个小少爷！"翠儿愣了半晌，匆匆跑进去。赵妈拦住别人道："太太吩咐了，什么人都不让进去！"一些围拢过来的丫鬟、老妈子七嘴八舌地问了起来。

赵妈举起手，高着嗓门道："对，对，没错，太太生了个小少爷！太太吩咐，快传到外头去，让人告诉胡管家！"众人高兴地叫起来。雪瑛陪嫁来的李妈闻声赶来，流泪道："阿弥陀佛，何家到底有后了！"翠儿站在一边，呼啦啦眼泪便流了下来。

翠儿一进门，见雪瑛在佛前跪拜着，口中念念有词。翠儿默默地在身后望着她。好一会儿，雪瑛起身平静道："翠儿，你都知道了？"翠儿嗫嚅道："小姐……"雪瑛打断她："现在有了小少爷，以后就叫我太太吧。"翠儿点头。雪瑛想了想，慢慢道："我既然生了小少爷，就要像天下所有生了孩子的女人一样坐月子。你现在就出去传我的话，我怕风，这一

个月里我谁也不见，除了你和赵妈。"

翠儿仍旧点点头，她突然很害怕雪瑛身上笼罩的那种气息——多疑，神经质，甚至带点阴森。雪瑛皱眉瞥了她一眼："我已经让赵妈去给小少爷找个奶妈回来。你告诉管家，何家现在有了小主人，发帖子通告所有的亲朋，到了日子，来喝小少爷的满月酒！"

翠儿应声走去，带门的声音惊动了婴儿，他放声哭起来。雪瑛浑身一颤，转身却没有马上走过去。她原地站在那儿，用一种陌生，甚至憎恶的目光望着那个哭叫着的孩子。婴儿往空中抓着手，哭声越来越大起来。

赵妈有点惊慌地跑进来，看着这一幕，忍不住道："太太，您怎么了，让小少爷这么哭？"说着她跑过去把婴儿抱起来。雪瑛转过身去，开口道："赵妈，这孩子不是我的！我没有儿子！"赵妈张开嘴半天没合上，有点惊骇道："太太，您怎么了？我还活着，只要我活着，就是个见证，小少爷是太太您的儿子！是您为何家生下的一条根！"

雪瑛突然发泄起来："不，这是假的，不是真的，是你们……你和死去的老爷强加给我的！我不要！我不想要！我想要我自个儿生的儿子！我也是个女人，我能生自个儿的孩子！"

赵妈心中一阵怜悯，和气道："太太，他就是太太您的儿子，是何家的小少爷！"雪瑛盯着赵妈怀中的孩子，不作声。赵妈慢慢走过去，柔声道："太太，就是亲生的孩子，娘和儿子见第一面，也像是假的，您快抱抱他，日子久了，您就相信他是太太亲生的儿子了！"

雪瑛眼里忽然涌出泪花，猛然闭上眼睛："赵妈，告诉我，他的亲娘是谁？"赵妈红了眼圈，叹道："太太！您就是不可怜自个儿，也不可怜小少爷吗？他那么小就离开了亲爹娘，被我抱进了咱们家，您现在才是他的娘，您要是也不亲近他，这孩子还有个好吗？"雪瑛的心突然被

触动了，眼泪落下来。她终于接过婴儿，怜爱地将他抱在怀里，哭腔道："是的，是的，你是我的儿子，因为你和娘一样，没有别的亲人！"

翠儿带着奶妈进来了。雪瑛抱紧婴儿，用一种很是挑剔的目光打量着她。那奶妈有点紧张，见了个礼后道："太太，把小少爷给我吧。"雪瑛抱着婴儿不太愿意给她："你，带过孩子吗？"那奶妈赶紧点头："太太，我自个儿生过三个孩子呢，个个都是我带大的，太太将小少爷交给我，就一百个放心吧。"雪瑛突然起了妒忌之心："你多大了？""二十五。"奶妈在她的眼神下有点不自在地回答道。

雪瑛突然颇为失常道："你二十五就生了三个孩子？可有的女人，一辈子想要一个自个儿的孩子都做不到！你为何这般好福气？"那奶妈吓了一跳，有点摸不着头脑地看看赵妈。赵妈微微叹气，把婴儿从雪瑛怀里要过来，交给奶妈，道："太太，小少爷饿了。宋妈，把小少爷抱出去吧。"

那个奶妈答应一声，松了口气，抱起孩子快快就往外走。雪瑛情不自禁地追了两步，喊："小心，别走那么快，小心摔着孩子！"赵妈见她这么快就心疼起孩子，忍不住看了翠儿一眼，抿嘴笑了。雪瑛回头见到她的笑，一时间如同梦醒般，心中大痛起来。赵妈看了看她的神色，赶紧岔开话题："太太，快给小少爷取个名字吧。"雪瑛神色变了，冷冷道："他是春天生的，就叫他春官儿吧。"

赵妈笑着应承道："好，这名字好。春天生的人，将来一定当官，当大官。太太，以后您就等着做诰命夫人吧！"外面响起一阵响亮的鞭炮声。雪瑛吓了一跳："外头干什么呢？"翠儿低声道："是胡管家他们，听说太太生了小少爷，吩咐众人放鞭炮呢！"雪瑛久久地站着，眼里忽然又涌出泪花。翠儿和赵妈对视一眼，一时间也不知道说什么好。赵妈想了想，又递过经书道："太太，要不然再念念经，让心静一静……"

雪瑛不耐烦地推开她，过了一会儿，突然想起什么，道："翠儿，明天打发人去祁县报喜，不要忘了乔家！要让他们知道，我江雪瑛也有了孩子了！还是个男孩子！"翠儿看看她，低声应着出去了。

但他们还是晚了一步，就在何家打发人给乔家下帖时，致庸已经上了路。那天致庸和茂才一起出门，却是两个方向。玉菡照例将他们送到村外十字路口。分别时，致庸和茂才都没怎么说话。玉菡见状打着圆场道："孙先生，我总觉得致庸在这个坎节上实在不该放你走。"茂才一笑："太太是个聪明人，岂不闻有句古话，叫作分久必合，合久必分。我和东家，这会儿是该分一分了！"

致庸听着话里有话，想了想，仍旧呵呵笑道："茂才兄，你的意思我懂，你是不愿意眼看着我一脚踏进票号业，就发了大财！可我这次还就一意孤行了，哈哈！"茂才凝视了他半晌，摇摇头，道："不，东家，这会儿我想祝东家一路顺风，心想事成！"致庸拱手："茂才兄，谢你的吉言！"玉菡看看他们，赶紧又打起圆场道："好了，这事你们就不要再打嘴仗了。我在这儿祝孙先生南下临江，一路平安！"

致庸笑着向茂才看去，却见茂才避开了他的目光，朝乔家大院的方向望了望，便向致庸和玉菡拱手道别，立刻带着铁信石上了路。致庸也不好再说什么，当下也与玉菡作别上了路。只剩下玉菡等人原地站着，久久望着他们远去，突然，有一种很不舒服的感觉涌上了玉菡的心头，她立了好久，眼泪到底还是落了下来。

2

致庸和曹掌柜到了京城后，经过好一番紧张的筹备，终于在半个月后准备挂上茶票庄的牌子。这时，北京分号的大掌柜李德龄匆匆过来，

附耳道："东家，广晋源的成大掌柜昨天到了北京！"致庸一惊，李德龄问："我们开张，给不给他发帖子？"致庸道："当然要发啦，成大掌柜是票号业的前辈，又是当今票号业执牛耳之人，一定要请！"

两日后，大德兴茶票庄的新招牌赫然挂上了门楣，店堂里外披红挂彩，鞭炮声四下响起。致庸和李德龄在一些相与商家的簇拥中，又将一块"汇通天下"的新匾额挂在了檐下。

原本热闹的场面突然静了下来，只有鞭炮声兀自零星地响着。致庸扭头看见成青崖已经冷冷地站在贺喜的人群中了。

致庸立刻一躬到地，谢道："成大掌柜今日肯大驾光临，致庸心中十分感激。我们大德兴茶票庄是刚入行的小号，致庸恳请成大掌柜日后为实现票号业同仁汇通天下的宏愿，多多赐教，多多提携！"成青崖面色沉沉，拱手回礼道："乔东家不必客气。现在天下的晋商还有哪个不知山西祁县出了一个乔东家啊？乔东家去年南下武夷山，北上恰克图，为天下疏通茶路，就是老朽，也十分敬佩。乔东家今天进了我们票号业，也一定会日进斗金，宏图大展。成青崖已经老朽，日后还望你赏我一碗饭吃！"

他说话连讥带讽，口气颇为难听，当下四周一片寂静，众人都小心地望着他和致庸。致庸道："成大掌柜过谦，致庸是晚辈，当不起呀！还是成大掌柜多多提携致庸！"

成青崖旁边站着的田二掌柜哼了一声，挑衅道："乔东家，你刚入票号业，有些规矩可能不知道，你这'汇通天下'的牌子一挂上，就真得兑现，眼下大德兴茶票庄在全国各州府县共有多少分号，你就敢挂出这样的招牌？"

致庸哈哈一笑："这位爷说得对，今天仅靠大德兴一家之力，肯定做不到汇通天下，可是致庸已经想到了一个办法，能使这件事不再成为

一件难事！"众人轰然一惊，连成青崖也睁大了眼睛。

田二掌柜酸酸道："那我们倒要领教了。眼下兵荒马乱，乔东家又是初入票号业，是一个什么样的办法，能让贵号做到汇通天下？"众人一起看向致庸。只见致庸又是一笑，道："诸位，这话本想到了酒席上再说，既然大家这般希望知道，致庸就不好不讲了。若有冒昧之处，还请成老前辈和各位见谅。"

众人道："乔东家，你就不必客气了，说吧，我们都等急了。"致庸对着成青崖和众人诚恳道："成大掌柜，致庸有两件事想对大掌柜和诸位同仁讲。第一件事，无论是今天还是不远的将来，票号业在我大清商界中都有着无可估量的前途，它的发展将完全改变中国人经商的方式和面貌，一句话，它将带给中国商业一个空前的大繁荣。第二件事，就目前的规模和影响而论，票号业还不足以为天下商人行大方便，为天下苍生谋大利益。要想做到后一点，票号业就要有一个大发展，让'汇通天下'这四个字尽快成为现实。我们晋商前辈历来有货通天下的梦想，只要票商界的前辈和同仁能早日携手实现汇通天下，晋商前辈们货通天下的梦想，就第一次有了机会实现！"

众人深感震惊，议论起来。成青崖手一举，提高声音道："诸位安静。乔东家，你这些高论我好像已经听过了，现在我还是想听你说，你有什么办法，能让大德兴今天就做到汇通天下！我真正想请教的是这个，而不是一些空泛的高调子！"

致庸微微一笑点头道："成大掌柜，致庸的办法非常简单，也非常方便。当今我晋商之中，已有三家票商，各家的分号加起来，共有十七八处，分布在西北、京津和江南一带；另外，徽商中也有了两家票商，分号也有十一二家，分布在东南沿海一带。仅这五家票商，加起来在全国各地就有了将近三十家分号，分布在我大清一十三省中的九个省。成老

前辈，各位相与，各位同仁，既然说到这里，我想告诉大家，下一步我打算将我乔家大德兴、复字号有分号的天津、太原、包头以及内外蒙古各处，都设立茶票庄，另外还要在祁县设立一家总号，与各位票商以及天下的商人做相与。这样算起来，全国票商的分号就有了四十余家，北到蒙古，南到广州，西到兰州，东到江宁，就都有票号了。”

　　成青崖已经有点明白了，脸色难看起来。田二掌柜尚不明白，逼问道：“乔东家，别扯远了，这与你的汇通天下有什么关系？”致庸丝毫不以为忤，看着众人，越来越热烈地说：“有关系！成大掌柜是票号界的前辈，又是票商的领袖，只要您登高一呼，联络所有票号，在各家之间实行通汇通兑，将众票号变为一家，同时引领更多的商家进入票号业，在全国一十三省遍开票号，不只是大德兴，所有的票商就能同时实现汇通天下！”

　　众人一惊，一起下意识地将目光转向成青崖。成青崖面色陡变，一句话也不肯说，致庸又上前一步，恳切道：“成老前辈，汇通天下之日，也就是货通天下之时。就全国票商而论，再没有谁比您更有资格出面做这件事了。如果前辈愿意出面玉成这件大事，致庸现在就可以表个态，乔家茶票庄愿意和所有的票商同仁做最好的相与，乔致庸在这件事上，一切唯成老前辈马首是瞻！”

　　四周的目光齐刷刷地落在成青崖身上，气氛骤然紧张起来。成青崖脸色铁青，猛一拱手道：“乔东家，你的高论老朽领教了，但我可以明白地告诉你，你，你……你那是在说梦话！”说着他转身走向自己的马车。

　　致庸失望地望着成青崖离去的背影，如兜头被人泼了一盆凉水，一时间竟说不出话来。众掌柜看着这个情形，相互使了使眼色，纷纷向致庸拱手告别：“乔东家，告辞！”“我们有事，酒就改天再喝吧！”……不多会儿，众人纷纷离去。望着慢慢散去的人群，致庸的目光慢慢冷峻

起来。

夜晚，北京大德兴茶票庄的内室里，李德龄开口道："东家，您把成大掌柜得罪了。"致庸苦笑道："我那些话也能得罪他？我说这些话，是为天下商人着想，也是为天下票商着想，当然也是为他广晋源着想，怎么就得罪了他？"

李德龄叹道："您让他在票号业牵头，在各家实现通兑，这些话就已经得罪了他，尤其是您还劝他引领更多晋商进入票号业。唉，这成大掌柜和别人不一样，他在票号行混了多年，自从他接管了广晋源，就一直认为别人不该再染指这一行。此外他还认为自个儿是票号业的老大，他都没敢在店门前挂出'汇通天下'的招牌，可今天咱们却挂上了，要挂也得他先挂呀！您想想，您说的话，做的事，还不处处都得罪了他？"

致庸点点头，纳闷道："就算是这样，我也只得罪了他一个人，为什么别的票商也都走了？"曹掌柜一拍大腿："东家，广晋源是第一大票商，资本雄厚，哪一家票商也不敢和他对着干。成青崖的霸道是出了名的，今天他从咱们这儿拂袖而去，谁还敢留下来喝酒？"

李德龄接口道："东家，我还听人说，今天这几个票商之所以都来了，就是打听到成青崖要来，他们才不敢不来。要是成青崖不来，他们也不会亲自来，顶多派个二掌柜来装装样子。"致庸哼了一声："这些票商走了也罢，那些一直和我大德兴做相与的商家，为什么也都一窝蜂地走了，就算我得罪了成青崖，我也得罪了他们吗？"

李德龄苦笑道："有件事东家一定还不清楚，成青崖不但是在京票商的领袖，还是在京晋商的领袖。谁得罪了成青崖，广晋源就不跟他做生意，遇上了急难，不借给他银子，他说不定就完了。您想想，这样谁还愿意得罪老成？"

致庸没料到情况这么严重，半晌道："这么说，只要成青崖不点头，

这些在京的票商和晋商，就没人敢跟我做相与了？"李德龄点点头："东家，您还没看出来？成青崖今天来，就是要给全体在京的晋商和票商一个信息，他不喜欢我们开票号，其他人谁也不要和我们做生意！"

致庸深深望着他们，忽然仰天大笑。众人吃惊地看着他。致庸笑了好一会儿，才擦擦笑出的眼泪道："诸位，成大掌柜这么容易得罪，我就是不想得罪他，也不行了！既是这样，早点得罪也罢，因为可以早点与他和好！"

李德龄吃惊道："和好？东家您太不了解成青崖了！原先广晋源的二掌柜，鞍前马后跟他干了三十年，去年见他年高体弱，只是好心劝了他一句，让他回家休息一阵子，就被他怀疑上了，觉得人家要抢他的大掌柜，回头给东家发话，要赶二掌柜走，不然他就辞号。那东家被他欺负惯了，没法，只好把个能干的二掌柜赶走了。他这个人既多疑，又睚眦必报，您今天得罪了他，就甭想和好了！"

曹掌柜也叹气："东家，还有一件事，我一直想说，晋商包括这些票商多少年来一直都是各自为政，谁也不听谁的，您却要他们团结起来，组成一个整体支撑您汇通天下的理想，就是没有成青崖在中间作梗，我觉得他们也做不到，您最好趁早打消这个念头吧！"

"书生意气"，一时间这四个字在他脑中闪过。致庸叹了一口气，沉思很久，振作道："各位爷，哪怕票商们永远不能团结，哪怕永远只有我们一家孤军奋斗，我们也要把票号开下去，朝着汇通天下的路上走！来，现在看看我们大德兴新印出来的银票！"他努力打起精神，将一张银票递给众人传看。

众人看他这般坚定，精神也振作起来。李德龄念着银票上面的字——"大德兴茶票庄汇票"，突然笑出声来："东家，匠人们可真不容易，这小小的一张银票，几经折腾，到底算是过关了！"

致庸点头："可不是，虽然是一张纸，但它们马上就要取代现银，在商界里流行，它虽本身不是银子，可往柜台上一摆就是白花花的银子啊！"曹掌柜想了想接过话茬："东家，将大德兴茶票庄的招牌挂出去容易，可是想让天下的商人相信这张汇票就是银子，大概并不容易吧！"李德龄也道："开票号有一个忌讳，只要你的银票有一次不能兑付现银，你就没了信誉，就站不住脚了。去年就有一家广东商人要开票号，结果第一天就让人给封了门！"致庸立刻竖起了耳朵："为什么？仔细说来听听。"

李德龄看看众人道："头一天开张，就有人抱来六个大金元宝来换银子，这家票号拿不出这么多银子，知道是有人不想让他开票号，当下就取下了招牌！"一听这话，在场的人一阵哗然。李德龄接着补充道："据京城商圈的人说，那就是广晋源干的，而且不止一回了！"众人都向致庸望去，致庸哈哈一笑："这些我们现在都不要去管，既然银票有了，招牌也挂出去了，连密字也有了，明天咱们就开门，做生意！水深水浅，试过才知道啊。"

一直都没开口的马荀笑问："东家连加在银票上的密字都想好了？"致庸向一旁站着的高瑞和长栓使了一个眼色，两人会意，立刻出去把起门来。致庸见他们出去，点头道："不错，各家票商加在汇票上的密字都自成体系，各有各的高招，我们也要搞一套自己的。这件事我早就想好了。一年十二个月，加十二个密字，一到十，十个数字，加万千百三个，共二十五个密字，再加闰月一个密字，零一个密字，银两的两一个密字，共计二十八个字。你们想想，这正好是一个什么数？"

几个掌柜一起把头伸过来："什么数？"致庸压低嗓子，神秘地道："一首诗，一首七绝的字数！"曹掌柜低低地赞了一声："妙，东家，您想用一首诗作大德兴汇票的密字？"致庸点头："对！用诗作密字，别人是想

不到的。"马荀兴奋道:"好!东家,有你的!用谁的诗?用李太白的?"

李掌柜笑道:"干脆用杜甫的,我喜欢杜诗。"致庸摇摇头:"不,用唐代大诗人王维王摩诘的诗。他是我们祁县老乡,诗名很大,可一般人一下子却想不到他。"马荀想了想:"东家,太熟的诗可不行,人家一眼就看出来了,而且其中的字不能重复。"

致庸赞赏地向他看了一眼,然后压低嗓子道:"我用一首王维的《秋夜曲》,正好符合标准。我背,李大掌柜写,大家再斟酌可用不可用!"李德龄赶紧执笔在手,只听致庸轻声念道:"桂魄初生秋露微,轻罗已薄未更衣。银筝夜久殷勤弄,心怯空房不忍归!"

李德龄写好后,众人传阅,纷纷点头。曹掌柜击掌道:"好,东家,这一首生僻,又没有重复的字,就用它了,怎么样?"致庸心中一乐:"既然大家都同意,那就是它了!"说着他将银票收进去,又从靴筒里掏出两张银票递给李德龄:"李大掌柜,明天大德兴茶票庄就要开门做生意了,你现在让人去广晋源,把银票上的银子取回来!"

李德龄接过来一算道:"哇,凭这两张票能支取平准银三百二十万两。"他一惊:"东家,这些银子你要全部把它们投入票号做资本银?"致庸点头笑道:"对啊,我先集中在北京分号,估计这里会有一场硬仗!如果不行,我还有岳父那里借的七十万银两后备。"李德龄高兴道:"这可太好了,我听说广晋源在京银库也不过就常备六七百万银两,所以我们应该可以较量一下。何况票号已经开张,我正犯愁铺子里没有足够的银子,万一明天开了门,有人也抱着几个大金元宝来换银子,我就傻眼了!"一听这话,众人一起笑了起来。

3

然而好几日过去了，大德兴茶票庄内一直冷冷清清。一个上午李德龄进进出出地看了好几次，却连一个人也没有，只得叹了一口气，向后院走去。各地的分号大掌柜早已离开，这里只剩下他和致庸。到了后院，致庸正在写字，一见他闷闷地进来，便笑问："怎么，还是没有生意？""东家，我真担心开了茶票庄，既没有票号生意，也跑了茶货生意！"说着李德龄一屁股坐下去，眉头紧皱。

致庸笑道："开张才三天，没生意是正常的，别着急！"李德龄刚要张嘴说话，忽见二掌柜跑过来叫道："东家，来生意了！大生意！"致庸和李德龄一惊，一同站了起来。李德龄训斥道："来生意了还不好，你脸色怎么这样？"二掌柜看他，又看致庸，苦笑道："东家，大掌柜，这生意……恐怕不大好做！"致庸与李德龄心中一"咯噔"，急急向店堂赶去。

柜台上四个硕大无比的金元宝赫然在目，一个小混混模样的年轻人领着几个人在一旁站着。李德龄悄声道："东家，您看，好大的金元宝！"致庸让自己镇静，过去对那位打头的小混混客气道："这位小爷，你的金元宝？"小混混两眼翻白，爱理不理地点点头。致庸依旧笑道："这么好的东西，藏家里多好，拿出来干什么？"小混混斜睨着他，油腔滑调道："换银子呗。哎，你管我干什么呢，东西是我的，爱藏着就藏着，不爱藏家里就花掉。"致庸点点头，问伙计："称了吗？"伙计点点头，道："东家，太重了，我平生都没见过这么重的……"

致庸对小混混笑笑："这么大个的金元宝，那可是宝贝，哪儿来的？"小混混叫起来："哎，你这话问的，哪儿来的轮得着你问吗？干脆说吧，你们能换不能换，有没有这么多银子！"致庸还要说话，李德龄急忙上

前拦住，对小混混笑道："这位小爷，你等一等，我和东家商议商议。二掌柜，给这位爷上茶，请他稍等一会儿。"说着他拉起致庸回到后院，激动道："东家，前两天我们刚说到金元宝，今天就来了金元宝，这东西可不好惹！"

致庸想了想，镇静道："李爷，你觉得这种金元宝，有可能是哪里来的？"李德龄犹豫了一下："我刚才看了看，样子不像是皇宫内府的东西，也不像是大清国立国以后的东西。这还真是个古物。我可是早就听说过，广晋源内有一百六十个大金元宝，每个都硕大无朋！"

致庸沉吟道："我们既开了茶票庄，招牌上写明了换钱，存放银子，办理汇兑，就要守信！所以现在该如何办就如何办吧！"

李德龄到底有点迟疑："可是……万一收下的就是广晋源的镇号之宝呢？"致庸越来越镇静，笑道："就是广晋源的镇号之宝，我们也只能收下了！"李德龄无奈道："好吧！我听东家的。"说着他走了出去，着手办理此事。致庸仍旧原地站着，神情极为严峻。

夜晚，致庸和李德龄举着烛火看那四个金元宝。李德龄咂舌道："东家，就这么四个金元宝，就把我们的银山挖走了一只角啊！"他继续道："虽然这事办了，我心里还是觉得有点悬。要真是广晋源的镇号之宝，就麻烦大了。东家，这一百六十个金元宝，据说是明代皇宫里的东西。李自成进北京，将它们带了出来，南逃时藏在五台山下，结果让广晋源三代以前的老东家金焕喜挖了出来，从此金家一夜暴富，传到今日。民间有一种说法，这一百六十个金元宝是不会分开的，只要来一个，剩下的就一定会跟着过来……东家，您真一点不担心这是成大掌柜在搅我们的局？"

致庸笑道："李爷，这还只是四个金元宝，是不是广晋源的还不清楚，不要先让没有发生的事儿把我们吓死！真要是，那也没有办法，兵来将

挡，水来土掩呗！"李德龄脑门有点出汗："东家，话是这么说，但我可真是担心啊。万一老成一心要让我们大德兴茶票庄摘招牌，只要他让人把这些金元宝全搬过来就行了。我们店里，现在可就只有从广晋源拉回来的那三百二十万两银子。其中还有一百七十八万两是武夷山茶农的银子，三十万两是借耿爷买茶山的银子。"致庸闻言不语，两人从银库转身走了出去。

李德龄没有白担心，接下几日内，同样的金元宝果然接二连三地来到了大德兴。致庸心中水波不兴，眼见着银库里自个儿银子快没的时候，便吩咐李德龄暂时动用武夷山那边的银两。那李德龄一听急了："不行不行。那可是您欠人家的银子，万一困在生意里，到了日子你拿不出还人家，还怎么去江南贩茶？今年不能去江南贩茶，大德兴还会有什么大宗生意？东家，我们不能一时赌气，坏了大事！"

致庸一笑："别这么死心眼。李大掌柜，这笔茶银子我让你用，你就大胆地用，我保证过不了多久，它们还会回到铺子里来，耽误不了我去南方贩茶。"李德龄思忖地点头道："东家，我觉得眼下成大掌柜的意思，是用这些个金元宝给我们点颜色瞧瞧，让我们早点知道斗不过他，把招牌摘下来，或者去求他，放我们一马。若是像现在这样，他让人抱来几个我们收下几个，成大掌柜就会认为我们是在成心和他对着干，让他下不来台，他就真会让我们大德兴茶票庄死在他手里！"

致庸神情放松，道："李爷，这样好不好，你就把心先装到肚里，真到了没银子的那天，我就听你的，自个儿去求成大掌柜手下留情，放我们一马！"李德龄一愣。致庸又笑道："还有另外一种可能，万一哪天天上掉下了馅饼，我们有了银子，能收得下他全部的金元宝，干吗一定要摘牌子认输？"李德龄没太弄明白，不知他是开玩笑还是另有妙计，但也不好再多说了。

金元宝仍旧每日络绎不绝地送来，从最初的一日四个，很快变成一日八个，再接着就变成了一日十六个，李德龄急了，对致庸道："东家，您要是不好意思去，我就托个人，替您去求求成大掌柜，要他就此罢手，怎么样？"致庸摇头："李大掌柜，没用，除非我乔致庸摘下茶票庄的招牌，可是我不想这么办！"

李德龄道："那明后天如何是好？"致庸冷笑道："不管明后天来几个，我都照收不误！冤家结下了没关系，物极必反，天道好还，只要结下了，就有解开的一天！"

李德龄欲走又回头："东家，银库里真没有银子了，万一老成又变出点别的花样，我们拿不出银子来，就得自个儿摘招牌！您可要早点打主意！"

致庸掐指算了算，道："李爷，你放心，我保证后天我岳父的银子就能到！"李德龄半信半疑地看着他："东家，您可不要指望临时能在京城的什么票商、钱庄或相与那里借到银子。实话告诉您，这几日我都去试过了，没有一家敢借给我们银子！"

致庸道："要是明后天这人又来了，我们没有银子换给他，那就是说我乔致庸不该在京城票号业立足，咱们就摘招牌，永远不再说开票号的话！"李掌柜叹一口气，出去了。

第二日一大早，那个小混混斜着眼睛又抱来二十个硕大的金元宝，大德兴照样给他兑了银子走。致庸走进银库，原本堆满银子的银架上，只剩下不多的一些银子。另外一边的银架上摆着几溜巨大的亮灿灿的金元宝。

李德龄跟在后面焦急道："东家，现在我手里只剩下几万两银子，今天夜里到底有没有银子呀，要是没有，明天早上就抓瞎了！"致庸望望外面的天色，没有作声。李德龄嘟哝道："东家，我当然相信前两天

您说的话，可我也真怕有个万一。京城里消息传得快，明天早上要是那个小混混又来了，我们哪怕只耽误半天没银子换给他，成青崖就有办法让我们关张！"致庸笑了笑道："这不才是晌午吗？甭急，甭急，再等等大概就来了。"

时间一分一秒地过去，太阳慢慢地从东边走到了西边。李德龄频频看自鸣钟，心中焦急，长栓和高瑞干脆守在店堂门口，不时往门外看一眼，眼睛都要花了。高瑞忍不住道："哎对了，李爷，我说咱们库里放着这么多金元宝，人家能拿它们从我们这里换走银子，我们就不能拿它们到别的票号换银子？或者就到广晋源去换！"长栓也连连点头，眨巴着眼睛看着李德龄。李德龄叹了一口气："两位小祖宗，别的票号你以为我没让人去试过，可是咱们的人一进门，人家就连连求饶，说就是让我们砸招牌，也不敢收下广晋源的镇号之宝！至于广晋源，人家是出招的，我们就得拆招，否则今天你到我这儿换，明天我再换回去，就是小孩过家家了。唉，也不知道广晋源的招出到什么时候呢！"长栓和高瑞对视一眼，不再说什么了。

黑夜慢慢降临了，那个夜晚甚至没有月亮。李德龄看着自鸣钟，慢慢道："东家，这会儿都半夜子时了，全北京城的九道城门，早就关上了，您要等的银车如果是打城外头来，可一定进不来了！"致庸原本坐着，此时猛然站起："睡觉，不等了！"李德龄一惊："不等了？那明天一大早，那个混混再来，我们就……"

致庸忽然轻松下来一般带笑道："李爷，最坏的情形是什么？"李德龄看看他，老老实实道："摘下大德兴的招牌，从此不再涉足票号业。"

致庸哈哈一笑："不是没死人吗？摘招牌就摘招牌，既然输了，就堂堂正正地承认失败吧。"李德龄看着他，心中一宽，刚要说话，却听他又正色道："李爷，若是我败了，那怪不得别人，说到底还是咱计划

不周，我乔致庸有误算！"

李德龄好心安慰他道："东家，您也不要太难过，做生意的人哪有不失手的时候，俗话说不经一事，不长一智……哎东家，万一明天天一亮，您等的银子就上门了呢？"致庸摇摇头，道："那不可能。我岳父陆老东家精明过人，而且我给他的时间也很富余，他说好要在今天夜里送银子过来，就不会晚到明天早上。他一定算准了日子，把时间打得富足有余，不会让银车赶在天黑前被堵到城门外头。这样的差错太低级，不是他老人家会犯的。一定是出了别的差错，连他也没估计到。李爷，不管是什么差错，我们可能真的败了！"

4

这天夜里，大家都睡得很好。但第二天一大早，天还未亮，致庸就听到了打门声，原来是阎镇山赶着一溜银车到了。致庸衣服也没穿好就冲出去，抓着阎镇山的手结巴道："阎师傅你……你迟到了！"阎镇山一愣："没有哇，我昨天晌午就到了，可陆东家叮嘱我只能今天一早送来，他说要给你上一课。"

致庸当场呆住，好一阵才如梦初醒，大笑："原来岳父大人是要……"阎镇山点点头："陆老爷让我转告你，说这是给你的一个历练，他要你明白，天下再好的计谋，也有对不上点儿的时候，要懂得见好就收的道理。"致庸满脸愧色，连连点头。李德龄比致庸晚到两步，一见银车，喜不自胜道："东家，以往别人说您料事如神，我还不信，这回我信了。难道说您来北京以前，就知道我们和广晋源会有这一场恶斗？"致庸没有说话。这边高瑞道："李爷，什么叫作运筹于帷幄之中，决胜于千里之外？瞧，这就是。"

一时众人都忙着把银箱往库里搬。最后一个银箱上垛之后，致庸眨巴了一下眼，突然问李德龄："李爷，这些天你一直对伙计们说银库里有银子，对不对？"李德龄点点头："我那不是故意虚张声势吗？"致庸笑道："好，那从今天起，你就在号内伙计中散布消息，说银库里没银子了！"李德龄一愣："为什么？我们这不是有银子吗？"致庸道："李爷，兵法上讲，虚则实之，实则虚之！今天我岳父给我上了一课，让我明白，一个人要做成一件大事，不能只靠事先的谋划，还要在事情进行中多动动心眼儿。有时候，一个出其不意的举动，就能打乱对方的阵脚，让胜利提前到来！哎，我们和成青崖成大掌柜的这一场争斗，该收场了！"

那天日上三竿的时候，那小混混果然又带着人往柜台上摆起了金元宝，这次一下子来了四十个。致庸在后堂踱步，对李德龄道："看来成大掌柜也不想再玩下去了，既然他都送来了，我们就都收下！"李德龄应了一声，笑道："收下后，今儿一大早陆家送来的银子，加上我们库里的银子，也就只剩下三万多两。而老成库里的金元宝应该也没有了。所以说到底，我们也算和他打了个平手，很不错啦！"

致庸笑了："不，你错了，只要他成青崖不能让我们摘招牌，我们就赢了，他就输了，我们不是和他打了个平手！"李德龄一愣，也笑道："对，不是平手，是胜负手，我们赢了，我这就出去，收下老成最后四十个金元宝！"说着，他转身笑着出去了。致庸看他出去，突然觉得有什么不对，但一时又说不出，只得罢了。

到了下午，成青崖在广晋源的大掌柜室里，摸着下巴慢条斯理地问二掌柜："乔致庸把我们的最后四十个宝贝也吃下去了？"二掌柜不安道："对！真没想到，他整整吃下了我们一百六十个金元宝！"成青崖仰天大笑："二掌柜，你信不信，我要是这会儿再让人抱一个东西到他那里换银子，他就傻眼了！"二掌柜一愣。成青崖哼一声道："明天，你让人

打开地窖，把介休常家存在我们这儿的六十个银冬瓜给我取出来，一天二十个，给我送到大德兴去！"

二掌柜沉吟道："大掌柜，我担心咱们的镇号之宝金元宝，要是流散出去那么几个，广晋源的信誉就完了！"成青崖哼了一声："那不可能。只要我老成活着，北京的晋商就没有人敢明着收我的宝贝！"

田二掌柜有点发急："成爷，可是还有徽商和浙商呢？还有粤商呢？我们也得罪过他们，万一他们从大德兴收走了我们的金元宝，不管是几个，就算没给乔致庸解围，可也让我们广晋源失了宝物，丢了脸面啊！"

这话让成青崖着急起来："你说的有道理，既是这样，就把这件事办得快一点，明天一大早，你让人把六十个银冬瓜一次给乔致庸抱去，让他摘招牌！我这六十个银冬瓜，就是最后一根稻草，定能压垮乔致庸这匹骆驼！我敢断定，乔致庸听都没有听说过世上还有这种分量的银冬瓜！对了，你现在再去放放风，告诉那些有实力的徽商、浙商，嗯，还有什么粤商，如果谁想在这个时候跟我过不去，收我的镇号之宝，我日后一定会让他好看！"

二掌柜点点头，刚要走又折回来道："大掌柜，有件事我差点忘了，江南一家相与，要借两百万两银子做一桩买卖，我担心东家在跟乔致庸过招，可能这段时间需要银子，就没敢立马答应他。您看这事……"成青崖摸摸下巴："这个相与有信誉吗？"

二掌柜赶紧点头："说来也是老相识，就是上次和我们一起做成广东那笔绸庄生意的老刘，你见过的，他不是还和三掌柜拜了把兄弟嘛！听他说只要半个月，一准把本利一起还给咱们。"

成青崖对这桩买卖多少有点犹豫："你觉得该不该借银子给他？"二掌柜想了想道："要是在往常，我就做主了。可现在，万一乔致庸以其

人之道还治其人之身，回头把收下的金元宝再搬回来向我们换银子，我们若一时拿不出，那时候自摘招牌的就不是他们，而是我们了！"

成青崖一听这话，反而不乐意了："胡说！他乔致庸绝对挺不过明天去。我号着他的脉呢，他就那点银子。你明天一大早就让人把银冬瓜给他抱去，先堵住他的门，他肯定得先摘了自己的招牌。这笔江南的银子，我答应借了！"

二掌柜一愣："真借？"成青崖瞪他一眼："若是不借，相与们会说我们广晋源也有借不出银子的时候，知道内情的会说我老成怕了乔致庸！乔致庸，我料定他也就这么着了，就是再有能耐，他一时半会儿也弄不到什么银子收下我的银冬瓜了！借！"二掌柜点头，一迭声地跑走了。

晚上，高瑞正伺候致庸和李德龄吃饭，那李德龄高兴道："东家，今天广晋源的最后一个金元宝也进了我们的银库，只要东家愿意，明天我就带上这些金元宝，去广晋源换银子，要是没银子，自摘招牌的就是他们，这一招总算可以换换手了！"致庸还没有答话，高瑞突然插嘴道："李大掌柜，他们怎么会没有银子？您甭忘了，从我们这儿换走的银子，这会儿都在广晋源的银库里呢，难不成就像您说的，大家换来换去，真是好玩呢，像小孩过家家一样……"李德龄瞪他一眼："你又不懂了，商场上这叫过招，他这招算是出完了，我们也接住了，所以这事大致就算结了……"

他的话还没有说完，致庸突然一拍桌子大叫道："不好！只怕我们千算万算，还是漏了一算！"李德龄大惊。致庸叹道："成青崖是商界巨擘，不可能只准备一步棋对付我们！金元宝这招我们接住了，但若明天一大早那小混混再带人抱着些什么宝贝，来大德兴换银子，我们只能认输，自己把招牌取下来！"

李德龄变色道："东家，您可别吓唬我！"致庸神情痛苦，仰天长叹，

最后终于低头,艰难道:"虽然我并不服气,可我们大概还是输了。摘招牌,不是茂才兄说准了,也不是乔家不该进入票号业,而是我乔致庸太笨了,就是进了票号业,也不可能做到汇通天下那一步!罢了,罢了,从此我一生再也不开票号,永远不再想什么汇通天下了!"李德龄面色苍白,呆呆地望着他,一句话也说不出来。高瑞张张口想说话,但看到致庸这般模样,只得忍住了。

第三十章

1

夜里，致庸翻来覆去一直睡不着，后来索性起床，坐在灯前看起书来。高瑞看见灯光，笑嘻嘻地披衣敲门进来道："东家，您一夜没睡？"致庸放下书，惆怅道："高瑞，你知道这次我为什么败了吗？"高瑞看看他，忍不住笑道："东家，保不准事情有变化，您也太过虑了，书上不是说，智者千虑，必有一失。万一成大掌柜没您想的那么聪明，想不出那步棋呢？"

致庸摇摇头道："要是茂才兄和我在一起，绝不会是现在这般处境！"高瑞道："要不东家赶紧派人去临江县茶山请孙先生回来？"致庸摇头："晚了，来不及了！"他披衣站起，鸡鸣声隐约传来，致庸心头一阵感慨。

不多会儿李德龄也敲门进来，寒暄过后道："东家，我想来想去，不如咱们先关张一天怎么样？躲一躲，我再到相与间走一走，看还能不能借到银子。"

致庸沉沉道："只怕没用。躲过了初一躲不过十五。不，就是输，咱们也不能让人瞧不起！李爷，你再去睡一会儿，天一亮就让人下门板，照样做生意！"这时大门外突然传来"咚咚"的打门声，接着长栓跑进来，激动道："太太来了，后面还跟着好多辆银车呢！"致庸大惊，看着李德

龄，如同绝处逢生一般大喜。想了想道："到底怎么回事？这黑天半夜的，太太在祁县家里，怎么能到了这里！"他话音刚落，玉菡已经走进来微微笑道："二爷，李大掌柜，我怎么就不能来到这里？"

致庸大为激动："千里迢迢的，你怎么来了？"玉菡笑嘻嘻地坐下："我来救你呀！听说你快被人逼得摘招牌了，我不来还行？"李德龄匆匆跑出去，一转眼又跑进来："东家，太太让人拉来了二百万两银子！""二百万两？！"致庸吃了一惊，连忙问玉菡："快说，从哪里弄到了这么多银子？"玉菡娇俏而得意地一笑："借的！怎么样？"致庸惊奇道："借的？在哪儿能借这么多银子？"玉菡道："就在北京城里呗。"

致庸不相信地看着她。李德龄抢上去问："太太，您在北京还能借到二百万两银子？"玉菡道："信不信由你们。反正银子我给你们拉过来了！要是还不够，我还带来了一件宝贝。"说着她示意明珠掀开披风，将怀中的翡翠玉白菜放到案上。致庸又是一惊："你把它也带来了？"玉菡噘噘嘴："为了从井里把二爷捞出来，只能又把它带来了。我嫁了这么个爷，我的宝贝也跟着受苦，整天在当铺里进进出出，闻些臭气。二爷，要是二百万两银子还不够，拿它又可当出一笔！"

致庸难以置信地望着玉菡，一时间欣喜若狂，只望着玉菡，说不出话来。玉菡有点不好意思了，娇嗔道："怎么这么看着我？"致庸上前抓住玉菡的手："快告诉我，这两百万两银子，到底打哪儿借的？"玉菡眨眨眼睛笑着反问道："你觉得眼下我们还能从哪儿借到这么多银子？"致庸突然有点回过味来，惊道："难道……难道是从广晋源借的？"

玉菡得意地点点头。致庸一把将她抱起，激动道："太太，真有你的！你从广晋源借到这么多银子，不但救了我的急，还把广晋源的银库掏空了一大块，呵呵，你是用别人的名义借的吧？"玉菡看了一眼旁边的李德龄等人，脸大红，赶紧推他，挣扎着要下来。李德龄等人见状笑着赶

紧离开了。

致庸回过神，有点尴尬地放下玉菡。玉菡理理头发，娇媚地瞟了他一眼，笑道："可不……拿你的名义能借到银子？"说着她又凑到致庸耳边说了几句话，致庸大惊，出了半天神，看看四下无人，突然又抱住玉菡使劲亲了一口。玉菡又羞又急，躲闪道："你干什么，也不看看这是什么地方！"致庸大笑，转身走出，嚷嚷道："下门板，今儿要好好做一笔生意！"外头众人大声响应。

清晨的阳光带着点兴奋和喜悦，照在大德兴茶票庄的招牌上。二掌柜站在柜台内，一边用鸡毛掸子掸着柜台，一边紧张地朝门外望。门外人来人往，他没发现每天拿金元宝换银子的那帮小混混，不禁暗暗有点失望。

李德龄走过来道："时间差不多了，那帮人还没来？"二掌柜点头，李德龄松了一口气："那也好，也许我和东家都想得太多了！"二掌柜有点不安道："但愿如此。"李德龄点点头，刚要走，突听二掌柜惊呼一声，李德龄下意识地朝门外看一眼，目光一下直了。远远地只见那个小混混带着更多的人，而且是每四人合抱一个东西源源不断走了进来。二掌柜不禁叫出声来："大掌柜，你看，他们又来了……"

李德龄也一阵紧张，但立刻道："别出声！快去禀告东家！"二掌柜飞一样跑进后院。这边小混混已经"咚"一声将银冬瓜放在柜台上，同时揭去包裹它的破布。李德龄的眼睛一下瞪大了："这……这是什么？"打头的小混混斜着眼睛道："银冬瓜，没见过吧？要是没见过，就好好看看！"

李德龄还没反应过来，却见又有四个小混混模样的人抬着一个银冬瓜进来。李德龄目瞪口呆："到底有多少哇？！"打头的小混混哼一声："等着吧，多着呢！"说着他一招手，又有四个小混混抬着一个银冬瓜走进来。

李德龄的眼睛瞪得越来越大，话也说不出来了。

致庸随伙计匆匆走来，柜台上已经摆了好多个银冬瓜，小混混的人数也越来越多，都闹哄哄地堵在门口。乔致庸的目光一下子冷峻起来，旁边的小伙计紧张道："一看就是来闹事的，来了一堆人呢！"致庸吩咐道："你去！把大伙都叫来，尤其是阎镇山阎师傅，还好他还没来得及走，请他过来帮一下忙。我们一半人在店堂候着，还有一半人到门外去，把住大门。"小伙计应一声，赶紧跑走。

柜台上已经摆了五十九个银冬瓜。李德龄为了掩饰慌乱，不住地干咳着，眼见着又来了四个小混混，将最后一个银冬瓜抬进来，柜台上早已经放不下，于是许多个硕大无朋的银冬瓜就胡乱地摆在店堂内。他们轮番搬运的五十来号人，皆用挑衅的目光得意地望着李德龄和致庸。

致庸走上前，一个个看银冬瓜："啊，这不是山西介休常家有名的银冬瓜嘛。怎么，一下就搬来了六十个？"听了这话，为首的小混混不禁对他刮目相看，拉长声调道："没想到乔东家这么年轻，也知道介休常家的银冬瓜，佩服了！"李德龄怔怔问："什么……银冬瓜？"

致庸笑笑，解释道："李爷，当年介休常家全盛的时候，茶路从武夷山一直延伸到法国的巴黎，比今天水家、元家的生意还要大，每次他们贩茶到俄罗斯，回来时就把所得的银两熔化成一个个巨大的圆砣，外形像冬瓜。这东西又重、又圆不溜秋的，就是被抢匪抢了，他们也抱不动，跑不远。呵呵，这就是银冬瓜的来历。"李德龄也大为佩服，接着问："后来呢？"

致庸转着桌子上的茶壶盖，悠悠道："后来常家败了，最后六十个银冬瓜流散出去，下落不明，没想到今天它们来到了我们大德兴茶票庄！"说着，他稳稳地坐下，问道："各位爷，今天你们把这么多银冬瓜抱来，还是想换银子吗？"

打头的小混混斜眼道："自然是想来换成银子。这么大的银子，本大爷就是想花，也花不出去呀，你们招牌上写明了可以换银子，怎么，您这店里头能换吗？"长栓再也忍不住，走上前去一把抓住这个小混混："你到底是谁，前些天抱来的那些金元宝，几乎将我们的银库换空，今天又一口气搬来这么多这玩意儿，你哪是来做生意？你根本就是有意捣乱，来搅我们局的！"

小混混大叫："你干什么你！你还敢打人呢！……"李德龄赶紧上前拉开长栓，那小混混依旧不依不饶道："我怎么捣乱了？你们做的就是这行生意，要是做不起，就把招牌摘下来，别做了就是啊！"说着他转了个圈，恶声招呼道："弟兄们！看样子他们不想做这行生意了，那就给我把他们的招牌摘了！"

李德龄大怒："你……"这边阎镇山带着众伙计冲进来，大声道："今天我看谁敢先动手！"小混混一看他的架势，就知道是个练家子，当下竟也不敢妄动，一时间两帮人剑拔弩张。

致庸手里转着茶壶，不紧不慢地抬起眼，淡淡道："这位爷，今天实在是对不起，小号一下拿不出这么多银子留下你的银冬瓜，你还是带着你的宝贝到别处换吧！"打头的小混混勃然变色："这么多的重东西，我们费老大的劲弄来了，还想让我们弄走？不行，我们今天一定要换，而且非在这里换不可！"一旁的小混混立刻起哄："想让我们走也行，只要你们取下招牌，从此不做这行生意。你们不做这行生意了，我们当然就不会在你们这里换钱了！"致庸笑道："诸位爷，一定要在小号换银子？"众小混混应着乱嚷起来。致庸又笑问："不换银子，就摘牌子？"一听这话，众混混更得意了，又跺脚又叫嚷。致庸点点头："嗯！按说开票号是有这么个规矩……那好！李大掌柜，把货收进去！"李德龄会意，对伙计吩咐道："听东家的，把这些货收进去！"小混混们大吃一惊："哎，

你们真收进去了？"

致庸站起，和颜悦色道："对呀，不过诸位爷，货虽然收进去了，可要想拿到银子，还要等一会儿！"那打头的小混混又嚷起来了："怎么还要等？我们不要等！"致庸冷冷地盯着他，沉声道："这位爷，这就是你们有意让小号为难了。你们近来已经在小号换走了几百万两银子，我们就是想和你做这笔生意，库里一时也拿不出这么多银子了。这样，你们消消气，坐下来喝点好茶，稍等一会儿，容我们到别处把银子拉回来，再付给诸位。既然诸位爷看得起小号，放心，小号今天一定帮你们换成！"打头的小混混一愣。致庸不再理会他，回头道："来，给诸位爷看座，上茶，好好侍候着！"李德龄机敏地对伙计们喊："东家说了，还不照办！好好侍候诸位爷！谁要是动手，那就衙门里见。"

打头的小混混见状，只得招呼着自己的兄弟坐下，有点忐忑地喊了一句："哎，你们可不能让我们等太久，爷们有事，没工夫老等。"致庸扭头笑看他："诸位爷放心，我一定说到做到，银子一会儿准帮诸位拉回来！"

说着他和李德龄向后院走去。到了后院，致庸便压低嗓子激动道："李爷，马上带上那些金元宝，到广晋源去兑银子！"李德龄一愣："东家，我们库里现在有银子可以换给他们啊！"致庸摇摇头："错！昨天我岳父陆老东家使计从广晋源借出二百万两银子，可不是为了今天再把它们送回到成青崖那里。借出这二百万两银子，只是为了给我们创造一个机会。而且太太刚才偷偷告诉我了，今早还有几个'高人'出手，广晋源今天上午应该又被兑了三百多万两银子，所以这会儿广晋源的银库已经空了大半，现在我们去找他兑银子，摘招牌关张的就是他们。老天爷啊，总算该我们出招了，只有一招制胜，才能和广晋源结束这场较量！"

李德龄又惊又喜，转念一想，又问道："东家，万一等会儿我们去了，

成大掌柜银库里没有银子，他就不会也让我们等着，让人去别的票商那儿借银子？"致庸大笑："李爷，你太不了解成大掌柜这个人了！成青崖是不会到别处借银子的！只要他去别的票号借银子，人人立马就会知道广晋源出了事，他成大掌柜的票号也有兑不出银子的时候。成青崖一身傲骨，就是死他也不会让别人知道他有这一天的！"李德龄一拍大腿，高兴道："东家，要这么说，我们这一去，真有可能逼成大掌柜自己摘下广晋源的招牌！该！这个人一辈子对别人下狠招，只要是他认定的对手，非置于死地不成，哼哼，没想到他也有今天！"

2

广晋源票号田二掌柜惊慌地看着李德龄指挥着伙计们，将金元宝一个个摆上柜台。忙活了半天，李德龄喘口气，拱手道："就这么多，全在这儿了。敝号实在周转不开，请贵号帮着全换成银子，好应付今天的生意！给您添麻烦了！"田二掌柜的汗开始淌下来，今天如同形势逆转，广晋源一开门就被几张银票领走了三百多万两银子，现在对着这些金元宝，他半晌才颤声道："李大掌柜，你稍等一会儿，我去去就来！"说着他匆匆走回内院。

成青崖闻言脸色苍白："这些饭桶，我让他们拿银冬瓜去对付乔致庸，怎么成了这个样子？"田二掌柜为难道："大掌柜，大德兴的李大掌柜还在外头等着呢，您看这事……"成青崖突然转身："哎，你对他讲，给我们一天时间，明天再兑给他们银子！"田二掌柜嗫嚅道："我已经说过了，可是李大掌柜说，他们家柜台前现坐着人，带来了六十个银冬瓜，立等着现银，要是今天换不回现银，大德兴茶票庄就得关张！"

成青崖狠吸了几口旱烟，突然站起道："今天来兑银子的其他几个

相与简直就是商量好的。乔致庸身后有高人，难不成是……是那个陆大可，他现今在北京？"田二掌柜大惊："你是说这事是太谷的陆大可干的？"成青崖点点头，难堪道："应该不会错，能帮他们的忙从我们这里借走两百万两银子，今儿早上又相继兑走三百多万两银子，再加上前些天陆陆续续兑走的银子——能走这步棋的不光需要脑子，还需要人脉，一来是他们有交情，二来是我轻敌贪利，三来，就是……就是我做事一向不饶人，都得罪过他们……就说这个陆大可，我当年整得他颇惨，今日他一定不会放过我。"

田二掌柜没料到他会说出这样一番话，当下手足无措道："大掌柜，您别急，事到如今，我们只能另想主意。我们银库里只剩下不足一百万两现银，现在我就去找相与，恳求他们借三百万两银子给我们，让我们渡过难关！"成青崖摇摇头："不！就是能借得出，我们广晋源的名声也完了，一天之内，全北京的商人都会知道我广晋源也有兑不出银子的时候！乔致庸他还是赢了！"

田二掌柜大急："大掌柜，那该怎么办？"成青崖走到窗口，半晌，含泪颤声道："没有办法了……等一会儿，我自个儿出门去摘掉广晋源的招牌，从此关门停业，成青崖也打今天起退出江湖！"田二掌柜"扑通"一声跪下："大掌柜，万万不可！您要是不便出面，我亲自到大德兴茶票庄去，代您向乔东家负荆请罪，求他放广晋源一马！这么拖下去，广晋源今天就要名誉扫地了！"成青崖惨然一笑："只怕广晋源已经名誉扫地了！"

在前面店堂内等了半天的李德龄嘀咕道："这田二掌柜进去了，怎么半天也不出来。"致庸突然走进来，微微一笑："那倒也好办，咱进去找他去！"说着拉起李德龄向后院走去。长长的走廊上，很奇怪一个人也没有，致庸和李掌柜一路寻摸，走了好一阵，远远听到前面人声鼎沸，

548

乱作一团。接着迎面慌慌张张跑来一个小伙计，一见他们，便急道："真是二位爷啊，可不好了，大掌柜不想活了，二掌柜拉都拉不住他，只得急着打发我来找二位爷去劝劝，高抬贵手……"

致庸大惊："你说什么？再说一遍！"那小伙计急急地把刚才的话重复了一遍。致庸赶紧道："快去禀告成大掌柜，就说晚辈乔致庸求见！"小伙计点头，一路跑进去。致庸和李德龄也紧紧跟着在后面跑起来。还没到广晋源大掌柜室，就听见成青崖在里面吼："不，你让我去死！让我去死！"致庸朝里面一瞧，只见成青崖手举一把剑，正和田二掌柜激烈挣扎着，几个人都拉不住。那小伙计跑进去道："大掌柜，乔东家已经到了门口，要见大掌柜呢！"成青崖一惊，朝门外看去，回头更剧烈地闹起来："不，我一生英名，就毁在这个人手中。你出去告诉他，成青崖死就死了，我不见他！他，他敢进来，我就抹脖子！"

致庸闻言对李德龄急道："这怎么办？谁还有别的办法？一定要救下成大掌柜，不然，乔致庸可得终身背负逼杀成大掌柜的恶名了！"李德龄想了想道："东家，解铃还需系铃人，我想到一个人，说不定成大掌柜愿意见他！"致庸赶紧问："谁？""陆老东家！成大掌柜此次不是败在东家手里，而是败给了陆老东家，成大掌柜这样的老英雄，只会佩服打败他的人！"

致庸大为激动："我怎么没有想到这个，快派人去请他！"这时背后传来陆大可慢悠悠的声音："不用请，我算准了这时候该我出场啦！"致庸大喜过望："岳父，您可一定要把成大掌柜救下来啊！"陆大可道："放心，我这一辈子可和他交手多次，如果救不下来他，我跟他一起死！"众人闻言都大为愕然，但也顾不得了，当下几个小伙计拥着陆大可向大掌柜室走去。

成青崖和田二掌柜还在房内相持。一个伙计跑进来道："两位掌柜，

太谷的陆老东家来了！"成青崖一惊回头看，陆大可已经进了门，哈哈笑着拱手道："老陆这厢有礼！成大掌柜，好久不见，你这是在唱哪出戏啊？"成青崖一愣，手中那把剑仍横在脖子上，但握剑的手却抖了一下。

陆大可回头对田二掌柜道："去吧去吧，大白天的拿把剑舞持什么？上厨房给我们切盘羊头肉。我和成大掌柜好久不见，让我们老哥俩单独喝两盅，唠一会儿。"田二掌柜看一眼成青崖，踌躇着不敢去。陆大可瞪瞪他："田二掌柜，你怎么回事，你还不放心我呀？这个老头，反正是要死的，早一天死晚一天死又有啥不同？早死还有早死的好处，至少年轻时结交下的相与都能来送一送他，要是死得晚了，就没有相熟的相与送了！"

田二掌柜低声道："陆老东家，这可不是开玩笑的时候！"陆大可哼了一声，径直走上前去，一把抓过了成青崖手里的剑，轻轻松松地就夺了下来，转手把剑递到田二掌柜手里，冲他一摆手："去吧，小子，照我说的，来盘羊头肉，来壶好酒，我们两个老东西就爱这一口。"田二掌柜大大松了一口气，赶紧去张罗陆大可要的东西了。

陆大可回头对成青崖笑道："我说老成，算了吧，别做样子了。我都来了，已经给你面子了，你当年对我可没那么大方啊，只怕那时我抹了脖子，你只会拍手叫好呢！"成青崖沮丧地在炕上坐下，无声地抽泣起来。

陆大可哼了一声："老成啊，你以为我这一趟到京城，是为着我女婿来的？不是！告诉你，我就是为了给你这个老东西解围来的！从一开始，我就知道，你斗不赢这一仗。哼哼，你这个人，从年轻时就刚愎自用，目中无人，一身的臭毛病。在票号业又飞扬跋扈，心胸狭窄，得罪的人多了去了，你这种人一辈子要是不败个那么一两次，简直天理难容！"

成青崖委屈地抹了一把泪："陆大可，你这个手下败将，也敢这么和我说话？老不死的，暗地里设局让我钻。"陆大可见他虽然一张口就是骂人的话，却终于开了口，当下心中一宽，道："我是个什么人你知道，你是个什么人我也知道，大家都是老不死的。呵呵，你这次反正已经败了，我们也算扯平。得了，那么多人都来了，也算是给你面子。他们都不知道你的底细，可我知道，所以我不担心你会自杀，你就是做做样子，想让自己有个台阶下！你骗得了别人，骗不了我！"

一听这话，成青崖又跳起来："陆大可，你，你……我今天非死给你看！"陆大可笑笑，无动于衷道："你死呀？刚才你的手一动，就抹了脖子了。你以为你死了，别人会说你刚烈，说你是个人物，不会的，你就是死了，大家也只会说你这个人是跟自己较劲死的，你败在一个后生小辈手里，脸上挂不住就死了，你一世英名成了狗屁，过上三年五载，还有谁会记得你这个没志气的老东西？再说了，你根本就不会死，你要是想死，还娶那么年轻的小妾干吗？哼，我们背后都议论你呢，娶那般年轻貌美的小妾，简直是……告诉你，你死了，不说别人，就连你新买的小妾，也不会为你守着，她转眼就会嫁人，你舍得吗？"成青崖这次到底清醒了一点，迟疑了一下，抹抹脸上的泪珠子，带着哭腔道："可是老陆啊，我要是不死，怎么出去见人？"

田二掌柜端着酒菜进来，为他们斟上。陆大可哼了一声，端起酒道："你个老东西，我给你圆圆场，等会儿让致庸过来，当着众人的面，跟你赔个不是，咱把错都算到这小子头上，让他给足你面子，你把他的银子还给他，他把你的金元宝和银冬瓜还给你，你们从头来，愿意做相与就做，不愿意就拉倒，你开你的票号，他开他的茶票庄，从此两不相扰，如何？"说着他与成青崖手中的酒杯碰了一下。成青崖一愣："那……乔致庸能答应吗？"

陆大可瞪他一眼："瞧你这个人，管他答应不答应，咱把他叫进来，再把他搡出去，然后就出去说他向你跪地求饶，你给了我面子，不跟这小子过不去了。至于乔致庸，我敢说，他比你我心胸都开阔，即使这次你下手这样狠，他也不会计较这些，仍旧还要和你做相与呢！"

成青崖又羞又愧，低声问："真的？"陆大可看着他又好气又好笑："你以为人都像你这样啊？就我所知，他今年还要去武夷山贩茶，那么远的路，中间又有长毛军，银子带着不方便，他还想将银子存在你这里，然后带张银票，到广晋源在福州的分号兑银子呢。那样，你有了生意，他也方便。这小子求你的事多呢，不敢怎么着！"

一席话说得成青崖脸色青一阵，白一阵，心下却大大地平了，他一口喝干杯中酒，终于面有愧色地答应了。陆大可见状呵呵笑着冲门外喊道："乔致庸，你小子在哪儿？快进来，给成大掌柜磕头赔罪……"

3

温柔的夜色中，玉菡望着乐呵呵从外面赶回来的致庸，心中一阵甜蜜："二爷，这么高兴？！"致庸笑道："当然高兴，从今天起，大德兴茶票庄就在京城站住了脚，我再也不用害怕有人天天抱着金元宝来算计我了！"玉菡哼了一声："二爷的大难躲过去了，就不记得要谢谢我？"致庸大笑，一把将她抱起："自然谢谢你，太太，明天你到街上去逛个够，看到什么喜欢的东西就买什么，账算我的！"

玉菡啐道："呸，你以为我稀罕那些东西呢，我稀罕的是你这个人！"致庸哈哈一乐："那好，既然太太稀罕我这个人，明天你就不用上大街买东西了，银子我也省了。"说着他涎着脸贴近玉菡："我人就在这里，太太拿去吧！"

玉菡脸大红，赶紧推开他，面带心事道："哎，有件事我想告诉二爷……"致庸没介意，依旧一边嘴里开着玩笑，一边动手挠她的痒。玉菡笑着赶紧躲开，然后隔着几步远，轻声道："雪瑛表妹生了！是个男孩！"

　　致庸勃然变色，继而掩饰着激动问道："什么？雪瑛生孩子了，什么时候？"玉菡在他的脸上观察，细声道："就是二爷离开祁县那天，何家来人报的喜！"

　　致庸慢慢坐下，眼神忍不住迷离起来："雪瑛表妹，对了，还有孩子，这会儿都好吗？"玉菡心头掠过一阵阴影，但还是回答："挺好的。你走后一个月，我替你去了榆次，见着雪瑛表妹和孩子了。"

　　致庸一时失态，猛地站起："你……你见了她，还有孩子？"玉菡点点头，心中一阵发酸。致庸有点语无伦次了："她……啊，对了，还有孩子，怎么样？"玉菡心中渐渐不乐，道："雪瑛妹妹可是大变样了，现在她一心念佛，只想替何家好好养育这个孩子。"致庸背过脸去："她就……她就没说些什么？"玉菡心中更加不高兴了，过了好一会儿才赌气道："啊，说了。雪瑛表妹说，以前的一切，你和她，还有我，都过去了，这会儿她心里只有菩萨，只有何家的这个孩子！"

　　致庸眼里猛然涌出泪水，转身望着窗外沉沉的夜色，好一会儿才让自己平静："这就好，雪瑛有了孩子，就有了终身的依靠了。"玉菡看在眼里，心中终于妒忌起来，眼中浮出泪花："二爷，你……你还是忘不了她？"

　　致庸意识到了什么，赶紧转过身来，努力赔笑道："哎，时候不早了，你今儿就住下吧，别回陆家老铺子了。"玉菡闻言反而往门口退，含泪道："告诉我，你到了这会儿，是不是整天心里想的还是她？我刚才一提到她，你的心是不是又疼了？"致庸避开她的目光，一时间也说不出话来。

玉菡更是伤心："你望着我！说实话！"致庸头猛地一抬，直视着她道："我当然说实话，我……我早就把她……忘……忘了。"但他话还没说完，眼神又避开了。玉菡知道他说的不是实话，忍不住又是失望又是责备地望着他，半晌才道："我也不知道你说的是不是实话，可我愿意信这是实话……二爷，雪瑛表妹都有了孩子了，你干吗还要想着她，你就不能多想想我吗？"致庸上前，帮她拭泪，道："我没想她。这一会儿，我心里想的只有你，全是你。"玉菡一听又不乐意："就这一会儿？"

致庸被她弄得手足无措，只得跺脚道："不不，我又说错话了，我确实天天想的都是你，是我们乔家，我们乔家的生意，还有我要做的大事。刚才是你提起了雪瑛，不是我！"说着他眼圈委屈地红起来。玉菡见状心中一阵后悔，赶紧回身抱住了他……

几日后致庸送玉菡与陆大可回山西。车到京郊，致庸拱手准备说些送行的场面话，就听陆大可哼了一声道："别光说这些虚的。告诉我，你觉得成青崖从此便能容下你，大德兴茶票庄立马就会生意兴隆了？"玉菡一惊："爹，您到底想说什么呀？"陆大可一瞪眼："我问他话呢，你甭插嘴！"

致庸摇头，正色道："不，我不相信。不过从今以后，谁也不敢再对我大德兴茶票庄下狠手了。乔家的第一家票号，托岳父大人鼎力相助，到底是立起来了。另外，这次争斗还让我明白了一件事，靠成大掌柜这些人实现不了汇通天下，要实现汇通天下，必须靠自己，为了做成这件事，从现在起，我要做好打持久仗、艰苦仗的准备！"玉菡看看陆大可的脸色，打岔笑道："二爷，你打算为汇通天下忙活一辈子？"致庸还没回答，陆大可道："有句话我还是要说，天下有些事情，哪怕用尽你一生的力量，也不一定做得成。等你到了我这个岁数，发现自己忙碌一辈子，还是没有实现年轻时的抱负，那时你可甭后悔！我像你那么大岁数的时候也有

554

一番雄心，可慢慢地都消磨掉了，哼哼，最后成了山西第一老抠……"

玉菡笑起来，致庸却没笑，反而恭敬道："谢岳父大人教诲，事情虽然艰难，有一件事爹却可以放心，汇通天下一定能在致庸这一代人手中实现，不然我是不会死的！"陆大可看着这个犟小子，不知怎么，心中突然涌起一阵强烈的喜爱，但又不愿说破，哼哼道："小子，知道我这次为何动用这么多关系出手帮你吗？一来是却不过我闺女的面子，二来气不过成青崖那老东西飞扬跋扈，可你也别狂，不要到了哪天撞得头破血流，才知道锅是铁打的呢。好了，你们小两口说点体己话吧，我先走一步了。"

说着他便自顾自上路了。玉菡含情脉脉地望着致庸，想说什么，又止住了。致庸深深望她："怎么，还有事情？""啊，没有了。是这个，我想给你！"玉菡说着从脖子上取下一件东西，给致庸戴上，眼圈一红："二爷，这是玉菡的护身符，从小到大，我一直戴着，是它保佑了玉菡。今天我让你戴上它，让它保佑二爷，不管行千里万里，用多少年的时间去做你想做的大事，一定都会平安无事的！"

致庸大为动容，刚要说话，玉菡又递过那卷《大清皇舆一览图》："想着你要下江南，我就把它也给你带来了！"致庸大喜："太好了，我正想着它呢。有了它，我今年下江南，无论走到哪里，都不会迷路了！"玉菡不再多说什么，头一低，噙着眼泪，转身上车离去了。

望着两辆远去的车子，致庸有些惆怅起来。李德龄上前劝道："东家，回去吧，太太已经走远了。"致庸仍旧望着远方沉声道："我不单是在望太太，我也在望我岳父陆老先生，人人都说我岳父为人很硌，一句话打发一个主顾，可今天我觉得，他这次给我的教训，抵得上我经商以来所有的收获！"李德龄沉思着点点头，致庸继续道："汇通天下是件大事，虽没有孙先生讲的那么艰难，可也不会像我原先想的那样容易。我们要

做成这样一件大事，要有坚强的心力，准备应付更多的艰难……"

回去的路上，致庸和李德龄并排坐着，说些生意上的闲话。致庸突然手一指问道："哎，李爷，这些人干吗的？"李德龄顺着他手指的方向看去，只见一座气派的官邸外，畏畏缩缩站着几个身穿旧官服的男人。李德龄回答道："他们呀，都是些在京候补的官儿。这里是吏部堂官乌鲁的府邸，他们只怕都是来给乌鲁送银子的，想托乌鲁捐个快班，早点补个实缺。"致庸大为惊奇："一个小小的吏部堂官，竟有那么多人巴结？"李德龄闻言笑了："东家，您可别小看一个吏部堂官。您看这些来补缺的人，其中不乏二品顶戴、三品顶戴呢。吏部堂官虽小，却掌管着这些朝廷大员的升迁，过不了他这一关，凭你官再大，就是有银子也递不上去。就这他们敢不来巴结？"

致庸忍不住生气道："什么叫作贿赂公行，这就是贿赂公行！在天子脚下，这些肮脏的事也敢公开地干？"李德龄见他这般生气，倒有点惊讶，当下点点头，不再多说。没料到致庸越琢磨越生气："吏部堂官这么干，吏部尚书之类其他官员就不知道？朝廷里的台谏干什么去了？还有皇帝身边的大臣，难道什么也不管？"

李德龄压低嗓子道："二爷，您可真是读书人的脾气，大清国一直都是这样啊。要说这些人也是被逼的，他们有的原来就是官，不过是家中父母过世，暂时丁忧，离开了朝廷，再回来就不容易捞上实缺了，花点银子不过是想尽快回去当官。要说呢，其中也有正人君子，可就是他们，也得走这一条道！"

致庸一愣："怎么，这些人里头还有正人君子？"李德龄又笑了："东家爱读史书，自然知道若遇开明盛世，自然龙是龙，鱼是鱼，泾渭分明，可若是你的命不好，遇上了眼下这个世道，你就是条龙，也只能和小杂鱼混在一个浑水坑里，要不你就回家，别再做官！"致庸不作声了，半

响闷闷道:"快回去,看了这些真让人气闷!"李德龄见他这般模样,笑道:"东家,天不早了,这里有一家酒馆狗肉不错,今儿我请东家喝两杯,解一解东家的闷气!"

4

柳泉居酒馆店堂不大,可里面的狗肉倒是大大有名。致庸和李德龄对饮,三杯酒下肚,情绪才慢慢好起来。两人正唠着嗑,突见一个气宇不凡、面容消瘦的中年男子,慢慢走了进来。那小二立刻迎上去:"张大人,小的给张大人请安。"那被称为张大人的男子手一摆:"罢了,什么张大人,现在是张闲人,张匹夫!"致庸回头看看他,接着对李德龄低声道:"这位有点意思!"李德龄凑上前压低嗓子道:"东家不知道吧,这就是张之洞,以前可是三品大员呢。"

店主亲自迎上来:"张大人今儿是在哪儿生气了?小二,还不赶快给张大人看座!"那小二赶紧抹桌凳:"张大人,请这儿坐。小的这就给您沏茶去。"张之洞打着哈哈道:"慢着,你也不要那么殷勤,等我吃了你的酒,拿不出银子给你,你就不会那么殷勤了!"小二看着店主。店主一怔,笑道:"张大人说哪里话,您是三品大员,虽说丁忧还乡三年,回京候补要在吏部等一阵子,可您老瘦死的骆驼比马大,还缺我们小店这一点银子?小二,快给张大人上酒!"

张之洞哼了一声,把怀里最后一串钱掏出来扔在桌上:"看好了,张闲人今日就这么多钱,你要是上多了酒菜,我可真不付账!"小二回头看店主一眼,店主脸色立刻黯淡下来,拾起那一串钱,走回柜台,对小二耳语了一句。小二很快跑进去,转眼端出一壶酒,几碟不像样的小青菜,摆在张之洞面前。

张之洞哈哈大笑："好，好，腌萝卜条一碟，茴香豆一碟，小葱拌豆腐一碟。哎，店家，这一碟猪耳朵大概是可怜我，多给的吧。哈哈，谢了！"他不再说话，独斟独饮。

致庸和李德龄感兴趣地偷望着张之洞。这边店主已经回到张之洞身旁："大人，今儿出门跟谁怄这么大的气？"张之洞赶他："你走你走，别扰了我张闲人这会儿的好心情。"店主也不介意，继续凑近道："是不是又为了银子上的事儿？"

张之洞也不看他，长叹一口气道："一个朝廷大员，丁忧起复竟然也要向吏部交银子，才能排个快班复职，这是第一大可笑事；第二大可笑事，我这个朝廷的三品命官，为了复职，竟然也和光同尘，去票号向那些山西老抠借贷银两；第三大可笑事，遇上这种可笑之事，竟然无处可讲，只能说给你这么一个店家听！你说可笑不可笑？"

店主一愣，继续赔笑道："难不成大人去票号没借到银子吗？"张之洞复又大笑："这就是最大一桩可笑事了。可恨这些个票商，狗眼看人低，只认带贝字旁的财，不认没有贝字旁的才，看我这三品大员做了多年，竟没有银子回京复职，便认为我没用，即使帮我复了职，将来也没银子还他，便异口同声地说出两个字来。""什么字？"店主好奇地问。"不借！"张之洞咬牙切齿地从嘴里蹦出两个字。

店主闻言道："哎，这是为什么？您可是大官呀！"张之洞嗤之以鼻："这就是又一件大可笑事了！一个三品大员，拿不出银子复职，肯定是不会贪污受贿！一个不会贪污受贿的官员，只靠一点俸禄，养家糊口尚且艰难，如何能连本带利还他们的银子！哈哈！"

店主一听也乐了。张之洞叹道："还有更可笑的，你想不想听？"店主连连点头，张之洞心中惨然，直接端起酒壶痛饮两口，然后苦笑道："今日你赏我这一碟猪耳朵吃，我认你是个朋友。告诉你，这几日我走遍了

京城，得出一个结论，普天下的票号商人，全都只认得贪污受贿的官员，只借给他们银子！正人君子一概不借！你说可笑不可笑？！"

致庸忍不住走上前去，向张之洞一拱手："大人，打扰了！"张之洞看看他，不客气道："有话请讲！"

致庸笑道："大人方才痛骂京城票商一概见利忘义，似有一竿子打翻一船人的嫌疑。敢问大人真的去过京城所有票号吗？"张之洞久久看他，忽然又大笑："今儿可笑之事全让我赶上了。这位爷，想来你自然也是个商人了？"致庸点头："在下是山西商人。"一听是山西商人，张之洞语气更不好了："你是商人，原来还是个山西商人，哈哈，你置身京城，竟然不知道山西商人在天下人中的口碑？"

致庸面色一红："山西商人在天下人中的口碑如何，大人不妨明言！"张之洞不笑了，正色地："今日下官饮了酒，说了醉话，你不要计较。这么说吧，你们晋商行遍天下，为天下人通天下货，能吃苦，肯下力，其功不小。可就下官在京城的经历而论，山西商人吝啬，唯利是图，见利忘义，也是时人的共识。"

致庸听他说完开口道："大人说到这里，在下斗胆问大人一句，商人以商为业，谋利是其本分，只要合情合理，即使唯利是图，也不为过。譬如大人，当年自然也是十年寒窗，苦读圣贤之书，学得文武艺，售与帝王家，其实也是一种买卖啊。今日大人赋闲在京，没有银子打通吏部，令大人十分不耐烦，以至于迁怒于京城票商，亦对山西商人不齿。可是在下要问大人一句，就是有票商愿意借银子给大人，让大人回朝为官，大人又能为天下百姓做什么呢？"

张之洞心中一震，不禁睁大眼认真地看他，然后一拱手，恭敬道："适才确是张之洞胡言乱语，唐突了晋商。不过这位爷，你是在商言商，不懂吾之心也。下官所以盼着早日补官，回到朝廷之上，并不只为了几两

俸禄银子。下官丁忧返乡三年，天下之乱日甚一日，百姓苦楚年胜一年，朝廷大臣，尸位素餐，能出奇策献良谋，脚踏实地让我大清拨乱反正的竟无几人。倒是连一个小小的吏部堂官，都敢公开在家收取贿赂银子！下官虽然只是三品官，在朝廷里算不上什么大员，但只要有一日见到皇上，就要大声疾呼，为民请命，为我大清国兴利除害，让士农工商各安其业，天下万民休养生息。我特别要弹劾那些贪官，整顿吏治，为国除贼，为民除害！"

致庸不觉叫了一声好："然后呢？"张之洞讲得兴起，拍案道："然后深谋远虑，师四夷之长技，革吾国之旧弊，卧薪尝胆，奋发三十年，富国强兵，让我泱泱华夏之国，重现昔时汉唐之气象……"可说着说着，他忽然又泄了气，叹道，"罢了，今日我在这里讲这些干什么，没有银子，我就回不了朝廷，见不到皇上，万事皆空呀！"

致庸默视他良久，忽然道："大人要借贷多少银子，能告诉在下吗？"张之洞一愣，冷冷道："我要借贷十万两，你有吗？"致庸想了想，道："我没有。可是我知道有一家山西人新开的茶票庄，可以借给大人这笔银子。""新开的茶票庄？"张之洞有点没听明白。致庸点点头："大人明日不妨到西河沿山西祁县乔家大德兴茶票庄问一问，他们说不定会借给你银子。"张之洞打了个酒嗝，将信将疑地看他。致庸不再多说，会了账，与李德龄离去。

第二天一大早，致庸就关照李德龄："李爷，给前头说一声，说不定这几天会有一个丁忧回京候补的三品大员，来我们这儿借十万两银子。"李德龄一愣："东家，您以为张大人真会来借银子？"致庸点点头："如果他是一个急着补官，好去任上鱼肉百姓的贪官，他今天就一定会来借银子；相反，如果真是个从不贪污受贿的好官，又忧国忧民，急着入朝去治国平天下，今天也一定会来借银子！"

李德龄笑:"东家,您觉得他是一个贪官还是一个清官?"致庸沉吟道:"据我看来,说不定他真是一个清官,一个想有所作为的好官。"李德龄担心道:"十万两银子不是小数。我们要是借出去,他一个清官真有可能还不了!"

致庸沉思道:"如果是这样,就更应当借给他。不为我们赚银子,为了眼下朝廷上下,清官太少,贪官太多!"李德龄想了想又道:"一个三品大员,活动个快班好像用不了十万两银子吧?听说可多可少,就看他的人缘。"

致庸想了想道:"要是这样,你现在就去前头,帮他立个可以随时来取银子的折子,上面写明十万两银子,他用多少,就来我们店里取多少,用不了的,存在我们店里,不算他借,将来也不算利息。"李德龄道:"这样好。他用多少取多少,也不押着银子耽误我们做生意。哎,东家,现在就给他立折子,咱是不是太性急了?还不知道他来不来呢。"致庸一笑:"我算定他十有八九要来,所以还是先立好了等他吧。他要是来了,让人告诉我。"

李德龄道:"东家,这样的生意可不能多做啊,只赔不赚!"致庸道:"这样的生意偶尔做几回,也没什么!再说……这件事上我还有点别的想法。"

当日上午张之洞果然如约前来,虽然他犹豫再三,但最后还是下决心走进了大德兴茶票庄的店门。二掌柜立刻迎上去,几句话一聊,听说他要借贷十万两白银,二掌柜立刻问道:"客官莫非姓张?"张之洞大为诧异:"正是,你怎么知道?"二掌柜笑了:"既然如此,您就是张大人了。张大人的事情在下略知一二,请稍坐片刻,待小人去把东家请出来与大人一见。"张之洞点点头:"请便!"他坐下来,立刻有伙计恭恭敬敬地端上茶来。张之洞喝着茶,突然发笑自语:"我只是为了试一试才来,

若这件事成真，那就越发可笑了！"架子上的自鸣钟带着点自嘲，"当当"地响了起来。

致庸和李德龄快快走出来拱手道："张大人请了。"张之洞一惊，也站起拱手："失敬，原来你就是东家。"致庸笑着点头："在下正是山西祁县商人乔致庸。"张之洞哈哈大笑："奇遇，奇遇，张之洞回京这些天，真是开了眼界。"他上下打量致庸，接着道："早就听说过山西祁县乔家堡的乔家，只是没想到乔东家竟如此年轻。不过，乔东家，下官有一事不明。此事不说清楚，下官还是不敢借这笔银子。"

致庸做了一个"请"的手势。张之洞沉吟道："你与我只有一面之缘，别的票商害怕我还不了他们的银子，你就不怕？"致庸闻言大笑："大人，致庸愿意借给大人银子，是因为昨日亲耳聆听了大人的高论，明白了大人的胸襟。大人有志于拨乱反正，救万民于水火之中，将银子借给这样一名官员，致庸深感银子借对了人家。以后大人若是还不了我银子，那也是我命该如此，与大人无干！"

张之洞久久看他，突然变色，摇头起身就要走。李德龄连忙道："哎大人，您怎么话也不说就走了？"张之洞连连摆手："这银子我不借了！"致庸笑道："大人，不借也行，可说明白了再走也不迟啊。"张之洞回头道："乔东家，你是个商人，行事却不像个商人。一个商人行事不像个商人，其中必然有诈，这银子我还是不借的好。"

致庸一听乐了："大人，致庸还有一句话，大人听了，就知道致庸借出去这笔银子，其实仍有所图。"张之洞点点头："对，这样你才像个商人，才不让我觉得害怕，说吧。"致庸道："大人，致庸是个商人，当然图的是利。今天借给你十万两银子，不是想让大人到期本利还清，而是想和大人套一份交情。大人现在是三品大员，照朝廷的规矩，不出三年，大人就会外放，那时你就是封疆大吏。若大人那时还是还不上敝号

的银子，在下但求大人能让敝号在你那儿开一家分号，帮大人料理官私一应银钱事务，就当大人你还了我的银子，如何？”

张之洞久久注视着致庸："乔东家，眼下兵荒马乱，商路不通，商人大都做不成生意，你为何还要扩张票号？"致庸轻叹一口气："大人对我票号业还有所不知，正是因为眼下南北阻隔，商路不通，银车不能自由来往，致庸才觉得应当大力扩张票号。有了票号，天下商人靠信用就可以做生意，南方的银子可以不必北上，北方的银子也不用南下，这不就既疏通了银路，又疏通了商路？"

这一席话说得张之洞立时对致庸刮目相看："乔东家，下官一直认为京城乃天下商人藏龙卧虎之地，一定有了不得的人物，可我一直没有遇到，不免遗憾。今天可算弥补了这份遗憾。乔东家年纪轻轻，竟有这样的眼光，下官实在佩服！"致庸连称不敢当，张之洞接着沉吟半晌，终于道："好，这笔银子我借！你的条件我也答应！"

致庸笑了笑，做一个手势，伙计立刻递过一个早已经做好的折子。张之洞接过来一看，十分惊讶。他心中一动，拱手道："乔东家，你方才的话倒也提醒了下官……我若是帮你想到了一条发财之路，同时又能大力扩张票号，就不算白借你的银子了！怎么样，想不想听？"致庸大喜："大人有话请讲。"张之洞点点头："这里不方便，有方便的地方吗？"致庸朝内室一指："大人请！"

进了内室，张之洞坐下便道："乔东家，如今长毛军占据长江一线，遮断了南方各省向京城解送官饷之路，朝廷正在着急。乔东家若能在此时派出干练之人到南方各省设庄，替各地官府向朝廷汇兑银两，就解了朝廷和各地官府的大难。到那时，只怕贵号可以大把赚钱了……怎么样，我这条发财之计，顶得上你的十万两银子吧！"

致庸闻言大喜不已，一拍脑门子："不错！去南方各省设庄，既帮

朝廷疏通了银路，又扩张了票号，真是一箭双雕！"说着他就要跪下，张之洞急忙将他扶住："别别，我这会儿还没补上官呢，仍旧是个老百姓，你不用下跪！"李德龄也在一旁激动道："张大人，你这条发财的门道，还没对别的票商讲过吧？"

张之洞哼了一声："别的票商不愿借给我银子，我当然没有机会对他们讲。乔东家真要去南方各省设庄？"致庸重重点头。张之洞笑道："既是这样，我就在这里帮你们写几封信给南方几省的督抚。看我的薄面，他们应该会让你们进门的，不过进门之后怎么和他们攀交情，那要看你自己了。另外，刚才说的是玩笑话，你的十万两银子，张之洞总还是要还的！"致庸一愣，两个人哈哈大笑了起来。

张之洞到了半下午才走。送走张之洞后，致庸站在门口，捏着那几封信激动地对李德龄道："李大掌柜，我要马上写信回祁县，让曹掌柜亲自带上他招募的票号人才，去广西、江西、湖南各省设庄！我自己则带人去广州那里设庄！这样的商机稍纵即逝，我大德兴茶票庄一定要捷足先登！"李德龄也一阵兴奋，赶紧点头。

两人正要进去，突见门口一个小商人模样的中年人，在店门前伸头缩脑，犹犹豫豫。看见他们，嗫嚅了半天问道："听说北京城内只有贵号不论商家大小，都可以办理异地汇兑，我的银子很少，你们也办理吗？"致庸大为高兴："真的吗？你想办理汇兑？请请请！"说着连忙将他引了进去。

小商人进门坐下，半天才拘束地道："乔东家，李大掌柜，只是我的数额很小，而且要汇兑的地方太远，只怕……"致庸不介意道："这位东家，看到我们门前那块招牌没有？上面写着'汇通天下'四个字，这块招牌是我挂出去的，我说了，就能兑现。"

小商人仍旧迟疑："乔东家，我跟您说实话，我是浙江杭州临安府薛家村人，到京城里投亲不遇，只得用手里的几两银子做着小买卖，好

不容易攒下了二十两纹银，可一直没法往回带。听说你们这里帮小商人汇兑银两，所以斗胆过来瞧瞧。但我第一不知道这么小的生意，你们做不做；第二我家离得太远，中间又有长毛军隔着……"

致庸高兴道："不瞒这位相与，你是小号开业以来，第一个来敝号办理异地汇兑的客人。既然我挂出了那样一个招牌，你就是只有一两银子，我也要帮你汇兑！"说着他便招呼李德龄道："李爷，你来办，为了感谢这位相与给了我们第一宗生意，你把我们大德兴茶票庄天字第一号的银票写给他！"

李德龄默默看他，迟疑了一下，但仍旧去办了。过了一小会儿，他将写好的汇票拿过来，交给致庸。致庸转手将汇票郑重地交给小商人："这位相与，这是你的汇票，看好了，上面写明二十两纹银，汇往浙江杭州临安府镇海县薛家村。你明天把它交信局的人寄回去也可，托人捎回去也可。一个月内，小号定会有人上门凭票兑银子。因为你是小号的第一宗生意，所以我们不收你的汇水。愿你日后生意做大了，能和小号做一个长长久久的相与！"

小商人大为感动，只差没磕头了，千恩万谢好一会儿才离去。致庸送他出门，回头见李德龄和店里人都默默望着他。致庸笑道："今天是大喜的日子，一天之内就有了两宗生意，你们一个个这是怎么了？"

李德龄闷声道："东家，我们在杭州可没有分号，您真的会为了这二十两银子，往杭州临安府什么薛家村跑一趟？"致庸点点头："杭州眼下还没有我们的分号，可等我今年南下到了那里就有了。既然我们把汇通天下的招牌挂了出去，岂能食言？"李德龄更急了："东家，万一有人说他想把银子汇到新疆去，我们难不成为着几十两银子，还专门派人跑到新疆？"致庸笑了："李爷，你瞧好吧，用不了多久，哪怕是新疆，也会有我们的分号！"

第三十一章

1

致庸带着高瑞和长栓携着那幅《大清皇舆一览图》，终于上了去江南的路。高瑞异常雀跃，满嘴念叨："哈，过去听说过乾隆皇上七下江南，这回我也跟着东家下江南了！"因为虑及广州设庄须和官府打交道，致庸临行前还是写了一封信给茂才，嘱他将茶山之事安顿后，和曹掌柜一起走西路前往广州。随后他们三人在通州上船，顺运河南下，过黄河，入淮水，躲过占领了扬州的太平军过长江，再转到江南运河，一路上虽然劳顿，却始终掺和着新鲜和兴奋。就这样一路行着，最后终于到达了第一个目的地杭州！

当晚三人先在杭州郊外的小店中暂时安顿下来，第二日高瑞守着行李，致庸和长栓则向店家打听好了地方，借马赶往了临安府薛家村。只见逃难的人一路络绎不绝，道路拥堵，致庸和长栓骑一阵，走一阵，中午才到了要去的地方。长栓下马说明来意，打听张家的确切地址，却见被问的那个中年妇女目瞪口呆地看着他们，也不作答，突然转过身，两只小脚跌跌撞撞飞快奔往村头的一个小院，激动地喊道："张家娘子！张家娘子！有人从京城里给你送银子来了！快开门吧！"没一会儿，只见一个小丫头扶着一位瞎眼妇女急急奔出。那瞎眼女子两手摸索着，连

声问:"北京来的爷在哪儿? 你们不是又要骗我吧! "

致庸撇下马,赶紧上前搀住她道:"张家太太,在下姓乔,你家老爷一个月前托小号往家里汇二十两银子,你瞧,我今天就是给你兑银子来了! 你把汇票拿出来,我们这就给你银子! "那张家娘子流着眼泪,从怀里哆哆嗦嗦地掏出一张揉搓得厉害的汇票:"乔,乔先生,真的吗? 是不是它? "致庸接过一看,立刻吩咐道:"长栓,把银子给这位太太! "长栓立刻将一个银包放到张家娘子手里。

张家娘子紧紧将银子抱在怀里,两手不停地摸索,喜泪交流,道:"是银子! 真是银子啊! "说着她把银子交给丫头,跪下道:"恩人哪,乔先生,你是我们张家的恩人! 我要给你磕头,你就是菩萨啊! "致庸急忙拉住她,道:"太太,在下担不起,快快请起。"张家娘子跪在地上不肯起来,哭道:"这位先生,你听我说! 我家男人一去京城四年,要不是你们答应帮他送这二十两银子回来,我都不敢相信他还活着! 就是有人送来了那一张纸……"围观的人虽也唏嘘不已,这会儿却有好几个人笑着提醒她道:"张家娘子,那不是纸,那是银票! "

张家娘子连连点头:"对对,是银票。就是有人送来了那张银票,我还是不敢相信他活着。你们今天送来了银子,我就不能不信了! 乔东家,你今天不是送来了二十两银子,你是救了我们一家子的命啊! "她一说这话,围观者都点头感叹。致庸心中一热,赶紧扶起张家娘子道:"张家太太,你放心,等我回到北京,一定把你们家的平安信捎给张东家,让他也放心。"围观的人越来越多,致庸四下看了看,拱手道:"好了,票银两清,我们这就告辞了! "说着他便带着长栓往村外走。张家娘子原本已经站起,却又跪了下去,围观的人纷纷地让出一条道。一位拄杖老者感慨道:"这家商号,真是仁义呀! "旁边一个看上去颇有点阅历的中年人点头道:"过去我也听说过票号,杭州城里原先有一家山西人

开的广晋源，可他们只和大商家做生意，现在战乱更是关了张。你看这家大德兴茶票庄，连二十两银子的生意也做，这不是做生意，这是行善呀！"众人纷纷感叹，致庸和长栓心中也颇为感动，一路拱着手，称谢而去。

一行人到了杭州，出乎致庸的意外，只见商街两旁人慌马乱，十有八九的店铺都上了门板，原来的九街十八衢，无处不是绸缎庄，这会儿却十停关了七停，有的铺面门上还醒目地贴了出售或转让的启示。高瑞嘟囔道："东家，都说上有天堂，下有苏杭，咱们到了杭州，应当是到了天堂了，怎么天堂里这么乱呀！"长栓抢着答道："你耳朵聋啊，没听说长毛军快打过来了！"致庸一直皱眉头不说话，这时突然在一处写有出售告示的铺面前停下，仔细看了起来。

当日他就把这处经过精心选择的店面盘下了，带住家后院，共计五万两白银，约定卖家带着大德兴的汇票到北京西河沿大德兴茶票庄提取现银。两日后经过一番筹备，铺面前就挂上了大德兴茶票庄杭州分号的招牌。高瑞跑断了腿才买到一挂炮仗，噼里啪啦大放了一气。长栓忍不住道："二爷，您是不是又犯了糊涂，长毛军说话间就要打到杭州了，人们都纷纷地把铺面出手，带着银子离开，您倒要花银子买它们，要是外人听说了，不说您是傻子吗？"致庸瞪他一眼："住口！你懂得什么？要不是到处喊长毛要打过来，五万两银子你想买这么大一个铺面，还有后面的宅院？"高瑞看着致庸和长栓，也不说话，窃笑不已。致庸坐了一会儿，站起对长栓和跟来的票号伙计道："你们沿街去发布大德兴茶票庄杭州分号开业的消息，以及主营的业务，高瑞，你跟我去丝市和绸市！"长栓不高兴了："二爷，凭什么带他不带我，我是您的长随，他不是！"致庸笑了，道："好，你愿去就跟着去！"

三人去了丝市和绸市，吃中饭时才转了回来，号内已经热闹起来，

听说大德兴茶票庄这时还可以帮他们办理汇兑,不让他们带着银子逃难,众多商家都找上门来。长栓有些吃惊:"没想到还真有生意!"转而又担忧道:"他们不敢带银子离开杭州,将银子交给我们,我们收了他们的银子又怎么办?"高瑞为致庸端上一盅茶,笑着道:"东家,我想在杭州留下来,我不走了!"致庸一怔,看看他没说话。长栓哼一声道:"怎么,莫不是看见东家在杭州设了个庄,你就想留下来做大掌柜?"

高瑞点点头,又摇摇头笑道:"东家怎么会让我做大掌柜?东家,我只是想留下来。"致庸笑着打量他,问:"这是为何?"高端没有直接回答,反问道:"东家,您觉得长毛军这次能不能打下湖州?"致庸想了想道:"照现在的气势,他们能。"高瑞点头:"那么他们打完了湖州,还会不会打苏州、杭州?"致庸道:"苏杭二州是天下闻名的富庶之地。要是官军挡不住他们,他们自然会来取这两州。"

高瑞拍手道:"着哇!您想,长毛军要打湖州,丝市上就有这么多湖州的丝商急着抛售自己的存货,回去和家人一起逃难,丝价一天内落了一大半!一旦长毛军来取苏杭,那时又会有多少苏杭的绸商要抛售存货?"致庸眼睛一亮,道:"有道理,说下去!"

高瑞看看他,终于鼓足勇气道:"东家您看,我们刚刚在这里设了一个庄,就有不少人把银子交来让我们帮忙汇兑。这个庄开下去,用不了多久,风声一吃紧,一定会有更多的人让我们汇银子。您想想,那时我们将在这里收下多少银子?我都想过了,我们就用这些银子低价买丝,想办法用船走运河运到开封,入黄河西上,从风陵渡上岸,然后运往潞州,把那些失业的织户们组织起来,织成绸缎,再运往口外和京津。第一可以让潞州织户恢复旧业,找到饭吃;第二我们两头也都可以得利,有大笔的银子赚!"致庸又高兴又惊奇,笑道:"好小子,简直与我不谋而合嘛,若是长毛军接着打苏杭二州,我们正好用杭州商人的银子买下杭州

商人的绸货，然后运往北方，是不是？"

　　长栓见他们说得起劲，忍不住在旁边哼一声，讥讽道："你们想得倒妙，万一长毛军来得快，我们收了丝货，又收了绸货，却运不出去，那该怎么办？"致庸点点头，又朝高瑞看去。高瑞想了想笑道："东家，这就看您的运气了。反正现在是个大商机，运气好咱们就大赚，运气不好东家就要大赔！"致庸闻言大笑："你小子这是把我架到火上烤！……"他想了想道："我当初把你从野店里弄出来没有做错！行，我就把你留下来，将茶票庄交给你，你一边收银子，一边用这里的银子买丝买绸，你买了丝，就雇船往回运，由运河入黄河，我让太太派人在风陵渡等着接货，然后运到潞州，找织户织绸。你买了绸，就由运河一直北上，运往北京和天津，我让李大掌柜和侯大掌柜接货，那边的事情由他们管，至于杭州这边的事，我全都交给你。"他打量着高瑞，道："不过，这么大的事，你小子真敢干？"

　　高瑞挺直胸膛，豪言道："只要东家放心，高瑞就敢干，大不了把事情弄得一塌糊涂，银子连同丝货绸货一同让长毛军劫了，身无分文哭着回去找东家！"致庸一听笑了，道："行！这种兵荒马乱的年代，咱们拿不下这条丝路和绸路也不算丢丑，拿下来了，生意可就做大了！天下商人都会羡慕我们！这个险我冒了！"高瑞闻言大喜："东家，说干就干，我这就去东大门丝市接洽丝货！"致庸使劲向他点了点头。高瑞不再多言，立刻就往外跑去。

　　长栓大急："二爷，您真的要让高瑞留在这里当大掌柜？"致庸收回目光，笑问："怎么，不行？"长栓又酸又妒道："他一个十几岁的人，能干成这么大的事？您也太轻信他了！"致庸看他一眼，索性道："那我把你留下来怎么样？我还要南下武夷山，从福建去广州，这里总要留下一个人！"长栓一惊："我？不行不行！我不逞那个能！"致庸哼了一声，

570

转身就走。长栓跟上来："哎，二爷，您是不是心里也想过让我去哪儿当个大掌柜？要说我也不是干不下来。"

致庸闻言站住，道："真的假的？你要有这么大出息，我就在别处设一个庄，让你当大掌柜！"长栓大为高兴："您说话可要算数！"致庸点点头，道："好吧，这一趟回去，我就让你进铺子学生意，然后带你去苏州设庄，如何？"长栓想了想却摇头："还是算了，进铺子当学徒，第一件事就要给掌柜的倒尿壶，这我可干不了。"致庸大笑，长栓挠挠头，也跟着呵呵笑起来。

不几日安顿停当，高瑞正式当起了大德兴茶票庄杭州分号的大掌柜，致庸则带着长栓上了路，风尘仆仆赶往武夷山。到达当日耿于仁亲自带人迎接致庸，一见面就握着致庸的手感叹道："兄弟，你真是个守信义的人。不瞒你说，这些日子我可是望眼欲穿地等着你。你要是不来，我在众茶农面前，可就失了信了！"

"大哥，你看，我这不是来了吗？"久别相逢，致庸也自是感慨。长栓在一旁添油加醋道："耿东家，您知道这一趟我和二爷是怎么来的？去年我们走西路回去，差点让匪徒砍了脑袋，今年我们走的是东路，长毛军一直打到泰州，我们是沿着河汊子摸到长江口的，差一点都见不着您了！"耿于仁大为动容，致庸摆手道："耿大哥，甭听他胡说。所以来晚了几天，是因为还要赶到福州去给你提银子，提了银子又要雇镖车。还好，最后几天路挺好走的！"

耿于仁道："不晚不晚，一点也不晚。别说你现在就到了，就是大年三十到，只要到了，就不算晚。"致庸忽然想起什么："哎，耿大哥，来前我听说，我们祁县的大茶商水家、元家，还有邱家今年都派人来武夷山贩茶，你见到他们了吗？"

耿于仁大笑："啊，我正要跟你说这事呢。他们倒是来了几个人，

不过没有买走我们的茶。"致庸一怔。耿于仁道："除了水家的王大掌柜亲自带人到了我们这儿，其他像元家的葛大掌柜，他根本就没敢过长江，从山西走到襄阳府就停下了，派了几个伙计来，怎么能买得回去？达盛昌邱家的崔大掌柜也是这样，走到武昌府，见了长毛军，又给吓回去了，只有水家的王大掌柜买回去了十几船茶，可他说不敢多带，所以剩下的茶，我都给你留着呢！"

不几日茶货备齐。由于致庸急于赶往广州，一番商议之后，耿于仁慨然应允，亲自帮致庸将茶运往北方，考虑到当时的战局，这次不走西路，改走东路，先到杭州，再顺运河往北。致庸再三嘱咐耿于仁到杭州后去大德兴茶票庄找高瑞，让高瑞帮忙找人引领茶船，到了长江口见机行事，若是扬州水路畅通，就走运河北上；若是不通，就让高瑞请那位原来带致庸过江的老船家，领他们从致庸来时走过的射阳湖北上，此路虽然曲折，但能用小船将茶货运至淮安府，再雇船运往京城外的通州码头。

双方都是豪爽磊落的男儿，商议停当，三大碗酒助兴互相送行，当即各自上路。致庸的去路更为凶险，因为要直接通过太平军的控制区，所以再三考虑后，他们决定走水路，从乌溪入连江，翻过大庾岭，接着雇船入韩江，由韩江再入东江，最后到达广州。

2

且说茂才到了临江县后，依着计划，对茶山进行了颇具规模的规划和整饬，一个多月过去，茶山的事情基本走上正轨，茂才却生起病来。不过是寻常的寒热，却拖了半个多月才慢慢好转。病后几日，随后赶来相助的铁信石原本想让茂才散散心，便邀他去县城听戏，不料以后茂才像对楚剧着了迷，三天两头往县城跑，茶山一有急事，铁信石还要去戏

院找他。更有一日，铁信石在戏院没找见茂才，一路寻去，却意外见到茂才从有名的妓院梨香院出来，两个脂粉女子风情万千地将他送出。

铁信石大惊，刚要避开，茂才却一回头看见了他，大方地招呼起铁信石来，铁信石反而闹了一个大红脸。

铁信石憋了两日，终于寻了个机会，提了一壶酒来到茂才住处，酒过三巡后直言道："孙先生，你的年纪也不小了，何苦不正经地寻一门亲事呢？却去那种地方，终究，终究有辱斯文啊……"说着他抬眼看着茂才，担心他会立时勃然变色，拂袖而去。不料茂才只是神色略显悲凉，半晌低声道："信石，你当我不想吗，可是……"铁信石刚要询问，却见茂才深深看着他，以攻为守地反问："信石，你我相处一阵，也算有缘，你也年纪不小，却为何也不娶亲？"铁信石脑中立刻掠过一个倩丽的身影，当下张口结舌起来。茂才微微一笑，淡淡道："兄弟，你我都未娶亲，原因各自不同，若说出来，多半也是伤心事，何苦多问？"铁信石不再言语，呆呆地发起愣来。

茂才一杯杯酒灌下肚去，半天自语道："老天生人，各有各的用处，我却不知道自己的用处在哪里。想我孙茂才，早年娶妻，自感琴瑟和谐，却飞来横祸，贤妻难产，一尸两命，撇下我孤家寡人，伤心度日；自命天降大任，可科考连连名落孙山，报国无门，荣身无路，人届中年，一事无成；即便是投靠商家，却眼看着东家步履险地，无可奈何。哈哈，我孙茂才困居茶山，不听戏嫖妓，还能做什么呢？"铁信石大惊，忍不住开口问道："东家真的步履险地吗？孙先生您是诸葛亮，该多帮帮他才是啊！"

茂才醉了，凝神看着铁信石，感慨道："信石，你真是个血性汉子，你对乔家的这份情谊，不是一般人可以做到的啊！"铁信石心中一痛，低下头去。茂才主动敬他一杯，铁信石仰头干了，半天哑着嗓子问道："孙

先生，我是粗人，不大明白这些生意上的事，眼见着乔家红红火火的，难不成真的会……"他说不下去，红着眼看着茂才。茂才仰天长叹道："东家是个性情中人，一个颇有抱负的商人，可他选的是一条险路，现在这世道变数太多，我真是为他着想，才劝了又劝，可是……"他说不下去，仰头又干了一杯。

铁信石也听不大明白，又劝了几句，但也不得要领。茂才只一个劲地灌酒，很快便醉了，又哭又笑。铁信石也劝不得，索性由他去了。只听茂才断断续续地吟道："'知我者谓我心忧，不知我者谓我何求'……不如意事常八九，能与人言无二三……"

打那以后，茂才照旧看戏逛窑子，铁信石呢，多少知道了一点他的心意，虽然内心不赞成，但也不劝了。日子忽忽而过，茂才却在又一次大醉后，忽然彻底变了个癖好，不再看戏逛窑子，取而代之的是买书、看书。茂才除了在县城及其附近搜罗各种书籍，还带着铁信石，冒险去附近一些太平军控制或半控制下的城乡购书。铁信石基本不认识什么字，但对读书却极为推崇，眼见着茂才"转了性"，自然异常高兴。可是茂才自打"迷"上了书，常常捧着书长吁短叹，有时甚至茶饭不思，时不时还要生点小病。铁信石也不好多劝，只是时不时地拉茂才出去玩耍一回，不让他一直埋在书堆里。

转眼已近半年。一日铁信石兴冲冲地到了茂才房中，递上一封致庸的信。茂才展开一看，眉头紧锁。铁信石在旁边试探地问道："孙先生，东家说什么呢？"茂才道："东家要去广州见两广总督哈芬哈大人，在粤桂湘赣四省省会开办票号，帮官府向朝廷汇兑官银。这么大的事，他怕自个儿办不了，要我们在这里等曹掌柜，然后走西路去广州，与他相会，共同办成这件大事！"铁信石一惊，茂才沉吟道："东家要是办成了这件大事，江南四省的票号业，乔家就成了龙头老大，可是，只怕……"铁

信石想了想道:"曹掌柜什么时候到?"茂才不语,铁信石又问了一遍,茂才这才回过神道:"也就这半个月内吧!"铁信石见他神情大变,心事重重,不再多问,径直去了,茂才却对着窗外发起呆来。

曹掌柜大约是一周后到的,到时已近深夜,铁信石见茂才房中还亮着灯,也未多想,就将曹掌柜引了进去。曹掌柜这一进门,倒把茂才吓了一跳,赶紧招呼一声,接着立刻站起,把桌上的书收好,方才定下心来与曹掌柜坐下晤谈,这边铁信石已经招呼人送上了茶及点心。

三日内,茂才井井有条地安排好了一切,留下铁信石照应茶山,便与曹掌柜踏上了前往广州的路程。他们由临江县南下,避开了太平军占领的武昌城,在荆州渡江,进入湘西武陵源,由那里向西南进入当年秦始皇开凿的灵渠,再进入西江,此后便一路无惊无险,一帆风顺地到达了广州。

3

致庸和长栓历经三个月的辛苦旅程,终于到达广州,在珠江码头看见了茂才和曹掌柜,不禁大喜过望,问道:"你们怎么这么快,我算着你们下个月初十才能到广州呢。"

曹掌柜抢先一步拱手道:"我和孙先生都到了十天了。听说江西官道不通,真不知东家能不能按期来到广州,我都担心坏了!"长栓插嘴道:"我们这次是从武夷山入乌溪过五岭,直入广东,从东江那边过来,虽然相对慢一点,可绝对安全。"

曹掌柜吃了一惊,回头看看茂才,感叹道:"嘿,这条路线竟和孙先生猜得一样,这回我可真服了,难怪他一直劝我不要担心呢。东家,孙先生真是神人,连您大约在这几天到都猜到了,拉着我天天来码头上

等您，没想到，还真让我们等到了！"致庸见茂才一直站着没有说话，便赶紧转向他道："茂才兄，你瘦多了，辛苦啊！"

茂才仍旧笑笑，没有说话。曹掌柜道："东家，这回孙先生又让我开了眼，我们在临江县茶山会面以后，孙先生带着我也改了路线。"当下他将来时的路线讲了一遍，致庸当即赞道："好！茂才兄就是一张活的地理图！"

这边曹掌柜道："东家，我还没讲完呢，孙先生带我一路走来，还办了几件大事。我们一路南下，已经在湖南长沙、广西桂林把大德兴茶票庄的分号开起来了，到长沙的时候，还派人去了江西南昌，将那里的票号也开了起来。现在，在粤赣湘桂四省省会，只有广州的票号等您亲自挂牌了！"致庸大喜，道："太好了，茂才兄，真有你的！对了，茶山的事怎么样？"

茂才做了一个"请"的手势："东家，还是上车说吧。"曹掌柜和长栓都注意地看了他一眼。致庸得知茂才一路上亲自设庄，只当他已经改变了初衷，全力支持自己投入票号事业，当即兴高采烈地上了车。

广州城内，市面看上去颇为繁盛，时不时可以看到一些高鼻深目的洋人走过。致庸大大称奇，长栓更是稀奇地将头伸出车外，瞧个不止。

到了下榻的客栈，略加休息，用过一些饭菜，曹掌柜道："东家，我和孙先生到广州后，已经找了一块铺面，交了定金银子，单等东家来到敲定，挂上牌子就可开张。"致庸大笑，道："这件事还等我干什么，二位商议定下就是了！"

曹掌柜朝茂才看，茂才想了想，道："东家，有些事情茂才和曹掌柜商量一下，就可以做主，但有些事情，却必须和东家商议。"致庸一听这语气，知道有些麻烦，当即笑道："茂才兄，你可别吓我，有事直言即可。"茂才看看曹掌柜，终于问道："东家，明天你真的打算去两广

总督衙门见哈芬大人，帮这里的官府向朝廷汇兑饷银？"

致庸看看他们俩，有点纳闷地点头道："对呀，我们这次所以要南下粤赣桂湘四省省会设庄，就是为了做成这笔生意！"茂才和曹掌柜对看一眼。致庸心中猜到三分，道："茂才兄，曹掌柜，其一，南方四省因长毛军隔断长江多年，饷银无法北运，朝廷对此无计可施，耽误了多少国家大事不能办，我们要是做成了这件事，就是帮了朝廷，做了一件利国利民的大事；其二，如果这笔生意做成了，我大德兴茶票庄就能在朝廷乃至全国各省督抚衙门里名声大震，要是我大清一十三省的督抚衙门都让我们替他们汇兑京饷，那会是什么景象？如果这样，我们大德兴茶票庄就做成了天字第一号大的生意，我们梦想的汇通天下也许根本就用不了三十年，只怕三五年内就能实现！"茂才站起打断道："东家，茂才为东家担心的也正是这个。"致庸正说到兴头上，硬生生地被茂才打断，先是一惊，接着有点不悦地向茂才看去。

茂才道："东家，恕茂才直言。当初东家决心进入票号业，茂才就劝过东家，此行断不可进。今天东家既已进了票号业，茂才再要阻止东家已没有意义。不过，茂才今日还是要劝一劝东家，北方各处和南方四省的票号开了也就开了，但是接下来要和各省督抚衙门做生意，又是做朝廷的生意，东家，我看你还是算了！"

致庸抬眼向曹掌柜看去。曹掌柜也道："东家，这件事我也有些顾虑。古语有之，商者商也，你买我卖，大家平等相待，这是交易的基础，可是和官府朝廷做生意，他们不大可能对我们平等相待。"茂才见他说得这般委婉，又补充道："曹掌柜，你这话说得并不周全。大家和气时，我们和官府是相与；若大家失了和气，官府又成了官府，我们则又成了人家治下的商民。不过，我真正为东家担心的并不是这个。"

致庸心中渐渐有些浮躁，却又不好发作，只得深深看他："茂才兄

心里有什么隐忧，请一起说出来吧。"茂才叹了一口气："东家，还是那句话，老子说：'天下神器，不可为也。为者败之，执者失之。'……"

致庸终于不耐烦起来："茂才兄，这话年前你已经劝过我，我不想再听。"茂才心头一痛，坚持道："东家，茂才今天要说几句逆耳之言，你也别不高兴。你就是不高兴，我也要说！不然我就对不起每年三千两的酬劳银子！"致庸尽可能压抑着内心的反感，坐下道："茂才兄，你说你说！最好一次说完！"

茂才道："东家，以往太平年间，总是各省官府自己派人解送官银上缴京城。东家不要小看这件事，官银由官府送，朝廷收，民间商家一概无缘插手，朝廷和官府就掌控了我刚才说的神器，也就是天下命脉。而今天时局不宁，票号业开始跃跃欲试，要代替各地官府向朝廷汇兑银子，这就发生了天大的事。一旦天下官银可由票号业向朝廷汇兑，本该归朝廷和官府掌控的天下神器、天下命脉就要移位！东家，你细想一想，如果你是朝廷，你是皇上，会容忍这种事情吗？"

致庸一时长思不语。茂才越说越激动："东家，当初茂才就不赞同东家进入票号业，那时我就对东家说过老子的一句话：'鱼不可脱于渊，国之利器不可以示人。'可惜那时茂才想得还不够深，悟得还不够透。东家，当初我只想到开票号这件事本身会引起商界大变，国情大变，并没有想到其实你，还有诸多商人本身就是国之利器！只要你们想做，你们就能在今日中国的商界引发一场地震，所谓五百年必有王者兴，其间必有名世者，你们当之无愧。可是东家，你们自己是国之利器，可同时又只是商人，与强大的朝廷做生意，只能像个商人那样行事，否则就会大祸临头。东家，鱼只有藏在水里才安全，国之利器也只能深藏不露才不会为自己引来灾祸。东家天纵英才，茂才虽不是萧何、张良之流，却也不敢过于自贬。东家，茂才不担心你做不成天下那么大的生意，我担

心的是你一旦做成了天下那么大的生意，给自己，甚至给乔家引来的反而是不测之祸！"

致庸紧紧盯住他，半晌道："怎么，茂才兄是担心我做成了汇通天下的大事，朝廷反而会杀了我的头？曹掌柜，你也这么看？""东家，我也觉得孙先生的话有些道理。我们只是商人，只做商人该做的事好了。我读书不多，可也知道物极必反的道理，所谓'木秀于林，风必摧之，堆出于岸，流必湍之'……"曹掌柜虽然想打圆场，但致庸这会儿问到头上，也只得实话实说了。

致庸看了他俩半晌，终于背过身去，怒声道："这么一件利商利国利民的大事，如果我不去做，也许别人也不会做。今日国家多难，民不聊生，和南北饷路不通大有关系。如果我们重新疏通了南北银路，朝廷能拿出更多的银子平定内乱，外御强敌，让万民各安其业，我乔致庸的性命算得了什么？如果我们明知自己做的事关系天下兴亡，而且将造福后人，却仍然瞻前顾后，畏首畏尾，为了自保什么都不敢做。茂才兄，难不成我们要做这样的商人吗？"

茂才一时间说不出话来，嘴唇哆嗦了半天，才又开口道："东家，现在是乱世，我们只是区区商民，若不能自保，何谈救国。纵观天下大势，我们能做的只是随机而动。就目前而言，绝不能主动挑战朝廷的权威，不可为天下先……"他话未说完，致庸已经气呼呼地站起："够了，你既说是乱世，那就绝无行黄老之术的道理，茂才兄，你什么都想到了，就是忘了'天下兴亡，匹夫有责'这八个字！"

茂才被当场噎在那里，再也说不出话来，当下失望地站起，转身朝外走。曹掌柜赶紧拉住他。茂才道："东家决心已定，孙茂才刚才的话多了，也不该说！"曹掌柜打圆场道："孙先生，你不能走，明天的事怎么办，东家和我还得等你拿主意呢！"

茂才呆了半晌，脸上浮现出一抹奇异的笑容，曹掌柜一惊。只听茂才道："东家，只要你一天没辞掉我，我有话就还是要说，至于听不听那是你的自由了。至于明天这件事，你的脾气性情也不适宜直接和官府、朝廷打交道。如果你执意要做，只怕还得我和曹掌柜去办！两广总督哈芬哈大人，他也算是我们的老相识了，刚调任不久，所以你只要明天去见一下他，将张之洞大人的信函呈上，剩下的事情我们看看情形再说吧！"致庸久久盯着茂才，半晌沉声道："好吧！"

4

第二日一大早，茂才陪同致庸前往两广总督衙门。

由于茂才和曹掌柜早已打点过，候不多时，哈芬便接见了他们。哈芬看完了张之洞的信，突觉"乔致庸"三个字颇为熟悉，当下仔细打量起恭立在那里的乔、孙两人，半晌突然脱口道："噢，原来是你们两个……"

致庸刚要说话，茂才已经赔笑道："大人，那时我们无知，冒犯了大人，还请大人海涵。"哈芬哼了一声，接着却又笑道："没什么，都是过去的事情了，今日他乡相遇也不是容易的事啊。"致庸和茂才对看一眼，微微松了一口气。哈芬打着官腔道："哎我说，你们这个茶票庄，真能像张大人信上说的，代本督将两广饷银上送给朝廷？"致庸点点头："大人，在下今天做的正是这一行生意。"

哈芬也不说话，又打量了他们一会儿，才拉长声调道："自从长毛军断了南方各省的饷路，每年为了此事，各省都十分头疼。乔致庸，虽然张大人向本官举荐了你，可是毕竟口说无凭，我怎么能相信你真能替各省把银子解往北京？"致庸当下细细地向他解释了一番。

哈芬凝神听了好一会儿，点头道："这样一说我倒也有点明白了。

哎乔东家，这个主意很妙，这样好的主意是谁想起来的？两边……北京和广州……将来如此结算？这一行生意，赚银子多吗？"致庸笑道："回大人，山西商人经营票号这一行已经有了些年头，可眼下还不成什么大气候，但只要大人支持，它在不久的将来会成为我大清商业的一根主要支柱……"

茂才轻轻地碰了致庸一下，赶紧接着道："至于说到利润，商民在商言商，自然要收些汇水，就是费用。但大人放心，这笔开销绝对小于大人每年让人押送银车去北京的费用！"哈芬细眯着眼睛想了好一会儿，突然开口道："乔致庸，虽然这样，我还是不能相信你。向北京解送饷银乃国之大事，出了差错是要砍头的，本官可不想拿自个儿的性命开玩笑！"致庸一听，并不着急，微微一笑道："大人为何不能信任小号一回呢？若是出了差错，小号宁愿作出双倍赔偿！"哈芬哼了一声："真出了差错，你就是不想赔也得赔，因为这是国课。"他想了想继续道："当初胡沅浦胡大人可是对你赞赏有加，说你将来一定是个安邦定国之才，现在看看，哈哈，你最多也就能帮老夫冒险往京城里运些银子罢了！"致庸受了奚落，也不介意，道："那么大人是答应商民了？"

茂才佩服地看了致庸一眼，把期待的目光投向哈芬。哈芬的话却让他们都吃了一惊："不，本官什么也没答应。乔致庸，真想让本官相信你也有一个办法，那就是你拿自个儿的银子替本官小试一回。"一听这话，致庸和茂才对视一眼，哈芬继续道："由广州往京城运银子，太平年间也要三个月，现在兵荒马乱，朝廷急等着银子用，你要是能在一个月内先代我把三十万两银子，通过你说的什么北京票号交到户部银库，我就相信你，把你垫上的三十万两银子付给你，再请你帮我解送四省数年积压的京饷。这办法怎么样啊？"

致庸略一思索，便爽快地答应道："谢大人！从明天算起，一个月内，

我一定帮大人把三十万两银子上交到户部银库！"话一出口，哈芬和茂才都吃了一惊。哈芬放下手中的茶杯，站起道："好，咱们就一言为定！"

回到客栈，听他们说完事情经过，曹掌柜立刻着急道："东家，哈大人让我们拿自己的银子帮他上缴国库，万一出了岔子，回头他又不认账，我们就亏大了！"致庸神情凝重："古人云，人而无信，谁言其可。我们以诚信待人，哈大人也不见得就一定会不以诚信待我们！'"话是这么说，可这么远的路，谁能担当起这样的大任呀！"曹掌柜又道。致庸闻言一惊，忍不住挠起头来。长栓在一旁气不过："几位爷，你们也太目中无人了！一个堂堂男子汉你们都看不见，我还站在这里干啥？"

致庸回头看他一眼，一旁的曹掌柜忍不住问："长栓，你觉得自个儿行吗？"长栓生气道："曹掌柜，这两年我跟着二爷，南到过武夷山，北到过恰克图，不说出生入死，也算是见过一些世面。不就往北京跑一个来回吗？别的大事我干不了，这点小事我也干不了？"致庸和曹掌柜都没有接口，一起朝茂才看去。茂才两眼看天，长长地吐出一口烟，沉声道："我觉得你不成！"

长栓大恼："孙老先儿，自打你到了乔家，就一直跟我过不去，我怎么着你了？"茂才不动声色道："长栓，二爷要做的可是一件大事，汇通天下就从这里而起，万一这事让你办了，二爷的梦可就做不成了！"长栓大怒："你——"曹掌柜赶紧打圆场："东家，孙先生，我觉得长栓行。长栓一向对东家忠心耿耿，现在又正是用人之际……"

长栓闻言哼一声，腰杆直往上挺。致庸看看茂才："茂才兄，你看呢？"茂才道："这事我本不想管，可东家既然问我，我好像不管还不成！东家要真想汇通天下，就不要让长栓去，长栓去了，非把事情办砸不可！他就不是个能办成大事的人！"长栓气得哆嗦，一把将哈芬写给户部的信从致庸手中夺过来："二爷，您要是信得过长栓，就让长栓去北京送信，

您要是信不过长栓，长栓今天就死在这里！"说着他干脆"扑通"一声跪下，带着哭腔道："二爷，您说句话吧！"茂才一看这个架势，哼了一声就往外走。

致庸搀起长栓问道："长栓，你真的能行？""我能行！"长栓恨不能把心掏出来。"方才孙先生的话虽然不中听，可他的话并没错！这封信事关大德兴在江南各省设庄的成败，事关我们汇通天下的第一步能不能成功！"致庸一边说着，一边深深地看着长栓的眼睛。

长栓道："二爷，您就放心吧，只要长栓不死，我就是爬，一个月内也要把信送到北京，再回到广州复命！"致庸不再犹豫，当即道："好！拿酒来！"曹掌柜赶紧端过酒来。致庸举起酒杯，庄重道："长栓，我乔致庸拜托了！"说着他单膝跪下，高举起酒杯。长栓也不客套，接过酒杯一饮而尽，慷慨道："二爷，长栓去了！"

这时茂才走来，看着远去的长栓，不禁微微一笑。致庸头也不抬道："茂才兄，刚才你的激将法用得好！"茂才收敛笑容，道："是吗，东家，只怕孙茂才也就这么一点用处了！"说着他一磕烟袋锅，转身又向自己屋里走去。

5

所谓点将不如激将，长栓此行果然不辱使命，十余日间不休不眠赶到了京城大德兴茶票庄。李德龄接信大惊，但当日就将三十万两银子迅速地解往了户部。稍事休整的长栓立马又上了路，终于在离开广州后的第二十七天赶回了广州。

一见到致庸，长栓就昏了过去。众人手忙脚乱地将他抬上床。致庸从他身上摸出一封信打开，里面藏着一张朝廷藩库的收据。

致庸将它交给茂才和曹掌柜传看，兴奋道："好样的，明天我就去哈芬处，让他将……"他话未说完，突然觉得哪儿有点不对劲，致庸惊奇道："怎么了？"曹掌柜道："东家，我和孙先生商量好了，明日去总督衙门就由我们去吧，那些和官府打交道的琐碎事您不是最不耐烦了吗？"致庸一愣，向茂才看去，只见茂才敲着旱烟锅道："是啊，东家掌管的是大局，至于这些琐碎事就交给我和曹掌柜吧。"致庸心中先是疑惑，但转念一想，觉得他俩的话也很对，便干脆地点头同意了。

第二日，茂才和曹掌柜一大清早就出门，直到中午饭后好一会儿，才带着醉意回到客栈。致庸早已经等得心急如焚，一见面赶紧问事情进展如何。茂才打着酒嗝搂住致庸道："东家，不但两广这几年的京饷全由我们大德兴来汇兑，赣湘两省的京饷哈大人也同意帮忙考虑，估计很快就能成功……"曹掌柜也呵呵笑道："东家，这可是笔天大的生意啊，那李大管家虽然条件苛……"致庸一惊，赶紧问道："难不成还有什么附加条件吗？"曹掌柜刚要说话，茂才已经接口道："没什么，没什么条件，只有喝酒，喝酒……"他说着捅了曹掌柜一下，曹掌柜酒微醒，使劲晃了晃头，赶紧补充道："说来还真怪，像李大总管这样的人，平日里是专门帮这些总督巡抚捞油水的，这一回却没有向我们提任何别的要求！""是啊，这是东家有面子。不，是哈大人看张之洞张大人的面子……"茂才也附和道。

经过几日的筹备，大德兴茶票庄广州分号终于开张，场面的气派与隆重让致庸吃惊。他无法想象，茂才和曹掌柜不过比他早到十日，如何结识这么多的商家。他忍不住开口问茂才，茂才想了想道："一是东家的声名与面子，二来哈大人也帮着捧了捧场。"致庸一愣，刚要说话，却见一抬小轿落地，一个小厮撩开轿帘，里面走出一个五十来岁的瘦削男子。茂才吃了一惊，忍不住低声道："哈府的李大总管怎么也来了？"

致庸也没多想，当下走过去和茂才、曹掌柜一起拱手相迎："李大总管大驾光临，小号不胜荣幸，请请请！"门前一干广州商家纷纷拱手招呼。那李大总管派头十足，略略拱了一下手，便大模大样地向里走去。

致庸心中反感，但仍耐着性子陪李大总管里里外外地看。看了好半天，李大总管总算落座，呷了一口茶，拉长声调道："不错啊，乔东家，湘赣两省的官饷生意也已经到手，这新票号一开张，你立马就是日进斗金吧？"致庸毫无防备，赔笑道："托总督大人和李大总管的福。"李大总管哼了一声："上次我没有听清楚，贵号从粤桂湘赣各省朝北京汇兑银子，要收多少汇水？"致庸还没说话，茂才急忙抢上前道："李大总管，事情都是在下跟大总管谈的，我们东家他不大清楚，李大总管有不清楚的地方，过会儿问在下就是。"

致庸不禁警觉起来，只听李大总管不阴不阳道："我是说，像你这样赚银子，比总督哈大人还省力。这不，哈大人在大德兴广州分号入了股不算，今天又特地打发我来，看看开张的情形怎么样。对了，曹掌柜，咱们可是说好的，得了汇水，你一我二，可不要错了！"致庸大惊，茂才急忙将致庸拉到一旁。曹掌柜找了一个借口，请李大总管看汇票，总算把他支应到别处去了。

致庸没有当场发作，应付完了开张仪式，才怒容满面地在内室坐了下来，气急道："茂才兄，曹掌柜，快说，这到底是怎么回事？哈大人怎么就在我大德兴广州分号入了股？还要分什么利？"曹掌柜语塞，向茂才看去。

茂才倒心平气静，道："东家要是还想揽下南方四省向北京汇兑饷银这笔生意，就不用再说什么了！我再三思量，若要实现东家的志向——汇通天下，那和朝廷大员绑在一起做事，对于我们商人，对于东家，可能是最安全的方法了！"

致庸根本不接这个茬，怒道："我说这件事怎么办得如此顺利，原来是这样，而我却被蒙在鼓里！说吧，茂才兄，这事到底是哈大人自己提出来的，还是李大总管干的？"茂才没有回答。致庸看看两人，越发怒道："……我们怎么能答应这种事情？这件事如果成了真，就是我乔致庸变相向哈大人行贿。从哈大人那一边说，就是受贿！是贪赃！"

茂才突然开口道："东家，我要是告诉你，这件事既不是哈大人提出来的，也不是李大总管提出来的，上竿子找人家说这事的是我，你信吗？"致庸大惊："茂才兄，我万万没有想到，你竟会背着我干出这种事情来！"茂才转身就走。曹掌柜忍不住道："也不是孙先生非要这么干，那日哈大人几句话就把我们打发了，说是先让我们和李大总管商议。一顿饭吃了几个时辰，人家的意思就在喉咙口，就是不先说出来，孙先生是不得不说。东家，您想想，若不是这样，只怕您最初替哈大人上缴的三十万两银子，眼下就收不回来了！"

致庸一怔，立时什么都明白了。这边茂才看看致庸，又拱拱手道："东家，且不说哈大人和李大总管本身就是这个意思，若没有，我也会劝他们这么干，因为我认为这是最安全、损失最小的做法。当日我们商议好不让你去，就是知道你不会答应。现如今不管你答应不答应，事情都无法挽回了！主意是我出的，事情也是我办的，和曹掌柜无关，你要不答应，我就只有另谋生路，辞号！"此言一出，致庸忍不住回头激动地望着茂才，大声道："茂才兄，你这是在逼我！"

曹掌柜赶紧劝道："东家，孙先生这么做，也是好意，想帮东家把这件大事做成。这事可不能全怨孙先生，孙先生找我商议时，我也是点了头的。东家，您想想，'三年清知府，十万雪花银'，若非如此，事情如何能进展如此顺利，且让哈大人这般捧场？"致庸半晌痛苦道："怎么，这世道果真如此？与官府做生意不出银子，真的一件也做不成？"

曹掌柜进一步劝解道："东家，我这里也劝您一句，东家为了实现汇通天下的宏愿，为了替朝廷重新疏通南北银路，千里万里，九死一生来到岭南，难道就因为这样一件事，让自己前功尽弃？而且事情已经不可挽回了，除非东家从这里撤庄。不，就是您想撤庄，哈大人也不会干的，他可能根本不会让我们平平安安地离开广州。和汇通天下比起来，东家今日受一点委屈又算得了什么？如果东家执意不肯，我这个大掌柜也不做了，我跟孙先生一起辞号！"

致庸久久伫立，无比痛苦道："曹爷，茂才兄，如果我在这件事上睁一只眼闭一只眼，从今天起，我就不会再觉得自个儿是干净的了，我乔致庸也成了个和贪官同流合污的人！"说完，他愤然转身走出去。

致庸在这件事上始终不肯原谅茂才，但却无可奈何。茂才却越发不管不顾，许多大事他说了就算，最多和曹掌柜交代一下，也不和致庸多说。这段时间，致庸干脆什么都不问。乔家北方的银两终归有限，所以有相当一部分官银还是要由南方北运。好在武昌城已在官军手中，茂才于是决定广东广西的银子由西江过灵渠，入湘江，经武昌北运；江西的银子先由旱路到湖南，经湘江北运；至于湖南的银子，则直接经湘江北运。由于利益相关，哈芬答应沿途派兵保护银船银车。茂才和曹掌柜商量，自己先回茶山，在那里等候接应江南各省官银上了旱路，再和铁信石一起前往北京。曹掌柜是第一次见识茂才的手段，事情虽多，竟被他安排得井井有条。

致庸打算等此地大事一定，便携长栓直接北上，曹掌柜则要回祁县去，照料总号和潞州的生意。很快就到了要各自上路的日子。临行的前一天晚上，曹掌柜特意安排了一桌酒，盼着致庸和茂才能够和解。不料一场酒喝下来，致庸和茂才都没怎么说话。茂才灌了不少酒，感觉要醉，吃到后半局便提前告退，却听致庸没头没脑地问了一句："茂才兄，我

刚刚听说，哈大人对你十分欣赏，说要请你出山，做他的幕僚，有这事吗？"茂才一怔，微微变色，摇头道："啊，没有！这是哪里话！"二人对视了一会儿，致庸突然将目光闪开。茂才一笑，借着酒劲唱着《胡秋戏妻》出了房。

第二天茂才先上路，到了码头，他也不说话，只冲着致庸和曹掌柜拱了拱手。曹掌柜有点担心，道："孙先生，此去千里，你又要料理茶山上的事务，又要接应江南的银船，忙得过来吗？"茂才淡然一笑，道："一些区区小事，忙不了孙茂才。"致庸一直默然无语，这时突然道："茂才兄保重！"茂才看了看他，目光中微露真情，道："东家，此次广州办理官银汇兑一事，你的声名已经震动了大半个中国，但世间事祸福相倚，只盼你精华内敛，小心行事，多多保重！"说完也不等致庸回答，转身上船。船行许久，致庸才突然道："曹掌柜，你不觉得，到了这会儿，我不像个商人，他才真像个商人吗？"曹掌柜听了一惊，揣摩不出东家的意思，也不好搭话。

长栓在后面喊："好了好了，孙老先儿也走了，东家您也犯不着跟他怄气了，说说，这两天我们干什么去？"致庸大声道："干什么去？看海去呀！当年王协老先生北上大漠南到海，今天我们也做到了，为什么不去看海？明天我们都去看海！"

第三十二章

1

致庸一行长途劳顿，总算如期到达了京城大德兴茶票庄，一到那里，听到的各地消息便着实令他振奋不已。致庸一边亲手在一张新绘的《大清皇舆一览图》上插着小旗，一边高兴道："这次我们在广州、桂林、南昌、长沙添了四个分号，另外高瑞、太太、马荀又在杭州、潞州及内外蒙古设了大小七个分号，加上北京、天津、太原的分号和祁县的总号，两年内我们大德兴已有了一个总号加十四个分号。"李德龄在一旁连声恭喜，接着笑道："另外，曹掌柜昨天捎信来，说太太在潞州的生意也经营得不错。东家没看错高瑞这小子，去年他不但引领武夷山的茶船过了长江，还在耿东家回来时将这支茶船队截在了杭州，让他们回头帮我们运回了丝绸，现在耿东家的茶船队，竟成了高瑞手中贩运丝绸的船队。您看这图，高瑞打发回来的丝船在风陵渡上岸，交给太太派来的骡队，运回潞州，太太把第一批织好的潞绸已经运往包头马大掌柜处，接着便销往俄罗斯了！"长栓看着那一面面小旗，也大为得意："二爷，照这样下去，您一年设十个庄的愿望，一定能够实现！"

致庸还未回答，忽听李德龄道："哎，东家，我可刚听说，在京票商以广晋源为首，近来也纷纷派人去江南各省，要把三年前撤的庄都恢

复起来。以后我们在江南的生意，就不会像今天这么好做了！"

致庸笑道："这个不用怕！大家都去江南设庄，对汇通天下只有好处，没有坏处。只要能实现汇通天下，功不一定非由我而立，事不一定非由我而成。孟子曰，国无敌国外患，国恒亡。一个国家没有了对手，就一定要灭亡。做生意也一样，我们现在有了对手，反而更容易把生意做好！"

正说着，一个伙计跑进来，呈上一封信局刚送来的信。致庸打开信看着，渐渐皱起眉头，接着把信递给了李德龄，沉吟道："你也看看吧，近一年多来，一直有人暗中与我们较劲，我们南下贩茶，前脚刚离开，他们后脚就到了，出的价钱比我们高出三分之一，闹得武夷山的茶农心都动了，照这么看，明年武夷山的茶货生意就不好做了！"李德龄一惊，看完信后道："这到底是怎么回事。太太信上还说，有人在潞州也抢我们的生意，和我们一样从苏杭二州贩丝来潞州织绸，这又是谁？"

致庸道："这件事我早就知道了，高瑞早些日子来信也提到。"长栓在一旁忍不住摩拳擦掌："这是什么人呢，敢跟我们乔家作对。我要是打听出来是谁，我……"致庸瞅他一眼："你想怎么样？你经商，人家也经商，你还能不让别人和你一样做生意？"

长栓道："二爷，可我琢磨着不对，他们出手的招数，明摆着不像是做生意，而是在硬挤我们，跟我们过不去！"李德龄也说："东家，商海险恶，如同战场，我们不能不防。东家打听到这是哪一家在和我们作对吗？"

致庸出了一会儿神道："打听是打听了，在苏杭二州有意抬高丝价，再运到潞州织绸的据说是一位安徽商人，到武夷山茶山出高价买茶的是一家江西商人！"长栓挠起脑袋："这也真奇了怪了，我们乔家刚刚好一点，这江西商人、安徽商人就一伙一伙地上来了。天下的生意那么多，干吗非要和我们过不去？看我们的头好剃怎么的？"

李德龄正色道："东家，长栓话糙理不糙，会不会有人有意要和我们过不去，所以出了这些阴招子？"致庸出了一会儿神，突然哈哈一笑，大气道："想我乔致庸为人做事，一向光明磊落，就是做生意，向来也遵循祖宗的教诲，与相与们诚信相待，敬让有加，自信不会有什么仇人要使用阴招子和我作对。也许你们把世事想得太可怕了！"

长栓向李大掌柜看，颇不以为然，刚要开口，致庸已经先发话了："你想说什么我都知道，我问你，万一到武夷山抬高价钱买茶的确是一个江西商人，在苏杭二州出高价买丝织绸的也真是一个安徽商人呢？而他们又确实想花大本钱做这些买卖呢？"李德龄点点头："东家说得也是。进了商场，就不会没有竞争。"长栓看看两人，还是嘟囔道："不怕一万，就怕万一,万一……"

他没说下去，致庸也沉吟起来，半晌道："万一？如果有万一，那也要先从我们这边找原因。天下没有无缘之恨，一定是我们什么地方做得不好，得罪了相与，人家才会这么干。我们只要深自检讨，不再犯同样的错，自然就会风平浪静了。"

正说着，二掌柜慌慌地跑进来，上气不接下气道："大事不好了，外头都在传，说长毛军打过了黄河，占领了保定府，就要打进北京了，这会儿人人都想着往外逃呢！"众人一惊，皆向大门外看去，只见市面上已经乱作一团，店铺纷纷上起门板。致庸向李德龄使了一个眼色，李德龄会意，立刻打发了几个人四下探问去了。

几个时辰后，各种消息接踵而至，有的说太平军刚过黄河，有的说已经打到了保定府，更有甚者说快到廊坊了！短短半天内，街上各种逃难的车马都已经出动，纷纷向城外拥去。

致庸一直脸色铁青地坐着不说话。李德龄劝道："东家，您甭生气，这种时候大伙道听途说，以讹传讹也是有的。不过长毛军要打进北京，

这消息应该不假，他们真的打过来了，势如破竹，官军根本挡不住！东家您得赶紧拿个主意，广晋源他们要撤庄回山西，咱们要是撤，也得快！这种事情，宜早不宜迟！"店中的伙计虽不敢进来，可大多堵在门口，屏息等候致庸的决断。只见致庸闭目良久，终于开口冷冷道："我们不撤！"

"不撤？！"李德龄顿时脸色苍白。致庸振衣而起，大声道："国家兴亡，匹夫有责，这如今国都要亡了，我一个大清的臣民还能走到哪儿去？你们要走就走，我不走，我要留下来保卫京城！"门忽然"哐"地一下被门口的伙计们挤开，为首的几个差点跌进屋内，看了致庸一眼，又慌忙退了回去。

李德龄上前把门关好，劝道："东家，我们只是些生意人。为了打长毛，我们年年纳捐，月月纳捐，可是长毛军没有被剿灭不说，他们还要打到北京来了！要是大清国不保，那是朝廷和王公大臣们无能，不干我们的事！"

致庸双目圆睁，大叫起来："错了！若是大清国亡了，你还开什么茶票庄，做什么生意！对了，打听过没有，北上的到底是哪一路长毛军？"他话音刚落，门外二掌柜探进一个脑袋："东家，我刚刚听说，是长毛军的北伐部队，领头的是个挺有名的大将，竟然是你们山西人，叫什么刘黑七！"

致庸大惊，盯着二掌柜问："真的是他？"二掌柜有点怕他的目光，赶紧点头。长栓想说什么又忍住，只是紧张地盯着致庸。致庸忽然仰天大笑，半晌，自语道："若是这个人来，我更不能撤了！我和这个人有约！"李德龄脸一下白了，小声问："东家，您说啥呢，您没喝酒吧？"

致庸不满地看了他一眼："我喝什么酒？这个刘黑七，我和他真的有约在先！他要是真能打进北京城，我得请他喝酒！"李德龄大惊失色，

对二掌柜使一个眼色。二掌柜吓得一哆嗦，回头把门外的众伙计轰走。

这边李德龄颤声道："东家，刚才的话您可不要乱说。您什么时候认识这个大匪首的？要是叫官府的人听到了……"

致庸很不以为然："听到了怎么着？我就是认识他，还是老相识呢。"他大致说了一下和刘黑七的交往，接着道："前年去江南贩茶，茶船北返的路上，我、孙先生、长栓在武昌城下被一群土匪劫了，差一点儿没被砍头。正是这家伙及时赶到，救了我们的性命，我让他跟我走，他不但不肯，还和我打了赌，说他们一两年内准能打进北京。我说不能，他们说能，没想到他还真打过来了！气死我了！""东家，原来您真认识这个刘黑七？还和他打过赌？"二掌柜有点害怕了，说着话，人还往后躲了躲。

致庸大笑道："你甭怕，我根本就不信长毛军真能打进北京！我当时对他说，他要是真能打进北京城，我就服了他，请他喝酒！"屋里的人都白着脸不说话。致庸呆了一会儿，神情慢慢沉重起来："当初只是一句玩笑话，没想到这个人还真带兵杀向北京来了！"

李德龄叹口气："东家，刘黑七杀进北京，一定玉石俱焚。我们不走，您就不怕他们杀了您，抢铺子？"致庸慨然道："李大掌柜，你就忘了一句古话——覆巢之下，安有完卵？若长毛军真的打进北京，我一个小小的茶票庄岂会不完？房子能带走吗？眼下到处都是乱兵暴民，你拉着银车又能走多远？反过来说，要是长毛军打不进北京，大清国无恙，咱们的茶票庄自然也无恙。一动不如一静。"说着他朝外望望，下定决心地亢声道："是的，我不走，更何况我和刘黑七打过赌，即便为了守信，我也要留下！"

李德龄终于绝望道："东家真要留下？"致庸看看他，一笑道："李大掌柜，你出去告诉众人，愿意走的，今天就可以让他们离号，事情过

后，若大德兴茶票庄还在，他们可以照常回号；不愿走的，就跟我一起留下！"李德龄道："东家，无论是铺子还是银子，说到底都是身外之物，您不可惜这些东西，也不可惜您自个儿的一条命吗？"致庸盯着他看："李爷，到了这会儿，我仍旧不相信他刘黑七真能打进北京！"一听这话，李德龄和二掌柜不再劝说，对看一眼，叹口气走出去了。

2

雪瑛这段时间一直在北京住着，除了翠儿和赵妈，她没带什么人过来。胡管家在京城挑选的宅子，外头看着不显山露水，里面却别有洞天，雪瑛颇为满意，已经夸过他好几次了，这让胡管家心中很是得意，虽然在他眼里，这位东家实在太难伺候了。何家的典当行由雪瑛请来的那位盛掌柜掌控着，一段时间下来，业务倒也风生水起，颇为红火。但是除此之外，这位东家的种种举动都透着疯狂和古怪。她先后暗中聘了江西籍和安徽籍的两位掌柜，斥给大量的资金，参与武夷山茶业和苏杭及潞州丝绸业的竞争，以惊人的价格挤压乔家在当地的生意。这两位掌柜就像雪瑛住在北京一样神秘，对外一直自称是东家，何家也只有两三个人知道他们。这还不算，这几日乔致庸回到京城，携着代汇江南四省京饷的业务，声震全国。雪瑛私下立刻回应，计划聘一个非山西籍的掌柜进军票号，欲与乔家一决高下。

这个决定只能让胡管家暗中叫苦不迭，因为除了典当业以外，茶叶和丝绸业按这种方式和价格竞争，摆明了要大亏；至于票号，只怕风险更高。但雪瑛似乎铆足了劲要和乔家过不去，铁了心非要做不可。胡管家向来怕她，只劝了几句，便闭上了嘴巴。

现在长毛又打过来了，为了何时离京的事，又让胡管家大为头痛，

再次领教了这位东家的倔强与乖戾。长毛要打进北京的消息，狂风般旋裹了京城每一个角落，何宅也不例外。胡管家劝了好几次，雪瑛却纹丝不动，只吩咐道："你派人盯紧大德兴茶票庄，只要他们不撤庄，我们也不动！"胡管家心里发急，想了想说："东家您看是不是这样，我和盛掌柜留下打点店里的事情！东家和小少爷先走。"

雪瑛沉沉地看了他一眼："这个我自有主张，都先稳一稳，你吩咐盛掌柜先把当铺关了，等我做了决定再说。"说着她挥挥手，示意胡管家退下。胡管家心说这不是变成一个都不走了吗？但他不敢再说什么，抹抹脑门的汗，赶紧退下了。

广晋源里里外外一片忙乱，装好的银车刚要出发，却被围在门前的客户挡着。众人手里拿着银票，嚷嚷声此起彼伏："你们不能走。……先把我们的银子兑了！"场面十分混乱。

田二掌柜跑进大掌柜室，对成青崖着急道："大掌柜，门口堵着上百的人，咱们的银车出不去！就是出去了，我也害怕这兵荒马乱的，遇到了强盗如何是好！"成青崖头上贴着膏药，捂着腮帮子直吸冷气，发火道："怎么办怎么办？到了这种时候，我是神仙吗？还有多少欠账没收上来？"田二掌柜声音低了下去："还有五六十万两。"成青崖又问："银库里有多少存银？""前几天照您的吩咐拉走了大半，现在还有一百多万两。"成青崖吃了一惊："怎么还有这么多？……你有什么救急的主意？"田二掌柜眼睛骨碌碌转，接着上来低语了几句。成青崖一惊，问道："你是说把我们的存银和业务全托付给乔致庸？"田二掌柜点头道："乔致庸口口声声说同业间要相互扶持，大掌柜就借这个由头，请他们接收我们的存银，全权代理我们留下的业务。长毛军打进来，乔致庸的庄垮了，我们可以在山西找他要银子，长毛军打不进来，大家虚惊一场，我们顶多舍弃一些利息给他们！"

成青崖道："主意是个好主意，只是乔致庸那么聪明，就看不出我们的金蝉脱壳之计？"田二掌柜道："可是除此之外我们还能有别的办法吗？……"成青崖的牙又疼起来，当下道："死马当成活马医，我也不要这张老脸了，让人套车，我亲自去！"

听了成青崖的来意，李德龄一边吩咐齐二掌柜陪他，一边将致庸拉进内室，急切道："东家，千万别上这个老狐狸的当，成青崖这是想让我们替他擦屁股，担风险，他自己一溜了之！"

致庸出了好一会儿神，却道："李大掌柜，你的意思我明白，可我还是想接下这笔生意！"李德龄大惊。致庸解释道："北京是国都，皇上坐龙廷的地方！别说长毛军打不到北京城下，就是能打到，朝廷也会用尽全力保住它！接下广晋源的生意，对我们有利无害，我干吗不帮他这个忙？"李德龄道："东家，要是万一北京城守不住呢？"致庸怒道："我说过了没有万一！我乔致庸、乔家大德兴茶票庄，要与这个国家共存亡！"

李德龄见他这般坚持，当下也不再劝，发了一会儿呆，突然道："东家要真的不走，我们就真还有不少生意可做！"致庸吃一惊："你也不走了？"李德龄叹道："东家都不走，我一个大掌柜，更不该走，大德兴茶票庄是我和东家一起创建的，我也要和它共存亡！"致庸高兴地一笑，叫了声："好！"李德龄也不客气，道："目前有不少商家，要走又带不走银子，问能不能存放到我们这儿，还有些商家要走没有盘川，想找我们借银子。更有一些商家，要把铺子低价顶出去，问我们要不要。这些生意，只要我们打定了主意不走，都可以做！"

致庸点头："对呀！广晋源要我们接下他们的一百多万两存银，我们就用这笔银子借贷，顶铺子！我们要做天下那么大的生意，在北京城里只有这么一个茶票庄怎么行？这些生意，我们做！"

李德龄道："那我今天就让人去收银子，借银子，顶铺子！"他一边

往外走，一边道："东家，要是真应了您的话，长毛军打不进北京，我们这一笔财，就发大了！""谁说不是呢！"致庸笑道。

何宅里胡管家已经急得团团乱转，对一旁的盛掌柜道："风声又紧了，东家这会儿再不走就真的来不及了！"盛掌柜道："我就不明白了。她怎么就不愿意走呢？"胡管家欲言又止，半晌叹口气解释道："先备车吧，万一这姑奶奶转了主意，只要说一声走，我们立马就能上路！"盛掌柜点头。

内室中，雪瑛和翠儿正给小少爷喂饭。雪瑛时不时努力地听着外面的动静，皱眉道："翠儿，你打发一个人，看乔致庸还在不在北京，是不是像胡管家说的那样他要等着长毛攻进北京。"翠儿应声出去，刚要开口唤人，想了想，却吩咐套车，自己亲自出了门。

原本熙熙攘攘的街面上已空无一人，秋风卷着落叶，满地乱滚。接着一队官兵齐齐地跑过。快到西河沿大德兴茶票庄的时候，翠儿吩咐停车，她下来躲在一棵大树后面，远远地张望过去。

这大德兴茶票庄只怕是京城目前最后一家还开着的店铺，生意异常火爆，存银取银的络绎不绝。翠儿张望的时候，人已经少多了。店里闲着的男人们纷纷寻觅家伙，如致庸号召的那样，只等着和长毛干仗。长栓拿着杆红缨枪，舞得风火轮一般……翠儿远远看着，忍不住捂嘴笑，紧跟着眼泪却落下来，她痴痴地望了好一阵，心中虽有百般不舍，却还是悄悄地上车走了。

一进何宅，翠儿便迎面撞上胡、盛两位掌柜。"翠姑娘，怎么样？"两人急得连声地问。翠儿低低道："乔致庸，他真的还……还没走！"胡管家急得一跺脚："翠姑娘，我可告诉你，我们得赶快让东家走，再晚就怕走不掉了！"翠儿刚要说话，雪瑛走了出来，看看翠儿问："你怎么自个儿跑了出去？那……乔致庸走了吗？"

翠儿突然道："太太，乔家的人走了，大德兴茶票庄也关张了，我们也快走吧！"雪瑛一愣，不相信地拿眼看着翠儿。已相当练达的翠儿不露声色地回望着她。雪瑛冷冷笑道："真没想到他也走了！我还以为他是条汉子，刀架在脖子上也不眨眨眼呢，这会儿看来他也不过就是个卖茶叶做票号的商人罢了！胡管家，我们也走！"众人心中大喜，略略收拾了一下，很快便拥着雪瑛上了路。

　　一路上关于长毛的谣言依旧四起，逃难的人到处都是。雪瑛原本极少与人往来，可这次仓皇回到榆次，江家与何家的不少亲戚都上门来，一是看望，二是询问京城的情形，同时交换着各种各样的小道消息。

　　这一日雪瑛送走一个本家表嫂，怒冲冲回到内室，唤来翠儿问："告诉我，当初是谁说乔致庸已经离开了北京城？"翠儿低头不语。雪瑛盯了她半晌，突然道："我要是查到谁出的主意，决不轻饶！"不料翠儿一抬头，静静道："太太，是我的主意。"雪瑛勃然变色："你？"翠儿硬着心肠点点头。

　　雪瑛再也忍不住，气急败坏道："果然是你，你……"她气得一时说不出话来。翠儿看着她，道："太太留在北京不走，是因为乔二爷不走，这个翠儿自然明白，可太太和乔二爷不一样，太太不但是个女流，还带着小少爷呢，为了太太和小少爷早点离开，所以我就扯了个谎！"

　　雪瑛看着翠儿，两行泪直淌下来："翠儿……真没想到，连你也在骗我！这都二十多天了，要是长毛军打进了北京城，他和长栓就得死……"翠儿一听这话，眼泪呼啦啦地掉了下来，她一把抹去，端过一杯茶，平静地递给雪瑛："太太，您先喝茶。"

　　雪瑛一把将茶杯打落："你……走开！连你也骗我！我身边真是没有人了！来人，叫他们套车，我要去北京！"在门口听了半天的赵妈赶紧跑进来。翠儿看看她，耳语了几句让她离去。雪瑛大怒，刚要发作，听

翠儿静静道:"太太,乔致庸是您的仇人,他要是死了那就好了,太太就不用每日每时想着他,恨着他了!"

"你……"雪瑛又惊又怒,说不出话来。翠儿激烈道:"自从太太在何家接管了家事,做的每一件事,都是在和乔家较劲。太太心里一定恨死了乔东家,有一日非要将乔家置于死地不成。既然这样,若乔致庸今天死在北京城,太太为何还要难过?这应该是大好事,刘黑七的长毛军替太太报了仇,以后世上就没有乔致庸这号人了。乔致庸一死,乔家倒了顶梁柱,也就完了,太太以后也就省了心,不用每天琢磨怎么挤垮乔家的生意了。太太,乔致庸死了好!死了……"

雪瑛再也忍不住,劈脸给了她一个耳光。翠儿捂着脸,泪水淌下来,依旧继续说:"这乔致庸不死,只怕太太早晚都得发疯,太太到了今日这一步,全是他乔致庸害的,就是刘黑七抓住他,将他千刀万剐,也是他活该!太太……"雪瑛再也受不了,捂住耳朵狂叫一声,扑到翠儿怀里大哭。翠儿抚着她的背,泪也流了一脸,只盼雪瑛能稍有醒悟。

李妈慌慌地跑进来,说胡管家到了前厅,带来了京城的确切消息。雪瑛和翠儿闻言皆大惊,因为各自心有所牵,草草拭了一把泪,赶紧奔往前厅。一进门,就见胡管家喜形于色道:"太太,刚刚得了准信儿,长毛军根本就没打进北京!"胡管家又看翠儿一眼,说:"啊,当初乔东家并没有离开北京,是我们打听错了!昨天乔家北京大德兴茶票庄的齐二掌柜特地从北京回来报平安信,说乔东家没事儿!"一阵巨大的喜悦瞬时涌上雪瑛心头,接着泪光便在眼眶中浮现。胡管家看看两人,叹道:"乔家的两位太太都急病了,赶着打发曹掌柜进京。不过乔东家这一阵子在北京可是发了一笔不小的财。这次人人都要离开北京,银子带不走,都往他那儿存,连广晋源也这么做,他用这些银子买生意,置房产,当初人都觉得他疯了。乔东家真是个神人,他算准了长毛军进不了北京,这

长毛军就真的没进！一来一回，他赚了个沟满壕平。这乔东家，真是个奇人……"

雪瑛慢慢平静下来，一种逆反心理又开始像蚂蚁般咬啮她的心。她突然恨恨地打断胡管家的话，道："我让你说这个了吗？对了，上次我跟你说过，乔家到处开票号，我们也开，你谋划得如何了？"一听这话，翠儿头一抬，失望地向她看去。

胡管家嗫嚅了半晌："太太，别的事情都好办，只是这开票号的事，我还真是有点打怵！"雪瑛越来越生气："怎么，是怕我不给你银子？"胡管家头一低，赶紧道："那倒不是，办票号需要人才，一时半会儿我们也找不到这么多人才呀。"

雪瑛哼了一声："原来是因为这个。这个好办，你去问问，乔家开票号雇的那些掌柜，一年撑死了能拿到多少银子，我们给他翻番。一个一个，你想办法全给他们挖过来，帮我们做！"

"太太，这个不太好吧，这么干就坏了规矩！"胡管家一边说着，一边求助般向一旁的翠儿看去，翠儿却转身离开了房间。

雪瑛心中一动，放缓声音道："你把事情做得细密一点，不就行了吗？"胡管家虽然为难，但还是点了点头。雪瑛当下挥挥手，示意他退下。

房中只留下了她一个人，雪瑛背过脸站着，她虽然强忍着，但泪水还是痛快地流了下来。

3

没过多久，潞州又来了一封信，看完信大家都没作声。致庸摸着下巴问："在潞州和我们唱对台戏的那个安徽商家的底细，查清楚了吗？"李德龄摇头道："没有。东家，这事也怪了，在京的安徽商人，谁也不

认识这家徽商。还有在武夷山上和我们唱对台戏的那家江西商人是什么来历，也没人知道。"

长栓在一旁道："岂有此理，这家徽商就这么厉害，非要将我们赶出潞州才罢休吗？不行，我们得过去教训教训这个不讲理的家伙！"李德龄也叹口气道："不管怎么说，东家倒是快拿主意，前天回来的齐二掌柜就说，再这样下去，我们在潞州将会一败涂地。"

致庸忽然轻声一笑。长栓见状忍不住道："就这您也笑得出来？摆明了人家是专门冲您来的，还不知什么后台呢！"致庸摆摆手："我想好了，既然这位徽商如此热心在潞州织绸，我看咱们干脆从那儿撤出，把生意全部让给他得了！"

"撤出？"李德龄一惊，叫起来，这边长栓已经急着摆手："不行不行，那样我们就败了！您怎么仗还没打，就认输呢？哼，只怕家里的太太也不会干！"致庸看看众人，道："当初让高瑞在苏杭两州买丝，运回潞州织绸，本就不是为了赚钱，而是让潞州失业的织户复业，家家都有口饭吃。现在既然有人争着跟我做这件善事，我们干脆就让给他做好了！"

李德龄佩服地向致庸看去，继而又说："长栓说的也有道理啊，太太在那里做了这么久，我们投进去了那么多银子，现在这么撤出来，太太她能愿意吗？"长栓见李德龄支持他，忍不住得意地挺了挺腰杆。致庸看看他，笑道："这样好了，我写两封信吧，你马上让人分别送往祁县和潞州，我决定了，不和对方斗气。"

一听这话，众人想了想，都点起头来，李德龄问："东家，可那武夷山上的茶货买卖呢？东家不会也打算拱手让给那位来历不明的江西商人吧？"致庸微笑道："这个你们不用担心，武夷山大着呢，谁家也没法把那里的生意都吞下来。大茶商耿于仁是我的好大哥，只要我写一封信

去，这位江西商人就买不走他那块的茶！"

当下致庸写好三封信，李德龄拿起刚要走，又听致庸摇头笑道："这个刘黑七，说什么一两年内打进北京，现在想起来，真是大梦一场！"众人想起前一阵那场虚惊，都笑起来。致庸又出了一会儿神，振作道："长栓，你准备一下，高瑞有批绸货要到了。接了这批货，我们也不在北京待着了，我和你一起去包头走走！我算着，咱们到了包头，马大掌柜也该从蒙古草原上回来了！"

长栓一听要出门，大喜，刚要说话，外面的伙计急急送来一封家信。致庸拆开，长栓忍不住凑过来看，一边唠叨着："二爷，刚刚齐二掌柜从祁县回北京，太太又来了信，什么急事儿呀？"话音未落，只见致庸差点要跳起来，大喜道："太太生了，太太又给我生了个儿子！"众人一听皆连声道喜，致庸又得意又高兴，对长栓道："快去收拾一下，连夜就走，长栓，我们先回祁县转一转，然后再去包头！"

致庸前脚离开，雪瑛后脚就到了京城，听说致庸离开的消息，心头大为不快。胡管家比她早到一个多星期，看她的脸色不对，赶紧向她禀报道："太太，潞州来了消息，乔家在那儿已让我们挤得有点撑不住了！"

雪瑛并无高兴之色，闷闷道："是吗？陆玉菡也有撑不住的时候？她们陆家不是有大把的银子吗，干吗不把银子全拉到潞州去，跟我争做一回织绸的霸盘？"胡管家看看她，不敢多说，敷衍道："太太一路上累了，还是早点歇息吧。"雪瑛哼了一声，接过翠儿递过来的茶碗，道："我不累，你就这么一点事情告诉我啊？武夷山那边怎么样了？"

胡管家犹豫了半晌，低声道："太太，武夷山那边的情况不太好，听我们派去的刘大掌柜讲，原先已经和一些茶农说好，等明年茶货下来，高价卖给我们，不想当地一个叫耿于仁的人，把事情给弄坏了，眼下有些茶农又不敢答应我们了，所以我们没法像原计划收购那么多！"

雪瑛勃然大怒："为什么？这个姓耿的是什么人？"胡管家看看她，赶紧道："刘大掌柜说，姓耿的是当地茶农的领袖，和乔东家是结拜的兄弟！""乔致庸，又是乔致庸！"雪瑛"啪"一声把手中茶碗摔在地下。胡管家吓了一跳，道："太太要是没事，我就退下了。"雪瑛不回答，依然怒容满面。胡管家也不说话，拱拱手，赶紧躲了开去。

一个小丫头刚想赶过来收拾碎碗片，雪瑛立时大怒："你干什么，谁让你收拾的？给我走！"小丫头害怕地离开。雪瑛哼了一声，将房中陈设的瓷器一件件拿起摔到地下。翠儿在旁边皱眉站着，见她毫无罢手的样子，突然转身，也要离去。

雪瑛越发生气，回头喊道："站住！"翠儿站住了，可并不回头。雪瑛喘气怒道："我让她们走，让你走了吗？你给我待在这里，哪儿也别去。你别以为我不知道你的心思，你就是想躲开我，去找你的长栓。哼，我现在就可以告诉你，别做这个梦……"翠儿猛地转过身，冷冷向她看来。雪瑛突然清醒过来，背过身子坐下，流出泪水。

这样的日子没过多久，翠儿生起病来，一个人躺在床上，又是咳嗽，又是流泪。雪瑛闻讯带丫头匆匆赶来，坐在床边，一迭声地问："翠儿，你怎么了？"翠儿咳嗽着，抹眼泪："没……没怎么，太太不要……担心。"雪瑛越发焦急："这是怎么了？来人，翠姑娘病成这样，为什么不早点告诉我？传我的话，给翠姑娘去请大夫，请京城最好的大夫！""太太，没事儿，您甭……"雪瑛着急道："你病成这样，怎么能说没事儿？""真的没事儿，我躺一两天就会好的。"说着，翠儿还是哽咽起来。

雪瑛道："翠儿，好妹妹，你到底怎么了，你……你可不能病了，你病了我可怎么办？"胡管家匆匆赶来，雪瑛一见他便站起发怒道："你们都是死人吗？翠姑娘病成这样，你们没一个人想到她，改日我若是病了，还不知怎么待我呢！"胡管家赶紧道："太太，我一直忙外头的事，真不

知道，我马上就请大夫！"说着他转身就往外走。雪瑛恨恨地回头坐下，握着翠儿的手："好妹妹，你不要难过，我陪着你……"

大夫很快就到了，给翠儿诊脉后对雪瑛道："小姐就是偶感风寒，吃一两剂药发散发散，就会好的。"雪瑛当下心宽了不少："谢大夫。胡管家，外头奉茶。"一个小丫头捂嘴笑了起来，多嘴道："大夫，她不是小姐，只是我们太太陪嫁的丫头。"大夫一怔，走了出去。雪瑛回头瞪着小丫头道："你说什么？"小丫头一见她的脸色，害怕地立刻后退了两步，嗫嚅道："太太……"

当下雪瑛厉声道："你们都给我记好了，翠姑娘是我的丫头不错，可在这个家里，跟你们比，她就是小姐！"众人害怕地点头。翠儿大为不安："太太，您别……"雪瑛回过头温存道："妹妹，快说，这会儿想吃什么，只要是北京城里有的，我让他们给你买去！"翠儿心头一阵难过，有气无力道："太太，您千万别这样，您要是这样，翠儿心里倒要不安了。"雪瑛见她仍旧与自己这般生分，心也冷下来，半晌慢慢站起离开了。翠儿眼睁睁地看着，半晌又哭了起来。

雪瑛不再过来。翠儿病了好几天，有一日见午后阳光温暖，撑起身子走出房间。她病后颇为虚弱，在廊中走了许久，慢慢到了后花园。远远看见雪瑛一个人在偌大的花园里踽踽独行。翠儿怔怔地瞧着她，心疼雪瑛，眼泪像断线的珍珠一般落下来。她抹去眼泪，叫了一声："太太……"雪瑛猛一回头，先是一怔，接着露出了难得的笑容，道："翠儿，你好了？""太太，我好了。"翠儿忍不住又要落泪，可赶紧硬生生地止住了。

雪瑛高兴地走到翠儿面前，笑着看她半晌，突然拉起她的手："走走，我给你看一样东西。"翠儿见她高兴，便点了点头。两个人牵着手来到雪瑛屋中，雪瑛打开箱子，拿出一个精致的盒子，接着取出一个小包，里三层外三层地打开，一个和当年致庸送给雪瑛一样的鸳鸯玉环露了出

来。翠儿大惊："太太，这是……"雪瑛拉翠儿坐下，眼中忽然涌出泪花："认出它来了？"翠儿点头，仍旧惊讶不已："太太，这是哪里来的？"雪瑛摇头："你想错了，这只鸳鸯玉环不是乔致庸当年送给我的那只，这只是我前几天让胡管家照着样子请玉工做的。你仔细看看，和当年那个，是不是一模一样？"

翠儿不觉热泪盈眶："太太，没想到过了这些年，玉环的样子您还记得这么清楚。"雪瑛眼睛一热，反复抚摩玉环："是呀，怎么能不清楚呢，他是我爱上的第一个男人，也是最后一个男人，这是他送给我定情的信物，当年我可是把它当作命一样藏着，护着，天天看它，亲它，自然把它上面的每一条细纹都记在了心上。"

翠儿想着当年的种种往事，也颇为难过，当下劝道："太太，事情都过去这么久了，就不要再想它了，这东西，快收起来吧，看着只能让人难过！"雪瑛却不松手，捏着玉环哆嗦道："我们女人，以为男人给了我们这个东西，就终身有靠了，可我们错了。来，妹妹，伸出手来。"说着雪瑛拉过翠儿的手，将玉环给她戴上："翠儿，我把这只玉环送给你。"翠儿大惊，赶紧褪下来，急道："太太，这么贵重的东西，万万不可……"

雪瑛按住她的手道："好妹妹，你害病的这些日子，可吓住我了！你瞧瞧我现在过的日子。我待在山西，那么大一个家，虽然仆佣众多，可我整天一个人，孤单得受不了；我搬到北京来住，以为到了这里可以热闹些，但这里也是这么大一座院子，这么大一个花园子，还是我一个人，每天孤零零地走来走去，就像一个活死人，一个游魂……一想到我一辈子的日子都可能要这么过，我就害怕！妹妹，我现在身边只有你，你可要救救我！"翠儿心中大悲，一把搂住她，哭道："太太……"

雪瑛泪流满面道："翠儿，好妹妹，你答应我，就是天下所有的人都离开我走了，你也不会，是不是？你是我从娘家带出来的，无论到了

什么时候，你都不会离开我，把我一个人孤零零地撇下不管。对吗？"说着她仰脸向翠儿看去。翠儿心头大痛，赶紧点了点头。雪瑛却勃然变色道："不，你骗我呢，你也不会！"

翠儿见她这般反复无常，忍不住大急："太太，您，您为什么要这样？"雪瑛拭泪，和颜悦色道："翠儿，别叫太太，还是叫小姐吧！"翠儿已经不习惯了，半天别别扭扭地叫了一声："小姐……"雪瑛点点头，发了一会儿呆，半晌突然开口道："我问你，你真能舍得下长栓吗？""我……"翠儿被她冷不丁一问，心中又大痛起来，手上摆弄着玉环，半天说不出话。

雪瑛叹口气，要帮翠儿将鸳鸯玉环重新戴上，翠儿一惊，再次推辞起来。雪瑛按住她的手道："咱们俩中间，只有你有资格戴它了。至少这世间的男人还有一个想着你，只可惜他没有这么一只玉环送给你！""小姐……"一听这话，翠儿心头又翻滚起来。雪瑛看看她，话里带话道："不过话又说回来了，他就是有一只这样的玉环送给你，也不一定会娶你；就是他娶了你，你和他也不一定能白头偕老！"翠儿见她说出这般刺心的话，当下泪花涌出，低头不语！

雪瑛又换了一种口气，指着玉环道："好妹妹，你要是真的愿意留下来陪我一辈子，不让我孤单一个人活到死，你就留下它吧。"一听这话，翠儿一边流着眼泪，一边颤声道："太太，我……"雪瑛道："强扭的瓜不甜，你要是不愿意，你就走……"翠儿将玉环摘下来，想了想，又戴上去，又摘下又戴上……半晌大哭道："太太，我会留下来陪您一辈子……"

一听这话，雪瑛抱住她，哭道："好妹妹，我就知道你会答应的，你把长栓忘了，我也把乔致庸忘了，就我们两个在一起活，谁也不离开谁，说好了？"翠儿点点头，心头大痛，更多的眼泪瀑布般涌出。雪瑛又松开她："可我还是担心，你不会真的忘了长栓！你能吗？"翠儿见她这般反反复复，推开她转身跑走，又回头哭道："太太，您不要老这样

逼我……"

雪瑛变色。这时，一个小丫头进来说胡管家求见，雪瑛只得作罢，示意请胡管家进来。胡管家一进门就道："太太，潞州那边出大事了！"雪瑛皱皱眉，不耐烦道："什么大事，你慌成这样？"胡管家压低嗓子，道："乔家突然把他们在潞州的生意都撤了！他们不做买丝织绸的生意了！"雪瑛闻言一时还没反应过来："你是说乔致庸认输了，把潞州织绸的生意乖乖地让给我了？"胡管家点点头："应该是这样，可是太太……"雪瑛笑容骤落："你想说什么？"

胡管家迟疑道："太太，不管怎样，他们撤了，那我们在潞州买丝织绸的生意，还接着做吗？"雪瑛愣了愣，一种巨大的失落，一种被对手轻松甩掉的痛苦涌上心头："乔致庸走了，乔致庸败了。可没了乔致庸，我们还做什么？乔致庸，他不是败了，他这是轻轻地就把我给闪了，自己毫发未损！……这个乔致庸，他简直气死我了！"胡管家任由她发泄，半晌又问："太太，那潞州的生意……"

雪瑛失态地叫道："乔致庸不做，我们也不做，不赚钱的生意我们还做，傻吗？撤！用撤出来的银子开票号，他在哪里开票号，我们也在哪里开票号！"

4

致庸这次回到祁县，本想悄悄地回，再悄悄地走，不料由于他在商圈里的名气越来越大，所以虽然他是低调地回了祁县，但仍旧生出许多的应酬。曹氏原本担心他在京城的安危，一直生病，这次一见他回来，欢喜得当天就下了床。玉菡更不用说，虽然有一阵担心得几乎要崩溃，但在得了平安信后又生了一个儿子，尤其见致庸接信后便放下手头事务

急速返家，更是满意得说不出话来，那情意又深深地浓了一层。

致庸到家没多久，曹掌柜就来报："东家，潞州那边有消息了，那家跟我们作对的徽商，也把生意撤了！"致庸心一沉："真的？"曹掌柜激动道："东家，您还真神了，您算着我们明里撤了，对方说不定就会撤，他们真撤了！"致庸脸色一时间异常严肃起来。曹掌柜试探道："东家，您是不是连对手是谁都猜出来了？"致庸摇摇头，回避着心头想到的那个人："……不是说是一家徽商吗？"曹掌柜看看他，也不再朝深处问，接着转入正题："东家，那我们下一步该怎么办？"

致庸想了想道："照计而行！他们走了，我们还回去，暗里生意不是都还在潞州吗？"曹掌柜刚要走，致庸又喊住他道："等等，太太现在正坐月子，去不了潞州，咱们这一回也学一学那位相与，不要说乔家又回潞州了，我们也来个隐姓埋名，不让别人知道我们是谁，如何？"曹掌柜恍然大悟道："我懂了，这个办法好是好，就是麻烦一点儿。东家是担心我们打着乔家的旗号回去了，我们的对手也会回去，是吗？"致庸叹了一口气："也许不会，尽量避免吧。"曹掌柜点头离去。致庸回转身，久久地注视着一个方向，突然自语道："雪瑛，难道真的是你？"

致庸在家待了几天，就按原定计划，带着长栓往包头去。刚到雁门关，一个惊人的消息拦住了他。那日他们正在店中打尖，忽听旁边桌上的一位胖客商道："听说没有，就是今年带兵打过黄河，声称要一直打进北京的长毛军大帅刘黑七，在安徽战败，做了官军的俘虏。"此言一出，喧闹的店中立刻静了许多，半数的人都竖起耳朵来。那客商一见这么多人注意，当下得意地提高声调道："我有个表舅现在朝廷为官，圣旨是他帮皇上拟的，消息是他家传出来的！""然后呢？"和他一桌的另一个客商一迭声地追问起来，这胖客商矜持了一下，继续道："这个人可是朝廷和长毛军开战以来活捉的最大的官之一，皇上发了旨，近日就要解

他到北京，在菜市口凌迟处死呢。"

致庸大惊，连忙站起，冲着那客商一拱手："这位爷请了，你刚才说那位被抓住的长毛军大帅，真叫刘黑七？"胖客商看看他，道："是啊，就叫刘黑七，怎么，你和他有亲还是有旧？"致庸闻言一怔，赶紧摇头。胖客商见状道："一无亲二无旧，你这么着急干吗？对了，听话音你是祁县的，这刘黑七也是你们县的人呢，没准你以前就听说过他？"

致庸没有接口，拱了拱手表示谢意，低声对长栓道："咱们不去包头了，赶快回北京，晚了就见不到了！"长栓大惊："东家，您要去北京见刘黑七？"但见致庸已经红了眼圈道："什么话也甭说了！赶快走！刘寨主是当年被我不慎带进长毛军中去的，他就要死了，我别的帮不上，我得去送送他，表一表我的愧疚之心！是我乔致庸误了他呀！"长栓傻了眼："东家，可眼下……"致庸已经听不见他在说什么了，丢一块银子在桌上，大步走出，上马急驰而去。

李德龄见致庸黑着眼圈，风尘仆仆赶回北京来，已经大大地吓了一跳，待得知原因后，更是大惊失色，赶紧把致庸拉进密室，紧张地问道："东家，您真的是为刘黑七赶回来的？"致庸重重地点头。李德龄叹道："东家来晚了，那刘黑七和他儿子刘小宝前天已在菜市口被正法啦，这事整个北京闹得沸沸扬扬，人尽皆知！"致庸大叫一声，呕出一口血来，一把抓住李德龄，一迭声地大叫："什么？已经死了？"说着泪珠子就扑簌簌地落将下来。那李德龄挣脱了他的手，赶紧走过去，看看窗外无人，回头扶他坐下，低声劝道："东家，别这样啊，人死不能复生，再说这两人死得悲壮慷慨，他们是唱着咱们山西梆子死的，行刑那天好多人都去看了，都夸他们是真英雄呢！"

致庸一时呆呆地坐着，两眼直直地望着远方，泪水就像泉水一般流个不止。李德龄看看他，又叹道："说来也真是可怜，朝廷要杀一儆百，

听说每个人都剐了三千刀才死，死了还要暴尸一月，不准任何人收殓。"致庸猛地站起，大声问："怎么，人杀就杀了，还要暴尸一月？"李德龄吓了一跳，点头。致庸不再说话，走到窗口久久伫立，突然回头吩咐李德龄："让铁信石来见我！是我害了刘寨主父子，我不能赶在他们临死前见一面，当面对他们说出我一生的悔恨，请他们原谅，我还不能在他们死后为他们收尸吗？……"

京城何家内宅里。雪瑛一个人呆呆地坐着。翠儿见她无聊，走过来没话找话道："太太，您知道吗？前几日那个被皇上在菜市口斩了首的刘黑七，就是那个要带兵打进北京来的长毛军大帅，竟是山西人，还是祁县的呢！"雪瑛古怪地看她一眼："你怎么才知道？告诉你，这个刘黑七，原本就是祁县的强盗，祁县好多人都认识他，就连乔致庸，和他也有瓜葛呢！"

翠儿一愣："乔东家和一个强盗有瓜葛，不会吧？"雪瑛瞅了翠儿一眼，没好气道："怎么不会。当初不是乔致庸单枪匹马去老鸦山，要刘黑七与他一起南下贩茶，这个刘黑七还出不了山西，去江南投奔长毛军呢。这件事别人不一定知道，可是我知道！"翠儿一听就变了脸色，赶紧摆手，低声道："太太可别乱说，这样的事，要是让朝廷知道了，给乔东家安一个通匪的罪名，那可是杀头的罪！"

雪瑛哼了一声，猛地站起，回头恨恨道："翠儿，他把我害成今天这个样子，还不够个杀头的罪吗？"翠儿心中暗暗叫苦，不敢再说什么，转身就要走开。雪瑛皱皱眉道："你又要到哪里去，还没陪我说两句话，就这么不耐烦了要走开！"翠儿看看她，百般无奈道："太太，我……我就是心里闷得慌，想出去走走。"

雪瑛盯了她一眼，看她紧张地摆弄着手上的玉环，恨声道："你，还是忘不了长栓？"翠儿忍不住委屈道："不，太太……"她说不下去，

眼泪又要涌出。雪瑛道："你要是忘不了他，就去西河沿大德兴找他吧，让我一个人孤苦伶仃地活到死！你也不用来给我收尸，也不用回来哭我！你走，你们都走，我谁也不想见！"

翠儿看她又是一阵疯疯般的发作，只得赶紧回来："太太，我不出去了，行吗？太太怎么忘了，长栓眼下不在北京，长栓和乔东家已经回祁县了。"雪瑛眼中闪出泪花，变了个凄凄切切的腔调道："翠儿，你现在和我在一起，是不是觉得特委屈？我这个人是不是变得让谁都受不了？谁都特想从我身边走开？"

翠儿连忙摇头："不，太太，我就是想出去走走。太太不让我出去，我就不出去，我在家陪太太。"雪瑛拭去眼泪道："不，你去！想出去走走就出去走走。来人，传话给前院,给翠姑娘套车！"小丫头应声走出。"谢太太！"翠儿暗暗松了一口气。雪瑛看看她，又换了一个脸，转过身去不再说话。翠儿注视着她的背影，急忙离去。

翠儿出门上车，心头一阵轻松，接着却落下泪来。车夫何二在前面问道："翠姑娘，去哪儿？"翠儿想了想，拭泪道："去西河沿大德兴茶票庄。"何二也不多问，当下便往西河沿赶去。翠儿在车中摆弄着腕上的玉环，低低地赌气般自语道："就算他不在，我就不能去那里走走？这个没良心的，真的就把我忘了？……"

大德兴茶票庄到了。翠儿寻了一个隐秘的地方下车，痴痴地望着那个熟悉的店门，想着长栓不在，自己还是这么痴情，不觉流下眼泪。就这样一动不动待了一个时辰，刚要吩咐回去，却见一个人赶着大车从大德兴茶票庄大门里走出来。翠儿大惊，只当自己花了眼，揉了揉定睛看去，正是长栓。翠儿还没有喊出口，那长栓已经赶车从她面前匆匆驶过，向前面一条街去了。

翠儿心里热腾腾起来。这些日子她在何家已经受够了，她想见一见

长栓，从他嘴里得到一句准话，只要长栓说出一个走字，她就会不顾一切地离开那个已经成了她的地狱的地方。翠儿吩咐车夫快跟上去。只见长栓转到后街的棺材铺停下来，没多久又见他指挥棺材铺里的伙计将两口棺材架到车上，用干草小心盖好。翠儿又惊又疑，心头扑腾腾乱跳起来，自己要办的事也忘了大半。

那长栓左右看了看，载着两口棺材离去。这次他没有回大德兴茶票庄，而是向城外赶去。翠儿令车夫一路远远地跟着，只见长栓走的路越来越荒凉，树林子越来越多，已经很少看见行人车辆。翠儿越跟越觉得长栓的行踪诡异，心里也越来越觉得害怕。这时就见长栓赶车转过一个荒凉的山坡，进了一片林地，四下看了看，停了车，草帽盖脸，闭目打起瞌睡来。翠儿远远下车，慢慢摸过去。长栓仍在打瞌睡，停车的地方赫然出现两个挖好的大坑。翠儿身上冷汗都出来了，不敢再去惊动长栓，转身哆嗦着往回走。走了一阵，强烈的好奇心又让她停下了脚步，寻了一个有利的地形躲好，耐心地等待起来。

夜，渐渐地暗下来。

第三十三章

1

翠儿返回何宅，已经下半夜了，雪瑛早急得失了常，她把宅中的人都骂了一个遍，可怜胡管家半夜还带着人在街上乱找。当翠儿面色苍白地走进来时，雪瑛又惊又怒："你，你到底干什么去了？"翠儿依着早就想好的话回道："太太，我心里闷，就到城郊去逛逛，不料迷了路，所以……"雪瑛哪里肯信，连连追问，而翠儿则咬紧牙关，就是不松口。雪瑛问了半天，无计可施，她想了想道："料想何二这个老车夫也不会说，你我情同姐妹，你不说我也没办法。那好，我回头就把何二这没规矩的打发了走人。"

翠儿大惊，赶紧跪下，连声哀告："太太，不是我不愿意说，只是，只是……"雪瑛当下让左右人都退下去。翠儿磕头哭道："太太，我今儿出去，看见……看见长栓了！"雪瑛一惊："你说什么？长栓他还在北京？"翠儿垂泪点头。雪瑛不禁怒上心头："你……你还是去找他了？"翠儿抽泣道："太太错怪翠儿了。我不是去找他，我知道他和乔东家回了山西，我就是想到乔家大德兴门前望一望，我想在那里跟他告个别，让自个儿最后绝了对他的一点念想，没想到……我却看见了他！"

雪瑛猛地站起身，盯着她鞋上和衣上残留的泥土，含酸带怒道："难

不成，你们竟然做了那见不得人的丑事……"翠儿又羞又急，连连否认："我想见他，可是没有见到，却见到了一件……一件大事！"说着她忍不住哆嗦起来。雪瑛疑心大起，厉声问道："什么大事？"翠儿连连磕头："翠儿不敢说！太太要保证不跟别人说，翠儿才敢说出来！"雪瑛点头："好，你说吧，我不跟任何人说！"翠儿又犹豫起来，雪瑛哼了一声："你想逼我去问何二吗？若是什么丑事，恐怕谁也帮不了你……"翠儿咬咬牙哭道："太太，今天白天您说乔东家和那个被朝廷凌迟处死的刘黑七有瓜葛，我还不信，可到了今儿晚上，我信了！因为，因为……今晚上我亲眼看见乔东家为刘黑七收了尸！"

雪瑛大惊失色，连连追问，翠儿哭着说了一遍。不知怎的，话一出口她立刻后悔起来，抬眼向雪瑛看去。只听雪瑛换了一种声调叮嘱她道："好了，这是人命关天的大事，你口风紧点，以后对谁都不要再说。"翠儿心中一宽，点头退下。

对致庸而言，这是他无论如何都没有想到的事情。在那年的北京城，他的生意已经如日中天，他的声名在整个晋商乃至全国商人中如雷贯耳，可是一夜之间，当他在大德兴茶票庄被当作太平军的内应抓走的时候，他的整个世界就倾覆了。

在刑部大牢的行刑室内，致庸被高高吊起，皮鞭一下下抽过来，身上很快鲜血淋漓。时任刑部尚书的王显亲自审讯。致庸只是一声声号叫："大人，我不是长毛军的内应，你们抓错了！我冤枉啊！"王显生气道："你还冤枉！你敢通过长毛军的地盘贩茶，敢从他们地盘上解大批官银进京，你不是长毛军的人，长毛军会让你通行无阻？你不是长毛军，怎么会和刘黑七在武昌城下喝酒，还打了赌，说长毛军一旦到北京，你就要请他们喝酒？而你这次从菜市口偷偷为刘黑七父子收尸，更是证据确凿！你不是长毛军，谁是长毛军？"致庸闭上眼睛，心中疑云大起，一时又无

从辩解，只得连声道："大人，冤枉，我什么也不知道呀！"王显怒道："死到了临头，还敢狡辩，给我朝死里打！"他手一挥，一个彪形大汉用蘸水的鞭子朝致庸身上又猛抽起来。致庸惨叫不已："冤枉！冤枉……"

大德兴茶票庄里乱作一团，打探来的消息接踵而至，但都是噩讯——此次是庆亲王接密告，且奉皇帝圣旨下令抓的人，乔致庸通匪证据条条确凿！长栓好不容易打通关节，进了牢房。只见致庸鲜血淋漓地躺在乱草中，已昏死过去。长栓唤了半天，他才悠悠醒转，话都说不连贯，只断断续续告诉长栓速请茂才进京。长栓回到大德兴，李德龄听着各种消息，紧皱着眉头道："也不知道哪个缺了八辈子大德的人告了密，让朝廷知道东家为刘黑七收尸的事儿。东家这会儿成了钦犯，铁定活不了了！"

长栓本在抽噎，一听这话放声大哭。李德龄正被他哭得心烦，突见曹掌柜与马荀风尘仆仆走进来。两人一进门就觉着出了什么大事。李德龄赶紧上前把情况说了一下，两人闻言皆大惊失色。曹掌柜到底年岁大，想了想果断道："李大掌柜，速去茶山请孙先生进京。东家的案子成了皇上交办的案子，我们这几个人是没办法救他出来的，只有请孙先生！"众人闻言一惊，接着心情更加沉重起来。

曹掌柜看看众人，继续道："咱们几个人也不能闲着，明天起分头去托人，使银子，就是一时半会儿救不了东家，也要把案子拖下来，等孙先生来了再说！"李德龄想了想道："曹大掌柜，就是把信儿瞒着不告诉太太，也得告诉陆老东家，让他赶快进京，他也是个能人！"曹掌柜点点头，对还在抽噎的长栓喝道："哭也没用，长栓，明天你再去监狱内打点一下，让东家在里面少受一点罪！"长栓点头，想了想突然抹泪道："咱们这会儿……是不是该为他准备后事，冲一下？"马荀怒道："你说什么呢！"

曹掌柜叹一口气道："长栓，这，这也是个办法，赶快交代人去办，

东西要最好的。"众人闻言先是一怔,接着纷纷红了眼圈。长栓跺脚哭道:"既是这样了,就甭瞒着太太了,二爷没准会很快开刀问斩,他们夫妻一场,太太来得早,还能见上一面!"铁信石头一低,两颗豆大的泪珠砸在地上,道:"我去送信!"

当下众人便按照曹掌柜的吩咐,又各自尽力活动起来。张之洞前两日刚好不在京城,李德龄去了两三次,最后干脆派了一个伙计,在他家附近守候。好容易到了第三日下午,张之洞的轿子回府,李德龄顾不得他刚刚到家,即刻上门求见。

那张之洞到家刚换好衣服,一听到"大德兴茶票庄"几个字,眉头微微一皱。李德龄进门啥也不说,径直跪下连连给张之洞叩起头来。张之洞叹一口气,伸手搀起他道:"李大掌柜,有话就说,如何一见面就这样呀?"李德龄含泪道:"大人,我来替我们东家求您了。大人要是再不能替我们东家在皇上那儿说句话,他必死无疑!"

张之洞神色凝重:"我这两日奉旨在外办差,乔东家的事也是刚刚听说。李大掌柜,我问你,这几日你们是不是给朝廷上下官员使了很多银子?"李德龄一时无语。张之洞看看他,口气带点严厉道:"你不说实话,我也就不好去见皇上了。"李德龄赶紧又跪下:"是是,为了救东家,我们确实上上下下使了不少银子。"张之洞捻着胡子,沉沉道:"总共花了多少银子,你详详细细地告诉我!"李德龄愣了愣道:"十几万两吧。"张之洞摇头:"你没说实话!"说着,他转身看着窗外,一时不再开口。

李德龄一下傻了眼,赶紧道:"大人息怒。我说实话,为了救东家出来,我们已经花了一百二十万两银子,连乔家包头复字号马大掌柜带来接货的银子也花进去不少了!"张之洞哼了一声,转身问道:"你们还准备花多少银子?"李德龄一惊,说不出话来。

张之洞看看他,严厉道:"你老实告诉我,我到了朝廷里,也好如

616

实说给皇上听。"李德龄不再兜圈子:"实话说,眼下小号里已没有太多银子,东家这两年是挣了些银子,可是全拿到各地去开票号了,若是再要银子,只有变卖京城和各地的铺子!"张之洞点点头道:"你回去听消息吧。"

李德龄一时没动,嗫嚅道:"大人,我从小号带了一点……不成敬意……"张之洞面色一变,喝道:"你以为我会要你们的银子?第一,我从来不受贿;第二,我就是受贿,你们也没有银子了;第三,我再告诉你一句,就是你们有银子,不但是我,朝廷上下这会儿也没人敢收了。"李德龄大为震惊:"为什么?"

张之洞稍带悲悯道:"李大掌柜,皇上刚刚发了话,要收了你们家银子的官员三日内务必把银子全缴上去,不然就要视作长毛军的奸细,一体论罪。"李德龄冷汗涔涔而下,黯然告辞。

2

翠儿疯一样跑进后花园,雪瑛正抱着孩子在池塘边看鱼,喂鱼,兴致盎然。翠儿急奔过来喊道:"太太,太太……"雪瑛吓了一大跳,回头嗔道:"什么事?"翠儿哭出声来:"太太,太太,乔东家……乔东家进了朝廷的天牢了,外头人人都在说,皇上要杀他的头呢!"雪瑛一惊:"是吗?这事我怎么不知道?"翠儿紧紧盯着她,半晌大声道:"这件事太太果然不知情?"

雪瑛猛地站起,皱眉道:"我知道又怎么样,不知道又怎么样?你不觉得他是罪有应得?"翠儿震骇地睁大眼睛:"太太,你……"雪瑛哼了一声:"你想说什么?"翠儿又急又慌:"乔东家掩埋刘黑七尸骨的事,是翠儿看见了,回头告诉太太的,太太您可是答应了我不说出去的!"

雪瑛闻言大怒:"翠儿,你给我住口!你怀疑是我把你的话传出去的?"

翠儿赶紧摇头,但忍不住心头又一阵恐惧掠过。雪瑛怒道:"当日你能看见,只怕也能有别人看见,何况官府也不是吃素的,他们自己查不出吗?"翠儿呆在那里,半晌点点头:"我知道不是太太,太太不会的……一定不会的!大家都说是有人告密,害了乔东家的一定是别人……"但她说着说着,内心却越发怀疑事情就是雪瑛做的,声音越来越低下来。雪瑛哼一声,背过身去不再说话。翠儿一阵恍惚,当夜葬尸的情形又出现在她的眼前……半晌,翠儿"啊"地惨叫一声,转身跑走。

雪瑛回过身来,默默地望着她,招呼一边的李妈过来,把孩子交到她手中,吩咐道:"她疯了,找个人看着她,打今儿起,不准她出何宅一步!"李妈吓了一跳,抱紧孩子,赶紧离去。

雪瑛出了半天的神,猛一抬头,发现偌大的花园里又只剩下她一个人了。她心中一慌,喊:"来人,给我再拿点鱼食来!"半晌没有任何人应她。雪瑛惊骇起来:"人呢?快来人啊,为什么又只剩下了我一个人?来人……"园中依旧静静的,连一丝风也没有。雪瑛跌跌撞撞地穿过花园长长的走廊,越跑越快,声音也变得凄凉尖锐:"来人哪……快来人……你们不能把我一个人撇在这里……"

胡管家匆匆进来的时候,一眼看见雪瑛正靠在榻上抽烟,她还不习惯,吸两口,咳嗽起来。胡管家大吃一惊,忍不住劝道:"太太,您怎么可以……"雪瑛掩饰道:"啊,我不是抽,这是大夫给我开的药。"一边说着,她一边吩咐小丫头将烟具收下去。

胡管家微微皱眉,道:"太太叫我来,有什么吩咐?"雪瑛示意他把门关上,问道:"白天我听翠儿说,朝廷要杀乔致庸的头,是真的吗?"胡管家咬着嘴唇点头道:"外头都这么说。"雪瑛怫然不悦:"我问的是你,不是外头的什么传言!"

胡管家面色颇为难看，想了想才道："乔东家这一次的罪名是通匪，朝廷认定他是长毛在北京城里的内应，杀头是肯定的！""这么说，他这颗人头，是保不住了？"雪瑛问，脸色一变。胡管家也猜不透她的心思，只得道："现在外头有几种传说，一种是说大德兴的李大掌柜他们找了内阁学士张之洞张大人，张大人向皇上求了情，皇上恩准乔家先交银子作罚金，交完了银子再说杀不杀；另一种说法是皇上这回不但要乔家的银子，还要乔致庸的人头！"

雪瑛呆立半晌，突然纵声狂笑："乔致庸，你把江雪瑛害成这样，没想到你也有这一天！哈哈！哈哈！你把江雪瑛送进了一座坟，江雪瑛也把你送进了天牢，咱们一报还一报，这笔生意，你一点亏都没吃，还赚了呀！哈哈！"

胡管家身子抖了起来，他的猜想现在被证实了。面前这个东家让他觉得浑身发冷。他望望雪瑛，低声道："太太要是没事儿，我就下去了。"雪瑛盯了他一眼，生气道："你……好吧，我知道你们谁都不愿意和我在一起多待一会儿，你们走吧，都走！"胡管家不敢再说什么，转身退了下去。

雪瑛一个人怔了半晌，突然将身边的一件器物摔在地下，大喊："来人！"外间的李妈赶紧慌慌地跑进来。雪瑛头也不抬道："去，告诉胡管家，让他想办法，我要到天牢里去见一见乔致庸！我想亲眼看看他如今的下场！"说着她突然狂笑起来。李妈一动不动地看着她，心头也一阵惊惶："太太，那可是天牢！"雪瑛止住笑，瞪她一眼道："天牢又怎样，胡管家不是说他到处都有朋友吗？多花些银子，我一定要见见乔致庸！我一定要见他！"李妈不敢再说什么，答应一声，急急离去。

夜里，雪瑛出门时，空中开始急急地落雨。雪瑛一直在车中呆呆地坐着，摇摇晃晃的马车灯光映射在她的脸上，她似乎在出神地想着什么，

脑中又似乎一片空白。车轮碾过一片水塘，脏脏的水花顿时四溅，空气潮腻得令人烦闷。

致庸遍体鳞伤，在乱草中沉沉地睡着。老狱卒提着灯，引着脸上蒙着半截黑纱的雪瑛和小丫头走进来。雪瑛一眼看见致庸，不觉心神大乱。那狱卒要唤醒致庸，被雪瑛伸手制止。她要一个人看看他，就这样看看他。

雪瑛两手紧握住牢房的隔栏，走近了去。现在她看清他了。这就是那个她当初可以为之付出生命的人，而今她恨他，为他有这样的下场而大感快意！可是突然间，令她自己也猝不及防的是，她竟然为这个血肉模糊的人流出泪来。她无声地张了张嘴，一时间全身瘫软，只好用力靠在隔栏上。

致庸在草堆上全然不知，死沉沉地睡着，突然梦呓道："蝴蝶，好大个的金蝴蝶呀，你看，你看……"接着他翻过一个身，半天再也没有声息。雪瑛心中又痛又恨，一种无法言说的感觉几乎要让她燃烧起来，半晌，她转身快快地离去了。

就在这时，致庸突然醒过来，翻身坐起，自语道："莫非我真要死了，平日里想念的人，今夜都一一在梦中见到了？！"那老狱卒颤巍巍地提灯走过来："乔东家，你一个人在这里念叨什么呢？""老人家，刚才我梦见有人来看我……我是做梦吗？还是真有人来过？"老狱卒一怔，想了想，打了个哈欠道："今夜是我当班，没见人来。乔东家一定是想念什么人了……好好睡吧，天快亮了。"说着他便要离去。致庸大急，含泪喊道："老人家留步，听在下说一句话！乔致庸这话，今晚上一定要说出来，找个没干系的人来听，老人家，你就帮个忙，听几句再走吧！"老狱卒心中一阵怜悯，当下站住点了点头。

致庸深吸一口气，道："老人家，刚才我梦见的那个人，是我日日夜夜都想见的一个人，是我一生一世想起来心就疼得流血的一个人，也

是我一生中最对不起的一个人！老人家，这些天来，我一直在想，想到底是谁告密将我送进了天牢，不知怎的，我想到了她！可是……我不愿意相信是她！相反，我还是天天地想念她，想见她，就算到了这会儿，她还是我死前最想见的人！"老狱卒叹了口气，颤颤巍巍道："乔东家，你也不要多想了，人生际遇，生死情仇，只要大限来临，再多的怨恨也解脱了，你还是再睡一会儿吧！"说着他便慢慢转身离去，一边走，一边摇头感慨："唉，可怜见的，人死到临头都这样……"

致庸完全清醒了，怔怔地望着雪瑛离去的方向，突然大声喊道："雪瑛！刚才是你来过了吗？是你吗？雪瑛，雪瑛……"他唤了好几声，一时间满眼是泪，一种特别的思念简直无法忍受……

雪瑛恍惚中听到了致庸的喊叫，猛然站住，但一时间似乎又什么都没有了。她使劲地晃晃头，让自己清醒，赶紧又匆匆向外走出。外面雷鸣电闪，胡管家招呼她们赶紧上车。雪瑛越走越慢，最后索性呆呆地在雨中站住了。那个喊声是真的吗？她虽然恨他，可还想听到那个喊声！小丫头一边拉她，一边怯怯地问："太太，刚才那人就是乔东家？皇上真要杀他？"雪瑛猛然一惊，一个闪电打过来，正照着她的脸，那一刻她的脸色苍白得如同死人。小丫头大骇，手上的伞掉在地上，大声尖叫："胡管家，我怕！"雪瑛来不及说话，雷声、闪电一个接着一个，天空如同要裂开一般。雪瑛再也忍不住，捂着脸，"啊"的一声叫起来，跌跌撞撞地奔向马车。

3

茂才接到消息后大惊失色，立刻从临江县日夜兼程赶往京城。一进大德兴茶票庄的门，众人便"忽"地把他围在中间，七嘴八舌地说起各

种情况，茂才急得直瞪眼，可什么也听不明白。曹掌柜伸手拦住众人，将茂才引进屋中坐下，细细说了起来。

茂才呷着茶，一直不动声色地听着，但当听到李德龄从张之洞处得来的消息，朝廷暗示乔家拿出一千万两白银以助军用，致庸也许可以不死时，他手里的茶盅"砰"地落到地下摔个粉碎！

众人见他这样，心里都"咯噔"一声。李德龄让伙计收拾打碎的茶盅，又亲手给茂才捧过一杯茶来。茂才道："现在咱们手中还有多少银子？"李德龄道："孙先生，自打东家进了天牢，我们上下打点，已经花了一百多万两，京津两号眼下已没什么银子了。马大掌柜说，他把手里的货物脱了手，能凑一百万两，祁县那边……"他看了看曹掌柜，没有说下去。曹掌柜道："孙先生，祁县那边还有什么银子？银子都让东家拿去潞州织绸了……没有办法，就只好顶铺子了……"茂才听不下去，拍案怒道："这是什么朝廷，这和土匪绑票有什么不同！"

大家面面相觑，眼圈都有点发红，低下头去。茂才重新坐下，问："你们的打算是什么呢？"曹掌柜道："我们的打算就是尽力拖住案子，等你来到。你可得给大家拿主意啊，我们就指望你！"茂才苦笑："曹爷，你真当我是诸葛亮再世啊，我……唉，先说怎么救东家吧！"曹掌柜愣了半晌，断然道："孙先生，你就做主好了，只要能够救东家，让我做什么都行。实在不行我们就顶铺子！京津两地，每个铺子十五万两，山西境内的铺子，江南各地的茶票庄，包头复字号，每个铺子十万两，内外蒙古，每个铺子五万两，还有临江县的茶山，加在一起，要是不够，就卖我们大家的家产！"

茂才沉吟一会儿，摇头道："这也不够呀，乔家今天满打满算不到四十家铺子，加上茶山，最多卖到四百万两，还有六百万两的缺口……"李德龄点头，也着急道："原先还想过一个办法，就是去相与商家借银子。

不过我们就要把铺子顶出去了，乔家没了生意，谁还会借给我们银子！"

茂才想了一会儿，突然问："有件事我差点忘了，要是我们能缴上这笔银子，东家的性命是不是可以保住？"曹掌柜道："听张之洞张大人的意思，好像还不是。这件案子现在成了钦案，皇上身边那位得宠的懿贵妃传皇上旨意给庆亲王，庆亲王又传给王显王大人，说乔致庸是长毛的内应虽然查无实据，为刘黑七父子收尸的事也没查清楚，可他曾在武昌城下和刘黑七喝过酒，还打过赌，却是他自个儿承认的，既然如此，皇上就是定他个通匪的死罪也冤枉不了他。这几年朝廷内外都传遍了，说晋商中出了一个乔致庸，北上大漠南到海，又插手官银汇兑，银子赚得水淌，眼下朝廷最缺的就是银子，他既然不承认是长毛的人，就该为国出力，拿出一笔银子来助军，以表明他确有忠君爱国之心。"茂才问："我听你说了半日，还是没听明白，给了银子他们能不能留下东家的一条命？"曹掌柜看了一眼李德龄道："这话我们也问过张大人，张大人说，话也不能这么说，就是给了银子，皇上和他身边的那位懿贵妃一高兴，要杀东家，照样谁也拦不住！"

茂才呆呆地坐着，半晌道："诸位大掌柜，恕茂才说一句实话，其一，如果我们把乔家的生意和茶山全卖了，东家出来后，依他的性格，肯定觉得生不如死；其二，别说我们目前不可能凑到一千万两银子，就是凑到了，只怕皇上也不一定能就此放过东家！"

众人闻言大惊，李德龄倒吸一口冷气："孙先生，你是说皇上故意设局，让我们卖了乔家，把银子送给朝廷，再一刀把东家杀了？"长栓在一旁忍不住大叫："这哪是皇上，这不是流氓无赖吗？"

茂才盯了长栓一眼，接着平静道："本该如此，譬如明初沈万三之于朱元璋，那沈万三好好的一个商人，唯一的罪过就是银子太多，以致引起太祖的嫉恨，最终的结果就是抄家流放。而东家，我反反复复告诉

他，南方四省汇兑官银的生意一成功，就会招来朝廷的瞩目与嫉妒。偏生东家又不善加自护，一旦让人捉到把柄，哪有轻易了局的道理？"

这时，伙计来报，说是乔家大太太到了，众人一拥而出，杏儿已搀着满脸憔悴的曹氏走进来。原来陆家和乔家同时接到消息，陆家父女便赶忙上了路，不料祸不单行，才行了半日，陆大可突然生起急病，咯血不止，玉菡只得先行折回将陆大可送往家中救治。曹氏心急，替她赶了过来。

曹氏进了屋，也不多言，径直走到茂才跟前，双膝跪倒，含泪道："孙爷智慧无双，恳请孙爷救救致庸！"众人皆大惊，茂才手足无措，脸上红一阵，青一阵，赶紧扶起曹氏道："太太言重了，茂才何德何能受太太如此大礼，茂才是乔家的师爷，尽力乃是分内之事。"曹氏站起，长途奔波劳顿，兼之忧急交加，一阵眩晕，差一点便倒了下去。众人见状赶紧招呼随行的杏儿和张妈将她扶进内室休息。

一阵忙乱后，众人的目光又齐齐向茂才看去，茂才半晌站起道："诸位大掌柜，银子咱们还是要凑，至于东家的人头，只能去求胡大帅来保！"李德龄猛一抬头："孙先生，你说胡大帅？他真能在皇上面前保下东家？他真有这么大的面子？"茂才点点头："光凭胡大帅的一张嘴，还是救不了东家，朝廷这回明摆着是要银子，所以必须有银子；只要我们交出我们能交的所有银子，皇上也不会一点不给胡大人面子！"

众人闻言连连点头。曹掌柜和李德龄一起道："孙先生，事到如今该怎么做，你尽管吩咐，我们都听你的！"茂才不再客套，当即道："李掌柜，曹掌柜，你们明天就去遍告在京各地商人，说乔家要顶生意救东家。我们一边大张旗鼓地顶铺子，一边要进行造势，其一让明眼人都明白，乔家的身家根本不值千万；其二东家此次只是性情上的糊涂，并非真正通匪。这两点造势极为重要！胡大帅这边，本该东家亲自写信给他，

现在也顾不得那么多了，由我代写。铁信石，你收拾一下，准备立马携信去江南，火速求见胡大帅！长栓，你安排我去牢中见东家！"

4

由于上下打点，致庸这些日子没再吃什么苦头。茂才来到天牢的时候，他的境遇和身体都有了一定好转。他一见茂才，立刻扑向栅栏，大喜道："茂才兄，你到底来了！"茂才见他受刑后的惨状还是吓了一跳，含泪道："东家，你可受苦了！"

致庸强笑道："茂才兄，我受点苦没啥，你来了我就放心了，我知道，只要你到了，我出去的日子就不远了！"茂才不摇头，也不点头，席地坐下，从食盒里取出酒斝上："东家，我们好久没有一起喝酒了，来，咱们喝一杯！"致庸心情大爽："好，咱们喝点！我这些日子可馋酒了！"

茂才讲了些商量好的解救之法，包括代他执笔写信给胡大人等，致庸也不说什么。茂才饮了一杯，开口道："东家，你知道今日的祸事从何而起吗？"致庸一怔，摇头。茂才道："记得东家当初要开票号，茂才曾劝过东家，'鱼不可脱于渊，国之利器不可以示人'。东家今日遭遇缧绁之灾，其实真的不是因为东家和刘黑七有什么勾连，皇上和懿贵妃才要杀你，而是因为这些年来，东家你为朝廷和天下万民辛辛苦苦做的许多好事啊！"

致庸大吃一惊："我落到这个下场，竟是因为这些年为朝廷和天下万民做的好事太多了？"茂才点头道："东家这些年，南下武夷山，北去恰克图，让万里茶路上的许多茶民有了饭吃；东家去湖州贩丝，去苏杭二州贩绸，让不少丝民和绸民有了饭吃，有了衣穿。今日天下汹汹，丝茶路不通，所有的巨商大贾都做不成生意，东家横空出世，一枝独秀，

已经犯了大忌。不过这也罢了，但东家不该人心不足，又要插足票号业，做银子生意。东家插足票号业也就罢了，又不该立下誓言，要用一生的时间代天下商人实现汇通天下之梦！东家做了这么多横空出世之事，不但惊动了天下商人，还惊动了天下的官吏。不但惊动了天下官吏，还惊动了朝廷。只怕东家今日不坐监，明日也要坐监，今日不遭杀头之祸，明日也要遭杀头之祸！"

这一席话听下来，致庸忍不住心中起了反感："茂才兄，你扯远了，我这些年做的事，和今日坐监以及皇上要杀我的头应该没有关系的！"茂才道："东家错了。如果东家不去江南四省，为朝廷解运回来一千多万两官银，朝廷就不会受到震动，皇上就不会盯上东家，天下人也就不会异口同声认为乔家富可敌国，以至于让皇上身边的懿贵妃开口就建议向东家索要如此高额的赎银……"致庸大惊，连忙追问，茂才赶紧住口，目前他并不愿意让致庸知道太多赎银之事，一来他帮不上忙，二来依他的性格，定然不肯，所以茂才定定神，换了一种口气道："东家，赎银是多少还不得知，但你现在回头想想，是我错了，还是东家错了？"

致庸想了半天，一字一句道："茂才兄如果真要审问致庸的心，致庸今日就如实相告。茂才兄，天下兴亡，匹夫有责，我乔致庸这些年的作为，不过是尽了一个匹夫、一个商人应尽的责任罢了，若是这样就是错了，那我就不知道什么是对，什么是错，什么是顶天立地的大丈夫，什么是蝇营狗苟的小人了！"茂才不为所动，继续道："东家，东家，你知道你误在何处吗？"致庸摇头。茂才盯着他道："东家，你生错了时代，这个时代只能让普普通通的商人安全地活下去，可你偏偏不愿，你偏要做一个不同凡响的商人，一个以天下为己任的商人，一个让皇上、贵妃、王爷和大臣们都要起妒忌之心的商人，所谓逆时代而行，不知自保，你误就误在这里啊！"

致庸摇头笑道："茂才兄，你我自开票号以来，争执不断，就在是否自保这一点上大见分歧。我可以再和你说一遍，致庸宁死，也不会委屈自己的心，认可你那些自保的大道理！"茂才久久地望着他，最后点头道："我知道今日说了也无用。东家，不过我再问你一句，若这次真的因此而死，你就一点儿不后悔？"

致庸长出一口气，道："茂才兄，若真像你说的，致庸此次牢狱之灾，起因竟是致庸要做汇通天下之事，我怎么会后悔？茂才兄，没有汇通天下就没有货通天下，没有货通天下就没有天下的大利，我乔致庸为这么大一件事而死，我有何悔？也许真像你说的，这件大事不是我一个人或者我们一代人能完成的，要完成一定会有人牺牲，那么这个最先牺牲的人，我愿意是我！今儿完不成的事业，我相信后世一定还会有人去接着完成，那时就会有人重新记起我，认可我今天为天下万民做的一切！人生一世，草木一秋，庄子说，彭祖活了八百岁，不能算是高寿，小孩子刚生下来就死了，也不能算得上夭折。呵呵，人总是要死的，关键在于人活着为天下万民做了些什么。这次乔致庸如果一定要死，我会哈哈大笑着走上刑场，我会对自己说，咱乔致庸这一生，上不愧天，下不愧地，中不愧天下人，我为自个儿的梦想而死，为天下人的未来而死，死得其所。茂才兄，我有何悔？"

茂才道："东家，若是天下人都不这么想，他们不说你死得无辜，只说你糊涂，你会作何感想？""茂才兄，天下人会这么说我？不，只有那些只顾自己身家性命，置天下苍生于不顾的俗商，才会这么说我。哼哼，其实就我看，若像他们那样活一世，才真正是糊涂呢！"致庸说罢，哈哈大笑起来。茂才再说也无益，收拾了酒具就走。不过走了两步，他又突然回头："东家，想没想到害你的仇人到底是谁？"致庸笑声骤落，半晌摇摇头。茂才深深看他，拱手快步离去。

大德兴票庄内，曹掌柜、李德龄、马荀等人皆齐齐地望着从天牢返回的茂才。茂才则在房中反复兜着圈子，沉吟半晌后终于开口，掷地有声道："把乔家的生意全部顶出去换银子！"众人心中一颤，很快互相看了看点头。曹掌柜道："事到如今，什么也甭说了，大家分头去找买主吧！"茂才看着大家，沉声道："动作要快！"

众人都离去后，长栓犹豫着看茂才问道："老先儿，你一向料事如神，你觉得东家到底能不能逃过这场灾？"茂才不回答。长栓大叫："老先儿，你甭吓我！"茂才叹口气，半晌道："我只说给你一个人听，我琢磨着，皇上这回就是得了银子，也还是会杀了东家！这话我不敢告诉曹掌柜和李大掌柜，我怕我一说这话，他们的气一泄，就什么事都做不下去了。"长栓又哭起来，着急道："既是如此，还不快派人去催太太，她来迟就见不到二爷了！"

五日后，玉菡终于到了，让大家吃惊的是，病中的陆大可也一同到了京城。玉菡垂泪解释道："爹怎么都放心不下，所以，所以稍稍好了一点，便跟我一起上了路……"众人皆唏嘘不已，一边安排玉菡尽快探监，一边将陆大可安顿下来。陆大可叹道："说来说去，这次致庸是让朝廷瞄上了他的钱，所以最后能救他的也只有钱……"

那曹氏本要陪玉菡一起去探监，但上次她去过一次以后，回来大哭不已，茶饭难咽，竟也生起病来。茂才常常主动过去宽她的心。这次一见她想陪着去，赶紧劝阻，扯谎说是狱中只放一个人进去，曹氏这才作罢。

玉菡进了天牢，一见致庸，便扑了过去，抱住致庸，泪如泉涌，半天方说出话来："致庸……他们打你了？……疼吗？"致庸摇了摇头，笑道："没什么事。男人活一辈子，免不了要进一进监牢，就像一匹马，身上免不了要挨几鞭子！"

玉菡见他还在说笑话宽慰自己，忍不住更多的泪涌出来。致庸赶紧

岔开话题："孩子们都好吗？元楚在家读书怎么样？刘先生喜欢他吗？"玉菡点点头，哽咽道："孩子们都好。元楚在家读书也好，刘先生越来越喜欢他，说他将来一定能成大器。只是三姐的身子骨，一天不如一天了。"

致庸叹口气，半晌道："元楚将来一定比我有出息，我一生做不成的事，他一定能做成！"玉菡望他，忍不住又哭起来道："二爷，孙先生他们一直在外头想办法，无论如何，你都不要灰心！"致庸点头："太太，我不灰心。就是他们真杀了我，我也不会灰心。灰心的人往往是那些觉得自个儿把事情做错的人，我并没有做错什么，为什么要灰心？"

玉菡努力展颜一笑："孙先生还说，现在最好的消息就是胡大人马上就要进京。只要胡大人在皇上和懿贵妃面前说句话，二爷应该就能出狱！"致庸点点头，刚要说话，却见狱卒匆匆奔过来道："乔太太，你快走吧，今儿不巧，我们的头儿提前来查号子了！"致庸挥手让玉菡快走。玉菡突然心如刀割，大哭道："二爷……"致庸跺脚道："太太快走，万一事情有个闪失，致庸就将乔家的事，汇通天下、货通天下的事，都留给太太了！太太比我强，我做不成的事，太太可一定要接着做，替我做到！"

玉菡一边往外走，一边回头痛楚道："不，我什么也不会替二爷做！陆玉菡现在只做一件事，就是等二爷平安出狱！二爷无论还要受多少苦，多少艰难，心里头都要挺住……二爷就是不愿为玉菡挺住，也要为孩子们挺住，为乔家挺住，为货通天下、汇通天下挺住……"致庸一直不愿转身，过了好一会儿，终于忍不住回头望着玉菡远去的背影，眼泪滚滚而下。

第三十四章

1

这一时期乔家众人度日如年。一方面，茂才让曹掌柜、李大掌柜在朝廷上下继续使银子，他要弄清楚皇上和懿贵妃对致庸一案的真实态度（现在他越来越明白，真正左右这个案子的人其实并不是皇上，而是懿贵妃），从而确定下一步的策略；另一方面，他也不能不做另一手准备，即让乔家众掌柜全部出动，遍寻商界的相与，商议将乔家全部生意顶出去的事，一旦皇上或者懿贵妃那儿发下话来，他好拿出一大笔银子替致庸赎命；最后，他还几乎一天一个地将人派出去，打探胡大人来京的消息。他要把所有这些事情都提前做好，等胡大人一到京城，就能请他去皇上面前为致庸求情，并将准备好的银子交给朝廷。一个他自己明白却不敢告诉任何人的想法是：上述三件事只要有一件没有做好，致庸就性命难保，乔家的全部资产也将化为乌有。玉菡的事情比茂才还要多，她要时常去牢里看望致庸，还要回到乔家和陆家的店里来分头照顾曹氏和陆大可，后面两个人尤其是陆大可的病在到京之后越来越重了。虽然茂才做的事从不详细向她解释，她这么灵透的人却什么都清楚。与茂才不同的是，她心里相信自己的丈夫不会死的。只有一件事会致致庸于死地，那就是到了要赎人的时候乔家凑不够银子。

但无论怎么说，致庸的案子眼见着拖下来了。无论是朝廷内外，还是北京的晋商圈内，都不再认为致庸是长毛的奸细，他和刘黑七的交往不过是一个没头脑的商人做的一件荒唐糊涂之事，恰好被皇上尤其是贪财的懿贵妃抓住了。乔致庸不再是个危险分子，而仅仅是倒霉透了。

虽然朝廷方面还没有乔家可用银子赎人的正式旨意，但关于这件事情可行性的探讨已在悄悄地进行了。乔家的代表是曹掌柜和李大掌柜，朝廷方面的代表则是藏在王显王大人背后的庆亲王奕劻。让茂才高兴的是庆亲王收下了曹掌柜送去的二十万两银子，他觉得这件事至少证实了张之洞张大人的话是可信的：就是皇上和懿贵妃也没真把致庸看成是长毛的奸细，他们有可能真的只是想从乔家这里弄到一大笔银子。

当然也有不好的消息：朝中一直力保致庸的张之洞突然被派往京城外公干，一去就是半年。茂才原指望一旦胡沅浦胡大人到了京城，胡、张二人能共同出面在皇上面前把致庸保下来，现在张大人看来又指望不上了。这让茂才心中莫名地多了一种遭遇重大挫折的感觉。

真正的好消息是从陆家在京城的店铺里传来的。号称山西第一抠的陆大可，竟在连女儿也不知道的情况下，将他价值三百五十万两的全部生意以区区两百万两作价顶给了成青崖。他让人送给玉菡一张两百万两的银票后便与侯管家离开京城，孤身回了太谷。虽然二百万两银子距离从朝廷里传出的那个数目仍有巨大差距，但玉菡手中到底有了第一笔大银子。乔家诸人又是惊讶又是感慨，他们没有一个人料到这么个平日连几个铜钱也要数一数再花的老爷子，竟能做出此等毅然决然之事。玉菡哭了一场，茂才心里却踏实了许多。

铁信石就在此时回来了，向茂才等人禀报道：胡大帅已经进京，他在去往江南的半途中与之相遇，便呈上了茂才的信，一宿也没停，就急忙赶了回来。茂才闻讯大喜，叮嘱曹掌柜等人："诸位，胡大帅一到，

我们就身穿丧衣，去求见大帅！""身穿丧衣？"曹掌柜吃了一惊，问。"对！"茂才沉沉点头，"哀兵必胜。棋走到这一步，能不能救得了东家，多半就看这个人了！"

三天后胡沉浦果然到了京城，不敢回自己的宅邸，先去畅春园叩见皇上。茂才马上和曹掌柜、李大掌柜、马荀等赶过去，身穿丧服跪在畅春园外。胡沉浦不久就到了，落了轿看了他们一眼，没有说话，只略略一拱手，便进园去了。

众人一直跪等到夕阳西下，才见大帅从园中走出，上轿而去。曹掌柜看看茂才，道："孙先生，我们怎么办？""我们去大帅府中求见。"茂才说。众人赶紧爬起，骑上牲口跟了过去。半晌才到了大帅府门外，大帅早进去了，茂才等人下了牲口，又一溜儿跪下了。茂才大声道："我们求见胡大帅！"

大帅府内，胡沉浦正在更官衣，突然想起了什么，回头对四弟叔纯道："你出去看看，乔家的人一定跟来了，在门口跪着。"胡叔纯笑道："大哥，你真的在皇上面前保住了乔致庸的命？"胡沉浦摇摇手道："你以为我真有那么大的面子？我们是汉人，现在国难当头，皇上要用我等，自然恩礼有加，其实……"他没有说下去，只挥手对胡叔纯道："你去让他们进来两个吧，我指点一下他们。"

胡叔纯走出去传话。不大一会儿茂才和曹掌柜就跟在他身后走进来，一进门就给胡沉浦叩头，做哭腔道："大人……"胡沉浦道："你们起来说话吧。"茂才道："大人若不答应救我们东家，我们就跪在这里。"胡沉浦沉吟片刻，道："孙先生，你代乔东家写给我的信我已经拜读了，今天去觐见皇上，我已经将乔东家的事向皇上奏明。"曹掌柜一听，急问："大帅，皇上怎么说？"胡沉浦又是半晌无语，茂才和曹掌柜对视一眼，明白其中大有曲折之处，脸色就黯淡下来。"啊，你们放心，本官已以

自己的身家性命,在皇上面前替乔东家作了保,保他不是长毛一党!""大人! ……"茂才和曹掌柜一听,不禁大叫起来,叩头不止。曹掌柜还流出了眼泪:"大人待我们东家,真是天高地厚之恩,我们替东家谢大人了!"胡沅浦却不为所动,呷了一口茶道:"你们先不要谢我,我虽然在皇上面前替乔东家作了保,但皇上到底没答应什么。本官军务在身,明天就要启程返回江南,更多的事已经不能再为乔东家做了。出宫前有些话我也跟庆亲王爷说了,他可以帮你们传达懿贵妃的旨意,你们好自为之。四弟,送客!"

第二天一大早,胡沅浦便出京南下了,茂才、曹掌柜等人一直送过了卢沟桥。回到铺子里,茂才立即和玉菡、曹掌柜、马荀商议。茂才道:"第一,胡大帅已经把东家的命保住了;第二,胡大帅给我们指了路子,让我们直接去找庆亲王,通过他听候懿贵妃的旨意,要我们做什么,怎么做,他们才能把东家从牢里放出来。庆亲王是京城有名的贪财的王爷,这一回我们要不惜血本,打通这个关节。成败就在此一举!"

庆亲王府。庆亲王眼看着管家将那一大包银子收进去,才回过头来,望着茂才和曹掌柜,皱着眉道:"你们乔东家知道自己什么时候得罪过懿贵妃吗?"曹掌柜吃了一惊:"我们东家得罪过懿贵妃?没有呀!""怎么没有?"庆亲王道,"当年懿贵妃劝皇上让山西富商出银子捐官,以助军用,乔东家就没给她这个面子!"茂才和曹掌柜对视一眼,大惊:"王爷,这点小事,懿贵妃也知道?"庆亲王哼一声,也不让他们坐,自己坐下,端起茶碗喝了一口道:"说吧,你们来有什么事?"茂才赶紧上前一步道:"王爷,我们想知道该怎么做,皇上和懿贵妃才会放了我们东家。""放了乔致庸?"庆亲王哼一声,"哪有这么容易!啊,我明白了,你们是听说胡大帅在皇上和懿贵妃面前替乔致庸说了几句好话,就以为皇上一定不会杀他了。错!皇上要杀谁,岂是一个胡沅浦能阻拦得住的?"茂

才忽然觉得话题切入得不对，忙道："王爷，我们东家深知当年做错了事，他现在只想让我们请王爷的示下，乔家要出多少银子，才能不让皇上和懿贵妃生气。王爷，我们东家一直对当年不出银子捐官的事后悔得要死，他对我们说，这回就是死了，也要把这件事弥补一二，以显他一个商家对国家和皇上的忠诚之心。"这一招果然见效，庆王爷的脸色立刻平和了许多，道："银子难道是皇上跟你们要的？皇上是一国之君，他才不要你们的银子呢。不过话又说过来，乔致庸若真有悔过之心，一定要捐银子助军，朝廷也不会因他是个罪囚而不纳。"茂才问："那王爷觉得乔家拿出多少银子，才能……才能让皇上和懿贵妃不再生气？""这个……你们和王显王大人商量，我这个人向来是不和人谈银子的！"庆亲王说着，又变了色。

2

　　乔家要出顶全部生意凑齐三百万两白银以救出乔致庸的消息迅速传遍了北京城。以这么低的价格卖掉四十个铺面和湖北临江县的茶山，茂才和曹掌柜原以为会有大批商家闻风而至，但出乎他们的意料，一连过了几日，竟没有一个大商家前来商谈。经过与王显王大人的交涉，茂才原本对平安救出致庸已不再担心，这时心情却猛然沉重起来。这天他和曹掌柜闷闷地坐着，突然开口问："曹爷，你要是一个大商家的东家，这种时候，敢不敢拿出三百万两银子顶下乔家的生意？"曹掌柜一听，脸马上白了："孙先生你可甭吓唬我！"茂才默默站起："曹爷，我不是吓唬你，我这会儿就觉得，东家这回不一定能走出天牢！"曹掌柜流下泪来："孙先生说得对，如果你我是大商家，也不会在这种时候拿出这么一大笔银子顶下乔家的生意，他们不怕别人，怕的是皇上和那位懿贵妃！……

不过就是这样，我们也不能什么事也不做，误了庆亲王给的限期，让东家死在天牢里！""那你说怎么办？"茂才回头问他，眼圈也红了。"死马当成活马医。我现在就去登门求见水家、元家、达盛昌邱家在京城的大掌柜，求他们给他们的东家写信，顶下乔家的生意。他们也是祁县人，东家就要死了，他们不能见死不救！"茂才点点头。虽然他知道曹掌柜去了也是毫无结果，却不能阻止他去。谁知道呢，水家、元家、达盛昌邱家过去一直想吃掉乔家的生意，现在有了这么好的机会，说不定他们会不顾朝廷的觊觎，冒险顶下乔家的生意。

水家、元家的回信很快就到了京城。内容是茂才早就预料到的，没有人敢冒着被朝廷盯上的风险顶下乔家的铺子和茶山。达盛昌邱家迟迟没有回信，因为这时邱天骏就在京城。他闭门不出，却一直在关注事态的发展。当曹掌柜找上门来时，他一连数日不发一语。崔鸣九明白他是在等待，看有没有人在他之前愿意救乔致庸一把，如果是那样，他就什么也不需要做了，但是几天过去了，崔鸣九回来禀报给他的消息是：已经没有一家还能帮乔致庸了，乔家的人已经在给乔致庸准备后事了！

邱天骏把自己在房子里关了一整天，晚上把崔鸣九喊进来，道："我决定了，我们来救乔致庸！"崔鸣九大惊："东家，您……""自从乔致庸在包头放了我一马之后，我就说过，有朝一日，我要还这个情，让天下商人知道，我邱天骏早晚要从乔致庸这里赢回自己被损害的名声，现在这个机会到了！""可是东家，皇上眼下可是盯着晋商呢，您就不怕他们整治完了乔家，回头就来收拾我们？""我怕。这就是我今晚找你来的原因。我们既要帮乔致庸一把，又不能让朝廷盯上我们。""那怎么做？"崔鸣九迫不及待地问。"第一要隐姓埋名，第二要和别人联手。这事你替我去办。"崔鸣九一听就明白了："好吧，东家，办这种事，我有办法。""你一定要把这事替我办好，因为这是一件注定会青史留名的

事。其次，要把每天的进展，随时禀告于我。""知道了。"崔鸣九道。

在基本上无望的情况下，突然有一个自称是云南的商家前来顶乔家的生意，让茂才和曹掌柜有了一种绝处逢生的感觉。这家客商的代表谈到他是要和另一家广东商人联手顶下乔家的生意，只是希望曹掌柜再把价钱压得更低一些。曹掌柜讲明了情况，价钱无论如何不能压得更低，因为这事关东家的性命。这位商家的代表虽然有些不悦，最后还是表示了理解，并且嘱咐曹掌柜，由于众所周知的原因，双方的买卖要在极秘密的状态下完成，其中的一个条款是卖方不得打听真正的买主是谁。一心只想顶出生意的曹掌柜自然满口答应。双方约定第二日签约，随后他们就付银子。送走这位客人，曹掌柜不由得两泪纵横，仰天叫道："东家，您命不该绝呀！"

晚上，京城何宅内，盛掌柜求见雪瑛。雪瑛道："让他进来，这么晚了还来干什么！"盛掌柜一进门就兴高采烈地说："东家，有好消息！您不是一直想顶乔家的生意吗？今儿这件事情成了！""成了？怎么成了？"雪瑛并不高兴，问道。"我们和达盛昌邱家一同把乔家全部四十家铺子和湖北临江的茶山顶下来，他们一半，我们一半。"雪瑛大怒："我让你去打听乔家的生意要顶给谁，并不是要你去顶下乔家的生意。乔致庸的死活和我有什么关系？""那……东家的意思？"盛掌柜一时又摸不准她的心思了。"告诉达盛昌，我们不和他们一块儿顶乔家的生意，他们要顶，就自个儿顶下来好了！"雪瑛道，眼中一时不觉溢出了愤怒的泪花，"以后没有我的吩咐，谁也不要再提顶下乔家生意这档子事儿！"盛掌柜连声答应着，走了出去，在门外站了半晌，才缓过气儿来。

第二天一大早邱天骏就听到了崔鸣九的禀报。他一个人在窗前伫立良久，眼中浸出泪水，回头望着崔鸣九，道："鸣九，我们救不了乔东家了。我早就说过，'峣峣者易缺，皦皦者易污'，像乔东家这样的人，

636

有一天会死无葬身之地。可惜了。"崔鸣九看着他："东家……""没有别人，我们一家不能冒险去顶乔家的生意，那样我们就危险了。乔东家，我不是不愿救你，是我不能为了救你，让达盛昌做了第二个乔家！"他说着，那眼泪就大滴大滴滚落下来。

这天到了约好的时间，无论是云南商人还是广东商人，都没有来到大德兴茶票庄，茂才就直觉着事情不对。乔家众掌柜一直等到天黑，才相信事情真的又黄了。当下曹掌柜就瘫软下来。众人将他扶坐在椅子上，曹掌柜哭道："东家，您一世英明，难道这次就过不了这道坎，您真的命中该绝了？"一直坚强地挺着的茂才也有点撑不住了，回到自己房间，一个人关起门来。

高瑞就在这时从杭州赶了过来，一进门就哭道："东家……"长栓拦住他说："你别哭，东家还没死呢！"高瑞止住哭，推开茂才的房门，坐下来听大家讲了一遍，对长栓道："快弄点东西给我吃，我饿了！"大家看着他，都觉得他有点没心没肺。高瑞笑道："你们怎么这么看着我，东家没事儿，东家死不了！"长栓生气道："你知道个屁，朝廷有期限，拿不出银子东家的命就保不住了！"高瑞道："错！朝廷向乔家要的是银子，不是东家的命，拿不到银子他是杀不了东家的，倒是你给他弄到了银子，东家的小命倒危险了！"茂才不觉心头一惊，猛地转回身来看他，失声道："高瑞，你说什么！"高瑞接过伙计递过的火烧吃起来，笑着道："孙先生，我说东家这会儿死不了，懿贵妃那么贪财，得不到银子，她怎么舍得杀东家呢。你们说是不是？"

众人想想，真是这个道理，心忽然松下来。茂才吃惊地看着高瑞："高瑞快说，下面呢？"高瑞笑道："孙先生，你是活神仙，怎么问起我来了？下面的事情是秃子头上的苍蝇，明摆着的，继续想办法弄银子，不过也不一定非弄那么多银子！""你是什么意思？"长栓又叫起来。"我有一计，

咱们要保东家的命，就不能朝廷要多少银子，就给他多少银子。咱们想办法弄出一部分银子，再欠他一部分。为了这一部分欠银，朝廷就不能杀东家了。"茂才叫道："高瑞，好小子，有你的！这么一说，我们这些日子都是白白地发急了！你说得对，我们不急，朝廷就急了，他们一急，我们就可以和他们讨价还价，东家的命也可以保住了！你小子，以后我得称你是活神仙了！"

大家一下放下心来。果然此后几日，王显王大人反倒派员来催曹掌柜了。曹掌柜照茂才的嘱咐，和他大哭其难，终于将全部罚银降到八百万两，此次只交六百万两，剩余的二百万两等致庸放出来，乔家再分两次交清。这时茂才道："现在各种银子汇起来，我们还差三百万两，能不能救出东家，就看能不能弄到这三百万两银子了！"

何家。盛掌柜以为雪瑛已把乔家的事情忘了，没想到过了几日，他却又被雪瑛叫了过去。"乔家的生意顶出去了吗？"雪瑛悠悠地问道。"听说还没有。"盛掌柜答。"现在还有人要顶他们的生意吗？"雪瑛又问。"好像没有。"盛掌柜道，他又摸不准这位东家的心思了。"你去把它顶下来，要多少银子给多少银子！""东家！"盛掌柜大叫一声。"你怎么了？"雪瑛惊讶地看着他。"我……东家原先不让我顶乔家的生意，现在又要我……"雪瑛面色一变,怒道:"我什么时候不让你顶乔家的生意了？我是不让你和别人一起顶乔家的生意，我是要一个人把乔家的生意顶下来！去办吧！记住，不要让他们知道是谁顶了他们的生意！"

第二天，当曹掌柜和这位自称广东商人的盛掌柜在合约上签上自己的名字时，老觉得这是一场梦。可是银票很快付了，生意呢约好三天后交接。盛掌柜走后，曹掌柜看看众人，大家也都在看他。玉菡听到消息马上赶到，望着伤心的大家，笑着道："留得青山在，不怕没柴烧，大家就不要难过了，咱们快去交银子，救二爷！"大家一下醒悟过来。银

票当天就交进了藩库，致庸却要到第二天才能出狱。刑部的判词是："乔致庸勾连长毛，事出有因，查无实据，着即勒令还籍，不得出境。另自当年始，每年向朝廷缴付一百万两银子以助军用，直到朝廷大军平定长毛之年止。"

朝廷同时传谕，地方各省每年缴付给朝廷的官银是朝廷命脉，国家的根本，不能再让票商染指。有违旨者，一律严惩不贷！

致庸被长栓和高瑞从天牢里抬出时遍体鳞伤，昏迷不醒。对于已经发生的事情，他什么也不知道。只是到了这时，玉菡、茂才、曹掌柜等人才忽然意识到，再过一日，等他们向广东商人交付了生意，除了祁县乔家堡的那一座老宅，乔家真的一无所有了。

<h2 style="text-align:center">3</h2>

盛掌柜将与乔家签订的契约交给雪瑛，雪瑛只简单地看一眼就撇到了一边，对胡管家道："北京我住腻了，今天就回山西。"说完转身走进内宅。胡管家呆呆地站着，有点摸不着头脑，自语道："把乔致庸送进天牢里去的是她，现在救了乔致庸命的也是她。不知东家心里到底是怎么想的？"一旁的赵妈叹口气道："老胡，你就没看出来，她从一开头就没打算让乔致庸死。她想做的是让他倾家荡产。她想让他活下去，为自己当初撇下她娶了陆家的小姐后悔，让他为失去了全部产业心疼到死！"

当日雪瑛便带着胡管家和翠儿启程，一路上几乎没说过什么话。众人谁也猜不透她在想什么。出了太原府，行走在通往祁县的官道，雪瑛突然吩咐停车，接着她下了车，向前方不远处的一座财神庙走去。胡管家不知道她要做什么，急忙吩咐翠儿跟上去。

这就是当年致庸赴太原府乡试，和雪瑛一起来过的那座财神庙，他

们曾在这里海誓山盟，其后却各分东西。以后每当雪瑛走过这里，都禁不住要远远地望上一眼，一时不免百感交集。今日她本没打算在这里下车，之所以突然决定下车，是因为她发现这座昔日破败不堪的财神庙不知何时变得金碧辉煌了。

一位衣着光鲜的庙祝，恭恭敬敬地迎上来。雪瑛在香案前上香，默祷了一番，然后放下几块银子，在庙里随便看了起来。庙祝一直在旁边陪着。离开的时候，她一脚走出门外，随口向庙祝问了一句："这庙修得不错。谁出银子修的？"庙祝道："回太太话，一个东家。"雪瑛并不在意，一边走一边又问了一句："他为什么要出银子替你重修这座小庙？"庙祝道："太太有所不知。这是前年的事了，这位东家所以要出银子重修这座庙，据说是为了他想见却不能去见的一个人。"

雪瑛听了这话，不禁心中一动。她并不回头，又问道："想见却又不能去见的人？想见怎么不能去见，这人也够逗的！你还知道什么？"庙祝微笑道："这位东家后来告诉我，他所以出重金重修这座小庙，一是因为我们这里的财神爷听了他的祷告，显了灵，让他心中每日想念却不能相见的这位女施主怀了孕；二是要请我们这位财神爷保佑那位女施主平安地生下孩子，养大成人，给这位女施主行孝尽义，养老送终。"

雪瑛猛地停了下来，心头一阵震颤，她怔怔地站了一会儿，仍不回头，突然大步向前走去。庙祝仍旧跟着相送。雪瑛走了几步，突然站住，问道："你说的这位东家是不是姓乔？"庙祝吃了一惊，急忙点头："正是祁县乔家堡的乔东家，施主怎么知道？"雪瑛久久地站着，一时心肠大变，眼泪夺眶而出。突然，她快步向官道上的马车走去，越走越快。翠儿一路小跑才能跟上她。上了马车，雪瑛对车下的胡管家吩咐道："不回榆次了，咱们回北京！""回北京？"胡管家一时没听明白，又问了一句。雪瑛又看了一眼不远处的财神庙，重重地说道："对，回北京！晚

了就来不及了！"

　　雪瑛一行赶到京城，已经是第二天的下半夜，她立刻召见盛掌柜，问道："盛掌柜，你的家人是不是都在南洋？"盛掌柜深夜被召，不知道这个神经质的东家又有何事，听她冷不丁一问，心中一怔，答道："谢东家，东家居然记得小人的家人都在南洋！"

　　雪瑛点点头："盛掌柜，我想请你在南洋帮我开一家胶园，你去当大掌柜。这样你就能和家人朝夕团聚了，如何？"盛掌柜吃了一惊："哎呀，东家，这种事情我做梦都想啊！您的话当真？"不但盛掌柜，连一旁的胡管家和翠儿都吃了一惊。

　　雪瑛也不理会他们的惊讶，道："你要是愿意，今儿晚上就可以带上银子走！"盛掌柜左右看看，嗫嚅道："东家，这不合适吧。我还没替东家把乔家的生意接下来呢……"雪瑛有点不耐烦了："这件事你不用再管，我找别人。"盛掌柜不敢多说，有点尴尬地点了点头，将那张与乔家的契约交了出来。雪瑛松了口气，又道："听着，什么也甭问，我今天夜里就给你银子，你带上这笔银子天一亮就离开北京，从此把我让你顶乔家生意的事全忘了，以后无论谁问到你，你都只能说不知道！"盛掌柜似乎有点明白过来了，不觉大骇："东家，三百万两银子……"雪瑛哼了一声道："你把风透出去也行，你就是透出去，我也不承认你帮我顶过乔家的生意！"

　　盛掌柜想了想，赶紧点头："东家，您放心，我什么都不会说的。东家让我去南洋开橡胶园，是想让我远走高飞。小人这会儿应该都明白了。"雪瑛不再多说，回头吩咐胡管家道："胡管家，付十万两银子的银票给盛掌柜！"胡管家越来越吃惊，看看她道："东家，这……"雪瑛道："我刚才说过了，什么也甭问！"胡管家迟疑了一下，刚要走出，雪瑛突然又喊住他："办完了这件事，我们就走。"胡管家心中突然感到一阵寒意：

"那乔家的生意呢？"雪瑛长吸了一口气，一字一句道："从这会儿起，我没有出银子顶过乔家的生意！"胡管家怔怔地看着她，一句话也说不出来了。雪瑛挥挥手："你们去吧，盛爷一路顺风！"胡管家和盛掌柜都不再问什么，转身一起快步走出。

翠儿一直坐在那儿，突然激动地抽泣起来。雪瑛头也不抬，道："我知道你一直恨我把乔致庸送进了天牢。现在你都看到了，我又为他做了什么……"翠儿拭泪道："太太，我能问一句话吗？"雪瑛点头。"太太三百万两银子顶下乔家的生意，就准备这么不辞而别？"雪瑛抬头："你想说什么？"翠儿索性直接问道："太太，您这样做，到底为了什么？"雪瑛站起道："不为什么！"

翠儿道："不，太太当初把乔东家送进天牢，接着又用三百万两银子顶下乔家全部的生意，让乔家倾家荡产，虽然手段狠了点，翠儿还都能理解。可是今天，太太费尽心机顶下乔家的生意却又不要了，还那么干脆地把乔家人闪在那里，到底为什么，翠儿不懂！"雪瑛突然回头，泪水盈眶却又强词夺理道："你怎么会懂，你为什么要懂？我……我把乔家的产业留给乔致庸，是不想让他死。乔致庸没了产业，他会心疼而死的。他要是为乔家的产业心疼而死，就不能为他对我做过的事心疼而死了！让他为乔家的产业心疼而死，我不愿意，他这辈子只该为我心疼而死！"

翠儿无语。雪瑛回身道："记住，你现在什么都知道，可你不该知道。打这会儿起，你就该把你这些日子里看到、听到、知道的一切全都忘掉。听清楚了吗？"翠儿看着她那张突然凶蛮的面孔，赶紧点点头，接着却冷不丁又冒出一句话："太太，我总算明白了，您恨他，可您还是爱他！"雪瑛闻言，不禁身子一颤，痛声道："不，我这会儿比过去任何时候都更恨他了！"

不说雪瑛带人离开北京，再说大德兴茶票庄内，致庸终于知道了今天就要发生的事情。致庸颤声道："你们……你们瞒着我做的好事！你们竟然把乔家的生意全顶出去了，包括南方诸省的票号……"曹掌柜抑制着心头的难过，劝道："东家，朝廷已经下旨，自此再也不准票号汇兑各省的官银，我们就是留下江南诸省的票号，也没用了！"

致庸置若罔闻，半晌仰天长啸道："没有了乔家的生意，没有了票号，我乔致庸还活着干什么？你们为什么一定要救下我这条命？为什么不让朝廷把我杀了……"他话没说完，一手抓住前胸，摇晃起来，几欲跌倒。众人大惊，七手八脚将他扶上床去。就在这时，李德龄满头大汗地跑进来："呀呀，真真出了稀奇的事了！"

众人一齐回头来看他。曹氏上前一步急道："又出什么稀罕事了？"李德龄舌头打结道："照先前曹掌柜和茂昌利典当行盛掌柜的约定，我今天去找盛掌柜，准备先商量一下交接的事情，以便明日正式交办北京的生意，可是……可是……"曹掌柜声音大起来："到底怎么回事，你快说！是不是皇上和懿贵妃又想起东家来了？东家，要是这样，您和太太还是先走，您离开了北京，让他们忘了您，就……"

李德龄摇头道："曹掌柜，你错了，这回是个天大的好消息！"致庸从床上直起身子，疯魔般道："什么天大的好消息？我这会儿还会有什么天大的好消息！"李德龄看他那样，跺足道："东家，孙先生，曹掌柜，这会儿我也糊涂了，不知道是不是天大的好消息！我到了东花市，忽然找不到茂昌利典当行了，这家字号连同盛掌柜，都从人间消失了！"

众人大惊，连同致庸一时也呆在那里，茂才定定神："李大掌柜，你在说什么？不是在做梦吧！"李德龄被他一问,忍不住也掐掐自己："我也不知道我是不是在做梦。喂，你们说我现在是不是在做梦？"玉菡站起急道："李大掌柜，快说说到底怎么啦！"

李德龄直拍自己的脑袋，接着掏出那张契约向致庸递过去："你们说稀奇不稀奇，我到了地方，茂昌利典当行关着门。我正纳闷，一个伙计从边上转出来，看看我，问我是不是大德兴的掌柜，我点点头，他递给我一个信封就走了。我打开一看，就是这张要命的契约，三百万两银子的契约就这么白白地还到我手上，我当时真是吓蒙了，赶紧找那人，那人却连影子也没有了。"

　　众人面面相觑，一时间都反应不过来，好半天，曹掌柜首先如梦初醒道："这就是说，拿出三百万两银子顶下我们全部生意的人，一下从人间蒸发了？"李德龄连连点头，又用手指那张契约。茂才还是不相信："你是说他们不想要我们的生意了？"李德龄迟疑一下，又点头。曹氏问道："这是为什么？"李德龄咧咧嘴："大太太，我要知道为什么，还会这么不停地掐自己吗？"众人都低着头，突然纷纷回头去看致庸。

　　致庸抖着手看那张契约，脸上白一阵，青一阵。他突然心中一动，猛然站了起来："是她！没错，只有她！"说着他深深向玉菡看去，玉菡也正在看他，见他火烧一般的目光扫过来，心头不禁大乱，半晌方胆怯地问道："谁？！……"

第三十五章

1

一个多月后，致庸在失却所有线索的情况下，终于下决心来到榆次。他和长栓在何家的客堂内等了一阵，接着致庸出乎意料地被胡管家引进了何家的佛堂。一进门，致庸便大吃一惊，只见雪瑛一身带发修行的打扮，坐在蒲团上，面前放着经卷和木鱼，正闭目无声地念着经。

致庸站了半天，雪瑛毫无反应。又等了好一会儿，雪瑛诵完了整部《般若波罗蜜多心经》，才慢慢睁开眼睛，回头平静道："原来是表哥啊，没想到是你来了。请坐，翠儿，快快上茶啊！"致庸站着，目不转睛地看着她，眼中满是焦虑和疑问。雪瑛淡淡一笑："表哥见我这样一身打扮，有点认不出来了？啊，自从亡夫过世，生下何家的根苗，我就信了佛，百事不问，终日坐在这佛堂里念几卷经文，以赎前世的罪愆。只盼就是修不成正果，来世也能修个男身，不再受这女人之苦。"

致庸闻言，心中越发难过。"表哥为何不坐？"雪瑛避开他的目光道。致庸抑制着内心的苦痛，道："妹妹痴心学佛，可有什么心得？""对于表哥这样一碌碌尘世中人，雪瑛不说也罢。"雪瑛道。致庸默默低头，半晌艰难道："雪瑛，你就不要瞒我了！前次在北京城，定是你出银子救了我，救了乔家，然后又隐姓埋名地离去……今日我一是道谢来了，

二是按照乔家和那位盛掌柜订下的合约，把乔家全部的生意交付给何家！"立在一旁的翠儿心头一震，向雪瑛看去。雪瑛惊讶道："表哥，你说什么呢？我这两年一直在榆次待着，根本不理俗世之事。当然表哥近来在京城遭了一场灾，我也略有耳闻，毕竟此事轰动天下，但就仅此而已，因为无论是表哥的事还是表哥这个人，在我看来，都是佛经上讲的幻相，可过于心而不可留滞于心，以免成了经上讲的障。表哥今天上门说出这般奇怪的话，我倒要问一句，你中了哪门子的魔障，怎么会把这事想到我头上？"

"雪瑛，两年多来，你真的一直待在家里？"致庸听她这么淡然笃定地一说，自己的猜测开始动摇，深深盯着她，心头泛起绝望之情。

雪瑛淡然一笑："表哥，我一个学佛之人，需要过问世俗中的什么呢？对佛家而言，世间所有，无非是障，一是事障，一是理障，春去秋来，世人无非生老病死，庭前无非花开花落。大千世界，万物皆幻，我不需要过问任何事情。"致庸瞧着她万念俱灰的模样，心头一阵酸楚："这么说，表妹真的一心读经，做了般若波罗蜜的弟子？"

雪瑛看看他，静静道："表哥又错了，'悟有我者，不复认我，所悟非我，悟亦如是'。清净涅槃，皆是我相。表哥，雪瑛只知参禅，不知何为般若波罗蜜，何为佛法，何为弟子。表哥说出这种话，就是说表哥不但不认得今天的雪瑛，连自以为知道的事也是不知道啊！"

致庸突然心头一痛，被绝望更被伤感重重地击了一下，半晌才怔怔道："雪瑛表妹，你真的没有帮过致庸？如果不是你，那个拿出三百万两现银，在紧要关头顶下乔家全部的生意，后来又像烟一样在人间蒸发了的人，到底是谁？天下还有哪一个人会为救我乔致庸，拿出三百万两银子？天下还有几户人家能拿出三百万这样的巨额现银？"雪瑛看了他一眼，眼中微露些怜悯与轻蔑的复杂神情，淡淡道："表哥，我明白你

646

今日来见我的因缘了。世上有一个人救了你，你不知道此人是谁，就想到是我，只是因为雪瑛当年与你颇多情爱纠缠。但那都是以前的事了，今日在雪瑛想起已是恍若隔世。表哥，佛经上说，未断我爱，不入清净。爱恨恩仇，皆是情障，表哥若是以为雪瑛至今仍眷恋着你，或者仍旧眷恋着旧日的情爱恩怨，那就错了。雪瑛今日要入清净界，不但不会再爱表哥，就是对自己，也不爱了。一个人连自己都不爱，怎么还会去尘世间救人？所谓不救，正是自救。表哥，你这么想，不是夸雪瑛，而是在亵渎雪瑛啊！"

"表妹，是我不好，不该贸然闯进佛堂，搅了你的清净。"致庸看着她怜悯与轻蔑的眼神，听着她淡然但对他而言割心伤肺的话语，忍不住站起就朝外走，一边痛声问道："表妹修行后似有了大智慧，那可否指点致庸一二，那个救了致庸却又不留名姓的人到底是谁？"雪瑛依旧不为所动，微微摇头，只静静地站着。致庸见状也只能作罢了，但出门的一瞬间，他突然又回头，道："妹妹，你真的就打算这样守着青灯古佛过一辈子？"雪瑛闻言浑身一震，终于克制不住道："表哥不能娶我，置我于这万劫不复之地，我不学佛，又能怎样？"致庸僵在那里说不出话来。雪瑛回身看他，反而又平静下来："佛祖有言，'地狱天宫，皆为净土'；'得念失念，无非解脱；成法破法，皆名涅槃；智慧愚痴，通为般若'。怎么活着才是智慧，才是好的，并不是你我可以知道的。表哥，你就请回吧，雪瑛要念经了！"说着她重新在蒲团上坐好，敲一下木鱼，闭目合十，嘴唇嚅动，又念起经来。

致庸彻底绝望，转身离去。翠儿犹豫了一下，看看雪瑛，终于还是出来送了送致庸。没走几步，就见长栓在前面眼巴巴地候着。翠儿当下停住脚步，百感交集，只盼能立时扑到他怀里大哭一场。长栓见她停了脚步，上前几步，热切地问道："翠儿，你……你好吗？"翠儿努力忍住

眼泪,半晌道:"长栓……请回吧……"

雪瑛远远地望着院中致庸和长栓离去,又见翠儿慢慢走回来,一边抹着眼泪,时不时恋恋不舍地向后看去,轻轻地咳嗽了一声。翠儿回头,见雪瑛正冷冷地望着她,不禁吓了一大跳,赶紧低下头,拭干眼角的泪痕,才慢慢抬起头来。只听雪瑛冷言道:"你和长栓也见面了?"翠儿迟疑着点头,看她的神色,又否认道:"没……没有。"雪瑛哼了一声:"就是你不再想着长栓,只怕长栓还在想着你呢!""太太……"翠儿哀恳地叫了一声,泪花立刻闪出,一时间她悲痛难已,转身便欲离去。雪瑛见状喝道:"翠儿,你站住!"翠儿停住脚步,也不回身,又抹起眼泪。

雪瑛看看她,稍稍放缓了语气:"要是没发生那些事,我还可以让你走,可现在出了那么多事,你觉得,你还能离开这里吗?"翠儿猛一回头,哭道:"太太,我知道,我从来也没想过离开太太,今天是长栓和乔东家自己来的……"雪瑛看着她委屈的样子,松了口气,道:"好了好了,我也没说你什么,我只是想提醒你。下去歇着吧。"

"谢太太。"翠儿低声说着,慢慢离去。刚拐过回廊,她终于忍不住,捂住脸哭着跑起来。

佛堂里,雪瑛听到了哭声,突觉一阵气血翻涌,她再也忍不住,大叫一声,冲出佛堂,呕吐起来。

2

窗外响起呼呼的风声,凌厉而悲凉。致庸对着案上一个写有"恩人之位"的牌位长久地出神。半晌他自语道:"恩人在上,乔致庸眼下还不知道恩人是谁,可你既救了致庸的性命,就是致庸的再生父母,对乔家恩重如山。乔致庸只要活一天,就一定要找到你,当面向你道一声谢,

我还要还你的三百万两银子！可我落到今天这步境地，想做一时也做不到，我该如何是好？"

茂才和曹掌柜一前一后走进来，看着他这副颓丧的模样，半天也没说出话来。曹掌柜犹豫了许久，方开口道："东家，你这会儿有心情见我们吗？"致庸勉强转过身来，淡淡道："二位请坐，我还是没有得到这位恩人的一点消息。"茂才忍不住，带气道："东家，你不觉得这件事可以先把它放一放吗？眼下乔家有多少大事需要东家做出决断，为什么你要一心纠缠在这件事情上呢？"

致庸神情陡然一变，颤声道："茂才兄，我不纠缠在这件事情上，又能做什么呢？我已经被朝廷圈禁在祁县原籍，不准离境，我什么事也做不了了！"茂才道："就是不能出境，也没有天天守着这个恩人牌位痛不欲生的道理。东家有难，有人愿意拿出三百万两银子救出东家，又不愿意让东家知道自己是谁，东家何必一定要知道他是谁呢？天下万事，皆由因缘二字而起，恩人仇人，皆是与东家有缘之人。像东家这般聪明的人，难道会想不通这个道理？或者说你遭了这场大难，从此自暴自弃，不愿意再想通了？"

这话说得极为严厉刺耳，曹掌柜赶紧向茂才递了一个眼色。致庸背过身去，仍旧不为所动。茂才心中涌起阵阵烦躁，扭头就要离去。这时长顺走过来，递给茂才一封信，道："孙先生，广州两广总督衙门来的！"致庸和曹掌柜同时回头，向他看去。茂才不动声色地接过信，也不看，径直塞进衣袋，快步出门。曹掌柜和致庸对视一眼，又劝了致庸几句，便起身追出去。

曹掌柜赶到茂才房中，却见那封信扔在桌上，已经拆开了，茂才本人却不在。曹掌柜朝信上瞄了两眼，不觉吃惊，原来是两广总督哈芬哈大人又来信催茂才入幕，还承诺将来保茂才一个出身。这样的信，就曹

掌柜所知，已经是第三封了。曹掌柜赶紧走出，四下看看，刚巧长栓走过，曹掌柜一把拉住他，问茂才在哪里。长栓挠挠头，说是刚刚看他出门去了。曹掌柜心中一急，对着长栓耳语了几句。长栓闻言一怔，点点头，悄悄尾随出去。

天快黑了长栓才一脸不屑地回到乔家大院，对曹掌柜撇撇嘴道："曹爷，您倒是好心，想让我扮那萧何月下追韩信的角色，可那孙老先儿不是韩信，我一路跟着他，他倒好，弯都没拐一个，就去了太原府一家……一家妓院，寻开心去了！"

曹掌柜没料到会听见这个，愣了愣神，替茂才开脱道："你小子别胡说，就算是去了，那也是男人心烦的时候去放松，又不损大节。""还不损大节呢，曹爷，店规上写着呢，只要是大德兴的人，一律不准嫖妓，您老以前不是一直都教育我们不能去那种地方吗？说是下贱无良男人的去处，去了被人知道就会赶出乔家大院。呵，现在轮到孙老先儿头上，您倒换了一个腔调了……"

曹掌柜又好气又好笑，刚要开口，却见张妈路过，大约耳中吹到几句，已经皱着眉头要过来询问了。曹掌柜知道张妈的脾气，最看不惯这些事，拉起长栓赶紧走开，张妈在后面追不上，也只得暂时作罢。

茂才很晚才打着酒嗝，东倒西歪地回到乔家大院。曹掌柜看在眼里，暗暗担心。他自个儿想了半天，最后还是去敲了茂才的门。

茂才好一会儿才过来开门。曹掌柜进了门，一时间不知说什么，好一阵子才小心翼翼地问起那封信。茂才倒也爽快，话也不说，就把信递给了曹掌柜。曹掌柜装作是第一次见到，所以又看了一遍，半晌试探道："孙先生，曹某今日多说几句，虽然孙先生追随东家多年，可你到底是个读书人，不得意才暂时栖身商界，眼前既然有了这么好的机会，乔家又到了这一步田地，孙先生的前程要紧，就不要再顾及东家和我们了！"

茂才闻言，突然夺过信，三下两下撕掉扔了出去。曹掌柜一惊："孙先生，你这是为何？"茂才咕嘟咕嘟喝了一大杯茶，也不说话，神情烦躁。曹掌柜叹道："孙先生，曹某不知该说什么！先生自幼读书，十年寒窗，头悬梁锥刺股，学得满腹经纶，肯定不愿一生终老在一个商人之家。不过……东家眼下大难临身，前途未卜，心思昏乱，孙先生若是又这时候去了，对乔家来说可谓是雪上加霜……"

茂才举手制止他，断然道："曹掌柜，不要再说了，我现在心头也乱得很，不知该何去何从。乔家正踩在一道坎上，东家若能听从茂才的安排，乔家或许还能走上一条重生之路，若不然，我就是留下，也无济于事！"

曹掌柜听出了弦外之音，赶紧道："孙先生有什么良谋，快讲出来，大家一起商量。若是都这样闹脾气，只怕会越来越糟糕呢！"茂才带气道："眼下乔家不仅仅是欠那位救了乔家的无姓无名的商家三百万两银子的问题，更要紧的是每年欠着朝廷一百万两银子，东家自己又被朝廷圈禁在山西，不准出境，长毛军五年不灭，东家就欠朝廷五百万两银子，长毛军十年不灭，东家就欠朝廷一千万两银子。一年交不上银子，东家就会被朝廷追究，乔家就要一败涂地。曹爷你想一想，眼下是找这位恩人要紧，还是想一想乔家的未来更要紧？"曹掌柜连连点头："孙先生，你说下去，我来传话给二爷，这样大家也好做个商量。"

茂才看看曹掌柜，沉吟了半晌索性直言道："我也没什么太多的计谋。总之，第一，改弦更张，示弱于敌，乔家不但在票号业要收缩，在别的生意上也要收缩，要给相与商家，尤其是给朝廷一个一蹶不振的印象，让皇上和懿贵妃渐渐忘了乔家，也让众多的大商家忘了乔家这么一个对手；第二，学一学越王勾践，卧薪尝胆，十年生聚，十年教训，集中力量，把银子投放到其他赚钱的行当里，不计其他，悄悄做大；第三，

二爷本人要退出江湖，敛去锋芒，韬光养晦，直到解禁复出的一天，都不要再想什么货通天下、汇通天下！"

这一席话听下来，曹掌柜忍不住咂舌："这也就是孙先生答应留在乔家，不去两广总督府的条件，对吗？只怕，只怕……"茂才笑道："曹爷，我现在算什么人？我不过是个师爷，一个东家想起来就用，过后就弃之一边的人。何况这种时候，东家也许自有打算，用不着我多嘴！对了，曹掌柜，你告诉东家一声，我得回家，我爹好像病了！"说着，他站起身，略略收拾了一下，也不愿再说什么，只冲曹掌柜拱拱手，接着走进了大风呼啸的茫茫夜色之中。"孙先生！"曹掌柜追着喊，"我让长栓套车送你！"

3

三天后，茂才一回到乔家大院，长顺就过来请他，说是大太太要见他。茂才一愣，犹豫了一下，仍旧去了。一进门，曹氏便殷勤地吩咐看座看茶。茂才心里有点明白，神情反而淡淡的。

曹氏略略有点尴尬，想了想便先把张妈等下人们都打发了出去，接着没话找话地问候了一番，才小心说起广州的来信。茂才知道她多多少少听说了一点，突然心头一动，但赶紧忍住了，淡淡地说此事他仍在考虑之中。曹氏叹一口气，眼睛望着别处，略带伤感道："说起来，广州倒也是个好地方，啊，孙先生上次自广州回来，捎给我的衣料还有首饰，我都喜欢，真难为你想着我，每次出门都替我捎些东西。"

茂才大起胆子看着她道："太太喜欢就好。只要太太喜欢，茂才就没有白操这一份心。"曹氏更加难过，低声道："真难为你一个大男人这么细心。自从曹氏嫁到这个家，除了致庸这两年有时还能想到点，好

多年没有人对我这么细心了。"茂才心中一动："那……故去的致广东家呢？"曹氏听他这么一问，更是难过："他，他在世时一心都是生意，很难顾及到我，我们感情虽好，但我在这个家里，倒更像他的一把总钥匙，替他看家、看孩子、看守银库。"

茂才心头一阵翻搅，自从曹氏帮他做了一对护膝，他心中便有了这个女人。迟疑了半天，他鼓足勇气道："太太，茂才心里也有几句话想说，只是怕唐突了太太。"曹氏一愣："这些年来，孙先生对我而言……对我们而言都已经不是外人了，有话就说。"

茂才索性大胆道："太太，我真恨自己是个一文不名的穷秀才，真恨太太已经嫁人，还嫁在这么一个巨富之家，我第一次见到太太，就……就喜欢上您了！"曹氏闻言，脸立刻红了起来，眼里跟着涌出泪水，半晌方道："孙先生，你……你是真心的？"

茂才突然拉过曹氏的手，跪下颤声道："太太，茂才跟您说实话，我之所以不愿离开乔家去做哈芬哈大人的幕僚，就是因为太太……太太当年恳请我帮助乔家渡过难关，从那一刻起我就下定决心，无论如何……可后来二爷翅膀硬了，他要自个儿飞了，票号一事，茂才一直与他极不愉快，后来更是弄到几乎翻脸的地步，若不是想到您，当时我就留在广州不回来了，何至于拖延到现在！"

曹氏一时意乱神迷，那手就没有抽得回来，哽咽道："我的心都让你搅动了……孙先生，现在乔家又到了难关，你……你能不能看在我的分上，留下来再帮乔家一把呢？"茂才握紧她的手，眼含狂热的期待："太太，您……我们离开这儿，您随我到广州去，我们……"曹氏看着他，心头大痛，抽回手去："孙先生，我……只怕你错爱了，乔家有家规，从来还没有过一个嫁进来的媳妇能够再走出这个院子……"一听这话，茂才的心似乎被狠狠地啮咬了一下，失望地站起来。曹氏大急。茂才要走

又没有走，想了想道："只要太太一句话，茂才还是可以不走！"

曹氏赶紧道："你说，只要我能做到的一定会做，我……我一向信赖你。"茂才出神地看了她一会儿，心中突然起了另外一个念头，犹豫了一下，咬咬牙道："太太，乔家到了今天，但凡是个明白人，都看得出来，眼下需要一个人站出来，帮太太，也帮乔家渡过难关。这次二爷铁定是不能了，太太要想不让乔家就此陷入万劫不复的境地，就该站出来，重新接管家事！"

曹氏一愣："我？"茂才看看她，继续道："太太，乔家所以会走到今天这一步，不是因为二爷替刘黑七收了尸，甚至也不是因为二爷执意要进入票号业，做什么汇通天下的大事，乔家走到这一步，归根结底，是因为掌管乔家家事的是二爷这么个人！"曹氏闻言更是惊讶："孙先生，你说下去，你的话曹氏还是不太懂……""太太，我今儿个索性都说了吧。二爷这个人满腹文章，聪明过人，果断敢为，可他骨子里从来就不是一个合格的商人，说白了他经商根本不是为了发财，而是为了所谓济世救民。济世救民当然也没有错，可他却不懂得自保，而且好大喜功，不知收敛，为人又过于锋芒外露！就像这次，倘若真的审成通匪，那便是全家抄斩。太太若是继续把乔家的家事交给他管，只怕就连太太自己，将来也会死无葬身之地！"

曹氏被他说得害怕，一时忘情地抓住他的手："孙先生……你有什么办法，快讲出来让我听！"茂才道："我让曹掌柜给二爷带话，只要他答应我三个条件，我就可以留下，可我知道二爷不会答应。因此现在只剩下一个办法。记得当年太太将乔家的家事交给二爷时，曾和二爷有过一个约定，二爷只是帮太太暂时掌管乔家的生意，一旦景泰少爷长大，二爷就将乔家的家事交还给太太和景泰，有这话吗？"曹氏迟疑起来："有倒是有，可是……"茂才打断她："那就是说，乔家真正的东家仍然是

太太和景泰。眼下乔家危若累卵，太太真要为乔家的祖宗和后辈子孙着想，就该将家事从二爷手中收回，自己来经管！"

曹氏终于明白了他的意思："孙先生，你是说，你愿意替我掌管乔家的生意？"茂才单膝跪下："只要太太信得过茂才，茂才一定帮太太把乔家的生意管好，不但每年帮二爷缴清欠朝廷的一百万两银子，保住二爷的人头，而且还要暗暗扩展乔家的买卖，让乔家银仓满满，却绝对不会引人瞩目，以致引起祸端！"曹氏心头一阵难过："孙先生是个能人，这我知道，可……致庸怎么办？"

茂才脸上现出复杂的神情，半晌道："二爷本来就是老庄性情，他愿意读书便读书，不愿意大可遂他心意，游山玩水便是。倘若……倘若太太不愿意收回家业，实在不行还可以分家，因为不管怎样，分家也总比捆在一起，一损俱损的好……"曹氏一言不发，面色凝重，沉思起来。茂才鼓足勇气亲吻曹氏的手道："太太还看不出茂才的心吗？我不求别的，只求太太能与茂才长相厮守，让茂才这辈子能照顾太太……"曹氏心乱如麻，避开他热烈疯狂的目光，颤声道："我……只怕做不到……可我这会儿也不知道怎么了，不想让你离开我……可是名节，我的名节，都说好女不嫁二夫……"茂才也不说话，只疯狂地去亲吻曹氏的手。曹氏一动不动，一任他亲吻，也不看他，浑身颤抖……

4

终于到了摊牌的时候，茂才突然有了一种奇异的感觉，他觉得事情能成！曹掌柜显然委婉地和致庸谈过了，在情理之外又在意料之中的是，致庸同意了他的条件，但前提是茂才必须代替他继续完成汇通天下的计划。茂才坚决不肯，他再三声明，他留下来的第一个要求就是乔家要从

票号业全面撤出，不独南方四省的庄要撤，就连大德兴茶票庄的字号，也要改回来！

致庸诚恳地对他言道："汇通天下本来就是天下人的事，茂才兄若能继续把票号开下去，代替我完成汇通天下的宏愿，我真的愿意把乔家的生意全部托付给你！"茂才闻言又是失望又是恼怒，他想了想，欲擒故纵道："二爷，如果我们谈不拢，我倒可以帮您推荐一个人。此人名叫潘为严，一个月前还是平遥三江汇票号福州分号的掌柜。去年冬天，因为南北信路一时断绝，这位潘掌柜没有禀告总号大掌柜、广晋源成青崖大掌柜的徒弟李德元李大掌柜，就越权将五十万两银子借给福建将军乌鲁，让后者去活动吏部，谋取刚刚光复的武昌城大帅之位。三江汇的李大掌柜看不出潘掌柜做这笔买卖大有赚头，便发了一封急信，责令潘为严辞号，还要他于辞号之前追回借出的银子。未想到乌鲁活动成功，真的升为武昌城的领兵大帅，五十万两银子如数还给三江汇，还付清了全部利息。此事一毕，虽然李大掌柜多方挽留，潘为严还是坚决辞了号。"

致庸好奇地问道："为什么？"曹掌柜接过话头道："我也听说了，据说这位潘掌柜和东家一样，也是一位少年英才，一位不甘屈居人下庸碌无为的帅才！东家，据说这位潘大掌柜和东家一样，也有汇通天下之心，继续留在三江汇票号，已不能让他实现一生的宏愿！"

致庸兴奋起来，道："有这么优秀的人，你们怎么早不说！这就好了，茂才兄，以后你主持乔家其他的生意，让这位潘先生主管票号生意。"茂才直视着致庸，不依不饶道："不，我已说过了，只要乔家还开票号，我就退出……"致庸听了，脸立时黑下来。这时就听杏儿过来道："二爷，大太太请您到她那里去一趟！"

致庸出门，曹掌柜将他拉到一旁，给他看了一封信。致庸双眉皱起，低声道："信上说的事情属实？"曹掌柜点头。致庸怒道："这个茂才兄，

竟然克扣临江茶山茶工的工钱，包养妓女，我真没想到！"曹掌柜看了看周围，又道："听说眼下他还在太原府包养了一个小妓呢！""我明白了，"致庸道，"不克扣茶工的工钱，他哪来的银子包养妓女！"曹掌柜道："东家，您看事情怎么办？"致庸想了想道："这件事情到你这儿为止。也许是我错了，早该给茂才兄娶妻，该给他加工钱了！"说着他走去曹氏房中，见曹氏神情和往常大为不同，一脸愠色，开口就道："二弟，有些事情，我想问你。"致庸不敢坐下来，站着道："嫂子想知道什么，就问吧。""当初你大哥过世，我照他的嘱托，把乔家的家事交给你掌管，实指望你能将祖宗留下的这份基业发展壮大，可是你不听孙先生的规劝，执意要做什么汇通天下，把事情做得一败涂地，让我和景泰也跟着你担惊受怕。"致庸吃惊地看着她，脸上的笑容落下去。"从现在起，不但你自己再也出不了山西，我们乔家受你的连累，每年开门头一天就欠了朝廷的一百万两银子。致庸，致庸，你把这个家弄得风雨飘摇，你太叫我、叫你早死的大哥失望了！"致庸看她和往日不同，默默跪下："嫂子教训得都对，致庸让嫂子受惊、让地下的大哥失望了！"曹氏站起，不理他这份恭敬："你起来吧，你也老大不小了。嫂子也该尊称你一声二爷了。"致庸越发大惊："嫂子……"曹氏道："叫你起来，你就起来，今天我有大事要跟你说！"

致庸站起。曹氏道："致庸，这句话我本不该说，可想来想去，为了乔家的祖宗和后代子孙，我不说又不行！"致庸急切地道："嫂子，你说！""二爷，乔家不是你的乔家，也不是我的乔家，乔家是祖宗的乔家，后辈子孙的乔家，我这话对吗？"致庸越来越摸不着头脑："嫂子这话对！""嫂子是你大哥的未亡人，是乔家三门的长媳！乔家虽不是嫂子的，可你大哥不在了，嫂子身负着长门长媳的重担。兄弟，不是嫂子狠心，是嫂子觉得，乔家的生意再让你管下去，祖宗辛辛苦苦创下的这份

家业真的就会彻底覆灭,乔家真的就会从此陷入万劫不复的地界儿……"致庸大惊,霍然站起:"嫂子……"曹氏道:"当初嫂子和兄弟有过约定,景泰还小,待景泰长大,你将家事交给他,自己还回去读书,科举,任自己的性情活这一世。这会儿我觉得,我不能再等到景泰长大那一天了,兄弟你现在就可以把家事还给嫂子了!""嫂子,你是说,你要将家事收回去自己掌管?""嫂子不想这样,可你把家事弄成今天这种局面,嫂子不能不这样!"致庸倒平静了,细心地问道:"嫂子的主意是谁帮着出的?"曹氏怒道:"二爷,你把嫂子看成什么人了?这样的主意,还要别人替我出?"致庸道:"嫂子不要生气,致庸不会说话。我只是想问一声,嫂子将家事收回去以后,是自己掌管呢,还是再交给一个什么人替嫂子掌管?"曹氏拍案道:"你自己把家事弄成这样,我现在把家事收回去,无论交给谁掌管,你都无话可说!"致庸还要说些什么,没开口就被曹氏打断了:"二爷,你什么也甭说了!嫂子这么做,也是为了你,孙先生今天早上对你说的话是对的,你现在成了朝廷盯住的人,动辄获咎,我现在把家事收回去,让你做个闲人,事情传出去,对你只有好处,没有坏处,你就不要多想什么了!我的话完了,你走吧!"

致庸回到内书房里,一眼看见玉菡站着,目露惊慌。致庸看她一眼:"怎么,你都听见了?"玉菡激动地点点头:"二爷,这是怎么回事?嫂子怎么突然说出那种话来?"致庸发火道:"我怎么知道?"他猛地站住,喃喃自语:"嫂子一个本分厚道的人,乔致庸今日又落了难,按说不会在这种时候再落井下石,朝我的伤口撒盐!"玉菡也道:"嫂子一天到晚待在这座大院子里,能见到什么人?谁会帮她出这种主意?"这一句话提醒了致庸:"孙茂才!肯定是他!"玉菡道:"二爷真能肯定是他?孙先生为什么要这样?难道他想……"

致庸坐下来,沉思一会儿道:"这件事我要弄个水落石出。若是茂

才兄真是为乔家着想，替嫂子出了这样的主意，我不但不会怨他，反而要谢他！毕竟眼下他又一次接到了哈芬哈大人的信函，心里却还想着乔家的家事。"他站起来，大声问自己："我乔致庸能让这个既嫖妓又贪污茶农工钱的孙茂才接管乔家的生意吗？我能吗？"

玉菡惊骇地望着他："二爷你……"致庸自己回答自己："我能！世道在变，我也要变！屈原屈老夫子怎么说的？'举世皆浊我独清，众人皆醉我独醒。'不不，我想说的不是这话。'水至清则无鱼，人至察则无徒'，举世皆浊，我焉能独清？我清得了吗？哼，读了那么多圣贤之书，空有满腹经纶，不去好好地做人，又嫖妓又贪污，他也不过是一个俗而又俗的人罢了，我乔致庸就是个俗人，他孙茂才居然比我还俗！"他坐下来，让自己平静，下决心，玉菡一直害怕地盯着他。"我要和他谈，我们要好好谈谈，太太，你放心，我不跟他算那些臭账，什么养妓女，贪污茶农的银子，我只跟他谈，他愿不愿意继续把汇通天下的事做下去！……如果我们能谈得通，他能答应我，接过票号生意继续做下去，一年不行两年，十年不行二十年，直到汇通天下实现的一天……只要他能答应这样，我就听大嫂的，把乔家的家事全部托付给他，自己回山里闭门读书，再也不回头过问世事！"

玉菡眼泪涌出："二爷，你真的舍得？"致庸哈哈一笑："我？我都到了这会儿，还有什么舍不得的？我舍不得又能怎么样？我舍不得也要舍得！"玉菡："不……"致庸回头："你想说什么？"玉菡含泪道："二爷，知夫莫若妻，为妻知道二爷舍不得！不是二爷舍不得乔家的这一份家业，而是……而是因为二爷舍不下自己胸中这一颗英雄之心！二爷若能舍下汇通天下的大事不去做，以后一年三百六十五天，如何天天面对自己的英雄之心！"致庸僵立，如同一座雕像，突然回头，泪流满面却不自觉："不，你错了！我这会儿已经没有一颗英雄之心了，我现在只有一颗让

贤之心，一颗与世俯仰之心！孙茂才在哪里？我去见他！"

茂才这时正在房内哼着小调品茶，听到敲门声，他一边应着，一边开了门。一见致庸站在门外，他立刻变了一个人似的，神情倨傲而冷淡："东家，原来是你。有事儿？"致庸走进来坐下又站起，道："茂才兄，有这么一件大事，我必须和茂才兄商议。刚才我大嫂找到我，要收回乔家的家事。这件事茂才兄想必也知道了？"茂才淡淡地："啊，有所耳闻。""茂才兄是怎么想的？"茂才避开他的注视："东家，这是东家的家事，我一个外人怎么好开口。不过东家应有自知之明，大太太突然提出收回乔家的家事，一定有她的理由。"致庸道："茂才兄，我们就不要绕弯子了，大嫂的理由我知道，你也清楚。现在我想和茂才兄谈的只有一件事，茂才兄，你想不想替致庸接管乔家的家事？"茂才心里发虚，一下紧张起来，有点语无伦次："东家，你怎么能说出这样的话？哦，一定是茂才这几天话说多了，让东家起了疑。东家，大太太今天提出收回家事，不过是一时的气话，改天也许就会后悔。你想啊，一个女人家，就是再有能耐，还能管得了这么大个家事？"他突然回头盯着致庸，"还有二爷你，一心想着汇通天下，真的愿意放下自个儿的凌云壮志，乔家的事一切不管，交给大太太后就去到山中读书？"

致庸心中有一点点吃惊，却不动声色："茂才兄，致庸今日正为此事来见你。如果我下了决心，要把家事交还给大嫂，在办这件事之前，就还需要为大嫂物色一位大才，来实际掌管乔家的生意。"茂才不免暗中得意："怎么，东家就是来和我商量这件事的？东家可不要想到我，孙茂才一介村儒，才疏学浅，你就是让我做，我也不会做的！"致庸突然袭击："不是你！是你和曹掌柜昨天为我举荐的那个人！原平遥三江汇票号福州分号的大掌柜，潘为严！"

茂才情绪顿时激烈起来："他？这人我知道，这人其实不行！绝对

不行！"致庸盯着他看："茂才兄，你怎么了？据说潘为严此人，乃是当今我大清国票号业数一数二的人才，山西众商家一听说他从福州任上辞了号，个个跃跃欲试，要请他做自己的大掌柜，你怎么说他一定就不行？"茂才一时竟红了脸："东家，我说他不行就是不行。潘为严这个人，我早对其有所耳闻，从做徒弟开始，就不安分，喜欢变更章程，我行我素，当了三江汇福州分号的大掌柜，更是霸道得对总号的招呼置之不理，视东家和总号大掌柜如无物，而且此人心狂气傲，志大才疏，唯我独尊，卧榻之旁，不容他人安睡。东家若是执意要请这个人来掌管乔家的家事，别人走不走我不知道，反正孙茂才要辞号！""不过茂才兄，潘为严尽管有这么多毛病，可他却有一个长处，正合致庸的心。他的长处是，和致庸一样，也有汇通天下之心。乔致庸可以放下乔家的生意不管，但决不会让汇通天下的事业半途而废，茂才兄，我本可以向大嫂举荐你来接手乔家的家事，但既然你对汇通天下毫无兴趣，我就不能不想到别人了！"

茂才心中暗暗吃惊，想了想，道："东家，你刚才说的是真心话？你真想过把乔家的家事托付给我？"致庸眼睛一亮："对！这些年来，茂才兄和我北上大漠南到海，做了多少大事，茂才兄的才识学问，致庸一直自愧不如。如果你愿意接手乔家的生意，把汇通天下的事业做下去，我干吗还要舍近求远，去请一个毫不相知的人来掌管乔家的生意！"茂才深深看他，突然明白那是他的真心。"啊，这件事……让我想想，让我想想……东家，我并不是一定反对接着做汇通天下的大事……这样吧，东家刚才的话如果是真的，这副担子，孙茂才接了！"致庸激动起来："茂才兄，你说的是真话？"茂才更加激烈道："孙茂才是谁，孙茂才是个吐口唾沫也要在地下钉个钉的人！大丈夫一言既出，驷马难追！"致庸大喜过望："好，太好了！茂才兄，我现在就去见我大嫂，举荐你代替我

接管乔家的家事！"说着他走出去，茂才大声道："东家，你慢走！"他望着致庸走远，关上门，闭上眼睛，长出一口气，不由得手舞足蹈，自语道："孙茂才，孙茂才，没想到，你也有这么一天！"

内书房里，玉菡和曹掌柜紧张地站着，等待着。致庸一路走回来，神情激动，喊："长栓，倒茶，我渴！"长栓倒一碗茶给他，致庸一饮而尽，大声道："出去！"长栓不明就里，提着茶壶走出去。致庸也不看玉菡和曹掌柜，大声道："曹爷，太太，我把乔家，交给孙先生了！"曹掌柜大惊："东家！"致庸不回头，也不答应。曹掌柜看一眼玉菡，玉菡会意，曹掌柜匆匆走出。致庸回头，疑惑地看一眼玉菡："他怎么走了？"玉菡问："二爷已经为孙先生的事去见过大嫂了？"致庸道："还没有，我马上就去。"玉菡欲说还休："二爷……"致庸看她："怎么了，有话就说，怎么吞吞吐吐的！"玉菡脸色苍白："二爷，有件事，就是陆氏，也不敢说。"致庸越来越吃惊了："什么事，连你也不敢说？"玉菡走上前，对致庸耳语一番。致庸变色，怒道："胡说！我大嫂是个什么人，这不可能！"玉菡道："可曹掌柜说，他昨天确实亲眼看见孙先生在房里，跪在大嫂面前！"致庸还是不相信："胡说！不可能！曹掌柜想干什么？我说不可能就不可能！"玉菡耐心地道："二爷，曹掌柜也没说大嫂和孙先生做什么别的事，他就说了刚才那一件事！"致庸哈哈大笑，骤然又面色严峻，道："我明白了，曹掌柜这是嫉妒，他不想让孙先生掌管乔家的家事！他知道大嫂对我乔致庸来说是嫂子，更是一个娘，我乔致庸可以死，也不会容忍别人玷污她的清名！曹掌柜，太可恶！"

他大步朝外走。玉菡追出去，问："二爷，你去哪儿？"致庸回头："我这会儿就去见大嫂，我要今天就把大事定了，免得夜长梦多！"陆玉菡无奈地望着他走远，心情烦乱不已。

曹氏住的院门开着，致庸大步走进来。杏儿忽然跑出，看见致庸，

站住了。致庸吃惊地问："杏儿，你怎么了？"杏儿嗫嚅道："二爷，大太太……大太太一个人在哭。"致庸吃了一惊，道："我大嫂在哭？为什么？"杏儿的声音哆嗦起来："不……不知道。"致庸转身冲进曹氏房内。曹氏急忙拭泪，站起，背身而立。致庸大叫起来："大嫂！你怎么了？刚才杏儿说你在哭？"曹氏哆嗦了一下，道："谁说我在哭，多嘴的丫头，好好的我哭什么！"致庸看她一眼，放下心来，道："啊，大嫂，有件事我想好了，要禀告大嫂。"曹氏道："什么事呀？二弟，你坐下说。"致庸扶她坐下："大嫂，今天上午你说的事情，我想过了，大嫂要收回家事，致庸答应，但大嫂不可能自己出头露面去管乔家的生意，致庸给大嫂选好了一个人，大嫂可以将家事交给他掌管！"曹氏心中一惊，问："谁？""孙先生！孙茂才！"曹氏变色，转过身去。致庸仍然兴致勃勃："嫂子，孙先生这人看起来其貌不扬，可做起生意来，连二弟都不如他！这些年二弟做的这些事情，全是他的计谋，他的功劳，而且，他还亲口答应，要把二弟刚刚开了头的汇通天下的大事做下去！嫂子，将乔家的家事交给他经管，二弟我放心！嫂子也尽可以放心！错不了的！"致庸还要说下去，曹氏冷不丁地打断了他："二弟，他今天说的，要把汇通天下的事往下做？"致庸道："对呀！"曹氏不语，半晌才又开了口："二弟，你和孙先生谈到了他的薪酬吗？""这个还没有。不过我想过了，孙先生非比别人，我们给曹掌柜一份大掌柜的辛金和身股，我们给孙先生两份，不行就三份，总之，我们乔家不能亏待了他！"致庸道。曹氏不语。致庸看她，起疑道："嫂子，怎么了？对了嫂子，有人说昨天嫂子见了孙先生，莫不是你和他说到了这件事？"曹氏浑身一颤："啊，我……我让杏儿给孙先生做了几件夏衣，顺便送给他……"她下决心要说出来，猛转过身去，"致庸，你还不知道吧，孙先生昨天说过，若是我们请他掌管乔家的家事，他要和我们对半分利！"

致庸一惊，叫起来："嫂子，真的？"曹氏避开他的直视："对。还有接着做汇通天下的话，那是假的！""假的？"致庸又叫起来。"除了这个，他还要你和弟妹离开家，去山中别馆读书，自此不再管乔家的事！"致庸内心起了巨大波澜，他深深看曹氏，突然道："嫂子，有人看见，昨天孙茂才跪在嫂子面前，我不相信，有这样的事？"

曹氏脸色急变，"哇"的一声哭出来，捂住脸朝内室里跑去，扑倒在床上。张妈和杏儿闻声跑进来，喊："太太！太太！"内室里，曹氏什么也不说，只是大哭。致庸在外间如梦方醒，浑身颤抖，大叫一声："这个孙茂才，他……他到底想干什么？！"

张妈跑出来，道："二爷，大太太这是怎么了，一直在哭！"致庸想了想道："你们出去！"张妈招呼杏儿出去。致庸走进内室，颤声道："嫂子，他……他没怎么着你吧？"曹氏哽咽道："他……他摸了我的手！"致庸的声音提高了，他大怒道："就只是摸了摸手吧？"曹氏大哭着点头。致庸走上前去，一时撕心裂肺地喊："嫂子别哭，你记住，什么事都没有，什么事都没发生，就连你刚才说的这件事，也只是你的一场梦，根本就没这回事儿！听清楚了吗？"曹氏还在哭，致庸转身招呼张妈和杏儿："过来侍候大太太！"他大步走出。

茂才这时正在自己房间里，急得抓耳挠腮，不时朝窗外张望，一边嘀咕："怎么回事呢，怎么还不来回话呢？"他又朝外面一望，不觉大喜。只见长栓领头，一干人等端着酒菜，鱼贯而入，将酒菜放在桌上。致庸随后走进来。

茂才故作淡漠地："东家，有事情说事情，还弄酒菜干什么？快说事情办得怎么样，酒可以以后再喝！"致庸坐下，长栓摆开两只酒杯。致庸道："长栓，斟酒！"长栓倒酒。致庸大声道："孙先生，请坐！"茂才不知虚实，坐下，嘻嘻地笑道："东家，这还真喝呀？"致庸端起酒杯，盯着

他，一饮而尽。茂才去端酒，致庸一把将酒杯碰翻。茂才意外地："哎……"致庸又喊："长栓，斟酒！"茂才也跟着喊："对，斟酒，你看我还没喝，就洒了！"长栓看致庸。致庸大声道："看我干什么，斟酒！"长栓斟酒。致庸饮酒，茂才去端杯子，又被致庸打翻。茂才吃了一惊，变色道："东家，你这是怎么了？"致庸掏出一把钥匙，放在茂才面前，道："乔家银库的钥匙，孙先生不会不认识吧？想要它吗？"茂才脸上又现出笑容，赶紧道："东家，不急不急，不就是一把钥匙，再说眼下乔家银库里，也没什么银子了。"

致庸道："孙先生，你不急我急，昨天晚上，我就把它从太太那儿帮孙先生要回来了，要交给你的！""你看这……谢东家。长栓，你怎么不斟酒？你也不知道今天是什么日子，快斟酒！"茂才道。长栓又看致庸。致庸道："看我干什么，孙先生让你斟酒，你就斟酒！"长栓斟酒。茂才端起酒杯："我敬东家一杯！"致庸不动："孙先生，这是谁家的酒？"茂才一怔："当然是东家的酒。""孙先生还想喝乔家的酒？""东家，你……你你这是什么意思？""把酒杯给我，我侍候你喝！""东家，你这是客气什么？以后虽说你不管家事了，可你仍然还是东家……"致庸猛地站起，怒喝一声："给我！"他从茂才手中夺过酒杯，把玩着："孙先生，我听我大嫂说，你在乔家管家，要和我们对半分利？"茂才变色："东家，这也不过是说说，你怎么当真了？"致庸伤心道："你这个条件，我本来也可以答应的！……只是你太急了！"茂才不知深浅，道："东家，你真是待我太好了，不过……大太太也真是的，怎么能帮我提这样的要求？"致庸道："如果我答应了你的要求，让你接管了乔家的家事，你会怎么办？"茂才信誓旦旦地："我？我一定不辜负东家的重托，将汇通天下的事业做下去，做到底！"致庸又坐下去，道："可我大嫂说，你接管了家事以后，乔家就从票号业全部撤出，本钱全拿去做有利可图的生意，

有这事吗？"茂才一下急了："东家，你看是这样啊，当时大太太这么问，我就那么一说……"致庸又喝了一杯酒，道："接管了乔家的家事之后，你还打算带着大太太走州过府，一辈子守在她身边？"茂才勃然变色："东家，这话从何说起？""还有，过不了多久，你就不只包养妓女，克扣茶工们的工钱银子，就连这个家，也会是大太太一半，你孙茂才一半，最后不分彼此，都成了你的产业，你不愿去广州做哈芬哈大人的幕僚，留在乔家，就是为了这个，是吗？"茂才的脸色青一阵，白一阵，终于他跳起来："东家，这是怎么说的？谁这么坑害孙茂才？"致庸"啪"一声将杯中酒泼在茂才脸上，眼里冒出火光，大声地道："孙茂才，只要你能把汇通天下的大事做下去，做成功，你包养妓女，克扣茶工工钱的事，我都不说了。就连乔家的产业分给你一半，我也不会舍不得，可是你不该打她一个女人的主意……乔家的酒，你真是喝到头了！"

他"哗"的一声把桌子掀翻："来人！"长顺带人闯进来。"孙茂才，你知道我大嫂是个什么人？她是我大嫂，可我是她从小养大的，在我心里，她就是个娘！"致庸叫道，眼里像是要喷出火光，他猛一回头，对长顺等人道："还愣着干什么？把这个狗东西，连同他的铺盖卷，给我扔出去！"长顺大喝一声："上！"众人将茂才架起，长栓抱起茂才的铺盖卷，往外就走。

茂才大叫："乔致庸，你想干什么？长顺，你们这些狗东西，快把爷放下来！"致庸跟出屋外，余怒不息："来人，抬一大桶水，给我把这狗东西弄脏的地方冲干净了！"两个仆人抬一大桶水来，"哗"地倒进室内地下。外面，众人架起茂才就往外走。茂才大叫："把我放下来！你们不能这么对我！"众人回头看致庸。致庸叫道："扔出去！"众人将茂才抬至门前，长顺发一声喊："给他来个远的！一二——！"只听"扑通"一声，茂才被远远地扔了出去，接着，长栓将茂才的铺盖卷扔到他脸上。

茂才跳起来，叫道："乔致庸，你这样待我，是会后悔的！"

　　致庸道："孙茂才，我本不屑再跟你说什么，可又不得不警告你，走出这个大门，你出去要是敢胡说一句，我就让人割了你的舌头！我说到就能做到！"茂才道："好！好！乔致庸，这次算我孙茂才输了，我认栽了！你说的没错，是我把事情办得太急了！可是乔致庸，我可告诉你，离开我孙茂才，你们乔家也完了，你自己也死定了！不信咱走着瞧！"长顺这会儿也不结巴了，喊："孙茂才，人丢成这样，还不快滚！"茂才抱起铺盖，边走边喊："走就走！此地不留爷，自有留爷处！我走，我去广州，去两广总督哈芬哈大人那儿做官去！在你这儿发不了财，我到哈大人那儿发大财去！"玉菡和曹掌柜赶出来看。致庸气得眼里含泪，道："真没想到，一个人能变成这个样子！"曹掌柜劝道："东家，这种阴险无耻的小人，您不值得跟他生气，您把他得罪得太苦了，他会记我们一辈子仇！"致庸转身，对曹掌柜道："快派人打听清楚潘为严大掌柜的行程！一定要把他抢到手！"

第三十六章

1

夕阳斜斜地照着襄阳府码头。微风吹过落日余晖笼罩下的水面，微微的涟漪往复不断地扩散着，就像世情一般变化莫测。

身材微胖的潘为严和背着银包的徒弟何庆上了岸。何庆左右看了一下："师傅，这儿就是襄阳府了？"潘为严点点头，接着举目四顾，忍不住叹道："天下如此之大，居然没有一人真正赏识我潘为严，唉，我都到了这里了，难不成竟还没有一个山西商人前来接我？潘为严活得真是太失败。"何庆瞅着他笑了起来："师傅，离开武昌城时您可是说过，只要在这儿一下船，就会有人来抢您呢！"

潘为严当下苦笑着摇头道："罢了罢了，人走了背字，就说不得了。走，咱们自己找个小店先住下再说。既然到了襄阳府，就好好玩上几天吧！"一听这话，何庆也不多说了，紧紧肩上的包，笑嘻嘻地走上了街。

其实码头对面的茶店内，就坐着山西来的商人。崔鸣九带着达盛昌的两名伙计一边坐着喝茶，一边细眯着眼睛打量着下了船的潘为严。张伙计试探地问道："大掌柜，下不下手？"崔鸣九哼了一声道："等等再说吧，我们都来了几天了，也不见乔家人来。也许乔致庸根本就看不上这个人。"说话间，就见从茶店门前走过的潘为严正停下向一位老人问路，

突见两个叫花子模样的人挤到何庆身边，猛地将他身上的银包抢走，撒丫子就跑。

潘、何两人先是大惊，接着顺街追起来。茶店里的崔鸣九冷笑道："一个商人，连自己的银包都看不好，就是把他请了回去，又有何用？走，回家！"张伙计不敢多说，很快随崔鸣九扬长而去。隐在附近马车上的曹掌柜看着眼前的一切，不禁微微一笑。

致庸在风陵渡整整候了一个星期，终于等到了潘为严。他远远地便迎上去，拱手道："潘大掌柜，一路辛苦，乔致庸在这里恭候多时！"潘为严前几日被长栓等扮成的叫花子"抢"到以后，已经了解了不少情况，当下一见致庸，急忙下马拱手："乔东家，潘为严久闻乔东家大名，今日得见，实是三生有幸！"致庸大笑："潘大掌柜，致庸对于阁下，更是仰慕已久。"说着他亲自执缰牵过一匹披红挂彩的马，恭敬道："潘大掌柜，请上马！"潘为严连连摆手："这……潘为严和乔东家素无一面之缘，今日这样厚待潘为严，在下如何担当得起？"曹掌柜在旁边笑着劝道："东家专为迎候潘大掌柜而来，你就不要客气了！若是东家能出山西，他还要到襄阳府迎候你呢！"潘为严也不客气，拱手上马，然后在致庸等人簇拥下上路。

到了祁县界碑前，致庸举鞭一指："潘大掌柜，再往前走，就是祁县了，再走二百里，大掌柜就到了家。大掌柜十年在外，今日返乡，有何感想？"潘为严扼马前望，半晌道："潘为严惭愧！不瞒乔东家，潘为严当日离开山西，曾向妻儿夸下海口，说十年后潘为严再回来，定要坐着八人抬的大轿，鼓乐开道，锦帽貂裘，不料今日还乡，仍旧一事无成。潘为严现在明白什么叫作无颜见江东父老了！"

他正说着，远远走来一队鼓乐。致庸笑道："潘大掌柜此言过矣，您已名动天下，怎能说是一事无成呢。不过您既有这一番感慨，我们就

借前面这家人的鼓乐和八抬大轿用一用,送潘大掌柜坐着大轿鼓乐还乡,如何?"

潘为严愕然苦笑:"乔东家实实羞杀潘为严了!今日不知此地谁家娶亲。还是十六人抬的大轿哩。大丈夫一生,哪怕就排场这么一回,也不枉来世上走了这一遭。"致庸一笑,只是静候着,见大轿远远地过来,在他们前面停了下来,轿旁的长顺恭恭敬敬道:"乔家上下恭迎潘大掌柜上轿!"

潘为严大为惊讶,看看长顺,又看看致庸:"乔东家,这真是府上特地来接我的?"致庸颔首微笑,亲自下马帮他拉住缰绳:"潘大掌柜,什么都甭说,快请上轿吧。致庸没有别的意思,只是不想让潘大掌柜外出经商十年之后,就这样不声不响地回家。"潘为严当下十分感动,竟也不再推辞。一时间鼓乐齐奏,铁铳震天,致庸亲自骑马前导,将潘为严直送到家。

一个月后,潘为严如约来到祁县大德兴茶票庄,一进门便向致庸和曹掌柜拱手道:"二位爷,今日为严前来,并非是来就任大德兴的大掌柜,而是……而是要辞掉这个职位!"致庸和曹掌柜皆大吃一惊,笑容骤落。曹掌柜急道:"哎潘大掌柜,你和东家不都说好了吗?等你到家休息一个月,便来大德兴上任,怎么这会儿又变卦了?是不是因为原来曹某在这里做大掌柜?这事你不用顾虑,东家已决定将大德兴茶票庄一分为二,大德兴本号仍改为大德兴丝茶庄,另外成立大德通票号,请你做大掌柜,全权掌管乔家的票号生意!"

"这个……"潘为严一时语塞,接着向致庸看去。致庸会意:"潘大掌柜今日说出这话,一定事出有因。有什么不方便之处,潘大掌柜尽可以说出来,咱们好商量。"潘为严看着致庸,眼中突露复杂之色:"乔东家,诸位爷,你们不要误会,乔东家待为严义重恩隆,为严感激不尽。正是

因为这个，为严回家后想了一个月，今天才决定亲自登门辞掉大掌柜之位！”一听这话，致庸和曹掌柜更是不解，但曹掌柜耐住性子道："潘大掌柜若实在不愿做这个大掌柜，东家自然也不会强人所难。但不管怎样，请潘大掌柜说出其中原因，求同存异，大家还可以好好商量一番。"

潘为严显然深思熟虑，当下慢慢道："乔东家，诸位爷，乔东家礼贤下士，待我颇为周到，礼数不算，且用心良苦，为严颇有知遇之感。古人云滴水之恩，当报以涌泉。为严虽读书不多，但这点做人的道理还是懂的。说实话，今日为严不是为了别的原因要辞这个大掌柜，而是觉得就是接了这个大掌柜，也做不好！"致庸一惊，急问："为什么？"

潘为严道："为严还乡一个月，对乔东家生平已略有耳闻。乔东家天纵英豪，接管乔家生意以来，北上大漠南到海，纵横大江南北，长城内外，不仅为天下重开茶路，还重开了丝路和绸路，进入票号业不久，就为朝廷从江南四省解回上千万两官银。如此建树，就是比之古人，也不逊色。其次，乔东家说是东家，其实就是乔家真正的大掌柜。为严还听人说，乔东家曾在北京大德兴茶票庄门前挂出过一块招牌，说要用尽一生，把大德兴办成天下最大的票号，实现汇通天下。乔东家，这些话大致不错吧？"

致庸深深望他，点了点头。潘为严深吸一口气，道："为严今天要辞掉这个大掌柜，正因为这些！因为乔东家虽然想用为严这个人，却不一定真正舍得将乔家票号交由为严全权经营，也就是说，乔东家很难只扮演东家的角色，除了四年一个账期，按股份分银子，其余一概不问！"

致庸心头一震，默默望他，半晌方道："潘大掌柜就是为这个才要辞去大德通的大掌柜？"潘为严眼睛直视着他，重重地点了点头。致庸凝神想了好一会儿道："潘大掌柜能否更详细地解释一下，致庸需要如何做，潘大掌柜才会接手乔家大德通票号的大掌柜？"

潘为严看了致庸半晌，接着下定决心点点头正色道："事关紧要，为严也不得不直言，得罪之处，只能请东家海涵了。首先，为严为人，虽比不上乔东家，却也心高气傲，做事喜欢独断独行，东家若要掣肘，为严一定做不好，所以为严在不能得到足够权限的情况下，实在不能接这个大掌柜。"

曹掌柜看看致庸，心中忍不住叹一口气。只听潘为严继续道："其次，也是更重要的，回到家中一月之内，为严请教过不少相与，得出一个结论，东家若想将乔家票号办成天下最大的票号，实现所谓汇通天下，为严就不能照东家的办法去经营，而必须用我的办法。这套办法可能会让东家看不惯，怫然大怒，于是一定会去干涉，而我要帮东家和我自己做的大事就会半途而废。因此，思虑再三，若为严不能独断，就一定不能做这个大掌柜。"

致庸心头一阵翻搅，眼前莫名其妙地浮现出茂才的身影，他定定神道："潘大掌柜，假若致庸将乔家大德通票号全权交潘大掌柜经营，具体事务一概不参与，那潘大掌柜打算如何经营？"

潘为严有些激动起来，思忖着笑了笑道："算了……其实尽管我是这么想的，但还从来没有机会这么做……我还是不说吧……"致庸直视着他，眼中满是鼓励："你尽管说。"潘为严终于开口道："经营的细节不说也罢，但乔东家若能对乔家票号不闻不问，交给潘为严全权，为严自有办法，帮东家也帮为严自己实现汇通天下之梦！"

曹掌柜大吃一惊，向致庸看去。致庸深深激动道："潘大掌柜，你也认为汇通天下有一天能够实现？"潘为严渐渐露出本相和雄心："东家，潘为严早年投身票号业，从伙计做起，又在分号大掌柜的位置上惨淡经营了十年，若不是一直有汇通天下之心，为何要在这一行里受苦，甚至不惜辞去原先颇多白花花银子的大掌柜之职。"说着他停了停，盯着致

庸道："东家若将乔家票号交由为严打理，只要为严不死，为严就一定替东家，也替自己替天下有为的票商，遂了汇通天下之愿！"

致庸猛地站起，双手一拱，话还未出口，泪却落下来。潘为严大惊。只听致庸哽咽道："潘大掌柜，乔致庸今日已是一个被朝廷圈禁的罪人。我原来以为，今生今世，再也找不到另外一个人替我去做汇通天下这件大事了，是上天可怜致庸，可怜天下商民，把你赐给了我，不，是赐给了天下商人，甚至应当说是赐给了天下苍生……潘大掌柜，从今天起，乔家大德通票号，致庸就交给你了！无论十年，二十年，甚至即使要耗尽致庸的一生，致庸都不会嫌长；而且致庸愿意接受你所有的条件，承诺决不插手乔家票号的生意，我会一直在乔家堡做一个纯粹的东家，除了四年账期让管账的和你结一结账，其余一概不问！我会一天天一年年等下去，等着潘大掌柜有一天来告诉我，你帮我也帮天下人实现了汇通天下，那样我乔致庸仍旧算是做成了我们这一代票商应当做成的大事，既无愧于心，也无愧于后人了！"

正所谓惺惺相惜，潘为严再也忍不住，当下激动地跪倒在地。"潘大掌柜……"致庸眼见着，也赶紧跪下，只喊了一声，却流泪哆嗦着嘴唇再也说不出话来。潘为严见状执着他的手哽咽道："东家，有您这些话我就放心了，而且要谢谢您给了我这么好的机会，让我和您这样一位志同道合的东家，一起实现汇通天下之梦！"

曹掌柜在一旁唏嘘不已，赶紧搀起两人。致庸一面起身，一面激动地对曹掌柜吩咐："曹爷，快写信给包头的马大掌柜，让他回来，我们一起把乔家大德通票号的牌子挂出去。乔家大德通票号，正式开张！"

2

"爹……"玉菡疯一般跌跌撞撞向陆家的后院奔去。宅院里一片破败，家人也不见一个，院中赫然摆着一口薄皮棺材。后院卧房内，陆大可奄奄一息地躺着，只有侯管家在一旁侍候。

玉菡奔进来，连哭带喊地扑了过去，陆大可勉强睁开眼，露出一丝欣慰的笑容，接着虚弱地吩咐侯管家："你出去，我有话要跟我闺女一个人说。"侯管家眼中蕴泪，当下点点头，走出去并轻轻关上了房门。

"爹，我半月未来，您如何就病情恶化成了这样？您怎么信儿也不及时给我们一个呀！"玉菡泣不成声，陆大可颤抖地拉着她的手道："闺女，没事，我才不想让你操心呢，何况你这会儿来了正好，我还怕我闭眼以前见不着你呢。你瞧，我把自个儿的后事都安排好了，我连寿衣都提前穿上了。闺女，你爹一辈子都这样，不喜欢人家欠我的银子，我也不想麻烦别人！"

玉菡满脸是泪，勉强带笑道："爹，都到了这种时候，您还在说笑！"陆大可喘了一口气，也努力笑道："闺女，我可不是说笑，我是说真的。这口棺材，是咱家十年前修房子时，我用剩下的木料偷偷请人打的，不花钱！至于寿衣，那年进京正碰上一家寿衣店倒闭大清货，你往我身上瞧瞧，正宗的织锦缎，一套衣服才一两银子，多便宜！"

玉菡忍住眼泪："爹，您老人家这一辈子挣了几百万两银子，是致庸和我拖累了您，让您一生的心血付之东流。可我们家这会儿就是再穷，也不能让您老人家这么走啊！"陆大可道："闺女，你傻了不是？我不是今儿死，就是明儿死，所以也不怕把心里话说给你听了。闺女，你当我心疼花在我女婿身上的那二百万两银子？……我陆大可辛辛苦苦一辈子，从无到有，攒下了那些银子，我常以为自己很了不起，可是自从

你嫁了这么个女婿，我才明白，我这一辈子做的事，还顶不上我女婿这三五年做的！"

玉菡心头一阵伤感，失声哭了起来，陆大可疼爱地拍拍她的手："别心疼咱这家，别心疼我那二百万两银子。我那银子没白花，我帮你救下了一个人，这小子有点混，时常还有点糊涂，可他那糊涂，是大智慧，大志向。这一阵子因为他糊涂，倒了大霉，可这样的日子总有一天会过去的，那时候我女婿就会重出江湖。只要他一出山，山西商界和大清商界就又是一番新气象，除了汇通天下，他还能为天下商人、天下苍生做好多了不起的事。你想想，我那二百万两银子做了这么大一件事，多值呀！"

玉菡见他说得高兴，当下也擦着眼泪，给他一个微笑。回光返照的陆大可眼中一阵发亮，喘了一口气，道："闺女，我是看不到这一天了，不过你能看到。我女婿眼下正在难中，他的日子不好过，我要死了，不再担心自己，我只担心他，担心像他那样一个人会扛不过去。闺女，爹走了，不能再护着他了，可是还有你，你一定要替我好好护住他，不是护住他这个人，是要护住他那颗心！护住他一生的志向，护住他一生的锐气！无论我们爷儿俩付出多大的牺牲，都要帮他咬紧牙关扛过去。只要他能扛过去，就能做成他一生想做的大事，我们父女俩这一辈子，也就做成了大事，不只挣了些生不带来死不带去的银子！"玉菡点头，一时间什么话也说不出来，只是落泪。

陆大可说累了，闭上眼缓一会儿，半晌又睁眼道："右边床腿下面有块砖是活的，你把它挪开。"玉菡一惊，赶紧照做。她挪开床腿下的砖，看到一把钥匙，拿出问道："爹，这是什么？"

陆大可脸上露出一丝得意且欣慰的苍老笑容："我之所以把家里的东西都卖了，却没卖这座宅子，就是想等你来，把我留给你的东西拿去。

闺女，爹要走了，最担心的还是你。柜子后面有一道暗门，门里是一个暗室，里面藏着留给你的二十万两银子。我刚才夸了半天女婿，可有了这样的女婿，却又放心不下你。这笔银子不是给乔家的，是给我闺女的，给我闺女留的私房钱，有了这笔银子，我女婿和乔家日后就是有个好歹，我闺女也会有一口饭吃，我也能安安心心地闭上眼睛了！"玉菡大恸，扑到陆大可面前，哭道："爹呀，您可不能死……"

陆大可想抬起一只手，摸摸她的头发，却终于没有力气了，歇了好一会儿才聚起力气道："侯管家跟了我一辈子，我也已经安排好他了，剩下的事情你要听他的安排，他最懂我的心思。你可记好了，一定要用那口薄皮棺材埋我。只有这样，外人才相信我没给你留下银子，也只有这样，人家才相信乔家这回是真的败了，才不会再给你和女婿招祸。你要是不听我的话，给我大操大办，就是忤逆不孝！我躺在坟地里，也饶不了你，记下了没有！"

玉菡大哭："爹，可是我们怎么能让您……"陆大可呼噜呼噜地喘着气，好一会儿才又挣扎道："闺女，你怎么又犯了傻？有人死了，要花一万两银子，我死了，加上打发人客，你最多花上十两银子，比起他们，咱们还是占了便宜！咱是没银子的主儿？咱有银子，可咱们不把它埋在地下，咱一分一厘都把它用到该用的地方去！你可听好了，以后你们乔家用银子的地方多了去了，千万不要在我身上浪费，记住了吗？只要这样埋我送我，你就是对我行了大孝！"

"爹，女儿记下了！"玉菡一边说着，一边使劲攥住陆大可的手，只盼能将他抓住，或者多留一会儿。然而不多会儿，陆大可长出了一口气，终于耗尽了力气，含笑而去。"爹呀……"玉菡叫了一声，放声大哭。

3

一只像从梦境中穿过般的金色蝴蝶，驱赶着时光从致庸的面前飞过，接着翩然而逝。致庸揉揉有点混浊的眼睛，怔怔地看了半晌。三年间，陆大可和如玉先后辞世，他则依照对潘为严的承诺，正式退出了商场。眼下的他一身农民打扮，背手在田埂间慢慢走着，简直就是一个标准的普通农民，唯一与当地农民区别的是，他每到田头，腰间都会挂着那个当年胡大帅送给他的单筒望远镜。

三头黄牛稳当当地跟在他身后，时不时发出"哞"的声音，这是乔家的老规矩，免费给周围农户使用的，一般时间都在乔家大院外拴着，谁要用只管牵去就是，致庸下田时往往便会带着它们走。

致庸走了不多会儿，陆陆续续便有农民上前借走了牛。唯有借牛的那一瞬间，他才会对乡人露出难得的一笑。长栓凝视着致庸屁股上晃荡着的望远镜，忍不住暗暗叹了口气，迟疑了半晌，终于开口道："二爷，有件事，不知二爷想不想听。"致庸没有拒绝，但也没有接口。长栓看看他，跺足道："我听大德通总号的人说，潘大掌柜把南方四省的庄全撤了！"致庸猛地一惊，好半晌才慢慢回头望着远方道："啊，今年麦子长势不错。"长栓心里憋闷，声音大起来："我还听说，潘大掌柜喜在官场结交，尤其是京城里的达官贵人，银子花得海了去了！"

致庸也不听，一边慢慢往家走，一边喃喃道："再下场雨，就该种高粱了。"长栓无奈地看着他，只得作罢。回家路上路过麦地，致庸弯下腰去查看麦子长势，忽然泪水盈眶。长栓见状心中一阵难过，忍不住暗暗扇了自己一个嘴巴子。

他们一进家门，见铁信石正给玉菡行礼。致庸一阵激动："铁信石，你回来了？"铁信石一见他，也赶紧过来行礼。致庸顾不得别的，赶紧

迫问盛掌柜的下落。

铁信石道："回东家，铁信石无能，这次奉东家和太太之命南下，走汉水入长江，化装成灾民混入长毛军占据的苏杭二州，然后去福建，入广东，走遍了梅州、潮州、惠州、广州、端州，能到的地方我都到了，却一直没打听到盛掌柜的下落。我都已经失望了，可是在端州，我遇上了一位盛掌柜的远亲，他告诉我，盛掌柜从北京回来，带着一笔银子下了南洋，现在据说在东婆罗洲开橡胶园！"

致庸和玉菡听得心里起落升沉，最后致庸失望道："你……是不是说，你到底还是没有找见他这个人？"铁信石点头："对不起东家，铁信石没把事情办好！"致庸绝望地闭上眼睛，半晌，他转过脸悲痛道："恩人啊，你的心机为什么这么深？你把盛掌柜派到那么远的地方去，乔致庸可就再也没办法查到你到底是谁了，只怕从此终身背着这个沉重的债务，日夜不安，永无宁日……恩人，你让乔致庸活下来，就想让他这么活着吗？"玉菡忽然流出眼泪，想了想，简单地吩咐道："铁信石，下去歇着吧。"

铁信石站着没动，犹豫了半天又道："我回来的时候，长毛军已经打下了杭州和苏州，潘大掌柜把那里的庄也撤了！听说高瑞被堵在杭州城内，不知是死是活！"玉菡吓了一跳，赶紧冲他摆手。铁信石一惊，慌忙退下。临出门的那一瞬间，他回头看致庸，却见致庸就如傻了一般，久久地站着，一动不动。

夜深人静，致庸又在恩人的牌位前上香。玉菡走进来，默默望他，欲言又止。致庸头也不回道："太太，这一阵子我心情不是很好，我想一个人在书房里睡，你甭往心里去。"玉菡心疼地望着他，点点头道："我知道了，我就是想过来看看。"说着她便和明珠一起动手，将被褥添加到了内书房的床上。

致庸看着她们忙活，也不说话，只慢慢解下脖子上的护身符，一边

递还给玉菡一边道："太太，这是你的护身符，我在家也用不着了，你好生收着吧，以后可以给孩子戴。"玉菡心中再次受到撞击，却只能无言地接过来。好半晌致庸突然喃喃地将心里话说了出来："福州的庄撤了，包头马大掌柜为了凑够去年缴付朝廷的银子，将外蒙古那块的四个庄也押出去了！加上今天长栓和铁信石说的，你算算，我们还剩几个庄了？"

玉菡也不回答，只盯着他看，泪水在眼眶里打转。致庸明白她的意思，长叹道："太太，算我刚才什么也没说！……我现在只要管好我自己就行！管好我自己的心就行！对不对？太太，你知道吗？今年的麦子长势不错，看样子，今年不会再闹饥荒了！"

玉菡低头，悄悄拭去脸上的泪。只听致庸又喃喃问道："你知道孙茂才去哪儿了吗？"这段时间，这个问题他已经问过好几遍了。玉菡心中难过，看看他，小心道："不是去了广州哈芬哈大人那儿了吗？"致庸无语，往炕上一躺，不再睁眼，并且很快就睡熟了。玉菡怔怔地瞧着他，眼泪慢慢地爬了一脸。

第二天一大清早，铁信石照常在马厩院内刷马，玉菡默默走了过来，轻声问道："铁信石，告诉我，你真的没找见盛掌柜，更没打听到究竟是谁救了二爷和乔家？"铁信石心平气和道："太太，铁信石说过了，铁信石无能，没有把东家和太太交代的事情办好。"

玉菡久久地望着他，半晌不作声。铁信石也不管，依旧神态平静，自顾自地刷着马。玉菡无奈，放下手中的两件衣服："天要寒了，这是明珠给你缝的两件夹衣。"铁信石脸微微一红，连忙口中称谢，接了过来。玉菡看看他，微微一笑道："信石，你娶了这个帮你做衣服的人好不好？我来做大媒！"

铁信石吃了一惊，忍不住朝外一看，正巧看见明珠红着脸的身影一

闪而逝。铁信石微微叹了一口气，当下跪倒："谢太太，铁信石没有福分，不能接受！""为什么？"玉菡一怔。只听铁信石柔声回答："因为信石已经心有所属，虽然此生无望，但能偶尔见到，就很满足了。"

玉菡闻言，不再多劝，转身便欲离去。铁信石久久望着她，突然叫了一声："太太……"玉菡心头一震，回头道："你还有事？"铁信石欲言又止，半晌道："东家有东家的心思，可太太为什么也一定要找到那个救了东家命的人？"

玉菡突然情绪激烈，道："这不是你该知道的事！"铁信石看着她，极为心疼，道："铁信石是个粗人，太太，您就从来没有想过，这回置东家于死地的人和救了东家的人，有可能是同一个人？"玉菡大惊，身子晃了一下，没有再说话，转身离去，只是走得异常艰难。她走出马厩院，一抬头，迎面看到了明珠流满眼泪的面孔。

对玉菡而言，这是一个必须做出抉择的艰难时节。

明珠虽是个丫头，却是个内心极明白的人，她甚至比许多足够唱一部大戏的痴男怨女、公子小姐们有着更多的清醒。她是喜欢铁信石的，这喜欢像每一件她曾经为铁信石缝制过的衣服一般，一针一线，细细绵绵。然而她同样是清醒的，在铁信石拒绝她以后，明珠没有太多的等待和纠缠，就嫁给了东村一个小康殷实农家的儿子，那个农家的儿子在一个极偶然的场合见到明珠后，便央他的父亲来求亲。这个婚姻虽是玉菡做的主，却是明珠自己选择并最终拿的主意，她没有考虑太多，就告诉玉菡她要嫁一个喜欢自己的人，好好过日子。于是在明珠心平气和，甚至是快快乐乐地嫁过去的时候，玉菡除却祝福与伤感，不知怎么竟还有了一些羡慕。

没过多久，当长栓和从何家逃出来的翠儿在柴房里被人堵住的时候，玉菡内心再一次感受到了震动。张妈告诉她，堵住他们的人曾在柴房内

听到翠儿对长栓哭哭啼啼地说出一番极刚烈的话——"你们男人对我们女人总是始乱终弃，我既是来了，就愿意做你的人，可我要告你一句，你要是也那样对我，我就死，我才不会像我们家小姐那样要死要活的，结果还是嫁了人，我说死，就一定会死！"玉菡想了整整一个下午，然后吩咐张妈把闹着要上吊的翠儿带进来。

哭肿眼睛的翠儿进门时，张妈喝道："没脸的东西，见了太太还不磕头？"玉菡看了一眼张妈，打发她先下去了，接着和颜悦色道："翠儿，今儿上午的事，我不怪你，也不怪长栓，要怪就怪我和二爷，是我们该给你和长栓赔不是。"

翠儿跪在那里，闻言一惊："太太这么说话，我和长栓怎么担待得起？"玉菡轻叹道："当然是我们的错，我们早知道你和长栓是一对青梅竹马的恋人，而且你们都这么大了，二爷这几年大不顺，没能为你们操心，这事本该我来操心，我也动过心思，可何家那里……翠儿，你若要怪罪，就怪罪我！"

翠儿听她说到这些事，心中更是难过起来，当下磕头道："太太要这么说话，翠儿就更无地自容了！"玉菡挽她起来，道："二爷刚刚特地打发人来关照过了，我打算明天就去榆次何家，亲自为你和长栓向雪瑛妹妹求亲，你瞧，我连礼都备好了！"说着她让翠儿看身边桌上的礼盒。翠儿大为感动，又趴下去磕头。玉菡连忙挽她："好姑娘，为了自己的心上人，有胆量跑出来，我佩服你！你放心，这次雪瑛表妹她是点头也得点头，不点头也得点头，因为你人已经在我们乔家了！"

翠儿哭道："太太这么做，就是救了翠儿，今生今世，翠儿甘愿为太太当牛做马！"玉菡一点点地帮她拭泪："好姑娘，别哭，打今儿起，你要笑，好好地笑！对了，笑一下给我看！"翠儿不由得破涕为笑。玉菡见状叹道："瞧，你笑起来多好看。"

玉菡第二天就去了榆次何府，她料得雪瑛不肯轻易让翠儿出嫁，但没想到见面一谈，雪瑛竟然比她想象的还要固执，这固执已经远远出乎常理，数次让玉菡脑中闪过"另有隐情"四个大字。此念一起，玉菡不禁心慌，忍不住和心头埋藏的一些疑惑，一些不敢去想的猜疑联系到了一起。

雪瑛在主位坐着，脸色阴晴不定，而客位玉菡的脸色也好不到哪里去。两人都心头翻滚，半晌雪瑛又酸酸道："表嫂说的话自然是对的，所谓男大当婚，女大当嫁，这是人伦的大道理。要翠儿嫁给长栓，不是雪瑛执意不肯，只是有一件事表嫂还不知道。翠儿这两天不见了，她好像是瞒着我这个主人，偷偷地逃匿了，我刚刚让管家把呈子递到县衙里去，要捕快在我们周围几个县缉拿呢。表嫂不用着急，等衙门里把人找到，连同私自藏匿逃失人口的窝主一块儿逮起来判了罪，咱们再说翠儿和长栓的婚事好了！"

玉菡想了想，索性打开天窗说亮话："妹妹，翠儿并没有走失，她昨儿到了乔家，现在就在乔家住着。陆氏今天来，一是来为她和长栓求亲，二也是代翠儿向妹妹求情，求妹妹看陆氏的脸面，饶了翠儿偷逃之罪。"

雪瑛没想到她竟然坦言直承，当下猛地站起，也不看她，压着怒气冷冷道："好！很好！表嫂出身大商家，规矩比雪瑛懂得多，那我正好要请教了。表嫂，若是你们家的丫头瞒着主家私逃后被抓到了，你会给她一个什么下场？还有，如果找到和这丫头私自串通，将她勾引出去又藏匿起来的窝主，你们家会怎么办？"

玉菡一愣，还未作答，却听雪瑛已经对着外面喊话吩咐道："胡管家，翠儿这该死的丫头的下落找到了，她就藏在乔家，乔家太太这会儿坦承是窝主，你快拿上我的帖子去县衙，让他们去乔家拿人！"在外间伺候的胡管家应声跑进，看看她，又看看玉菡，十分为难。

玉菡一见雪瑛这个做派，当下也不客气了，站起亢声道："且慢！妹妹一定要捉拿藏匿翠儿的窝主，那也不用到别处去，我就是那个窝主，翠儿逃到乔家去的事，也是我勾引的，和别人一概无干。胡管家，你们太太一定要拿人，你就不要愣着，快去榆次县衙，让他们就到这里拿我！"说完玉菡又稳稳坐下，神情平静。雪瑛一时间气得说不出话来。

胡管家赶紧打圆场道："太太，乔太太，咱们两家是至亲，我们太太刚才说要衙门去乔家拿人，那是一时被翠儿这丫头气坏了，也就是那么说说！乔太太刚才说自己是窝主，也是气话……哎，两位太太，咱们都是自己人，这也不是什么光彩的事，咱们胳膊肘打断了往袖子里揣，自己把自己的事私了算了。太太，翠儿跑到乔家去，那是她小孩子一时糊涂，您大人不记小人过，只要乔家平平安安地把她送回来，事情就过去了。等她回来了，您怎么责罚她都行；乔太太，我们这边这么答应了，你们那边也办得漂亮点吧，今天您回去，就打发人把翠儿送回我们府上来，路上千万别再出了什么差错……两位太太，我这个主意行不行？"

不料他话音未落，玉菡已经斩钉截铁道："不行！"雪瑛一惊，回头怒道："胡管家，你少跟她废话！你那个办法，别说她说不行，我也不答应！我定要追究到底……"一听这话，玉菡也站起来，哼一声道："好啊，我看你如何追究到底。翠儿现在已经在乔家了，我今天来见雪瑛妹妹，说是替长栓和翠儿求亲，不过是给你一个面子。既然妹妹你不想要这个面子，那我也没什么说的了。我回去了，明天就给长栓和翠儿办喜事！"说着她起身就要走。胡管家眼见说僵了，但在一旁只能干着急，对玉菡拦也不是，不拦也不是。

雪瑛怒道："陆玉菡，你……你也太欺侮人了！你给我站住！"玉菡停住脚步，回头不卑不亢道："怎么，妹妹还有话说？"

雪瑛心里迅速盘算着，换了个念头道："既然表嫂说要给雪瑛一个

面子，雪瑛也就要了这个面子。不过表嫂索性把这个好人做到底吧，翠儿在我心里，不是一个平常的丫头，她从小服侍我，没爹没妈的，就是要嫁人，也不能这样嫁，表嫂今天既是来为长栓求亲，就该知道求亲的礼数，问名、纳吉、纳征、纳彩，一样都不能少。而且出嫁以前，她一定得回到何家来，让我体体面面地打发她出嫁！表嫂若是这么做了，那就说明你们乔家确有诚意，拿翠儿出嫁当一回事儿，这才是给了我们何家，给了我面子。哼哼，若要是像表嫂刚才讲的那样，让她就那样和长栓成了亲，江雪瑛是死活不会答应的！如果表嫂一定要那样一意孤行，到时候就别怪雪瑛不客气，直接让衙门去乔家拿人了！我再说一遍，我说到就能做到！"

玉菡闻言久久地望着她："妹妹说话算数？"雪瑛点点头，冷冷地直视着她。玉菡于是点头道："既然这样说，妹妹就算已经当着我和胡管家的面许下了这门亲事。那么妹妹愿意现在就由胡管家做个中人，为我们两家写出一纸媒约，保证日后不再反悔吗？"

雪瑛深深看着玉菡，半晌终于道："以往总听说表嫂为人精明，做事滴水不漏，今天雪瑛见识了。"她扭头吩咐："好吧，胡管家，你就做个中人，为我们两家写上一纸婚书，但要写明，翠儿一定要从何家出嫁！"那胡管家抹了一把汗，赶紧写去了。

4

翠儿自然知道此事绝无轻松解决的道理，她听玉菡回到乔家后大致说了说，心中便明白了大半，向玉菡磕了头，便痛快地去了。玉菡没料到她这般干脆，但总觉得有什么不对劲的地方，却又说不出，一时也只得作罢了，仍旧按照与雪瑛约定的方式，吩咐长顺帮助长栓准备迎娶

翠儿。

翠儿返回何家，一进门便在雪瑛面前跪下。雪瑛怒道："我早就告诉过你，自从你知道了那么多的事以后，就再也别想嫁到乔家去了！可是你……"翠儿明白雪瑛的心思，当下赌咒道："太太，您就放过翠儿吧，我知道太太担心什么，翠儿这会儿就向太太发誓，翠儿到了乔家，什么事也不会说的！"

雪瑛喝道："你能不对谁说？你以为乔家的太太真是为了你和长栓才到何家求亲？你想错了，她是想把你从我身边弄到她身边去，她是想从你嘴里知道她最想知道的事，她是想弄清楚到底是谁将乔致庸送进了天牢，又是谁将他救了出来！她是个女人，而且是个特别要强的女人，她的心承受不了世上有另外一个女人这样对待她的男人！"翠儿跪在那里，平静道："太太，乔家太太的心事翠儿也知道，但翠儿不会说的！""即使你不对她说，可还有长栓呢！你嫁了过去，他就是你的男人，你的天，你的地，你终身的依靠，你在世上朝夕相处的人，要是他也来打探，你仍旧不说？"翠儿慢慢站起，神情凝重道："太太，翠儿是个什么样的人，太太早就知道，这些事关系到太太一世的名声，别说长栓，就是到了阴曹地府，翠儿见了阎王爷，我既然答应了太太不说，也会咬紧牙关，打死不说的！"雪瑛暗暗松了一口气，紧接着另一个念头又冒了出来。她看看翠儿，半晌眼圈发红，道："就算撇开这个不说，翠儿，你真的铁了心要丢下我一个人在这个活坟地里守寡？你，你真的忍心？"

翠儿一听这话，心头大软，又"扑通"一声跪下，大哭道："翠儿当然不忍心……要是太太真的舍不得我嫁，我，我就不嫁……"雪瑛听她这么说，眼泪便落下来，仰着头想了半天，最终伸手搀起翠儿道："不，你的心已经给了别的男人，我就是留住你这个人，也留不住你的心。何况那陆玉菡已经拿走了婚书……我若一定不让你进乔家的门，陆玉菡那

么精明的人，也一定能猜到其中的原因。你……你还是走吧！我们主仆的缘分，想来已经尽了！"

翠儿想不到她竟然同意了，一时悲喜交加，哭了起来。雪瑛从身后取来那只鸳鸯玉环，忍着泪道："翠儿，你前两日从何家跑走，故意要把这个玉环留下，让我伤心。你答应我，这只玉环算我给你的陪嫁，你出嫁的时候一定要戴上！"翠儿泪眼蒙眬地看着雪瑛，更多的眼泪落下来。"我让你戴上它出嫁，是想让你随时都能看到它，想到你今天对我说过的话，想到榆次何家，还住着一个孤苦伶仃的苦命人，她这一辈子，甚至都没有像你一样，有一个自己的男人！"说着雪瑛悲声大放，翠儿再也忍不住，接过玉环，搂住雪瑛大哭起来。

空旷的内宅，风飘起条条幔帐。半个月后的一个夜晚，胡管家在内堂外等着，看见雪瑛一个人如同一个鬼魂般慢慢走出，忍不住打了一个寒战。只听雪瑛声音低哑道："我要的东西，你拿到了吗？"胡管家犹豫了一下，还是点了点头。雪瑛闻言立刻将一只苍白瘦削的手颤颤地伸到他的面前。胡管家打了个哆嗦："太太，大夫说这是哑药。太太要它做什么用？""啊，院子后头天天有野猫叫，我睡不着，我用这些药让那些野猫不再叫。"雪瑛道。

胡管家背上微微沁出些冷汗，将药包递给了雪瑛，想了想又道："太太，大夫可是说了，这药毒性大，人一点儿不能入口！"雪瑛点头："我知道了。你去吧。"胡管家迟疑了一下，刚要走，却听雪瑛又喊住了他："胡管家，你坐下，陪我说会儿话。以往的时候有翠儿陪我，可眼见着翠儿就要出嫁了，我身边连一个可以说说心里话的人都没有了……"胡管家看看她，心中泛起一阵怜悯，道："太太要是心里闷，我叫赵妈过来就是了。"

他虽嘴里这么说，可想了想，还是没有马上走。雪瑛出了一会儿神，

问道:"翠儿的嫁妆都打点好了吗?"一听这话,胡管家有点兴奋地一拍腿:"照太太的吩咐,都打点好了,哎太太,不是我夸你,只有咱们何家,才会这么陪送一个丫头!"

雪瑛听了这个话,也不接口,却自顾自又发起呆来。胡管家走也不是,站也不是,心里忍不住后悔,实在不该留下来陪这古怪的太太。刚要开口告辞,却听雪瑛幽幽地凄凉地说道:"胡管家,你知道吗?小时候翠儿唱歌可好听了,就是因为她的嗓音好,唱歌像只百灵鸟那样动听,我爹才将她买来服侍我。那时还是孩子的我夜里睡不着,她就趴在我枕头边上对着我的耳朵唱歌,什么《走西口》呀,什么《站在高山瞭哥哥》啊,她都会唱呢。"

胡管家吓了一跳,还没接口,雪瑛已自顾自轻轻哼唱起来:"青天蓝天紫格英英的天,站在那个高山瞭哥哥。十里里山路九道道弯,瞭哥哥瞭得我眼发酸……三人那同行你走在当中,我有心叫哥哥喊不出声,喊不出声……"她的声音凄凉轻飘,杂着一种极其压抑的痛苦与疯狂。胡管家心中发慌,眼睛不时瞄一瞄她手中的药包,突然开口道:"是呀,太太和翠儿,说是主仆,其实情同姐妹,要是哪一天翠儿不能唱歌了,太太心里一定难过。"雪瑛心中一震,压着嗓子沉声道:"天不早了,你去吧!"说着她转身就走了。胡管家眼见着雪瑛如鬼魂般独自走远,忍不住向前追了两步,却又颓然地停下了,呆呆地站了半晌,才低着头也慢慢走开了。

翠儿出嫁那日,颇见排场,引得众仆人连连唏嘘,又是羡慕,又是感慨。当翠儿一身嫁衣被赵妈搀出的时候,不禁泪水涟涟。只见雪瑛端坐在堂上,木着一张脸,正呆呆地出神。胡管家看了看,赶紧在一旁道:"翠姑娘大喜,太太受翠姑娘拜辞之礼。"

雪瑛仍旧出神。屋内几个人互相看看,都有点慌乱起来,翠儿心中

难过，使劲咬住嘴唇才不至于哭出声来。胡管家暗暗叹气，提高声音把刚才的话又说了一遍。雪瑛好似如梦方醒，冲翠儿点点头，脸上挤出一丝难得的笑容。翠儿心中对她又是感激，又是怜悯，两人多年相依相伴，今日一旦分别，更是让她心如刀绞。她流泪跪下，向雪瑛恭恭敬敬地磕了三个头。赵妈将她搀起，又听胡管家长声道："太太大喜，翠姑娘向太太辞行。"

雪瑛点点头，忽然轻飘飘道："照着老辈的规矩，谁家有女孩子出门，当家人都要送上一碗送亲的茶。兰儿，把茶端上来吧！"她话音一落，就见兰儿从后房端出一碗茶来。雪瑛接过茶碗，递给翠儿，哑声道："翠儿，好妹妹，佛家讲因缘际会。我们主仆一场，也是一时的因缘，却不是一生的因缘。有人已把我的一生误了，我不能再误了你。喝了我这碗茶，你就上轿走吧！"翠儿刚要接，忽见胡管家一脸惊骇，上前一步，想要拦，手却抬不起来。翠儿看看雪瑛，又看看胡管家，似乎突然明白了些什么，但她凄然一笑，仍旧接过茶碗，道："太太，翠儿要出嫁了，不能再侍奉太太，翠儿只求太太善待自己，好好过以后的日子，翠儿会天天在心里替太太向菩萨祷告的。"赵妈已经瞧出一些端倪，上前一步要阻拦，却见翠儿已将碗里的茶快快地一饮而尽了。胡管家当下忍不住红了眼圈。翠儿又跪下磕了三个头，还未起身，就见赵妈上前急急地将她搀走。胡管家一跺脚，赶紧跟了出去。雪瑛望着翠儿离去的背影，眼泪直流，那热热的泪不断地淌在冰凉的脸上，如同刀割一般。

翠儿出了门没几步，就见赵妈在她背上连连拍打，连声催促道："快吐出来，好姑娘，快，快吐！"翠儿倔强地紧闭着嘴，只是一味地抹泪。胡管家更是大急，颤着声音央告道："姑奶奶，你倒是赶快吐啊，我，我……这是造的什么孽啊？"翠儿仍旧紧闭着嘴。赵妈见状长叹一声，只念了几声佛，便不再多劝。

就在这时，两人忽听翠儿声音清亮地哽咽着开了口："赵妈、胡管家，我没事……"赵妈和胡管家对视一眼，吃了一惊，大大地松了一口气。胡管家当下揉起眼睛，赵妈更是连声念佛。翠儿盈盈拜倒，泣不成声道："赵妈，胡管家，你，你们都是好人……太太她也是好人。"她的声音忽然高起来，道："太太，翠儿在这里谢太太了！……"

鼓乐声中，翠儿终于上了花轿，渐渐远去。何家内宅内，雪瑛一个人徘徊着，神情悲凄而疯狂。"翠儿……翠儿在哪里？"她大叫起来。赵妈急忙跑进来："太太，翠儿已经出嫁了！"雪瑛如梦方醒一般，挥挥手示意她离去。赵妈担心地看了她好一会儿，才出了门，却仍留在门外张望。只听雪瑛自语道："翠儿已经到了乔家，玉菡一定待她很好……老天，为什么会是这样，为什么一定要是这样……"赵妈在外面忍不住心酸起来，只听雪瑛又自语道："若是玉菡知道了一切……不，若是致庸知道了一切，他会怎么想我？……他一定会恨我……恨我一辈子……我当初鬼迷心窍，对他做下如此龌龊之事……万一有一天，致庸上门来问我，为什么我要那么待他，我该怎么回答？"

她自语了一会儿，突然走回长桌前，拿起那个药包，自嘲地大笑："我现在什么都没有了，只有致庸的心，致庸要是知道我差一点害死了他，他一定不会再爱我，也不再会为了我去重修一座庙！不过致庸即使知道也不会来找我，他是个顶天立地的男人，不会和我一般见识，可他会从此不再理我，不再想着我，他会在心底里轻蔑我，瞧不起我，他的心里，从此再也不会有我的位置！哈哈，因为害怕这个下场，我江雪瑛甚至连如此恶毒的法儿都想出来了，我竟然想用哑药让翠儿从此闭上嘴，好永远防止她说出她所知道的秘密。"

她狂笑不止，眼泪却流了一脸："可我没这么做，我要做时手又哆嗦了，对待翠儿，我下不了手！翠儿一定知道我可能这样做，我已经疯了，

可我也知道，就是我把药放在茶水里给她喝，翠儿为了让我放心，也会喝下去！我已经作了许多孽了，我不能……不能再作孽了！我已经活得只剩下自己，我不能再不给自己留下翠儿了……"

她打开药包，手抖着倒进自己的茶杯中，悲凉而得意地自语道："不过，现在我可以自己喝了它。我把它喝下去，从此就不用再回答别人的话了。就算有一天致庸来问我，我也不用回答……这个主意好，该喝下这哑药的人是我，不是翠儿！"说着她端起茶杯，送到唇边。躲在门外的赵妈再也忍不住，赶紧跑进来惊慌地叫道："太太，太太，不好了！"雪瑛手一抖，将茶碗放下，厉声道："又有什么事？"赵妈道："小少爷出疹子了，烧得厉害，我们怕您心烦，一直没告诉您，可这会儿怕不好了，您快去看看吧！"雪瑛大惊："快，快去叫大夫！"赵妈答应着，看她跑走，回手将茶碗里的茶泼掉，大大松了一口气。

其实春官的疹子早发了出来，只是还发烧，雪瑛心思转移，一直衣不解带地守在春官床边。下半夜赵妈走过来看，欣慰地说道："太太，没事儿了，小少爷的疹子出全了！"

雪瑛望着熟睡的春官，一时间眼中充满依恋和母爱。赵妈见她似乎转了性，心中大为安慰："太太，您歇着去吧，这里有我和奶妈呢。"雪瑛摇摇头："不，赵妈，你辛苦了，你和奶妈都去歇着吧，我是孩子的娘，这种时候，该在这里守着孩子的是我！"赵妈心中一动，顺水推舟地打了一个哈欠："好，太太，我还真困得没法儿了，辛苦太太，我去了。"说着她打着哈欠慢慢退去。春官静静地睡着，雪瑛爱恋地用丝帕擦拭他嘴角流出的涎水，自语道："孩子，娘错了，娘没有他，没有了翠儿，还有你呀……以后就是你和娘相依为命了，你就是娘的命！"她说得很平静，也很愉快，那一会儿，她的泪水似乎用另一种方式痛痛快快地又流了下来。

5

明珠嫁出去以后，玉菡这里一直是张妈伺候。翠儿嫁过来不久，玉菡就让她替下了张妈。翠儿做事勤快爽利，对玉菡却客气而疏远，甚至不太愿意与玉菡多说话。这一来二去的，玉菡心中有数起来，索性打消了某些念头，只诚诚心心地对翠儿。翠儿心中不禁大大松了一口气，同时也暗暗佩服起玉菡的为人，一门心思伺候玉菡。这样没过多少日子，两人之间便颇有了些真感情。

这种平静，没多久就被打破了。一日清晨，翠儿伺候玉菡洗脸，水比较烫，翠儿撩高了袖管，被玉菡一眼看到那只鸳鸯玉环。玉菡大吃一惊，问起来，翠儿只说是雪瑛自己打制后送给她的。玉菡没再说什么，径直去了致庸的书房，当从抽屉里翻出那只一模一样的玉环时，她再也忍不住，伏桌无声地大哭起来。书桌内的那只玉环，早在致庸头次下江南贩茶的那年，玉菡在装修整理他的书房时就发现了，这么些年来，她其实一直都在内心里希望致庸能亲手给她戴上，然而……

又过了几日，曹掌柜悄声打发人来请她去商议事情。玉菡也不惊动致庸，便悄悄地去了。一进门就见曹掌柜、马荀、高瑞等呆呆地坐着，个个愁容满面。玉菡坐下问道："几位大掌柜，你们今天来，一定是遇到了难事，赶紧说吧。"几个人对视一眼，曹掌柜首先开口道："太太，很快就是年关了……今年长毛军闹腾得厉害，南北商路基本断绝，大德兴丝茶庄往年能挣钱的那些商号，今年基本上没有什么生意了。"玉菡没有作声。曹掌柜叹口气，向马荀看去。马荀闷闷道："太太，马荀无能，今年年景不好，蒙古草原瘟疫横行，牲口死了许多，连带着我们也没了生意，还亏了一些钱。"玉菡倒吸一口凉气，赶紧向高瑞看去："高掌柜，临江的茶山怎么样？"高瑞倒也爽快，道："太太，茶山情形还好，今年

赚了三十多万，只是运往恰克图的茶货却让俄商拉斯普汀欠了账，只怕一时半会儿救不上急。"

玉菡看看曹掌柜，急问："那，其他各地的分号呢？还有潘大掌柜的票号呢？"曹掌柜低声道："各地分号的情形都差不太多，基本没挣到钱，不亏已经很好了。至于大德通票号，今年的生意更不景气，南北商路不通，票号自然没有生意，潘大掌柜为了在北京撑门面，已经撤了好些庄了，而且……"曹掌柜看看玉菡，迟疑起来。玉菡掐着手心，强自镇定道："有什么，请全都讲出来。"

曹掌柜点点头，叹道："太太，东家以前有过话，大德通票号的事，由潘大掌柜一手经理，赔了银子算是东家的，赚了银子一两也不能动，全由潘大掌柜去扩张票号，这是其一。其二，就我所知，即使潘大掌柜愿意，今年恐怕也无能为力，不单单是生意奇差，以往大德通的银子多半都借给了京城的达官显贵，他们不还，商家拿他们也没有办法。潘大掌柜做事情有他自己的路数，我们，我们也不好多说什么……"

玉菡呆了半晌，道："我明白几位的意思了。今年要向朝廷缴付的一百万两银子，还差多少？"几人闻言心中一阵难过，马荀哑声道："还差……太太，真是对不起，我们无能……还差七十万两！"

一股子凉气从玉菡心中蹿起，她想了想，努力微笑道："诸位不要难过。今年虽然只赚了三十万两银子，可我知道，这比平常年间赚一百万两还要艰难。我替乔家在这里谢谢你们。实话跟大伙儿说，尽我最大的力量，还能给你们凑二十万两，余下的，仍要靠大伙想办法了！"曹掌柜吃了一惊："太太，您从哪里还能凑出二十万两银子？"

玉菡心中一阵伤感，泪都要下来了，半晌道："这是我父亲去世前留给我的私房银子。诸位爷，我可就这一点力量了，明年再遇上这种事，就一点办法也没有了！"曹掌柜道："太太，去年为了凑够这笔银子，我

们瞒着东家，把太原府等地的生意都顶出去了，今年光景不好，只怕顶生意也不容易……"高瑞想了想，道："诸位，咱们临江的茶山倒是能顶出去，也值五十万两银子，可这两年就指着它挣点银子了，一旦顶出去，明年如何是好？或者顶一半？"众人都不说话。高瑞想了想道："或者先把它质押出去救急，等拉斯普汀的银子到了，再赎回来？"这个提议也有风险，但高瑞这么一说，曹掌柜先就点了点头，接着马荀也迟疑地点头。大家一起向玉菡看去。玉菡长久地沉默着，半晌突然道："茶山眼下成了乔家的根本，没有了茶山，明年什么生意都不会有了。至于剩下的五十万两银子，我自有办法！"说着她不待众人回答，便急急离去了，只留下一屋子的爷们带着点纳闷，面面相觑，叹气。

第三十七章

1

铁信石一进门就觉得有些不对劲，只见玉菡独自一人凭窗而望，神情凝重。铁信石迟疑了一下，行礼问好。玉菡头也不回，一字一字道："石信铁！"铁信石闻言大惊，呆了呆颤声道："太太，原来您早就知道我是谁了？"玉菡慢慢转过身来，直视着他："石信铁，我当然知道你是谁，不只我知道你是谁，二爷也早就知道你是谁！"

铁信石更是吃惊。玉菡见他不作声，便继续道："石信铁，你自小不喜欢做生意，一心学武艺，所以十四岁那年你离家出走上了恒山，跟名闻天下的武师季一禅学艺，为此你父亲石东山与你断绝了父子关系。十年后你下了山，去包头寻父，你父石东山仍然不愿认你这个儿子，于是你二次回到恒山，为师傅守墓。咸丰年间，你父石东山不幸卷入乔家与达盛昌邱家在包头的高粱霸盘，全家自杀身亡，你到包头埋葬了父母弟妹，然后来到山西随难民南下，要去祁县寻找乔家，为你父报仇……"

铁信石心头波澜大起，虎目中渐渐浮起泪光，道："太太，您不要再说了。"玉菡不理，道："后来你随我到了乔家，新婚之日，你本可以一镖杀死乔致庸，可你没有，你只一镖击中了喜堂上的双喜字。再后来，你一次次随致庸远行，南下武夷山，北上恰克图，你有许多机会杀死他，

694

可你一直没这么做，相反却一次次救了他的命。信石，我还是叫你信石，你为何要这样？"

铁信石目中终于流下泪来，道："太太，您就不要再问了！"玉菡上前一步，盯着铁信石，道："铁信石，你就是不说，我也能猜出个大概。你是个恩怨分明的大丈夫，你一生不让我为你娶妻，宁愿孤身一人，守在乔家的马房里……人非草木，玉菡能不知情？这些年间，你不杀乔致庸，大约就是为了玉菡吧！你知道若是杀了乔致庸，今生今世，玉菡就再也不会快乐……"

铁信石猛然跪下："太太，您不要再说了！铁信石的命是太太在大街上救活的，太太能让铁信石守在太太身边，每天看到太太，听到太太的声音，就是给了铁信石最大的恩典，今生铁信石知足了！"玉菡心头又痛又乱，半晌才道："可是现在我要离开乔家，铁信石，你还愿意留在乔家吗？你还会对二爷起杀心吗？"铁信石大惊，起身急问道："太太，您说什么？您要离开乔家？"玉菡没有回答，把刚才问他的话又问了一遍。铁信石不再追问她离去的原因，低首呆了半晌，摇摇头道："信石不杀东家，有太太的原因，也有东家的原因，东家是天下难得一见的仁义之人，信石即使不为太太也不愿意杀他。但，但信石留在乔家的主要原因，且终身不娶，却还是因为太太您。若太太离开，信石也必会离开，追随太太左右，别无他念，只求一生做太太的车夫，不离不弃。"玉菡心中大为感动，眼泪直流而下，半晌道："信石，这个我可以答应你，但若致庸或乔家需要你，但求你看在我的分上，还能伸出援手，我，我也只求你这一件事了。"铁信石再次跪下，声若裂石："只要太太同意信石常伴左右，信石可以应允任何事情。"

当那天终于来临的时候，玉菡到底忍不住，还是又去了一次书房院。她呆呆地听着孩子们朗朗的读书声，脸上浮起一丝心酸的微笑，接着又

趴在窗户上，偷偷向里看了许久，方才离去，折身去了曹氏的房间。

茂才离开乔家之后，曹氏着实沉默了一阵。原本家事都已经交付给了玉菡，这几年她更是撒手万事不管，一心念佛。这日听到玉菡要走的话，一时间简直不知说什么好。手上捏着那张玉菡自休的文书，一迭声地问："为什么？"

玉菡"扑通"一声跪倒在曹氏面前，泣声道："嫂子，眼看着又是年关，咱们家今年的生意不好，只能拿出三十万两银子，陆氏把私房全部拿出，眼见着还差五十万两没有着落。二爷眼下将这个家交给我管，就是将他的命交给了陆氏，陆氏凑不足这一百万两银子，二爷就要丢了性命！陆氏想来想去，眼下要救二爷，只有陆氏自休一条路可走！"

曹氏定定神，揽起玉菡叹道："咱们家交不上朝廷要的银子，你自休了又有何用？"玉菡道："嫂子，今日要想救二爷，只有卖掉临江的茶山！乔家不能失去临江的茶山，就像当初不能失去包头复字号一样。当年为了救乔家，二爷舍弃了雪瑛表妹，娶回陆氏，因为陆氏能帮乔家渡过难关，重整旗鼓。今天陆氏和陆家再也不能帮二爷了，现在手中有银子且能帮二爷的人是雪瑛表妹。其实，其实当初二爷在北京落难，拿出三百万两银子救了二爷的，也正是雪瑛表妹！今儿陆氏把自己休了，请嫂子做主，替二爷把雪瑛表妹娶回来，乔家今年要缴付给朝廷的银子就有了，临江县的茶山也保住了，二爷和雪瑛表妹这一对有情人，也就终成了眷属！嫂子，你想一想，陆氏做了这么件小事，不但救了乔家，救了二爷的命，还成全了雪瑛表妹和二爷的姻缘，彻底了断了乔家和雪瑛表妹的这一段怨仇，日后再也不会有那么一个仇人，天天盯着二爷，把二爷送进监牢，这有什么不好？我为什么不该这样做？"

曹氏吃了一惊："妹妹，难道说把致庸送进朝廷的天牢里的人竟是雪瑛？"玉菡连忙摆手："不不，嫂子，不是雪瑛表妹，不是她，我只是

顺嘴这么一说，我当初是怀疑过她，可我们没有凭据。再说了嫂子，哪怕真是雪瑛表妹，我也不怪她，她是得不到二爷，由情生爱，由爱转恨才这么做的，可她归根结底还是出银子救了二爷呀。"曹氏心中有点明白过来，于是不再追问，只猛地上前抱住玉菡落泪道："妹妹，你只为这个家想，只为致庸和别人想，怎么不为自个儿想想呢？你离开了这个家，能到哪里去？你的后半生怎么办？"

一说到这里，玉菡反而愈发镇定和坚强了，她拭拭眼泪："嫂子，陆家虽说败了，可我爹还给我留下一座老宅。我想无论是嫂子，还是二爷，都不至于会让陆氏衣食无着。嫂子，陆氏的决心已定，嫂子留下陆氏的休书，回头告诉二爷，他就是去请我，我也再不会回来了。眼下最要紧的是赶快打发媒人，把雪瑛表妹娶进乔家！"

就在这时，门突然被推开，翠儿一头扑进来，跪倒在地，哭道："大太太，刚才二太太的话我都听见了。二太太一定要离开乔家，翠儿一个下人也挡不住，可是二太太就这么走，也太可怜了，二太太身边没一个人使唤，大太太，求您开恩，让翠儿跟二太太一起去吧！"玉菡一把将翠儿抱起，哭道："好翠儿，难为你的一片好心！"

曹氏落泪道："可是妹妹，你就是狠心舍下我，舍下二弟，可你舍得下自个儿的孩子们吗？他们可还都小哇！"玉菡泪水滚滚而下："嫂子，景岱、景仪没有了我，可他们还有自个儿的爹，有先生教书，还有嫂子照顾他们。可若是乔家没有了二爷，也就没有了乔家，孩子们就苦了！他们会长大的，到了懂事的时候，就不会恨我了！"话虽这么说，可三个人心中都难过，当下抱在一起，哭作一团。半晌，曹氏拭泪，整衣起身，对着玉菡跪拜下去，道："妹妹，你若真下定决心这么做，我也不再阻拦。可我要替乔家的祖宗，对你行一次大礼。妹妹，是乔家祖上有德，修来了你这样大仁大义大贤大德的媳妇！"

玉菡收拾停当后，终于趁致庸去田间的时候，和翠儿及铁信石一起离开了乔家大院。马车走动的一瞬间，即使玉菡心里早有准备，却仍禁不住泪流满面。恍惚间，她看见当年自己作为新嫁娘走进乔家的情景，那样美貌，那样喜悦，那样满怀憧憬……翠儿眼泪滚滚而下，强自镇定地取出丝帕，帮玉菡擦拭眼泪。玉菡再也忍不住，趴在她怀里大哭起来："翠儿呀，我当年嫁给致庸，只是喜欢他，可是今天，我才明白，我不只是喜欢他，我还愿意把我自个儿的命给他，为了护住致庸，我只有……只有把他舍出去了！我能做的都做了，这是我最后的一个办法啦……"翠儿又是难过，又是愧疚，将玉菡揽在怀里，大哭起来。

2

　　第二日一大早，致庸赶往了太谷的陆宅。玉菡没有立刻见他，让他在客堂等了很久。致庸也不介意，只默默地坐着，透过窗户望窗外的花园，突然想起了多年前初次登门拜访，玉菡隔着花门偷偷瞧他的情形，内心一下子翻滚起来，那时候，那时候大家还是多么的年轻啊……

　　过了许久玉菡才慢慢来到客堂。致庸站起，深深看她，不禁悲从中来，痛声道："太太，就是乔致庸有千般的错处，你也该看在孩子们的面上，跟我回去。"玉菡神情波澜不惊，坚持地摇头道："玉菡既然决定了自休，就不会再回去。至于孩子，上有你这个父亲，下有那么多家人老妈子，还有大嫂，我不担心他们。"

　　听了这话，致庸并不着急，坐下道："什么自休，我不答应，你是我乔致庸明媒正娶的太太……太太就是今天不愿跟我走，我也会等。一年也行，两年也行，八年十年都行。"玉菡心头又是感动，又是难过，却故意做出决绝的神情道："二爷这么说就多余了，玉菡既然下决心离开你，

离开乔家，就不会再回去了。二爷当然可以等，可朝廷不会让你等的，朝廷过些日子就会找你要银子！"

致庸心中立刻明白了，他默然很久，突然伤感道："太太也把乔致庸的命看得太值钱了。其实，乔致庸的一颗人头算得了什么？从他们将我圈禁在家中那一天起，我就想到过，乔家也许会有一天支撑不下去，可那又如何？乔致庸也读过几天庄子，死生怎么能吓得住我？可是你我做了多年的夫妻，我一向视你为知己，你不该对我做出眼下这等事！"玉菡一不做二不休道："二爷，如果陆氏离开乔家，不是因为朝廷的银子呢？"致庸一惊："那……那……那是为了什么？"

"二爷自打将陆氏娶进家，心里就从来没有过陆氏，二爷天天想夜夜盼的只是雪瑛表妹，"玉菡哽咽起来道，"我和二爷表面上是夫妻……实则形同陌路。我们已经做了多年的夫妻，陆氏如果还能忍下去，是不会走的，我既然走了，就是什么都想过了，不可能再回去。二爷，你走吧，冲着陆家几次帮助二爷渡过难关，你也让陆氏遂了自个儿的心愿，从此在这里过自己的清静日子吧！"

致庸心中大震，待要辩白，却不知如何开口是好。玉菡流泪道："二爷……我把多年的真心话告诉你。我虽然人在乔家，你的心却不在陆氏身上，我是得到了你这个人，却一辈子也没得到你的心！得到你的心的人是雪瑛表妹！我今天走出来了，你跟着就来了，我这会儿觉得，至少你现在心上有我这个人了！我真的不愿意像以前那样，一辈子每天守着你这个人，却让别的女人取走了你的心！"

致庸心如刀绞，痛声道："太太，想乔致庸这一辈子，读书不成，经商也不成，我甚至也不是个成功的丈夫。是我误了太太的一生……"玉菡心中大为难过，赶紧低下头去硬生生忍住。半晌只听致庸又颤声恳求道："太太执意离开乔家，别的不说，乔家的生意怎么办？这些年都是

太太替我看账！"

玉菡再开口时，不但目光冷静得出奇，声音亦极为淡然："账本可以拿过来给我看，就当你雇我做一个账房先生，以后你就算是我的东家。可是乔家，我是不会回去的。二爷，请回吧！"

致庸呆了一会儿，不觉泪水盈眶，转身就走。玉菡又喊道："二爷，等一下！"致庸心中又起了希望，当下转身回头。只见玉菡含泪取出那只鸳鸯玉环："二爷，它本来是我们陆家的东西，就是因为当年我爱慕二爷，我父亲才做主，只以一两银子的价钱卖给二爷，实指望有一日你悟出其中的机缘，回头上门来提亲，亲手将这只玉环给我戴上……可是这世间的事，阴差阳错，我虽然进了乔家的门，做了你的太太，可这只玉环，却迟迟没有回到我腕上来。我现在才明白，也许这东西真的不该是我的，也许它本来就该是雪瑛妹妹的，却……现在你让人带上它去求婚，雪瑛妹妹见了它，说不定就会答应！"

致庸一时间简直痛不欲生，冲动道："太太就是铁了心要成全我和雪瑛表妹，那也是太太自个儿的事，可娶不娶雪瑛，却是我的事。太太，乔致庸要是铁了心不娶江雪瑛，你今天做的事还有什么意义？！"说着他再也忍不住，快步走出。

玉菡心中大震，站在窗前，看着致庸的马车渐渐走远，泪水滚滚，回头抓起那只玉环道："翠儿，现在看来这件事只有求你了！"翠儿正抹眼泪，闻言一惊："我？"玉菡点头，神情激动道："除了你，世上再没有第二个人能做这件事了。翠儿……雪瑛表妹不相信别人，可是不会不相信你。你带上这只鸳鸯玉环，去见雪瑛表妹，就说乔家请你为雪瑛表妹和二爷做大媒来了！这只玉环，就是乔家的聘礼！"说着她将鸳鸯玉环塞进翠儿手中。翠儿大叫："太太，翠儿怎么能担得起这么大的事，何况小姐连见也未必愿意见我呢……"

玉菡坐下，流泪颤声道："这么说吧，乔家现在缺钱。娶了雪瑛表妹就有了钱，有了钱二爷才能保住命，翠儿，求你！玉菡给你磕头！"说着她便要跪下。翠儿大惊，连忙将她扶起："太太只要开口，无论办得成办不成，翠儿都会去的。玉菡为了二爷，为了乔家，把家都舍了，翠儿一个下人，还有什么不敢做的，我去，我现在就去！只是……""只是什么？""只是到了那里，我该怎么跟我们家小姐说？"玉菡想了想，心中感伤，道："你就这么说，小姐一生都盼着嫁到乔家，与致庸好梦能圆，现在……为了乔家的二爷，也为了成全小姐的一片痴情，玉菡舍弃了自己的亲夫。就是为了玉菡的一片心，她也不要再犹豫！你还对她说，这次是玉菡跪地求她了！况且对于她和致庸的姻缘，只怕不会再有第二次这样的机会了！"翠儿一边听一边哭，跪在地上磕了一个头，立刻起身随铁信石去了。

一路上翠儿一直担心雪瑛会不会见她，但事情却没有她想象中那样难。雪瑛一听是她求见，很快就让她进了佛堂。翠儿鼓足勇气，结结巴巴，甚至哆哆嗦嗦地总算把事情说清楚了。

雪瑛神色不惊地听完翠儿的话，半天没有言语，只是一直用手轻轻地抚弄那只鸳鸯玉环。翠儿看着她着急道："小姐，这一次您真的见死不救？玉菡太太为了您，都做到这一步了，您还要她怎么样？您是想看着她死掉，才会答应嫁给二爷吗？"

雪瑛突然泪如泉涌："你是说陆玉菡真的会为致庸而死？"翠儿看着她，坚定地点点头："小姐，如果你非要等到玉菡太太死了才会嫁给二爷，玉菡太太真的会去死！"雪瑛半晌小心地放下玉环，扳过翠儿的肩头落泪道："翠儿，难道你就一点儿也不明白，我不能嫁到乔家去！"翠儿大惊："小姐，您……"雪瑛轻轻掩住她的嘴："你听我说完，自从我答应何家老太爷，留在何家，替何家守住春官这一线血脉，一生一世就没了

自由！我还怎么嫁到乔家去！这些你都忘了吗？"翠儿一下什么都想起来了，一时间泪水涟涟而下。

雪瑛一边自己流着泪，一边温柔地拭着翠儿的泪，含笑颤声道："就算我今天是自由的，也不能嫁给乔致庸了！陆玉菡为了乔致庸，都做到这一步了，我还怎么敢嫁到乔家去！过去她人嫁到了乔家，却得不到致庸的心，今天我要是嫁过去了，就会成为一个千夫所指的女人，致庸也会一辈子觉得有负于陆玉菡，那样我就要永远失掉致庸的心了……"

翠儿再也忍不住，扑在雪瑛怀里大哭起来。雪瑛的泪水滚滚而下，仍拍着翠儿的背努力笑道："好翠儿，回去告诉陆玉菡，江雪瑛眼下过得很好，乔家缺的五十万两银子，我替他们凑齐，乔家的茶山，我也不要。陆玉菡今天做的事让我明白了，真正拿出性命爱致庸的人不是我，是她。自从她做了这件事，我的心想再靠近致庸也不能了！所以翠儿，我也要走了，我要带上我们家春官远远地出去，住上几年，躲开这些人和事，我现在只有何家的孩子了，我想清清静静地把他养大！"说着她终于放声痛哭起来。

3

当夜晚的烛影如蝴蝶般在墙壁上振振欲飞的时候，致庸常会长久地凝视着它，脸上挂着一丝苍白而茫然的微笑。那年雪瑛在吩咐胡管家借给乔家五十万两银子之后，就带着孩子离开了何宅，谁也不知道她去哪里了。这种情形下玉菡也没有再回到乔家，她曾经流着眼泪这样向致庸解释——"为了雪瑛表妹待你的一颗心！也为了雪瑛表妹待我的一颗心！"此言一出，致庸只能完全放弃要她回来的念头。有那么一段时间，玉菡和曹氏曾经提议让他再娶，但他决绝地回绝了，没有任何商量的

余地。

咸丰九年，已经能够独当一面的景泰在外得了伤寒，最后殁于恰克图。这个打击对乔家几乎是致命的，致庸原本计划在景泰再年长一些的时候，将生意完全托付给他。当这个噩耗从万里外传来的时候，一切设想都成了泡影，他再次大病了一场。曹氏更不待言，一夜间头发全都白了，但她确是个极其坚强的女子，在难以言语的伤痛过后，她仍旧挺了过来。

那晕黄的灯光，空空地填补着这间既是书房又兼卧室的房间。一夜一夜，致庸从狂躁变为平静，又从平静变为狂躁。斗转星移，在旁人眼里，致庸终于好像变成了另外一个人，那双黑亮眸子中的光芒慢慢地黯淡了下去，变成无可无不可的茫然。唯有某些夜晚，当他心平气和地面对黑暗时，眸子里才会重新跳跃起不屈的光焰来。

同治三年的一个午后，像平常一样，已彻底是一副中年地主模样的致庸，正坐在地头树下和农民喝茶。一阵马蹄声从远处传来，越来越响亮。致庸举起单筒望远镜望去，嘟哝道："哪里来的快马？"然后放下望远镜，用土坷垃画出一个棋盘，对旁边的一个农民笑道："张柱子，来……下棋！"那张柱子也不推辞，笑嘻嘻地与致庸摆开了战局。

却见长栓摇着手一路喊叫着向致庸奔来。致庸吓一大跳，赶紧站起，问发生了什么事。长栓上气不接下气地奔过来，喊道："二爷，官兵打下了江宁府，长毛军灭啦，灭啦！"致庸一把撒掉手中的土坷垃，一跃而起，混沌了多年的眼睛骤然像年轻时一样明亮，急声问道："你说什么？长毛军终于灭了？"长栓一边喘气，一边点头。致庸呆呆地站着，疯一样地大笑，接着流出了泪水。长栓眼睛也湿润起来。

一进乔家大院，曹掌柜就迎上来，将一封潘为严的急件递过来，致庸展开一看不禁大喜，连声道："十年了，到底把长毛军灭了！长毛军一灭，朝廷加在我头上的紧箍咒也该摘去了，致庸又可以和诸位一起走

遍天下，干咱们想干的大事了！"他说得喜形于色，曹掌柜却神色凝重，欲言又止。致庸刚要开口询问，却听长栓问："曹爷，不是有两封信吗？"曹掌柜脸色微变，赶紧道："啊，那封是专门给我的，说些……说些生意上的事情，没……没什么重要的。"致庸心里"咯噔"了一下，却听曹掌柜补充道："二爷，潘大掌柜在信上说了，他几日后就会赶到祁县，亲自与您商议，您先别急！"

致庸心中有了一些不好的预感，但他没有追问，返身回到书房，点燃一支香，在那个无名恩公的牌位前恭恭敬敬地作揖道："恩人，致庸多年困守家中，只盼灭了长毛军后，致庸能重新出山，再做一番事业，还您的银子，当面叩谢报答您的大恩！"书房外的长栓和曹掌柜都微微红了眼圈。曹掌柜长叹一声，刚要离去，又突然回头道："二爷，还有一个消息，江南平定了，各地急需官吏，那孙茂才倒是时来运转，这么些年了，哈芬哈大人总算给他保了一个出身，他自己又托人在吏部使些银子，听说要去江苏吴县做知县了！"致庸愣了一下，许久才喃喃道："好啊，只盼他在仕途上也能有一番成就……"曹掌柜没有作声就离去了，反倒是长栓听了这话，老大不以为然，忍不住摇头哼了一声："就孙老先儿那样的人也配……"致庸像没有听到一样，只顾自己出神。

潘为严是个守信之人，他五日后如约而至到了祁县。但他先去了大德兴茶票庄总号，与曹掌柜进行一番细细商议后，方才来到乔家大院面见致庸。

致庸见到潘为严，握着他的手颇为激动。潘为严却神色平静，一番寒暄过后，他要求和致庸单独谈谈。致庸知道他的脾气，笑着应允，和潘为严一起到了内书房。潘为严一进门便问道："天下平定，朝廷对东家的圈禁令就要失效，想来东家一定准备东山再起吧？"致庸不知怎么想起那日曹掌柜的神色，点头道："潘大掌柜，可我还想听听你的高见，

我乔致庸明天的路该怎么走！”

潘为严没料到他这般回答，想了想道："为严来前请高人为东家卜了一卦……"致庸一愣："你为我卜了个什么卦？""泰卦！""泰卦？"潘为严看着神色阴晴不定的致庸解释道："卦是好卦，所谓否极泰来，东家转运的日子到了。可在解卦的人看来，这一卦其实凶险，人在否极泰来之时，就会放松警觉，盲目乐观，以为天下事不足虑也。东家，有否极泰来之时，自然也有物极必反之日。所以东家一定要警惕，不可妄动！"致庸倒吸一口凉气，突然明白了潘为严的意思，颤声问："潘大掌柜，难道你的意思是要我仍像过去那些年一样，什么也不说，什么也不做？"

潘为严没有直接回答，却换了一个话头："东家，这些日子，我一直在京城等待朝廷下达为东家解除圈禁的旨意，为了这件事，也曾托门子见了庆亲王，请他去太后也就是当年的懿贵妃那儿活动，可是一天天过去了，没有结果。恰好前些日子胡大帅到了京城，他功成身退，这次到京城是要求告老还乡的，不过他仍旧没有忘了东家，因为他向太后请求的最后一个恩典，就是要朝廷下旨，为乔东家解禁！"致庸心中大为感动："真的？！……大帅身边多少大事，他竟还能记得我乔致庸，唉，我乔致庸何以为报啊！"

潘为严点头一笑："东家是多年来晋商中少见的俊彦，不单是胡大帅，其实记得东家的人多着呢。胡沅浦是中兴名臣，太后自然不好驳他的面子，所以当场便允诺解了东家的圈禁令。此外，大帅之弟胡叔纯，也到了山西就任山西巡抚，大概不久东家就能见到这一位胡大人了！"致庸不禁颇喜，心头又慢慢燃起希望，刚要说话，却听潘为严道："但这次见面只怕不是什么好事，太后并没忘记东家每年上缴的那笔银子，我听说她老人家近日下旨给胡叔纯胡大人，让他带圣旨来见东家，要东家今年继续拿出一百万两银子，把当年没捐的那个官捐了！"

致庸愣在那里："……什么？……天下未平，朝廷不得已让商人买官，以助军费，这勉强还说得过去。现如今天下太平，海晏河清，朝廷居然还要卖官鬻爵，聚敛钱财？"潘为严叹口气，无可奈何地点了点头。致庸又惊又怒："我所以不愿意捐官，原因你是知道的！官职爵位乃是国家重器，怎么能够随意买卖！这个官，致庸当年不捐，今天仍然不会捐！"潘为严道："我也赞成东家不捐，东家今年捐了，太后明年还会记住乔家的银子。长此下去，乔家岂不是永远无解脱之日？"致庸想了想，不禁焦急问："潘大掌柜，既是决定不捐，那又该如何回绝才没有后患呢？"

潘为严看看他，沉静道："这就是潘为严急着回来见东家的原因。多年前我劝东家韬光养晦，给朝廷一个一蹶不振的印象，再也不管乔家的生意，也不提什么汇通天下、货通天下，东家咬着牙这么做了，以至于让天下商人，皆以为乔家完了，乔致庸完了。只有潘为严知道，东家没有完，东家是在忍辱含垢，卧薪尝胆，期望有朝一日不飞则已，一飞冲天，不鸣则已，一鸣惊人。"

致庸向潘为严看去，泪几乎要落下，强笑道："……知我者潘大掌柜也！"潘为严也红了眼圈，半晌终于道："东家有一颗鲲鹏之心，潘为严知道。可光是潘为严知道就行了，如果让天下人，甚至让当今太后也知道的话，就大大不妙了！这些年来，东家一次也没有跟潘为严再提过汇通天下、货通天下，可潘为严知道，东家心中一天也没有忘掉过它们！不只东家没有忘记，朝廷也没有忘记，很多人都没有忘！东家圈禁的时间虽然很长，可东家说过，为了实现汇通天下、货通天下，东家还可以花去二十年，甚至一生，这话东家忘了吗？为严是没有忘，因此今天为严仍要劝东家继续像……像过去被圈禁的那些年一样低调隐居！"

致庸对这些话虽然心中已有预感，但听潘为严明白说出来，仍像受了重重一击，五雷轰顶，心乱如麻。潘为严心中难过，上前扶住致庸，

哽咽道："为严深知十年来东家一直都盼着重新出山，做成两件事，一是重走天下的商路，挣出一大笔银子，还给当年从天牢里将您救出的那位恩人。第二件要做的大事仍然是汇通天下。就是为了实现这两大夙愿，我也定要劝东家您像过去一样，待在乡间，韬光养晦，什么也不做。只有让天下人、让朝廷知道东家再没有当年的雄心，乔家也再没有当年那么多银子，东家和乔家才是安全的，也只有乔家安全了，东家的两大心愿才可能完成。天下初定，但朝廷的面孔却一向多变，无论是东家还是我，都只有待时而动啊……"

……不知过了多久，致庸终于艰难且痛苦地用尽全身力气点了点头。没有人知道后来他们又谈了些什么，致庸也从未向任何人提起过这次谈话。只是当日下午潘为严上了马车，驶出乔家大院之后，致庸呆呆地望着一直守着他的曹掌柜，突然头一歪倒了下去。曹掌柜大惊："东家，你怎么啦？快来人！"家人慌忙将致庸抬起放到床上，大家乱成一团。曹氏也匆匆赶来："二弟你怎么了！快叫医生！"致庸微微睁开眼睛，向曹掌柜望去，嘴唇轻轻动了动。曹掌柜忽然醒悟："长栓，快，快去追潘大掌柜，让他进京后设法禀告庆亲王，就说东家得了风瘫之疾，起不了床，已经是个废人了！"长栓没弄明白，曹掌柜赶紧向他附耳低声说了几句，长栓点头去了。围着致庸的人互相看了看，似乎也明白了些什么。只见致庸别转头，呆呆地盯着帐子，许久许久，一行泪终于从他眼角慢慢流了下来。

一个多月以后，新任山西巡抚胡叔纯果然到了乔家，他宣读的圣旨除了解除对致庸的圈禁外，同时还要求他一百万两银子捐官。致庸"重病"在床，根本就"没法"接旨。胡叔纯心领神会，回去后便用"风瘫卧床"这个借口，一纸奏折帮致庸把官捐推掉了，总算将此事告一个段落。

4

致庸在床上整整躺了三个月才起床，恢复了以前的生活。他依旧尽力做一些善事，这些善事甚至成为他生活中最大的乐趣。

夜晚的烛影依旧如蝴蝶般在墙壁上振振欲飞，致庸的心却似乎完全平静了下来，他闲时读书，更多的时候他会练习书法——"醉里挑灯看剑，梦回吹角连营"，诸如此类的诗词，一遍一遍地写，他也手抄《庄子》《孟子》等典籍，写完后，再一页页由长栓小心焚去。

当然，在那些平静的日子里，也会发生令他大为高兴喜悦的事情。虽然三姐如玉、刘本初刘老先生皆先后去世，但元楚却一直在乔家苦读，后来又是由致庸做主，将他送往山西最有名的晋阳书院攻读。元楚不负众望，终于在一年殿试中独占鳌头，考取了状元，并在不久后作为使馆参赞驻守德意志国。

元楚高中后曾回乡叩祖，亦是当年一大盛事。水长清古怪，仍不让元楚进门，元楚只得回到乔家，叩拜乔家的祖宗。致庸哪里肯，便带着他到了坟地里，在如玉墓前祭拜了一番。

元楚叩祖结束预备返京，在临行前，致庸伤感道："舅舅再也不能像你这样报效国家了！"元楚跪接致庸手中的酒，慷然道："舅舅放心，舅舅心里想什么，元楚一清二楚，元楚出使德意志国，只是元楚报效国家的一个开始，日后元楚一生都会记住舅舅的教诲，只要舅舅仍然困守乡里，元楚在外面，就一个人做两个人的事！"致庸又是眼泪，又是欢笑，在元楚一行远去很久后，他又抄起挂在腰间的单筒望远镜看了又看，讷讷道："真羡慕他，有这么好的机会，能够走遍世界，为国效力！我这一生却……"

日子周而复始，在某些夜深人静的时刻，他想起多年前的夙愿，他

曾经希望像蝴蝶般自由自在，携着心爱人的手，游遍大江南北。虽然玉菡甚少见面，而雪瑛更是多年不通消息，但在他朦胧的梦境中，这两个女子常常合二为一，一起伴着他，自由自在地走遍神州大地无数胜景——千古一圣孔老夫子登临过的泰山，荆轲刺秦辞行时唱出慷慨悲歌的易水，楚霸王中了十面埋伏兵败自刎的垓下，秦将白起坑赵兵四十万的长平，秦始皇帝令蒙恬修建却被孟姜女哭倒的万里长城，从昆仑山直泻东海的滔滔黄河，谢家小儿郎大败前秦苻坚的淝水，隋炀帝开辟的南北大运河，唐明皇赐死杨贵妃的马嵬驿，苏东坡泛过舟的赤壁，徐霞客游记里的奇瑰黄山……

同治七年起，一场百年未遇的旱灾席卷了整个北方地区，晋、陕、豫三省饿殍遍地，灾民无数。灾荒初起，致庸就让长顺在村头开设了一个施粥场，一日两餐，施粥给来到这里的灾民。不想周围的灾民闻讯而至，聚集在乔家堡外不走，一时竟有数万之众。长顺开始只在粥场安了两口煮粥的大锅，致庸发觉不够，便增加到二十口，后来一直增加到一百口。整整四个月过后，灾民的数量不见减少，反见增多。等致庸发现事情的严重时，聚集在乔家堡村头的灾民已达十万之多。

曹掌柜找到内书房里来，对致庸皱眉道："东家，看这个架势，只怕靠乔家一家之力，撑不了多久啊。"致庸满嘴都是燎泡，沉吟半响，痛下决心道："曹掌柜，我想好了，把这几年积攒下来准备还给那位恩人的三百万两银子全取出来，派人去外地籴粮，把粥场维持下去！"曹掌柜吃了一惊道："东家，那位恩人的银子就不还了？"致庸苦笑道："还自然是要还的，银子花了以后还可以再挣，村外这些灾民是冲着我乔致庸来了，我不能让他们死在这里！"长栓在一旁嘟哝道："天下灾民这么多，光我们山西省就饿死了二百万，你救得过来吗？"致庸瞪他一眼："我乔致庸年年困守乡里，要救得天下灾民也就是说说罢了！可我就是救不

了天下灾民，我连大门外这些灾民也救不了吗！"曹掌柜点头道："行，我听东家的！"他说着走出去，安排掌柜的和伙计们提银子外出买粮。

这边致庸又把乔家众人一起喊了出来，致庸环顾大家，大声道："大家听着，既然天下人都成了灾民，我们自己也就是灾民！从这顿饭起，家里不开伙了，到了开饭的时候，大家一起去村头和灾民们一起吃粥！再有，从明天起，这个家从我开始，所有人都不得再穿绸缎衣裳，把这些衣裳收好了，等哪一天银子接济不上，就拿它们去为灾民换粮食，熬粥！"众人站着不语，女人们中间发出轻轻的抽泣声。曹氏往前走了一步，颤巍巍道："孩子们，二弟说得对，'天地不仁，以万物为刍狗'，既然天下人都成了灾民，我们自己怎么能例外！杏儿，去给我准备一个大碗！你们要是觉得出不去门，等外头的粥熬好了，我带你们去吃粥！"

当日中午，乔家堡外出现了奇特的一幕：曹氏带着全家及男女仆人全部粗衣麻鞋，每人一只大碗，从乔家大院鱼贯走出，走向村外，走向粥场。千千万万的灾民看到了这一幕，知道了他们的身份，一片一片跪倒下来磕头，哭的喊的都有——"小人们给老太太叩头！谢老太太让我们活命！"

曹氏走上前去，众灾民急忙让出一条道。那曹氏伸出手中大碗，让长顺给自己盛了一勺粥，回头大声对灾民道："众位请起！今天大家来到乔家堡，只恨乔家德少财薄，不能让大家吃上口好的，只能喝上这一碗粥。但只要乔家的人饿不死，我们二爷也就不会让这里饿死一个！大家排好队上前，咱们一起喝粥！"众灾民一时哭声遍地。景岱等人依次去打粥，人人端在手里，看着曹氏。曹氏喝了一口粥，笑道："啊，大家喝呀，味道挺好的，当年我们乔家的头一代先人贵发公去包头给人拉车打墙，还喝不到这样的粥哩！大家喝！"众人含泪，稀里呼噜喝起粥来。

多年在家的致庸这次终于走出家门，多方游说，祁、太、平三县的

巨商大贾也纷纷解囊赞助。但即使是这样，乔家也终于到了油尽灯枯的时候。致庸危难之际，又想到了雪瑛，若是她在家，他一定会到她那儿借银子买粮，把局面维持下去，直到麦子成熟，灾民散去。就在这时曹掌柜跑进来报给他一个消息：原先聚集在乔家堡村外的十万灾民一夜间全部离去，原来是榆次巨商何家也在村外开了一个更大的粥场施粥，眼下聚集在那里的灾民已有二十万之众。致庸听闻这个消息，当时就感动得大哭起来。第一是雪瑛离开山西这些年终于回来了，第二是她终于跳出了人生的小格局，以极大的气魄做起今天这样一件惊天动地的大善事。他还有另一种感觉：这些年来雪瑛或许根本就没有离开山西，她只是真正绝了念想，不再和他来往，而这次何家在村外大开粥场，则是雪瑛得知他已因施粥到了山穷水尽之地，毅然以这样的方法帮助他从绝境中走出。

山西巡抚胡叔纯第二次来到乔家，看着村头的百口大锅，不禁动容，忍不住对一边的马师爷感慨道："我大哥真会看人，他早就说过乔致庸是个义士，有一天必定能为天下万民做出惊天动地的义举。他说对了，一个普通的商人，家里能有多少银子，竟然能救下数万灾民的性命！"

长栓闻讯跑进来对致庸道："东家，胡叔纯胡大人又来了！"致庸想了想，"哇"一声叫，又"昏死"过去。众人会意，赶紧把他扶到床上。当胡叔纯由曹掌柜陪着来到乔家的时候，只见一口大锅放在院中，曹氏带着全家人正在喝菜粥。胡叔纯站住，看着曹氏诧异道："请问这位是……"曹掌柜道："回大帅话，这位是我们东家的大嫂，乔家大东家乔致广的太太。"胡叔纯闻言忍不住又看了几眼，只见曹氏粗布麻衣，如同村妪，他不禁大惊："怎么如此穿着？"曹氏与众人默默对视，一时无语。胡叔纯走过，看着锅里的菜粥，越发吃惊道："乔太太，这就是府上现在吃的饭？"

曹氏终于开口,朗朗一笑道:"巡抚大人,若是天下灾民都能喝上这样的菜粥,就是大好事了。乔家今日还有菜粥喝,应当知足啊!"胡叔纯闻言不禁两眼湿润道:"乔太太,我胡叔纯一辈子除了天地君亲师,此外还没有跪过什么人。不过今天,我要替天下灾民,给你们乔家人磕个头!"说着他双膝跪下就磕起头来。曹氏大惊,示意全家跟着跪下,同时搀扶着胡叔纯道:"巡抚大人如此大礼,商民一家如何担待得起?快快请起!"

胡叔纯站起,道:"乔东家在哪里?我想见见他!"曹氏想了想,仍旧温言道:"回巡抚大人的话,赈济灾民的事,系老身一人所为。二弟致庸多年患风瘫头痛,卧床不起,不能叩见巡抚大人,请多多见谅!"胡叔纯心中明白,只得作罢,但仍语带激动道:"不见也罢。不过乔家此次毁家纾难,惊天动地,下官身为山西巡抚,一定会专折上奏皇上和太后,请朝廷褒奖乔东家这位天下第一义商!"

曹氏连忙摆手:"大人,此事万万不可。乔家今日已是举家食粥,万一太后因此事又让我二弟捐官,乔家可是拿不出银子的!"胡叔纯闻言心中更是感慨,但他随即也不禁微笑:"啊,这也对。那我就以山西巡抚衙门的名义,给乔家送一块匾,对此等忠义之人,我总不能什么也不做吧!"

曹氏这次没有反对。胡叔纯又说了一些嘉勉之语,终于起身告辞。他走了两步,颇为感慨地仰天一笑,突然回头大声道:"乔东家,我替天下万民谢谢你!你要多多保重,天下之事,还有辛苦乔东家的日子呢!"说完他终于带人大步离去。

致庸躲在书房的窗后,听到了胡叔纯的话,忍不住流泪自语道:"天下之事,还有辛苦乔致庸的日子?还有辛苦乔致庸的日子?……哈哈哈,也许乔致庸一辈子也就只能这样了!我乔致庸的路已经走到头了……"

第三十八章

1

  同治十三年，乔家大院的主人乔致庸已经四十六岁了。那个秋天对于他而言，既寻常又特殊。这天下午，他像寻常日子一样，腰间挂着望远镜，由长栓陪着，去田间地头转了一圈。秋叶如舞倦的蝴蝶，四下飘散。致庸踩着层层落叶，走得极慢，最后几乎要长栓搀着，才勉强走回乔家大院。

  一进大院，他就吃了一惊，素来难得见面的潘为严、李德龄竟然都在等他，满头银发的曹掌柜在一旁作陪，更是满面焦虑。这十多年来，不管什么大事，北京潘、李两位大掌柜从未同时在乔家大院出现过。致庸知道必有什么特殊且紧急的事情发生了。寒暄过后，他便带着三人进了密室。

  一进密室，潘为严便拱手变色急道："东家，我和德龄兄从京城星夜赶来，是要和您商量朝廷平定新疆的事情。"致庸闻言大惊："朝廷这次真的要在西北用兵了？"潘为严重重点头。李德龄接口道："陕甘总督左宗棠左大人专门派了一个单姓师爷来找过我……"致庸心中大为激动。他忍不住想起当年在包头的情形，那时他和茂才曾经大摆朝廷西北用兵的迷魂阵，广收高粱和马草，异常艰苦的一仗才把乔家从死路上拉了回

来。虽然已是多年前发生的，但这些前尘往事常常像演戏一样在他脑中一遍遍重演。

李德龄见他有点出神，赶紧道："东家，听单师爷的口风，左大人这次准备兵发三路，一路蒙古，一路山西，一路陕西。所谓兵马未动，粮草先行，他……他想请二爷出山，为大军筹措粮草呢！"

致庸呆住了，半晌方热泪盈眶道："那可是大好事啊！多少年了，阿古柏在新疆勾结外敌，自立为王，分裂国土，今日朝廷终于要出兵收复我西北大片河山了！……胡叔纯胡大人说得对，乔致庸今生今世，真是还能遇到为国家做大事的机会，太好了！真是太好了！"

潘、李、曹三人不觉对视一眼。曹掌柜叹口气道："东家，您先别高兴啊。大军西征，上千里路途，数十万人马，即使是速战速决，也要二三百万两银子的粮草供应。东家，前些年这是个美差、肥差，但现在大不同啦。如今的朝廷断断不会先掏这笔钱出来，说白了就是哪个商家负责为大军筹措粮食，哪个商家就得把这笔银子先垫出来……"潘为严打断曹掌柜道："东家，左大人已接触过颇多商家，却没有一家愿意承接这桩买卖。其实左大人知道东家一直在韬光养晦，他也是没办法了，才派人找到我们这里……"

致庸面色慢慢凝重起来，沉思半晌他问道："你们的看法呢，是接还是不接？"三人面面相觑，一时间都没开口，过了好一会儿，李德龄按捺不住，起身焦急道："东家，我的意思是不接。不瞒您说，这件买卖的风险前面说的都还不算什么……"致庸吃了一惊："难道还有更大风险？"李德龄点点头叹道："即使有商家愿意垫出钱替大军筹措粮草，末了朝廷却不一定会把这笔银子还出来。"致庸闻言勃然变色。

潘为严看看致庸的神色，也开口道："这些话不是危言耸听。就这桩生意而言，为严真的看不出有什么好处。东家隐忍了那么多年，这次

如果出山，必然又会招惹朝廷的注意，乔家现在收敛还来不及，如何可以再去做此令天下人瞩目的事情呢？"

曹掌柜也劝道："东家多年病废在家，什么生意也做不了，此事众人皆知。这一次也一定能瞒过左季高大人！"致庸一直没有作声，起身朝前走了几步，倚窗向远方看去，夕阳在天边如血般璀璨地播撒着最后的光芒。致庸突然有了一种泪要流出的冲动，他转身道："各位爷，你们知道我今年多大了吗？"

曹掌柜一愣："东家四十六了。"致庸痛声道："为了让朝廷忘掉我，我已经装风瘫装了十余年，加上被圈禁的时间，我差不多整整二十来年没做事了！如果这一次再倒下去，乔致庸这一生，还有为国家做事情的机会吗？"

李德龄一听着急道："东家要为国尽忠，可这明摆着是一个火坑！东家，您要三思！"致庸直视着他们，沉痛道："就是火坑，我也没有几次跳的机会了！何况这并不是火坑，这是天赐给乔致庸为国做大事的良机！胡大帅当日从天牢里将我救出来，不就是认为我有一日可以为国家做大事吗？我这些年待在家里，韬光养晦，什么事也不做，不就是想等待时机，为国家做件大事吗？不，曹掌柜，我都四十六了，头发都白了，一生没有多少这样的机会了！所以这件大事我真的很想去做啊！"

潘为严刚要说什么，致庸转过脸看着他道："潘爷，你我一生都想实现汇通天下的抱负，可实现这个抱负又是为了什么呢？讲到底还不是为了这个国家，现在眼看着报效国家的机会就在眼前，我们难道反而要为一己之私袖手不理吗？如果这样我们汇通天下又有何意义呢？"

这席话说得潘、李、曹三个人脸上一下子有了愧色。致庸越说越激动："想我乔家，无论是先祖，还是先父，遇到这种国家大事，都是不会犹豫的！乔家世代忠良，若此次因国家之事而败，致庸和乔家的后人，也

一定会以此为荣！"这番话说完，潘、李、曹三人勃然动容，再也不开口相劝了。潘为严更是高声道："东家，为严今日真正见识了东家的胸襟与气魄，东家是个奇男子，相比之下，我们做人和做事的格局可都局促多了。如果为严估计的不错，左大人不日就会亲来乔家大院，拜会东家商议此事。到时就由东家定夺，只要东家拿定主意，我等一定赴汤蹈火，毕竟东家让我们晓得了为人大义之所在。"曹掌柜和李德龄相视一眼，也连连点头。

2

不出潘为严所料，十余日后，致庸在家中接到急报，山西巡抚胡叔纯亲自陪同左宗棠前往祁县大德通总号，接着便准备亲自到乔家大院拜会致庸。

接着又听长栓愤愤道："二爷，曹掌柜还让我禀报东家，孙茂才近日升了官，调任太原府知府，成我们的父母官了。听说等会儿还要和胡大人、左大人一起来呢！"致庸一惊，心头愈加翻搅起来。

当致庸在鼓乐声中看到久违的左宗棠与胡叔纯下轿时，不禁有了恍若隔世之感。这时长栓又匆匆赶来附耳道："听说那孙茂才临时决定不来了，哼，大概没脸吧。"一听这话，致庸忍不住皱了一下眉头，想要训他，又忍住了。他定定神，向左、胡两人迎了上去，躬身道："两位大帅光临寒舍，致庸不胜荣幸，请！"左宗棠上前一步，拉住致庸的手："乔东家，你我襄阳府一别，二十余年过去，左某垂垂老矣，乔东家却风采依然，实在让左某不胜唏嘘。乔东家，左某今天是和胡大人一起求你来了！"

致庸心中感慨，面上却平淡道："哪里，两位大人才是风采依旧。

两位大人，请！"左季高与胡叔纯对视一眼，一时也不知道致庸的心思，点点头，随着致庸一同进了乔家大院。

落座后，左宗棠并无太多的寒暄，直接向致庸讲起了当今的国势。同治四年阿古柏入侵新疆；同治六年在新疆自封为王，自立国号为哲德沙尔汗国，公然挂出奥斯曼土耳其帝国国旗。然而就在这时，朝廷内部却爆发了大规模的"海防""塞防"之争。朝中一些大员针对同治十三年日本国入侵台湾事件，认为东西边防两者"力难兼顾"，竟然在朝议中提出放弃西部，将所谓"停撤之饷"充作"海防之饷"，力保东部海防。

左宗棠讲到这里，声音不禁哽咽起来。他含泪道："海防自然也要紧，但塞防也绝不可放弃，所谓千里荒漠，实为聚宝之盆，哪里是某些人嘴里的茫茫沙漠，赤地千里？想我西部万里腴疆，难不成就在我们这一辈手中让给强虏？收复新疆，胜固当战，败亦当战，否则岂不成为千古罪人？乔兄啊，更可怕还在后面，因为不战而弃，我们让出去的不独独是这万里的大好河山，此时停兵节饷，自撤藩篱，那虎视眈眈的沙俄与英吉利国定会乘机渗透，到时东西腹背受敌，我堂堂大清可真要面临灭顶之灾啦。"

这一席话听得致庸血脉偾张，拳头也不禁握了起来。一旁的胡叔纯继续道："左大人虽然力表异议，坚持收复新疆，但这是一场极艰难的战事。不说别的，单单是粮草，依朝廷目前的财力，筹措起来就如登天一样难啊！这百余日，左大人头发几乎都白尽了。"

致庸不再犹豫，他当即站起，奔进内室，取出那幅插了许多小旗的《大清皇舆一览图》，铺在桌上，慨然道："左大人，胡大人，但凡乔致庸还有一口气，定当竭力协助左大人，完成收复新疆的壮举。汉唐以降，多少人长途跋涉，远赴绝域，才开辟出今日之疆域。祖宗遗业，岂能在我们这代人手中丢掉？致庸想好了，乔家可以包头为基地，同时借助陕甘

两地的分号，两翼并进，保证西征大军的粮草供应！"

胡叔纯喝了一声彩："左大人，我说的没错吧！只要你到了乔东家这里，听到的一定是这种回答！"左宗棠当下站起，颤声道："乔东家，我要代朝廷和天下人谢乔东家！虽然二十余年过去，我今天见到的乔东家，仍是当初胡大人向我描述的那位意气风发之人！乔东家比许多所谓高居庙堂的要员识大体多了，所谓'新疆不复，与肢体之元气无伤，收回伊犁，更是不如不收回为好'，实是谬论。我朝定鼎燕都，蒙部环卫北方，百数十年无烽燧之警，就是因为重新疆者所以保蒙古，保蒙古者所以卫京师。倘若新疆不固，则蒙部不安，非唯陕、甘、山西各边时虞侵扰，亦必定牵累威胁京师，届时国之心腹必无晏眠之日。季高必须一战，但也不瞒你说，国库空虚，无银钱调拨，十余年前这还是个肥差，眼下天下的大商家都避之唯恐不及，无人愿接这个烫手的山芋。所以乔东家，眼下我就指望你了，否则平叛收复之事，仍是空谈啊！"

致庸慨然道："两位大帅不要往下说了，左大人既然是为此等大事而来，想要致庸做什么，致庸已经明白。银子不成问题，粮草也不成问题，大帅说个数，致庸自去筹措办理！"左宗棠与胡叔纯相视一眼，迟疑了好一会儿才道："乔东家必有耳闻，此次军饷数额巨大，况且万里驱驰，战事难料，也许可能速战速决，但更可能旷日持久……"左宗棠这个颇为爽快之人，一时间竟也说不下去了。

致庸闻言心中一沉，仍坚定道："左大人但说无妨，致庸心意已决，听大人说个数，只是想各种准备都更充分些。"左宗棠不再犹豫，当即道："头一年二百五十万银两是起码的，往后也许三四百万，也许五六百万……"众人大吃一惊，一旁陪坐的曹掌柜忍不住朝致庸看去。致庸倒吸一口凉气，埋头想了起来。

时间仿佛凝固了一般，左宗棠和胡叔纯心都提到了嗓子眼。大约半

呈茶的工夫，致庸站起，掷地有声道："两位大人放心，两百五十万两银子的粮草致庸可以拿出，若战事拖延，以后的军饷致庸也可以想法继续筹措。但有一件事，两位大人要给致庸一句准话！"

左宗棠、胡叔纯闻言大大松了一口气。左宗棠当下离座道："乔东家，你还有什么要求和顾虑，请都说出来，我会尽力解决！"致庸点点头，道："左大人此次出征，事关国家兴亡，用到致庸，致庸自然不敢有所懈怠。但毕竟数额巨大，只怕致庸也要去向其他商家筹借。因此大战之后，所费银两两位大人要保证朝廷会如数归还！此外致庸愿随左大人西征，保证西征大军的粮草充足！"

在中堂内一片寂静，左、胡两人万万没想到致庸竟说出这样一席慷慨激烈的话来，两人再也忍不住内心的激动，一起站起向致庸躬身行礼，致庸心中也十分激动。胡叔纯拍着胸膛道："我胡叔纯只要还活着，乔东家这笔银子就由我想法子向朝廷要，决不食言。"左宗棠也含泪道："乔东家一片忠贞之心，老夫领教了！你放心，只要左季高不死，就决不让朝廷赖掉乔东家的银子！"致庸道："两位大人，致庸是商人，还有一点商家的心思。"胡、左两人一愣："乔东家有何要求，也请说出来！"致庸眼睛闪出了泪花："两位大人想必知道，致庸一生想的只是两件事，汇通天下、货通天下。左大帅一去新疆，定然收复失地，还我大清万里疆土。乔家虽是商人，从祖宗起也有过宏愿，凡有中国人的地方，乔家都要把生意开到那里，大军西行，各地来的饷银需要有人管理，日用货物需要有人贩卖，乔致庸愿请大人恩准，让乔家随军开办一家大德通票号的分号，替大人经管饷银，并恩准大军平定新疆后，由乔家大德兴在新疆开办一家分号，为大军贩运日常货品。不知可否？"左宗棠看了一眼胡叔纯，不觉也泪花闪闪，道："乔东家，老夫还正发愁这件事呢，虽然朝廷不给银子，但各地的协饷还是有的，不然我就无法给军中官兵

随时发饷，激励士气。乔家大德通若能随军设一票号，就帮了我的大忙；再者大军到了新疆，一定会留下一部分官兵长期驻防，那里人烟稀少，语言不通，乔家大德兴若能开办一家商号，将货物从内地运到新疆，捎带着连信局的差也办了，官兵们自然愿意长留在那里，为国戍边。乔东家，你这么做，是为国分忧啊！"致庸的泪落了下来，道："致庸一生梦想像前辈晋商一样北到大漠南到海，东到极边西到荒蛮，一生盼着汇通天下、货通天下，大人允准了致庸所请，就是帮我在祖国西北实现了自己的愿望！致庸谢大帅！"说着，他一躬到地。

3

虽然致庸在两位大帅面前慷慨允诺，但即便是头一年二百五十万两的粮草银子，对于乔家来说也是一个很大的数字。两位大帅走了之后，曹掌柜就为致庸发起愁来。当年为救三省的灾荒，乔家耗尽了家底，还欠了巨额债务，近年经过曹掌柜、马荀和高瑞的努力，虽然还清了欠债，并且还积攒了将近一百万两银子，但曹掌柜知道，这些银子东家一直是为当年那个救他出天牢的恩人准备的，就是将这笔银子用上，致庸也还缺一百五十万两银子。致庸却没有他那么担心，两位大帅离开的当天，他便命人将银库里的一百万两银子全部提出来，交给了曹掌柜，让他分头派人去购粮草，雇大车、车夫和牲口，准备随军西征，至于缺的那一百五十万两银子，他心中早有了打算，第二天就让长栓套车，去了榆次。尽管多年不见，他和雪瑛的这次见面，却非常平静。雪瑛道："如果我没有猜错，表哥此来，一定是借银子。"原来致庸决定一人担起为西征大军筹措粮草重任的消息，已经飞快地传遍了全山西的商家，雪瑛自然也知道了。致庸道："妹妹知道了就好。致庸今天不是来借银子，

致庸今天是来和妹妹商议,将乔家在临江县的茶山和包头的铺子,作价一百五十万两银子,抵押给妹妹。两年内致庸若不能从朝廷拿回银子连本带利还给妹妹,临江茶山和乔家在包头的铺子就是妹妹的。"前几天从太谷陆家回到何家来看望雪瑛的翠儿听完致庸的话,以为雪瑛不会接受对方用抵押乔家资产的办法来借银子,但稍有迟疑之后,雪瑛却痛痛快快地答应了:"表哥既然要这么做,就这么做吧。既然是生意,就让大德兴的曹大掌柜和我们家胡管家办去。表哥要喝茶吗?"致庸也不推辞,坐下喝茶,完了站起告辞。翠儿长久地望着这两个人,为他们之间的冷淡和平静吃惊不小。仿佛他们从来不是当年的恋人,几十年间没有发生过那么多悲欢离合、恩怨情仇的故事。致庸和长栓出门时翠儿才流出了眼泪,她忽然明白了:这样一种方式,也许是雪瑛待致庸、致庸待雪瑛的最好的方式。致庸做的另一件事是将景岱过继给了曹氏,并赶在行前为他娶了妻,然后让他带着开办大德通、大德兴新疆分号所需的人员和物品,随他一同出征。

致庸没日没夜地忙碌着,到了出征的前夜,才略略歇息了一下,吩咐曹掌柜进来安排家事。此去万里,九死一生,致庸将乔家包括生意上的后事,一件件列在单子上,交代给曹掌柜,其中特别安排了曹氏和玉菡将来的生活,以及一些年老仆人将来的老病等事,也都一一做了交代。致庸特别交代,如果他遭遇不测,乔家将来不管多难,仍要替他还了欠恩人的那三百万两银子,这一代人做不到就要下一代人做。总之乔家决不亏负对自己有恩的人。最后他又给远在北京的潘大掌柜写了一封信,嘱咐他不管大德通票号还要赔多少年,也不管他这次还能不能活着回来,潘为严都要坚持把汇通天下的大事做下去。曹掌柜拿着那张交代后事的清单,一时老泪纵横。

出征之日,曹氏率全家人出门,含泪为致庸奉上一杯酒,哈哈大

笑三声，慷慨对致庸道："兄弟，乔家出了你这么一个顶天立地的男儿，祖宗和我们这些人，都跟着沾了光了！你放心去吧！剩下的事有我呢！就着嫂子的手喝下三杯酒，你就为国出征去吧！平不了新疆，你们不要回来……"说到这里，曹氏再也忍不住，两行眼泪直流下来。致庸下马跪下，就在曹氏手里，连饮了三杯酒，磕头叫道："谢嫂子！致庸有了嫂子，此去万里，心里就只有国，没有这个家了！嫂子珍重！"他声音呜咽，也不再看一眼乔家众人，翻身上马，大喊一声："走着！"

致庸尽管是低调出行，但仍有大量前来送行的商家和乡绅耆老。粮草大队经过太谷，玉菡由铁信石赶着马车，早早在官道上守候。致庸急急下马，与她相见，道："你怎么也来了！"玉菡望着致庸鬓边的白发，猛地热泪盈眶，想说的话说不出口，只颤声道："二爷，你也有白头发了！"她端起酒杯道："此去新疆，千里万里，戈壁雪山，刀光剑影，二爷珍重！"景岱急忙上前跪下，给玉菡见礼："母亲……"玉菡上前抚摸着儿子的脸，强抑痛苦道："好孩子，跟你爹去吧，万里经商，正是咱们商家的本色，娘不拦你！"她从怀中取出了那个护身符，亲手给致庸戴上："二爷，走吧，你的亲人都等着你凯旋归来……"

大队重新上路。玉菡一边泪眼婆娑地眺望着远去的车马，一边哽咽着对铁信石道："他也不年轻了，有人说他这次不惜倾家荡产也要做成这件事，是为了沽名钓誉。不，他们错了，他只是想在自己的余生为国为民做成一件大事，只要一件大事就够了！不然这个人会死不瞑目！"铁信石突然跪下道："太太，铁信石不能再陪在太太身边了，铁信石决定追随东家到新疆，尽自己的力量保护他……""为什么？"玉菡闻言又惊又喜，问道。"太太从前问过我，为何数十年间，身在乔东家身边，却不报杀父的大仇。太太，铁信石不杀乔东家，固然是因为太太，因为太太一生心爱的人就是乔东家，我杀了乔东家太太定会心痛而死，同时

也因为铁信石多年亲眼所见，乔东家一生做了多少利国利民的大事、好事。铁信石今天当然……当然也舍不下太太，但铁信石也是个男人，乔东家既然让铁信石今生明白了做人的大义所在，铁信石就不能对他今天做的大事再无动于衷。太太，铁信石去了！"

玉菡流泪道："铁信石，我早有这个想法，想请你重新出山，随他而去，替我时刻陪在他左右，可我又张不开口，因为他到底是你的仇人。今天我觉得自己没有看错，你和他这一对仇人，竟是世上内心相知最深之人！"铁信石不再多说，猛地站起，平生第一次壮着胆子深情拥抱了一下玉菡，转身上马，追赶致庸去了。玉菡久久地站着，眼泪滚滚而下。

第二天致庸的大队人马到了榆次，前面官道上又出现了送行之人。致庸心中一动，急忙催马前行。松柏搭起的彩门下，酒桌前果然站着雪瑛。雪瑛看着他远远驱马而来，尽可能抑制内心的情感，手捧酒杯道："表哥今日西征，雪瑛来送一送。"致庸望着雪瑛那双曾经清媚如水，如今已被无情的岁月磨砺得大气、平静、从容的眼睛，望着她鬓角的丝丝白发，不由泪水打湿了眼帘，道："谢妹妹！"

雪瑛咳嗽一声，含泪微笑举杯道："表哥，雪瑛一生不饮酒，今日送表哥万里西征，雪瑛陪表哥饮上三杯！"致庸心中感动，点头答应，当下举杯与她共饮。雪瑛放下酒杯，深深盯着他道："表哥，雪瑛今天在这里，不只是为表哥送行，雪瑛也是想提醒表哥，你不只欠着我一百五十万两银子，你这辈子欠了我那么多的债，离还完那一天可还远着呢。所以……所以你一定要活着回来！……"致庸心头一震，泪眼相视，信誓旦旦地道："妹妹，我记住了，为了还妹妹的债，我也一定要活着回来！"雪瑛回头，从胡管家手里接过一张契约，含泪笑道："表哥既然答应活着回来还欠我一生的债，这张一百五十万两借款的抵押契约，我就不用留着它了！"她一下一下，将那张契约撕成了一条一条，让它们如同美丽的白色蝴蝶

一样随风而去。致庸吃了一惊,深深地望她。雪瑛突然低声说了一句:"表哥,我老了吗?"致庸的眼泪终于滚落下来,道:"妹妹没有老,妹妹还像当年那样年轻,那样……漂亮!"说完,他转身上马,对雪瑛拱手,大声道:"妹妹保重,乔致庸走了!"雪瑛久久地在官道上站着,泪水长江大河般流了一脸。

第三十九章

1

致庸虽然早有心理准备，但他仍然没有料到，这一仗竟然如此凶险。左宗棠的大军出肃州抵哈密，然后左中右三路大军并进，向阿古柏的匪军展开了大规模攻击。但匪军依仗地理熟又多是骑兵的优势，在新疆广大的土地上与朝廷大军忽东忽西忽左忽右打起了游击战，而其主力则一直隐蔽在天山山口，伺机向大军的指挥中枢和后方辎重发起致命性攻击，以求一举击败左宗棠，重新在不利的战局中夺回优势地位。左宗棠不愧是一代名将，侦得敌人虚实后，不得已走了对于致庸的辎重大队来讲十分险恶的一步棋，将辎重大队与我军主力分割，有意露一个破绽给阿古柏，引诱他率主力出动，我大军则趁机以四面合围之势，将其包围歼灭。

致庸等人对于左大帅的战役计划毫无所知，仍然按照大帅的命令，指挥辎重大队向预定的位置前进。阿古柏果然上当，于一天深夜出动主力，向致庸带领的辎重大队发起了潮水般的攻击。在这次决定新疆命运的战役中，致庸率铁信石、长栓等人浴血苦战，并机智地派高瑞冲出重围，向左大帅报告了消息。我大军立即从四面合围而来，将阿古柏匪军团团围住，展开了一场惊天动地的大血战。在这场敌围我、我又围敌的混战中，靠铁信石死力相助，致庸才保住了一条性命，而铁信石自己身

中七刀，英勇就义。这场大战一直持续了三天，我军大获全胜，阿古柏势力自此一蹶不振，我军取得了收复新疆全境的决定性胜利！

旌旗飘扬，凯歌振天。第二年的春天，致庸将景岱和他带去的掌柜和伙计留下，自己率领大车队、骆驼队浩浩荡荡离开新疆，返回山西。临行前致庸与景岱他们告别，望着被无边的森林挟持着奔腾的伊犁河，河滩里碧绿的草地和雪白的羊群，致庸感慨自己终于又完成了一个夙愿：他以这种方式实现了一生中第三个愿望，到了中国西部的极边之地，并在这里开办了票号和商号，同时实现了汇通西北和货通西北。景岱向父亲告别，父亲这时在名义上已经是他的叔父了，只听这位叔父说道："景岱，你现在是乔家的长门长子，要好好地在这里历练，三年后我来接你回去，将乔家的生意全部交给你……"景岱向这位过去的父亲今日的叔父叩头，大声道："爹，您可不要忘了您的话，三年后一定来这里接我回去！"

出发时致庸两鬓斑白，回来时已是满头白发。战争锤炼出了另一个乔致庸，他目光内敛，沉着冷静且从容。但某些特定的瞬间，他眼神中蕴含的那一种坚定纯粹、刚直不阿，能让所有和他相见的人内心深深地吃惊与震撼。

是的，九死一生之后，乔致庸已经不惧怕任何人、任何事了。他的一生已实现了太多的抱负，除了东到极边这件事没有做到，他已经走遍了中国的南北西三个方向，在这些地方实现了他货通天下的誓言。唯一的遗憾是他还没能让汇通天下的理想变成现实，不过他不担心这个，即使没有他，也有潘为严大掌柜替他做这件事情。他还知道，只要朝廷不开放官银汇兑，大批银子进不了票号，汇通天下的目标就会一直难以实现。现在他和潘大掌柜要做的只有一件事：等待时机。

潘为严当初的分析果然没错，浑身伤痕累累的致庸在凯旋归来的当

月，就收到了一封来自京城的信。致庸打开看后，愤怒的红潮立即涌上了他的脸。他一言不发，将信交给了一旁的曹掌柜，在书房里快步疾走起来。

曹掌柜接过信来，迅速看了几眼，马上大变了颜色，怒道："朝廷怎么会这样！"高瑞赶过来，问："怎么了？"曹掌柜气得满脸通红道："潘大掌柜在信上说，左大人给太后老佛爷上了折子，请求朝廷尽快归还乔家为此次西征筹措的二百五十万两粮草银子。没料到太后见了折子，竟对庆亲王说，反正乔家富可敌国，不缺这二百多万两银子，张之洞张大人就要到山西来当巡抚，让张大人给东家写个匾，在门前一挂，就算朝廷和乔家的账两清了！"

高瑞飞快地看了那信，大怒，拍桌子道："什么太后老佛爷，堂堂一国之主，怎么能这样！以后再用兵，哪一个山西商家还敢再替朝廷筹措粮草？！"致庸漠然地坐着，一言不发，心中却暗暗拿定了一个主意。

2

谁都没有想到，山西祁县乔家大院的二爷乔致庸竟会用这么一种异常激烈的方式，去向朝廷讨还一个国家的诚信、一个商家的尊严与一名普通人活在世间所要求的公道。

一个月以后，在左宗棠连续三次上奏章无果的情况下，致庸终于走出了早就打算好的那一步，他头顶状纸跪在京城端门外，对来来往往的官员和百姓大声喊道："言而无信，不知其可，还我的银子呀，我为平定新疆垫付出来的银子呀！"

结果也并不出乎致庸的意料，跪了三天后的他再次被打入了天牢。在狱中他依旧嘶哑着嗓子喊道："言而无信，不知其可，还我的银子呀，

我为平定新疆垫付出来的银子呀……"典狱官没奈何地对着刑部大人王显道："大人，怎么对付这个人？"王显也无可奈何，只得道："此人一时也动不得，好好看住他，先饿他两天，看他还要不要自个儿的银子！"

典狱官一边把王显往外送，一边感慨道："王大人，真是旷古未闻的事情，区区一介山西商民，竟然到京城里向朝廷要银子，不让此人受点皮肉之苦，他就不知道马王爷三只眼！"王显哼了一声："事情恐怕没那么简单，上头说了先关着，怎么处置此人，得听太后老佛爷的懿旨！"致庸嘶哑的声音远远传来，典狱官回头看一眼，赔笑道："大人，小人也是山西人，和这乔致庸是同乡，从小就听说乔家祖祖辈辈都糊涂，还得了一个外号叫'糊涂海'，不过那也只是耳闻，今天这一位，可让我开眼了，这个乔致庸，竟然比他家里所有人更糊涂得出奇！他是怎么想出来的，竟然能头顶状纸，跪到端门外喊冤三日，跟太后老佛爷要银子，这不是当着天下人给老佛爷难堪嘛！"那王显也不说话，带人离去。深牢中致庸的喊声仍在嘶哑着继续："言而无信，不知其可，还我的银子呀……"

庆亲王府内，李莲英大大咧咧地坐着，呷着茶，尖声道："为了这么一个小小的乔致庸，张之洞上了折子，左宗棠也上了折子，就连已经远贬的胡叔纯，也敢上折子保他，帮他找太后要银子，还有一些个朝廷官员也不断帮他说好话……乔致庸一介匹夫，居然敢这么放着胆子跟太后闹，他真以为太后杀不了他吗？"

庆亲王赶紧道："李公公息怒，乔家除了财力，多年与朝廷官员结交，也是有些势力的。何况眼下这事已闹得天下皆知，这个乔致庸，恐怕老佛爷眼下还真杀不了他！"李莲英哼了一声："他让太后在满朝文武面前丢了脸，太后大为恼怒，已经说了非杀他不可！"

庆亲王赔笑道："太后老佛爷当然可以杀这么个小小的商民，但天下人此后会说，太后是为了不还乔致庸的粮草银子，才杀了他灭口。太

后可以堵住京城满朝文武的嘴，却堵不住天下人的嘴。所以李公公一定要劝太后三思……"李莲英看他一眼："太后刚才跟我说了，一定要杀他，太后才不管什么天下人呢！"

庆亲王想了想，小心道："公公，据我看来，乔致庸这回进了天牢，就没打算再活着出去，他现在想的，就是让太后一怒之下把他杀了，让天下人都指责朝廷没有信用！"李莲英一惊。庆亲王继续道："乔致庸是个什么样的人？他就是再糊涂，也不至于糊涂到不懂得以卵击石的道理！可他还是头顶着状纸在端门那儿跪了三天，公公你想想，他不是明摆着找死来了吗？"

李莲英一拍大腿点点头道："有点道理，我有点琢磨过来了。"庆亲王笑道："公公自然是聪明人，所以你说堂堂朝廷跟一个草民斗什么气呀。"李莲英斜睨着眼睛，笑看着他道："庆亲王，太后当然也可以不杀乔致庸，可太后也没有银子给他呀，这事怎么收场，你不是平时办法挺多的吗？快支招吧！"

庆亲王道："事情难办就在这里。乔致庸不怕太后盛怒之下，一刀将他杀了，还来要银子，那就是说，他是铁了心想要回这笔银子。朝廷不给银子，他是不会罢手的。可太后是不会给他银子的，所以思来想去，若太后实在不想还银子，那只有杀了他！"

李莲英哼了一声，有点不耐烦了："王爷，你也够绕的，一会儿说太后不该杀他，一会儿又说只能杀了。罢了罢了，你就看着乔致庸这么为难太后？他这哪里是要银子啊？他简直是拿着太后的脸不当脸，是在天下万民面前要太后的好看！太后说了，她什么都有，就是没有银子，实在逼急了她，她才不管什么千秋万代的骂名，先杀了乔致庸，解了恨再说！"

庆亲王赶紧道："我当然明白太后不想给乔致庸银子，可不给银子

又不好下台；杀了他不但是千秋万代的骂名，只怕目前就会群情汹汹。不过这事说难办也难办，说好办也好办，我们只需找一个能治得了乔致庸的人，让他自个儿乖乖地把台阶下了即可。"

李莲英挠挠脑袋："我都被弄蒙了，一时半会儿到哪儿去找这么个合适的人？"庆亲王笑道："本王这里正好有一个人。此人名叫孙茂才，为官之前，曾在乔家做过师爷，后来他不知怎么与乔家闹翻，做过两广总督哈芬哈大人很长一段时间的幕僚，此人颇有才干，也善钻营，我看就由他来办，他熟悉乔家的情况，又与乔致庸有深仇大恨，由他来对付乔致庸，想来定能遂我们的心思。"

李莲英打一个哈欠："既然这样，就由王爷做主好了，只要不让老佛爷烦心，不让她出银子，怎么都行！"庆亲王点头："只是还要烦劳公公启奏老佛爷，让军机处代皇上拟旨，把这个孙茂才弄来京里任刑部郎中，主管乔致庸一案！"

李莲英起身告辞，想了想又有点不放心道："哎，你说，这个孙茂才曾经和乔家闹翻，他会不会趁机对乔致庸来个公报私仇，置他于死地，把事情闹得更大？"庆亲王大笑起来："他若是那样，朝廷是有王法的，他治死了乔致庸，他的好日子也就过到头了，与我们有何干系！公公，找一个这样的人来做事，无论如何我们都会有退路的。"

李莲英回过神来："妙，兵法上有这一计，叫作借刀杀人！那孙茂才处理得好当然不错，万一弄砸了，那时朝廷上下，包括民间，就不会有太多议论了！"庆亲王点头笑着，恭敬地将李莲英送了出去。

3

茂才毕竟是茂才，太后为什么要点他到京城来主审致庸的案子，他

心里十分明白，他尤其明白自己有可能在替太后杀了致庸之后再被太后杀掉，以搪塞朝廷和民间的非议。但茂才不会让太后这么做，第一，他要把自己的小命保住，为此他发觉不能杀掉致庸，虽然太后希望他这么做；第二，他也不能轻易放过致庸和乔家。多年以来，虽然远离乔家，但他一直没有忘记通过各种渠道打探乔家的生意状况，他深信民间的一句谚语：瘦死的骆驼比马大。他的一生是从被致庸令人从乔家大院大门里扔出来为转折点的，也就是从那一天起，他给自己定下了人生的最大目标：等待时机，以自己能够使用的最阴毒的手段羞辱乔家，报复乔家，而且，一旦有了机会，仍然要在搞垮乔家后霸占乔家的产业。

想虽然这么想，但是到底怎么做，茂才进京时却没有什么成形的主意。他没有想到，这件事在第二天的下午，一个久在刑部衙门、不显山不露水的下等属吏就帮他想出了主意。这个主意是：试图自己或派人说服乔致庸自己下台阶，不再向朝廷要银子，以此保住乔致庸的命也保住自己的命，那在乔致庸是不可能的；同样，试图说服太后老佛爷不杀乔致庸，将二百五十万两银子如数付给他，从而平息这场轰动朝野的官司，那在太后也是不可能的。但即使如此，这位喝多了酒的老吏也还是帮茂才找到了活命之路。"老爷，这其实也好办。只要乔致庸不死，您就不会死。"那老吏道。"可是他不死，我怎么了结这个案子呢？""这更好办了，"那老吏道，"我的大人，难道真要乔致庸服了软，大人才知道怎样回太后的话吗？"茂才愣了半晌，一拍脑门道："明白了！哎呀，我怎么这么笨！你的意思是说，不管乔致庸服软不服软，太后要的都是一样的回话。天哪，这案子还没审，已经结了！"那老吏也高兴道："大人真是聪明，将来必定还会官升三级！"

茂才跟着就得意起来，到京后的烦闷一扫而光。"这么说案子就好办了。只要本官对太后回了话，说乔致庸服了软，认了罪，不要那

二百五十万两银子了，太后也就再没了话说。我的差事也就交了。""大人，事情还没有完。虽然您不能帮太后杀乔致庸，但这个乔致庸，您还是不能让他活下去。""你这又是什么意思？"茂才听得一头雾水。"大人，这件事还不好办吗？乔致庸要是自己死了，天下人还会认为是大人您杀死的吗？"那老吏已经喝醉了，奸笑一声道，"何况乔家是大商家，油水总还是能挤出一点吧！"茂才怔了许久，心里浮出了一线恶意，笑道："你说得都好，可我不能照你说的去办。告诉你，乔家这会儿已经没油水了！乔家要是还有油水，乔致庸还至于自个儿头顶着状子向朝廷要银子吗？你们这些人，不要再从这里头打发财的主意！"这老吏的酒一下就醒了，变色道："是，大人！小人喝多了，小人退下。"

室内只剩下茂才一个人的时候，茂才捻须，冷笑自语："太后，庆王爷，你们也够阴的，想抓一个孙茂才替你们背黑锅，我才不干呢，我有对付你们的办法了；乔致庸，这回我明里不让你死，暗里却不会放过你，你就看孙茂才当官多年后的手段吧！"

第二天，知道了消息的曹掌柜、潘为严、马荀、高瑞就一起来到了茂才的官衙，在他面前长跪不起。曹掌柜道："虽然当初东家对孙大人多有不敬，但事情到了这一步，我们大家还求大人看在过去有过的交情，看在我们几个人的面上，救东家一命！不然我们就跪死在这里！"茂才嗫着牙花子道："这……不好办哪！"高瑞道："孙先生，不，孙大人，您是主审官，难道您一点办法也想不出来？"茂才哼了一声："要说让他活命，也不是一点法子没有，但是你们说，我现在还值得为乔致庸徇私枉法吗？"

众人听出了话外之音，相互对视。潘为严道："孙大人，听说东家进了天牢，乔家大太太立马就赶来了，她也知道大人在朝廷里办事多有不易，曾经说过只要大人能救东家一命，乔家倾家荡产也愿意！"茂才

哼了一声道："我当然知道瘦死的骆驼比马大！可是曹掌柜，你们知道我孙茂才的胃口吗？自从乔东家带我北上大漠南到海，纵横万里做大笔大笔的生意后，孙茂才就喜欢上了银子，大笔大笔的银子。可是这次不一样，让我救乔致庸一命也容易，但你们要答应我的条件却很难，因为我不但要银子，我还要人！"众人大惊："人？"茂才道："对。你们都还记得当初乔致庸是为了谁把我从乔家扔了出来吗？正是乔家的那位大太太。"众人不觉大骇，互相看了一眼。茂才仰天大笑："乔致庸不是把他大嫂看成母亲吗？告诉你们，本官我当初确实看上了曹氏，孙茂才今日仍然没有家室，我这回要娶曹氏做我的正妻！让她带着乔家的全部家产和生意做陪嫁！"曹掌柜叫出声来："这个……"茂才不笑了，冷冷望着他们："我的话说完了。乔家若能答应我的条件，乔致庸就能活；乔家不答应，你们就等着为乔致庸收尸吧！"他说完了，拂袖走入后堂。众人色变，曹掌柜掩面仰天长叹："天哪！他怎么成了这么一个人！"

众人走出茂才官衙，高瑞放声大哭。曹掌柜和马荀也跟着落泪。高瑞哭道："东家这回死定了！"马荀也哭，恨道："孙茂才这个王八蛋，他还是个人吗？！曹掌柜，潘大掌柜，我马上回包头，雇一个顶尖的蒙古武师，进京杀了这个坏种！他不让东家活，我们也不让他活！"潘为严比他们冷静，道："各位都别哭！就是杀了孙茂才，东家也还是要死。有句话不知道大家忘了没有，叫作天无绝人之路！咱们回去，把事情禀告大太太，让她拿个主意！"

大德通票号的内室里，曹氏久久地坐着，几位大掌柜在门外恭立。刚才是大家公推曹掌柜向曹氏说了去见茂才的经过，以及茂才的回话。自那以后，曹氏就一直这样坐着，她已经坐了漫长的三个时辰了。

曹掌柜和潘为严、高瑞、马荀站在门外，不敢离去。曹掌柜这会儿已经后悔了，说出那些话时他还没有多想什么，一经说完就马上意识到，

茂才的话已将致庸的生死和曹氏嫁与不嫁联系在了一起！他担心曹氏听了茂才那些话会一时想不开，没救出致庸，自己先寻了短见。他们都知道，曹氏是个极为刚烈的女人！

天已过午。曹氏慢慢站立起来，对门外众人道："曹掌柜，潘大掌柜，马大掌柜，高瑞，我嫁！"众人一起奔进门去，大骇："大太太……"曹氏流泪道："诸位爷，想我曹氏，无德无行，自嫁到乔家，先是丈夫中年夭亡，接着一子又死，当初又是因为我，让致庸与孙茂才结了不共戴天之仇，为二弟引来了今天的杀身之祸，给乔家引来了灭顶之灾……自从……自从让孙茂才这个天杀的摸过手，我的品行已亏……乔家祖训，不准休妻，二太太为了救致庸，救乔家，宁可自休，现在想起来，应该自休的是我！……曹掌柜，你们去告诉孙茂才，曹氏答应嫁他，并带上全部所有，作为我的嫁妆！"

高瑞哭起来："大太太，您不能……"曹氏冷冷一笑道："我不能？到了这种时候，曹氏还有什么不能？乔家已经败了，我将带走全部家产，嫁给孙茂才。曹氏自小生在巨商之家，十几岁时我曹家败了，嫁入乔家，现在乔家又败了，我快六十岁的人，还有人娶我，做堂堂五品官的正妻，我一生的福气不浅哪！"众人一动不动地望着她，以为她疯了。曹氏又道："诸位爷，告诉孙茂才，我今天答应嫁给他，他也要答应我一件事。曹氏出嫁之日，也就是二爷出狱之时。看不见致庸出狱，我就不发嫁！"众人仍旧一动不动。曹氏怒道："你们为什么不动？你们快去帮我办事，这一回，我曹氏要体体面面地嫁人，风风光光地嫁人！"众人还是不动。曹氏怒喝："快去，你们为什么不去？你们还要让我这个女人，自己走到衙门里，去对孙茂才说吗？"

仍然没有人动。所有人都望着白发飘飘的曹掌柜。曹掌柜深深地看着曹氏，久久地望着她，突然跪下来，悲怆道："太太，我替东家谢您！

734

曹某给您跪下了！"说话间众人一起跪下，哭道："谢太太！"

曹氏的眼泪滚落下来。

当天下午曹掌柜和潘为严就到了茂才官衙，给了他曹氏的回话。茂才开始不相信："真的？曹氏亲口答应带着乔家全部家产嫁给我？"曹掌柜道："对，我们家大太太亲口对我们说的，为了救东家，她愿意带着全部家产嫁到孙大人府上来。但是……"茂才道："我就知道不会没有条件，说吧，怎么做这笔生意？"潘为严道："大人，大太太说，她嫁入大人府上之日，就是我们东家平安出狱之时。不见到东家出狱，她不发嫁。"茂才想了想道："这个本官早就想到了，她不这么想倒不对头了。哎，不过有件事我要个证据，曹氏怎么能保证她会带着乔家的全部家产嫁过来？"潘为严道："这个我们也为大人想到了，大人，这里有大太太自己具结的一纸婚书，上面写明她身为乔家的长门长媳，在没有将家产当着族人的面转移给二弟乔致庸之前，仍是乔家全部家产的实际所有人，到了那时，她将带着这些家产出嫁！"茂才看了看婚书，放了心，道："好。真没想到这个女人，这回办事如此干脆利落。行，婚书我收下了，既是这样，我也没什么说的了，咱们的生意成交！"

曹掌柜颤声问："那……大人什么时候娶亲？"茂才道："曹掌柜，你怎么也学会给我弯弯绕了？你是想问，乔致庸什么时候能活着走出天牢。我告诉你，我这就去见庆王爷，帮你们活动乔致庸出狱的事。只要太后那边一点头，我就要办喜事，你们也就能到天牢门口接你们东家了！"曹掌柜和潘为严相视一眼，拱手道："孙大人，咱们一言为定，我们告退！"

当晚，庆亲王府内，茂才俯伏在地，正向前者禀报："王爷，经微臣一番开导，乔致庸幡然悔悟，痛哭流涕，决心撤回状子，痛改前非。"庆亲王看一眼李莲英："李公公，你觉得这事是真的还是假的？"李莲英问茂才："银子呢？他还要吗？"茂才赶紧道："回公公，乔致庸说，他

那二百五十万两银子，实是乔家倾家荡产，为朝廷垫支的，为表明对太后老佛爷的一片忠心，他也不打算要了！"庆亲王喜道："孙茂才，你的差事办得不错。既是这样，念乔致庸一向糊涂，听说又有风瘫之疾，想太后老佛爷也不会严加惩处了。不过，你要代乔致庸写个条陈，讲一讲他的悔过之意，在朝会上替他读一读，才好让他回乡，闭门思过！我这就进宫，请太后老佛爷的示下！你等着！"茂才答应了一声，爬起来，看着他们走出去。

庆亲王果然去了坤宁宫，一个人在宫门外恭候良久，才见李莲英托着一套官服走出来。庆亲王道："李莲英，你让本王等了这么久，太后老佛爷怎么说的？"李莲英道："王爷，太后老佛爷说，乔致庸的事，听凭王爷发落，不过眼下还不能就这么把乔致庸放回家，这样放回家，天下人还是会说朝廷欠着乔家的银子！"庆亲王一惊："那……太后的意思是？"李莲英道："太后说，念乔致庸一片忠诚之心，愿用此次这二百五十万两军费银捐一个官，皇上答应了，因此让吏部特授他一个同山西省布政司布政使的职衔，虽不是实职，可也是个从二品。这套官服，让王爷派人交给乔致庸。对了，别忘了告诉他，朝廷和他的账，从此两清了！太后还说，要吏部布告天下，让万民皆知！"他一边说，一边将官服交给庆亲王。庆亲王看了看李莲英，二人放声大笑。庆亲王道："太后圣明！太后到底比我们都有办法！"

这套官服当夜就送到了乔家大德通票号，由曹掌柜躬身呈交给曹氏。曹氏拿过官服来看，道："官服不错。是苏州的绣工绣的，我乔家用两百五十万两银子买的这套官服，到底不是假货！"说着，她"哇"的一声吐出血来。杏儿急忙上前扶住。曹氏让自己平静下来，道："收起来吧。赶明儿二爷出了狱，留给他穿。"杏儿将官服收起。曹氏背身而立，问："曹掌柜，孙大人那边，定下日子没有？我可是有点等不及了！"曹掌柜吃

了一惊道:"回太太,孙家那边已选好了黄道吉日,就是明天!"曹氏又问:"明天什么时辰?""吉时定在午时三刻。""二爷什么时辰出狱?""东家比大太太吉时早一刻钟,午时二刻。"曹氏道:"好。这样明天我就不能再见二爷了。今天夜里我要亲手做几个菜,去天牢里见见二爷,我们叔嫂一场,有些话要说。"曹掌柜流泪道:"知道了太太,我这就去准备,等会儿让长栓陪您去。"

4

这天深夜,曹氏的突然到来让致庸有点吃惊,却没有多想什么。曹氏一进囚室就强作欢颜,道:"兄弟在牢里受苦了,嫂子是个女流,别的事情帮不上忙,今晚做了几个你爱吃的小菜,兄弟,你就快趁热吃了吧。"致庸心中感动,却也露出笑脸,道:"嫂子,真没想到,致庸身陷天牢,死前还能吃到嫂子亲手做的小菜。致庸吃了嫂子亲手做的菜,就是明天上路,也心满意足了。嫂子,致庸谢你了!"曹氏心中如同刀绞,却道:"那就快吃!嫂子还像你小时候,看着你吃!"致庸举箸,笑道:"嫂子,致庸吃了!"曹氏道:"吃吧,尝尝这是什么菜?"致庸吃了一口,道:"吃出来了,是我们乔家年终招待大掌柜时有名的八碟八碗名菜中的大菜喇嘛肉,我说得不错吧?"曹氏道:"兄弟还真吃出来了!这个菜你小时候最爱吃了。那时你大哥掌家,你还小,上不得席,急着要吃……"致庸抢过话头说:"那时大嫂疼我,就偷偷地从未上席的盘子里给我拣出几块,放到一只小碟子里,让我藏在厨房的桌子底下吃!大嫂,你也吃!"他像小时候一样拣起一块菜给曹氏吃。曹氏脸上现出笑容:"好,兄弟,嫂子也吃。你再尝尝这个,这是什么?……"

这顿饭吃了太长的时间。在致庸心中,曹氏今日来给他送饭,大约

是听到了朝廷的消息，他的死期快要到了；而在曹氏心中，这是她最后一次看着致庸吃饭。从小到大，她多少次这样看着他吃饭，他就像她的一个孩子一样。在明天午时三刻走出那一步之前，她能带给致庸的就是这一顿饭了！而且，藏在她心中的那个秘密和负担，她也只有今晚的机会说出来了！

收拾碗筷的时候，曹氏突然道："兄弟，有一个秘密，在嫂子心中藏了二十五年，今天要说出来了。兄弟，你大哥临终时，留下的遗言并不是让你接管家事，弃儒从商，他说的是不管乔家出了什么事，都要让你考下去，让你走学而优则仕之路。你大哥知道兄弟你聪慧灵透，天赋过人，走科举之路一定大有作为。嫂子是听了曹掌柜的话，为了救乔家，才对二弟撒了谎，让你走了一条经商之路！二弟，是嫂子害了你！"

这却是致庸从没有想到的，一时间他震惊地望着她："嫂子，原来……原来我二十五年做商人，竟是一场错误！"曹氏点头："兄弟，事到如今，为嫂就是后悔也来不及了。你要是恨为嫂，你就恨好了。为嫂的过错，只能下辈子补偿给二弟了！"致庸想了想，慨然道："嫂子千万别说这种话！致庸能长大成人，全靠大嫂。大嫂虽然改了大哥的遗言，可大嫂也给了致庸机会，让我北上大漠，南到海，西到极边之地，将生意几乎做遍了整个中国，也正因为如此，致庸也才会当此乱世之中，南下武夷山，北上恰克图，东去苏杭二州，为天下商人重开茶路，重开丝路和绸路，做了多少大事！虽然致庸看不到汇通天下的一天了，可致庸知道，它总会成功的！大嫂，致庸没有去读书做官，却为国为民做成了这么多大事，致庸不但不会怪大嫂，还要谢谢大嫂。如果真有来世，致庸下一辈子还想生在乔家，与大嫂再做叔嫂，把汇通天下做下去，直到它成功！"曹氏怔怔地看着他，已经有些难以支持，突然大声道："兄弟，为嫂可就走了！"致庸猛地跪下，大声道："嫂子，致庸本打算等大嫂百年

之后，替大嫂送终，可我做不到了！致庸是个冤死的人，死后精魂不散，夜夜会去入嫂子的梦！"曹氏不去扶他，又大声道："兄弟，为嫂真要走了，今生今世有对不起兄弟的地方，你就宽待嫂子是个女人吧！"说完，她大哭着跑走。致庸站起，在囚室大喊了最后一声："嫂子！……"

令致庸没有想到的是，第二天午时二刻，刑部来了一纸文书，将他从天牢里释放出去；长栓和高瑞赶来，也不说话，急将他塞进一辆马车，就朝城外飞驰而去。午时三刻，曹氏一身嫁衣，坐进花轿，被抬进茂才的官衙。离开大德通票号前，她从袖口中拿出一封信，交给曹掌柜，道："曹爷，我这里有一封信，信里有些重要的东西，待会儿曹氏上了孙家的花轿，你们俩不要管我，立马让人骑上快马，去赶高瑞和长栓，将信交给二爷，不得出半点差错！"曹掌柜心一动，点头道："太太放心！"曹氏起立，走向门外的花轿，曹掌柜及众人轰然一声跪下，悲愤地叫道："曹某和众人送太太了！太太走好……"花轿抬走之时，也是玉菡和雪瑛从山西分别赶到之时，曹掌柜当即将曹氏交给他的信给了她们，二人看罢大惊，玉菡哭道："这是大嫂自己写下的从乔家自休的文书！她出嫁时，没有带走乔家的任何产业！"雪瑛落泪，叫了一声："不好！大表嫂这一去，凶多吉少！"

孙家洞房内，曹氏一动不动地坐着。鼓乐声中，茂才醉醺醺地走进来，用秤杆帮曹氏挑去盖头，哈哈大笑。曹氏亦对他冷笑。茂才道："大太太，久违了。当日在乔家一别，茂才对太太你可是一日不见，如隔三秋啊。我本以为今生今世，再也见不到你了呢，没想到山不转水转，石不转磨转，你当年太谷大商家曹家的千金小姐，祁县大商家乔家的大太太，竟然转到我的床头上来了，还带来了乔家全部的产业做你的嫁妆！这一转眼我孙茂才也成了家资百万的富人了！来来来，既然你我真做了夫妻，那就让我老头子亲一个嘴儿……！""啪"的一声，他脸上挨了一个响亮

的耳光。茂才一惊，酒醒了大半，嚷道："曹氏，你敢打老爷？"曹氏大笑，眼泪涌出："孙茂才，你这猪狗不如的东西，大太太我今日来是来了，可我是为了骗你，为了救我兄弟的命！想我曹淑芬，千金万金之体，岂是你这样的无耻之徒可以碰一碰的？打了你，也脏了我的手！"

茂才有点发愣："什么什么？你说清楚点儿？你骗了我？你骗了我什么？你快说！莫非你……"曹氏含泪道："孙茂才，想当初你一个比叫花子好不了多少的东西，来到我们家，致庸好心收留了你，我看你可怜，让人帮你缝衣服，做鞋帽，你才像个人样儿！可我万万没想到，你竟是个人面兽心的东西，竟会在我一个大门不出二门不迈、一辈子只知道相夫教子的弱女子身上打起了鬼主意……也是我一时软弱，让你拉了我的手，从那一日起，我一生的名声就亏了！谁知你害了我还不够，为了得到乔家的家产，又要借朝廷的刀，置致庸于死地！孙茂才，世间竟然有你这样的人，我真是闻所未闻！天哪，这样的人，为什么要让我曹淑芬碰上，我前辈子作了什么孽了？"

茂才的酒完全醒了，叫："哎，哎，先别扯这么远，你说你骗了我，你怎么骗了我，难道你没有带来你的嫁妆，我的意思是，乔家的全部家产？"曹氏拿出一张文书，冷笑一声道："孙茂才，你看看，这是什么东西？"茂才接过来一看，大惊："什么，这是你的休书，你把自个儿从乔家休出来了？"曹氏疯狂地大笑："孙茂才，你现在后悔了吧？你以为你娶了曹氏，就得到了你一辈子做梦都想要的一切，可是没想到，你今天娶到的只是曹氏一个人，什么嫁妆，什么乔家的产业，你都没有得到！"

茂才大怒："你你你……我和乔家有婚书的，你休想凭这一纸休书，就让我落了个空！我孙茂才不是那么好糊弄的，你拿这一张纸，骗不了我！"他三下两下撕碎了那张休书。曹氏笑道："你撕吧，休书一式两份，另一份我已经交给乔家人了。我将自己休了以后，就不是乔家的大

太太了，不是乔家的太太，自然也就不再掌管乔家的产业。孙茂才，你失算了，你只娶了一个白头发的女人做你的娘！"茂才跳脚，嚷道："不！不行！……你竟敢骗到我五品朝廷大员头上来了，我不能吃这样的哑巴亏！曹淑芬，你……你怎么给我来的，怎么给我回乔家去，我要的是一个带着乔家全部家产作嫁妆的女人，不是你这样一个两手空空的女人！你给我走，现在就走！"曹氏道："孙茂才，你三媒六证，八抬大轿将曹淑芬抬进了你们家，谁都看见了。你抬进来容易，再想抬出去就难了！是你害了我这个可怜的女人一生，来来来，我给你看个东西！"

孙茂才不知是计，走近来："你还有什么值钱的东西可以给我看？"曹氏待他到近前，一把揪住他前胸，从怀里摸出一把明晃晃的尖刀："孙茂才，是你害了我曹淑芬，今天嫁到你家，就是我的死期，也是你的死期！"她一刀扎过去，茂才躲闪开，将她推倒，大声叫："你你你……你这个疯婆子，来人，把她给我捆起来，扔柴房里去！"曹氏泪流满面，将刀横在脖子上，叹道："孙茂才，我知道我一个女人，没有力气，杀不了你，可是我连我自个儿也杀不了吗？我今天在你家里杀了我自个儿，我就清白了，我就用我自个儿的手，给我自个儿讨了一生的清白！呀——"她手一抖，只见鲜血迸出，身子一软，慢慢地倒了下去。

大德通票号内，乔家众人很快就知道了消息。玉菡和雪瑛哭道："大嫂没有儿女，她为乔家而死，我们这些人就是她的儿女，我们去孙家，为她披麻戴孝！"曹掌柜哭道："是我这个糊涂的老头子把大太太送上轿的，我就是不能让她再活过来，难道我就不能为她充当一回孝子吗？"众人齐道："走，咱们去孙茂才那儿要人去！"

庆亲王府上，庆亲王本人也很快听到了消息。他等了好大一阵儿，才见李莲英小跑着来到，嚷着："奴才李莲英，给王爷请安！"庆亲王道："李大总管，你可来了，你说这事，该怎么办？"李莲英笑道："王爷，

这事有什么不好办的？现在满朝文武都说这个孙茂才该杀，咱们以他贪赃枉法逼死人命为由，把他杀了，不就结了？"庆亲王想了想，道："这是老佛爷的意思？"李莲英道："这倒不是。王爷，这个孙茂才贪图乔家家产，逼死了乔致庸的寡嫂，闹得天怒人怨，他是死有余辜。可话又说回来了，要是把他杀了，民心倒是大快，可以后再遇上乔致庸这样的麻烦事，找个人为太后分忧，就没人愿意干了。所以说，这个人，又不能杀。"庆亲王点头道："我明白了，太后一定有了旨意。"

李莲英道："太后乃一国之太后，当然要顺从民意，这个孙茂才实在可恶，不能继续留在朝廷里做官，就是不杀他，也不能让他活得好，问他一个罪名，找一个边境苦寒之地，终身发配，不得回原籍，这样，也能大快人心吧！"庆亲王笑道："太后圣明，就这样办！"

第四十章

1

　　乔致庸终于回到了乔家大院。曹氏的死对他的打击那么沉重，以至于他真的一病不起。这一次他真的得了风瘫之疾，有一阵子，乔家人几乎觉得他再也缓不过劲儿来了，连后事都给他预备下了。在乔家没人主事的日子里，景仪带着两个兄弟，到了太谷，请玉菡回家来代为理家。玉菡无奈，但说好了只住外宅，不在乔家大院里居住，景仪和曹掌柜也只好依了。所谓福无双至，祸不单行，这段日子里，乔家又遭遇了新的祸殃：致庸过继给长门的景岱在新疆大德兴和大德通分号做管事的第三年，临近返家的前夕，因积劳成疾而过世。噩耗传来，病情已稍有起色的致庸再次受到了沉重打击。他挣扎着从病榻上起了身，要亲自带人去新疆将景岱的灵柩接回来。无论玉菡和曹掌柜怎么劝阻，他仍然哭着道："我跟景岱说过的，三年过后，我亲自到伊犁接他回家，我们父子一场，不能说话不算话。我一定要去。"众人拗不过他，只得让他去遂自己的心愿。这一趟曹掌柜亲自陪他去，路上走走停停，不敢让致庸过于劳累，但让他暗暗吃惊和高兴的是，这样离家走出来，致庸的病体倒一点点地强健起来，气色也一天天地变好，眼睛里又时不时地开始闪烁起年轻时那种极为明亮、锐利、英勇无畏的光。这种从身体到精神的全方位的恢

复最后完成于他们从新疆回来之后。致庸将景岱葬埋于曹氏身边，葬埋在乔家死在商路上的先人和早先死在恰克图的景泰身边。与儿子的灵柩最后告别时，他竟然没有太多地流泪，只是连着大声说了几个"好"字："儿子，好！好！好！"到了第二天，他便对曹掌柜说，他要去东北为大德通票号设庄。没有人拦他，玉菡给儿子送完葬就回太谷去了，致庸将部分家事交给景仪，就带着长栓走上了去东北的路。长栓也老了，前年翠儿因病死去，给他留下一个儿子和那只鸳鸯玉环。临死时翠儿将玉环交到长栓手里，让他卖给致庸，换几两银子。长栓道："你是不是疯了，这东西我怎么能卖给东家？我送给东家好了。"致庸问明了事情的来由后对长栓道："我给你一两银子，你把它卖给我。"长栓惊道："东家，您还想用一两银子买下一只玉环？"致庸道："你这个老长栓，你不懂得翠儿的心。翠儿叫你卖给我，你就卖给我。"

致庸这次用了半年时间才到东北，在安东等地为大德通和大德兴设立了分号。面对着滚滚奔流的鸭绿江，致庸泪流满面："这就是东方极边之地，乔致庸九死一生，今日还是来到了这里，把生意做到了这里。长栓，咱们回吧。我一生想到的地方都到了。我累了，一生的事业已经做完，再过两年，我把家事交给景仪，就再也不会出门了。"

两年后，马荀死后自告奋勇出任包头乔家复字号大掌柜的景仪被仇家买通一蒙古武师暗杀于雁门关下。致庸一夜间须发皆白。他强忍着悲愤，到包头弄清了事情真相，原来景仪少年气盛，不遵父亲教诲，又与达盛昌邱家的少东家邱千里争做起了胡麻油霸盘，结果为邱千里雇凶杀死。致庸痛定思痛，没有以血还血，却亲自去了一趟邱府，和年过百岁的邱天骏见了一面，为儿子带头挑起霸盘生意的事先向邱老东家道歉，重申两家永世不做霸盘之约仍然有效。邱天骏感慨于致庸的胸怀，在景仪出殡之日，和儿子邱千里一同披麻戴孝，在坟前发誓永生永世再也不

与乔家为仇。只是事情过后，致庸回到家里，突然呕出血来。

致庸病了，这一病就是数年。好在乔家的生意并没有受到太大的损失。大德兴这方面，曹掌柜老当益壮；包头复字号那里有高瑞支撑；大德通票号这一边，潘为严大掌柜越做越好，渐渐开始有所赢利。致庸明白，他的一生已活了太长的时间，这太长的时间施加给他的打击早已将他的心击成碎片，可他仍然不能死。第一，他还没有看到汇通天下的一天；第二，乔家还没有攒够三百万两银子，让他能够还给那位救了他的命的"恩人"。他不能走还因为另外一个信念，那就是：死是容易的，可活着把看似永远不可能成功的事做成功，才是最难最难的。他与他的命搏了一辈子，他的心虽然碎了，却没有死。

他要等下去。

2

光绪二十六年夏日的一个清晨，北京紫禁城神武门内一片混乱。八国联军打进了北京，慈禧太后携光绪皇帝仓皇西逃。此前潘为严凭借自己在官场中结交的耳目，早早地就判断出大局不好，将大德通票号的库银走运河运往了南方，人员和他自己则在洋兵进入北京城的十天前全部撤回了祁县总号。

致庸知道两宫西狩的消息已是七月末的一天。这天下午，潘为严从祁县抹着汗走进了乔家大院，神色匆匆。那时致庸正神情平静地坐在窗前，看一枝新开的石榴花。潘为严犹豫了一下才拿出一封信来，道："东家，御前大臣桂月亭来信，北京陷落，两宫西狩，八月初大约就到山西了！"

致庸吃了一大惊，过了半晌，眼中滚出泪来："这么说大清国还是亡了？五千年衣冠之邦，竟要沦于夷狄之手？"潘为严叹一口气："东家，

眼下不是难受的时候，外头纷纷传说，八国联军的总司令、德国大元帅瓦尔西，获知皇太后和皇上逃往山西的消息，决定率大军亲征。东家，从太原府到晋中各县，不少商家撤庄的撤庄，关张的关张，许多人已携家带口逃往江南！东家，我们也要想一下对策了。"

致庸呆呆地望着他，望了很久，像望着一个不可挽回的事实，突然悲愤道："谁愿走谁走，我不走！这里是我的家，我为什么要走？你们要走你们走好了！"潘为严劝道："东家，洋兵一旦打进来，玉石俱焚，您老还是跟我们一起走吧！"致庸在地上"咄咄"地捣着拐杖，痛声道："潘大掌柜，大清国都亡了，我乔致庸还能往哪里去？这里有我祖宗的坟墓，我的父母，我的大哥和大嫂，还有我的两个儿子，都埋在这里，我为什么要走？我都八十多岁了，就是死也要死在自己家里，自己的土地上！对了，长栓，长栓，我的官服呢？把我的官服给我找出来，我要穿上它！"旁边的长栓呆呆看着他，半天没反应过来。潘为严想了想，吃惊道："东家，您是说当年太后强卖给我们的那套二品的官服？"

致庸点头，苍凉道："对，就是它！大清国不亡，乔致庸不愿买官，可大清国若是亡了，乔致庸就是它的最后一个孤臣孽子，我要穿着这套官服去死！"长栓犯难，道："东家……当初您好像吩咐我把它扯碎了做孩子的尿布……这会儿上哪儿找去？"年迈的张妈走进来道："老爷，这套官服我收着呢，翠儿当年没舍得撕了它给小栓做尿布！我帮您找去！"

内宅里的女人们很快就知道了消息，很快景岱媳妇就领着众人走出来，跪在致庸面前哭道："爹，别人家都走了，我们怎么办，还是走吧！"致庸看着心烦，对长顺道："长顺，潘大掌柜，你们安排他们走。长栓，你也带小栓走！"长栓道："老爷不走，我也不走！我跟了您一辈子了，您要留下来找死，我也得陪着！"潘为严见事情僵住了，忙代替致庸马上安排车辆，带乔家的女眷、孩子以及家人离开。十二岁的长孙映霞对

致庸道:"爷爷,您不走,我也不走!"致庸高兴:"好样的!"长顺带着景岱媳妇等人往外走,致庸喝一声:"站住!"长顺回头:"老爷,还有什么吩咐?""别忘了还有两个人呢,也要赶快安排撤走!"长顺愣了一愣,忽然明白了他说的是太谷陆家的玉菡和榆次何家的雪瑛,大声说道:"东家,知道了!"

致庸回头看着潘为严:"他们都走了,你怎么不走?"潘为严笑了笑,道:"东家不走。我是大德通的大掌柜,职责所在,不能走!"致庸又高兴了:"不走好!不走咱们一起留下!""不行,我得回大德通总号,我要守在那里!"潘为严道,忽然笑起来,"东家,我们留下来,说不定还有生意做呢!"

山西总督衙门,山西总督毓贤和李莲英二人对坐,愁眉不展。李莲英尖声道:"毓大人,太后的意思是我们只在你这儿歇歇脚,立马就要赶往陕西,陕西山西好歹隔着一条黄河,到了那儿,太后和皇上恐怕才能安全一点!刚才太后还夸你呢,说这一路上,除了一个岑春煊,大人是第二个主动出城接驾的地方官。这会儿你怎么会为了三十万两银子,这般束手无策?"毓贤为难道:"李大总管有所不知,近日山西境内盛传洋人要打过来,太原府及晋中各地的商人和老百姓能走的就都走了,不走的多半都是些穷酸或者硬骨头!太后从山西到陕西要走一个月,一天没有一万两银子过不下去,我都明白,三十万两银子在过去也不算什么,可在今天,就不容易了!"

李莲英没好气道:"毓大人,这话你只能跟奴才我说,可我怎么向太后老佛爷回呢?我要是照实了回,太后老佛爷一准会说,毓大人是不是也觉得大清国亡了,我们娘儿俩没用了?毓大人不借给我们娘儿俩银子,莫不是想让我们就这样困在山西,让洋人赶来杀了我们?或者毓大人想让我们每天吃没吃的,喝没喝的,饿死在去陕西的路上?"毓贤到

了这时，也不害怕了："不管这些话是太后说的，还是李大总管自个儿说的，毓贤一定尽力筹措这些银子，你就瞧好吧！……来人！"一队兵将拥进来。"快到太原商街上，将所有商号特别是票号里没走的掌柜和伙计都给我抓回来熬鹰，向他们借银子！什么时候他们答应了，再放他们出去，不然就一直饿着他们！"毓贤发令。众兵将答应着，一拥而去。

只半天工夫，太原府商街各商号票号留下看房子的掌柜伙计都被抓了来。毓贤派人明确告诉他们，没有人答应借银子，谁也别想出去。这些掌柜伙计们私底下嘀咕："大清国都亡了，太后老佛爷还找我们借银子，她还得起吗？那还不是肉包子打狗，一去不回？""借银子借银子，朝廷多年来从我们这儿勒索了多少银子，还不是让洋人打进来了？不能借给她！"不一会儿毓贤自己也走进来，坐下，要众人一个个表态。一些胆大的伙计就大声叫起苦来："大帅，皇太后和皇上把北京城都丢了，现在借了银子，他们还吗？"有的喊："就是亡不了，我们东家也不会借银子！当年左大帅平定西北，从乔家大德通借走那么多银子都没还，我们还敢借吗？再说我们都是看房子的伙计，就是想借，也不当家呀！"毓贤气得浑身发抖，大叫道："你们不借银子也行，那你们就在这里待着吧，说好了诸位，我这里可不管饭！"

在被抓起来的票号伙计中，也有一名大德通太原分号跑街的伙计，名叫贾纪樱。这贾纪樱进了总督衙门，只是睡觉。这时被毓贤的兵用脚踢醒了过来。"哎，干什么？"他睡眼惺忪地喊。"干什么，说，借不借银子？"一兵将道。"那他们借不借？"贾纪樱问。"他们……也没说不借！"兵将的舌头有点打不过弯儿来了。贾纪樱看了一眼，又要睡去。毓贤看得心烦，自己走过来。问："你们这些人，到底借不借？不借我可要用刑了！外面准备刑具！"说着就让人把几个掌柜模样的拉了出来，打得嗷嗷直叫。贾纪樱像是没听见，照样闭眼睡去。毓贤大怒，道："把这

一个也拉出去打！"贾纪樱猛地睁开眼，跳起来："哎哎，别打我，我也没说不借呀！"几个兵马上揪住他，叫道："大帅，有人愿意借银子了！"毓贤走过来，盯着贾纪樱："你是哪家的伙计？""大德通的！"贾纪樱道。"大德通？你们的东家是不是叫乔致庸？""对呀！""你真能做得了主，借给太后银子？""我做不了主说什么？我说话自然算数！""那好，来人！带着他去乔家的铺子里借银子！"毓贤大叫。"大帅，现在去我们的铺子是借不到银子的，银子早就回到了祁县，他们得随我回祁县借银子！""那我们就跟他去祁县借银子，看好别让他跑了！"众兵将得令，揪着贾纪樱出了总督府。

潘为严知道贾纪樱给东家闯了大祸已经是第二天早上的事情了。来到祁县大德通总号后，贾纪樱让众兵将守在大门外，自己走进去，将事情说给潘为严听。潘为严一听就急了，道："你这个贾纪樱，怎么这么大胆，答应借给太后银子！"贾纪樱却嘻嘻地笑："大掌柜，不是让他们吓的嘛，要不这会儿我还在那儿挨打呢！我也没打算真借给他们银子，要不这样，你这会儿就带我出去，对那伙兵将说，贾纪樱一个跑街的伙计，越权答应借给别人银子，违反了店规，现在从店里除名了！大掌柜，你想，我都不是大德通的人了，他们还找谁借银子去？"潘为严没他那么乐观，想了想道："不行，我得去见东家，问问他事情该怎么办！"

潘为严出门上马，一溜烟地到了乔家堡。进了乔家大门，只见致庸身穿二品官服，迎着大门端坐在一张太师椅上，面前是一杆架好的火枪，手里拿着那只单柄长筒望远镜。长栓和映霞一左一右，如同哼哈二将，站在他身旁。潘为严吓了一跳，惊道："东家，您这是唱的哪出戏？"致庸哼了一声，道："潘大掌柜，幸好我看清是你，要是洋鬼子进了我的门，我就要开火了！"潘为严吃惊道："东家，您这是要……""乔家大院是我的家，我要保卫我的家。洋人杀不了我，就甭想进我的家！"致庸道。

潘为严将他拉回书房，将事情说了一遍。致庸霍然站起，半晌又坐下去，神情悲凄，道："怎么，太后和皇上真到了这步田地，若没人借给她银子，就到不了西安府？"潘为严道："可不是！大清国都灭了，她就不是太后了，皇上也不是皇上，他们只是两个从京城里逃出来的难民！东家，我听说从北京城到山西，一路上除了一个岑春煊，一个山西总督毓贤，没有第三个官员认她，大家躲都来不及！"

致庸久久地站着，忽然，潘为严看到两串老泪从他脸上流了下来。"东家……"潘为严叫道。致庸回过头来，慢慢道："潘大掌柜，这笔银子，我们借给她！"潘为严一惊："东家，三十万两银子，真的借给她？""借给她！"致庸斩钉截铁道。"为什么？"潘为严叫道，"这笔银子借出去，很可能再也收不回来！再说了，东家这一生，这个懿贵妃，今天的太后，给东家吃了多少苦，受了多少罪，死都死了几回，就冲这个，也不能借给她！"致庸声调苍凉道："不，我说借给她，就借给她！以前她那样对待我，对待天下的商人，因为她是懿贵妃，是太后，现在她不是了，皇上也不是皇上了，他们成了两个亡国的中国人，两个从京城逃到我们山西的难民！既然他们是难民，我为什么就不能借给她些银子，让他们逃到陕西去！我今天把银子借给他们。是借给我们中国人自己！太后一辈子不厚道，我们不能像她那样做，让外人说我们山西人，说我们山西商人不厚道！"

乔家三十万两银子交到慈禧太后手中，她不免有所感动，叹道："真没想到，到了山西，竟然是这个我以为已经死了的乔致庸帮了我。既然如此，我和皇上路过祁县时，就住在他们家好了，以示恩荣。"于是两日过后，致庸、潘为严一大早就带人等在祁县大德通总号门外了。眼见着太阳一点点落山，长栓不禁嘀咕道："太后和皇上今天还来不来，都等到这会儿了……"致庸突然起了逆反心理，转身欲走。潘为严一把拉住他：

"东家，您上哪儿去？"致庸低声道："我累了，想回家……"潘为严道："您怎么能回去，就是因为东家借了银子给太后，太后才要路过祁县，到乔家住一宿。您走了这台戏可咋唱！"致庸长长吁出一口气，慢慢闭上眼睛。惹来祸的贾纪樱也笑着劝："东家，银子都借了，还怕等这一会儿吗？"

正说着，突然听到长栓叫道："快，快看，来了！"众人远远望去，只见鼓乐喧天之中，慈禧和光绪的銮驾出现在街道尽头，正向大德通走来。致庸眯细眼睛望着，突然又要转身走，被潘大掌柜一把拉住，笑着悄声道："东家，哪里去！"致庸只得站住，神情却越发冷淡。

太后和皇上的仪仗走了过来。致庸目光中越来越多地现出厌恶。但见李莲英骑马前导，太后三十二人抬大轿越来越近。就听李莲英下马，喊了一声："太后銮驾到！"致庸身边和身后的人纷纷匍匐在地，不敢仰视。潘掌柜拉了致庸一把，致庸似乎才清醒过来，在众人前缓缓跪下。

太后和皇上的大轿落了地。李莲英亲自将轿门打开。慈禧缓缓下轿，趴在地下的致庸忍不住悄悄抬头，定睛看去，不觉大惊。这慈禧布衣荆钗，竟像一个乡下老妪。他不相信地看看跪在身边的潘为严，潘为严也不敢相信地回头看看他。致庸再一回头，感觉变了：这个如同寻常村妪的老妇此时也扫了他一眼，那不是一双深含君临天下的威仪的眼睛，而是一双经历了太多的惊吓、恐怖的眼睛，一双因孤独无助而显得极为悲凉和凝重的眼睛。

毓贤赶紧在一旁道："乔东家，这就是太后老佛爷，还不恭请圣安？"致庸愣了一下，只得大声道："商民乔致庸，恭迎皇太后和皇上圣驾。皇太后圣寿无疆，皇上万岁万岁万万岁！"

慈禧哼了一声，并没有马上走，像是要看清这个被她念叨了一生、今天又救了她的人一样。"老佛爷里面请。"李莲英说着，扶她走进大德通。消瘦的光绪皇上跟着走过来，看到致庸，特意停下脚步道："乔东家平身。"

致庸神情恍惚地站起，望着光绪一行人走进大德通的门去。长栓抹抹头上的汗道："东家，潘大掌柜，她真是太后？看着像个山里捡柴火的老婆子！"潘为严瞪了他一眼，悄声道："少胡说，别看她现在倒了驾，让她听见了，还能现割了你的舌头！"长栓伸了伸舌头，赶忙退后。

天暗下来了。大德通内张灯结彩，仆人们川流不息地将各色名贵菜肴送进慈禧室内。慈禧吃得津津有味，当下对李莲英道："小李子，自打离了北京城，我可就没吃过这么多有味的东西。难为乔致庸一片孝心。"李莲英在一旁嘻嘻笑："老佛爷，这是奴才今儿听您第三遭夸奖乔东家了。"

致庸在大掌柜室里坐着，一直默不作声。忽然潘为严高高兴兴地走进来，道："东家，太后喜欢得不得了，说出了京城，就没吃过这么好吃的东西！"致庸突然变了心情，站起来走进厨房，对还在忙碌的厨子道："哎，都给我停下！停下！"众厨子一惊，回头看他。致庸道："没上的菜不上了！够了！"潘为严跟进来，吃惊地看着他。致庸缓了缓声调，对厨子头道："哎对了，太后从没到过山西，不知道山西人每天吃的是什么，你们给她做点山西人每天吃的东西让她尝尝！"

厨子头为难道："东家，今年山西大旱，山西人每天吃的东西，还不是野菜？最好也就是粗粮细做，什么茶果多儿、高粱面皮儿！"致庸道："好，太后就想吃这一口，你们做，等会儿我亲自给她上！"

众人看看他，又看他身后的潘为严。潘为严看了一眼致庸，道："东家怎么说，就怎么做！还不快点？"厨子头于是点点头，对旁边三个小厨子吩咐道："赶快去找野菜，找高粱面儿！"小厨子们笑起来："这还用找，院子后头野地里就有的是……"

李莲英端着新做的野菜团子走进慈禧的房间，想了想道："太后，这是乔东家专门让厨子做的山西风味小吃。他亲自捧到门外，交给奴才，

说一定要请太后老佛爷尝尝！"慈禧道："难为他一片孝心，端上来。你都让人尝过了吗？"李莲英点头，接着将野菜团子放在慈禧面前。

慈禧吃了起来。李莲英在一旁赔笑道："老佛爷，不好吃？"慈禧摇头："不，好吃！当了这么多年太后，以为天下好吃的东西都吃遍了，没想到还有这么好吃的东西，这趟落难山西，我是因祸得福了！等会儿你拿两个给皇上尝尝，他恐怕从来没吃过呢！"李莲英猜不透她的心思，一时间不敢再说什么。

慈禧艰难地咽着，缓缓道："等会儿我吃完了，你去见见乔致庸，问他想让我赏他点什么。我们到了人家家里，总不能一点东西也不赏，说来也是老熟人了。"李莲英赶紧"喳"了一声，出门去找潘为严。"什么，太后要乔东家讨赏？太好了！"潘为严高兴地叫起来。"李大总管，我们东家在大掌柜室，这边请！"

大德通大掌柜室里，致庸刚刚坐下来，潘为严就陪李莲英走了进来。李莲英扯开嗓门道："乔致庸接懿旨。"致庸不得已跪倒在地："商民乔致庸接旨。""乔致庸，太后有旨，乔致庸接驾有功，可以向太后请赏。"没想到致庸听了这话，当场变色道："乔致庸有太后令商民花二百五十万两银子从朝廷买来的二品官服，乔致庸不想再要太后任何封赏。"李莲英吃了一惊，刚要说话，见致庸捂着头，"哎呀，哎呀"起来。潘为严心中明白，赶紧上前扶住致庸，回头对李莲英解释道："李大总管不要见罪，我们东家风瘫之症又犯了……快来人，扶东家下去歇息！"长栓和贾纪樱赶紧跑进来，将致庸扶出去。

李莲英看着致庸走出，哼了一声："这个乔东家没福气，太后让他讨赏，他居然病了，罢了罢了！"潘为严转身拦住李莲英，躬身恭敬道："李大总管，商民潘为严，大胆替东家向太后老佛爷讨赏！"李莲英尖着嗓子道："老潘，怎么，你要替你们东家讨太后的赏？"潘为严赔笑道："正是！

太后驾临大德通，是乔家旷古未有的荣耀，潘为严忝居大德通大掌柜之职，怎么能不为东家向太后求赏！"李莲英看了他一眼道："老潘，你比乔致庸会说话多了。说吧，想替乔东家向太后讨什么赏，我都可以替你说去！"潘为严道："商民不为东家讨要官赏，商民只替东家求太后一件小事！""什么小事？""当年乔家大德兴茶票庄，曾一次代南方四省向朝廷汇兑官银一千多万两，此后太后有旨，禁止票号再做官银生意。今日八国联军打进中国，两宫蒙尘，各地官府的官银自然解不到銮舆之下，所以太后和皇上才没有银子用，差点被耽搁在山西。潘为严想请李大总管帮鄙东家求太后永久解除票号不得涉足官银之禁，并允准票号协同办理各地税收事务。那样，太后和皇上就不会像这次这样，被区区三十万两银子难住了！"

李莲英笑起来："老潘，你这人狡猾。永久解除票号不得涉足官银之禁，一直是你几十年梦寐以求的事，今天你却说是为了朝廷和太后使银子方便……不过话又说回来了，让票号涉足官银，其实也不错，至少下回太后去哪里巡幸，只要随身带几张银票就行了，再不用我临时抱佛脚，到处借银子，又借不到！……不过这事要说，还不能这么说，我帮你想想办法，拐个弯说这事，说不定能成！"

说着他斜睨着眼看潘为严，潘为严会意，当即递过一张五十万两银子的银票，赔笑道："潘为严就先替东家谢李大总管啦……"李莲英哼了一声，接过银票掖在袖子里，站起出门。

一回到慈禧的住处，李莲英就换了一副模样，恭恭敬敬跪下，把潘为严代致庸求赏的话说了一遍，然后笑着补充道："太后，其实也不是什么恩赏。奴才是看太后和皇上一路西行，用银子实在不易，眼下洋人又把大清国闹了个天翻地覆，各省官银无法解送过来，太后和皇上用银子不方便，才觉得不如答应了他们，以后就让乔家大德通票号帮朝廷从

各省汇兑官银给太后和皇上使用……"

慈禧点了点头，不假思索道："眼下连堂堂的山西总督毓贤毓大人，都给我弄不来银子花，乔致庸的大德通票号要是能给我们弄来银子，这个主意有何不好？"李莲英连连点头。慈禧想了想又道："我要是开了票号不得涉足官银之禁，乔致庸这回借我的银子，以后就不会让我还了吧？"

李莲英一愣："这……"慈禧看看他道："你出去给乔家的人说，他们若是还想要我还银子，我就不开这个禁；他们要是不让我还，我就开了这个禁，从此让票号涉足官银。不仅如此，我还要再给乔家大德通票号一个恩典！山西总督毓贤竟然不能为我筹办三十万两银子，那以后三年，山西的税收事宜就不要让他管了，就让乔家大德通在山西替我和皇上收税，直接解送到行在去！"

李莲英心下高兴，面上仍淡淡道："太后老佛爷圣明，奴才这就去传旨！"他转身欲出，回头又恭敬道："启奏太后，还有一件事，奴才差点忘了回！明天太后和皇上启驾西幸，乔致庸恐怕不能赶过来送了，他的风瘫之症又犯了！"

慈禧毫不在意道："三十万两银子不是已经兑过来了吗？"李莲英赶紧点头。慈禧抚了抚长长的指甲，道："兑过来就行了，乔致庸来不来的，我也不在意。只是这个乔致庸，端的可恶，他还以为我不知道他最后给我吃的是野菜团子呢，我也是苦孩子出身，他骗不了我！""是，天下人谁也没有太后圣明！"李莲英捂嘴一笑，躬身退出。

当天晚上，潘为严就将这个消息禀报给致庸。他以为致庸会大喜过望，但是他错了。致庸久久地站着，眼泪滚落下来，半晌才道："潘大掌柜，我们等了多少年，乔致庸几乎等了一生，这实现汇通天下的机会，才终于来临了！……赶快通知全国各家票号，票号可以经营官银了。让大家

一起来做，我们这汇通天下的梦想，顷刻间就能实现！要快！……"

3

说话间又是几年过去了，年关将至，乔家内外又热闹起来。第一，四年一度的账期到了，这是东家、掌柜的和伙计们分红的季节，是银子扎扎实实进到自己家的银库和口袋里的季节；第二，眼看着又到了腊月二十四，又是乔家大掌柜吃团圆宴的日子。从各地分号归来的大掌柜们齐聚一堂，欢声雷动。

潘为严在门外一边与陆续赶来的大掌柜们打招呼，一边低声问高瑞："高大掌柜，人都到齐了，东家到底去了哪里啊？真急死人了！"高瑞一把拉住满头白发的长顺问："东家哪儿去了，别人不知道，你一定知道！"长顺想了半晌，才咧开缺牙的嘴一笑，道："应该和往年一样，东家让人拉着车，挨家挨户给过不去年的人家送肉和白面去了！"

高瑞和潘大掌柜相视一眼，都松了口气。潘大掌柜赶紧又回屋里去招呼众人："大家先坐一会儿，东家去村里给穷人家送肉和白面去了，我们再等一会儿，不把这件事做完，他是不会回来的！"高瑞也进来招呼起大家："大家坐大家坐，咱们不急，等东家回来。"众人也不意外，闹哄哄地坐下，一边喝茶，一边七嘴八舌地聊起生意来。

长栓已经不在了，现在替致庸赶车的是长栓的儿子小栓，致庸跟在车后走，身边跟着长孙映霞。映霞已经十九岁了，照致庸的意思，已经掌管起了乔家的家事。马车上放着成块的肉和成袋的白面，车子走走停停，每到一个看上去是寒门小户的人家，小栓就把一块肉和一袋面从车上取下来，放在这一家的门外。致庸默默看着，也不说话，更不敲门，完了小栓就继续赶车朝前走。

致庸挺晚才回到在中堂里坐下，潘为严和高瑞闻讯，马上赶过来。致庸一动不动地坐着，问："都来了？""都来了，等东家半天了！"高瑞道，不明白老爷子为何面色沉重。潘为严道："东家，人都到齐了，东家若是身体不适，请映霞少东家代劳也是可以的。"致庸没有回答，眼睛望着门外，突然道："潘大掌柜，高大掌柜，这一个账期，我们大德通每股的红利是多少？""啊东家，我还没来得及向您禀报呢。今天上午我和高大掌柜把账算完了，这一次，我们大德通每股的红利撑破了天！"

致庸神情平淡："到底是多少？"潘为严一字一句道："一万七千二百三十四两！东家，就连刚在铺子里顶一厘身股的小伙计，今年也能分到一千多两银子的红利！这可是大德通开天辟地从没有过的事！"

他自己已经激动起来，几乎要流出眼泪。从当年乔东家礼聘他出任大德通的大掌柜，经过了多少年的磨难，又遭遇过多少风雨艰难，大德通才有了今天这种汇通天下的局面，这种全国票号业领袖的地位。说完刚才的话，他以为致庸一定也会像他一样激动，但是没有，致庸仍然沉沉地坐着，神情竟然越来越沉重了："潘大掌柜，高大掌柜，大德通今天一股红利竟有一万七千多两，你们总共赚了多少银子？这些年国家的情形一日不如一日，洋人大举入侵，山西大商家一个个倒闭，走在祁县大街上，你能看到商铺一家接着一家关张……这四年你们怎么还能赚到这么多银子？这些银子，是你们做什么生意赚来的？"

潘为严看一眼高瑞，心中一沉，回头耐心解释道："东家，自从庚子国变那年我们接了太后皇上一次驾，就出了大名，各地官府年年都找我们往京城里汇兑大批官银，朝廷要应付洋人，一时银子不凑手，也找我们借，最后干脆把英国人做大总管的海关税直接退给我们；还有那些皇亲国戚，竟会觉得太后是我们的靠山，也把自己的银钱生意交给我们做，我们的赢利自然就大了！所以……"

他没有再说下去，因为他注意到致庸并没有认真听他讲些什么，致庸盯住的似乎只是自己的内心。"潘大掌柜，高大掌柜，你们告诉我，经你们手从全国各省汇过来的银子，交到朝廷以后，都去了哪里？"潘为严和高瑞又相视了一眼，一时间不敢作答。"你们以为我不知道你们这些年做的都是什么生意？你们做的是帮朝廷从各省解送银两，向倭寇交纳甲午战败赔偿银子的生意，做的是帮助朝廷向列强交纳庚子国变之年朝廷答应赔给八国洋兵四亿五千万两银子的生意！你们做的是帮外国人拿走中国人银子的生意！你们……"致庸说得激动，忽然哭了起来："我一生都在梦想汇通天下，没想到汇通天下了，竟然做的是这种事情！……这样下去，用不了几年，不用外国人再打进来，中国的银子就空了，大清国就完了！国家完了，咱们的票号，咱们的生意，也要完！你们今天这么高兴，就没有想过，这么好的生意，还能撑几年？"

　　在中堂里安静下来，只能听到致庸一个人那苍老的哭声："国家都要完了，你们今天给我乔致庸赚回这么多红利还有什么用？我能吃它们吗？"

　　又是一年过去了，致庸更加苍老了，这一天他走出乔家堡，扶杖站在田头，举着那根单筒望远镜朝远方望着。他的身体已极为虚弱，皓发如雪。小栓和映霞陪着他，致庸回头问："小栓子，你父亲死多久了？"小栓轻声道："回老爷，我父亲他死了三年了。"致庸长叹一声："你父亲他跟了我一辈子，我们说是主仆，其实是朋友，是伙伴……走，咱们去你父亲坟上看看去。""爷爷，今儿外头天气凉，您还是改日等天暖和了再去吧。"映霞道。致庸摇摇头，有点生气道："胡说！我都走到这儿来了，还能不到长栓的坟上去看看吗？前天下了大雨，我就说，得去他们的坟上看看，别让塌了窟窿，雨水灌进去。走！"映霞一把拉住他："爷爷，我说甭去就甭去，外头兵荒马乱的……"

致庸一惊:"什么? 外头又打仗了? 还是又闹饥荒了?"映霞急忙改口:"没有没有,这几年天下太平,风调雨顺,没什么事儿,咱们还是回去。"致庸正要转身走,忽然眯细了眼睛,盯上了远处出现的一队灾民,大叫道:"那是什么? 小栓子,快帮我看看,那是什么? 我这会儿,用胡大帅给我的望远镜也看不清楚了!"小栓刚要回答,映霞暗暗捅了他一把,摆摆手道:"爷爷,没什么,您看花眼了,那边什么也没有!"致庸反复转动望远镜,叫:"胡说! 那是人,怎么看着像是灾民! ……不对,那正是灾民! 映霞,你这个混小子,干吗糊弄我,说那儿什么也没有? 看我揍你!"他抢起拐棍要打,映霞早已跳开。致庸神情里一时注满了悲伤,道:"这是怎么回事……这是怎么回事……映霞,你为什么还站着,灾民又来了,赶快回去搬大锅,垒大灶,给灾民熬粥哇! 见到这么多灾民,你怎么还在这里站得住呀! 我打你这个不懂事的坏小子!"

映霞看他这般伤感,忙笑着道:"爷爷,粥棚早就开了,在村西头呢,您以为您让我当了家,我什么都不懂啊!"致庸松了一口气:"真开了?"小栓忙道:"老爷,孙少爷真的在村西开了粥场,要不咱去那儿看看?""走……"致庸要走,又站住:"不,我不去,我不去了,我这一辈子,看到的灾民太多了……咸丰五年我见过他们,光绪……我见过他们次数太多了,老天爷为什么这样待我,让我死的时候,还见到他们!"说着他又哭了起来。

乔家大大的银库里堆满了银子,致庸被映霞搀扶着,在银架中间慢慢走着。小栓提着灯在前面为他照亮。致庸用手抚摩着身边大笔的银子,突然问:"映霞,我们家里现在有多少银子?"映霞想了想,半开玩笑道:"爷爷,您非要知道吗?"致庸哼了一声:"怎么,我不是这个家的一家之主了吗?"映霞道:"爷爷,您当然是,我在家里,也就是个傀儡。"致庸有点不耐烦,又问了一遍:"多少,快告诉我。"映霞小声道:"两

千万两。"致庸大惊失色，不相信地看着他："两千万两？你把天下的银子都弄到咱们家来了？"

映霞看着他，叹口气："爷爷……"致庸接着又问："国库……国库一年收入多少银子？"映霞想了想道："去掉给洋人的赔款银子，最好的年景，国库一年也就能收进去七百万两。"致庸又是一惊："怎么，我们家的银子，顶得上两三个国库？"映霞点头。

致庸心中大惊，怒视着映霞。映霞有点害怕地看着他："爷爷，您又怎么了？"致庸颤巍巍举起拐杖："我打你这个坏小子，我们乔家，总共一百来号人，我们要这么多银子干什么？你把这么多银子放到这里不流动，怎么为天下人生利？这么多银子放到你家里，你想吃它吗？"映霞连忙一闪，却见致庸已经颓然放下拐杖："走走，扶我出去，这里让我头晕。"映霞赶紧扶他出去了。

夕阳慢慢落下，最后一片光焰似乎在筋疲力尽地收缩吞吐。乔家书房里，致庸忽然在旧抽屉里乱翻起来，叫道："我的账，我的账在哪里？谁动我的账了？"映霞闻声跑进来："爷爷，您的什么账？您就没管过账啊！"致庸不讲理道："谁说我没管过账？我管过！去把二十年以前的那些旧账，都给我找出来，我要算账！"映霞生气道："爷爷，二十年前的旧账，您这会儿还算什么呀？人家欠咱的，咱欠人家的，早就清账了！"

致庸瞪着眼："不，我要再算算，万一我还欠了人家的账，或者人家欠了我的，不算清怎么办？我一辈子的旧账，要是算不清，我怎么死？"映霞看了他半晌，道："好，我给您找去。"

没过多久，致庸面前就堆满了二十年前的旧账簿。他颤抖着手翻了半天，道："映霞，你找几个记账先生来，这些旧账中的相与，一个一个，我都欠他们的银子！"映霞大惊："爷爷……"致庸继续道："这些相与，都是当年和我做生意的人，这些账都算错了，我们家至少得五倍还人家

的银子！"

映霞简直不相信自己的耳朵："爷爷，您是不是糊涂了，这些账都清过了，怎么还欠他们银子？五倍地还他们，那咱们一下得还给他们多少啊？"致庸丝毫不理会，蛮横道："还多少都得还！这个家，今儿还是我说了算！……"映霞倒吸一口凉气，说不出话来了。

映霞无奈，自个儿在心里嘀咕半天，只能到玉菡处求救了。乔家当年的那些旧账，都在奶奶陆玉菡心里呢。不料玉菡听完映霞的话，默默看了他半晌，耐心道："映霞，好孩子，听你爷爷的，他要怎么办，你就怎么办！"映霞没料到她竟会这样说，忍不住冲口而出："奶奶，您怎么和爷爷一样糊涂了……"

玉菡叹口气道："孩子，你爷爷这辈子，挣了上千万的银子，身上却从来不带一两银子。别人都以为他做生意是为了挣银子，可是你们乔家人应当知道，他从来就不是为了挣银子而做生意，一辈子都不是！"映霞有点不服气："奶奶，那您告诉我，爷爷这样做，到底是为了什么？"玉菡道："你这么聪明，十九岁就掌管了家事，像你爷爷当年一样，你能猜得出来！猜不出来就回去猜，哪天猜出来了，再回来告诉奶奶！"

映霞离开太谷，回祁县来，走到半途，突然大叫道："奶奶，我知道爷爷这么做是为什么了！爷爷一定是觉得中国的银子流到外国去的太多了，他这些天是在找理由，想让这些银子重新散到民间去，他想为中国人留住这些银子，让它们在民间流动，为天下人生利！"他掉转车头赶回去，向玉菡跪下道："奶奶，我懂了，我这就回去，照爷爷的吩咐办！"

又是一天，乔家在中堂内，致庸原地不动地坐着，目光呆滞。小栓害怕地站在他身边。映霞匆匆赶来，有点担心道："爷爷，您又怎么了？"致庸突然激动道："你昨天说了一句话，你再把那话说一遍我听听！"映霞赔笑道："爷爷，我昨天说了那么多话，您要我把哪句话再说一遍？"

致庸拐杖捣着地道："就是那一句什么，'爷爷一生北上大漠南到海，东到极边西到蛮荒之地，可世道要变，他做的事情没有一件是能够留存下去的！'你说过这话没有？"映霞吃了一惊道："爷爷，我那是胡说，您饶了我吧！"致庸坚持道："不，你不是胡说，你说的是真心话，你以为你们这一代人心里想的是什么，我都不清楚？"映霞不由得笑了："爷爷，我们想什么，您说说？""你们这一代人，认为大清国要亡，我们这些人一生中做的事情，一件也留不住！"致庸叫道。映霞脸上的笑容落了："爷爷，大清国照这样下去，如果不亡，再无天理！""不行，……"致庸的声音哆嗦起来，"我一辈子……我这一辈子不能白活，我想救国，救民，我一辈子就想做这一件事……可我就是救不了国，救不了民，也一定要在世上留下点牢靠的东西，我非要留下一件牢靠的东西不行！映霞，把咱家的银子拿出来，我要盖房子！""爷爷，您要盖房子？"映霞迟疑了一下问。"这个国家的事我管不了，也不让我管，我就用我的银子盖房子！映霞，你现在就去！把周围还剩下的一些空地全买下来，人家要多少银子，咱给他多少银子！买下了这些空地，你给我去请天下最好的匠人，好好地盖一座乔家大院！"

映霞激动起来："爷爷，我们家新添的人口不少，都挤在一起住，是不方便。只是不知道爷爷打算花多少银子！"致庸哼了一声："能花多少银子花多少银子！告诉那些匠人，不要着急，房子要慢慢盖，用最好的石料、最好的砖，砌墙的时候，要用江米汁掺和白灰、蜂蜜，再加上糖稀，用天下最黏的东西给我抹缝，所有的梁柱都给我用猪血泡，泡完了再给我涂上桐油，保证它们二百年内不受虫蚀！"

映霞伸伸舌头，开玩笑道："爷爷，您要是年轻，能把人家这一行的饭碗也夺了！"致庸又道："还有石匠和木匠，你要给我请来全山西最好的，告诉他们，房子盖好后，我要看到天下最好的石雕、木雕和砖雕，

要把那些一蔓千枝、和合二仙、三星高照、四季花卉、五福捧寿、六合通顺、七巧回纹、八骏九狮、葡萄百子等等我们这个年月的好东西都给我刻上，留下来……"说着不知怎的他又哭了起来："国家的事我做不了什么主，天下的黎民百姓我也救不了多少，这个院子的事我还做不得主吗！办去！"

半年过后，一座全新的乔家大院落成了。这一天，映霞又陪致庸去银库看，这时银库里的银子已经去了三分之二。致庸慢慢地走着，心中突然一动，猛地站住，脸色苍白，低声叫道："我把想了一辈子的大事忘了！我怎么了？真是糊涂了吗？"映霞紧张问："爷爷，怎么了？""映霞，咱们家里还有多少银子？"映霞一愣："还有六百二十万两！"

致庸心中一宽，流泪道："好，好，你给我写两张银票，一张三百万两，一张三百二十万两，我要还债！"映霞大惊，哭腔道："爷爷，您还要还债？"致庸点头，神情苍凉而悠远："当然要还！爷爷一生都是生意人，生意人当然要讲诚信，欠债就要还！我快死了，不能欠着这两个人的债走啊！"映霞心疼道："爷爷，把这些银子还了，咱们家就一两银子也没有了！""那就是你的事情了！你爷爷接管家事的时候，不但没有银子，还欠了人家许多债呢！"

映霞听他说得悲凉伤感，一时间也不好多问，点点头去了，转眼拿回了两张银票。致庸接过来，一张一张看仔细了，塞进靴筒。他对映霞说："明天给我套车，我要去两个地方见两个人，我一辈子欠她们的债，该还了！……"

4

这天下午，就在致庸拿到了那两张大额银票的时候，一场大事正在

山西大地上酝酿着。几年前，一些英国商人进入山西，以极低的价格占有了阳泉矿山的开采权，此事引起了山西上下爱国人士的极大愤慨，一直有人呼吁晋商联合起来，大家一起出银子再将阳泉矿山从外国人手中买回来，留给中国的后代子孙。这一年元楚从日本横滨使馆参赞的位置上任满回国，不满清廷的腐败，毅然离开官府，回到山西，为买回阳泉矿山一事亲自奔走起来。

元楚所以回到山西，还有另一个原因。到了十九世纪末，兴盛了一百多年的水家终于在外国资本的压迫下，败落下来。水长清娶的妾连同妾生的另一个元楚也死了，这时他除了留下一个又老又聋的老妈子侍候自己的生活，赶走了身边所有的人。现在，他自己也没有几天活头了，于是写信给他一直不认的元楚，让他回到家里来，他有话留给他。

元楚回到水家的当天，水长清就在自己住的一间斗室里见他，指了指自己床前地道："你回来了，回来了就好。我当年的话没错吧，读书做官，那是误入歧途。我要死了，水家也穷了，只剩下一点点银子，我埋在地下，指望你有一日迷途知返，不再读那个书，回来继续做个小本生意。等我死了，你就把它挖出来。你爹这一辈子也吃了，也玩了，票的戏比谁都多，没啥遗憾的，我死了！"说完他就闭上了眼睛，不再理跪在床前的元楚。

水长清到死都是一个奇人。他白天说了自己要死，当天晚上就死了。元楚为父亲出了大殡，回头来父亲床前挖那"一点点"银子。他没想到，这一挖，他竟然挖出了整整六百万两白银！

这也就是元楚所以敢于联络同志去做赎买矿山之事的一个原因。加上全山西商界的义捐，当他来到乔家的这一天下午，手头上已经有了八百万两银子。

致庸一动不动地坐在在中堂里见了元楚。元楚行礼完毕，将自己正

在做的事情和来意说给致庸。致庸一听又激动了，大声咳嗽了半晌，才愤怒地问道："怎么，外国人要我们的银子，现在还要我们的山河？""对，舅舅，外国人要完我们的银子，又要我们的山河，要完我们的山河，就该要我们这些人做他们的奴隶了！我们中国人不能看着中国就这么亡了！"谁都没有想到，平日站都站不稳的致庸竟然猛地站直起来，大怒道："不行，乔致庸还活着呢！他们夺不走我们的山河，除非乔致庸死了！""舅舅，您是说您答应捐银子了？"元楚喜出望外道，"您打算捐多少银子？"这会子致庸又糊涂了，回头问映霞："你昨天说咱们家还有多少银子？"映霞道："爷爷，还有六百二十万两银子，您不是打算拿它们去还债的吗？""现在还还什么债？元楚，你都拿去！一定要帮中国人把我们的山河买回来！"说着，他想起来了，将两张银票从靴筒里取出来，郑重地交给元楚，一时心中又悲凉起来："元楚，舅舅告诉你，这两笔银子，我原本是打算还给我的两个债主的，可现在我不打算还了，你……拿去吧！这是我能为这个国家做的最后一件事了……"

几日后，"山西商人联手护国，众志成城赎买英人所据晋矿"的消息，通过各地报纸，飞快地传遍山西，传遍全国。致庸看到这个好消息，在一阵窒息般的大咳后，吩咐小栓套车，他要去太谷和榆次。

致庸没有必要再去榆次何家了。他一走进太谷陆家的老宅，一眼就看到了他这次出门要见的两个女人——玉菡和雪瑛，正坐在一起喝茶。

"你们两人现在住在一起？"致庸简直不敢相信自己的眼睛。雪瑛见状笑道："表哥，你这话就怪了，我们俩怎么就不能住在一起？"致庸仍旧没回过神："我是想说，你们俩……什么时候竟成了朋友！"

玉菡一边请他落座，一边回来坐下，朝雪瑛挤挤眼睛，然后笑着问："老爷，你瞧你这话问的，我们俩也老了，两个老人，还有什么事情，能妨碍我们做朋友？"致庸一双老眼望着她们，心中大为感动，竟然流

下泪来。雪瑛解释道："春官长年在外面做生意，我在榆次那边，成了一个孤苦伶仃的老婆子，表嫂在这边也成了个没人疼没人管的孤老婆子，再说她又有病，我来了，我们两个没有人疼的老女人，就能相依为命了。"

致庸点头道："我明白了。你们俩现在过得比我好。"玉菡望着他笑，眼里溢出泪花："老爷，你可是越来越老、越来越丑了。"致庸满不在乎道："你们说的不错。雪瑛、玉菡，我的日子不多了，所以有些事不早点办，就有可能办不了了。"

玉菡和雪瑛对视了一眼，开玩笑道："原来老爷是找我们办事，不是来看望我们。老爷要办什么事，就讲吧。"致庸点点头道："有几年了，我一直都在替自己算账。算来算去，乔致庸这一生，上不负国家，中不负朋友，下不负乔家，对不住的只有两个女人。"玉菡看一眼雪瑛，含泪笑道："这话听起来好像是没有错。"致庸道："我还欠着你们的银子呢。我欠雪瑛表妹三百万两，前前后后共欠陆家三百二十万两。"

玉菡和雪瑛笑起来。玉菡现在越来越不饶人，笑道："哇，老爷今天是来还我们银子的。老爷，你的银子呢？"致庸叹一口气道："本来我已经让映霞把银票准备好了，一张三百万两，一张三百二十万两，可是前几日元楚来了，这笔银子让他拿去，替中国人赎买阳泉的矿山了！"

雪瑛当下就笑起来，对玉菡道："表嫂，你瞧瞧，他巴巴地说要还我们的银子，原来是假的！"玉菡道："可不是！"她故意道："老爷，你不还我们的银子可不成，你得还我们的银子。"说着，她捂着嘴笑起来。

致庸颤巍巍站起，对她们恭敬道："乔致庸老了，也许这一辈子，都还不了你们的银子了。当年在包头，别人欠我八万两银子，我让他还我一个箩筐，磕个头就算了，今天我也一人还你们一件东西，给你们磕个头吧。"

玉菡忍不住惊奇道："老爷，到了这会儿，你还有什么东西能送给我们？"致庸哆哆嗦嗦在口袋里摸了半天，摸出两个鸳鸯玉环。"鸳鸯玉环！"玉菡和雪瑛同时大叫起来。致庸点头，感慨道："这两个玉环，一个原本是陆家的，一个原本是何家的，后来都到了乔家。我现在也不知道哪个是陆家的，哪个是何家的，我就拿它们，给你们清账！"说着他将玉环递过去，玉菡和雪瑛一人一个。玉菡和雪瑛忍不住热泪盈眶。致庸也红了眼圈，道："好了，两位债主坐好，我要给你们磕头了。"

那雪瑛就拉着玉菡的手玩笑般地坐好，笑嘻嘻地道："表嫂，咱们坐好了，就让他给我们磕头，他这一个头，加起来总共值六百多万两银子呢。让他磕。"玉菡心中不忍，道："妹妹，你还是这么顽皮，他这么老了，就别让他磕了。"雪瑛拉住她的手，娇声道："不嘛，他负了我这一辈子，也负了你大半辈子，我还一个头都没受过他的呢！……表哥，磕呀，快磕！我们等着呢！"玉菡还要去阻止，手却被雪瑛拉着，动弹不得，嘴里叫着："致庸，你就别……"

他这一个头，刚准备要磕下去，雪瑛赶紧扶住他，想了想道："表哥，你看！"她含泪带笑将手掌平摊又握住，致庸擦擦眼睛奇道："真的老了？什么也没有哇！"雪瑛拭了一下眼泪，含笑平和道："阿弥陀佛，色即是空，空即是色。爱即是空，恨也是空，你负我是空，我害你亦是空，爱恨情仇都是空，至于所谓相欠那更是空。"致庸一愣，想想道："空，那岂不是什么都没有吗？"雪瑛又一笑，直视致庸，眼神如孩童般纯净，又摊开手掌继而握起道："表哥，大家一路走来，空并不是什么都没有，什么都没有也并不是空啊！"致庸想了想，突然大悟，然后依旧恭恭敬敬跪下，雪瑛笑一笑，这次却并没有推却，静静受了他一拜。

那致庸就又颤巍巍地起身，在二人面前跪了下去，说道："两位，今生今世，乔致庸不能还你们的恩情，来世但愿能做一只小猫，依偎在

你们两人怀里。"说着，他磕下头去，再也没有起来。

玉菡看他一动不动，猛地推开雪瑛，大叫道："二爷，你怎么啦？"雪瑛也扑过来，叫道："致庸，致庸，你怎么了？……"

致庸一动不动地伏在那里，仿佛他这一生的愿望，就是向这两个他曾经爱过和爱过他的女子长久地深情地跪拜下去。耳边两位曾经与他生死相许的女子的呼唤之声，越来越变得异常年轻娇美，却又越来越远。他还没有死，但他已经不能再对她们睁开眼说些什么了……他的生命正越来越快地远离这个世界，他似乎又听到了多年前那个永远的追问——"致庸，致庸，究竟是蝴蝶变成了庄周，还是庄周变成了蝴蝶？你说，你说啊……"到了后来，连这追问也听不见了，他清清楚楚地意识到，这就是死……

调寄水龙吟

词曰：

一时清梦还回，把几卷旧经抛却。

鱼虾北海，麋獐南浦，藏形蜗角。

花坠花开，冬消春继，心存菩蒻。

问浊醪何价，不登高处，怕望断，鸿行落。

犹记海东孤岳。

误轻抛，少年娇弱。

燕然风冽，武夷霜冷，玉关沙漠。

一曲筝停，人生如寄，泪眸沱濯。

且安排绰板，渔樵闲话，日随侬谑。

2023 年 2 月 3 日再修订于海南

附录一

《乔家大院》编剧阐述

　　《乔家大院》讲述的是一部商界英雄的故事。故事的主角是山西祁县乔家堡著名商家乔家的第三代东家乔致庸。乔致庸的一生穿越了大清王朝的晚期，他以乔家这一晋商中的大商家的事业为舞台，怀抱以商救民、以商富国的梦想，为实现自己青年时代货通天下、汇通天下的宏愿，在商家与商家、商家与家族内部、商家与达官显贵、商家与朝廷，乃至于商家与土匪、商家与起义的太平军和捻军之间，展开了一场长达一生、无所畏惧、错综复杂的战争。为使自己的抱负成为现实，他一生的足迹北到大漠，南到海，东到极边，西到蛮荒之地；为救乔家于危难之际，他和土匪及欲置其于死地的商家斗智斗勇；为疏通茶路，他冒死南下武夷山，偷渡长江，身陷绝境，九死一生方才脱险。为了实现汇通天下的梦想，造福于天下商家和万民，他从年轻时代起便痴心不改地创办遍及全国的票号，在长达数十年的时间内虽迭遭大难仍不变初衷。他的勇气和才智，尤其是骨子里那种不达目的誓不罢休的理想主义精神，终于使他战胜了一生中数不尽的劫难，在自己生命的晚年让乔家由他接手时的

一个面临灭顶之灾的普通商家,成为货通天下、对中国经济有重大影响力的巨商;作为中国经济界自发出现的票号业的领袖,他还和别的票商一起,早于外国银行进入之前就在全国范围内基本实现了汇通天下的宏愿,使中国商业自此有条件进入以信贷为基础的现代金融环境,为民族商业建树了不朽的功勋。

但乔致庸却又是一个具有悲剧色彩的商界英雄。当乔致庸竭其一生之力实现货通天下、汇通天下的理想之际,中国却也到了国将不国的境地,列强入侵,朝廷腐败,大批银子流向海外,外国人渐渐控制中国的经济,让垂暮之年的他比别人更早地看到了国家即将崩溃的前兆,痛切地感受到自己以商救民、以商富国梦想的破灭。这样的现实让他心力交瘁,性情大变。面对着自己毕一生之力建树的一切都将付之东流的打击,这个倔强的老人抱定了一个一定要在这个世界上留下点什么的信念,一改往日不治家宅的习惯,耗费重金修建了著名的乔家大院。乔家大院建成之际,他并不相信这所院子真能留存下来,但令他想不到的是:正因为他在世时的善行,这座荟萃了中国传统建筑文化中最精华之处的大院在他死后虽历经时光和战火,却奇迹般完整地保存了下来,成了中华民族的瑰宝,并被列入世界文化遗产名录,成为世界优秀文化的组成部分。

《乔家大院》的主人公是一名商人,因此本剧讲述的不可能不是一个商人、商场、商战的故事。乔致庸接手家事之际,乔家面临灭顶之灾,前途险关重重,身旁陷阱密布,而当他冲出重围,开始在更广大的时空内大展宏图之际,则又遇到了自然的和社会的种种雄关险隘,令其一不小心便会置身于九死一生之地。然而商亦有道,这个道便是生于晋商世家的乔致庸自幼便耳濡目染地接受的中国商业文化中的优秀部分,譬如公平、公正、诚信、中庸、勤勉、互助等等。乔致庸毕其一生将这些信条视作做商人的准则,与商场中那些司空见惯的恶习譬如欺诈、蒙骗、

以邻为壑、互设陷阱、大鱼吃小鱼等等展开既聪明机智、又英勇无比的战争，并且一次次赢得了胜利。这些商战故事本身既是乔致庸一生的华彩篇章，也是本剧最吸引人的部分之一。

《乔家大院》讲述的又是一个中国传统知识分子的心路历程。乔致庸虽生在商家，从小却深受传统文化的浸润，大哥死后他不得已才弃儒经商，骨子里却仍然是一个抱着修齐治平传统理想的中国知识分子。他在商业活动中努力实践并奉为圭臬的不只有中国商界传统的优秀原则和理想，譬如诚信、中庸、惜贫怜弱、扶危救困等等，更重要的是他也在不自觉然而却强烈地将一个文人的理想和生活准则带入了自己的生活，这些信条包括天下兴亡匹夫有责、先天下之忧而忧后天下之乐而乐、民贵君轻、舍生取义等等，这使他不知不觉间就成了一个另类的商人，一个要在商界实现文人理想的假商人。不止如此，他还不是一个一般意义上的文人，他还是一个受《庄子》影响极深的、狂放飘逸的文人，一个义气重于泰山、愿为朋友两肋插刀的侠士。多种文化底蕴使他具有了一个宽广的胸怀，使他能够跳出传统商人的狭隘眼光看待自己的生活和事业，不自觉地为自己的商业活动中注入匡世救民的梦想，也在他的思想和行为中添加了许多深受《庄子》和古侠士之风影响的文人特有的感情和感性的内容，使他时不时冲出商人的角色定位，显现出自己作为一名传统文人和侠士的本相。这个人为实现自己的理想，兢兢业业，九死一生，在与奸商的斗争中极具聪明才智，却也可以凭一时的冲动，不顾一身安危，只身闯进土匪山寨劝刘黑七走正道，敢于为履行一个随口说出的诺言，冒着杀身之祸为被斩首的刘黑七收尸，即使在事情被朝廷发觉，遭到迫害之时仍不后悔。直到生命的晚年，他对民族经济和乔家命运的思考与结论也不是商人的，而是一个传统知识分子的，并因而有了振聋发聩的力量。这种文人和侠士的品格在他身上显得那么突出，让他一生

的命运成了一个另类的商人和另类的知识分子的命运，他的心路历程成了那个时代一个另类的知识分子的心路历程。这样一种角色定位，使他和传统商战戏中的商人形象拉开了距离，具有了"这一个"的独特魅力。

《乔家大院》在展现乔致庸波澜壮阔的一生的同时也展现了他所生活的时代，时代既是他脚下的土地，也是他的舞台；是他的噩梦，也是他的晴天丽日；是他的苦难，也是他的欢乐。展现时代是为了展现时代的英雄，而当英雄走向悲剧结局时，时代却会突然以主人公的面目意想不到地出现在观众面前，代替乔致庸说出商家与时代的关系，说出政治与商家、国运与商运的关系。这是一种相互依存、不可或缺的关系，国家无商不富，而没有国家的强大和稳定，任何一个商界英雄都将壮志难酬，或者眼睁睁地看着自己一生的成就灰飞烟灭，这也许是乔致庸一生能够留给我们的最大也最沉痛的教训。

《乔家大院》还是一部感情戏。全剧贯穿了一个情字，一个义字，义字其实也是一个情字。这里有乔致庸与陆玉菡的夫妻之情、与江雪瑛的情人之情，有大嫂曹氏与乔致庸的叔嫂之义，有乔致庸与铁信石、乔致庸与太平军将领刘黑七等人的主仆之义和朋友之义，尤其是乔致庸、陆玉菡、江雪瑛三人之间长达五十年的爱情纠葛，充满了情感和事变意义上的跌宕起伏，直接进入了乔致庸的商战故事之中，成为左右乔致庸生活和感情走向的重要推动力，于是这样一部商战戏和英雄戏，就又有了一种悲喜交加、爱恨情仇的表相。

2004 年 12 月 20 日

附录二

朱秀海做客新浪谈《乔家大院》聊天实录

　　2006 年 3 月 29 日,《乔家大院》编剧朱秀海做客新浪读书名人堂,谈央视热播剧《乔家大院》同名小说。朱秀海认为《乔家大院》中主人公乔致庸一生起落与理想主义有关系,与性格关系并不大,他是一个不到黄河不死心的人,如果乔致庸不是理想主义的人就不会做乔致庸了,而只有去做乔致庸,只有碰得头破血流,才会遭遇那么多磨难……

　　以下为聊天实录:

　　主持人:各位网友大家好!非常感谢各位准时光临每周三下午三点新浪读书频道的名人堂,我是主持人术术。今天我们请来的嘉宾是《乔家大院》的作者朱秀海老师。先请朱老师跟大家打声招呼。

　　朱秀海:大家好。

　　主持人:各位网友今天可以通过电脑参与我们的聊天,另外您也可以通过手机来访问新浪网,在移动中关注我们的聊天全过程。手机新浪网的网址是 3g.sina.com.cn。

朱老师，您刚才跟网友打招呼非常简短，实际上朱老师已经通过我们新浪博客跟大家打过招呼了。朱老师的博客现在正在我们新浪新闻中心推荐。

朱老师，我刚才跟您沟通，您是河南人，那您怎么会接了《乔家大院》这样一个山西题材的电视剧呢？

朱秀海：说来话长，2003年，乔家的第7代后人乔燕和，他通过中国文采声像出版公司找到我去做这个剧本，所以我一下掉进了《乔家大院》。

主持人:《乔家大院》这部电视剧播出以后反响非常强烈，也创造了很高的收视率，您这部小说是在这之后推出的？

朱秀海：小说的出版是在电视剧播出之前，但是小说是在剧本完成之后改的。

主持人：目前销售了有多少册？

朱秀海：前两天出版社给我打电话说是152000册。

主持人：作为小说中的大码洋的书，《乔家大院》目前排完版以后是61万字，定价是30元，这是我自己去书店买的。能有这样一个销售量，实际上也是因为影视剧的带动吧？

朱秀海：对，这是一个重要原因。

主持人：您觉得要是没有影视剧的热播，这部小说能有什么样的销量？

朱秀海：没有影视可能就没有这部小说，我就不会写《乔家大院》这样一部小说，因为我是先写了剧本，后来才写这部小说。

主持人：您不是山西人，写了一部关于山西商人的小说，是不是在这之前进行了大量的采访？

朱秀海：就是因为对山西商人一窍不通，一点不了解。在写作之前

775

有一个采访，采访专家，另外访问这些大院，如常家大院、曹家大院、平遥古城、渠家大院，包括乔家大院。后一个是读书，读了很多关于晋商的书。

主持人：您以前是写报告文学的作家，您觉得创作这部小说的过程，有没有一点写报告文学的意思？

朱秀海：报告文学我很多年都不写了，写报告文学是一件很艰苦的事，我是一个挺懒的人，不太愿意跑很多的地方。因为对晋商的历史不是很了解，所以我就必须很谦虚地、很努力地去调查，去采访，我认为最主要的一个原因，是我得益于那些晋商专家，另外就得益于这些晋商专家写的那些关于晋商的书。

主持人：我在看这部小说、电视剧的过程中，我有一个感觉，跟您交流一下，我觉得在这部小说中，具有山西地域色彩的细节并不多，比如山西人和醋的关系，山西的饮食习惯等，所以也有一部分观众看了这部电视剧提出一个疑问，这部电视剧晋味不足而京味有余，您对这个评价怎么看？

朱秀海：这可能没有办法避免的，因为我自己不是山西人，整个剧本操作的时间不是很长。但是我后来慢慢地也都知道一点了，还是想做一点补充，包括地道的山西馆子进去以后不给你上茶，给你上面汤，原来书里也有。后来胡玫导演做这个戏的过程中，她也用了很大的精力了解当地民俗，戏里已经表现不少了，比我的书里表现还多。

主持人：我们知道山西确实有一个著名的乔家大院，我看新闻上说自这部剧播出以后，乔家大院客流量与日俱增，周日有时候达到几千人。我很想了解，您所描写的《乔家大院》里的乔致庸和真实的乔致庸经历是不是有很大的区别？

朱秀海：因为真实的乔致庸的史料也很少，应该说我一开始进入这

个工作以后，也用了很大力量去寻找他真实的履历，但是能够找到的是很少的。我是通过对整个历史的了解，才慢慢发现这里面的乔致庸，我发现我写的乔致庸和历史上真实的乔致庸是一个人，我不会把真实的一面写成假的，那样我就不知道怎么写了。

主持人：您通过阅读史料得出这样一个结论，乔致庸就是您写的这样一个人。我看小说和我看电视剧，我觉得他们在细节上有很多不同，比如最明显写到乔致庸一生中两个女人，陆玉菡是他的妻子，还有他的情人江雪瑛，小说最后部分乔致庸给两个女人叩头，说，"我一辈子谁都不欠，就欠你们两个的"，然后就死去了。而电视剧里是陆玉菡——他的妻子——先死去，死在他的视线里，然后是他给江雪瑛叩了头才死，为什么会有这样一个细节上的差别？

朱秀海：我完成这个剧本以后就离开了剧组，没有跟着，但是后来我感觉到可能是胡导对这三个人物之间的关系有自己的理解，我觉得这个理解挺好的，她一直非常想让陆玉菡和乔致庸两个人白头偕老，那么一个走路就倒下了，这个结局非常好，她认为乔致庸和江雪瑛的关系是他们俩的关系，所以后来让乔致庸单独给江雪瑛磕头，把他们两个的关系了结。

主持人：您并不知道有了这个变化？

朱秀海：我还是知道的，我看了她的工作盘，我觉得也挺好的，胡导认为这样处理更好一点。

主持人：很多时候编剧和导演都会有一些分歧，您似乎对导演对您剧作的调整是非常认同的。

朱秀海：我觉得好像没有什么，关键是你要做出一个好戏来，要让大家觉得是一个好戏，而不是说我要做一个我的戏，那你去当导演好了，导演肯定他有他的道理，我说过这个事情，编剧有编剧的工作，导演有

导演的工作，大家的目的是共同做一部大家喜欢的戏。

主持人：我问您一个问题，可能有点尖锐，如果让您选择《乔家大院》的小说和电视剧，您自己更偏爱哪一个？

朱秀海：我觉得我都挺喜欢的，不是假话，真是。实际上本来我的小说里或者剧本这三个人只写了一种命运，结果现在有了电视剧以后，有了两种命运，多好，这三个人都是我非常喜爱的人物，他们有两种命运，都挺好的，所以说我都挺喜欢的。

主持人：您觉得是丰富了人物。

朱秀海：有一种电影，二十世纪八十年代罗马尼亚的电影，不停出现不同的结尾，这多好。

主持人：典型的是《疾走罗拉》，有很多种假设。

我看最新关于《乔家大院》的报道，是说乔致庸做生意的过程中，有一条商路在电视剧里面是错的，然而在小说里是对的，有很多细心的记者还去对比了一下，您对这种漏洞怎么看？

朱秀海：好像胡导解释过这个事情，写剧本的时候，有时候你不可能想象得那么周到，她在拍的时候就会发现里面的一些问题，就会调整，后来出现了这个问题，这个胡导也解释过。

主持人：您的这部《乔家大院》在我们新浪读书频道连载以后，只给了3万字的连载，对于一部61万字的小说，这真是九牛一毛，但是网友热情很高，它的留言大概有五千条。

网友：《乔家大院》与其说是《乔家大院》，不如说是主人公乔致庸的个人成长史。

朱秀海：我同意。

主持人：您同意这种说法？

朱秀海：我同意。

主持人：我知道《乔家大院》里面出了很多代的商人，乔家之所以有这么兴旺的家业也是因为几代人的努力，您为什么会在这么多乔家商人之中选择了乔致庸这样一个角色？

朱秀海：其实真正对乔家有作用的是三代商人，第一代是乔致庸的爷爷，他是一个开拓者，第一代积累他们家的财富，创办了"复字号"和"大德兴"两家；第二代是乔致庸，乔致庸是把他们家的生意做到巅峰状态，而且和其他晋商一起完成了"汇通天下、货通天下"，这在整个中国商业史上都是大事；然后是乔致庸的孙子——乔映霞，应该说是最后一个乔家的东家，但是他处的时代非常不好，是我们国家崩溃的状态，处在整个国家在没落的状态，所以写乔致庸也是因为他是把乔家的生意做到巅峰的人，而且完成了"汇通天下、货通天下"的大事。

主持人：我是看完这部小说以后才知道这样一个词——"汇通天下、货通天下"。

朱秀海：这是当时中国山西商人——晋商的理想，不仅仅是一代人的理想，是几代人的理想。

主持人：在我看电视剧的过程中，我最早看它的时候是先看后半部分，再倒过来看前半部分，所以我对乔致庸这个角色开始觉得不能接受，觉得这个人非常神经质，说发作就发作。但是后来当我看了您的小说后，我才知道他是一个非常年轻的男孩子，他也是在经商的过程中不断地长大成人的，开始就是一个小孩。

朱秀海：有一个读者看得很细，他说乔致庸实际上24岁之前就完成了他经商的大部分壮举了，除了汇通天下、货通天下，包括前面开通茶路都是24岁以前完成的，做这些大事的时候实际上还是一个大孩子。

主持人：因为陈建斌的年龄比较大，他演这个角色的时候我就没有想到会是那么小，所以我有点不那么接受。

朱秀海：实际上建斌不大，好像 35 岁。

主持人：感觉上不是一个小孩，后来我看了这部小说以后才知道原来一开始是一个小孩。

这部书里面有一个乔致庸原来的挚友，后来的敌人叫孙茂才，是他的师爷，有一段话评价乔致庸，我觉得非常准确。"救世济民当然也没有错，可他却不懂得自保，而且好大喜功，不知收敛，为人过于锋芒毕露"，您是不是认同孙茂才对乔致庸的评价？您作为编剧，认为乔致庸是一个什么样的人？

朱秀海：乔致庸和孙茂才的差别就可以从这段话里面看出来，人和人的格局，每个人人生的格局是不同的，我觉得这一段话恰恰说出了孙茂才人生格局是小的。

主持人：也就是说您认为乔致庸是一个大格局的人？

朱秀海：对，他是一个大格局的人。乔致庸作为一个商人一生不会看账本，不会看账，他做的都是大事情，不做大掌柜的事情，也不做孙茂才这样的幕僚或者师爷的事情。

主持人：您觉得他锋芒毕露，不够收敛，也是优点吗？

朱秀海：我觉得这是他的锐气，当然用孙茂才的眼光看是锋芒。

主持人：您觉得这种锐气是可贵的吗？

朱秀海：非常可贵。我记得我年轻的时候，那时候也是二十几岁的时候，我有一位师长曾经告诉过我，无论到什么时候不要失去你的锐气，到现在我都记得这句话。

主持人：但是中国的传统文化一直提倡奉行中庸之道，您似乎对中国传统文化非常感兴趣，我在您的博客上还看到您的两首古体诗。

朱秀海：偶尔为之，我内心很向往古人的生活，特别是古代文人的生活。

主持人：我觉得您多次发出感叹，《乔家大院》之后您自己的生活状态发生了很大变化。

朱秀海：古人最好的生活就是远离尘嚣的生活。

主持人：您对现在的生活非常不喜欢？

朱秀海：我非常喜欢现在的物质生活，过现在的生活，做古人，但是是做不到的。

主持人：您写了好多年的小说，被观众、读者熟悉的恐怕就是《乔家大院》，您自己在博客上说"不知道是幸还是不幸"这句话由何而来？

朱秀海：这么一部小说能获得成功，应该说让我很意外。我觉得因为一项工作写了一个电视剧，电视剧本改了这么一部小说。由于电视剧的热播，把我比较平静的生活彻底打破了，确实不知道这一件事对我未来的生活是好是坏。

主持人：能有什么好什么坏？

朱秀海：我感觉更多的是坏，我现在一直很警惕，会不会打破我原来这种很平静，我自己很舒服的生活状态、心理状态。

主持人：您很有意思，您一直说您非常欣赏乔致庸身上的锐气，但是我恰恰感觉您在谈话的过程中不停地谈到的状态，您非常奉行中庸之道。

朱秀海：我觉得我不是中庸之道，古人言"大隐隐于朝，中隐隐于市，小隐隐于野"，我认为我是属于小隐。我非常欣赏，非常尊敬像乔致庸这种人物，没有他们这个世界没有办法推动的，但是我自己不是这种人。

主持人：您推崇"大我"，个人却希望坚持"小我"，这部小说里面您借乔致庸之口评价他的情人江雪瑛，雪瑛开设粥场救济灾民，乔致庸感叹雪瑛终于走出了"小我"，找到了"大我"。

朱秀海：我认为像陶渊明这样的一种生活，甚至像嵇康这样的生活，

刘伶这样的生活，你敢说是小我吗？也是大我，直接和大自然交流，不愿意和人、尘嚣交流，直接和大自然交流，我觉得这种生活也是一种很大格局的生活。

主持人：从乔致庸这个角色塑造者角度来说，朱老师您觉得乔致庸一生几经磨难，两次入狱，商业上也是几起几落是不是和他锋芒毕露的性格有关系？

朱秀海：和理想主义有关，和性格关系不大，因为他的理想主义，有些事情孙茂才说得很准确，"你就是一个不到黄河不死心的人，必须头破血流才怎么着"，如果乔致庸不坚持理想主义就是不做乔致庸了，不做乔致庸是非常痛苦的，只有去做孙茂才。只有碰得头破血流，遭遇这么多磨难，才是乔致庸。

主持人：人们常说在商言商，乔致庸是一个商人，但是很多时候他并不把赚钱放在第一位。您的观念里这样一个人能算好商人吗？

朱秀海：他算比较另类的商人，我刚刚开始写的时候，我曾经给他定义为是一个假商人。但是现在看来他还是一个商人，非常优秀的商人，因为他做成了很多商人做不成的事情，这难道不是一个好商人吗？并且，他还是商业的改革家，做了很多事，到现在很多商家也没有做到。

主持人：各位网友，我们现在正在直播的是对《乔家大院》编剧朱秀海老师的专访，现在时间是3点20分，各位网友可以通过电脑参与我们今天的聊天，也可以用您的手机访问新浪网，在移动中关注我们聊天全过程。

在上面的聊天中我说在阅读这部小说后，我懂得了一句话："汇通天下、货通天下"。这一直是乔致庸作为商人的理想，我能不能理解成这是乔致庸的一种精神信仰？

朱秀海：伟大的人都是简单的人，乔致庸认为只有汇通天下，才能

货通天下，只有货通天下，才能通天下货，聚天下财，利天下人。只有这样坚持简单的思想奔着目标往前走，他才可能不想太多更复杂的东西，更形而上的东西，反正至少我没有替他想到。

主持人：他能够成功的原因是因为他的智慧吗？

朱秀海：有智慧的层面，更多的是他的坚持，不管有多大的困难，"我"都一定要做到。

主持人：您觉得乔致庸这个角色在现在这样一个时代能够被这么多读者和观众接受，原因是什么？

朱秀海：可能乔致庸身上有他们向往的东西，有他们希望在我们今天看到的东西。我年轻的时候，曾经采访过一个艺术造诣很高的艺术家，我就说我特别崇拜你，我听你的歌长大的。他说你错了，你听我的歌，和我不一样，我抒发我的感情，你是抒发你的感情。大家对这个戏有反响，肯定因为在这个戏里面他看到了自己的心声。你也是写小说的人，好的小说总是让别人借着你的坟头哭他自己。

主持人：这实际上刚好是当今社会所缺失的，极度商业化的社会里面，其实我们读者大众更期待的是商人身上有一些更高的信仰和追求。

朱秀海：我们不缺少一般的商人，缺少理想主义的商人。

主持人：您更愿意把乔致庸的追求和理想理解为理想主义？

朱秀海：理想主义很简单，就是我们中国文人的家国情怀，不把我自己的生活看成我自己的，而是看成大家的，希望大家好，并且在实践上实现。我们可以在《孟子》《论语》里面看到的实现小康，一直到天下大同这种思想。

主持人：我看这部小说的时候几次被它感动，就是因为它里面的大多数人物都是非常正面的、很善良的人。您觉得要不写一部电视剧，您会把人物都写成这样吗？

朱秀海：这就是一部电视剧。

主持人：如果让您创作一部小说呢？

朱秀海：我估计我不会把人写得很坏，我的观念，这个世界上如果有天生的好人和坏人，我理解不了。人都是环境和教育的产物，法国的一个教育学家爱尔维修说，我们变坏肯定有很多特别的原因，是后天的。现在我不大坚信这个话了，有人说生理上也有原因，遗传上也有原因，这个我不懂了。

主持人：我看这部戏和小说，我觉得这里面表达了您很强烈的理想主义的情怀，您希望有这样的人，他们除了追求获得自身的利益，同时还希望能够为一个行业、为国家做点什么事，从"小我"走出进入一个"大我"的状态。

我个人的感受，在我这么多年的工作中，我采访过很多成功人士，有时候我会产生这种想法，我觉得他已经是一个成名的作家，已经是一个成名的导演，他们能不能为我们的文化，为我们的艺术再做点什么？您是不是通过乔致庸表达这样一种理想？

朱秀海：我是正好把这个事情颠倒过来，我是一开始发现乔致庸，把我理解的乔致庸写出来了。当时我没有想那么多。现在大家好像从另外一个角度看我写完的这个成品了，我一开始没有这种很强烈的、很明确的意识。

主持人：很多人说这部戏感动他们是因为乔致庸做生意诚信的态度，您觉得诚信是您塑造的乔致庸经商之道最核心的内容吗？

朱秀海：我觉得乔致庸作为一个人来讲，理想主义是他最重要的人格特征。诚信我认为是一般的、是基础的东西，任何人，不仅仅是商人，我们大家在一块交往你也要有个诚信，特别是经商，像乔家一样有规矩的，和你打交道，先问一问你的诚信程度如何，如果不行就不跟你做生

意的。

网友：朱老师我想问您一下，在所有《乔家大院》的角色里面，您个人最偏爱的是哪一个？

朱秀海：我觉得每一个人物都是我非常喜欢的，作家如果对小说里的人物有偏爱，其他人物肯定就写不好了。

主持人：我觉得这部小说是非常经典的通俗小说的结构，是一个男人和三个女人之间的故事。如果让我选择一个最喜欢的，我肯定会选择陆玉菡，也就是乔致庸的妻子，她是一个非常完美的女性，您能不能给我们的网友解读一下这个角色？

朱秀海：陆玉菡她是一个很聪明的女人，她生活的环境也挺有意思，生在商家，非常聪明，没有母亲，父亲又那么宠爱她，她生活在自由自在的环境里面，不受很多礼教的束缚。她嫁给乔致庸，确实对乔致庸有点一见钟情。

主持人：他们在大街上碰见，她女扮男装结识乔致庸。

朱秀海：在山西贡院门口看见他，爱上他，后来实现了自己的梦想嫁入了乔家，却发现自己美好的梦破裂了，这个破碎的梦怎么收拾？

主持人：她面对乔致庸心有所属的时候，表现出来的那种境界很高。

朱秀海：这种时候我们设身处地为她着想，她怎么处理这个局面？第一她就想着乔致庸为了借银子才娶的她，马上爱她是不可能的，她就帮助乔致庸借银子，表现这个女性非常善良的一面。我想办法帮你借银子，借完银子咱们的事情就了了，你把我休回去，我还回家。她的目的很明确，并不是我用这一着把你乔致庸怎么着，不是这个意思。这个行为本身把乔致庸感动，首先感动的是大嫂，这是乔致庸的恩人。而且乔家有自己的家训，不能休妻，无论爱不爱都不能让她走，以后就有时间了。有了时间，陆玉菡就可以运用自己的聪明帮助乔致庸，终于让乔致

庸感觉到她是自己离不开的人。

主持人：我觉得乔致庸后来非常爱陆玉菡。

朱秀海：像爱自己的妻子一样爱她。

主持人：您作为编剧，您觉得在江雪瑛和陆玉菡之间，乔致庸最终最爱的人就是江雪瑛吗？

朱秀海：乔致庸和江雪瑛的关系，实际上就是他们一开始在小庙里面说的那几句话，虽然是戏言，但这个是他们俩关系的一个指向，就是说如果我不能娶江雪瑛，一辈子就心痛如割。实际上乔致庸是心痛如割的一生，什么时候想起江雪瑛，他都是心痛如割。

主持人：我看这部《乔家大院》小说的时候有一个场景非常感动，陆玉菡去找江雪瑛，劝江雪瑛不要嫁给何家那个生病的少爷。有一场两个人的对话，两个人见面互相为彼此的美丽而感动，这个场景既表现出陆玉菡是一个非常有智慧、非常貌美的女子，也表现出两个女性之间那种很细腻的对抗。作为编剧您是怎么想到这个场景的？

朱秀海：这场戏是很不好写的，必须让她们掐起来，但是又要表示双方的尊严，这个戏还要非常紧张。这一场戏写了挺长时间的，要让大家表面上努力地保持自己的尊严，把自己想说的话说出来。实际上这个交锋是没有意义的，陆玉菡去之前都知道，她做这件事情无非是完成她丈夫的委托，她不可能劝动江雪瑛不嫁给何家大少爷的。她认为她的身份是最不合适的，但是她错了，她说动了江雪瑛，她当时决定不嫁了。

主持人：陆玉菡是为了她挚爱的丈夫做这件事，正常心理应该是她希望自己的情敌早点嫁给别人，她也就安心了。

朱秀海：因为她知道如果江雪瑛没有一个好的归宿，她的丈夫会心痛如割，一直痛苦下去，她爱他，她要保护她的丈夫。

主持人：这部小说里面我们看到了爱，也看到了恨，也看到了情，"爱

恨情仇"是中国通俗小说的传统。

朱秀海：不仅是通俗小说的传统，是每一个编剧见到老板第一面，投资方就要求你写恩怨情仇、悲欢离合，所有电视剧都是这八个字。

主持人：创作小说和创作电视剧是不是有很多不同？

朱秀海：电视剧不是自己的行为，是一个商业行为，小说愿意怎么写就怎么写，电视剧按照生产销售这样一个渠道来做，这是两回事。

主持人：在小说里另外一个重要的角色江雪瑛，也就是乔致庸的情人，她对乔致庸您觉得最终是爱还是恨？

朱秀海：当然是爱他的。

主持人：她曾经让他入狱？

朱秀海：这是胡玫导演修改的，我觉得导演对人性的发掘上比我高明。真正写的时候，改这段的时候我们发现前面我们让江雪瑛受了那么多苦，不给她一个解决，观众是不干的，观众自己也在那儿受苦，陪着这个人物受苦，怎么办？只有弄一个大动作，让同情江雪瑛的观众长出一口气，江雪瑛自己也会因为她自己这个大动作明白哪儿是自己仇恨的边界。她很快回来了，把乔致庸捞回来了，这就是仇恨到这时候已经结束了，爱情重新占据了她内心主要的位置，这挺好的，导演还是高明。

主持人：这部电视剧里不停地出现两个字"银子"，所有剧情都是用缺少银子，借银子，银子没有了，银子出现了，这样情节来推动。但是这部小说里面所有人物似乎大部分人又是很不看重银子的，更看重一个"义"字，陆玉菡为乔致庸劝说江雪瑛是一个"义"字，而把自己休了救乔致庸也是一个"义"，江雪瑛能够把自己三百万两银子拿出来救乔致庸也是一个"义"字。不知道您是怎么理解"义"这个字的？

朱秀海：我觉得您说的三件事都是"爱"，不是"义"。所谓"义"更大一点，比如乔致庸为了茶路上茶民的生活、生计问题，冒死去贩茶，

为了汇通天下，一生都在牺牲，这才是大义。

主持人：既有大义，也有小义，爱应该是小义。

朱秀海：爱在伦理层面和义差不多，打个平手，爱也是很伟大的，和义差不多，一个层面上的概念。

主持人：在这部小说里，我觉得还有一个角色是我们要讨论的，乔致庸的大嫂曹氏。她是非常有心计的女人，她当初为了让乔致庸执掌乔家隐瞒了大哥不让乔致庸当家。而和孙茂才有了暧昧关系之后，又为救乔致庸自杀在孙茂才面前。

朱秀海：大嫂对乔致庸是母亲的形象，乔致庸三岁就死了父母，这是真实的，完全在大嫂的养育下长大。而大嫂又不像一般的母亲对孩子那样对乔致庸要求那么严格，所以乔致庸就长成了我们戏里看到的这种非常活泼，甚至有些顽皮，不拘礼数这样一种性格。但是这个过程，乔致庸对他大嫂，就像尊敬母亲一样尊敬，那是一个圣母，那是绝对不能让任何人亵渎的一个人。

大嫂没有想到会闯入一段情感，但是就是闯入了，她一开始为了替乔致庸留住孙茂才，关心一下，替他找对象。而孙茂才是一直得不到温暖的人，只要有一点温暖就感动了他。下面的路就比较悲惨了。等到乔致庸发现孙茂才对他大嫂有非分之想，我觉得他比孙茂才要分走他们乔家一半的家产内心抵触更大，乔致庸也是一个人。

主持人：所以他也有他非常固守的道德观念。

朱秀海：他有爱在里面，对大嫂的爱，有一种对母亲的爱。

主持人：孙茂才这个角色，曾经是乔致庸的挚友，为乔家立下汗马功劳，后来变成乔致庸的敌人，想霸占乔家的家产，正派变成反派。我看完小说和电视剧还是非常喜欢这个角色，首先他是一个智慧过人的男人。

朱秀海：谢谢，这是表扬作者。

主持人：您对他是一种什么样的情感？

朱秀海：我对孙茂才充满了同情，他代表了一类人，那种出身很微贱，但是永远找不到路走到社会的上层，永远达不到自己心中位置的人，永远想寻找到社会的承认，但是找不到的人。孙茂才就是这样的人，不管怎么折腾，折腾到最后，由于他身上的弱点到最后还是完了，走到他理想的反面。这是一种类型，我觉得在我们的古典小说里这种类型的人物也很多。

主持人：能不能认为孙茂才这种悲剧，实际上也有过去社会等级观念的原因在里面？

朱秀海：当然，刚才你说孙茂才是乔致庸的挚友，但是这个挚友是有条件的，他还是乔致庸的一个师爷，还是被请来的一个文人，这种差别在他们两个人心里都是明白的。

主持人：按照我的理解，我觉得孙茂才和大嫂之间是有真感情的，孙茂才并不是只是为了乔家的产业。

朱秀海：真正有感情，实际上在书里面就有一段，大嫂讲"你把我的心说乱了"，然后他拉着大嫂的手。大嫂为这一次的失节付出了惨痛的代价。实际上她和孙茂才分开以后马上就已经后悔了，因为她也是出身富商，一辈子就是这种恪守妇道的女人，那个年代被男人摸了手基本上和死差不多。

主持人：她最后为了救乔致庸嫁给孙茂才然后自杀了。

朱秀海：她也就替自己洗清了耻辱，她这个自杀不仅为了救乔致庸，实际上也是了结过去一时的出错，对乔家和她自己名节上的辱没，洗清了这个东西。

主持人：其实孙茂才是我很欣赏的那种人，因为他真的很有智慧，

他可以成为一个非常优秀的商人，但是由于社会等级的界限，没有实现自己的理想。我觉得他和乔致庸只是不同的价值观和人生观的追求，无所谓高下之分，只可能是道不同，一个往南，一个往北走。

朱秀海：你说的是现代人的观念，在那个时候等级观念是很重的，在那个时代商人实际上已经是士农工商中最低一等了，你一帮闲还不如商人。

主持人：但后来孙茂才当官了，用过去的观点说走上了正路。

朱秀海：对。

主持人：实际上这部小说里，他最后的下场也不好，把他发配到很边远的地方。您这种思想刚好符合善有善报，恶有恶报的中国传统价值观。

朱秀海：我不这么想，估计读者也不会答应的。

主持人：您觉得读者不会答应？

朱秀海：读者不会答应，我自己也不会答应。

主持人：我看的时候心里心存遗憾，我有点希望您把他写成后面是一个生活的成功者，凭他的智慧与才能和大嫂最后终成眷属，您觉得这样是不是背离历史？

朱秀海：如果有来世，我也希望孙茂才和大嫂终成眷属，但在那个时代不可能。

主持人：在那个时代不可能有我假设的这样？

朱秀海：这种情况只能出现在武侠小说，说到底《乔家大院》还是一部现实小说。

主持人：您写这部小说是不是完全尊重了当时的历史环境和历史事实？

朱秀海：尽可能地，对历史环境和历史事实我们知道的应该是很有限的，当然不仅是我们了，我觉得司马迁他写《史记》的时候，他对当

时环境历史事实知道的也不是很多，我们读他的书有时候像读短篇小说一样的。我在写作过程中肯定会努力地靠近历史真实。

实际上不仅是晋商的史料，写这个东西还会调动我们过去很多积累，比如关于中国历史地理的书，包括我们对中国传统商业文化的理解，包括《史记》的理解。电视剧里面也出现《货殖列传》，我从那儿得到的影响，这部书的滋养很大，我知道了古人是怎么看待商人的。

主持人：这部小说里，我觉得乔致庸一直在念念叨叨不忘庄周，经常以庄周自诩"庄周成了蝴蝶还是庄周，我乔致庸成了商人还是乔致庸"。这个跟您个人的爱好有关系吗？

朱秀海：有关系，我就是老庄故里的人，我们县就是老子的故乡，离我们县不远是庄子的故乡，我们那里的人应该说从小都会受到一点这种影响。

主持人：您从小对庄周的作品就很熟？

朱秀海：当然是长大以后，但是我们那儿的人，民风里就有这种东西，比如像开头我给你讲的，特别喜欢安静，不喜欢热闹，不把别人做成很大的事很看在心里边，你亿万富翁我们大家也还是平等，没有什么，不会在意这个事情。

主持人：您觉得您个人的人生观会不会影响乔致庸的人生观？

朱秀海：作者的人生观肯定会影响创作的，这是不可避免的。

主持人：乔致庸跟您个人性格有什么关系？

朱秀海：应该说一开始不会有意把你自己的性格加在你书中的人物上，因为这是历史真实存在的人物，不可能像我们写小说的时候完全随心所欲按照我们理想去写书中的人物，还得尊重基本的事实的。但是乔致庸我发现理解了他做的那些事情，你就会发现这个乔致庸很可能就是一个庄子似的人物。

主持人：非常遗憾，朱老师今天聊天时间就要到了，最后您再跟我们网友说几句话。

朱秀海：感谢大家关心《乔家大院》这部书。

主持人：也感谢朱秀海老师做客我们新浪读书频道的名人堂，下周的名人堂的时间可能会挪到周四，希望到时候网友准时光临，谢谢大家，再见。

附录三

历史的真实性与故事的真实性

——朱秀海接受《中国电视》特约记者周慧采访谈
电视剧《乔家大院》

历史的真实性与故事的真实性

记者：我们看到《乔家大院》这部电视剧在中央电视台热播，并稳坐收视率冠军的宝座。同时，作为编剧，您的同名小说也在畅销书的排行榜上。请问在《乔家大院》是先有电视剧呢，还是先有小说？

朱秀海：是先有的剧本。

记者：您是怎么介入这样一种题材的？

朱秀海：实际上，这事和张艺谋的《大红灯笼高高挂》有点关系。《大红灯笼高高挂》这部影片出来后，许多人以为这就是乔家的历史，妻妾成群，大院掌灯，二院掌灯……乔燕和大姐，就是我们这部戏的总顾问，她的父亲乔铁民——乔致庸的长重孙，很早就想把他家里真实的事儿，比如不能纳妾呀等等做成一部戏，让世人知道一个真实的乔家。乔燕和

大姐本人是北京昆曲院著名的花旦演员，现在还是昆曲界的老师，北京市有贡献的优秀老师，她父亲去世以后，她就一直没有忘记父亲的遗言，一直在做这件事。在我介入之前，她好像已经忙活了两年，但是好像没有弄出她希望的结果，然后就通过中国文采声像出版公司我的一位朋友，找到我做编剧，从头开始做剧本。乔大姐把我从北京带到乔家大院，让我在祁县、太谷、平遥、榆次等地采访专家，跟当地县志办的同志了解情况，并在当地弄到了一批有关晋商历史的书。当然，这些书不可能很具体地写乔家的事，但却大致上总结了多年以来山西及全国各地的晋商专家对晋商历史的研究成果。应当说，晋商一直不是一门很热的学问，所以到那时为止，我看到的书主要的也就是一些对历史资料的搜集以及一些方方面面的研究成果，比如研究茶路就说茶路，研究票号就说票号，并没有一部详细描述晋商历史和业绩的大书，至少我没有看到。但即使这样，我对他们的工作成果也很钦佩。

把这些书读完后，我觉得非常震惊。原来我对这个题材也不是太热心，觉得商人嘛，哪有好人啦，对商人的理解比较片面。虽然这些书中的每一本讲述的晋商历史都不是十分全面，也没有太多具体的故事，但读完这些书之后的印象叠加起来，你却得到了这样一个信息：晋商太了不起啦！仅是茶路，从武夷山到外蒙边境，到俄罗斯，再到法国，而且还不止一条。另外还有盐路、丝路、绸路、银路、药路从东北一直通到云南，所有这些商路，都是晋商开辟出来的。他们做的大事让今天的我们十分震惊，要知道他们是生活在一个全靠两只脚和马车走路的时代。

记者：现在我们怎么来理解乔致庸这个人？真实的他是什么样的？虚构的成分又有多少？

朱秀海：乔致庸处在乔家最鼎盛的时期。他生活的年代正是清朝开

始败落的年代，人口爆炸的时代，清朝从康熙时的 1 亿多人口，到了嘉庆时已经是 4 亿多人口了，压力特别大。当时的农民起义大多是为了土地或者因为土地。乔致庸经商贩茶，解决了一大批人的生计问题。不然也不会有那么多人冒死跟随他。当然，这只是一部戏，不可能把一切都说得很清楚。

记者：您当时看到的材料中，有没有关于乔致庸这个人很具体的事情的介绍？

朱秀海：没有。

记者：那么，整个故事都是虚构的了？比如乔致庸娶的太太是陆家小姐这件事也并非历史真实？

朱秀海：但是有关乔致庸基本的史料还是有的，比如他个人的简历，后人对他的一些零星回忆。但他娶陆家小姐是编的。

记者：三角恋也是编的？

朱秀海：编的。乔燕和大姐是一个很开明的人，她本身就是一位艺术家，我们头一回坐在一起讨论这件事的时候，她就在那琢磨，怎么编会更好看呢！这个三角恋关系是她首先想出来的。

但有些事是真的，比如他大哥突然去世，他来接手生意。

记者：当时他们家是不是快不行了？

朱秀海：只能说他们家经营上出现了危机。他们家的生意本来主要是经营丝茶的。当时天下的大生意主要有六种：粮、油、丝、茶、盐、铁。晋东南商人做粮、油的比较多，晋中商人做茶叶的比较多，乔致庸家主要就做茶叶和丝绸生意，但乔家在乔致庸的大哥掌管家事时还不是晋中最大的茶商。后来，随着南方战事吃紧，长江被截断，丝、茶生意没法做了，但乔家是很仁义的，不会因为没有生意做就把人给辞了。那时在祁县，家里只要有男丁，就必有一个在外面经商，做掌柜、做伙计，你

辞了一个人，这一家可能就没有了活路。商家们只能在生意上苦苦支撑，像戏中乔家与达盛昌邱家争做高粱霸盘，那就是在大生意没有的情况下，连这种小生意也要争着做。

没有贯穿始终的对手，是因为一切冲突缘于乔致庸的内心

记者：按照一般规律来说，电视剧在设置矛盾的时候，都是势均力敌的人物双方在较量，但我们看到《乔家大院》却不是，乔致庸的对手不是固定的，而是随着情节在不断变化。这是为什么呢？

朱秀海：对，是这样的。这个戏所有的冲突都起自乔致庸这个人物的内心，他是一个不想经商的人，但命运却安排他去经了商。在他身上，一直都有两个乔致庸在搏斗。为什么他会做出那么多与朝廷激烈抗争的事？实际上是到了那个阶段，原来的那个乔致庸，本能的那个乔致庸苏醒了，他受不了不守诚信、欺负商人这样的行为，他是在我们传统思想文化熏陶下长大的，什么天下为公啦等等，他身上有许多侠义的东西。这还与当时山西那片土地的文化背景有关，山西在明清时盛行形意拳，而乔致庸也是学过形意拳的人，他练过功夫。真实的乔致庸是会武术的，他就是那种天不怕地不怕的人。

记者：从剧作上来说，没有一个很强的对手，是不是很难写？

朱秀海：我觉得像写一个传记一样。其实，还是有对手的，乔致庸在商场上要实现的每一个目标都是他的一个强大对手，像贩茶，他冒的是生命危险，一路上有多少凶险，甚至威胁到他的生命。

另外我也有一种观念，不要总把晋商写成窝里斗。晋商还是很抱团的，事实上是他们经常一起做生意，像戏中他们凑银子一起去南方贩茶，写的就是这种情况，尽管每个商家都有各自的想法，但这也正常。实际

上，他们这些商家之间都是亲戚关系。像曹家、常家，和乔家都是联姻的，谁家缺银子了，大家互相挪点银子，这在他们看来都很正常的。要都写成大家在一起怎么斗呀，这不符合历史。

胡玫最大的贡献就是把它诗化了，生活化了

记者：朱老师您是写小说出身的，写小说与写剧本比较起来，哪一种更容易一些呢？

朱秀海：这里可能有一个习惯问题。我当编剧是客串，怎么好玩怎么写，并不觉得特别难。剧本最不好写的是第一集，所有的主要人物都要出场。女一号、女二号都得出现，包括孙茂才。但写小说的人有个长处，比较会写人物的性格，会写对话，包括设计故事等。写剧本的人会设计戏剧冲突，我到现在都不知道什么叫戏剧冲突。应该说好的小说家写电视剧都会写得很好的。

记者：因为您是根据电视剧改写的小说。但您的小说和电视剧有很多不一样的地方，这是为什么呢？

朱秀海：因为拍摄过程中，导演和演员要进行二次创作，这是正常的，也是避免不了的。还有一个原因是，小说描写的不适合电视剧表现，比如，书中江雪瑛从牢中救出了乔致庸之后，乔致庸去问她，是不是她花银子救了他，江雪瑛不承认，还对他念了一大段佛经，说自己多年来一直在家吃斋念佛，北京都没有去过，为了表明此话是实，她背了一大段佛经，但要在电视剧里这么背一大段，观众早就跑了。还有像乔致庸上山寨去劝说刘黑七不做土匪了，随他一起去南方贩茶，为了这一两场戏，制片方就得设计一个山寨的场景，花掉不少钱，这就会在投资上造成很多困难。还比如茶船过长江的戏，三分钟的戏，拍了一个月，花了几十万元。

但也是没办法了，必须这样，应当说我们的总制片孟凡耀先生为了这部戏可是想尽了办法，凡是需要花的钱他可是一分都不吝惜。电视剧和小说不一样，确实是大家的劳动成果。不是编剧一个人的。

胡玫对这个戏最大的贡献是处理得非常生活化、诗化。这个剧本已经66万字了，她做得很诗化，很多细节我没有写出来，她拍出来了。另一个就是生活化，她把100多年前的晋商的生活还原了出来，比如陆玉菡怎么给乔致庸递毛巾、递水啦，这些剧本上都没有的。胡玫把剧情生活化了。开始做的时候，胡玫一再强调，当时那一时代人的生活，越原汁原味越好。胡玫是一个很注意细节的导演。

记者：小说与电视剧，有几个特别大的不同之处，比如江雪瑛出嫁，穿上丧衣来到乔家门口，这一段电视剧里就没有了。

朱秀海：这一段小说里写得很戏剧化的，江雪瑛穿上丧衣，来到乔家门口，说从此江雪瑛死了。

记者：还有就是陆玉菡自休那一段。小说里写得特别好，因为当初她是由于有钱才得到乔致庸的，而现在她没有钱了，江雪瑛比她更有钱，她就应该把人还给江雪瑛。从观众感情上来说也觉得特别过瘾。为什么在电视剧里一点没有表现了呢？

朱秀海：我刚改完的时候，大家也都觉得很好，那些同情江雪瑛的观众会舒服一些。肯定是因为没有空间了，因为光是陆玉菡自休这一段，就能拍个五集八集的；另外一个原因，就是胡导认为白头偕老的夫妻关系才是最好的夫妻关系，像现在这样陆玉菡走着走着一跟头摔倒就死了那样，是最好的（我这么猜）。当然，最重要的原因可能还是因为空间问题，就是拍不了这么多戏，总共就这么多投资，再拍下去还得有十几集。那样的话，拍60集都不够。

人物设计要达到极致

记者：网上有观众就某些细节的真实性提出疑问，比如一个人把3000匹马赶到了包头。这能做到吗？

朱秀海：我想这是因为有的观众不太懂游牧民族的情况吧，大家都知道，羊有头羊，马也是这样啊，它有领头的马，这马一跑，其他的马就会跟着跑。用不着人费力地去赶。可能因为我们已经远远脱离了农耕时代，有些常识大家已经不熟悉了。

记者：还有网友提出，乔致庸的对手太弱智了。这一点您怎么看？

朱秀海：在这个戏里，坏人不是太多。我对世界的看法不那么阴冷，我觉得人不会坏到哪儿去。也没有很弱智的人吧？有吗？晋商是很守诚信的，如果你一次不守诚信，以后大家就不会跟你做生意了。商人之间不会给自己找麻烦的，谁会跟一个很麻烦的对手做生意呢？不会的。

记者：孙茂才这个人物的走向挺好的，对这个人物的设计是怎么考虑的呢？

朱秀海：导演让孙茂才这个人物走向极端，在这一点上，导演就比我高明，我原先是按照写小说的办法来写这个人的。有些观众就有些奇怪，孙茂才这个人后来怎么会变得这么坏！

记者：大家不理解的是，孙茂才怎么这么糊涂，怎么跟崔鸣十这样的人走到一块儿去。

朱秀海：开头剧本也埋了一些伏线。孙茂才是一个穷怕了的人。他是个穷秀才，一直想走官路，但始终走不通，不得已的情况下，他才去商家帮闲，而且他又是一个光棍儿，爱的人是乔大嫂。他的嫖娼行为，实际上是一种情感的转移吧，在电视剧里没办法写他的心理，但在小说里就可以，在妓院里，他可能把对方看成是乔致庸的大嫂。电视剧和电

影是把复杂的人生简单化。你看所有的电影电视剧，它不可能像小说那样一个心理活动都能写上几十页，像托尔斯泰的《复活》，整部小说就解决了一个心理问题，就是如何解决聂赫留朵夫公爵的心理问题，从头到尾就解决这么一个问题。

记者：在江雪瑛这个人物的设计上是怎么考虑的？比如她一会儿把乔致庸弄到大牢里去，一会儿又救他出来。这样设计，您觉得符合人物的真实性吗？

朱秀海：像江雪瑛这样一个女人，姑娘不是姑娘，媳妇不是媳妇，母亲不是母亲，一个孩子还不是她自己的。她的一生是很悲惨的。她接受这桩婚姻，就得接受何家的约定，而且古人不像今人，老爷子死了，我该怎么地就怎么地，那不行。古人只要答应了，就不能再改嫁，一生就要死在像牢笼一样的何家。你总得让她满足一下，她满足的极点就是把乔致庸治得要死，从某种意义上讲，也可以说是乔致庸让她走到这一步的。她有了这么一个大动作，然后再把乔致庸捞出来，她心灵上就会有一个很大的满足，我也可以左右一把你的命运！前半部分整个都是乔致庸在左右她的命运，后边是她左右一把乔致庸的命运，这多好呀，很圆满。最后两人见面时，磕一个头，一切恩怨就解决了，要不然，这个戏从编剧角度讲，就留下一个极大的问题，前面你让江雪瑛一直在受苦，受了那么多苦，观众心里也不会平衡，你总得想办法让观众心里舒服一下。让江雪瑛把乔致庸送到大牢的主意也是胡导帮我出的，这一招着实高明，你左右我的命运，弄得我差点要死，我也弄你一把，让自己内心平衡，让无数同情江雪瑛的观众心理平衡，让长久被压迫在黑暗的深层的江雪瑛终于长长地透出一口气来，作为编剧和导演，我们也都是很有同情心的，我们也同情受苦受难的人！这种极端化的处理很好。

许多优秀作品，在写人物命运的时候，都有极端化的处理，像《安

娜·卡列尼娜》，到了最后，安娜的丈夫那么待她，像一个基督徒一样待她，她还要去私奔，还要去和渥伦斯基生一个孩子。一个人要走向毁灭或者新生，她一定要走到极端。又比如《红楼梦》里的林黛玉，老太太那么喜欢她，她嫁给谁不行，为什么非得死？这就是一个极端化的处理，作家不会给他别的路走。好的电视剧，包括好的小说，作者都会给自己的主人公设计绝对化的环境，让他无路可逃。

记者：但在乔致庸与陆玉菡的关系上，我觉得小说中的处理更好一点。因为像电视剧中，乔致庸把江雪瑛的东西就这么轻易地给陆玉菡，观众不容易接受。许多观众为此提出疑问！

朱秀海：我觉得这里头是不是可能有一个男性和女性看同一件事的眼光有差异的问题呀？我可能觉得事情要复杂一点，可是胡导自己就是个女性，她作为一个优秀的女性，一个对人性了解得比我深刻的导演，一定是觉得这个时候就应该这样，她觉得人家女人都对你这样了，你还有什么不能给的呢。

记者：陆玉菡、江雪瑛、乔致庸这三个人物，您觉得哪个人物最难写？

朱秀海：陆玉菡和江雪瑛是我写戏的过程中最难写的两个人，你不能把陆玉菡写得很坏，她是很无辜的，莫名其妙地掉到坑里。但江雪瑛就更无辜，恋人被人夺走了，命运更是悲惨，所以更不能把她写坏。

记者：我觉得乔致庸这个人也很不好处理吧。

朱秀海：乔致庸倒好写一点，因为首先你赋予这个人物就是这么个性格，他就是一个庄子似的人物，狂放飘逸，可以成就一切，也可以毁灭一切。

记者：可在感情上，他夹在两个女人之间，不太好把握吧。

朱秀海：好在两个女性都比较主动。

记者：您觉得电视剧比写小说更难？

朱秀海：我不这么觉得，应当说各有各的路数。写小说对于作家来说可能更自由一点。比如我刚才说的那些写电视剧时的框框，几分钟之内就要掐起来，所有的主要人物都在第一集内出场等等，写小说时都不一定会想到。电视剧有电视剧的写法，小说有小说的写法，对了，电视剧可不是你自己的作品，电视剧首先是个商业性的投资，所有的投资商都会要求你一开始就从最热闹的地方打起来，所有投资人都要求你一开始就要写出一个热闹的故事。

我写小说时常常一个提纲也没有，心里大概有个构思，就动笔了。现在写剧本，就要根据投资方的要求，先写出一个很详细的故事大纲，我最讨厌的就是要写故事大纲了，但不写又不成，不过写过了故事大纲，再往下写剧本，就又很顺了。这是一种新的写作体验。

乔致庸只是晋商的一个投影

记者：写乔致庸的时候，是不是事先脑子里有一个形象，乔大概会是一个什么样的人物？

朱秀海：当然得有个形象啦，这个人在你的心里是个什么样子等等。

记者：那么在一些网友提出的"疯疯癫癫"这一点上，是历史的真实呢，还是虚构的？

朱秀海：我不会同意用疯疯癫癫这几个字来形容乔致庸。我首先觉得这种评价太过于虚假。乔致庸不是疯，他是狂放，不拘形迹，我行我素，过的是一种非常自主和自在的精神生活，这样的人物在我国文化史上比比皆是，最极端的当说嵇康和刘伶，当然还有李白，甚至包括苏东坡，精神上都是很自主的，当然最为狂放的是庄子，我认为他是我国文人中狂放一派的祖师爷。至于乔致庸的狂放，写剧本时我只是从一堆史料里

觉得他会是一个这样的人，直到电视剧播出之后，看到他的墓志铭上还真是这么写的。我有个体会，就是只要你想得到的，这世上就真的发生过。这话听起来很恐怖。乔致庸的墓志铭是他的侄外孙女婿写的，叫常赞春，是个书法家，榆次常家的人，常家很富有，甚至比乔家还要厉害。乔致庸到了耄耋之年，八十多岁的时候，依然饮酒吃肉，非常豪放。他有那么大的胸怀，才能做那么大的事，要不你怎么解释这个人的内心世界！一条茶道牵涉到几万人的生存，他敢于为了他人去冒险。对他来说，冒险并不是一种兴趣、一种喜好，而是他自觉的一种责任，这种精神上非常自主的人不会想万一让人砍了头怎么办，砍了头也就砍了，砍了头也没有什么。所以他特别看不起他的一个孩子，这个儿子娶了媳妇以后就整天在小院里养花，哪儿都不去，他最后告诉他们，你们就在这养养花，在家养一辈子的花吧。

记者：像乔致庸这种人，一辈子都在为钱奔忙，到了晚年，却发现所有理想全都破灭了。这个时候,他会不会有一种视金钱如粪土的感觉？

朱秀海：一个人一辈子都干这个，到了晚年他可能会讨厌，我们可能也会这样吧。

晋商让我们感到惊讶的是那种胸怀天下的精神。你看乔致庸，他大哥去世以后，他就是再穷，花上两辈三辈子，钱也还是花不完的。他为什么要那么干？而且所有的晋商都是那样的，祁县往北，穿过寿阳，一直到雁门关、杀虎口、包头，路两旁到处是山西人的尸骨。山西人经商以后，如果他成不了大气候，他不愿意回家，许多人就那样老死他乡，不愿意回到故土。有很多这样的故事，妻子儿女在家里等着他，而这个人却在外面可能已经死了十年、二十年了,同伴回来了，也不愿意去告诉他家人，因为死在外面是很失败的，很丑的事，同伴甚至还会替他给点银子帮助他的家庭，撒谎告诉他家里人，他又到哪里哪里去了,回不来。

这部戏虽然写了一个乔家，但晋商历史中还有很多事情我们并不了解，有很多东西会继续让我们感到震撼。乔致庸只是用我们有限的理解力去理解的晋商的一个缩影，一个符号，我们现在就觉得他了不起了，其实晋商比我们这个戏里表现的还要强得多。他们几千里、几万里地走，虽然是骑着马，但骑马也是很难受的呀，何况那个时候，到处都是土匪，提心吊胆的，随时都有掉脑袋的可能。今天我们会觉得不可信，怎么那样呢？我想，主要是我们今天生活的条件变了，与大自然和人冲突的强度变小了。

记者：有许多人提出过疑问，对刘黑七这么一个人物，乔致庸怎么还会去给他收尸。好像不太容易理解。

朱秀海：觉得不可信，怎么还去收尸？但在古人这是很正常的，他是他的朋友呀。原来剧本写得还多，不仅收尸，还要到南方去找他的家属，接济他的家属，送他的孩子去留学等等。剧本的第一稿里写过这些，乔家也确实做过这样的事。乔致庸曾经把捻军的首领放在他家的地窖里藏了7天，这样的戏要是演出来，观众就更不信了。又比如，义和团的时候，整个山西都在杀洋人，太原府也在杀洋人，从太原府逃出来7个意大利修女，乔致庸把她们放在地窖里保护起来。他也很恨洋人，戏里也有表现。但他觉得你要有能耐就和他们的男人去说事，杀人家女人干什么呢。后来，他用柴火车把这7个修女拉出山西，送到了河南，河南没有义和团啦，修女们就安全了。后来，意大利天主教堂给了乔家一面意大利国旗，三十年代日本人来了，其他大院都让日本人烧了，乔家大院却因为挂了一面意大利国旗，就没烧，就这么给保护下来的。乔致庸就是这么一个人，他可以不同意你的干法，比如太平军的干法，捻军的干法，但只要我认为你和我一样，也是些胸怀天下的人，想让老百姓日子过好的人，我都要帮你，一边帮你一边和你争论，你那样不行，还是跟我一起贩茶去吧，

争论归争论，敬重归敬重，替刘黑七收尸，一是觉得是自个儿把他带到南方入了太平军的，另外一点就是敬重，他敬重这种血性的男儿，刘黑七不是为他自个儿死的，刘黑七也是为天下人死的。

（原刊《中国电视》2006 年第 6 期）

附录四

电视剧《乔家大院》迄今为止的获奖记录

第二十三届中国电视金鹰奖优秀长篇电视剧奖（2006年）

第二十三届中国电视金鹰奖最具人气女演员（蒋勤勤）

第二十三届中国电视金鹰奖观众喜爱的电视剧男演员（陈建斌）

第二十三届中国电视金鹰奖观众喜爱的电视剧女演员（蒋勤勤）

2006年由韩国广播协会主办，韩国KBS、MBC、SBS、EBS等电视台联合协办的"第一届首尔电视剧盛典"长篇剧最佳作品奖

第十届中宣部"五个一工程"奖优秀电视剧奖（2007年）

第二十六届中国电视剧飞天奖优秀长篇电视剧一等奖（2007年）

第二十六届中国电视剧飞天奖优秀导演（胡玫）

第二十六届中国电视剧飞天奖优秀摄像（池小宁）

第二十六届中国电视剧飞天奖优秀女演员（蒋勤勤）

第三届电视剧风云盛典十佳收视电视剧第一名（2007年）

第三届电视剧风云盛典最佳编剧（朱秀海）

第三届电视剧风云盛典最佳导演（胡玫）

第三届电视剧风云盛典内地最受欢迎女演员（蒋勤勤）

第三届电视剧风云盛典最佳男主角（陈建斌）

第三届电视剧风云盛典最佳男配角（倪大红）

中国电视五十周年优秀编剧奖（朱秀海，2008 年）

首届中国国际文化旅游贡献奖银奖（2010 年）

中国电视剧产业二十年优秀电视剧奖（2011 年）

山西省文化艺术精品（2012 年）